KERRIGAN BYRNE
Spuren der Vergeltung

Zu diesem Buch:
Special Agent Luca Ramirez ist außer sich, als er mitten in der Nacht die Nachricht erhält, dass schon wieder eine rothaarige Frauenleiche am Ufer des Willamette Rivers gefunden wurde. Seit Monaten ist Luca einem Serienkiller auf der Spur, der hübsche junge Frauen foltert und jämmerlich verbluten lässt. Doch auch diesmal ist es ihm nicht gelungen, »Johannes den Täufer« – wie die Presse ihn nennt – zu fassen, bevor er erneut zuschlagen konnte. Aber als Luca am Tatort ankommt und die Tote untersuchen will, wird schnell deutlich, dass der Mörder diesmal einen entscheidenden Fehler gemacht hat: Denn die junge Frau schlägt plötzlich die Augen auf! Hero Katrova lebt, und Luca hat endlich eine Zeugin, die Hinweise auf den Täter geben kann. Hero ist schwer verletzt, und nur das tiefe Vertrauen, dass Luca ihren Peiniger bald finden wird, gibt ihr die Kraft, nicht aufzugeben. Doch schnell wird klar, dass Hero kein zufälliges Opfer war. Der Mörder hat es auf sie abgesehen und setzt alles daran, sein blutiges Werk vollenden zu können. Luca bleibt nichts anderes übrig, als die Sache selbst in die Hand zu nehmen und Hero unter seinen persönlichen Schutz zu stellen – auch wenn das bedeutet, dass er rund um die Uhr mit der Frau zusammen sein wird, die mit einem einzigen Blick sein Herz erobert hat …

Über die Autorin:
Kerrigan Byrne arbeitete bei der Staatsanwaltschaft, bevor sie das Schreiben zu ihrem Beruf machte. Sie lebt mit ihrem Mann und drei Töchtern am Fuß der Rocky Mountains. Weitere Informationen unter: www.kerriganbyrne.com

Kerrigan Byrne bei LYX
Spuren der Vergeltung

Weitere Romane der Autorin sind bei LYX in Vorbereitung.

KERRIGAN BYRNE

SPUREN DER VERGELTUNG

Roman

Ins Deutsche übertragen von
Katrin Mrugalla und Richard Betzenbichler

LYX
EGMONT

Die Originalausgabe erschien 2013 unter dem Titel *A Righteous Kill*.

Deutschsprachige Erstausgabe August 2015 bei LYX,
verlegt durch EGMONT Verlagsgesellschaften mbH,
Gertrudenstraße 30–36, 50667 Köln

1. Auflage
Redaktion: Andrea Kalbe
Umschlaggestaltung: © Guter Punkt, München | www.guter-punkt.de
Umschlagmotiv: © Guter Punkt unter Verwendung
von Motiven von thinkstock und istock
Satz: Greiner & Reichel, Köln
Printed in Germany (670421)
ISBN 978-3-8025-9791-6

www.egmont-lyx.de

MIX
Papier
FSC FSC® C083411

Für meinen Anam Cara.
Ich habe dich sofort erkannt und
nie zurückgeblickt.

Prolog

Der Mann, der nur 'ne Zung' hat, ist kein Mann,
Des Wort nicht jedes Weib gewinnen kann.

William Shakespeare, *Die beiden Veroneser*

Vierzig Jahre zuvor

Die Russen verkauften seit jeher die besten Waffen.

Er prüfte seinen Abstand zu den Sprengladungen, die er an der Stelle im Boden vergraben hatte, wo die beiden Lieferwagen parkten. Eine falsche Bewegung, und sie würden alle zu Petrus auffahren, während ihnen von der Explosion noch die Ohren klingelten. Natürlich würde der himmlische Türsteher den alten »Danny Boy« durch die Pforte lassen, schließlich wäre er ein Märtyrer, gefallen im Heiligen Krieg.

Genau deshalb machte er solche Sachen lieber allein. Er wollte nicht schuld daran sein, wenn ein Bruder in Stücke gerissen wurde.

Er selbst? Nun, einen besseren Tod konnte er sich nicht vorstellen.

Die Russen? Nichts würde ihn glücklicher machen, als sie in kleinste Teilchen zu zerfetzen. Zumal sie sowieso versuchen würden, ihn zuerst zu töten.

Aber einen Sinn-Féin-Kameraden? Verdammt, der war es nicht wert, dass er seine Seele riskierte.

Das Treffen in der Schweiz stattfinden zu lassen war eine brillante Idee von ihm gewesen. Neutraler Boden und so. Außerdem hatte die Irish Republican Army hier jede Menge Konten, und für den unwahrscheinlichen Fall, dass der Deal tatsächlich wie geplant über die Bühne ging, musste er vielleicht rasch an mehr Geld herankommen.

Danny Boy ließ den Blick über die malerische bergige Umgebung wandern, dann öffnete er die Tür seines gemieteten Volkswagens und stieg aus.

Sein prallvoll mit Geld gefüllter Aktenkoffer war mit einer Handschelle an seinem rechten Handgelenk befestigt. Es überraschte die Leute jedes Mal, wenn er seine Waffe mit der linken Hand aus dem Holster zog. Lange hielt ihre Überraschung allerdings nie an. Er zog die Waffe nur, wenn er vorhatte, sie auch zu benutzen.

Linkshänder waren doch angeblich künstlerisch veranlagt, nicht wahr? Verdammt, da war echt was dran. Er war ein Virtuose. Ein Meister aller Dinge, die entflammbar waren. Sprengstoffe, Feuerwaffen, Motoren … Frauen.

Er streckte die Arme zur Seite aus und drehte sich langsam einmal um sich selbst, um ihnen den Aktenkoffer und die gefährliche Waffe in seinem Schulterholster zu zeigen.

Genau, ihr doppelzüngigen Idioten, schickt euren besten Mann, wenn ihr es mit mir aufnehmen wollt.

Die Beifahrertür des vorderen Wagens wurde geöffnet. Der Stiefel, der auf den steinigen Boden auftraf, schockierte ihn. Leder. Mit Absätzen, die mindestens acht Zentimeter hoch sein mussten.

In den kniehohen Stiefeln steckten die längsten Beine, die er je gesehen hatte. Und die Frau, die zu diesen perfekten Beinen gehörte? Sie hätte über einen der Pariser Laufstege stolzieren können statt über eine feuchte, Unheil verheißende

Landstraße in den Alpen. Langes, glänzendes schwarzes Haar verschwand hinter schmalen Schultern. Es umrahmte ein vollkommen symmetrisches, zartes Gesicht mit makelloser, olivfarbener Haut.

War das etwa die sagenhafte Zoya? Der mörderische Arm eines korrupten KGB-Generals, der illegal Waffen an … nun ja, an Männer wie ihn verkaufte?

Die Hände hatte sie in den Taschen ihrer kurzen Lederjacke vergraben. Er hätte seinen Lieblingsrosenkranz darauf verwettet, dass sie statt einer Pistole etwas Scharfes in der Hand hielt.

Also musste sie nahe an ihn herankommen. Die Vorstellung entlockte ihm ein Lächeln.

Mit den Stiefeln war sie fast einen Meter achtzig groß, was bedeutete, dass sie ohne Stiefel zwei bis drei Zentimeter größer als er sein musste.

Egal – bei dem, was sie die meiste Zeit tun würden, wären sie sowieso in der Waagerechten. Außer, sie hätte diese fantastischen Beine um ihn geschlungen, während sie standen. Dann wären ihre Gesichter auf gleicher Höhe. Sein Körper reagierte sofort auf diese Vorstellung.

Er konnte es kaum erwarten.

Wenige Zentimeter vor ihm blieb sie stehen und betrachtete ihn aus dunklen Mandelaugen missbilligend von oben bis unten.

Er grinste, denn er wusste, was sie sah, schließlich rasierte er seine sommersprossige, rothaarige Visage jeden Morgen vor dem Spiegel. Was ihm an Größe fehlte, machte er durch Breite wett. Durch manche Türen passte er nur seitwärts. Seine kräftigen Arme hätten bei der Länge eigentlich zu einem viel größeren Mann gehört, aber seine riesigen, hässlichen Hände waren überraschend geschickt in Dingen, bei denen es auf

Präzision ankam. Er war keine Schönheit, aber er wusste, dass seine grünen Augen funkelten, wenn er lächelte.

Und dieses Wissen setzte er jetzt schamlos ein.

»›Den Augenblick, da ich Euch sahe, flog mein Herz in Euern Dienst‹.« Danny Boy konnte nicht gut mit Worten umgehen. Nur der große Dichter konnte seine Gefühle in die richtigen Worte kleiden.

Verblüfft sah sie ihn an. Sie räusperte sich, schien aber unbeeindruckt. »Sie sind Daniel?«, fragte sie mit hartem russischem Akzent.

»Einfach Danny Boy, bei militärischen Operationen verwende ich nie meinen richtigen Namen.«

Bei dem Wort »militärisch« verzog sie ihre vollen, entzückenden Lippen. Sie gehörte zu denen, die die IRA eher unter dem Stichwort »terroristisch« als »militärisch« abgespeichert hatten.

Egal, so hatten sie wenigstens ein Thema für ihr Bettgeflüster.

»Ist das das Geld?« Sie deutete mit dem Kinn auf den Aktenkoffer.

»Ja.«

Ihre Blicke trafen sich. Vielleicht funktionierte das gute alte irische Funkeln ja? Er intensivierte es noch ein wenig.

Sie sah weg.

Ja, es funktionierte.

»Mein Auftrag lautet: das Geld nehmen und Sie töten«, informierte sie ihn. »Ich bin gut in meinem Job.« Ihr Pokerface war verdammt hinreißend. Allerdings gab es da ein Problem. Ihre schwarzen Augen waren alles andere als tot. Sie sprühten vor Leben. Vor Neugier. Vor Leidenschaft. Wenn sich die Gelegenheit bot, würde sie ihn töten. Daran zweifelte er nicht eine Sekunde.

»Ich weiß.« Er hob den Arm mit dem Aktenkoffer. »Nur ich habe den Schlüssel, und den gebe ich dir erst, wenn du mir die Ware ausgehändigt hast.«

Sein Blick war auf das lange Sägemesser gerichtet, das sie aus der Tasche gezogen hatte, deshalb sah er den vernichtenden Schlag in seine Magengrube nicht kommen. Er schnappte noch immer nach Luft, als sie ihm bereits mit irgendeinem Kung-Fu-Trick beide Hände hinter den Rücken gedreht und ihm von hinten das Messer an die Kehle gesetzt hatte.

»Ich könnte dir den Arm abschneiden, an dem das Geld hängt, und dich einfach verbluten lassen«, schnurrte sie ihm mit ihrem erotischen russischen Akzent ins Ohr.

Er hätte gern die Hände frei gehabt, um zurechtzuschieben, was sich in seiner Hose anbahnte. Aber dann würde sie aus seiner Halsschlagader eine Fontäne schießen lassen, also ließ er ihr den Spaß. Außerdem pressten sich ihre vollen Brüste bei jedem Atemzug gegen seinen Rücken, und das gefiel ihm.

Das Messer schnitt in seine Haut.

»Nur zu, dann werden die Sprengsätze unter euren Wagen den Skiläufern ein paar neue Abfahrten bescheren.«

Sie holte tief Luft und sprudelte eine Reihe russischer Wörter hervor, die vermutlich ihre Großmutter hätten erröten lassen.

»Wo ist der Zünder?«, fragte sie.

»In meinem Stiefel. Wenn ich den Zeh nach oben drücke, wird er aktiviert.«

»Wie hast du die Explosion verhindert, als wir eben gekämpft haben?« Sie klang beeindruckt. Gut. Er kam seinem Ziel näher.

»Wir Iren sind leichtfüßig. Ich bin beweglicher, als ich aussehe. Ich habe die absolute Kontrolle über jeden meiner Körperteile.« Er riskierte es, mit der rauen Spitze seines Daumens über ihr Handgelenk zu streichen.

Sie musste die Andeutung verstanden haben, denn sie verdrehte ihm den Arm so heftig, dass sie einem schwächeren Mann das Schultergelenk ausgerenkt hätte. Aber sie schnitt ihn nicht wieder. Also … ein Fortschritt.

»Das glaube ich kaum«, erwiderte sie trocken. »Im Moment kontrolliere *ich* einige Teile, stimmt's?«

Machte ihn das nicht mehr an, als es sollte? Er hatte sich noch nie von einer Frau fesseln lassen, aber er würde sich mit Vergnügen jeder Folter unterwerfen, die sie sich ausdenken mochte.

»Noch nie hat es jemand bei mir mit *Der Sturm* versucht.« Sie klang, als würde sie lächeln.

Sie kannte Shakespeare? Danny Boy beschloss, den Rest seines Lebens mit ihr zu verbringen. Sie würden wunderschöne Kinder zeugen.

Eine Tür schlug zu. »Zoya?«, brüllte eine raue, männliche Stimme.

»›Ich folge dir und finde Wonn' in Not, gibt die geliebte Hand mir nur den Tod.‹« Danny Boy beschloss, sich an das zu halten, was funktionierte. Bei Shakespeare fand man für jede Situation das passende Zitat.

Der Druck des Messers an seiner Kehle ließ etwas nach. »›Begegnet Lieb' Euch rauh, so tut desgleichen!‹« Ein Zwicken an seinem Ohr unterstrich die Herausforderung.

»Meine Güte, wenn wir keine Gesellschaft hätten, hätte ich dich schon längst gegen die erstbeste harte Stelle gedrückt.« Okay, das hatte Shakespeare nicht gesagt, aber er hätte es sicher sagen wollen.

»Dann …« Sie ließ ihn los. »Schaff uns unsere Gesellschaft vom Hals.«

»Hast du den Sprengstoff dabei, den wir bestellt hatten?«

»Nein«, gestand sie.

»Gut.« Er grinste, packte ihr Handgelenk und rannte in Deckung.

Die Explosion war nichts im Vergleich zu dem, was kommen würde, sobald er sie aus diesen Stiefeln herausgeholt hatte.

1

Was Fliegen für muthwillige Knaben sind,
sind wir den Göttern; sie tödten uns
zu ihrem Zeitvertreib.

William Shakespeare, *König Lear*

Wenn er so spät am Abend von der Zentrale aus angerufen wurde, konnte das nur eins bedeuten: eine Leiche.

Luca Ramirez rieb sich müde übers Gesicht und blinzelte ein paarmal, um die Schlieren auf seinen Kontaktlinsen wegzuwischen. Es funktionierte nicht. Vielleicht herrschte draußen Nebel? Um Mitternacht konnte beides der Fall sein. Er war so erledigt, dass das Licht der Straßenlaternen ineinanderfloss, und er würde sich alle Mühe geben müssen, seinen neuen Dienstwagen, einen schwarzen Dodge Charger, nicht zu Schrott zu fahren. Weiter gingen seine Pläne für den Rest des Wochenendes vorläufig nicht. Plötzlich spürte er ein so starkes Verlangen danach, das Handy zu packen und in den Willamette River zu werfen, dass er sich am Lenkrad festklammern und erst einmal tief einatmen musste, bevor er danach griff.

»Ramirez«, bellte er.

Die weibliche Stimme am anderen Ende war das Äußerste an Nachtleben, das ihm in letzter Zeit vergönnt gewesen war. Und das war wirklich eine Schande, denn die dazugehörige Frau war zwanzig Jahre älter, doppelt so lange verheiratet und Großmutter von Zwillingen.

»Die Polizei hat gerade einen 10–90-Notruf vom Ufer des Flusses bekommen. Ein Obdachloser hat ihn vom Cathedral Park aus gewählt.«

Von Zeit zu Zeit war es einfach zum Kotzen, wenn man recht behielt.

»Ich dachte, ich gebe Ihnen schon mal Bescheid, weil Sie in der Gegend wohnen.« Beatrice Garber, die die Nachtschicht in der Telefonzentrale machte, wusste, dass er in der Nähe vom Cathedral Park sein musste, weil er ihr vor gerade mal einer Viertelstunde zum Abschied zugewunken hatte, als er endlich sein Büro im FBI-Hauptquartier verlassen hatte.

»Äh, Bea, ich habe einen Vierzehn-Stunden-Tag hinter mir. Ich brauche dringend ein paar Stunden Schlaf.« Vor fünf Jahren wäre er auf den Anruf hin sofort losgedüst. Vor fünf Jahren war er auch noch in seinen Zwanzigern gewesen. »Passt die Leiche tatsächlich in das Schema?«

Bea schwieg einen Moment. »Das Opfer wird beschrieben als weiblich, rothaarig, eingehüllt in weiße und rote Gewänder.«

»Verdammt«, fluchte er und hämmerte auf das Lenkrad ein. »Mist!« Das war es, was er befürchtet hatte. Deswegen hatte er die ganzen letzten Monate bis zum Umfallen geschuftet. Er hatte sich das Versprechen gegeben, Johannes den Täufer zu erwischen, bevor er einen weiteren Menschen tötete. »Dieser schwanzlutschende Huren…«

»Ich bin noch hier«, flötete Bea, halb amüsiert, halb tadelnd.

»Ich übernehme.« Luca schaltete den Lichtbalken ein. »Rufen Sie Di Petro an, außerdem die Spurensicherung, das Labor …«

»Schon dabei.«

Er warf sein Handy auf den Beifahrersitz und trat das Gaspedal bis zum Boden durch. Sein Wagen machte einen Satz wie eine Raubkatze und schoss durch den nachlassenden Freitagabendverkehr.

Unter den tief hängenden Wolken, die drohten, ihren Inhalt jeden Moment herabregnen zu lassen, war das Wasser des Willamette River in dieser Nacht nicht zu sehen. Es wirkte eher wie ein breites, dunkles Band, das die hellen Lichter Portlands in zwei Hälften teilte. In Downtown würde sich das Stadtbild im Wasser spiegeln und so eine instabile Visualisierung der architektonischen Giganten des Nordwestens schaffen.

Die Abzweigung auf die Pittsburgh Avenue nahm er auf zwei Rädern, um dann quietschend neben dem einzigen Streifenwagen auf dem kleinen Parkplatz beim Cathedral Park zum Stehen zu kommen. In spätestens zehn Minuten würde dieser Ort von mehr Blitzlichtern erhellt sein als Downtown bei einer Technoparty.

Er sprang aus dem Wagen. Die feuchtkalte Oktoberluft drang ihm in die Lungen und gab ihm das Gefühl, Eiswürfel einzuatmen. Immerhin wurde so zu Ende gebracht, was der Adrenalinschub angestoßen hatte: Er war hellwach und voll und ganz da.

Das Nordufer des Flusses war in tiefe Dunkelheit getaucht, trotz der Verkehrsampeln oben auf der St. Johns Bridge und einiger matter Straßenlaternen in der Umgebung, die die berühmten Steinpfeiler beleuchteten, auf denen der Viadukt über dem Park ruhte.

Im Vorbeigehen warf er einen Blick auf den Streifenwagen. Das hintere Fenster war herausgeschlagen worden, das Sicherheitsglas bildete auf dem Boden einen wüsten Haufen, in dem sich das blaue und rote Licht abwechselnd spiegelten. Luca ging mit gezogener Waffe um den Wagen herum und hielt nach einem verletzten Polizisten Ausschau. Als er keinen fand, ließ er den Blick über die menschenleere Umgebung schweifen.

Hatten sie den Tatverdächtigen erwischt? War er geflohen?

Vorsichtig stieg er über die Betonmauer und bahnte sich durch eine schmale Reihe von Bäumen einen Weg zum Ufer. Er lief auf die Kegel zweier Taschenlampen zu, mehrere Meter die Uferböschung hinunter, die Dienstwaffe seitlich am Körper.

Zwei Polizisten richteten die Waffen auf ihn, und er hörte die Entsicherungshebel klicken. »Bleiben Sie sofort stehen«, sagte einer der Uniformierten. »Das hier ist ein abgesicherter Tatort.« Ein fetter Regentropfen traf Lucas Nasenrücken, woraufhin sein Bedürfnis wuchs, die Leiche anzuschauen, bevor sämtliche Beweise von einem Unwetter davongespült würden.

»FBI. Special Agent Ramirez. Ich werde jetzt mit der linken Hand meine Marke rausholen.« Er wusste genau, dass er an einem Tatort keine plötzlichen Handbewegungen machen durfte.

»Zeigen Sie her«, kam die unwirsche Antwort.

Luca ging weiter auf die beiden zu, griff in seine Tasche und zog die Marke und den Ausweis heraus, die ihn eindeutig als FBI-Agenten identifizierten.

Die Polizisten senkten ihre Waffen.

»Ist die Leiche eine von seinen?« Luca brauchte den Namen nicht auszusprechen.

»Sieht so aus.« Die Polizisten richteten den Strahl ihrer Taschenlampen wieder auf das regungslose weiße Bündel, das teilweise in einen roten Stoff eingehüllt war. Luca musste die blinden Flecken wegblinzeln und seine Augen wieder an die Dunkelheit gewöhnen.

Auf den ersten Blick konnte man das unförmige, dreckige Bündel in der Dunkelheit leicht für Abfall halten, der an das schmale Ufer gespült worden war, aber das war offenkundig unmöglich. Luca sah flussaufwärts und stellte spontan ein paar Berechnungen an.

Der Cathedral Park lag an einer Biegung des Willamette, was einem den flüchtigen Eindruck vermittelte, es handle sich um einen malerischen Park in der Vorstadt. Dabei lag er zwischen zwei der größten Hafenindustriekomplexe von Portland. Hinter der westlichen Biegung beluden Swan Island Basin und Northwest Industrial Dutzende von Schiffen und betrieben weltweiten Handel. Von der Ostseite des Parks bis fast zu der Stelle, wo Willamette und Columbia zusammenflossen, erstreckten sich mehrere Quadratmeilen Arbeiterparadies, mit allem, was dazugehörte, von Firmen für Reifenentsorgung und -recycling bis hin zu Speditionen.

Luca registrierte die verschatteten Vorsprünge der alten Pfeiler entlang des gesamten Westufers des Flusses und die Stellen, an denen sich am Ufer Treibholz angesammelt hatte, und wie weit dieses von der schmalen Reihe von Bäumen entfernt war. Um an das Ufer zu gelangen, hätte die Leiche auf wundersame Weise durch die Pfeiler hindurchtreiben und dann fast einen Meter weit an Land gespült werden müssen.

Luca spürte einen weiteren kalten Tropfen auf seinen Kopf fallen. »Hat einer von Ihnen die Leiche bewegt?«, fragte er streng.

Der ältere der beiden Polizisten kniff die blauen Knopfaugen zusammen und schob seinen Waffengürtel auf seinen mächtigen Wanst hoch. Der andere, ein junger Afro-Amerikaner, schüttelte den Kopf.

»Das ist ab sofort mein Tatort, verstanden?«

Er war zu erschöpft und zu genervt für Diplomatie und riss die Leitung einfach an sich, bevor der Fettwanst ihm mit irgendwelchen Vorschriften kam und ihm die Nacht noch mehr versaute. Er war auch nicht in der Stimmung, auf FBI-Verstärkung zu warten. »Nehmen Sie Ihr Funkgerät und sagen Sie den Streifen hier in der Gegend, sie sollen nach demjenigen suchen, der Ihr Fenster eingeschlagen hat und vom Rücksitz Ihres Wagens geflohen ist. Und dann erkundigen Sie sich, wann der Coroner und die Spurensicherung hier eintreffen.«

Der ältere Polizist und er wogen in etwa gleich viel, aber mit seinen 1,87 Metern war Luca gut zehn Zentimeter größer als der andere. Außerdem war Lucas kräftige Gestalt das Ergebnis von regelmäßigem Gewichtstraining und Rugby oder Football am Wochenende, und nicht von trockenen Donuts und zu vielen Reuben-Sandwiches. Er hätte seine Lieblings-Sig-Sauer verwettet, dass der Typ Diabetiker war. Er wandte sich an den Jungen, überging einfach gut neunzig Kilo geifernde Wut. »Sagen Sie mir, was Sie bis jetzt haben.«

Der Junge riss die Augen auf, sodass sich das Weiße hell gegen sein dunkles Gesicht abzeichnete. »Er … er ist geflohen?« Er wirkte grimmig und gedemütigt zugleich, fing sich jedoch rasch wieder.

»Wir waren auf Patrouille im Park, als wir vor ein paar Minuten einen Anruf von der Zentrale bekamen. Ein offensichtlich Nichtsesshafter hatte gemeldet, er habe eine Leiche aus dem Wasser gefischt.« Luca zog Latexhandschuhe aus der Tasche und trat an die Leiche heran. Er wartete, dass der Junge ihm etwas erzählte, was er noch nicht wusste. »Der Obdachlose hatte einen totalen psychotischen Schub, als wir hier ankamen. Ich dachte, O'Reilly hätte ihm im Streifenwagen Handschellen angelegt.«

O'Reilly. Luca fügte den Dreckskerl seiner schwarzen Liste hinzu. Wie hatte er es versäumen können, den armen Kerl vernünftig zu sichern? So etwas war ein Anfängerfehler, der Leben kosten konnte.

»Tja, hat er aber nicht«, stellte Luca das Offensichtliche fest. Hinzu kam, dass die beiden Polizisten trotz der Entfernung und des Verkehrslärms das Zerbersten der Heckscheibe hätten hören müssen. Sein Gesicht begann zu brennen, ein Symptom seines in die Höhe schnellenden Blutdrucks. »Richten Sie Ihre Taschenlampe auf die Leiche«, befahl er, stocksauer über die Inkompetenz der beiden Männer.

Luca zwang sich, systematisch vorzugehen, mit anderen Worten: die einzelnen Teile von der Gesamtheit der Leiche abzuspalten. Er begann mit den Händen.

Die Nägel waren weder lackiert noch unecht, sondern zugefeilt und gepflegt. Anders als bei den anderen.

»Jagt Johannes der Täufer wirklich Pflöcke durch ihre Hände, während sie noch leben?« Der Polizist benutzte den Namen, den Öffentlichkeit und Medien dem schlimmsten Serienmörder verpasst hatten, den die Nation seit Jahrzehnten erlebt hatte.

»Wie man Jesus ans Kreuz genagelt hat.« Luca zog die Handschuhe an und verfluchte innerlich den leichten Regen, den er in den Fluss plätschern hörte. Obwohl es für sie keine Rolle mehr spielte, musste er das Bedürfnis unterdrücken, die kleine, weitgehend nackte Frau zuzudecken und sie vor dem eisigen Regen zu schützen.

Luca ging neben ihr in die Hocke und bog ihre schlanken Finger auf. Der junge Polizist schnappte nach Luft und fluchte. Solche Empfindlichkeiten kannte Luca schon seit langer Zeit nicht mehr. In der Handfläche klaffte ein etwa zweieinhalb Zentimeter langes und fünf Millimeter breites Loch. Blut, vermischt mit Wasser und Dreck aus dem Fluss, bedeckte ihre blasse Haut. Die Hand war noch elastisch, und die Finger ließen sich leicht bewegen, die Totenstarre hatte also noch nicht eingesetzt.

Dieser Mord war erst vor Kurzem begangen worden.

Luca kniff mehrmals die Augen zu, als könne die Nacht ein paar Antworten für ihn bereithalten. Johannes der Täufer hielt sich vielleicht in der Nähe auf. Vielleicht beobachtete er sie sogar. Als der Regen stärker wurde, ihm das Haar an den Kopf klebte und ihn in seinem Anzug zittern ließ, seufzte er entnervt auf.

Eigentlich stellte der Regen keine besondere Komplikation dar. Dass es irgendwelche Spuren gab, die der Regen fortwaschen konnte, war reines Wunschdenken. Dieser Hurensohn hinterließ nie Spuren. Nur eine weitere hübsche Rothaarige mit Löchern in den Händen und einer Stichwunde in der Seite, die noch dazu im Fluss getauft worden war. Normalerweise waren die Leichen fest in weiße und rote Messgewänder eingehüllt, wie ein schauriger Burrito, aber diese hier war bis zur Taille nackt, die Gewänder hatten sich um die untere Körperhälfte gewickelt, und sie war voller Schlamm und Blut.

In der Ferne heulten Sirenen, einige aus Richtung Universität, andere von der Brücke her.

O'Reilly kam leicht außer Atem auf sie zugestolpert. »Diese Hure muss eine von den erstklassigen, teuren gewesen sein«, bemerkte er, ohne den Blick von den perfekten blassen Brüsten des Opfers abzuwenden.

Luca und der andere Polizist sahen sich an. Es tröstete Luca, dass der junge Mann genauso angewidert zu sein schien, wie er selbst es war. Bei seinem Job traf man auf alle möglichen Arten von Bullen. Nicht immer waren sie die Guten. Manchmal hatten die Kriminellen einen respektableren Verhaltenskodex.

Luca stählte sich innerlich und blickte dann auf ihr Gesicht. Ihre Augen waren geschlossen. Gott sei Dank.

O'Reilly hatte seine Kamera aus dem Wagen geholt und

machte jetzt Fotos, wie es den Vorschriften entsprach. Die Vorstellung, dass dieser lausige Bulle diese Fotos hatte, behagte Luca ganz und gar nicht. Objektiv betrachtet hatte der Mistkerl recht. Diese Frau sah besser aus als die meisten anderen Opfer. Sie war nicht nur hübsch, sondern schön. Jung, Mitte zwanzig, mit einem geschmeidigen Körper, der offensichtlich – ihm fiel die fehlende Behaarung auf – gut gepflegt worden war. Die Stichwunde an der linken Taille nässte noch ein wenig. Das Blut mischte sich mit dem Regen und lief in rosa Rinnsalen in die Gewänder unter ihr.

Ihre elfenbeinfarbene Haut war makellos, abgesehen von ein paar blauen Flecken sowie Spuren von Fesseln an Handgelenken und Fußknöcheln. Sie war eine unbestimmte Zeit lang gefesselt gewesen, genau wie all die anderen, und sie war durch die Hölle gegangen, bevor sie gestorben war.

Wieder überfiel ihn die Müdigkeit. Oder war es eher Erschöpfung? Armes Mädchen. Luca war egal, wie sie vor ihrem Tod gelebt hatte. Von ihm aus konnte sie auch die Hure Babylon gewesen sein, das spielte für ihn keine Rolle. Die meisten vorherigen Opfer waren Huren gewesen. Egal. Vorher hatte sie gelebt, war ein Mensch mit Bedürfnissen, Wünschen, Zielen und Hoffnungen gewesen – und mit Schmerzen. Vielleicht gab es jemanden, der sie liebte und vermisste. Vielleicht auch nicht. Trotzdem war sie wichtig. Sie verdiente, dass ihr Gerechtigkeit widerfuhr. Egal, wer sie war.

Luca hörte Schritte, die Rufe seiner Kollegen. Das Atmen bereitete ihm Schmerzen. »Wir müssen ihre Identität so rasch wie möglich …«

»Heiliger Bimbam!« Der junge Polizist zuckte zurück und deutete verblüfft auf die Leiche.

Die Kamera zerbarst, als O'Reilly sie auf den steinigen Boden fallen ließ.

»Was zum Teufel ist mit Ihnen los?«, fuhr Luca die beiden an.

Dann sah er es selbst. Ein Zittern durchlief die Leiche. Einmal. Zweimal. Dann hob sich heftig ihre Brust.

»Rufen Sie einen Krankenwagen, und zwar sofort«, brüllte Luca.

Die Stimme des Jungen überschlug sich fast, als er in sein Funkgerät schrie. Die kaputte Kamera war vergessen. Luca ging auf die Knie und drückte ein paarmal auf die Brust der Frau, bevor er ihren bebenden Körper auf die Seite rollte. Unter heftigen Zuckungen erbrach sie eine alarmierende Menge dreckiges Wasser, bevor sie pfeifend einatmete, um danach noch mehr Wasser herauszuhusten. Der kalte Regen musste sie irgendwie wiederbelebt haben, und ihr Körper versuchte verzweifelt, trotz des Wassers in ihren Lungen zu atmen.

»Genau. So ist es gut. Husten Sie weiter.« Er achtete darauf, dass sie nichts von dem einatmen konnte, was sie erbrach.

»Das … das ist doch nicht möglich«, stammelte O'Reilly. »Sie war kalt. Sie hat nicht geatmet. Sie … sie hatte keinen Puls!«

»Wo haben Sie danach getastet?«, fauchte Luca ihn über die Schulter hinweg an, während er ihr ein paar ermunternde Klapse auf den Rücken gab.

»Am rechten Handgelenk. Ich wollte die Leiche nicht bewegen.« O'Reillys Stimme war nur noch ein schrilles Wimmern.

»Das kostet Sie Ihre Marke, Sie dumme Nuss, dafür sorge ich«, knurrte Luca. Am rechten Handgelenk eines Opfers, das nicht atmete und aus mehreren Wunden blutete, nach einem Puls tasten? Hätte er eine noch schlechtere Stelle finden können? Jeder, der auch nur ein bisschen Ahnung hatte, tastete am Hals. Hätte der Idiot einen schwachen Puls mit seinen Wurstfingern überhaupt spüren können?

Luca riss sich die Anzugjacke vom Leib und wickelte ihren Oberkörper darin ein, nicht nur, um sie zu wärmen, sondern auch, um sie vor O'Reillys gierigem Blick abzuschirmen. Befriedigt stellte er fest, dass sie zwischen den Hustenanfällen immer wieder Luft in die Lungen sog.

Sie würde nicht lange überleben, wenn ihre Wunden nicht bald versorgt wurden. »Wo bleibt der verdammte Krankenwagen?«, rief er.

»Schon unterwegs«, rief jemand zurück. »Der nächste Standort ist keine vier Blocks entfernt, in zwei Minuten ist er da.«

Er hoffte, sie hatte noch zwei Minuten. Die Nachricht, dass das Opfer lebte, hatte sich wie ein Lauffeuer unter den immer zahlreicher eintreffenden Polizeikräften verbreitet. Je mehr Leute auftauchten, desto größer war die Chance, dass ihm irgendein mitdenkender Mensch einen Erste-Hilfe-Kasten brachte.

»Hier.« Eine offene schwarze Plastikkiste voller Bandagen, Tabletten, Antiseptika, steriler Pflaster und sonstiger Erste-Hilfe-Utensilien wurde ihm in die Hand gedrückt. Er sah hoch. Detective Regan Wroth von der Mordkommission des Portland Police Department kniete auf der anderen Seite des Opfers.

Luca mochte sie. Himmel, er hatte mehr als einmal versucht, sie flachzulegen, genau wie alle anderen männlichen Mitglieder der Polizei von Portland.

»Danke.« Er riss ein paar Bandagenpackungen auf und nahm seine Jacke, um die Bandagen damit gegen die Seite des Opfers zu pressen. »Drücken Sie hier«, wies er Wroth an. Sie bedachte ihn mit einem Ich-bin-doch-nicht-blöd-Blick, sagte aber nichts. Er wusste, dass er sie nicht nur mochte, weil sie wie eine kluge Version von Emilia Clarke aussah.

Sobald Wroth Druck auf die Wunde ausübte, riss die junge Frau die Augen auf und schlug wild um sich. Ein heiserer Schrei entrang sich ihrer Kehle, dann versuchte sie, Luca am Hemd zu packen. Sobald es ihr gelungen war, stieß sie erneut einen schmerzerfüllten Schrei aus und zog ihre verletzten Hände in den Schutz ihres zusammengekrümmten Körpers. Ihr panischer Blick wanderte von Gesicht zu Gesicht, und ihr verängstigtes Schluchzen wurde immer wieder von kräftezehrenden Hustenanfällen unterbrochen.

»He. He … ganz ruhig.« Luca ergriff sanft ihre schlanken Handgelenke. »Ich weiß, das tut weh. Aber wir müssen die Blutung stoppen.« Er hockte sich so hin, dass er ihr Gesichtsfeld möglichst ausfüllte, in der Hoffnung, all das Chaos und die Gesichter und die blinkenden Lichter abblocken zu können. »Schauen Sie mich an, Süße«, sagte er freundlich, als sie ihre weit aufgerissenen grünen Augen auf ihn richtete.

Sie blinzelte unentwegt, hörte aber auf zu schluchzen. Zitternd starrte sie ihn an, und ihre Tränen vermischten sich mit dem Regen. Sofort trat das Chaos um sie herum in den Hintergrund. Wieder durchlief Luca ein Schauder, doch nicht, weil ihm sein dünnes Hemd klatschnass am Körper klebte. Als sich ihre Blicke trafen, war es, als würde ein Puzzlestück an seinen richtigen Platz geschoben. Das Gefühl, das sein Herz mit dem Druck eines eisernen Schraubstocks packte, rief Assoziationen wie Schicksal und Vorhersehung wach.

Dabei glaubte er nicht einmal an solchen Mist.

Lucas Gehirn wehrte sich gegen dieses Gefühl, wie sich ein Körper gegen eindringendes Gift wehrt. Dieses Mädchen – diese Frau – war nicht nur ein Opfer, sondern auch eine Zeugin. Seine Zeugin. Sie hatte dem Teufel in die Augen gestarrt. Er hatte sie gekreuzigt, erstochen und ersäuft, und doch war sie an der Schwelle zum Tod stehen geblieben und umgekehrt. Dieses seltsame Gefühl epischer Größe konnte also nur bedeuten, dass sie vielleicht die Schlüsselfigur war, die dem Bösen, das die Frauen dieser Stadt in Angst und Schrecken versetzte, ein Ende bereitete. Zumindest war Luca wild entschlossen, sich an diese Interpretation zu halten.

»Sie brauchen eine Decke«, stellte er fest. »Verdammt, besorgt vielleicht mal jemand eine Decke?«, rief er über die Schulter. Sein Zorn legte sich ein wenig, als er sah, welche Hektik ausbrach, um seinem Befehl nachzukommen. An guten Tagen geschah es selten, dass Leute ihm widersprachen. Aber in einer Nacht wie dieser? Er hoffte inständig, irgendjemand würde ihn blöd anreden, denn er brauchte dringend jemanden, an dem er seine Wut auslassen konnte.

Als er sich wieder zu ihr umwandte, sah er in ihren grünen Augen etwas, womit er nun wirklich nicht gerechnet hatte. Hoffnung. Erleichterung. Vertrauen?

Wortlos hielt sie ihm die verletzten Hände hin, wie ein Kind, das seiner Mutter eine harmlose Wunde zeigt. Tränen rannen ihre Wangen hinab. Es zerriss ihm schier das Herz, aber er war auch unglaublich erleichtert, dass sie überhaupt eine Reaktion zeigte.

»Ich weiß«, murmelte er und presste behutsam Gaze auf ihre Handflächen. »Ich weiß. Der Krankenwagen ist schon unterwegs. Können Sie bis dahin durchhalten, mir zuliebe?«

Vielleicht stellte die leichte Bewegung ihres Kopfes ein Nicken dar.

»Braves Mädchen.« Er legte ihr die Hand aufs Haar und sah erneut über die Schulter. »Verdammt!«, explodierte er. »Wir haben bald zwanzig Grad minus, und keiner von euch Idioten kann eine Decke auftreiben? *Aye, chingau, pendejos!* Man hat sie gerade erst aus dem Fluss gefischt! Ich schwöre bei der *Madre de Dio* …«

Eine Decke wurde in seine Hände gelegt, eine dieser rauen

Notfallwolldecken, wie sie die Leute in ihrem Kofferraum spazieren fahren, in der Hoffnung, sie nie benutzen zu müssen.

Hatten sie die erst weben müssen, bevor sie sie hierhergeschafft hatten?

Wroth half ihm, die Decke aufzuschlagen und über das Opfer zu legen. Noch immer spürte er die junge Frau unter seinen Händen zittern. Wenn es Komplikationen wegen Unterkühlung geben sollte, würde er O'Reilly mit dessen eigenem Schlagstock zu Tode prügeln. Wenn sich ihr Zustand weiter verschlimmerte, würde dieses fette Arschloch die volle Wucht seines Zorns zu spüren bekommen.

Luca atmete tief die kühle Luft durch die Nase ein und gab beim Ausatmen ein zischendes Geräusch von sich. Was hatte er im Wutbewältigungsseminar gelernt? Während er langsam bis zehn zählte, erst auf Englisch, dann auf Spanisch, stopfte er behutsam an der Stelle, wo Wroth noch immer auf die Wunde drückte, die Decke unter den Körper des Opfers.

Wroth sagte nichts, sah ihn nur mit gerunzelter Stirn an.

»Habe ich gerade wirklich auf Spanisch gebrüllt?« Er hantierte viel länger mit der Decke herum, als nötig war. Im College hatte er sich seinen spanischen Akzent völlig aberzogen. Nur bei Wutausbrüchen fiel er in seine Muttersprache zurück. In letzter Zeit hatte er das im Griff gehabt. Meistens.

»Und wie.«

»Tut mir leid«, murmelte er, mehr an das Opfer als an den Detective gerichtet.

Die junge Frau sah ihn verblüfft an. Sie schien vollauf damit beschäftigt zu sein, zu keuchen und zu zittern. Ihn überkam das leichtsinnige und verstörende Bedürfnis, ihren zitternden Körper in die Arme zu nehmen und ihr von seiner Wärme abzugeben, und er ballte abwehrend die Fäuste.

Jemand brüllte, dass der Krankenwagen da sei. Er war

wirklich schnell gekommen, aber die Blässe der jungen Frau machte ihm allmählich ernsthaft Sorgen.

»Sie sehen aus, als hätten Sie einen höllischen Tag hinter sich, Ramirez«, sagte Wroth mit ihrer samtigen Stimme, mit der sie schon so manchem ahnungslosen Kriminellen ein falsches Gefühl von Sicherheit vermittelt hatte. »Fahren Sie nach Hause und schlafen Sie ein paar Stunden. Ich fahre mit ihr im Krankenwagen und rufe Sie …«

»Nein!«

Beide sahen sie überrascht nach unten.

Das Opfer versuchte verzweifelt, sich zu ihm hin zu rollen, und streckte ihm die verletzten Hände entgegen, von denen sich dadurch die Gaze löste. Wild um sich blickend rief die junge Frau: »Nein! Nein! Sie!« Sie schüttelte heftig den Kopf.

»He, schon gut. Beruhigen Sie sich.« Er fasste sie behutsam an den Schultern, um ihre hektischen Bewegungen zu stoppen.

Sie versuchte, trotz ihrer klappernden Zähne etwas zu sagen. »Lassen Sie … mich nicht … allein.«

»Okay. Ich fahre mit Ihnen ins Krankenhaus. Aber Sie müssen unbedingt still liegen, Süße. Ihre Seite fängt schon wieder an zu bluten.«

Sie gehorchte sofort und entspannte sich.

Er wechselte einen Blick mit Wroth. Die junge Frau hatte sie beide gerade völlig schockiert. Warum wollte sie nicht den freundlichen und hübschen, nichtsdestotrotz fähigen weiblichen Detective dabeihaben, sondern ihn gereizten, vulgären Idioten?

Im Geheimen vermutete Luca, dass er Wroth sowieso widersprochen hätte. Himmel, er hätte gar nicht groß widersprechen müssen. Er wäre einfach mit in den Krankenwagen eingestiegen. Aus irgendeinem lächerlichen Grund machte ihn die Vorstellung, sie der Obhut einer anderen Person zu überlassen, total verrückt. Wenn nun etwas auf dem Weg zum Krankenhaus passierte? Wer achtete darauf, dass die Sanitäter ihre Arbeit richtig machten? Oder die Ärzte, sobald sie in der Notaufnahme war?

Es ging nicht um das Bleigewicht, das er jedes Mal in seinem Bauch spürte, wenn er sie ansah. Oder um die unpassenden primitiven Instinkte, die sein Blut in Wallung brachten. Damit hatte das gar nichts zu tun. Sie war seine erste und einzige Zeugin in diesem Fall. Verdammt, er würde sie sich nicht für ein paar Stunden Schlaf durch die Lappen gehen lassen.

»Entschuldigung, Sir.« Eine winzige Sanitäterin mit honigfarbener Haut und ihr blonder Partner schoben ihn zur Seite und stellten rasch die Tragbahre ab. Ihre Zusammenarbeit war effektiv, und es schien ihnen nichts auszumachen, dass er neben ihnen hocken blieb.

»Sie können helfen, sie den Hügel hinaufzutragen, und ich übernehme die Erstversorgung«, befahl die Frau Luca und deutete auf die offenen Wunden.

Luca mochte sie auf Anhieb. Wieso gab es nicht mehr Frauen in diesem Beruf? Seiner Erfahrung nach bewahrten Frauen in Krisensituationen eher einen kühlen Kopf und klappten erst später zusammen. Damit schlug er sich lieber herum als mit solchen Riesenarschlöchern wie O'Reilly.

Sobald sie im Krankenwagen waren und auf das Legacy Emanuel Medical Center zurasten, beugte er sich zu dem Opfer hinunter, um es davon abzuhalten, in einen Schockzustand abzugleiten.

Sie zu wärmen bedeutete eine bessere Blutzirkulation. Obwohl die Sanitäterin etwas von ihrer Arbeit zu verstehen schien und die Vitalfunktionen des Opfers stabiler waren, als er erwartet hatte, hatte er noch immer höllische Angst, sie könne es nicht schaffen.

»Wie heißen Sie?«, fragte er und strich ihr eine schmutzige Haarsträhne aus der Stirn.

Sie versuchte, den Blick auf sein Gesicht zu richten, dann flüsterte sie: »Hero.«

Ein trauriges Lächeln spielte um seinen Mund. »Nein, ich bin kein Held, Mädchen. Ich bin alles andere als ein Held.«

2

Was ist ein Name? Was uns Rose heißt,
Wie es auch hieße, würde lieblich duften.

William Shakespeare, *Romeo und Julia*

Hero Viola Katrova-Connor. Was für ein bizarrer Name!

Luca saß auf dem unbequemen Stuhl, der jedes Mal ein furzendes Geräusch von sich gab, sobald er sich bewegte, und ließ die Gedanken schweifen, während er gleichzeitig das regelmäßige Heben und Senken ihrer Brust beobachtete. Dieser Rhythmus und das gleichmäßige Geräusch der Maschinen hatten eine hypnotisierende Wirkung auf ihn. Er starrte jetzt schon seit – er sah auf seine Uhr – einer guten halben Stunde vor sich hin. Verdammt. Er hätte geschworen, dass noch keine fünf Minuten vergangen waren, seit man sie in dieses Einzelzimmer gebracht hatte.

Sie war ausgeflippt, als die Leute in der Notaufnahme sie hatten trennen wollen. Ihr entsetzter Blick ging ihm nicht aus dem Kopf. Sie hatte gebettelt, man möge ihn bei ihr bleiben lassen, und schließlich hatte man erlaubt, dass er blieb, bis das Beruhigungsmittel wirkte. Bei ihm fühlte sie sich geborgen, nahm Luca an, aber er konnte beim besten Willen nicht verstehen, wieso. Die meisten Menschen, die beruflich mit ihm zu tun bekamen, konnten es kaum erwarten, möglichst schnell von ihm wegzukommen.

Sein Blick wanderte zu ihren Händen, die in dicke Verbände eingewickelt zu beiden Seiten ihres Körpers lagen. Am liebsten hätte er etwas an die Wand geworfen, und um den Impuls zu unterdrücken, begann er, sie genauer zu betrachten. Ihre Nase, in der jetzt die Schläuche vom Sauerstoffgerät steckten, war klein und wohlgeformt, dazu mit ein paar wenigen Sommersprossen gesprenkelt, die ihm vorher entgangen waren. Ihr ovales Gesicht war fein geschnitten und verlieh ihr einen Hauch jugendlicher Unschuld. Ihr Körper war kräftig, mit Kurven an all den richtigen Stellen, und – wie er sich erinnerte – muskulös wie der einer Athletin.

Als Prostituierte würde sie jede Menge Kohle machen.

Sie war drei nicht enden wollende Stunden lang im OP gewesen. Nachdem sie in die Notaufnahme gerollt worden war, hatte Barbara, die Verwaltungsangestellte mit den katzenartigen Fingernägeln und den toupierten Haaren eines Texas-Landeis, Hero als eine der regelmäßigen freiwilligen Helferinnen des Krankenhauses erkannt. Noch etwas, das nicht in das Schema Johannes' des Täufers passte. Gierig danach, endlich auf eine Spur zu stoßen, hatte Luca die arme Barbara über eine Stunde lang ausgequetscht. Bis er mit ihr fertig war, mochte ihn die Angestellte auch nicht mehr. Welch Überraschung.

Trotz ihrer Tränen und ihres Hinterwäldlerdialekts hatte er herausgefunden, dass das Opfer Yoga-Lehrerin und eine in der Gegend recht bekannte Künstlerin war. Wie es schien, stellte sie Keramiken her. Barbara hatte ihm sogar einen hellrosa Kaffeebecher mit gelben geschlängelten Linien gezeigt, den sie bei einer weihnachtlichen Wohltätigkeitsveranstaltung gekauft hatte. Als sie den Kaffeebecher in der Hand gehalten hatte, waren die Tränen noch heftiger geflossen, und ihr Make-up war in die Fältchen rund um ihre Augen zerlaufen.

Nein, sie wisse nicht, ob Hero mit jemandem zusammen sei.

Nein, es sei unvorstellbar, dass sie Feinde habe.

Nein, sie könne nicht sagen, wo Hero wohne und womit sie sonst ihren Unterhalt verdiene. Und Luca sei ein Schwein, da er auch nur anzudeuten wage, sie sei irgendetwas anderes als ein wahrer Engel.

Danach war die Frau zu nichts mehr zu gebrauchen gewesen. Luca hatte sie weggeschickt, damit sie ihr Gesicht zurechtmachen konnte.

Inzwischen wurde fieberhaft daran gearbeitet, alles an Informationen über Hero zusammenzutragen. Eine Armee von FBI-Angestellten untersuchte ihre Vergangenheit. Er würde alles über sie erfahren, von ihrem Wohnort über ihre Krankengeschichte bis hin zu ihrem Lieblingsnagellack.

Bis der Chirurg aufgetaucht war, um eine Prognose abzugeben, hatte Luca einen neuen Weg in den abgetretenen Teppich des Wartezimmers gelaufen. Sie hatten einen Teil des Dickdarms entfernen und einen kleinen Riss in der Niere verschließen müssen. Hero hatte mehrere Bluttransfusionen erhalten, und es bestand nach wie vor Sorge wegen der Parasiten im Flusswasser. Andererseits hatte ihr die Tatsache, dass sie einige Zeit in dem eiskalten Wasser verbracht hatte, vermutlich das Leben gerettet. Sie war kräftig und gesünder als viele andere, also würde sie voraussichtlich überleben. Diese Nacht schien ihre Glücksnacht zu sein.

Wenn man davon absah, dass sie einem Mörder in die Hände gefallen war.

Erleichtert hatte Luca sich auf den Stuhl fallen lassen und sich nicht mehr gerührt. Er starrte auf seine Bruno-Magli-Palatino-Cap-Toe-Boots. Seine Schuhe zu betrachten half ihm beim Denken. Regen und Schlamm hatten ihnen nicht gutgetan. Luca seufzte. Das hatte er nun davon, dass er vierhundert Dollar teure Schuhe bei der Arbeit trug.

Dieser Mordanschlag ergab einfach keinen Sinn. Bisher waren die Opfer von Johannes dem Täufer Huren gewesen. Oder, in einem Fall, eine Frau von einem Begleitservice, aber wenn man ehrlich war, gab es da letztlich kaum einen Unterschied. Vielleicht bei der Steuererklärung. Prostituierte sich Hero, um ihr Künstlerleben zu finanzieren? Nun, wenn das heutzutage schon College-Studentinnen machten, lag das durchaus im Bereich des Möglichen. Und dennoch war bei diesem Opfer zu vieles anders als bei den anderen.

Und dann ihre Familie. Im Telefonbuch waren keine Katrova-Connors verzeichnet. Seltsamerweise wusste er von einer weiteren Person, die diesen Namen trug, und dieser bedrohliche Kerl war auch noch ein FBI-Kollege. Und Heros Bruder. Vielleicht hatte das etwas zu bedeuten?

Aufgrund der öffentlichen Entrüstung über Johannes den Täufer war es allgemein bekannt, dass Luca der leitende Ermittler war. Er hatte ein paar lästige Pressekonferenzen abgehalten. War dieser Mordversuch vor allem dazu gedacht, das FBI zu verhöhnen? Oder hatten sie es hier eventuell sogar mit einem Nachahmungstäter zu tun?

Während Hero im OP gewesen war, hatte Luca seinen Partner, Vincent Di Petro, angerufen und ihn über Heros Bruder ausgefragt. Er kannte den Mann vom Sehen, aber sie hatten noch nie zusammengearbeitet.

Sein Partner war am Tatort und überwachte die Beweisaufnahme, während Luca bei dem Opfer blieb, aber er konnte Luca die gewünschten Informationen über Heros Bruder geben.

Berowne »Rown« Katrova-Connor arbeitete in der Abteilung für Wirtschaftskriminalität und gehörte außerdem der Sondereinheit für internationale Verbrechen an. Er war Ex-Soldat, Meisterschütze, ein fantastischer Kämpfer und so etwas wie ein Computer-Genie. Die gesamte Familie, die offenbar sehr fruchtbar war, war beim Militär oder bei den Strafverfolgungsbehörden. Außer Hero, wie es schien. Und was hatte es mit diesen durchgeknallten Namen auf sich? Hero? Berowne?

Luca trank einen Schluck von dem ekelhaften Kaffee aus dem Krankenhausautomaten. Inzwischen war er lauwarm und schmeckte wie Pisse. Der Bodensatz blieb ihm im Hals stecken, und er musste erst ein wenig kauen, bevor er ihn hinunterwürgen konnte.

Schließlich stand er auf und warf den Styroporbecher in den Abfalleimer neben der Tür. *Meine Güte*, hatte er die Schnauze voll von schlechtem Kaffee! Aber er würde nicht bei irgendeinem angesagten Schicki-Micki-Kaffeehaus voller Kiffer und Studenten – was sich gegenseitig nicht ausschloss – Schlange stehen, nur um eine anständige Tasse Kaffee zu bekommen.

»Geschafft.« Das Lächeln, das in ihrer schwachen Stimme mitschwang, ließ ihn sich fragen, ob er vor lauter Schlafentzug jetzt schon halluzinierte.

Er wirbelte herum, als hätte er einen Schuss gehört. »Wie bitte?« Die auf ihn gerichteten müden jadegrünen Augen lösten eine Reihe verwirrender Gefühle in ihm aus. »Ms Connor, ich …«

»Wo sind sie alle?«, fragte sie leicht lallend und sah sich verwirrt in dem abgedunkelten Zimmer um.

»Wer?« Schwammen heute Abend noch mehr Frauen im Fluss? War sie mit jemandem zusammen gewesen? Oder meinte sie den Rest der Ersthelfer am Tatort?

»Knocks«, murmelte sie. »Brown. Rohm. Dim Tree. Dra. Pop. Mmph.« Verängstigt und verwirrt sah sie ihn an.

Okay, jetzt redete sie eindeutig nur noch Unsinn. Vermutlich sollte er einen Arzt holen und Bescheid sagen, dass sie wach war. Und vermutlich eine Hirnverletzung hatte. *Meine Güte, hoffentlich nicht.* Er brauchte die grausigen Informationen, die sie in ihrem Gedächtnis gespeichert hatte. Er brauchte jedes noch so winzige Detail. Der Hai in ihm wollte sie mit Tausenden von Fragen angreifen.

Eine laute Stimme ertönte aus der Richtung, in der das Schwesternzimmer lag. »Mir ist scheißegal, dass keine Besuchszeit ist oder dass sich schon jemand im Zimmer befindet. Wer nicht zur Familie gehört, soll verschwinden!«

»Aber Mr Connor, er ist vom FBI«, hörte er Barbara sagen, und gleichzeitig hörte er ihre lächerlichen Schuhe dem Mann mit der dröhnenden Stimme hinterherklacken, Richtung Zimmer.

»Na und? Ich auch«, lautete die wütende Antwort.

»Und er ist Mexikaner«, flüsterte sie theatralisch in ihrem Südstaatendialekt.

Luca verdrehte die Augen. Er war halb Brasilianer mit europäischen Wurzeln, halb Puerto Ricaner, aber egal. Heros Kopf fiel auf das Kissen zurück, und sie entspannte sich.

Offensichtlich hatte Di Petro sein Versprechen gehalten und Rown angerufen. Und der besorgte Bruder war herbeigeeilt und hatte vermutlich auch den Rest des Clans informiert.

Es überraschte Luca, wie sehr es ihm gegen den Strich ging, Hero mit jemand anderem zu teilen. Nicht einmal ihre Familie wollte er im Zimmer haben. Sie hatte sich so wild an ihn geklammert, und er war nicht bereit, das herzugeben. Okay – damit begab er sich auf ein neues und gefährliches Terrain.

Hero war einfach eine wertvolle Zeugin, mehr nicht. Es gab keinen Grund, den edlen Ritter zu spielen.

»Hier«, zwang er sich zu sagen, während er zur Tür ging und den Bruder hereinwinkte. Entweder das, oder er musste ihm die Tür vor der Nase zuknallen und Hero vor dem Rest der Welt wegsperren.

Ja, er musste wirklich total erschöpft sein, wenn er so etwas auch nur in Erwägung zog.

»Ramirez.« Rown sah ihn überrascht aus zusammengekniffenen Augen an, die genauso grün waren wie Heros. Er trug eine Trainingshose, ein T-Shirt, das fast von seinen Muskelpaketen gesprengt wurde, und Flipflops. Vermutlich hatte Di Petros Anruf ihn aus dem Bett geholt. Luca hatte ihn noch nie anders als in einem billigen Anzug von der Stange gesehen, wie die, die auch in seinem Schrank hingen, und wie der, den er gerade trug. Der Mann war gebaut wie ein Held aus einem Comic, mit außergewöhnlich breiten Schultern und einer unverhältnismäßig schmalen Taille. Er schob sich an Luca vorbei ins Zimmer.

Wäre es nicht seine Schwester gewesen, die dort im Bett lag, hätte Luca den Typen glatt aus dem Fenster geschmissen. Einem Fenster im zweiten Stock. Aber er hielt sich zurück. Vorläufig. Das wilde Flackern in den Augen seines Kollegen verriet ihm, dass dieser notfalls auch gewalttätig werden würde. Und auch wenn dieses Riesenbaby nicht in der Mordkommission arbeitete, war Luca sich nicht sicher, wie solch ein Kampf ausgehen würde.

»Hero? Hero, was zum Teufel …?« Instinktiv wollte Rown nach ihrer Hand greifen, zog die seine aber rasch zurück, als er die Verbände sah, die nur die Fingerspitzen freiließen. »Was hat er mit dir gemacht?«

Hero antwortete nicht. Sie hatte erneut das Bewusstsein verloren.

Ihr Bruder beugte sich über sie, als suche er nach einer Stelle, wo er sie gefahrlos berühren konnte. Beim Anblick der Kratzer, der sich allmählich verfärbenden Schwellungen in ihrem Gesicht, ihrer Hände und der verschiedenen Schläuche, die unter dem Laken nach Gott weiß wohin verschwanden, verließ ihn offensichtlich der Mut.

»Verdammt.« Er wandte sich von ihr ab und schien nach etwas zu suchen, was er an die Wand werfen konnte. Oder auf den Boden schmettern. Dieses Bedürfnis war Luca überaus vertraut.

»Vor ein paar Sekunden war sie kurz wach.« Er versuchte, seine Stimme möglichst ruhig und nicht bedrohlich klingen zu lassen. Die Situation konnte rasch eskalieren. Sie standen hier auf derselben Seite. Es gab keinen Grund, sich wie testosterongesteuerte Neandertaler zu benehmen. »Ich glaube, sie hat nach Ihnen gefragt. Sie war ziemlich benommen.«

Rown drehte sich um und sah ihn durchdringend an. Er schien sich wieder gefasst zu haben, aber seine Kiefermuskulatur wirkte noch immer angespannt. Luca kannte dieses Gefühl nur zu gut. *Press die Zähne aufeinander, bis du dir sicher sein kannst, dass du nicht so etwas Lächerliches wie ein Knurren oder ein Brüllen von dir gibst.*

Mach stattdessen Handbewegungen.

Luca beantwortete Rowns unausgesprochene Frage: »Ihre Hände wurden durchbohrt, außerdem die linke Seite, und danach wäre sie beinahe im Fluss ertrunken. Sie hat sehr viel Blut verloren, aber sie haben ihr Transfusionen gegeben und gehen davon aus, dass sie es schafft. Hier ist die Handynummer des Chirurgen. Er ist nach Hause gegangen, meinte aber, man könne ihn jederzeit anrufen.«

Noch immer vor Wut vibrierend warf Rown einen kurzen Blick auf die Visitenkarte, die Luca ihm hinhielt, dann nahm er sie. »Danke.«

»Ja.«

»Und für …« Er deutete auf den Stuhl.

»Ja.« Luca vergrub die Fäuste in seinen Taschen. »Sie war völlig verängstigt. Ich wollte nicht, dass sie beim Aufwachen allein ist.«

Zurückgehaltene Wut flackerte in Rowns Augen auf.

»Wir haben weder eine Handtasche noch irgendwelche Ausweispapiere gefunden«, fuhr Luca fort. »Wir haben Sie verständigt, sobald wir ihre Identität geklärt hatten.«

Nach kurzem Zögern nickte Rown, fuhr sich frustriert mit den Fingern durch das kurze rotbraune Haar und verschränkte die Finger dann hinter dem Kopf, was seine Bizepse beinahe platzen ließ. »Dieser verdammte Johannes der Täufer?«

Luca nickte. »Sieht so aus.«

»Das ist doch unlogisch. Hat der es nicht nur auf Huren abgesehen? Wie zum Teufel konnte das passieren? Meine Schwester ist keine Prostituierte!«

Luca räusperte sich. »Wie … sicher sind Sie sich da?«

»Hundertprozentig sicher.« Rown schubste einen Klappstuhl so heftig aus dem Weg, dass er von der Wand abprallte und auf Luca zuschlidderte. Luca zuckte nur mit den Schultern. So leicht ließ er sich nicht einschüchtern.

»Ich muss das fragen. Sie wissen das.«

»Ach herrje«, stöhnte Barbara, die in der offenen Tür stehen geblieben war. Luca dachte zunächst, sie hätte Rowns mordlüsternen Blick gesehen, doch entweder hatte sich gerade ein aufrührerischer Mob versammelt, oder der Rest von Heros Familie stürmte über die Flure der Notaufnahme. Hoffentlich traumatisierten sie mit ihrem Geschrei nicht die anderen Patienten auf der Station.

»Wo ist sie? Wo ist meine Kleine?« Klang da ein irischer Akzent in diesem volltönenden Bariton mit?

»Was zum Teufel hat Rown am Telefon gesagt?«, fragte eine

wütende, heisere Stimme. Da war jemand noch nicht ganz wach, sprach aber akzentfreies Amerikanisch.

»Pass auf, wie du in Anwesenheit deiner Mutter redest. Auch wenn du bei den Special Forces bist, kann ich dich kräftig über die Knie legen.«

»Das heißt: ›übers Knie legen‹, Dad«, war eine weitere männliche Stimme zu hören. Sie klang gelassener. Dunkler.

»Beruhige dich, Dad. Ich suche den Arzt, der Nachtschicht hat, und der wird uns sagen, was los ist.« Eine weibliche Stimme. Offensichtlich die Stimme der Vernunft in dem ganzen Chaos.

»Rown hat nur gesagt, dass sie eine Stichwunde hat und im Fluss gefunden wurde – und dass sie lebt.« Die gelassene, dunkle Stimme.

»Lennox wird ausflippen, wenn er hört, was seiner Hero zugestoßen ist.« Wie international war diese Familie? Das klang doch nach einem osteuropäischen Akzent – vielleicht russisch?

Moment mal. Seine Hero? War dieser Lennox Heros Mann? Wieso war er dann noch nicht da?

Würde ihm denn nicht auffallen, wenn seine Frau die ganze Nacht fortblieb? Egal, Luca hatte es nicht eilig, ihn kennenzulernen. Wieso, hätte er nicht sagen können.

»Hören Sie, Ramirez.« Rown nutzte die Verwirrung seiner Familie, um sich drohend vor Luca aufzubauen.

Luca gefiel das gar nicht.

»Ein Wort zu meinem Vater oder meiner Mutter, dass sie vielleicht eine Prostituierte ist, und ich reiße Ihnen den Kopf ab und spucke Ihnen in den Stumpf. Verstanden?«

Sein durchdringender Blick verhieß nichts Gutes.

Luca konnte das respektieren. »Treten Sie zurück, und wir sind uns einig.« Jemanden niederstarren konnte er auch. Aber er konnte sich auch anständig benehmen, ohne dass man ihn bedrohte.

Rown schob das Kinn vor, trat aber einen Schritt zurück, bevor er sich umdrehte und der Meute im Flur zuwandte.

Wie sich herausstellte, zwängten sich nur fünf Leute in das kleine Zimmer, und nicht sechs, wie Luca vermutet hatte.

»Wo ist Knox?«, fragte Rown.

»In London.« Der kräftigste der fünf Männer im Zimmer war mit seinen etwa ein Meter achtzig zwar nicht der größte, aber seine Schultern füllten den gesamten Türrahmen aus. Seine ebenfalls grünen Augen wirkten tot, und eine beunruhigende Kälte umwehte ihn wie eine Aura.

»Wir wollten ihn erst anrufen, wenn wir Genaueres wissen.« Das kam von dem Mann, der offensichtlich der Familienpatriarch und gleichzeitig der Kleinste im Zimmer war. Wenn man Hero nicht mitzählte. Mit gut einem Meter siebzig war er der stämmigste der vier männlichen Katrova-Connors.

Himmel, war Heros Verwandtschaft etwa SEAL-Team 6?

»Jesus, Maria und Josef … meine süße Kleine!« Der alte Ire bekreuzigte sich und küsste seine Finger, bevor er die Hand einer großen, zeitlos schönen, etwa sechzig Jahre alten Brünetten packte und an das Bett seiner Tochter eilte. Die anderen folgten pflichtschuldig seinem Beispiel – sich bekreuzigen, Finger küssen, sich über ihre Schwester beugen.

Luca bekreuzigte sich ebenfalls, Hero zuliebe. Inzwischen war ihm diese Geste völlig fremd geworden. Die meiste Zeit verfocht er die Meinung, dass solche Dinge, wenn es einen liebenden Gott gäbe, nicht passieren würden. Aber ein Teil von ihm war noch immer darauf gefasst, vom Blitz getroffen zu werden, wenn er so etwas dachte.

Der mit den toten Augen war am Rand der Gruppe stehen geblieben, Lucas Geste war ihm nicht entgangen. Unter seinem Blick fühlte Luca sich, als sei er gerade zum Todeskandidaten bestimmt worden. »Wer sind Sie?«, fragte der breitschultrige Mann mit der seltsam kratzigen Stimme. Mit dem Typen stimmte irgendetwas nicht. Ganz und gar nicht.

Rown übernahm gewandt die Vorstellung. »Das hier ist Special Agent Luca Ramirez vom FBI. Er leitet die Ermittlungen im Fall Johannes der Täufer.« Er deutete auf seinen Vater und die entzückende dunkelhaarige, schwarzäugige Frau an seiner Seite. »Meine Eltern, Eoghan und Izolda Katrova-Connor.«

Das also war der Grund für den Doppelnamen? Was für ein progressives Paar.

»Mein kleiner Bruder, Demetri.« Rown deutete auf ein schwarzhaariges, schwarzäugiges Ebenbild seiner Mutter. »Klein« musste ironisch gemeint sein. Der Mann trug Jeans und eine schwere Lederjacke und in der Hand einen schwarzen Motorradhelm mit Schädel und gekreuzten Knochen.

Sie nickten sich zu. Zu diesem gehörte die dunkle, samtige Stimme.

»Der Älteste, Romeo.« Er nickte dem muskulösen Abziehbild einer Sturmwolke zu.

»Connor«, korrigierte der mit der heiseren Stimme, die immer gleich tonlos klang.

Klar doch. Der bedrohlich wirkende Ire würde nicht wollen, dass jemand auf falsche Gedanken kam. Dieser Typ war kein Gedichte heraussprudelnder Ladykiller. Luca richtete den Blick auf Hero, die noch immer schlief wie ein Baby. Okay, falsche Wortwahl. Selbst in Gedanken.

Luca war noch nie so froh gewesen, dass er so groß war und gebaut wie ein Linebacker. Bei diesen Leuten würde ihm das vielleicht noch nützlich sein.

»Ah, und da kommt Andra.« Rown deutete auf den schlanken Rotschopf, der soeben in der Tür aufgetaucht war. Eine

Nerdbrille mit dicken Rändern umrahmte ihre whiskeyfarbenen Augen. Ihr Haar, das ein etwas dunkleres Rot als das von Hero und Rown hatte, war zu einem festen Knoten hochgesteckt, der zu ihrer eleganten Hose und der Hemdbluse passte.

»Timandra Katrova-Connor.« Sie kam in das Zimmer gerauscht, gefolgt von einem Arzt in mittleren Jahren, der so frisch wirkte, als hätte er seine Schicht gerade erst angetreten.

»Sie sind die …«

»Stellvertretende Bezirksstaatsanwältin Andra Connor, genau.« Sie reichte ihm die Hand, die er kollegial schüttelte. Er konnte nicht glauben, dass er darauf nicht vorher gekommen war. Verdammt.

Also hatte Hero vorhin doch keinen Unsinn vor sich hin geplappert. »Brown, Rohm, Dim Tree, Pop, Dra und Mmph« stellten sich als Rown, Romeo, Demetri, ihr Vater, Timandra und Mom heraus.

Moment mal. Das Fach hatte er doch im College gehabt. Einige dieser Namen waren aus Theaterstücken und Ähnlichem. Shakespeare, nicht wahr?

»Nachdem wir das nun geklärt hätten«, übernahm Izolda mit ihrem rauen russischen Akzent das Kommando, »erzählen Sie mir doch bitte, was hier los ist.«

Luca räusperte sich. Ihr katzenartiger Blick verunsicherte ihn ein wenig. Sie war an sich schon eine beeindruckende Persönlichkeit, aber flankiert von ihren riesigen Söhnen und am Arm eines Ehemanns, der in einem früheren Leben ein rothaariger Gorilla hätte gewesen sein können, wirkte sie regelrecht ehrwürdig. »Wir glauben, dass Ihre Tochter Hero ein Opfer von Johannes dem Täufer ist.«

Die nächsten drei Sekunden, in denen niemand etwas sagte, waren quasi die Ruhe vor dem Sturm. Trotz all seiner Erfahrungen mit Sportkameraden und Leuten von der Polizei hatte Luca noch nie so viele Flüche auf einmal gehört. Sogar die Ohren des Arztes röteten sich leicht. Und dann prasselten die zu erwartenden Fragen auf Luca und den Arzt ein. Was war passiert? Würde Hero wieder gesund werden? Hatte man den Täter festgenommen? Und so weiter.

»Es tut mir leid«, sagte der Arzt. Auf seinem Namensschild stand Karakis, was zu seinem mediterranen Aussehen passte. »Das hier ist ganz schlecht für die Patientin. Bitte folgen Sie mir ins Sprechzimmer, dann kann ich Ihnen die gewünschten Informationen geben.«

»Ich bleibe bei meiner Tochter.« Eoghan stemmte buchstäblich seine Füße in den Boden, während er seine fleischige Hand zärtlich auf Heros Unterarm legte. »Sie können uns die Informationen auch hier geben.«

»Ich muss leider darauf bestehen.« Der Arzt ließ sich nicht beeindrucken.

»Machen wir die Sache doch nicht komplizierter, als sie ist.« Luca sah Rown hilfesuchend an, aber der hatte sich auf die Seite seiner Eltern geschlagen. Verräter.

»Halten Sie sich da raus.« Connor richtete den Zeigefinger auf Luca. »Wenn Sie Ihre Arbeit gemacht hätten, statt die ganze Zeit mit Ihrem Schwanz zu spielen, würde meine kleine Schwester nicht hier in diesem Bett liegen.«

»He!« Die schwache Stimme aus besagtem Bett ließ alle überrascht verstummen und rettete Romeo vermutlich das Leben. Hero hob den Kopf und warf ihrem ältesten Bruder einen liebevoll-vorwurfsvollen Blick zu. »Sei brav.«

3

Dein Trank wirkt schnell.

William Shakespeare, *Romeo und Julia*

Der Krawall war angenehm gewesen, zumindest am Anfang, als Hero noch halb betäubt war von den Schmerz- und Beruhigungsmitteln, die man ihr im Krankenhaus verabreicht hatte. Sie liebte diese Stimmen so sehr! Sie lebte. War in Sicherheit. Sie war nicht tot, und sie hing nicht mehr an einem Kreuz. Darüber brauchte sie jetzt nicht mehr nachzudenken, denn dann würde ihr Herz nur wieder anfangen zu rasen, und sie würde am ganzen Körper zittern. Und schwitzen würde sie! Sie hatte schon immer geschwitzt, wenn sie nervös war, und falls dieser hübsche Latino-Bulle noch in der Nähe war, wollte sie nicht, dass er sie verschwitzt sah. Also würde sie sich einfach treiben lassen, eingehüllt in die einlullende Wärme ihrer Familie.

Und der Beruhigungsmittel.

Hero dachte an das freundliche, die Grübchen betonende Lächeln ihres zornigen Retters. Freundlich zu sein fiel ihm vermutlich nicht leicht – und zu lächeln auch nicht.

Irgendwo jenseits des wohltuenden Nebels wurden die männlichen Stimmen immer aggressiver. Hero beschloss, aus dem Nebel aufzutauchen, um schlichtend einzugreifen. Sie gönnte sich noch einen tiefen, unhörbaren Seufzer, bevor sie die Augen öffnete. Gut, sie funktionierten, auch wenn ihre Sicht ein wenig verschwommen war.

Connor zu sagen, er solle sich benehmen, funktionierte ausnahmsweise einmal, wie sie befriedigt feststellte. Also ließ sich dieser ganzen Krankenhaus-Geschichte doch etwas Gutes abgewinnen. Das würde sie noch kräftig ausnutzen.

Sobald sie wieder deutlicher sehen konnte, nutzte Hero die schockierte Stille, um unter den vertrauten Gesichtern nach *seinem* zu suchen. Ah, da war er ja, in der Ecke. Der rettende Engel mit der Mokkahaut und den funkelnden schwarzen Augen.

Meine Güte, eines Tages würde sie eine Skulptur von seinem nackten Körper anfertigen. Und wenn er ihr nicht erlaubte, ihn nackt zu sehen? Dann würde einfach ihre Fantasie zum Einsatz kommen müssen, ihre sehr *lebhafte* Fantasie. Trotzdem würde sie vermutlich alles daransetzen, ihn nackt zu sehen.

»Hallo.« Sie versuchte, verführerisch zu lächeln, aber ihr taubes Gesicht spielte nicht mit. Was hatten die ihr bloß gegeben? Echt ein tolles Zeug! Sie führte ihrem Körper sonst grundsätzlich keine nicht organischen Stoffe zu, aber dies war ein medizinischer Notfall. Und Tatsache war, dass sie sich völlig wohl damit fühlte. Es schadete auch nichts – nach ihrer Entlassung aus dieser großartigen Einrichtung würde sie einfach eine reinigende Saftkur machen und alle eventuell schädlichen Chemikalien aus ihrem Körper spülen.

Der große, dunkle, gefährliche Mann war umwerfend, wenn er nervös war. »Hi«, antwortete er mit seiner samtigen Baritonstimme. Scheu warf er rasch einen Blick auf Rown und ihren Vater. Seine vollen Lippen deuteten ein Lächeln an, das das wunderbare Grübchen in der linken Wange seines wie gemeißelt wirkenden Gesichts betonte.

Sie wünschte, er würde die Anzugjacke ausziehen, damit sie feststellen konnte, ob die breiten Schultern echt oder nur Watte waren.

»Himmel, sie ist völlig zugedröhnt.« Rown verdrehte die Augen.

»Nein, bin ich nicht«, widersprach sie. Ihre Nase juckte wie verrückt, aber ihre Hände fühlten sich an, als wären sie mit Ziegelsteinen beschwert. Sie richtete ihre ganze Aufmerksamkeit darauf, eine von ihnen zu bewegen, und vergaß darüber alle im Zimmer Anwesenden. Als sie es geschafft hatte, den rechten Arm zu heben und in Richtung ihrer Nase zu lenken, lächelte sie triumphierend – vermutlich. Dass sie sich ins Auge stach, frustrierte sie. Eigentlich sollte es doch nicht so schwierig sein, die eigene Nase zu finden. »Na ja, vielleicht ein bisschen«, gestand sie. Wenn man seine Glieder nicht spüren konnte, war man wohl ein bisschen high. Heilige Mutter Gottes, waren diese Verbände riesig! Nur die Fingerspitzen schauten heraus, und die Verbände saßen so eng, dass sie sich nicht abstreifen ließen.

Aber ihre Nase juckte nicht mehr, also tat sie es mit einem Schulterzucken ab. Ziel erreicht.

»Das ist im Moment vielleicht das Beste für sie, Berowne«, sagte ihre Mutter leise und strich ihr übers Haar.

Hero liebte ihre Mutter, und das sagte sie ihr auch.

»Ich liebe dich auch, mein Schatz.« Ihre Mom gab ihr einen Kuss aufs Haar. Hero liebte es auch, wenn ihre Mutter »Mein Schatz« sagte, denn es klang immer noch wie »mein Tschatz«. Aber sie wünschte sich, ihre Mutter würde nicht so traurig aussehen und alle anderen auch nicht. Ihr ging es gut. Sie war jetzt in Sicherheit und würde sich einfach auf ihre Genesung konzentrieren. Man musste doch nicht auf dem Unangenehmen herumreiten. Sie sollten feiern. Sie hatte überlebt, so unglaublich das auch schien. Wenn das kein Grund zum Feiern war!

»Ms Connor, haben Sie Schmerzen?« Dr. Karakis hatte sich

an Rown und Andra vorbeigedrängt und stand nun links von Heros Bett. Nachdem sich alle anderen auf der rechten Seite drängten, hatte er den Weg des geringsten Widerstands gewählt. Kluger Kopf, ihr Arzt, und nicht gerade hässlich.

»Auf einer Skala von eins bis zehn, wo würden Sie da Ihre Schmerzen einordnen?«, drängte der Arzt sanft, während er die Monitore und den intravenösen Zugang überprüfte. Was er sah, schien ihn zufriedenzustellen.

»Ich kann nicht mal sagen, ob ich noch mit meinem Körper verbunden bin.« Erneut versuchte sie zu lächeln. Vermutlich bekam sie es sogar recht gut hin. Sie hatte genügend Übung darin. Behielten die Muskeln nicht die Bewegungen, die man tagtäglich machte, in Erinnerung? »Sie machen wirklich einen prima Job«, sagte sie aufmunternd zu Dr. Karakis. Er war ein netter Mann. Sie wunderte sich, dass er ihr bei ihrer ehrenamtlichen Arbeit nie über den Weg gelaufen war. Sie dankte ihm für die Zeit, die er für sie geopfert hatte.

Ein unterdrücktes Geräusch zog ihre Aufmerksamkeit auf sich. Ihr Vater hatte angefangen zu weinen. Wieso tat er das? Ihr ging es gut. Konnte er das denn nicht sehen?

»Schon gut, Pop«, versuchte sie ihn zu beruhigen. »Wein doch nicht.« Dadurch wurde alles extrem seltsam.

Auch Andra liefen die Tränen hinunter, und Andra weinte *nie*. Nicht einmal bei todtraurigen Filmen. Normalerweise war sie Heros wandelndes Taschentuch, denn Hero war wie ein großes, altes Baby. Ihre Brüder standen nur herum und schauten grimmig. Wenigstens dort war also alles wie üblich.

Sie vermisste Knox. Er hätte sie angelächelt. Er war der Einzige, der auch so gut im Lächeln war wie sie.

»Ich brauche eine Zahl«, hakte Dr. Karakis freundlich nach. »Für Ihre Krankenakte.«

»Oh, natürlich.« Wie hatte sie das vergessen können? »Etwa … eine Zwei, vor allem weil ich mich gerade ins Auge gepikst habe. Und mein Hals ist wund.«

»Das kommt von dem Beatmungsschlauch«, erklärte der Arzt geduldig. »Am Anfang fiel es Ihnen etwas schwer, selbstständig zu atmen, außerdem brauchten Sie den Schlauch während der Operation.« Für Hero war es nicht einfach, die entsetzten Gesichter ihrer Familie zu ignorieren. Sie wollte das alles jetzt noch nicht hören. Sie wollte einfach weiter auf ihrer beruhigungsmittelbedingten Wolke sieben schweben.

Sie bedeutete ihm mit dem Kopf – vor allem, weil ihre Hände noch immer den Dienst verweigerten –, er solle sich zu ihr herunterbeugen, und war begeistert, als er es tatsächlich tat.

»Könnten Sie nicht alle mit nach draußen nehmen und ihnen erzählen, wie gut es mir bald wieder geht?«, schlug sie in verschwörerischem Flüsterton vor. Zu ihr hatte er zwar noch nicht gesagt, dass es ihr bald wieder gut gehen würde, aber falls sie sterben müsste, hätte das bestimmt schon jemand erwähnt. »Außerdem könnten Sie ihnen genau erklären, wie sie mich während meiner Genesung verwöhnen müssen.«

Sie versuchte, ihm zuzublinzeln, aber ihr Lid zuckte nur, und dann musste sie plötzlich mehrmals hintereinander rasch blinzeln.

Dr. Karakis klopfte ihr sanft auf die Schulter und schenkte ihr ein herzliches Lächeln, das die Fältchen rund um seinen Mund vertiefte. »Ich bin im Sprechzimmer auf der rechten Seite des Gangs. Wie wäre es, wenn *Sie* ihnen sagen würden, sie sollen sich dort mit mir unterhalten? Vielleicht hören sie ja auf Sie.« Sein Blinzeln funktionierte.

Angeber.

»Es ist ganz wichtig, dass Sie Ihren Bauch nicht belasten. Den Rest erzähle ich Ihnen später.« Er nickte, ohne sein Nicken an jemand Bestimmten zu richten, und ging aus dem Zimmer.

»Mama …« Hero sah zu ihrer Mutter hoch.

»Ich weiß, *Malyshka*.« Ihre Mutter küsste sie auf die Stirn und strich ihr über die Wange. Es fühlte sich warm und weich und vertraut an. Dann richtete sich Izolda wieder auf, straffte die stattlichen Schultern und betrachtete ihren Nachwuchs. »Wir holen uns jetzt Informationen vom Arzt«, befahl sie. Aus Moms Mund und mit ihrer stahlverstärkten rauen Stimme klang es, als könne für das Erlangen der Informationen durchaus auch Folter eingesetzt werden. Aber das würde nicht passieren. Mom hatte ein weiches Herz.

»Wir sind gleich wieder da, mein Mädchen.« Pop gab ihr einen Kuss. Seine rötlichgrauen Stoppeln kratzten sie nicht wie sonst immer. Dummes taubes Gesicht! Aber er roch nach Irish-Spring-Seife, Motoröl und Guinness. Die Welt war in Ordnung. Er folgte Mom nach draußen.

Demetri hielt sich das glänzende schwarze, schulterlange Haar aus dem Gesicht und beugte sich vor, um sie zu küssen. Seine Jacke klirrte und knarrte. *Er* roch nach Leder und Asphalt und Nacht. »Du bist eine harte Nuss«, murmelte er und presste die Stirn gegen ihre.

Hero ignorierte Düsternis und Rachegelüste, die sich in seinen Augen spiegelten. »Ich hatte ja in dir auch ein gutes Vorbild«, flüsterte sie.

Einer seiner Mundwinkel zuckte nach oben, zu seinem typischen umwerfenden, angedeuteten Lächeln. »Ich bin froh, dass du wieder gesund wirst.« Auf seinem Weg nach draußen schlug er Connor auf die Schulter. »Komm, Alter.«

Ihr ältester Bruder stand am Fußende des Bettes, ganz zerknittert und triefäugig, als hätte man auch ihn aus einem medikamentös herbeigeführten Schlaf gerissen. Was durchaus wahrscheinlich war. Er ballte die Hände zu Fäusten, und es wäre auch nicht verwunderlich gewesen, wenn er auf seinen Nägeln herumgebissen hätte. Hero versuchte ihn zu verstehen. Aber sie waren selten einer Meinung. In seinem Kopf plante er den Tod und entwarf einen Schlachtplan. Er sammelte Informationen und sicherte das Hochland. Er war nie aus dem Krieg zurückgekehrt. Der Krieg tobte noch immer in ihm. »Ich schwöre bei Gott, ich werde …«

»Nicht jetzt.« Andra packte ihn am Arm.

»Dann später«, versprach er zähneknirschend.

Andra streichelte Heros Unterarm. Ihre Finger waren nass, weil sie sich damit ihre Tränen abgewischt hatte. Am Hals hatte sie rote Flecken, obwohl sie verzweifelt versuchte, sich nicht von ihren Gefühlen überwältigen zu lassen. Aha, Andra bekam also auch rote Flecken, wenn sie heulte. *Schau an.* Man lernte doch jeden Tag etwas Neues. »Ich passe auf, dass sie dem Arzt nichts tun«, sagte Andra schniefend.

»Vielleicht ist er Single«, sagte Hero, deren Lippen anfingen zu zittern. Oh, oh, offensichtlich ließ die Wirkung der Medikamente nach. Das konnte kein gutes Ende nehmen.

»Dann schnapp du ihn dir doch.« Andras Gesicht hellte sich ein wenig auf. Sie blinzelte noch ein paarmal, aber endlich hatte sie ein Thema gefunden, hinter dem sich ihre Sorge verbergen ließ.

Andra konnte jede Rolle oscarverdächtig spielen und jeden Menschen genau einschätzen. Ihre Schauspielkünste hatte sie im Gerichtssaal vervollkommnet, und darüber war Hero gerade sehr froh. »Du musst die heißeste Patientin sein, die er seit Langem hatte. Gleichzeitig siehst du so erbarmungswürdig aus, dass er bestimmt mit dir mitfühlt. Eine bessere Trumpfkarte gibt es nicht.«

»Ich habe zu viele Tränen in mir.« Hero hob die Hände, um

ihre Verbände genauer zu betrachten. He, es funktionierte! »Diesmal lasse ich dir den Vortritt.«

Andra blinzelte noch ein letztes Mal, ihr Lächeln aber blieb. Eine Träne verlief sich in ihrem Mundwinkel. Ein Glück, dass sie wenigstens versuchte, sorglos zu wirken.

»Jetzt geh endlich schlichten«, befahl Hero, bevor auch sie noch anfing zu weinen. Wenn sie jetzt anfing, würde sie nicht eher aufhören, als bis kein Tropfen Flüssigkeit mehr in ihrem Körper war.

Auf ihrem Weg nach draußen zog Andra Connor mit sich.

Jetzt war Hero fast allein mit *ihm*. Nur Rown musste sie noch loswerden. Sie sah zu ihrem Bruder hoch, der mit vor der Brust verschränkten Armen dastand und auf sie herabstarrte.

Die Chancen standen schlecht. Hero schaute genauso durchdringend zurück. Wenn er irgendetwas sagen würde, was ihre gute Stimmung zerstörte, würde sie ihm das niemals verzeihen.

»Wer ist dein Freund?« Sie sah an Rown vorbei auf den mysteriösen Mann, der sie – hoffentlich deutete sie das richtig – fasziniert betrachtete. Manche Leute würden vielleicht behaupten, er sähe sie an, als sei sie verrückt. Aber sie war Optimistin. Es war doch alles nur eine Frage der Perspektive, oder?

Er blinzelte sie überrascht an, erholte sich jedoch rasch und räusperte sich. »Ich bin Special Agent Luca Ramirez.« Er trat an das Fußende des Bettes. Seine Bewegungen waren die eines Panthers. Geschmeidig. Angriffsbereit. Täuschend locker und entspannt, bis man plötzlich mit zerfetzter Kehle dalag und sich wunderte, was gerade passiert war. »Ich habe ein paar Fragen an Sie.«

»Auf gar keinen Fall«, knurrte Rown.

Ihr gefiel ganz und gar nicht, was sich hier anbahnte.

»Darüber möchte sie gerade nicht reden«, fügte Rown hinzu.

»Sie wissen doch, je länger ich warte, desto geringer sind die Chancen, den Mann zu fassen.« Agent Ramirez trat zu ihr an die Bettkante.

»So ein Scheiß.« Auch Rown war näher getreten, ihr Bollwerk gegen die Wirklichkeit und das Entsetzen, das die Erinnerung auslösen würde.

»Was ist los mit Ihnen, Mann?« Luca hob fragend die Hände. »Und wenn nun schon eine andere Frau in Gefahr schwebt und Ihre Schwester die Informationen liefern kann, wie wir diesen irren Spinner fassen können? Sie sollten das doch am besten wissen!«

»Diese andere Frau ist nicht meine Schwester«, erwiderte Rown. »Sie wäre heute Nacht beinahe gestorben, verdammt noch mal, und sie ist vollgepumpt mit Medikamenten. Nichts, was sie sagt, kann vor Gericht verwendet werden. Sie können bis morgen warten.«

Hero zuckte mit den Schultern. Sie wollte sich dem nicht stellen. Nicht heute, niemals. Aber Agent Ramirez hatte recht. Es war total blöd. Wenn sie beschloss, Schnecke zu spielen und sich in ihrem Haus zu verkriechen, starb vielleicht eine andere Frau, und das wäre dann ihre Schuld.

»Es ist bereits morgen«, sagte sie seufzend und deutete auf den schmalen Silberstreifen jenseits des Fensters, der die Morgendämmerung ankündigte. »Und ich werde mich eher noch schlechter fühlen.« Sie wusste genau, wie das ablief. Eine rasch erloschene Liebe zum Reiten hatte ihr Schrauben in der Hüfte und ein paar Bandscheibenvorfälle eingebracht. Am besten fühlte man sich gleich nach dem Aufwachen aus der Narkose. Ab da ging es nur noch bergab. Sie holte tief Luft, denn sie wusste, hierfür hatte sie garantiert nicht genügend Beruhigungsmittel intus. So viele Beruhigungsmittel konnte es gar nicht geben. »Was wollen Sie wissen?«

Luca sah von dem wütend dreinblickenden Rown zu Hero, die ihn erwartungsvoll und entgegenkommend ansah. Wie war diese hübsche, engelsgleiche Frau bloß an diese rüpelhafte Familie geraten? Vielleicht lag es ja auch nur an den Beruhigungsmitteln. Verdammt, was wusste er schon von ihr? Vielleicht war sie eine Kriminelle oder eine Prostituierte und ihre Freundlichkeit bloß eine Nebenwirkung der Medikamente. Wie auch immer, sie war gesprächsbereit, und der Ermittler in ihm hatte Blut geleckt. Mit jeder Minute, die verstrich, glitt Johannes der Täufer tiefer in seine verborgene Höhle zurück. Vermutlich feierte dieser Dreckskerl gerade seinen letzten Mord, bevor er sich auf den nächsten vorbereitete.

Laut Profiler handelte es sich bei dem Mörder um einen unverheirateten Weißen zwischen Mitte dreißig und Ende fünfzig. Charmant, bescheiden und sozial angepasst, der allerdings allein lebte. Er war offensichtlich ein religiöser Fanatiker und hatte einen Beruf oder ein fanatisch betriebenes Hobby, das mit dem Studium der Geschichte, der Theologie oder den Geisteswissenschaften zu tun hatte. Anders als andere Serienmörder musste er das Gegenteil eines Soziopathen sein. Er musste sehr starke Gefühle für sein Opfer entwickeln. Seine Zwangsstörung und seine Gefühle mussten sehr ausgeprägt sein. Vermutlich litt er unter Größenwahn und Allmachtsfantasien.

Dies hier war der erste Fehler, der Johannes dem Täufer unterlaufen war, und Luca würde ihn nutzen, um den Mann dingfest zu machen. Rown brauchte sich gar nicht so aufzuführen.

»Erzählen Sie mir doch erst mal, was Sie gemacht haben, bevor Sie entführt wurden«, sagte er. »Erzählen Sie mir einfach alles, woran Sie sich noch erinnern, egal, wie unwichtig es Ihnen erscheint.«

»Keine Sorge.« Die Leichtigkeit in ihrer Stimme wich etwas Gehetztem. »Ich erinnere mich an alles.«

4

Tief wurzelnd Leid aus dem Gedächtnis reuten?

William Shakespeare, *Macbeth*

»Ich erinnere mich daran, gedacht zu haben, wie unglaublich kräftig er ist.« Durch die Medikamente waren Heros Pupillen auf die Größe von Stecknadelköpfen zusammengeschrumpft, wodurch die leuchtende Farbe ihrer Augen ihre Blässe umso mehr betonte.

Luca verlor sich kurz in diesen Augen, bevor er wieder zu sich kam und sich räusperte. Er wagte es nicht, Rown anzuschauen. »Können Sie Ihren Angreifer beschreiben?«

Sie seufzte und legte den Kopf auf das Kissen zurück, dann schloss sie die Augen, als versuche sie ein Bild heraufzubeschwören. »Sein Gesicht habe ich nie gesehen. Aber er war nicht groß. Nicht so wie Sie oder wie meine Brüder. Ich erinnere mich daran, dass ich ihn von da, wo ich war – gefesselt an einen Balken –, angeschaut und mir gedacht habe: Wie kann ein so durchschnittlicher Mensch so kräftig sein?«

Luca schrieb auf seinen Notizblock, dass der Mann vermutlich von durchschnittlicher Größe war. Er war mehr als nur ein wenig enttäuscht, dass Hero das Gesicht des Täters nicht beschreiben konnte. Es war nicht ihre Schuld. Aber dennoch. Er hatte durchaus gemerkt, wie angespannt ihre Stimme plötzlich klang, als sie ihre Gefangenschaft erwähnte. Dazu würden sie noch kommen. Aber noch nicht gleich.

Er hatte sein Handy auf den kleinen rollbaren Nachttisch neben dem Kopfende ihres Bettes gelegt und ihr gesagt, dass er ihr Gespräch aufzeichnen würde, aber sie schien es nicht registriert zu haben.

»Sie haben doch gesagt, ich soll von Anfang an erzählen, nicht wahr?« Sie kniff die Augen zusammen, als würde ihr das helfen, noch weiter zurückzudenken. »Um kurz nach sieben war ich in St. Andrew's, um Pater McMurtry und Pater Michael bei der Planung für das diesjährige Krippenspiel zu helfen. Meistens fangen Knox und ich schon etwa eine Woche vor Thanksgiving mit den Vorbereitungen an, weil wir manchmal so lange brauchen.«

»Knox?« Luca versuchte, nicht zu interessiert zu klingen.

»Wir machen das schon seit unserer Jugend. Ich entwerfe und male die Bühnenbilder, und Pater Michael baut sie. Er sagt, wenn er Schreinerarbeiten macht, fühlt er sich wie ein wahrer Lehrling Christi.« Sie lächelte.

Luca schrieb: *Pater Michael – Katholische Kirche St. Andrew*.

»Und was tut dieser Knox?«, fragte er.

»Er backt«, erwiderte sie, als sei das das Selbstverständlichste der Welt.

»Wie bitte?« Offensichtlich kämpfte sie noch immer gegen die Wirkung der Beruhigungsmittel an, aber zu diesem Zeitpunkt war noch nicht entschieden, wer den Kampf gewinnen würde. Wenigstens lallte sie nicht mehr.

»Er backt den ganzen Kuchen und die Muffins und plant mit Pater McMurtry und den Kirchendamen die Speisenfolge.«

Luca verdrehte die Augen. »Und in welcher Beziehung steht er zu Ihnen, wenn ich fragen darf?« Himmel, wieso musste er auf dem Punkt so herumreiten?

»Er ist derjenige von meinen Brüdern, der mir altersmäßig am nächsten ist«, erklärte sie. »Wir haben gewissermaßen immer alles gemeinsam gemacht.«

Derart erleichtert hätte er sich auch nicht fühlen sollen.

Reiß dich zusammen, Mann. Meine Güte, er kam sich vor wie ein blutiger Anfänger. Höchste Zeit, wieder auf die wichtigen Dinge zurückzukommen, bevor sie die nächste Ladung Schmerzmittel brauchte und nicht mehr ansprechbar war.

»Gut, Knox ist also verreist. Wer war gestern Abend mit Ihnen dort?«

»Zuerst waren nur Pater Michael und ich dort. Wir haben uns ein paar Gedanken über das Bühnenbild gemacht und dabei ein Glas Wein getrunken. Pater McMurtry kam erst später.« Sie schwieg einen Moment. »Er wirkte irgendwie beunruhigt oder abgelenkt, wollte aber nicht darüber reden.«

Luca fügte *Pater McMurtry* seiner Liste hinzu und unterstrich den Namen zweimal.

»Können Sie sich vorstellen, dass einer der beiden Priester Ihr Angreifer war?«, fragte er.

»Mit Sicherheit nicht«, mischte Rown sich zum ersten Mal ein. »Pater McMurtry hat uns fast alle getauft, und Pater Michael ist einfach ein guter Mensch. Völlig ausgeschlossen, dass …«

Luca brauchte gar nichts zu sagen. Er warf Rown nur einen Blick zu, der Bände sprach.

Der Kollege hatte immerhin so viel Anstand, beschämt zu schweigen. Er wusste nur zu gut, dass kein Teil der Ermittlungen beeinflusst werden durfte. Es wurde immer deutlicher, dass er in dieser Nacht mehr großer Bruder als FBI-Agent war.

»Er hat recht«, sagte Hero. »Wir kennen Pater McMurtry schon ewig. Pater Michael ist noch nicht so lange da, aber er hat unglaublich viel für St. Andrew's getan, für die Gemeinde im Allgemeinen. Das ist absolut unmöglich. Außerdem hätte ich vermutlich die Stimme erkannt.«

Luca und Rown warfen sich einen Blick zu. Sie wussten beide, dass das nichts zu sagen hatte. Aber Luca sah auch, dass sich alles in Rown dagegen wehrte, die Priester als Verdächtige zu sehen.

»Ist in der Kirche irgendetwas passiert, das Ihnen seltsam oder ungewöhnlich vorkam?«

Sie schüttelte den Kopf und zuckte dann zusammen, als würde ihr das Schmerzen bereiten. »Nein. Pater McMurtry hat sich wieder eingekriegt und mit uns die Flasche Wein geleert. Ich bin etwa um elf gegangen.«

Luca notierte die Zeit, sah aber nicht hoch, als er fragte: »Wohin sind Sie danach gegangen?«

»Ich hatte vor, die ganze Nacht lang zu arbeiten, also habe ich bei der Tankstelle Ecke Lomond und Broadview gehalten, um einen dieser Bio-Grüntee-Energydrinks zu kaufen, in denen nichts Gefährliches ist.«

Luca verzog spöttisch den Mund. Auch er hatte diese Artikel gelesen. Deshalb blieb er bei Kaffee. Kaffee hatte vermutlich noch nie jemanden umgebracht. Im Moment hätte er alles für einen weiteren Becher Kaffee gegeben. Er warf einen Blick auf den Mülleimer, in den er den letzten Becher geworfen hatte, und schauderte.

Vielleicht doch lieber nicht.

Er holte tief Luft, denn seine nächste Frage bereitete ihm wahrlich kein Vergnügen. »Ich möchte, dass Sie mir ehrlich antworten, ohne Angst vor rechtlichen Konsequenzen. Sie sagten, Sie wollten die ganze Nacht lang arbeiten …«

Hero nickte, und Rown löste die verschränkten Arme und ballte die Hände zu Fäusten.

»Könnte es sein, dass Sie im Bereich der Prostitution arbeiten?«

»Verdammt, Ramirez«, knurrte Rown.

Hero blinzelte ein paarmal, als würde sie sorgfältig über die Frage nachdenken. Was ihn sich fragen ließ … Das war doch eigentlich eine einfache Ja-Nein-Frage. »Schon gut«, sagte sie schließlich. »Sie müssen das fragen, nicht wahr? Weil es bei all den anderen armen Frauen auch so war.«

»Genau.« Luca lehnte sich zurück und versuchte vorurteilsfrei zu schauen. Etwas in ihm war zum Zerreißen gespannt. Wenn er sich diese Frau in einer der aufreizenden Situationen vorstellte, die in seinem Kopf ein Eigenleben zu entwickeln schienen, stieß ihm der Kaffee sauer auf. Aber jener dunkle, böse Teil in ihm, von dem er sich nie ganz hatte befreien können – jener Teil, den sein Vater in ihn hineingeprügelt hatte und der seine unsterbliche Seele befleckte –, wollte einfach nur wissen, wie hoch ihr Preis war.

Sie brauchte länger für ihre Antwort, als Rown offensichtlich erwartet hatte. »Ich bin noch nie im Leben für sexuelle Leistungen bezahlt worden. Aber …«

Rowns Gesichtsfarbe durchlief das gesamte Farbspektrum von rot bis lila. Seine Fäuste dagegen waren schneeweiß. »Aber?«, zischte er.

»Ich bin keine unbefleckte Jungfrau«, sagte sie spöttisch. »Wer ist das schon?«

Rown wandte den Blick ab und murmelte irgendeinen Fluch.

Hero richtete die Aufmerksamkeit wieder auf Luca. Auch seine Fingerknöchel waren inzwischen weiß, aber wenigstens konnte er sich an seinem Stift und seinem Notizblock festklammern. »Ich habe häufig nackt für einen Bildhauerkurs Modell gestanden, und dann hatte ich noch einen Auftrag, als

Nacktmodell für ein Gemälde zu posieren.« Sie zuckte mit den Schultern. »Nichts Außergewöhnliches, und ich schäme mich nicht dafür.«

»Können Sie mir den Namen des Künstlers nennen?« Seine Stimme klang angespannter als nötig.

»Julia Danforth. Sie wohnt hier in der Stadt.« Hero zuckte erneut mit den Schultern. »Wir hatten mal was miteinander im College, und gelegentlich haben wir noch Kontakt.«

Sowohl Rown als auch Luca fiel die Kinnlade herunter. Luca war sich ziemlich sicher, dass die Gedanken, die ihnen durch den Kopf gingen, völlig unterschiedlich waren.

Zumindest hoffte er das.

Luca erholte sich als Erster, rutschte aber unangenehm berührt auf seinem Stuhl hin und her. »Wie sieht es mit Fotos aus, könnte irgendwas im Internet sein?«

»Verdammt, ich kann das nicht hören.« Rown wandte sich ab, blieb aber in der Nähe des Bettes stehen.

Sie zog die Augenbrauen hoch. »Nein, von mir sind nie Nacktfotos gemacht worden. Nicht dass ich wüsste. Ich laufe manchmal nackt in meiner Wohnung herum, vor allem wenn draußen die Sonne scheint. Meine Wohnung hat sehr viele Fenster, also kann ich es nicht ausschließen – aber die meisten meiner Nachbarn sind weit weg …«

»Also wirklich, Hero!« Rown hatte sich wieder umgedreht. Er wirkte eher wie ein angewiderter Teenager als wie ein Special Agent über dreißig.

»Was soll das? Du bist doch nicht dort. Ich bin allein. Und du willst doch wohl nicht behaupten, dass du nie nackt durch deine Wohnung läufst?«

Der selbstgefällige Blick, mit dem sie ihren Bruder ansah, entlockte Luca ein Grinsen. Er konnte nicht anders, er mochte sie einfach. Als er sah, wie Rown, dessen Gesicht eh schon gerötet war, tiefrot anlief, musste er mühsam das Lachen unterdrücken.

Auf einmal war er unglaublich froh und dankbar, dass sie überlebt hatte. Selbst so kurz nach ihrem Martyrium sprühte sie vor Leben.

Diesem Leben ein Ende zu setzen wäre das schlimmste nur denkbare Verbrechen gewesen. Er würde den Mann fassen, der den Versuch gewagt hatte, es ihr zu nehmen. Wortlos leistete er diesen Schwur, während er ihr in die funkelnden Augen sah. Ihr selbstgefälliger Gesichtsausdruck verschwand, als sie seinen Blick erwiderte. Er wusste nicht, was sie dachte, aber er hatte den Verdacht, dass sie in ihm las wie in einem offenen Buch.

Sie waren abgeschweift. Er schaute auf seinen Notizblock und hielt den Stift schreibbereit, um sich von seinen intensiven Gefühlen abzulenken. »Was geschah, nachdem Sie von der Tankstelle weggefahren waren, Ms Connor?«

»Ich heiße Katrova-Connor, und ich bin nie von der Tankstelle weggefahren. Jedenfalls nicht selbst. Er hat mir auf dem Parkplatz aufgelauert.«

Luca setzte sich anders hin, um seine Aufregung zu verbergen. Er umrandete den Namen der Tankstelle und schrieb: *Parkplatzkamera beschlagnahmen.*

»An dieser Stelle brauche ich alle Einzelheiten, an die Sie sich erinnern können.« Er beugte sich vor. »Fangen wir mit dem Zeitpunkt an, als Sie aus der Tür der Tankstelle traten. In welche Richtung haben Sie sich gewandt?«

Hero zog die Nase kraus und blickte mit versteinertem Gesicht auf die Maschine, die Puls und Blutdruck aufzeichnete. Obwohl sie auch weiterhin gelassen wirkte, stieg ihr Blutdruck sofort an.

»Ich bin nach links gegangen … nach Westen. Ich hatte den

Wagen auf der Westseite des Gebäudes geparkt, nicht bei den Zapfsäulen. Ich wollte nicht tanken, nur einen Energydrink kaufen und einen dieser glutenfreien Kokoskekse, die es dort gibt.«

Rown verdrehte die Augen, hielt aber den Mund.

»Als ich bei meinem Wagen war und die Tür aufgemacht habe … hörte ich jemanden meinen Namen rufen.«

Das war eine wichtige Information. Luca schrieb: *Opfer nicht zufällig ausgewählt. Täter kannte Opfer. Was kannte er noch außer ihrem Namen?*

»Ich drehte mich um. Ich sah einen Mann auf mich zukommen, aber er trug eine schwarze Kapuze, und es war so dunkel. Auf der Rückseite der Tankstelle sind keine Lampen, und das Licht von den Zapfsäulen war in seinem Rücken.«

Sie sah auf die Verbände an ihren Händen, die in ihrem Schoß ruhten. »Ehrlich gesagt habe ich gar nicht genau hingeschaut, als er näher kam. Ich habe den Keks in meine Handtasche gesteckt. Ich nahm an, er wäre einer meiner Kursteilnehmer oder ein Kunde oder ein Bekannter, der mich erkannt hatte und ein bisschen plaudern wollte. So was passiert gelegentlich. Ich war mit den Gedanken bei der Arbeit, und ich war hungrig und ein bisschen ungeduldig.« Sie zuckte mit den Schultern. »Ich habe nicht mal versucht, ihn mir anzuschauen. Ich dachte, wenn ich möglichst abweisend bin, wird derjenige nur kurz Hallo sagen und ich kann sofort weiter.«

Sie sah Luca an. Offenbar war ihr nicht entgangen, dass er bei dem Wort »Kunde« die Augenbrauen hochgezogen hatte. »Als ich ›arbeiten‹ sagte, meinte ich damit, dass ich einige Keramikarbeiten fertigstellen musste. Ich habe eine Drehscheibe zu Hause in meiner Wohnung, und nachts kann ich am besten arbeiten. In der Vorweihnachtszeit habe ich immer am meisten zu tun. Außerdem habe ich im Dezember in einer Galerie in Downtown eine Ausstellung, und ich wollte ein paar Sachen dafür fertigstellen.«

»Verstehe.« Luca nickte. Er hoffte, dass ihm seine Skepsis nicht anzusehen war. So gern er ihr auch geglaubt hätte, bestand doch nach wie vor die Möglichkeit, dass sie ihrem Bruder und der Familie die Wahrheit verschweigen wollte. »Können Sie die Kleidung des Mannes beschreiben? Gehörte die Kapuze zu einem Sweatshirt oder zu einem Mantel? Vielleicht wissen Sie sogar die Marke?«

Sie kaute auf ihrer Unterlippe herum. »Erst dachte ich, das wäre ein Trenchcoat oder ein langer Mantel. Aber letztendlich stellte es sich als schwarzer Talar heraus.«

»Als was?«

Rown räusperte sich. »Ein Talar ist die Robe eines katholischen Geistlichen. Einige dieser Talare haben Kapuzen, andere nicht.« Er schaute auf die beiden Namen, die bisher auf Lucas Notizblock standen, und runzelte die Stirn. »An die ist leicht ranzukommen. Dafür muss man kein Priester sein.«

Luca fügte das Wort dem wenigen an Beschreibung hinzu, das er bisher hatte. »So, der Mann mit der Kapuze rief also Ihren Namen und ging auf Sie zu. Was geschah dann?«

»Er hat mir einen Fausthieb versetzt.« Statt Schmerz drückte Heros Stimme lediglich Erstaunen aus. »Und zwar ins *Gesicht*.« Sie hob das Kinn, wo sich ein blauer Fleck gebildet hatte, der in besonderem Kontrast zu ihrer weißen Haut stand. »Es wundert mich, dass er mir nicht den Kiefer gebrochen hat. Jedenfalls wurde ich ohnmächtig.«

Luca zuckte innerlich zusammen. »Sie haben das Bewusstsein verloren?«

Sie nickte. »Als ich zu mir kam, lag ich hinten in einem langen Lieferwagen, Sie wissen schon, eine dieser Kinderschänderkutschen. Allerdings hatte er hinten keine Sitze.«

Luca musste lächeln über den Ausdruck, den sie gewählt hatte. Er schrieb: *Kenntnis von Kampftechniken? Boxen? Gezielter Schlag aufs Kinn, der einen Impuls an Gehirn und Wirbelsäule gibt, welcher zu sofortiger, aber nicht anhaltender Ohnmacht führt.*

Dieser Mann war risikofreudig.

»Können Sie sich an Einzelheiten des Lieferwagens oder des Innenraums erinnern? Die Strecke zum Fluss, die der Fahrer gewählt hat?«

»Er hatte keine Fenster …« Sie hielt inne. Ihr Atem ging auf einmal rasselnd wie der eines langjährigen Rauchers.

Luca wartete geduldig. Das war immer der schwierigste Teil einer Befragung. Seine Menschlichkeit lag im Widerstreit mit seiner Pflicht als Ermittler. Ein Opfer zu zwingen, noch einmal das Verbrechen zu durchleben, kam ihm manchmal wie eine Vergewaltigung vor.

Gleichzeitig empfand er es als extrem stressig, aus einem Opfer, das alles daransetzte, das Trauma zu verdrängen, die oft unzuverlässigen Erinnerungen herauszukitzeln. Beides forderte ihm eine Menge ab.

Letztlich würde er sich wie ein Idiot fühlen, weil er mit diesem Frust bloß seine Zeit verschwendete.

»Lassen Sie sich Zeit«, sagte er.

»Als ich die Augen aufschlug, war ich bereits gefesselt«, sprudelte es aus ihr heraus. »Meine Arme waren auseinandergedehnt und … meine Handgelenke und meine Knöchel waren gefesselt. Es war zu dunkel, um irgendwas zu erkennen.« Sie bewegte ihre Füße, als müsse sie sich beweisen, dass sie ihr noch gehorchten. »Zuerst konnte ich es nicht glauben. Kurz habe ich überlegt, ob das irgendein seltsamer Streich sein soll oder irgendwas Ähnliches. So, als wenn mich jemand für diese Show im Kabel-TV verarschen wollte, wo Leute zu Tode erschreckt und anschließend ausgelacht werden. Nicht, weil ich naiv bin, sondern weil man es einfach nicht akzeptieren will … nicht, wenn es einem selbst passiert.«

Luca nickte. »Hat er irgendwas gesagt?«

»Der hat nicht eine Sekunde lang den Mund gehalten«, erwiderte sie grimmig.

Rown trat an ihr Bett und legte ihr die Hand auf den Arm. Sie drehte sich zu ihm hin und zuckte dann zusammen, als wäre die Bewegung für die Wunde an ihrer Taille schon zu viel gewesen.

»Erinnern Sie sich daran, was er gesagt hat?«

»Nein. Es klang, als wäre alles lateinisch. So ein Singsang wie die Gebete, die Pater Michael in der Kirche rezitiert.«

Gute Kenntnisse in Latein?, kritzelte Luca auf seinen Notizblock. Als er hochsah, schaute Hero ihn so hoffnungsvoll und so intensiv an, dass er verblüfft schwieg.

»Hat irgendjemand meine Handtasche gefunden?«, fragte sie mit großem Ernst.

»Nicht dass ich wüsste. Jedenfalls nicht am Tatort.« Die Kollegen von der Spurensicherung hatten ihm die Liste der gefundenen Gegenstände vor ein paar Stunden gemailt. »Wir werden Ihren Wagen lokalisieren und die Umgebung absuchen.«

Jetzt floss doch noch eine Träne aus Heros rechtem Auge. Luca sah zu, wie sie über ihre hohen Wangenknochen und dann hinunter zu ihrem zitternden Kinn lief.

»Ich hätte den Keks jetzt wirklich gern gehabt.«

Rown beugte sich zu ihr hinab und küsste sie auf den Scheitel. Dann schmiegte er die Wange an ihr Haar, das zu rotbraunen Strähnen getrocknet war und vermutlich noch immer nach dem Flusswasser roch, und sah Luca durchdringend an. »Wenn du willst, Hero, hören wir erst mal auf. Du kannst dich ausruhen, und wir reden später weiter.«

»Nein, ich schaffe das.« Sie runzelte die Stirn. »Aber meine Nase juckt schon wieder.«

Rown seufzte, zwickte sie leicht in die Nase und rieb sie dann sanft. Als er fertig war, zog sie ein wenig die Nase kraus.

»Danke.« Sie legte die Hand an seine breite Schulter, und so verharrten sie beide eine Zeit lang.

Luca spürte, wie sich ihm die Kehle zuschnürte, und wandte den Blick ab, weil er sich wie ein schamloser Voyeur vorkam. Auch er hatte eine Schwester gehabt, aber eine solche Zärtlichkeit hatte sie nie von ihm bekommen. Vielleicht hätte alles anders geendet, wenn er gewusst hätte, wie das ging.

Er rutschte auf dem peinlich lauten Stuhl hin und her.

Rown schaute nicht mehr so finster drein wie vorher, aber als er sich jetzt aufrichtete, verschränkte er die Arme vor der Brust und durchbohrte Luca mit einem eiskalten Blick. *Mach ihr ja keinen Druck*, sollte das heißen. Hero sah mit großen, glänzenden Augen zu Rown hoch. »Glaubst du, die haben hier auch solche Kekse? Vielleicht im Automaten? Ich bin so hungrig, mir ist schon ganz flau im Magen.«

Rown zögerte. »Ich weiß nicht, ob du schon was essen darfst. Du bist gerade am Bauch operiert worden.«

Ihr enttäuschter Blick hätte die Polarkappen schmelzen lassen können.

»Ich frage den Arzt, okay?«, beeilte Rown sich zu sagen.

Sofort erhellte sich ihr Gesicht, und sie lächelte ihn dankbar an. »Ich liebe dich.«

Rown räusperte sich und warf Luca einen Blick zu, der das bedrohliche Lächeln aus seinem Gesicht tilgte. »Ich dich auch.« Er zuckte mit den Schultern und verließ das Zimmer.

Mit einem erleichterten Seufzer wandte Hero sich wieder Luca zu.

»Sie sind gut.« Luca gestattete sich ein Lächeln. Ihm war nicht entgangen, wie intensiv sie seinen Mund betrachtete.

»Ich will nicht, dass er den Rest hört. Keiner von ihnen soll das hören.« Sie starrte auf den Gang hinaus.

»Verstehe.« Er nickte.

Sie ließ den Kopf tief in das Kissen sinken und schloss die Augen. »Es geschah alles ganz schnell. Ich war darauf gefasst, zu irgendeinem kultischen Geheimverließ oder unterirdischen gemauerten Zimmer oder irgend so etwas gebracht zu werden. Ich habe darauf gewartet, dass er mich vergewaltigt oder foltert, aber er hat mich die ganze Zeit kaum angerührt. Vermutlich habe ich zu viele Filme gesehen.« Sie öffnete die Augen und starrte an die Decke. »Er ist mit mir direkt zum Fluss gefahren, hat den Wagen abgestellt und kam dann nach hinten, um mich zu knebeln. Und die ganze Zeit hat er diesen Singsang von sich gegeben.«

»Immer noch in Latein.«

»Ich glaube schon.« Sie nickte. »Seine Stimme war so schön. Sie hat mich beinahe eingelullt, hat mich irgendwie ganz passiv gemacht.« Sie hob den Kopf. »Ist das nicht grauenhaft?«

»Aber nein«, murmelte Luca.

»Jedenfalls, als er mich aus dem Wagen gezogen hat, wusste ich, dass wir am Fluss waren. Er hat das Holzkreuz, an dem ich hing, ans Ufer geschleppt. Immer wieder habe ich gedacht, wie kräftig er ist. Man muss schon superkräftig sein, wenn man ein schweres Holzkreuz und mich schleppen kann. Aber er hat es geschafft.« Sie schüttelte den Kopf, als wäre das der unglaublichste Teil der ganzen Geschichte.

»Wissen Sie, wo am Fluss das war?«

Hero nickte. »Unter der Burlington Northern Railroad Bridge.«

Luca machte sich eine Notiz. Die Brücke war knapp eine

halbe Meile von der St. Johns Bridge und dem Cathedral Park entfernt, und das Ufer dort war der perfekte Ort, um eine Leiche in den Fluss zu werfen, wenn sie mit der Strömung fortgetragen werden sollte. »Erzählen Sie weiter«, forderte Luca sie auf.

»Schon als er die Wagentür öffnete, wusste ich, dass ich sterben würde.« Sie schluckte. »Ich war so wütend, weil ich die ganze Zeit dachte, ich bin zu jung zum Sterben.« Sie verzog das Gesicht zu einem halbherzigen Lächeln. »Was für ein Klischee, nicht wahr?«

Sie wartete seine Antwort nicht ab, sondern sprach in schnellem Tempo weiter, als wolle sie den nächsten Teil möglichst zügig hinter sich bringen. »Er legte mich am Ufer ab, was schrecklich wehgetan hat, und dann hat er einen riesigen Schusterhammer herausgeholt und zwei Nägel. Noch nie in meinem ganzen Leben hatte ich solche Angst! Ich weiß noch, dass ich gehofft habe, er würde mich erst töten und dann die Nägel durch meine Handflächen schlagen.«

Sie sah auf die dicken Verbände hinunter, die ihre Hände so unbeweglich machten. Sie lagen in ihrem Schoß, die Handflächen nach oben, und machten den Eindruck, als würde sie flehen. »Aber das hat er nicht. Wegen dem Knebel konnte ich ihn nicht anbetteln. Aber ich habe es trotzdem mit allen Kräften versucht. Ich habe geschrien. Ich habe gekämpft. Ich habe geweint. Irgendwie ist mir das richtig peinlich, verstehen Sie das? Ich wünschte, ich hätte es geschafft, mir meine Würde zu bewahren. Ihm diese Befriedigung nicht zu geben. Manche geilen sich doch daran auf, wenn man sich wehrt, nicht wahr? Aber ich habe alles versucht. Ich wollte unbedingt leben.«

Jetzt flossen ihre Tränen ungehemmt, aber nichts deutete darauf hin, dass sie aufhören wollte zu erzählen, also hörte Luca wortlos zu, um ihren Erinnerungsprozess nicht zu unterbrechen. Sie war nicht mehr im Zimmer. Sie war wieder dort am Ufer und kämpfte um ihr Leben. Mit jedem Wort fühlte Luca sich tiefer in den Stuhl gedrückt. Er vergaß, sich Notizen zu machen. Er vergaß, ermunternde Laute von sich zu geben oder sie irgendwie zu trösten. Er lauschte einfach ihrer Geschichte, und in seiner Brust tat sich ein riesiges, schmerzendes Loch auf.

»Ich habe nicht ein einziges Mal sein Gesicht gesehen. Ich wollte es unbedingt sehen. Ich wollte ihm in die Augen schauen. Aber er hatte die ganze Zeit die Kapuze tief ins Gesicht gezogen und stand immer mit dem Rücken zum Licht. Es war sehr bewölkt. Zuerst hat er sich neben meine linke Hand gekniet.« Ihre Augen trübten sich, und auf ihrem Gesicht zeichnete sich erst Verwirrung, dann Abscheu ab. »Er weinte. Erst dachte ich, es hätte angefangen zu regnen, aber was da auf meinen Handgelenken landete, waren seine Tränen, und da habe ich erst recht versucht, ihn umzustimmen.«

Verblüfft beugte Luca sich vor. Serienmörder weinten normalerweise nicht. Sie genossen, was sie taten. »Hatten Sie das Gefühl, dass Ihr Bitten irgendwie Erfolg hatte? Hat er innegehalten oder sich entschuldigt?«

Hero schüttelte den Kopf. »Er hat mit den Fingern ein Kreuz auf die Handfläche gezeichnet, und dann ... dann hat er den Nagel auf meiner Handfläche aufgesetzt, und ich habe geschrien und geweint, aber er ... hat ihn einfach hineingeschlagen.«

Luca zuckte zusammen.

»Der erste Schlag hat am meisten wehgetan. Danach war es nur noch ein dumpfer Schmerz. Ich war so wütend, weil ich gedacht habe: *Und wenn ich jetzt nicht mehr töpfern kann?* Was natürlich blöd war, schließlich war ich kurz davor zu sterben.«

Sie seufzte. »Er stand auf und ging zu meiner rechten Hand, und ich war so sehr damit beschäftigt, meine linke Hand freizubekommen, dass ich erst mitbekommen habe, wie er den Nagel einschlug, als ich den Schmerz gespürt habe.

Durch den Mund konnte ich nicht atmen, wegen des Knebels, und meine Nase lief die ganze Zeit, weil ich weinte. Und das war mir so peinlich, dass ich mir dauernd die Nase putzen wollte. Ich dachte, dass er mich vielleicht eher als menschliches Wesen betrachten würde, wenn ich nicht überall Rotz hätte, und mich dann nicht töten würde.«

Sie lachte verächtlich, dann zog sie die Nase hoch und räusperte sich. »Als er diesen antik aussehenden Speer herausgeholt hat, habe ich die Augen geschlossen. Es war irgendwie so, wie wenn einem Blut abgenommen wird. Solange man nicht hinschaut, ist alles prima. Ich wollte nicht zusehen, wie er mich ersticht. Ich erinnere mich daran, wie er zugestochen hat. Ich weiß noch, wie weh es getan hat und wie viel Angst es mir gemacht hat. Aber dann habe ich mir gedacht: *Okay, das war's. Es gibt kein Zurück mehr. Ich sterbe.* Ich glaube, an dem Punkt bin ich ohnmächtig geworden, denn ich kann mich nicht erinnern, wie er mich von dem Kreuz herunter- und in den Fluss bekommen hat.« Sie seufzte, als hätte sie das Erzählen erschöpft. »Ich glaube, ich habe gelogen, als ich zu Ihnen gesagt habe, ich erinnere mich an alles. Ich habe mich nicht sehr heroisch verhalten, nicht wahr?«

Luca wusste nicht, was er sagen sollte. Allein dass sie ihm das alles erzählt hatte, machte sie in seinen Augen bereits zur Heldin. Außerdem hatte sich mit ihrer Erzählung bestätigt, dass sie tatsächlich ein Opfer von Johannes dem Täufer geworden war.

Dass er seine Opfer mit einem antiken römischen Speer durchbohrte, war nie an die Presse gegeben worden.

»Ich danke Ihnen, dass Sie mir das alles erzählt haben, Ms Katrova-Connor.« Luca stand auf und nahm sein Handy vom

Nachttisch. »Ein Letztes noch: Können Sie sich an irgendetwas bezüglich des Lieferwagens erinnern? Farbe, Kennzeichen, irgendwelche Aufschriften, Wörter oder auch nur Buchstaben?«

Betrübt schüttelte Hero den Kopf. »Ich habe nur den Innenraum gesehen. Als er mich von dem Wagen weggezogen hat, war es dunkel, und ich war ziemlich verwirrt. Ich war so sehr damit beschäftigt, ihn anzuschauen, dass ich nicht mal auf … Es tut mir leid.«

»Schon gut. Mehr brauche ich im Moment nicht.« Sie hatte ihm in ein paar Minuten mehr an Informationen geliefert, als er in ein paar Monaten zusammengetragen hatte. Sie konnte nicht ahnen, wie dankbar er ihr dafür war. »Jetzt ruhen Sie sich erst mal aus, damit Sie wieder gesund werden.«

Sie nickte, dann zog sie sehr undamenhaft die Nase hoch und legte den Kopf auf die Seite, um eine Träne an der Schulter ihres Nachthemds abzuwischen.

Irgendwie brachte er es einfach nicht über sich zu gehen. Er stand da wie der letzte Trottel und betrachtete ihr umwerfend hübsches Gesicht und den kleinen, reglosen Körper. Er wusste, dass ihre Familie ein brutaler Haufen war, aber sobald er sie nicht mehr im Auge haben würde, könnte er sich nicht mehr davon überzeugen, dass sie in Sicherheit war, und das gefiel ihm ganz und gar nicht. Sie brauchte ein Taschentuch. Er konnte nicht gehen, bevor er ihr nicht eins besorgt hatte. Auf ihrem Nachttisch stand eine Schachtel mit Papiertüchern, und er zupfte ein paar heraus und hielt sie ihr hin. Als sie auf ihre verbundenen Hände hinuntersah, gab er sich innerlich eine Ohrfeige.

»Hier«, murmelte er und hielt ihr die Taschentücher an die Nase. Sie runzelte die Stirn, schnäuzte aber kräftig. Er putzte ihr die Nase ab und warf die Taschentücher in den Abfalleimer. Er war verblüfft. Normalerweise ekelte ihn so etwas total an, aber bei ihr schien es ihm nichts auszumachen. Es war sogar irgendwie goldig. Er zuckte innerlich mit den Schultern, schnappte sich ein weiteres Taschentuch und wickelte es sich um den Finger.

»Darf ich Ihnen noch eine letzte Frage stellen?« Das war ihm herausgerutscht, bevor er darüber nachdenken konnte. Behutsam strich er ihr mit dem Taschentuch über die Wangen, damit sie nicht juckten, wenn die Tränen getrocknet waren. Das war der einzige Grund.

»Klar«, flüsterte sie, ohne den Blick von ihm abzuwenden. Verdammt, diese Augen waren wie eine Infrarotsuchrakete. Sobald sie einen im Visier hatten, gab es kein Entkommen.

»Wieso ich? Wieso wollten Sie letzte Nacht, dass ich mitkomme? Regan, ähm, Detective Wroth wäre viel besser gewesen. Verdammt, jeder wäre besser gewesen.«

Einen Moment lang sah sie ihn nachdenklich an. Dann zuckte sie mit den Schultern. »Als ich zu mir kam, hat Ihre Stimme alles andere übertönt. Ich wusste, dass ich gerettet war. Dass ich tatsächlich in Sicherheit war. Und ich kann Ihnen gar nicht sagen, wie erleichtert ich war.« Sie lächelte, und dadurch schmiegte sich ihre Wange gegen seine Hand. Er zog sie nicht weg. »Sie haben die Männer gesehen, mit denen ich die meiste Zeit meines Lebens verbracht habe. Nachdem ich mich so hilflos wie noch nie zuvor in meinem Leben gefühlt hatte, habe ich mich bei dem in Sicherheit gefühlt, der das Sagen hatte, der fluchend alles Nötige getan hat. Es fühlte sich an, als wäre ich zu Hause.«

Luca runzelte die Stirn. Er war sich nicht sicher, wie er das fand. Sollte er sich geschmeichelt fühlen? Hatte sie gerade gesagt, er gäbe ihr das Gefühl, zu Hause zu sein? Das war vermutlich ein größeres Kompliment, als er verdient hatte. Er wusste nur, dass er nicht aufhören wollte, sie zu trösten, sie zu berühren, nachdem er nun einmal damit angefangen hatte.

Und das war gefährlich.

»Hero, der Arzt hat gesagt …« Rown vollendete den Satz nicht.

Luca zog die Hand weg und trat rasch einen Schritt zurück. Eigentlich wollte er sich nicht umdrehen. Er wusste, wie Rown ihn anschauen würde. Da er sich aber noch nie hatte einschüchtern lassen, nickte er Hero zum Abschied zu und wandte sich zu seinem Kollegen um, der in der Tür stand.

Genau. Misstrauisch und drohend.

»Ich melde mich.« Er nickte Rown zu.

Rown nickte ebenfalls.

Als er hinausging, spürte er ihren Blick in seinem Rücken. Das löste ein Kribbeln in seinem Nacken aus, das sich über die gesamte Wirbelsäule fortpflanzte. Sein erschöpftes Gehirn schaltete die seltsamsten Synapsen. Er konnte seinen Gefühlen und Instinkten nicht mehr trauen. Er musste hier raus.

Und zwar sofort.

Er klemmte sich seinen Notizblock unter den Arm und setzte sich in Richtung des Taxistands in Bewegung. Die schwarzweißen Bodenfliesen verschwammen vor seinen Augen. Ein Glück, dass er für die Heimfahrt ein Taxi nehmen musste, sonst würde er vermutlich nicht lebend dort ankommen.

Schlüssel? Ja. Sonnenbrille? Ja. Waffe, Marke, Brieftasche? Ebenfalls. Alles bestens.

Als er in den Regen hinaustrat, entfuhr ihm ein Seufzer. Die Journalisten versammelten sich bereits wie hungrige Wölfe, um gemeinsam die Beute zu zerfleischen, aber das Sicherheitspersonal des Krankenhauses hielt sie in Schach. Garantiert war Barbara diejenige gewesen, die geplappert hatte.

Er rief seinen Partner Vincent an, um ihn auf den neuesten Stand zu bringen, und dann seinen Chef.

Hero Viola Katrova-Connor würde zwangsläufig in der nächsten Zeit seine Obsession werden. Sie war seine Waffe gegen Johannes den Täufer.

Wenn sie Glück hatten, würde es keine weiteren Opfer geben.

5

Wahr ist es, daß wir beßre Tage sahn.

William Shakespeare, *Wie es euch gefällt*

Sieben Wochen später

Noch nie hatte ihr Zuhause so einladend gewirkt, aber der Geruch beleidigte ihre Nase gleich beim Eintreten. Sie schloss die Tür hinter sich, drückte auf den Knopf an ihrem Schlüssel, mit dem sie die Alarmanlage für dreißig Sekunden deaktiviert hatte, und warf ihn in die Krimskrams-Keramikschüssel. Dann stellte sie ihren Rollkoffer und den Handgepäckkoffer ab und trat vorsichtig vom Eingangsbereich in ihr gemütliches Loft.

Wieso nur hatte sie nicht daran gedacht, jemanden herzuschicken, damit er ihren Kühlschrank ausräumte? Dabei war sie so sicher gewesen, an alles gedacht zu haben.

Die Vorfreude auf ihre Wohnung war nicht ungetrübt gewesen, obwohl sie ausschließlich gute Erinnerungen daran hatte. Essen, Freunde, die sich bei ihr einfanden, um zu singen, kreativ zu sein, Musik zu machen und zu tanzen. Trommelsessions und Kostümpartys. Katerfrühstücke und Gelächter.

Sie brauchte ihr Zuhause. Sie musste sich daran erinnern, wie es war, sich wohl- und sorglos zu fühlen.

Wenn sie nur daran gedacht hätte, eine Gasmaske mitzubringen.

Hero rümpfte die Nase. Aus der Küche drang eindeutig der Geruch von Tod und Zerfall. Sie legte ihre Handtasche auf den Tisch mit der Lampe, warf ihren Mantel auf die Couch und eilte zu den Fenstern. Auf dem Holzboden machten die sieben Zentimeter hohen Absätze ihrer Stiefel Geräusche, die wie Schüsse klangen.

Mitten im Wohnzimmer blieb sie auf einmal wie gelähmt stehen.

Ihre Küche und ihr Wohnzimmer waren durch eine halbhohe Wand getrennt, auf der eine Granitplatte lag und als Küchentresen diente. Noch nie war sie auf die Idee gekommen, dass sich jemand dahinter verstecken könnte. Wenn dort nun jemand auf der Lauer lag und darauf wartete, sich auf sie zu stürzen? Johannes der Täufer hatte ihren Namen gekannt. Kannte er auch ihre Adresse? Noch in der Nacht, in der sie überfallen worden war, hatte man ihre Handtasche gefunden. Ihre Ausweise waren noch darin gewesen, aber das hieß nicht, dass er sie nicht angeschaut hatte.

Sie konnte niemanden anrufen, oder? Der Grund dafür war nicht, dass es ranzig roch und sie eine Panikattacke hatte. Knox würde sofort kommen, auch jeder andere aus ihrer Familie. Aber wenn sie Pech hatte, würden sie ihr einreden, sie könne noch nicht allein leben, und sie drängen, in das Haus ihrer Eltern zurückzukehren.

Sie liebte ihre Eltern sehr, aber nach sieben Wochen Genesungszeit hatte sie genug von ihrer Fürsorglichkeit.

Es war an der Zeit, sich das Leben zurückzuerobern.

Auf einmal stieg eine ungewohnte Wut in ihr hoch. Wie hatte es dieses Schwein geschafft, ihren gemütlichen Zufluchtsort in einen unheimlichen Ort zu verwandeln? Ihr Atem beschleunigte sich, und ihre Kehle war wie zugeschnürt. Zögernd machte sie ein paar Schritte auf die Küchenschwingtür zu. Ihr Puls dröhnte ihr in den Ohren und zerriss die Stille, während sich gleichzeitig ihre Muskeln verkrampften und ein Adrenalinschub durch sie hindurchschoss.

Moment mal. Starb so im Film nicht immer das hübsche Mädchen? Während die Zuschauer lauthals schrien?

Geh ja nicht da rein! Wenn du da reingehst, bist du zu blöd zum Leben!

Lauf aus der Wohnung und schau dich nicht um!

Wo ist deine Waffe, verdammt noch mal?!

Oh – eine Waffe. Gute Idee. Sie sah sich in ihrem sauberen, im Bohemien-Stil eingerichteten Wohnzimmer nach etwas um, womit sie sich verteidigen konnte.

Hm, sie hatte jede Menge nutzloser Kissen.

Hero hastete zurück zur Tür, schnappte sich den Schirm, der am Garderobenständer hing, und hielt ihn drohend mit ausgestrecktem Arm vor sich. Er hatte eine Metallspitze, und damit würde sie allem entgegentreten, was in ihrer Küche tot oder lebendig war. Als sie noch ein Teenager gewesen war, hatten ihre Eltern sie gezwungen, mit Knox und Demetri Kampfsportarten zu lernen. Das war viele Jahre her, aber vermutlich würde sie jemanden mit einem Schirm töten können.

Vermutlich.

Sie hätte gern Agent Ramirez dagehabt. Luca. Er hätte dafür gesorgt, dass ihr nichts passierte.

Rasch schob sie den Gedanken beiseite und ging mit zitternden Knien auf die Küchentür zu.

Sie lehnte sich mit dem Rücken an die Tür, holte tief Luft und wirbelte dann, den Schirm voran, in die Küche, um den eventuell dort lauernden Eindringling aufzuspießen.

Ihr Kampfschrei erstarb, als sie sich einem leeren, wenn auch bestialisch stinkenden Raum gegenübersah. Sie kam sich ziemlich blöd vor, also lehnte sie den Schirm an den Tresen, um die Hände für den Kühlschrank frei zu haben. Jawohl, er war der Missetäter. Sieben Wochen lang hatte sie nicht einen Fuß in ihre Wohnung gesetzt. Natürlich mussten sämtliches Gemüse, Obst, der Biokäse, die eingelegten Oliven und die Essensreste inzwischen verrottet sein. Sie schloss die Augen und stöhnte. Ihre letzte Mahlzeit, gebratener Tofu Pad Thai, war nur mit einer Plastikfolie abgedeckt und nicht in einer Frischhaltebox.

Herr im Himmel, die ganze verschimmelte Fischsoße!

Bevor sie es über sich brachte, den Kühlschrank aufzumachen, öffnete sie das kleine Fenster über der Spüle und ging zum Wohnzimmerfenster, um Durchzug zu schaffen. Wovor hatte sie Angst gehabt? Wenn sich jemand hinter der Küchenwand versteckt gehabt hätte, wäre er an dem Gestank eingegangen.

Sie zog die fransigen, mit Perlen besetzten blaulila Vorhänge zurück und schwelgte einen Moment im Blau des Willamette River. Hero liebte die Aussicht. Bei dem ungewöhnlich warmen Dezemberwetter waren einige abgehärtete Leute mit ihren Booten auf dem aufgewühlten Fluss unterwegs, und die Boote tanzten auf ihm herum wie Plastikspielzeuge in der Badewanne eines wilden Kindes. So gern Hero den Fluss anschaute, bezweifelte sie doch, dass sie es jemals wieder wagen würde, hineinzugehen.

Sie wandte den Blick ab, vom Fluss und von der Richtung, die ihre Gedanken nahmen, und schaute zu den fluffigen Wolken über ihr hinauf. Der Wetterbericht nannte Wetter wie dieses »teilweise bewölkt«. Sie nannte es lieber »teilweise sonnig«.

Dass sie diese in einer Nebenstraße des Riverside Drive gelegene Einliegerwohnung hatte mieten können, war ihr größter Glücksgriff gewesen. Dass die Wohnung im Obergeschoss einer luxuriösen Villa lag, mit Blick auf die Marina des Country Club und das glitzernde Wasser des Willamette – nun, das war kaum zu überbieten.

Sie musste ihr gesamtes Körpergewicht einsetzen, um den klemmenden Fensterriegel zu lösen. Sie liebte es, den nachmittäglichen Geräuschen der Boote und Schiffe auf dem Fluss zu lauschen. Aber den Blick konnte sie später noch genießen. Erst einmal musste sie loswerden, was ihre Wohnung wie eine Mülldeponie riechen ließ.

Sie holte das Raumduftspray aus dem Badezimmer, versprühte auf dem Weg zum Schlafzimmer eine großzügige Menge davon und öffnete dann dort ebenfalls ein Fenster. Der Geruch nach Gewürznelke und Maulbeere erfüllte die Luft, aber gegen den grausamen Gestank kam er nicht an.

Sie sandte einen Stoßseufzer gen Himmel und versuchte, sich für das zu wappnen, was sie jetzt tun musste. Es führte kein Weg daran vorbei, dass sie den Kühlschrank in Angriff nehmen musste. Bei der Vorstellung, dass das Kimchi-Experiment auf sie wartete, stöhnte sie laut auf. Inzwischen würde es kläglich gescheitert sein, ruiniert durch fünf zusätzliche Wochen des Marinierens.

Stef wird sich köstlich darüber amüsieren, dachte sie.

Sie war Stef und ihrer Schwester Andra bis in alle Ewigkeit dankbar, dass sie sie mit auf ihre Kreuzfahrt entlang der Mexikanischen Riviera genommen hatten. Genau das hatte sie gebraucht, um wieder einen klaren Kopf zu bekommen, dem erdrückenden Mitgefühl ihrer Familie zu entfliehen und endgültig gesund zu werden.

Hero erinnerte sich noch gut daran, wie wütend Agent Ramirez gewesen war, weil sie ohne seine Erlaubnis nach Mexiko aufgebrochen war. Seine samtige Stimme hatte unglaublich zornig geklungen, als sie ihn vom Flughafen aus angerufen und ihm mitgeteilt hatte, dass sie gleich ins Flugzeug steigen würde.

»Wehe, Sie tun das«, hatte er geknurrt.

»Oh, ich kann Sie leider nicht mehr hören, die Verbindung ist ganz schlecht.« Die wilden Flüche, die sogar einen Gefängnisinsassen beeindruckt hätten, hatte sie gerade noch mitbekommen, bevor sie aufgelegt hatte.

Sie konnte sich nicht in allem auf seine unglaubliche Stärke verlassen. Irgendwann musste sie sich ihren Ängsten stellen. Seit dem Überfall auf sie war Johannes der Täufer nicht mehr in Erscheinung getreten. Weder hatte er sie bedroht noch sein Versagen eingestanden. Nicht einmal nach dem Wirbel in den Medien. Aber er hatte auch niemanden mehr umgebracht.

Zumindest soweit bekannt war.

Einen Monat nach dem Überfall hatte das FBI die Männer, die zu ihrer Bewachung abgestellt waren, abgezogen. Keine Polizeistreife fuhr mehr am Haus ihrer Eltern vorbei oder klingelte. Der leitende Special Agent des FBI-Büros hatte den Aufwand nicht mehr rechtfertigen können.

Auch darüber war Ramirez wütend gewesen.

Um noch ein wenig Zeit zu schinden, lehnte sich Hero an die Spüle und sah sich in ihrer Küche um. Sie wirkte, als hätte eine Splitterbombe in eine Kaffeewerbung eingeschlagen.

Luca würde sich gut machen in diesem Raum, der dieselben Farben hatte wie seine zarte, makellose Haut.

Hero schüttelte den Kopf, um die unerwünschten Gedanken loszuwerden. In diese Richtung sollte sie lieber keine Fantasien entwickeln. Sie hatten sich seit dem Überfall mehrmals getroffen, doch dabei war es immer sehr nüchtern zugegangen. Sie hatten sich auf die Aussage konzentriert, die sie unterschreiben musste. Sie waren diese Aussage wieder und wieder durchgegangen. Er hatte ihr Fotos gezeigt, in der Hoffnung, irgendetwas würde ihr bekannt vorkommen. Sobald sie gesund genug dafür gewesen war, war er mit ihr an den Tatort gefahren und hatte Skizzen angefertigt. Die ganze Zeit über hätte sie sich eigentlich auf die grässliche Tat konzentrieren sollen.

Stattdessen war ihre Aufmerksamkeit jedes Mal zu den Venen in Lucas muskulösem Unterarm gewandert, die deutlich hervortraten, wenn er auf seinen Notizblock schrieb. Nie hatte sie ihn ohne diesen Block gesehen, auf dem er seine Gedanken mit großer, resoluter Schrift festhielt. Die größte Ablenkung aber stellte sein immer gleicher Geruch nach Kaffee und frisch gewaschenem Leinen dar. Verdammt, der war wie ein Aphrodisiakum.

Nun gut – dieser Gestank hier würde nicht von allein verschwinden, und sich einen anderen Geruch vorzustellen inmitten dieses Verwesungsgestanks war unmöglich. Sie hoffte nur, ihre Vermieterin würde nicht vorbeikommen, um ihr alles Gute zu wünschen. Das wäre pein…

Hero öffnete die Kühlschranktür und begann sofort zu würgen. So viel Blut. Seltsame gelbe, leblose Augen, im Tod erstarrt.

Schlagartig wich die Luft aus ihren Lungen, und sie konnte nicht mehr atmen. Kalte und heiße Schauer überliefen sie abwechselnd, und sie fing an, unkontrolliert zu zittern. Sie stieß einen erstickten Schrei aus.

Meine Güte! Und sie hatte geglaubt, sie sei in Sicherheit. Der Albtraum sei vorüber.

Dabei hatte er gerade erst begonnen.

6

In der Bedrängnis solcher grausen Träume,
Die uns allnächtlich schütteln. Lieber bei
Dem Toten sein.

William Shakespeare, *Macbeth*

»Hero!«, rief Luca, als er in die Wohnung gestürzt kam. Rasch sah er sich, die halbautomatische Waffe gezogen, im Zimmer um. Unwillkürlich zuckte er zusammen, mehr wegen des Geruchs als wegen des Ziegenkopfs im Kühlschrank. Er hatte gewusst, was sie finden würden, in etwa jedenfalls, soweit er sich das aus Heros Gestammel am Telefon hatte zusammenreimen können.

»Ms Connor?«, rief Vincent Di Petro, der hinter ihm das Zimmer betreten hatte. Sie war weder in der Küche noch im Wohnzimmer, und das Schlafzimmer war ebenfalls leer.

Lucas Puls fing an zu rasen. Waren sie zu spät gekommen? Er war in einem Tempo hierhergerast, als wären sämtliche Teufel des siebten Kreises der Hölle hinter ihm her. Er würde es sich nie verzeihen, wenn sie …

Das Geräusch der Spülung und ein gequältes Stöhnen verrieten, wo sie steckte. Luca eilte zur Badezimmertür.

Hero kniete vor der Toilettenschüssel, ihr Kopf ruhte auf dem makellosen Porzellan. Der bittere Geruch, der im Raum hing, deutete darauf hin, dass sie gerade ihr Frühstück erbrochen hatte. Ihr Haar hatte sie zu einem lockeren Knoten zusammengedreht und mit einem dünnen Pinsel festgesteckt. Einige lange Strähnen hatten sich selbstständig gemacht und hingen neben ihren extravaganten Ohrringen herab.

»Alles in Ordnung?«, fragte er lahm.

Sie atmete erst ein paarmal tief durch die Nase ein und ließ die Luft zischend durch den Mund entweichen, bevor sie antwortete. »Mir geht es gut.« Ihre Stimme hallte in der Toilettenschüssel wider.

»Niemand hier«, ertönte Vince' Stimme. »Ich rufe die Spurensicherung an und riegle den Tatort ab.«

»Verstanden«, rief Luca über die Schulter, unfähig, den Blick von Hero abzuwenden. Er trat in den Raum und stellte sich neben sie auf die abgetretene limettengrüne Badematte.

Vornübergebeugt, wie sie dort kniete, war ihr weites, grünes Sommerkleid bis zum Saum ihrer Jacke hochgerutscht, sodass gerade noch ihr runder Hintern bedeckt war. Eine Menge Bein war zu sehen, und unterhalb des Knies steckte alles in sexy braunen Lederstiefeln. Hm, die mexikanische Sonne hatte ihre Haut goldfarben getönt.

Verdammt. Er wandte den Blick ab.

»Lassen Sie mich Ihnen helfen.«

Sie hob den Kopf und starrte ihn einen Moment lang an, bevor sie seine ausgestreckte Hand ergriff. Luca hatte sich gestählt für die unvermeidlich elektrisierende Berührung mit ihrer Haut. Nicht zum ersten Mal traf er auf eine Frau, die ihn heftig anzog, aber so etwas wie mit Hero hatte er noch nie erlebt. Es war, als könne er jede Schwingung in ihren Fingerspitzen spüren, jede Linie in ihrer Handfläche, denn alles vibrierte vor kinetischer Energie. Diese Energie, die aus ihren Fingerspitzen strömte, traf ihn wie ein Schuss aus einem Taser und ließ keinen Muskel, keine Sehne und kein Gewebe unberührt. Seit fast zwei Monaten kämpfte er nun schon gegen dieses Gefühl an, und er hatte es absolut satt.

Luca half ihr aufzustehen und erhaschte dabei kurz einen Blick auf ihren smaragdgrünen Spitzenslip. Rasch schloss er die Augen und versuchte, an das tote Tier in ihrem Kühlschrank zu denken.

Kein Ständer mehr.

»Agent Ramirez?«

Er öffnete die Augen und räusperte sich. Trotz ihrer Bräune wirkte Hero blass. Ihre Augen lagen für seinen Geschmack viel zu tief, und ihre Wangenknochen traten deutlicher hervor, als sie das sollten. Noch immer war sie die verführerischste Frau, die er je aus der Nähe gesehen hatte, aber verdammt, sie brauchte unbedingt einen Cheeseburger und ein bisschen Schlaf.

»Erzählen Sie mir, was passiert ist«, sagte er schroffer als beabsichtigt.

Ihr schossen keine Tränen in die Augen, stattdessen sah sie ihn vorwurfsvoll an. »Er hat mich *gefunden*.«

»Hier ist eine Notiz«, rief Vincent aus der Küche.

»Haben Sie sie gelesen?«, fragte Luca Hero.

Sie nickte, trat um ihn herum und steuerte auf das Wohnzimmer zu. »Klingt wie ein Bibelvers«, sagte sie zu Luca, der ihr folgte. »Er will immer noch, dass ich sterbe.«

»Vielleicht sollten Sie sich in Ihr Schlafzimmer setzen«, schlug Luca vor, der verhindern wollte, dass sie sich dem grässlichen Anblick erneut aussetzte.

»Ich will aus dem Fenster sehen.« Hero ließ sich auf die lächerlich überladene Couch sinken und vermied es, in Richtung Küche zu schauen.

Meine Güte, wie viele komische Kissen brauchte so eine Couch?

»Er war in meiner *Wohnung*!« Sie begann, an den wulstigen Narben auf ihrem Handrücken zu kratzen. Sie hatten noch immer eine rosa Farbe, heilten aber gut.

»Das können wir noch nicht mit Sicherheit sagen«, versuchte Luca sie zu beruhigen. »Das könnte auch ein Nachahmer sein oder irgendein krankes Arsch… ähm, irgendein kranker Idiot, der Sie im Fernsehen gesehen hat. Wir müssen erst noch klären, ob er das war. Deshalb holen wir die Spurensicherung her.«

Sie nickte. In ihrem Blick lagen gleichermaßen Hoffnung wie Angst.

Luca konnte sie nicht mehr ansehen, deshalb drehte er sich um und ging in die Küche, um die Notiz zu lesen, die Vincent noch immer studierte.

So lasset nun die Sünde nicht herrschen
in eurem sterblichen Leibe,
ihr Gehorsam zu leisten in seinen Lüsten,
sondern begebet euch selbst Gott.
Denn wer gestorben ist, der ist von der Sünde
freigesprochen.

Ich werde dir die Freiheit schenken.

»Freiheit – damit meint er garantiert den Tod«, flüsterte Vince.

Luca fluchte. »Ist das aus der Bibel?« Kein Wunder, dass er das Ding nicht las.

»Schon zu lange her, dass ich eine in der Hand hatte«, erwiderte Vincent und schnaubte. »Damit sollen sich die Nerds in der Zentrale beschäftigen.«

In der Ferne war das schrille Jaulen von Sirenen zu hören. Es kam rasch näher.

»Okay.« Luca richtete den Blick auf Hero. Sie starrte stur auf den wunderschönen Fluss hinaus und rieb gedankenverloren über ihr schmales Handgelenk, wo – wie er wusste – ebenfalls noch eine tiefe Wunde heilte.

War das alles erst vor zwei Monaten passiert?

Luca versuchte sich einzureden, dass sich seine Brust nur aus Mitgefühl zusammenzog. Seit über einem Jahr war Johannes der Täufer jetzt sein einziger Lebensinhalt. In den letzten zwei Monaten hatte er sich mit überhaupt nichts anderem mehr beschäftigt. Sich jeden Moment bewusst zu sein, dass ein stiller Countdown bis zum nächsten Mord lief, raubte ihm allmählich den Verstand. Aber er hatte sich freiwillig für diesen Job gemeldet. Er konnte ihn jederzeit irgendeinem anderen armen Schwein aufs Auge drücken.

Diesen Luxus konnte sich Hero als Opfer nicht leisten. Noch dazu jetzt, wo jemand in ihr Zuhause eingedrungen war.

Luca hatte sich nie mit der Angst vor Impotenz herumschlagen müssen, aber dies hier stellte seine Männlichkeit genauso infrage wie ein schlaffer Schwanz. Er konnte wohl kaum ihr zartes, mit Armreifen übersätes Handgelenk an seins fesseln, so gern er das auch getan hätte. Und es gab keine andere Methode, ihre Sicherheit zu garantieren. Seit er die Nacht mit ihr im Krankenhaus verbracht hatte, waren seine Gedanken immer wieder zu ihr zurückgewandert. Wenn er nicht über Akten, Notizen, Fotos, Profilen und Beweisen brütete, fragte er sich, ob sie schlafen konnte. Ob sie Albträume hatte. Ob es ihr besser ging.

Was sie im Bett trug.

Luca wusste, was Übertragung bedeutete, er hatte schon ein- oder zweimal damit zu kämpfen gehabt. Er konnte seine Obsession mit Johannes dem Täufer nicht einfach auf dessen Opfer übertragen. Wenn sie ihn so wie jetzt ansah, als würde sie ausschließlich ihm trauen, dann würde er am liebsten davonrennen. Es ängstigte ihn zu Tode und brachte die zwei Seelen, die in ihm wohnten, in Widerstreit. Ein Teil von ihm wäre gern gewesen, was sie in ihm sah. Aber er wusste, wer er wirklich war. Ein Mann, in dem ein Monster wohnte, der die strikten Regeln und Vorgaben des Gesetzes brauchte, um das Böse in sich in Schach zu halten.

Die Notwendigkeit, Hero auf Abstand zu halten, war zu seinem Mantra geworden. Er würde sich stets professionell verhalten. Er würde alles für ihre Sicherheit tun, egal, was nötig wäre, aber es gab Grenzen, die er auf keinen Fall überschreiten würde.

Regel Nummer eins: Vermeide unbedingt, mit ihr allein zu sein.

Regel Nummer zwei: siehe Regel Nummer eins.

Der leitende Special Agent des FBI in Portland, Hank Trojanowski, kam mit der Grazie eines Rhinozerosses in die Wohnung gestürmt.

»Ramirez. Di Petro. Ab sofort wechseln Sie sich im Zwölf-Stunden-Rhythmus als Ms Connors persönliche Bewachung ab. Sie werden ständig an ihrer Seite bleiben, bis dieser Dreckskerl wieder zuschlägt. Das ist *die* Gelegenheit, den Mörder zu fassen.«

Aus der Schulternaht von Trojanowskis Jacke hing ein Faden, und das trieb Hero schier in den Wahnsinn. Die spätnachmittägliche Sonne ließ den Faden, der die gleiche Farbe hatte wie sein dünnes, graues Haar, hell aufleuchten. Es juckte sie in den Fingern, ihn abzureißen, und um dieses Bedürfnis zu unterdrücken, verschränkte sie sie und legte die Hände in ihren Schoß. Ihre Hände waren feucht, ihr Mund trocken. Sie wünschte sich sehnlichst, es wäre andersherum. Sie brauchte einen Drink. Einen starken. Sie richtete den Blick auf Luca, der seinem Chef gerade all die Gründe aufzählte, warum er nicht bei ihr bleiben konnte.

Was zum Teufel war los mit ihm? Es schien, als wäre es ihm bereits unangenehm, ihr nur die Hand zu schütteln, und als halte er jeden nicht zu vermeidenden Körperkontakt möglichst kurz. Es kostete sie Mühe, nicht beleidigt zu sein. Vielleicht war sie nicht sein Typ? Vielleicht stand er nur auf Latinofrauen?

So eine Annahme ist total rassistisch, schimpfte sie mit sich. Sie wusste von Rown, dass es den Vorschriften widersprach, mit Verdächtigen oder Opfern zu »fraternisieren«. Aber Hero hatte noch nie viel von Vorschriften gehalten. Vor allem nicht, wenn sie keinen Sinn ergaben. Oh, oder sobald sie ihr im Weg standen, wenn sie etwas wollte.

»Wie soll ich die Ermittlungen leiten, wenn ich tagsüber nicht im Büro bin?«, fragte Luca empört seinen Chef und verschränkte die kräftigen Arme vor der Brust.

Director Trojanowski hatte den Körperbau einer Stangenbohne, eher dünn, aber mit Ausbuchtungen an unerwarteten Stellen. Allerdings klang er wie Darth Vader, und Hero konnte sich vorstellen, dass das die meisten Leute irritierte. »Das ist doch ganz einfach. Di Petro übernimmt die Tagschicht, von sechs bis sechs, während Sie im Büro sind und ein paar Stunden Freizeit haben. Dann sind Sie von sechs Uhr abends bis sechs Uhr morgens hier. Sie beide können die Zeiten absprechen, wie es Ihnen am besten passt.«

»Klingt gut, Boss«, sagte Di Petro, der gerade mehrere Einheiten koordinierte, die inzwischen ihr Zuhause bevölkerten.

Luca warf ihr einen vorwurfsvollen Blick zu. »Und am Wochenende?«, bohrte er stur weiter.

»Einer von Ihnen hat samstags frei, der andere sonntags.« Der Director zuckte mit den Schultern. »Das sind verdeckte Ermittlungen, Ramirez, das haben Sie bei anderen Gelegenheiten auch schon wochenlang gemacht.«

»Ja, Mann.« Di Petro gesellte sich zu ihnen. »Denk an all die schrecklichen, wunderbaren Überstunden.« Er zog rasch ein paarmal hintereinander die dunklen Augenbrauen hoch. »Vor einem Jahr hast du dein Fahrrad mit dem Geld aus dem Menschenhandelsfall bezahlt.« Er ließ seinen Kaugummi knallen und vergrub die Hände in den Taschen seiner Hose. »Außerdem haben wir diesmal vielleicht wirklich die Chance, dieses Schwein zu fassen.«

Luca ignorierte ihn. »Wäre es nicht passender, wenn eine Frau die Nächte hier verbringen würde, als – wie war das noch – verdeckte Ermittlerin?«

Trojanowski wandte sich Hero zu und setzte sich in gebührendem Abstand neben sie auf die Couch. »Was halten Sie von der Idee, Ms Connor?«

»Ich heiße Katrova-Connor«, korrigierte sie ihn. »Aber Sie können mich Hero nennen.« Sie mochte den Director und gab sich Mühe, ihm zuliebe ein Lächeln auf ihre Lippen zu zaubern.

»Danke.« Er tätschelte ihr väterlich die Hände. »Ich weiß, dass Sie Künstlerin sind. Laut Ihrem Profil arbeiten Sie überwiegend tagsüber, während Ihr Sozialleben und Ihre Einkäufe meist abends stattfinden, liege ich da richtig?«

Hero versuchte sich nicht davon irritieren zu lassen, dass das FBI ein Profil von ihr erstellt hatte. Was wussten sie noch über sie?

»Im Allgemeinen«, erwiderte sie achselzuckend. Einige ihrer besten Keramiken hatte sie mitten in der Nacht gefertigt, und meistens schlief sie bis neun oder halb zehn. Skulpturen gestaltete sie lieber tagsüber, wenn die Sonne ihr half, Schatten und Schattierungen herauszuarbeiten. Zweimal die Woche unterrichtete sie abends Yoga. Früh am Morgen war sie zu nichts zu gebrauchen. Wenn sie Waren versandte, musste sie sich nach den Schalteröffnungszeiten richten, und an ihrer Website konnte sie zu jeder Tages- und Nachtzeit arbeiten. Hinzu kamen noch Ausstellungen, Wochenendmärkte und Festivals, aus denen sie einen Großteil ihres Einkommens bezog. Vor allem in den Sommer- und Herbstmonaten reiste sie zu fast allen, die entlang der Küste stattfanden.

»Ich bin sehr viel unterwegs. Wer glaubt, ich sei eine Künstlerin, die nur auf der faulen Haut liegt und die meiste Zeit kurz vorm Verhungern ist, der wird sich noch umschauen.« Sie blinzelte den beiden Agents zu. »Sie werden ganz schön zu tun haben.«

Trojanowski lächelte. »Das ist uns durchaus bewusst. Wir haben Ihre Steuererklärungen gesehen.«

Sie zog die Augenbrauen hoch. Hoffentlich sah man ihr nicht an, wie erschrocken sie war. Wussten die etwa auch alles, was sie *nicht* bei der Steuer angegeben hatte?

»Wir sind nicht die Steuerbehörde«, sagte Trojanowski grinsend.

Sie kicherte nervös. Vermutlich erlangte man eine Position, wie er sie innehatte, nur, wenn man wusste, was im Kopf des Gegenübers vor sich ging.

»Wie auch immer, angesichts der jüngsten Entwicklungen halten wir vom FBI es für sicherer, wenn Sie immer einen unserer Agents um sich haben.«

»Meinen Sie mit ›jüngsten Entwicklungen‹ den Ziegenkopf in meinem Kühlschrank?« Die arme Ziege. Der Größe des gehörnten Kopfs nach zu urteilen, musste sie ziemlich groß gewesen sein, außerdem schneeweiß, und dann diese furchterregenden grauen, rechteckigen Pupillen! Dennoch bedauerte Hero ihren sinnlosen Tod. Ob das Tier wohl Angst gehabt hatte? Hatte es wie sie um sein Leben gekämpft?

»Ja, genau.« Er schwieg einen Moment, während Heros Kühlschrank auf einem Rollwagen vorbeigeschoben wurde, von einem Mann und einer Frau, auf deren Polizeijacken »Spurensicherung Portland« stand. Roger Daltreys Stimme ertönte auf einmal laut in ihrem Kopf.

Who are you? Who, who? Who, who?

Meine Güte, sie verlor allmählich den Verstand.

Immerhin hatten sie den Kühlschrank mit gelbem Absperrband umwickelt.

»Es ist schwierig, Bekannten und Kollegen eine FBI-Bewachung zu erklären, außerdem macht es die Leute meist nervös«, fuhr Director Trojanowski fort.

Hero sah ihn aus zusammengekniffenen Augen an und überlegte fieberhaft, worauf er hinauswollte.

»Das wiederum bedeutet eine größere Gefahr für die Öffentlichkeit, und ein uniformierter Leibwächter könnte den Täter unter Umständen abschrecken.«

»Moment mal.« Hero sah mit Sorge, worauf das hinauslief. »Ist das nicht der Sinn der Sache?«

»Nun, Ms Katrova-Connor, ähm, Hero, die besten Chancen, Johannes den Täufer zu erwischen, haben wir, wenn er versucht, Sie erneut zu … kontaktieren.«

»Sie meinen, wenn er erneut versucht, sie zu töten«, warf Luca ein. Er war bereits vorher wütend gewesen, aber jetzt hatte er fast schon Schaum vor dem Mund. »Wir missbrauchen sie nicht als lebenden Köder. Es muss andere Möglichkeiten geben, die nicht beinhalten, dass …«

»Tut mir leid, aber haben Sie ein ›Director‹ vor Ihrem Namen? Das sollten Sie nämlich, wenn Sie meinen, hier Befehle erteilen zu können, Ramirez.« Trojanowski stand auf und streckte sich zu voller Länge, war aber immer noch ein gutes Stück kleiner als Luca.

Luca schob das Kinn vor, an seiner linken Wange zuckte ein Muskel. »Nein, *Sir*, aber wir können doch nicht …«

»Doch«, fiel Hero ihm ins Wort. »Ich mache es. Ich tue, was Sie für das Beste halten, egal, was es ist.«

»Hero, Sie sollten sich das gut überlegen«, beharrte Luca, dessen schwarze Augen warnend funkelten.

»Was gibt es da zu überlegen? Ich will so nicht leben. Und ich will auch nicht, dass eine andere Frau das durchmachen muss, was ich durchgemacht habe. Aus irgendeinem Grund hat sich dieser Widerling ausgerechnet mich ausgesucht, und ich werde dafür sorgen, dass das der größte Fehler war, den er je gemacht hat. Abgesehen von den Morden.« Sie stand auf, weil das irgendwie geboten schien. »Ich bin dabei. Ich bin Ihr Köder.«

»Prima, Mädel.« Di Petro gab ihr einen Klaps auf den Rücken. »Sie haben echt Schneid.«

Hero lächelte Agent Di Petro an. Seit sie sich im Büro des FBI bei ihrer ersten Aussage kennengelernt hatten, war sie mit dem von der Ostküste nach Portland versetzten Agent bestens klargekommen. Ihr gefielen seine hoch aufgeschossene, schlaksige Gestalt, sein gutes, typisch italienisches Aussehen und sein unbefangenes Lächeln. Er erinnerte sie an Mark Wahlberg mit Mitte dreißig, und sie hatte den Eindruck, dass sich hinter dem breiten South-Boston-Dialekt und dem oft unangebrachten Humor ein äußerst intelligenter Mensch verbarg. Ihm war es recht, wenn die Leute ihn unterschätzten. Und das machte ihn gefährlich.

»Großartig.« Trojanowski schien begeistert. »Also, wie ich schon sagte, Ihnen offiziell einen Agent zur Seite zu stellen, wäre schwierig, aber wenn er jemanden spielen würde, der Ihnen nahesteht, wie zum Beispiel einen Assistenten oder Ihren Freund, ließe sich seine dauernde Anwesenheit erklären. Agent Di Petro war in Boston und Philadelphia für Interpol bei einigen internationalen Kunstdiebstählen beratend tätig. Ich glaube, er wäre besser für die Rolle als Protegé geeignet.«

Vince nickte und grinste seinen Partner wissend an.

Damit blieb für Luca die Rolle des Liebhabers.

Hero biss sich auf die Lippe. Ihre Temperatur schoss in die Höhe. Wie konnte es sein, dass ihr Körper sogar inmitten von Chaos und Gefahr so auf ihn reagierte?

Der besagte Agent wirkte, als würde er gleich vor Wut platzen.

Alles Schlechte hatte doch auch immer etwas Gutes. Klar, ein Psychopath hatte es auf sie abgesehen, aber dafür durfte sie jetzt auch miterleben, wie sich der zugeknöpfte Agent Ramirez wand. Er hatte sich in eine Menschenhandelsorganisation einschleusen lassen und wochenlang dort ausgeharrt, ohne sich zu beschweren, aber er war sauer, wenn er so tun sollte, als sei er ihr Freund? Was stimmte denn nicht mit ihr? Oder anders gefragt: Was stimmte nicht mit ihm? Sie war eine großartige Freundin. In jeder Hinsicht. Er sollte sich glücklich schätzen.

»Klingt prima«, stimmte sie zu. »Agent Ramirez kann auf meiner Couch schlafen.«

Alle drei Männer betrachteten zweifelnd besagte Couch.

Der Director zuckte mit den Schultern. »Ich wette, er hat schon schlechter geschlafen.«

»Ja, hat er.« Vince schlug Luca auf die Schulter, unfähig, sein ironisches Grinsen länger zu unterdrücken.

Luca starrte die Couch voller Abscheu an. Seine vor der

Brust verschränkten Arme sprengten beinahe die Ärmel seiner Anzugjacke.

Hero warf einen Blick über die Schulter. Was hatte er denn? Ihre Couch war bequem. Nun gut, eher schön als praktisch. Und jetzt, wo sie sie genauer in Augenschein nahm, bezweifelte sie, dass Luca seine fast ein Meter neunzig dort unterbringen konnte. Vielleicht wenn er ein paar von den Kissen wegtat.

Ach verdammt, sie würde ihm die Luftmatratze anbieten, die in ihrem Schrank lag. Aber erst, wenn er zu schmollen aufhörte.

»Hero, was ich jetzt sage, ist äußerst wichtig«, zog Director Trojanowski ihre Aufmerksamkeit mit seiner ernsten Stimme wieder auf sich. »Unsere Leute haben sich Ihren Fall genau angeschaut, und sie sind sich ziemlich sicher, dass es sich bei Johannes dem Täufer um jemanden handelt, den Sie kennen. Oder dem Sie auf privater oder auf beruflicher Ebene zumindest schon mal begegnet sind.«

Hero blieb beinahe das Herz stehen. »Wie kommen Sie darauf?«

»Da ist zunächst der große Unterschied zwischen Ihnen und den vorherigen Opfern. Sie bieten keine sexuellen Dienstleistungen an. Sie sind sehr religiös. Sie sind nicht süchtig. Sie kommen nicht aus einer kaputten oder misshandelnden Familie. Sie sind gebildet, erfolgreich und so weiter.«

Galt Kaffee nicht mehr als Suchtmittel? Hero sog die Lippen zwischen die Zähne. »So religiös bin ich nun auch wieder nicht«, widersprach sie. »Katholikin bin ich eigentlich nur zu Ostern und zu Weihnachten. Vor allem meinen Eltern zuliebe. Was ich sagen will: Ich bin eher spirituell als religiös.«

»Wie auch immer. Das psychologische Profil lässt vermuten, dass Johannes der Täufer die ganze Zeit in Ihrer Umgebung war und dass irgendetwas, das Sie getan haben, seine Aufmerksamkeit erregt hat. Wir glauben, dass er die Frauen tötet, um ihre Seelen zu retten. Er hat nur nie einen Hinweis hinterlassen, wieso. Wenn unsere Annahme stimmt, wird er nicht aufhören, bis er das Gefühl hat, auch Sie gerettet zu haben.«

»Bis er mich getötet hat, wollen Sie sagen.« Wieder rieb Hero die Narben an ihren Händen. Sie richtete den Blick auf Agent Ramirez.

Als sich ihre Blicke trafen, wusste Hero, dass er sich das Gleiche fragte wie sie.

Was hatte sie getan, dass dieser Fanatiker sie umbringen wollte?

7

Aber ich bin ein großer Rindfleischesser,
und ich glaube, das tut meinem Witz Schaden.

William Shakespeare, *Was ihr wollt*

Luca stieg aus dem Wagen und sah auf seine Uhr. Genau sechs Uhr. Er nahm seine Tasche, seinen Laptop und seine Brieftasche und blickte zur Villa hoch. In dem verblassenden Licht hatten die grauen Ziegel einen leicht bläulichen Farbton. Die Farbe passte zu den kirschfarbenen Holzsäulen und den Fensterrahmen.

Heros Wohnung erreichte man hintenherum über einen schmalen Pfad, der zwischen dem Haus und der einzeln stehenden Garage verlief. Eine Garage, die groß genug für Boote und Ähnliches war.

Dies hier war weit entfernt von der Art, wie er aufgewachsen war. Der Wohnwagen, den seine Eltern damals in El Paso hatten, hätte in diese Garage – er beugte sich vor und sah durch das dunkle Fenster – mindestens dreimal hineingepasst.

Seine Ferragamo Tosco Oxfords machten auf den Schieferplatten der Auffahrt ein Geräusch, das ihm gefiel. Ihm blieben noch etwa hundert Schritte, um sich den Kopf zurechtzurücken. Das musste er immer tun, bevor er Hero traf. Aber heute war er völlig unvorbereitet. Er war einfach losgerast, aus Angst um ihre Sicherheit. Ab da war ihm die Kontrolle endgültig entglitten.

Nun musste er also in ihrer Nähe schlafen. Na und? Sie war nur ein zerbrechliches Wesen, das er beschützen musste. Sie war Arbeit. Er musste nur seine Arbeit machen – ohne seine Arbeit zu machen.

Die Abdeckung über dem ovalen Swimmingpool flappte in einem plötzlichen Windstoß, und Luca drehte sich um, um den dunklen Waldrand zu betrachten, der den riesigen Garten begrenzte und den Blick auf den Fluss verstellte. Ein taktischer Albtraum, dieses Haus. Quasi unmöglich von allen Seiten zu sichern. Wie bei all diesen mehrere Millionen Dollar teuren Häusern in den Seitenstraßen des Riverside Drive konnte ein Angreifer mit den Bäumen verschmelzen und problemlos durch den Highland Forest verschwinden.

Luca stieg die wenigen Stufen zu dem Bogenportal von Heros Wohnung hinauf und blieb davor stehen, um seine aufgewühlten Nerven zu beruhigen. Er atmete tief durch die Nase ein, dann langsam durch den Mund aus.

Eins … zwei … drei … vier …

Die Tür wurde aufgerissen. Vince hatte die Hand griffbereit an seiner Beretta, die in einem Schulterholster unter seinem Anzug steckte.

»Ach, du bist das«, sagte er. »Dachte ich mir schon fast, aber dann bist du nicht reingekommen.« Er nahm Luca die Tasche ab und trat zur Seite, um ihn in den kleinen Flur zu lassen. »Dass diese Tür keinen Spion hat, macht mich total nervös.«

Luca hatte beinahe vergessen, dass dieser Stadtmensch ein Gehör wie eine Eule hatte. »Tut mir leid, Mann.« Sein Kollege boxte ihn gegen die Schulter. »Ich hatte mich gerade innerlich gegen den Geruch gewappnet.«

Er atmete ein. Heros Wohnung roch angenehm. Der eklige Geruch nach Tod war von Zitronen und etwas Kräftigem, Erdigem verdrängt worden.

»Wie geht es ihr?«, fragte Luca. Dass ihm die Antwort derart wichtig war, verblüffte ihn.

»Wie es aussieht, gut.« Vince zuckte mit den Schultern. »Sie hat allen, die am Tatort zu tun hatten, ein Mittagessen spendiert. Dann, als die ganze Bande weg war, hat sie sich umgezogen, und ich habe ihr geholfen, das Fingerabdruckpulver und alles andere zu beseitigen. Sie hat alles mit Duftöl abgewischt und so den Gestank vertrieben. Entweder kommt sie mit der Situation sehr gut klar, oder sie schottet sich vor der Realität ab.«

Luca versuchte, sich davon nicht beunruhigen zu lassen. »Hat die Spurensicherung Fingerabdrücke von dem Typen gefunden? Oder sonst irgendwas?«

»Tut sie das je?« Vince runzelte die Stirn.

»Was ist mit der Notiz?« Die Botschaft war etwas Neues. Sie konnten die Handschrift untersuchen, außerdem Papier und Tinte. Vielleicht hätten sie dann irgendetwas in der Hand.

Vince schüttelte nur den Kopf.

»Sind Sie das, Agent Ramirez?«, ertönte Heros Stimme von drinnen.

»Ja.« Als Luca in das Wohnzimmer trat, fiel ihm die Kinnlade herunter.

Hero stand über den gedrechselten Tisch gebeugt, das Gewicht auf die Ellbogen gestützt, und las irgendwelche Papiere, die vor ihr lagen. Statt des Kleids trug sie jetzt ein braunes Tanktop und eine graue Stretchhose, die an ihrem Hintern klebte wie eine zweite Haut.

Alle seine Bauchmuskeln zogen sich zusammen. Er versuchte, all die schmutzigen Dinge auszublenden, die er mit diesem …

»Haben Sie Hunger?«, fragte sie und warf ihm einen Blick über die Schulter zu.

Ihm lief das Wasser im Mund zusammen. Verdammt, ja, er hatte Hunger. Aber nicht auf Abendessen. Er wandte den Blick von ihren verführerischen Kurven ab. Ihre Augen. Er sollte sich auf ihre Augen konzentrieren.

»Ich wollte mir gerade Abendessen bestellen.« Sie lächelte ihn einladend an.

Himmel, steckte er in Schwierigkeiten!

»Klar«, erwiderte er und drehte sich zu Vince um. »Bleibst du noch zum Essen?« Er versuchte, die Frage möglichst desinteressiert klingen zu lassen. Hoffentlich war ihm seine Verzweiflung nicht anzuhören. *Lass mich bloß noch nicht allein mit ihr.*

»Nein. Die Semesterabschlussprüfungen sind gerade vorbei, und ich werde es heute Abend mit einigen der höheren Semester bei O'Hearne's krachen lassen. New England Revolution wird Real Salt Lake schlagen, Übertragung auf Riesenleinwand, und danach bin ich garantiert in Stimmung für einen Siegestanz.« Vince boxte Luca erneut gegen die Schulter und zog mehrmals hintereinander rasch die Augenbrauen hoch. Dann nahm er seine Anzugjacke vom Garderobenständer. Luca wusste, wofür »Tanz« stand. »Amüsiert euch gut, Kinder.«

Ein fast schon übernatürliches Gehör, aber die Beobachtungsgabe eines Straußes. War es nicht ihr Job, Leute zu durchschauen?

»Danke für alles, Agent Di Petro«, rief Hero, ohne von ihren Speisekarten hochzuschauen.

»Sie müssen sich angewöhnen, mich mit Vornamen anzureden, vor allem vor anderen Leuten«, erwiderte Vince. »Morgen komme ich im passenden Künstleroutfit.«

»Vielleicht bringe ich Ihnen sogar was bei«, gab Hero zurück.

»Na, viel Erfolg dabei.« Vince richtete den Blick auf Luca. »Es war ruhig, aber ich bin in der Nähe, falls irgendwas sein sollte. Bis später, Leute.«

Luca hatte seine Meinung geändert. Es wurde höchste Zeit, dass Vince mit seiner Schlagfertigkeit und seinem Grinsen verschwand. Er schloss die Tür hinter seinem Partner fester als beabsichtigt. Dann sperrte er sie ab und legte die Kette vor.

»Also, worauf hätten Sie Lust?«, fragte Hero vom Tisch her.

Machte sie Witze? Selbst wenn sie ihm angeboten hätte, was sie ihm nicht anbot, hätte Luca sich nicht entscheiden können. Nackt. Er hatte Lust auf nackt, hart und wild. Und das war eine verdammt gefährliche Lust.

»Ich habe hier Speisekarten vom Chinesen, vom Thailänder, vom Inder, Pizza ...«

Sie verlagerte das Gewicht von einem nackten Fuß auf den anderen und kratzte sich mit den manikürten Zehen die Wade. Die Bewegung stellte etwas Faszinierendes mit ihrem Hintern an. Ihm wurde ein wenig schwindelig, als sein ganzes Blut nach unten floss. Was hatte sie als Letztes gesagt?

»Pizza ist gut«, brachte er heraus. Außerdem sollte sie vermutlich etwas Kohlehydrathaltiges und Fettiges essen. Das würde ihr guttun.

Luca schnappte sich seine Tasche, um sie auf die grässliche Couch zu stellen, wobei er versuchte, Hero möglichst wenig anzuschauen. Er beugte sich vor, um Tasche und Laptop abzusetzen, und versuchte ein Kissen zu finden, das nicht irgendein ostindisches Muster, Fransen oder Pailletten hatte.

Vergebens.

»Prima. Bei Gino's gibt es diese Pizza mit Pinienkernen und vegetarischem Pesto auf glutenfreiem Boden, die einfach unglaublich ist.«

Alarmiert richtete er sich auf. »›Pesto und Pinienkerne‹ ist hoffentlich weibliche Geheimsprache und bedeutet so viel wie ›Peperoni, Wurst und Extraportion Käse‹«, sagte er warnend. »Was spricht denn gegen die gute alte rote Soße?«

»Haben Sie eine Ahnung, wie viel Zucker in diesen Soßen verarbeitet wird? Abgesehen davon bin ich Vegetarierin. Steht das etwa nicht in Ihrem FBI-Profil?« Sie drehte sich um und sah ihn herausfordernd an.

»Vegetarierin?« Er verzog das Gesicht. Das war, als hätte sie ihm gerade erzählt, sie glaube an Feen, aber nicht ans Rasieren.

Und dass das nicht stimmte, wusste er. Zumindest, was das Rasieren anging.

»Ja. Wenn Sie wüssten, was bei der Verdauung von Fleisch mit Ihrem Magen-Darm-Trakt passiert, würden Sie auch Vegetarier werden.«

Er schnaubte. »Lieber sterbe ich.«

»Werden Sie auch. Langsam. An Magenkrebs.«

Dieses Gespräch bewegte sich in eine Richtung, die ihm gar nicht gefiel. Und er würde garantiert kein Pesto und keine Pinienkerne auf glutenfreiem Pappkarton essen. Warum konnte Pizza nicht so bleiben, wie sie war? Pizza war zeitlos gut.

»Wie wäre es mit Chinesisch?«, schlug er vor. Hoffentlich klang das diplomatisch, und sie hörte ihm seinen Abscheu nicht an.

»Okay.« Sie griff nach der Speisekarte vom Chinesen und reichte sie ihm. »Prima Idee. Ich hole mein Handy.« Sie schlängelte sich an ihm vorbei und nahm ihr Handy vom Küchentresen.

Er atmete tief ein. Dank ihr würde der Geruch nach Erde, Kräutern und Kakaobutter für immer in seinen Nasenhöhlen eingebrannt sein.

Dagegen hatte er nichts einzuwenden.

»Hallo, Mr Huang? Ja, hier ist Hero, wie geht es Ihnen?«

Offenbar bestellte sie häufig beim Chinesen.

»Mexiko war herrlich.« Ihr Lächeln erstarb, und sie holte tief Luft. »Ja … ich bin froh, wieder zu Hause zu sein. Es war …« Ihr Blick wanderte zu der Stelle, an der ihr Kühlschrank gestanden hatte. »… eine Menge los … Ja, bitte liefern.« Ihr Gesicht erhellte sich wieder. »Ich hätte gern das Wokgemüse mit Tofu, ohne Soße, außerdem …« Sie sah Luca erwartungsvoll an.

Igitt. Luca verzog das Gesicht. Das war doch kein Essen. Das waren höchstens Ballaststoffe, die man zu sich nahm, um das richtige Essen besser zu verdauen. Aber das würde er nicht vor Mr Huang diskutieren.

»Lo mein mit Rindfleisch«, sagte er und entschied sich somit für den Doppelschlag von Fleisch und Gluten. »Und eine Extraportion von diesen Frischkäse-Teigtaschen, extra kross gebraten.«

Sie sah ihn aus zusammengekniffenen Augen an, wiederholte aber brav seine Bestellung. »Ja, ich habe Besuch heute Abend … Okay, danke, Mr Huang. Richten Sie Mrs Huang und Johnny Li schöne Grüße von mir aus.«

Sie beendete das Gespräch. »Ich würde gern duschen. Macht es Ihnen was aus, auf die Türklingel zu hören?«

»Natürlich nicht.« Luca betrachtete die Tür zum Badezimmer, das mit dem einzigen Schlafzimmer der Wohnung verbunden war. Heros Schlafzimmer. »Ich wollte mich sowieso ein bisschen an die Arbeit setzen. Macht es Ihnen was aus, wenn ich mich hier auf dem Boden ausbreite?« Er deutete auf den persisch anmutenden Teppich vor der Couch.

Sie blieb einen Moment stehen und sah ihn an, dann wanderte ihr Blick weiter zum Boden. Luca konnte nur ahnen, was ihr durch den Kopf ging.

»Natürlich nicht.«

Luca schaute sich in ihrer Wohnung um. Hier sah es aus, als hätte Bollywood über die Tan Pai Handelsgesellschaft gekotzt. Neben der lächerlichen Couch, von der aus man durch die Fensterfront einen fantastischen Blick auf den Fluss hatte, standen ein paar Papasansessel und ein riesiger Sitzsack. Alles war mit Überwürfen in schreienden Farben und – kaum zu glauben – Kissen bedeckt. An der Wand neben der Eingangstür standen mehrere Regale, bestückt mit Kunstbüchern, Büchern über Keramik, Büchern zu irgendwelchen New-Age-Themen und Liebesromanen. Ein Ordnungssystem war nicht erkennbar. Er trat näher. Vielleicht waren sie nach Farben sortiert? Einige willkürlich im Raum verteilte Tische und sonstige Oberflächen waren übersät mit unzähligen Keramikteilen, Vasen, getrockneten Blumen und allem möglichen seltsamen Plunder, der von indischen Göttinnen über Buddha bis hin zu einem Jesusbild auf Knautschsamt in einem knallbunten Rahmen reichte.

Die dunklen Holztüren zu ihrem Schlafzimmer und ihrem Badezimmer befanden sich direkt nebeneinander in der langen Wand, die vom Eingangsbereich an der Küche vorbeiführte. Am Ende des Flurs war noch, wie Luca wusste, ein kleiner, kellerartiger Raum, in dem ihre Töpferscheibe, ein elektrischer Brennofen und deckenhohe Regale voll Keramik in unterschiedlichen Fertigungsstufen standen.

Luca gefiel, dass die Küche, der winzige Essbereich und das Wohnzimmer in einem einzigen großen Raum mit hoher Decke untergebracht waren. Das war tausendmal besser als seine beige Wohnung mit den beigen Wänden und den beigen Möbeln. Nur eins fehlte.

»Haben Sie einen Fernseher? Ich würde mir gern das Spiel anschauen, während ich die Papiere durchsehe.«

»Nein.« Sie ging zu einem Schrank mit seltsamen Griffen und holte ein großes, flauschiges, smaragdgrünes Handtuch und eine Kerze heraus. »Ich brauche eigentlich keinen.«

Moment mal. Wie bitte? »Sie sehen nie fern?«

Sie zuckte mit den Schultern. »Meistens bin ich viel zu beschäftigt, und wenn ich wirklich mal was sehen möchte, mache ich das auf meinem Laptop oder bei jemand anderem.«

»Oh.« Luca nahm an, er konnte ebenfalls auf seinem Laptop schauen, aber auf seinen 55-Zoll-Flachbildschirm verzichten zu müssen bereitete ihm fast schon körperliche Schmerzen.

Hero blieb vor der Badezimmertür stehen, die Hand am Türstock. Eine unangenehme Spannung lähmte Luca, und so besorgt, wie sie ihn ansah, musste sie diese Spannung ebenfalls spüren.

Dies alles war vermutlich eine ganz schlechte Idee.

Abgesehen davon, dass ihm bei ihrem Anblick die Hose zu eng wurde, passten sie überhaupt nicht zusammen. Niemand würde ihnen abnehmen, dass sie etwas miteinander hatten. Noch dazu in einer festen Beziehung.

Verdammt, er war beim FBI! Konnte denen denn keine bessere Tarnung einfallen?

»Na gut, also … Ich bin gleich wieder da.« Sie schloss die Tür hinter sich. Als Luca hörte, wie die Dusche angedreht wurde, erwachte er aus seiner Benommenheit.

Er ließ sich auf die Couch fallen, in die er viel tiefer einsank, als hätte erlaubt sein sollen. Der einzige Vorteil, den dieses Möbelstück hatte, war, dass man von dort die Badezimmertür nicht sehen konnte. Nur eine dünne Holzplatte trennte ihn von Heros nacktem Körper. Jetzt musste sie gerade unter den heißen Strahl getreten sein, Wasser lief ihren geschmeidigen Körper hinunter und tropfte in die heißen Höhlen, die es für ihn noch zu erforschen galt. Den Gedanken, die Tür aufzubrechen, sollte er gar nicht erst zulassen. Zumal Hero sie nicht einmal abgesperrt hatte.

Er biss die Zähne zusammen und zählte bis zehn.

Dann, als er die Fensterfront betrachtete, fiel ihm wieder ein, was sie im Krankenhaus gesagt hatte. Es fiel ihm zum tausendsten Mal wieder ein. Verdammt. Manchmal, in dunklen Momenten, schloss er sogar die Augen und stellte es sich vor. Hero hatte zugegeben, gelegentlich nackt in ihrer Wohnung herumzulaufen. Ohne sich Gedanken darüber zu machen, dass jeder mit einem Teleobjektiv oder einer Vorliebe für einsame Waldspaziergänge jede ihrer Bewegungen verfolgen konnte.

Bei der Vorstellung lief ihm ein kalter Schauder über den Rücken. Er stand auf, um die Jalousien herunterzulassen und die Vorhänge zuzuziehen, hielt dann aber inne, um den Waldrand zu betrachten und den Fluss, der mit zunehmender Dunkelheit immer schwärzer wirkte. Wenn Johannes der Täufer dort draußen stand und sie beobachtete, wusste er bereits, dass ihre Beziehung nur vorgetäuscht war. Sie hatten sich kein einziges Mal geküsst. Verhielten sich nicht wie Liebende.

Denn wenn sie das täten, hätte ihn nichts davon abhalten können, ihr ins Badezimmer zu folgen.

Hero trat aus dem dampfigen Badezimmer in ihr Schlafzimmer und ging zu ihrem Toilettentisch. Sie wählte einen Spitzenslip und einen passenden Spitzen-BH, einfach weil Agent Ramirez nebenan war.

Nicht, dass sie vorhatte, ihn ihre Unterwäsche sehen zu lassen. Aber man wusste ja nie.

Die Dusche hatte das Fingerabdruckpulver und ihre negativen Energien fortgewaschen. Hero summte, während sie sich eincremte, und zog dann eine schwarze Seidenpyjamahose und ein graues Baumwolltop mit einem schwarz glänzenden *Om*-Symbol darauf an. Schließlich fuhr sie sich mit den Fingern durch das nasse Haar und tappte ins Wohnzimmer.

Agent Ramirez hatte ihre überbequemen Möbel gemieden und sich auf dem Boden niedergelassen, mitten in einem Haufen von Akten, Notizblöcken und Papieren. Auf der einen Seite leuchtete sein Laptop, auf der anderen stand eine fast leere Schachtel mit chinesischem Essen. Zwar hatte er seine Anzugjacke ausgezogen, aber er trug noch immer seine Arbeitskleidung und auch seine Schuhe, die wirklich hübsch waren. Als einziges Zugeständnis an etwas Bequemlichkeit hatte er die Ärmel seines Hemds hochgekrempelt und seine Krawatte gelockert.

Hero gefiel, wie sein cremefarbenes, fast schon weißes Hemd mit seiner hellbraunen Haut kontrastierte und seinen Augen etwas Unheilvolles verlieh. Sie musste zugeben, wäre sie ihm in einer dunklen Seitenstraße begegnet, hätte sie ihn nicht für jemanden gehalten, der auf der Seite der Guten kämpfte. Nicht wegen seiner Herkunft, sondern wegen der Spannung in seinen Muskeln und wegen seiner hitzigen Ausstrahlung. Weil jeder ihrer weiblichen Instinkte sie jedes Mal warnte, wenn er ins Zimmer trat, dass er ein Raubtier war.

»Ihr Essen steht auf dem Tisch.« Luca sah gar nicht erst von dem Bericht hoch, den er gerade las.

»Danke.« Sie nahm die recycelbare Schachtel – danke, Mr Huang – und ein Paar Stäbchen, ging zu ihm hinüber und ließ sich am Rand seines organisierten Chaos im Schneidersitz auf dem Boden nieder.

»Was lesen Sie?« Sie schob sich einen Babymaiskolben und etwas Brunnenkresse in den Mund.

Luca sah von seinem Bericht hoch, aber sein Blick blieb an ihren Lippen hängen, die sich um die Stäbchen geschlossen hatten.

Langsam zog Hero sie heraus. Einfach, um ihn zu ärgern. Dann leckte sie sie ab.

»Das Protokoll von Pater Michaels Vernehmung.« Er richtete den Blick wieder auf das Papier. »Er hat zwei Tage nach dem Überfall auf Sie das Land verlassen, am Morgen nachdem wir ihn befragt hatten.«

Sofort hatte sie das Bedürfnis, Pater Michael zu verteidigen. »Er fährt immer vor Weihnachten für ein paar Wochen nach Ruanda, um das Geld und die Sachspenden von der Thanksgiving-Wohltätigkeitsveranstaltung hinzubringen. Er möchte sichergehen, dass sie auch wirklich bei den Frauen und den Waisen ankommen.«

»Woher wissen Sie, dass er das *immer* tut? Er ist doch erst das zweite Jahr in dieser Kirche. Johannes der Täufer hat, fast auf den Tag genau ein Jahr nachdem Pater Michael in Portland aufgetaucht ist, zu morden angefangen.«

»Er ist zweimal hintereinander geflogen.« Selbst für ihre Ohren klang das nicht sehr überzeugend. »Er bringt Briefe und Fotos von den Menschen mit, denen er geholfen hat.«

»Wir hatten ihn gebeten, die Stadt nicht zu verlassen. Es macht ihn verdächtig. Außerdem hat er für keine einzige Nacht, in der Johannes der Täufer zugeschlagen hat, ein Alibi.« Luca hob den Kopf, und diesmal sah er ihr nicht einfach in die Augen, er durchbohrte sie fast schon mit seinem Blick. »Einschließlich der Nacht des Überfalls auf Sie. Er war der Letzte, der Sie vor dem Überfall gesehen hat. Und was trug er noch mal, als Sie zusammen ein Glas Wein getrunken haben?«

Hero blickte auf ihr Essen hinunter. »Einen schwarzen Talar … aber das tun doch alle Priester.« Sie hasste ihn für das, was er da tat. Jeden, den sie mochte und dem sie vertraute, verwandelte er in einen potenziellen Serienmörder. Wen würden sie als Nächstes verdächtigen? Die Nonnen? Ihre Brüder? Ihre Eltern?

»Ich sage ja nur, Hero, dass Sie niemandem vertrauen sollen. Nicht, solange die Gefahr nicht vorbei ist.«

Ein Hauch von Erregung flutete durch sie hindurch, als sie ihn ihren Namen aussprechen hörte. »Und Sie? Kann ich Ihnen trauen?«

Luca schob ein paar Papierstapel zur Seite und griff nach einem Schnellhefter. Sein Schweigen war Antwort genug.

Hero kaute eine Zeit lang still vor sich hin und sah ihm bei der Arbeit zu. Er legte den gelben Notizblock weg, den er auf dem Schoß gehabt hatte, und griff nach einem anderen. Jeder der Notizblöcke um ihn herum trug auf der ersten Seite ein Datum. Auf einem stand das Datum des Tages, an dem sie überfallen worden war.

Unter das Datum war Pater Michaels Name gekritzelt.

Diesen Notizblock wollte sich Hero lieber nicht anschauen, deshalb griff sie nach dem Schnellhefter, der am nächsten lag, und schlug ihn auf. Aus einem harten weiblichen Gesicht starrten sie hellgrüne Augen an. Quer über die riesigen Brüste der Frau verlief die Aufschrift »Polizei Portland«, was das Foto als erkennungsdienstliche Aufnahme kennzeichnete. Über dem Datum der Verhaftung stand in weißen Buchstaben »Jensen, April«. Ihre laienhaft aufgespritzten Lippen waren zu einem Lächeln verzogen, wie es nur illegale Substanzen zustandebrachten. Flammend rotes, ungebändigtes Haar lockte sich um ihre irre flackernden Augen.

Hero stellte ihr Abendessen auf den Boden und schaute auf das Foto auf der nächsten Seite. Sie schnappte nach Luft. Ausgeblutet und mit einem Stück Treibholz verhakt lag April da, die blicklosen Augen starrten in die Kamera. Ihr Haar, das noch halb im Fluss hing, trieb mit der Strömung von ihr weg, als versuche es, dem Entsetzlichen, das dem Körper widerfahren war, zu entkommen.

Diese Augen. So hätten auch ihre aussehen können. Das Wasser ließ Aprils rotes Haar dunkler und glatter erscheinen. Hero fuhr sich mit den Fingern durch ihr nasses, rotbraunes Haar.

Hinter diesem aufwühlenden Foto kamen weitere Fotos von anderen Frauen, einige Aufnahmen nach der Festnahme, dann ein Foto aus einem Highschool-Jahrbuch und ein paar, die aussahen, als seien sie von Freunden oder Familienmitgliedern gemacht worden.

Während Hero weiterblätterte, wurde ihr immer enger ums Herz. Sie hielt sich mit keinem länger auf, suchte immer nur nach einem Lebenszeichen in den Augen. Nach Erlösung.

Auf einmal wurde ihr der Schnellhefter aus den Händen gerissen. Sie zuckte erschrocken zusammen. »He!«

»Nicht.« Luca beugte sich vor und nahm ihr das Foto von April aus der anderen Hand. »Tun Sie sich das nicht an.«

»Das sind die anderen Opfer.« Hero war sich ganz sicher. Einige dieser Fotos hatte sie vor dem Überfall auf sie in den Nachrichten gesehen. Jetzt vermied sie die Nachrichten bewusst. Sogar NPR. »Wo sind denn die dazugehörigen Akten? Warum ist sonst nichts von ihnen hier drin?«

»Ich brauche die Akten nicht.« Luca packte den Schnellhefter fester.

»Wieso nicht?«, fragte Hero. »Weil sie tot sind? Oder weil sie Huren waren?«

Lucas Gesicht verhärtete sich.

Wo wäre ihre Akte, wenn sie nicht überlebt hätte? Wäre sie in irgendeinem grässlichen Ordner, irgendwo zur Seite geräumt? Auf einmal fragte sie sich, welches Bild von ihr aus Lebzeiten es wohl in jene Akte geschafft hätte, die so weit wie möglich von ihm entfernt lag? Sie war nie verhaftet worden. Vielleicht hätte das auch gar keine Rolle gespielt. »Sehen Sie da nie hinein? Spielen diese Frauen keine Rolle mehr?«

Luca starrte sie eine volle Minute lang an, dann riss er den Schnellhefter auf und zog April Jensens Verhaftungsfoto heraus. »Das hier ist April Jensen. Geboren 17. April. Als sie starb, war sie sechsunddreißig, hat aber immer noch jedem erzählt, sie sei dreißig. Sie lebte in einer Wohnung in einer Seitenstraße der Rosemont Street. Die Namen der Eltern sind Frank und LaVerna Jensen, geboren 5. Oktober und 2. Januar. Sie leben in einem Bauernhaus südlich von Bend, wo Frank in einem Bunker illegale Waffen, Vorräte und Ku-Klux-Klan-Klamotten hortet. Er stand auf der Liste der Verdächtigen, hatte aber ein Alibi für die Nächte, in denen Jessi Scott und Amber Wilcox getötet wurden. Nach einer rebellischen Teenagerzeit lief April mit einem Schwarzen davon, Antony Hines, der dann ihr Zuhälter wurde. Sein Geburtsdatum ist der 11. August, und er lebt in Vancouver. Er ist nicht Johannes der Täufer, aber ich habe es genossen, ihn eine Zeit lang in Untersuchungshaft zu nehmen. April hat fast zwei Jahrzehnte auf der Straße angeschafft und war abhängig von Schmerztabletten und von den Männern, die sie ihr besorgt haben. Als Kind wollte sie Tierärztin werden. Sie hatte noch immer Pferdeporzellanfiguren gesammelt.«

Er stopfte ihr Foto wieder in die Akte und holte das Highschool-Foto heraus. Mit grimmiger Miene warf er es vor sie hin. »Das hier ist Janelle Kennedy. Geboren 5. Juni. Sie war stolz, im Sternzeichen Zwilling geboren zu sein, und hatte es sich unten auf den Rücken tätowieren lassen. Ihre Mutter ist gestorben. Ihr Vater war Börsenhändler für eine Investmentbank. Sein Geburtsdatum ist der 27. Juli. Sie ging auf eine Privatschule, um sich auf das College vorzubereiten, und während ihres letzten Jahrs dort verlor ihr Vater alles. Daraufhin hat sie ihre Jungfräulichkeit für ein paar Tausend Dollar im Internet versteigert. In zwei Jahren hat sie fast hunderttausend Dollar verdient, indem sie sich online prostituiert hat. Gleichzeitig hat sie angefangen, an der University of Portland Wirtschaft zu studieren. Sie wollte auf die Ohio State University wechseln. Sie hat nicht weit von mir entfernt gewohnt. Ihr Vater hatte keine Ahnung, was sie tat. Er arbeitet inzwischen für ein Callcenter für technische Unterstützung in …«

»Okay.« Hero hob beschwichtigend die Hand. »Schon gut. Es tut mir leid. Es war einfach ein verdammt langer Tag.«

Als Luca unerwartet ihr schmales Handgelenk in seine große Hand nahm, brachte sie das völlig aus der Fassung. Seine Hand fühlte sich kühl und trocken an auf ihrer Haut, die noch warm war von der heißen Dusche. Wortlos drehte er ihren Arm, bis ihr Handgelenk nach oben zeigte.

Hero ließ ihn gewähren, fasziniert von seinen markanten Gesichtszügen. Seine Wut war verschwunden, war ersetzt worden durch etwas, das ihr fast schon wie Ehrfurcht vorkam. Sie schloss die Augen. Ihr Blut raste durch ihre Adern, sammelte sich in ihrem Handgelenk und pulsierte unter seinen langen Fingern.

»Um Ihre Fragen zu beantworten: Doch, sie spielen alle eine Rolle. Und ja, Sie können mir vertrauen. Ich beschütze Sie, auch unter Einsatz meines Lebens.« Lucas Worte fühlten sich an wie Seide, die sanft über die Haut gleitet. Er öffnete mit der anderen Hand ihre Faust und strich mit dem Daumen über die Narbe, die eine dauerhafte Unebenheit in ihrer Handfläche bleiben würde.

Hero öffnete die Augen. Sie hatte am ganzen Körper eine Gänsehaut, ihre Brustwarzen versteiften sich, und ihr Atem hatte sich beschleunigt. Sie versuchte, nicht daran zu denken, wie nah das Schlafzimmer war. Oder der Küchentisch. Verdammt, der Boden würde es auch tun.

Sie blickte nach unten. Auf dem Boden vielleicht doch lieber nicht. Sex auf den Ermittlungsakten wäre gruselig. Aber die Couch …

Auf einmal ließ Luca ihre Hände los. »Ich räume alles zusammen und bringe es zurück ins Büro. Sie sollten das nicht sehen müssen.«

»Nein.« Hero strich sich das Haar hinter die Ohren, griff nach ihrer Schachtel und stand auf. »Arbeiten Sie ruhig. Ich muss den Brennofen befüllen und ein paar Schüsseln töpfern. Das mache ich hinten im Flur.« *Und ich versuche, mich nicht in einen Hormonsprengkopf zu verwandeln*, fügte sie innerlich hinzu. »Sagen Sie mir einfach, was ich Ihnen für das Essen schulde.«

Luca lächelte. »Vergessen Sie es, das zahlt das FBI.«

Hero gelang es zurückzulächeln, dann drehte sie sich um und ging über den Flur zu ihrem Studio, vorbei an der Küche, die sie für den Rest des Abends nicht mehr betreten wollte.

Lucas ernstes Versprechen hallte noch immer in ihren Ohren nach.

Ich beschütze Sie, auch unter Einsatz meines Lebens.

Sie betete, dass es nicht dazu kommen würde.

8

Dies über alles: Sei dir selber treu,
Und daraus folgt, so wie die Nacht dem Tage,
Du kannst nicht falsch sein gegen irgendwen.

William Shakespeare, *Hamlet*

Luca saß über seinen aufgefalteten Stadtplan von Portland gebeugt. Ein Blick auf die Uhr sagte ihm, dass es neun Uhr dreißig war.

Ein nach Koffein schreiender Kopfschmerz stach ihn hinter den Augenlidern und drohte, sich über den gesamten Kopf auszubreiten. In den letzten eineinhalb Stunden hatte er geduscht, sich rasiert – auch im Intimbereich –, sich angezogen und den ausführlichen Laborbericht über Heros Kühlschrank gelesen.

Ein gedämpftes Geräusch aus der Richtung ihres Schlafzimmers ließ vermuten, dass sie wach war. Er hatte die halbe Nacht auf dieser gottverdammten Couch wach gelegen und dem Surren ihrer Töpferscheibe zugehört. Zu allem Übel hatte sie auch noch falsch zu irgendwelchem Indie Rock und zu karibischer Dub-Musik mitgesungen. Luca rieb sich das linke Auge. Irgendwann zwischen Mitternacht und zwei Uhr morgens hatte es unkontrolliert zu zucken angefangen.

Die Tür zu ihrem Schlafzimmer ging auf. Hero trat ins Wohnzimmer und wankte auf die Küche zu.

»Guten Mor…«

Sie hob abwehrend die Hand und warf ihm im Vorbeigehen einen finsteren Blick zu. »Seien Sie ruhig. Kaffee«, krächzte sie.

Luca warf einen Blick über die halbhohe Wand auf die glänzende Maschine mit den tausend Knöpfen und Hebeln, die das Herzstück der mokkafarbenen Küche zu sein schien. Die in erster Linie ein Kaffeeschrein war.

Trotz ihrer noch vom Schlaf verquollenen Augen und ihrer unkoordinierten Bewegungen absolvierte sie ein Ritual, das Luca derart faszinierte, dass er völlig seine Verstimmung über ihre Zurechtweisung vergaß.

Abgesehen davon … hatte sie gerade das magische Wort gesprochen.

Während drei verschiedene Sorten ganze Bohnen von unterschiedlichen örtlichen Kaffeehäusern in der Mahlvorrichtung gemahlen wurden, nahm Hero zwei selbstgetöpferte Becher vom Regal, dazu etwas Zucker und eine Tüte mit Stevia, und goss dann kaltes Wasser in die Maschine.

Luca stand langsam auf, sorgfältig darauf bedacht, keine plötzlichen Bewegungen zu machen, und näherte sich behutsam dem köstlichen Aroma.

Hero füllte den Kaffee in den Filter um und drückte einen Knopf. Dann lehnte sie den Kopf gegen den Schrank über ihrer Spüle und gab einen Stöhnlaut von sich, der einem Zombie zur Ehre gereicht hätte.

Der kleine Sonnenschein war also ein Morgenmuffel. Gut zu wissen.

Luca streckte den Kopf um die Tür herum, und als er ihm nicht gleich abgerissen wurde, schob er seinen Körper hinterher. Sie hatte noch keinen Blick auf die Stelle geworfen, wo vorher der Kühlschrank gestanden hatte, also war er dort vermutlich sicher. Er lehnte sich mit der Hüfte gegen den Tresen und betrachtete ihre Rückseite. Ein netter Anblick.

Schweigend lauschten sie dem tröpfelnden Versprechen auf baldiges Glück, was Luca nur recht war. Heros Haar war zu einem lockeren Zopf geflochten, der über ihren Rücken fiel, und Luca musste gegen das Bedürfnis ankämpfen, das Gummiband herunterzustreifen. Sie sah so winzig aus, wie sie dort stand, die Schultern nach vorne gesunken, als hätte man die Luft aus ihrem zarten, sehnigen Körper gelassen.

Das Bedürfnis, sie an sich zu ziehen, wurde so übermächtig, dass seine Haut zu jucken anfing und seine Muskeln zu zucken begannen. Er biss die Zähne zusammen, war aber nicht in der Lage, den Blick von ihr abzuwenden. Sie starrte durch die Haare, die ihr ins Gesicht fielen, auf die Kaffeemaschine, als wäre die darin enthaltene Flüssigkeit ihre einzige Erlösung.

»Was tun Sie eigentlich noch hier?«, knurrte sie. »Sollte Agent Di Petro nicht um sechs Uhr kommen?«

Das gab ihm einen leichten Stich. Wie wichtig war ihr Di Petro? »Vince hat mir heute Morgen eine SMS geschickt. Er schafft es nicht vor Mittag.«

»Hat er es mit dem Tanzen übertrieben?«, fragte sie trocken.

»Ich bin mir nicht sicher.«

Sobald das Tröpfeln in ein Blubbern überging, schnappte sich Hero die Kanne und goss beide Becher voll. Dann tat sie etwas Stevia in ihren und atmete erst einmal genießerisch den Geruch ein, bevor sie vorsichtig einen winzigen Schluck probierte.

Fasziniert beobachtete Luca ihr verzücktes Gesicht. Wie in so einer blöden Kaffeewerbung. Er war bereits völlig überzeugt.

Wie von Zauberhand wurden ihre Augen schlagartig klar. Sie reichte ihm seinen Becher. »Wehe, Sie behaupten, dies ist nicht der beste Kaffee, den Sie je getrunken haben.«

»Riecht gut.« Er zuckte mit den Schultern und griff nach dem Becher. Den Zucker brauchte er nicht. Schon beim ersten Schluck geriet sein Körper in Ekstase. Der Kaffee war noch ein bisschen zu heiß, aber das war Luca egal. Er wollte, dass sich der Geschmack in seine Zunge einbrannte. Als er die Augen öffnete, lächelte Hero ihn über ihren Becher hinweg triumphierend an.

»Wusste ich es doch.«

»Meine Güte!«

Grinsend drehte sie sich um, ging durch die Tür zum Esstisch und ließ sich auf einen der Stühle sinken. Luca folgte ihr, noch immer völlig verblüfft von dem Geschmack des Kaffees.

»Wie machen Sie das?«, fragte er.

Hero nippte erneut an ihrem Kaffee. »Das ist meine spezielle Mischung. Normalerweise hebe ich die für den Morgen danach auf.«

Luca hätte beinahe seinen Becher fallen lassen. Ein paar Tropfen Kaffee spritzten auf seinen Stadtplan. »Morgen danach?«

»Nun ja, ich lasse jemanden gern mit einem guten Geschmack im Mund gehen, verstehen Sie?«

Eine Hitze, die nichts mit dem Kaffee zu tun hatte, breitete sich in ihm aus. Wenn dies der Kaffee am Morgen danach war, dann musste die Nacht davor wirklich … Irgendwo über dem Columbia River ballte sich seine Hand zur Faust, während er den abgrundtiefen Hass gegen jeden Mann zu bekämpfen versuchte, dem jemals diese Mischung vorgesetzt worden war. Der nächste Schluck schmeckte bitter.

»Suchen Sie was Bestimmtes?« Hero deutete auf den Stadtplan.

Luca starrte auf seine Stadt hinunter und versuchte, sich wieder in den Griff zu bekommen. Wie war es ihr bloß gelungen, ihn nur mit einer Tasse Kaffee völlig aus der Fassung zu bringen? Er musste sich auf seine Arbeit konzentrieren, denn nur das garantierte ihr Überleben.

»Das hier sind die Wohnorte aller bisherigen Opfer von Johannes dem Täufer.« Luca deutete auf sechs an unterschiedlichen Stellen aufgemalte schwarze Kreuze. »Hier haben wir die Leichen gefunden.« Diesmal deutete er auf fünf rote Kreuze entlang des Flusses. Eine war sogar bis ins Meer getrieben und im Netz eines Fischerboots gefunden worden.

Hero tippte mit dem Finger auf ein grünes Kreuz in der Nähe des Cathedral Park. »Das bin ich«, murmelte sie.

Luca nickte. »Sie waren keine Leiche.« *Gott sei Dank*, fügte er innerlich hinzu.

»Ich bin froh, dass es grün ist.« Hero strich gedankenverloren über das Kreuz, als wolle sie es ausradieren. »Die schwarzen Kreuze befinden sich alle in einem Stadtbezirk.«

»Ja.« Luca räusperte sich. »Zunächst habe ich angenommen, dass Johannes der Täufer in irgendeiner Verbindung zur Universität steht, denn alle Frauen sind entweder im Universitätsviertel aufgewachsen oder lebten oder … arbeiteten dort. Janelle und Sie waren die Einzigen, die tatsächlich ein College besucht haben, aber beide haben Sie keinen Abschluss gemacht, und soweit ich das sehe, haben Sie auch kaum noch Kontakt dorthin, wenn überhaupt.«

Hero schüttelte den Kopf. »So was ist mehr Andras Sache. Ich habe mich in solch strukturierten Umgebungen nie richtig wohlgefühlt. Aber Sie sagten ›zunächst‹, und das bedeutet vermutlich, dass Sie nicht mehr an eine Verbindung zur Universität glauben?«

»Ausschließen kann ich es nicht, aber schauen Sie sich das mal an.« Luca deutete auf die schwarzen Kreuze. »Es scheint auch einen Zusammenhang mit den Parks der Stadt zu geben.

Janelle wohnte am Portsmouth Park. Amber, ein weiteres Opfer, hat ihre Kunden immer am Columbia Park aufgegabelt. April Jensen wurde zuletzt in der Nähe des Northgate gesehen. Sie sind in der Nähe des St. Johns Park groß geworden, gefunden haben wir Sie im Cathedral Park. Ich halte das immer weniger für einen Zufall. Natürlich kann es auch sein, dass weder die Universität noch die Parks etwas mit den Morden zu tun haben, schließlich liegt das gesamte Gelände in der Nähe der beiden Flüsse.« Luca deutete auf den Zusammenfluss von Willamette River und Columbia River oberhalb des Viertels, in dem Hero aufgewachsen war. Keine zwei Meilen vom Cathedral Park entfernt. »Laut Bericht wurden Sie von einem Obdachlosen aus dem Fluss gezogen, der die Polizei verständigt hat. Er verschwand, bevor er identifiziert werden konnte, aber die Polizisten vor Ort konnten eine gute Beschreibung von ihm liefern. Im Moment richtet sich der Verdacht auch gegen ihn, zumal er mit den Parks in der Gegend vertraut sein dürfte.«

Hero trank einen weiteren Schluck von ihrem Kaffee, und Luca folgte ihrem Beispiel. Himmel, hatte sie etwa Crack hineingetan?

»Schon möglich.« Hero schob die Unterlippe zwischen die Zähne, während sie mit dem Finger über die eingerissenen Falten des Stadtplans fuhr. »Gibt es für so etwas keine App? Auch für Ihre Notizblöcke und die ganzen Papiere. Könnten Sie nicht alles einscannen, dann müssten Sie nicht dauernd Ihren Aktenkoffer mit sich rumschleppen. Und es würde ein paar Bäume retten.«

Luca faltete den Stadtplan sorgfältig zusammen. Jeder Knick darin war ihm schmerzlich vertraut. »Ich kann alles einscannen, und das tue ich auch.« Er zuckte mit den Schultern. »Aber die Vorstellung, dass meine gesamte Arbeit in irgendeiner elektronischen Unterwelt verschwindet, wenn ich den Computer runterfahre, behagt mir einfach nicht. Ich muss die Sachen berühren können. Ich kann nur dem trauen, was ich mit eigenen Augen sehe. Mit meinen Händen anfassen kann. In meinen Worten aufgeschrieben habe. Sie dürfen das gern altmodisch finden, aber so arbeite ich nun mal.«

Hero sah ihn wohlwollend an, und sein Herz schmolz dahin. »Ich verstehe«, murmelte sie. »Ich finde das … schön.«

»Ja, nun …« Luca kippte den Rest seines Kaffees hinunter, der inzwischen immerhin auf Magmahitze abgekühlt war, doch der Schmerz lenkte ihn wenigstens davon ab, wie überwältigend sie am Morgen aussah. »Was steht heute an?«

Heros Gesicht hellte sich auf. »Ich bringe einen Teil meiner Töpferware zu einem Freund, der einen Tunnelofen hat. Einige der Stücke für meine Ausstellung müssen ein zweites Mal gebrannt werden.« Sie streckte die Hand vor und drückte ein paarmal seinen Bizeps. »Sie können mir helfen, die Sachen zum Auto zu tragen.«

Eine Stunde später schlug Luca die Tür von Heros flippigem blauem Juke zu. Als er sich umdrehte, sah er sie erneut die Auffahrt hinauflaufen, nachdem sie bereits dreimal in ihre Wohnung zurückgekehrt war, weil sie etwas vergessen hatte. Was war es diesmal? Ihre Handtasche? In ihrer weiten, goldfarbenen Bauernbluse und dem bronzefarbenen Rock sah sie aus wie ein herbstlicher Sonnenstrahl. Von ihrer rechten Schulter hing eine mit Fransen versehene, asiatisch anmutende Tasche, und offensichtlich hatte sie beschlossen, sich etwas Schalähnliches in die Haare zu flechten, während er das Auto belud.

Wehe, dafür sprang nicht wenigstens ein Frühstück für ihn heraus. Mit viel Fleisch.

»Eins noch, bevor wir losfahren«, rief Hero. »Ich muss Angora Bescheid sagen, dass Sie jetzt häufig hier sind. Sie ist gerade aus Marokko zurückgekommen, und ich will nicht, dass sie sich erschreckt.«

Während Luca ihr widerwillig zum Vordereingang der Villa folgte, rief er sich in Erinnerung, was er über Angora Steinman, Heros Vermieterin, wusste. Vor vierzig Jahren war sie Varieté-Tänzerin auf Kleinkunstbühnen gewesen, hatte sich allerdings immer als Schauspielerin bezeichnet. Nachdem ihre Affäre mit einem Hollywood-Produzenten von den Medien publik gemacht worden war, wurde sie seine dritte Ehefrau. Ihr richtiger Name war Ida Kreuk, doch drei jüdische Hochzeiten später hatte sie sich schließlich unter ihrem Künstlernamen – sowie mit doppelt so vielen Millionen, wie sie Ehemänner gehabt hatte – in Portland niedergelassen. Inzwischen begnügte sie sich damit, in verschiedenen Komitees für den Erhalt der örtlichen Kulturszene zu sitzen, schlief allerdings immer noch mit reichen alten Männern, die ihr im Country Club über den Weg liefen.

Hero, die einen Schlüssel zu der Tür hatte, sperrte auf. »Angora? Bist du wach?« Ihre Stimme hallte in dem marmornen Eingangsbereich von den Wänden wider und über den Kronleuchter hinweg in den ersten Stock hinauf.

Luca stieß einen Pfiff aus. »Hübsche Bude.«

»Hero, warst du das, die ich gerade vom Fenster aus gesehen habe, mit selbstbewusst erhobenem Haupt nach einer heißen Nacht?«, flutete eine körperlose Stimme die Treppe hinab. Sie klang nach zwei Dritteln Langzeitraucherin und einem Drittel Sexbombe. »Wer war der gut aussehende Mann? Ich habe ihn die ganze Zeit schwere Dinge schleppen sehen.«

Hero grinste Luca über die Schulter hinweg an und ging zum Fuß der riesigen Treppe. »Genau darüber wollte ich mit dir sprechen. Hast du kurz Zeit?«

»Ist er noch bei dir?«

»Ja.«

»Dann lass mich noch schnell mein Make-up auflegen, und anschließend komme ich runter. Setz dich so lange in den Wintergarten.«

Luca schnaubte. Wer hatte denn heutzutage noch einen Wintergarten? »Meint sie das echt?« Er folgte Hero durch eine vergoldete Verandatür in einen protzigen Raum, der das reinste Museum war.

»Ich glaube, echt ist an ihr nicht mehr viel.« Hero lachte. Die Blümchentapete war übersät mit Fotos von einer Frau, die unbedingt wie Marilyn Monroe aussehen wollte. Einige waren Schwarz-Weiß-, einige Farbaufnahmen. Auf manchen waren auch andere Personen zu sehen, die ausschließlich Berühmtheiten waren.

»Ich finde es toll, dass sie diese Kostüme aufbewahrt hat«, sagte Hero. »Und schauen Sie sich all die Perücken an! Angora hat alles gespielt, von der blonden Sexbombe bis zur arabischen Schönheit.«

»Die Schaufensterpuppen sind furchterregend.« Luca betastete eine rote Perücke, die zu dem Kostüm einer aufreizenden Meerjungfrau gehörte. Die »Flossen« waren ein Nichts aus durchsichtigem Stoff. Wäre die Schaufensterpuppe eine echte Frau gewesen, hätte Luca auch ihre echte Haarfarbe gewusst.

Luca trat an die Wand mit den Fotos, weil er den zerbrechlichen – zweifellos teuren – Möbeln nicht zutraute, sein Gewicht auszuhalten. Über einen Zeitraum von etwa zwanzig Jahren hinweg schenkten ihm Angoras große blaue Augen ein strahlendes Lächeln. Allerdings traten im Laufe der Jahre manche ihrer Gesichtszüge immer deutlicher hervor, während andere mehr und mehr zurückwichen.

»Sie haben Pech, junger Mann, ich habe gerade ein paar meiner Nacktfotos abgehängt.« Angora schwebte in den Raum, auf hochhackigen Schuhen, die mit Federn besetzt waren sowie mit mehr Perlen, als jemals im Pazifischen Ozean gefunden worden sein konnten. »Ich schlafe mit diesem republikanischen Senator, der viel zu viele Gäste zu meiner Weihnachtsparty einlädt. Und Sie wissen ja, was die von unsittlicher Zurschaustellung halten.«

Luca verbarg sein Lachen hinter einem Hüsteln.

Hero eilte auf Angora zu, und die beiden Frauen tauschten Luftküsse aus. »Angora, das ist mein … Freund, Luca Ramirez. Luca, das ist Angora Steinman.«

»Mrs Steinman.« Luca streckte ihr die Hand entgegen.

»Sie dürfen mich Angora nennen, hübscher junger Mann.« Luca ergriff vorsichtig die Hand, die sie ihm in einer überdramatischen Geste reichte, bemüht, die ellenlangen, dunkelrot lackierten Nägel zu meiden.

»Hero, meine Taube, er hat das Aussehen eines mediterranen Gottes mit der stolzen Stirn und der verwegenen Nase eines wilden Ureinwohners.«

Luca schluckte und blieb stocksteif stehen, während Angora ihn umkreiste, als würde sie einen Hengst begutachten. »Sag mir, dass du ihn in einer Skulptur verewigst. Ich kaufe das Original, aber nur wenn es *déshabillé* ist.«

Hero verschränkte die Arme vor der Brust und betrachtete ihn von Kopf bis Fuß.

Luca überlegte, welches Fenster sich am besten für seine Flucht eignen würde.

»Ich habe tatsächlich sofort an eine Skulptur gedacht, als ich ihn kennengelernt habe.« Hero zwinkerte ihm zu.

»Nun, du hättest dir keine bessere Muse aussuchen können. Der Ton würde garantiert vor Erregung erzittern, dass er dieses Exemplar verewigen darf. Ich zahle dir das Doppelte, wenn ich bei den Sitzungen zuschauen darf.«

Herr im Himmel. Das war nicht Teil seiner Arbeitsplatzbeschreibung. Gab es beim FBI Vorschriften zum Thema Sexuelle Belästigung? Konnte ihn nicht jemand einfach aus dem Verkehr ziehen? Per Kopfschuss?

»Sieh nur!« Angora warf die Arme theatralisch in die Luft. »Ein Mann, der rot wird! Eine Seltenheit, wirklich.«

Luca runzelte die Stirn. Er wurde nicht rot. Sein Gesicht war heiß, weil alte Leute ihre Häuser immer auf vierundzwanzig Grad aufheizten.

»Was machen Sie, Luca?«

»Luca war einer der Agenten, die an meinem Fall gearbeitet haben«, rettete Hero ihn. »Wir konnten einfach nicht die Finger voneinander lassen.« Sie warf ihm einen Blick zu, der seine Schuhe hätte in Brand setzen können.

»Skandalös!« Angora grinste, dann nahm sie Heros vernarbte Hände in ihre. »Wie kommst du mit all dem klar, Liebes? Ich habe gehört, was gestern passiert ist, und habe bereits einen neuen Kühlschrank bestellt.«

»Das wäre doch nicht nötig gewesen.«

Angora hob abwehrend die Hand. »Kein Wort mehr. Außerdem beruhige ich damit mein Gewissen. Ich hatte gestern Nacht die Alarmanlage nicht eingeschaltet, weil ich noch spät Besuch bekommen habe.« Das sagte sie mit einem anzüglichen Lächeln.

Luca kniff die Augen zusammen. Er hatte sich schon gefragt, warum die Alarmanlage während des Einbruchs nicht reagiert hatte.

»Ich weiß.« Angora formte mit ihren aufgespritzten, üppig bemalten Lippen einen Schmollmund. »Ich war böse. Aber ich verspreche, nicht mehr so nachlässig zu sein. Nicht, bis dieser Übeltäter gefasst ist.«

»Ich möchte Sie bitten, ebenfalls vorsichtig zu sein, Mrs

Steinman. Sie sollten sich um Ihre eigene Sicherheit genauso viele Sorgen machen wie um Heros.« Luca steckte die Hände in die Hosentaschen. Der begutachtende Blick, den Angora seinem Reißverschluss schenkte, entging ihm nicht. Sofort zog er die Hände wieder heraus, dankbar für seine Anzugjacke.

»Das ist lieb, dass Sie sich so viele Gedanken um eine alte Frau machen.« Angora trat auf ihn zu und gab ihm einen Kuss auf die Wange. Wenn er den Kopf nicht in letzter Sekunde weggedreht hätte, wäre er auf seinem Mund gelandet.

»Was das angeht«, ergriff Hero das Wort, »wollte ich dich fragen, ob es dir was ausmacht, wenn Luca eine Zeit lang bei mir wohnt. Du weißt schon, aus Sicherheitsgründen.«

Luca sah, wie Hero lächelte. Sie genoss die Situation.

»Ob mir das was ausmacht?« Angora lachte und legte Luca flirtend die Hand auf die Schulter. »Lass mir nur genügend Zeit, ein paar Kameras im Schlafzimmer anzubringen.«

Luca hüstelte erneut und zupfte an seinem Kragen. Wieso heizten alte Leute ihre Häuser eigentlich derart auf?

»Ich dachte mir schon, dass du das sagst.« Hero umarmte sie.

»Nun, ihr beiden jungen, hübschen Menschen, genießt den Tag. Ich bin mit Josiah Winthrop zum Mittagessen im Tea Garden verabredet.« Sie klapperte auf ihren hohen Absätzen zu einem Seiteneingang, der – so vermutete Luca – in die Garage führte.

»Ein weiterer spätabendlicher Besucher?«, fragte Hero.

»Noch nicht.« Angora zwinkerte ihr von der Tür aus zu. »Aber man soll die Hoffnung nie aufgeben.«

9

Der kranken Seele, nach der Art der Sünden,
Scheint jeder Tand ein Unglück zu verkünden,
Von so betörter Furcht ist Schuld erfüllt,
Daß, sich verbergend, sie sich selbst enthüllt.

William Shakespeare, *Hamlet*

Hero wandte den Blick immer wieder von der Straße ab, um den sexy FBI-Agenten auf ihrem Beifahrersitz anzuschauen. Wenn sie gedacht hatte, dass er in einem Anzug gut aussah, hätte sie wissen sollen, dass er in Jeans und einem Button-up-Hemd über einem engen T-Shirt noch tausendmal besser aussehen würde. Der V-Ausschnitt des T-Shirts entblößte Muskeln und Sehnen, wie sie sie noch nie bei einem Mann gesehen hatte. Wer hätte gedacht, dass Schlüsselbeine so erregend sein konnten?

Seine Essgewohnheiten sagten viel aus über einen Mann, und wie bei allem ging es Luca auch beim Essen um Kontrolle und Effizienz. Seine Kiefer mahlten gleichmäßig, während er sein Todesfrühstück verzehrte. Dann knüllte er das Papier zusammen und stopfte es in die fettverschmierte Papiertüte.

Er trank einen Schluck von dem Kaffee, den er in einem ihrer Thermosbecher aus dem Haus geschmuggelt hatte, und seufzte zufrieden auf. »*Das* nenne ich Frühstück.«

Hero verdrehte die Augen. Damit spielte er natürlich auf das Frühstück davor an: ungezuckerte Crêpes mit Obst aus biologischem Anbau und selbst gemachtem Kefirjoghurt vom Rohkostladen an der Uferpromenade. Er hatte von der Speisekarte hochgesehen und nach einem Drive-through verlangt. »Was ich gegessen habe, war Nahrung. Was Sie gegessen haben, waren Fett, Fleisch und Konservierungsstoffe.«

»In einem knusprigen Brötchen.« Er lächelte sie strahlend an.

Meine Güte, was diese Grübchen mit ihr machten, war absolut unfair. »Die Eier waren nicht mal echt. Wenn ich erst meinen neuen Kühlschrank habe und wieder Sachen unterbringen kann, werde ich Ihnen Mahlzeiten mit allem zubereiten, was Ihr Körper braucht.«

»Woher wollen Sie wissen, was mein Körper braucht?« Seine samtene Stimme ließ sie ihre Oberschenkel fest zusammenpressen.

»Vertrauen Sie mir.« Sie ließ ihre Stimme leicht rauchig klingen. »Ich weiß es.« Ihr herausfordernder Blick traf auf seinen männlich-sturen. Wenn er nicht bald aufhörte, sie so anzulächeln, würde sie anhalten und ihm auf den Schoß klettern.

Er musste ihre Gedanken gelesen haben, denn sein Lächeln erlosch, als hätte es jemand weggewischt.

Ja, vernagle lieber die Luken, Seemann, dachte sie. *Da ist ein Sturm im Anzug.*

Hero, die die unpassende Wärme in ihrer Hose zu ignorieren versuchte, bog in eine Privatauffahrt ein, die von Weiden und Erlen gesäumt war.

»So, wo sind wir hier?«, fragte Luca.

»Sea Crest Manor.«

»Wie der berühmte Moderator?«

»Nein, dieses Haus wurde gebaut und so genannt, bevor Ryan Seacrest geboren wurde.« Hero kaute auf ihrer Lippe herum. Wie viel musste sie Luca über dieses Haus und den Mann, dem es gehörte, erzählen? Jetzt, nachdem er gegessen hatte, wirkte er entspannter und schien den malerischen Tunnel aus Bäumen zu genießen. Also vielleicht nichts? Vielleicht war Alec nicht einmal zu Hause. Sie hatte einen Schlüssel zur Garagentür, und so konnten sie ohne große Umstände kommen und gehen. Aus irgendeinem Grund wollte sie nicht, dass die beiden Männer aufeinandertrafen.

Als sich die Allee zu einem weiten Platz verbreiterte, deutete Hero auf einen großen, runden Seitenflügel des imposanten, im Tudorstil erbauten Herrenhauses. »Derjenige, der dieses Herrenhaus gebaut hat – wer immer das war –, muss ein Glasbläser und Töpfer gewesen sein. Da drüben ist ein begehbarer Tunnelofen eingebaut. Da er mit Gas und nicht mit Strom beheizt wird, wird er tausendmal heißer als meiner zu Hause. Die Hitze bringt die Farben besser zur Geltung.«

»Ach ja?« Luca neigte den Kopf, als wolle er die gesamten zweitausend Quadratmeter Grundstück auf einmal in sich aufnehmen. »Wem gehört es jetzt?«

Hero rang sich ein Lächeln ab. »Professor Graham. Als ich im College war, habe ich bei ihm ein Seminar über alte europäische Mythen und Legenden und außerdem eines zur Renaissance besucht. Wir sind in Verbindung geblieben. Ich darf ab und zu seinen Ofen benutzen.«

»Wie kann sich ein College-Professor ein *Herrenhaus* leisten?« Luca machte keinen Hehl daraus, wie hochtrabend er dieses Wort fand.

»Vermutlich stammt er aus einer reichen Familie.« Hero zuckte mit den Schultern. »Ich habe ihn nie danach gefragt. Ich glaube, Alec unterrichtet nur aus Liebe zum Thema. Geschichte ist sein ganzer Lebensinhalt. Ich habe gehört, er war früher an der Duke University und hat Gastvorlesungen am

Smithsonian gehalten. Keine Ahnung, wie er schließlich hier gelandet ist.«

Die Temperatur im Wagen sank um etwa zehn Grad. Hero spielte am Scheibenwischer herum, weil sie nicht in die dunklen Augen schauen wollte, die immer zu viel sahen.

»Alec?«, wiederholte Luca. Wie konnte ein Mensch so viel Skepsis, Anschuldigung und Abscheu in solch ein kurzes Wort packen?

Hero parkte ihren Wagen hinter einem nagelneuen gelben Fiat und legte die Hand an den Türgriff.

»Gibt es da irgendwas, das ich wissen sollte?«

»Es fängt gleich an, richtig zu regnen. Schauen wir zu, dass wir die Sachen trocken nach drinnen bekommen.« Hero stieg aus und fand sich in schmerzhaft vertrauten Armen wieder.

»Hero!« Der Geruch nach Tweed, Zigarren und Weinbrand umfing sie. Einst hatte sie diesen Geruch anziehend und mysteriös gefunden. Was er jetzt in ihr auslöste, hätte sie nicht genau sagen können. »Meine Güte, wie schön, dich in alter Frische wiederzusehen. Hast du die Blumen bekommen, die ich dir geschickt habe?«

Sie lehnte sich leicht zurück und blickte in die vertrauten braunen Augen, die sie so oft gesehen hatte.

In so vielen Stellungen.

»Habe ich. Danke.«

Alec nahm ihr Gesicht in seine schlanken Gelehrtenhände. »Ich habe mir Sorgen gemacht. Du hast nicht auf meine SMS reagiert.«

Genau das war das Problem, nicht wahr? Sie wurde brutal von einem Serienmörder überfallen, und er schickte ihr Blumen und ein paar SMS? Kein Anruf. Kein Besuch. Kein Hilfsangebot. Gerade so viel Aufwand wie nötig, um nicht sozial auffällig zu sein, und nur keine Verantwortung übernehmen.

Die Dinge änderten sich nie, nicht wahr?

Alec küsste sie auf die Wange, direkt unter ihren Wimpern. In dem Moment wurde ihre Wagentür so heftig zugeschlagen, dass sie ernsthaft um die Töpferwaren auf dem Rücksitz und im Kofferraum fürchtete.

Hero riss sich aus Alecs Armen los. »Alec, das ist Luca, mein …«

»Freund«, vollendete Luca den Satz für sie.

Alec zuckte zusammen, als Luca und er sich die Hand gaben.

»Alexander Graham.« Gekonnt verbarg er seine Überraschung und sein Missfallen hinter einem häufig geübten professionellen Lächeln. »Jeder, der sich ein Paar Cole Haans in Ihrer Schuhgröße kaufen kann, ist ein Mann, der meinen Respekt verdient.«

Hero sah auf Lucas Schuhe hinunter. Er hatte wirklich große Füße …

»Ich dachte, du hast was gegen Beziehungen, weil sie Besitztum bedeuten und die unterdrückerischen patriarchalen Strukturen unserer Gesellschaft manifestieren«, sagte Alec spöttisch zu ihr. Er hatte eine seiner perfekten Augenbrauen hochgezogen, was nur bedeuten konnte, dass sie sich darüber später noch mehr würde anhören müssen.

Hero schob sich das Haar aus dem Gesicht und legte den Arm um Luca. Sein Rücken war stocksteif, und sie wusste, hinter seinem verbindlichen Verhalten brodelte ein Vulkan. »Tja, manchmal findet man einfach denjenigen, mit dem sich alles ändert.«

Einen Moment lang wirkte Alec, als hätte sie ihm in die Eier getreten.

»Du hattest schon immer einen Hang zum Exotischen.« Sein Lächeln hätte dem Bering-Gletscher alle Ehre gemacht.

Wow! Hatte er das wirklich gerade gesagt?

Rasch warf sie einen Blick auf Luca und stellte überrascht fest, dass er daran gar nicht so viel Anstoß zu nehmen schien. Stattdessen betrachtete er Alec mit großem Interesse. Seine Augen waren weniger Dolche als vielmehr Messer, solche, wie man sie benutzt, um das Fleisch wegzuschneiden und den Nerv bloßzulegen.

»Wie auch immer.« Hero trat um Luca herum und öffnete die Wagentür. »Ich bin froh, dass ich den Ofen für die hier benutzen darf.« Behutsam hob sie eins ihrer zerbrechlichen, glänzenden Stücke aus seinem Nest aus Decken, in das sie alles gebettet hatte, und hoffte, die Männer würden ihrem Beispiel folgen.

Luca schnappte sich die große Vase und drehte sich dann wieder zu Alec um. »Nach Ihnen.« Seine weißen Zähne blitzten auf, als er so etwas wie ein Lächeln zustande brachte. Er hatte ihr bereits unmissverständlich klargemacht, dass er ein gewissenloser Fleischfresser war, aber nie hatte sie das mehr geglaubt als in diesem Moment.

Sie folgten Alec zum Tor der Garage, von der aus man in den Keller gelangte. Hero entging nicht, dass der Professor nicht anbot, beim Tragen zu helfen. Sie fragte sich, warum. War er zickig? Mit den Gedanken woanders? Oder einfach unsicher?

Trotz seiner Brillanz waren diese Charakterzüge immer wieder bei ihm zutage getreten.

Während das Garagentor langsam hochrollte, überlief Hero plötzlich ein eisiger Schauder. Ihr fiel wieder ein, wieso er den Fiat in der Auffahrt parkte. Auf der rechten Seite der Garage schlummerte wie eine große Katze sein schnittiger silberfarbener Maserati. Links davon stand das Fahrzeug, das ihm das College für Fahrten, Ausgrabungen und Feldforschung zur Verfügung stellte. Vor den makellos graublau gestrichenen Betonwänden wirkte seine weiße Farbe besonders glänzend.

Mach dich nicht lächerlich, sagte sie sich, doch gleichzeitig legte sich ein festes Band um ihre Brust, schnürte sie ein und raubte ihr jegliche Kraft.

Ein Lieferwagen. Vermutlich voller Werkzeuge wie Hämmer und Nägel und … Balken für Holzkreuze?

Meine Güte. So war sie nicht. Sie war nicht dieses paranoide, misstrauische, verängstigte Kind, das ständig damit rechnete, dass der schwarze Mann aus einer dunklen Ecke sprang.

Alec öffnete die Tür, die nach unten führte, während Hero verzweifelt gegen das Gefühl ankämpfte, das sie innerlich lähmte. Das, bei dem ihr unsichtbares Publikum schrie, sie solle ja nicht in den Keller gehen.

»Und, Luca, was machen Sie beruflich?«, bemühte sich Alec um Konversation, während er auf der breiten Betontreppe nach unten verschwand.

Hero hielt sich so weit wie möglich von dem Lieferwagen fern und folgte Lucas breiten Schultern in den vertrauten Keller.

»Ich arbeite für das FBI.«

Alec blieb ein wenig länger als nötig auf der untersten Stufe stehen. »Ach ja?« Er drehte sich nicht um. »Dann schleppen Sie vermutlich dauernd eine Knarre mit sich rum?«

»Normalerweise ja.«

Wieso wollte Alec das wissen? Moderne Waffen interessierten ihn nicht. Dass er von einer *Knarre* sprach, ließ sie die Augen verdrehen. Solch eine Ausdrucksweise passte überhaupt nicht zu ihm.

Die Männer gingen um die Ecke am Fuß der Treppe, und Luca setzte die Vase behutsam auf dem langen Klapptisch neben dem Ofen ab. Dann wandte er sich zu Hero um und nahm ihr ihre Last ab.

»Ich gehe raus und hole den Rest.« Er sah dabei Alec an, obwohl die Botschaft an Hero gerichtet war. »Willst du mitkommen?«

Hero überlegte es sich ernsthaft, schüttelte dann aber den Kopf. »Geh nur, ich schiebe die hier schon mal in den Ofen. Ich rufe, wenn ich was brauche.«

»Ganz wie du willst.« Er beugte sich vor und küsste sie leicht, wie ein alter Vertrauter, auf den Mundwinkel. Seine warmen, vollen Lippen versprachen jene Art von Sünde, die auch nach noch so vielen Beichten nicht erlassen werden kann. Hero wünschte verzweifelt, ihr Zuschauer würde verschwinden, damit sie die Fähigkeiten dieses Mundes erforschen konnte. Verdammt, sie wollte einen richtigen Kuss.

Mit Zunge.

Außer – der Zuschauer wäre der einzige Grund dafür, dass Luca sie geküsst hatte. Diese Möglichkeit durfte sie nicht außer Acht lassen.

»Danke.« Ihr atemloses Flüstern hallte von den nackten Wänden und von den Stützbalken des riesigen, nie fertiggestellten Kellers wider.

Plötzlich fiel ihr auf, dass sie ihm später unbedingt sagen musste, ihr Dank habe sich darauf bezogen, dass er die schweren Sachen schleppte. Nicht auf den Kuss. Sein Grinsen ließ sie nämlich daran zweifeln, ob er das kapiert hatte.

Während er wegging, betrachtete sie seine eng anliegende Hose. Ob dieser Mann von Mutter Natur wohl auch an weiteren Stellen so großzügig ausgestattet worden war?

»Ich erinnere mich an Zeiten, wo du mich auch so angeschaut hast«, sagte Alec.

Hero zuckte zusammen. Ihr Ex – ein besseres Wort fiel ihr

nicht ein – war unangenehm nah an sie herangetreten, ohne dass sie das bemerkt hatte.

»Das war vor zwei Jahren, bevor du zu dem Schluss gekommen bist, dreiundzwanzig wäre schon beinahe geriatrisch, und mit dieser Achtzehnjährigen geschlafen hast.« Sie schnappte sich das Stück, das ein griechischer Krug werden sollte, und ging zum Ofen, wenn auch nur, um etwas Abstand zwischen ihn und sich zu bringen.

»Größter Fehler meines Lebens.«

Hero zog die schwere, feuersichere Tür auf und trat auf den rauen Boden des runden Ofens. Selbst für jemanden, der so klein war wie sie, war kaum genug Platz, um sich umzudrehen. Behutsam stellte sie ihr Werk auf das Regal und kehrte dann zum Tisch zurück, um das andere Stück zu holen. Dabei vermied sie es, den einzigen Mann anzuschauen, der ihr jemals beinahe das Herz gebrochen hätte.

»Wieso, weil du dich strafbar gemacht hättest, hättest du nur fünf Monate früher mit ihr geschlafen?«, sagte sie mit gepresster Stimme.

Meine Güte, was für ein Klischee – mit dem gut aussehenden Professor schlafen. Wer tat so etwas und erwartete dann auch noch, dass es hielt?

»Das ist nicht fair, Hero.« Der Schmerz in seiner Stimme war vielleicht sogar echt. »Du hast nie gesagt, dass es keine andere geben dürfte. Im Gegenteil, du hast immer wieder darauf bestanden, dass ich dich nicht ›besitze‹.«

Er malte doch wahrhaftig Anführungszeichen in die Luft. Was Nervigeres war kaum denkbar, oder? Hero seufzte. Sie hatte jetzt keine Lust, sich damit zu befassen. »Wir haben ausgemacht, dass wir Freunde bleiben, Alec. Freunde lassen die Vergangenheit ruhen, zumindest wenn sie längst vergessen ist.«

»Was soll ich sagen? Die Vergangenheit ist quasi mein Lebensinhalt.«

Igitt … Hatte sie ihn damals wirklich charmant gefunden? Kaum zu glauben.

Sie trug die schwere Vase zum Ofen, während er einfach dastand, die Hände in den Taschen seiner Khakihose vergraben.

»Wieso hast du ihn mitgebracht?« Alec fragte das mit jener intellektuellen Herablassung, die sie vor zwei Jahren fälschlicherweise sexy gefunden hatte. »Soll das ein Einschüchterungsversuch sein? Willst du mich eifersüchtig machen? Sag mir, was du von mir willst.«

Hero drehte sich um und erstarrte. Alec blockierte mit seinem Körper den Ausgang. Er war nicht gebaut wie Luca, sondern hatte die Figur einer männlichen Schaufensterpuppe für teure Kleidung. Die schmale Taille betonte seine mäßig breiten Schultern, die vom vielen Schwimmen im Pool gerundet waren. Er war mittelgroß und kräftig für seine vierzig Jahre. Hero war es zuwider, dass sie jeden Mann wie einen Verdächtigen betrachtete. Hätte er sie an diesem Kreuz hängend schleppen können? Plante er vielleicht gerade jetzt ihren Tod?

»Ich will nichts von dir. Luca ist ein Gentleman, der seine Hilfe angeboten hat.« Sie hoffte, dass er die unterschwellige Bedeutung ihrer gleichgültig dahingesagten Worte verstand. »Er lässt mich nicht gern allein losziehen, nicht solange Johannes der Täufer noch da draußen rumläuft.«

Alec nickte, rückte aber nicht zur Seite. »Hast du ihn gut sehen können, Johannes den Täufer?« Seine Schulter war nur wenige Zentimeter von dem Knopf entfernt, mit dem der Brennprozess in Gang gesetzt wurde, und dieser Ofen war zu alt, als dass er über irgendwelche Sicherheitsvorkehrungen verfügt hätte.

Ihr Herz geriet ins Stolpern.

»Nein.« Er konnte problemlos die Tür zuschlagen und sie einsperren. Sie stand da und betrachtete Alecs lässige Haltung. Vermutlich war sie einfach panisch und machte sich lächerlich. Dieser Mann war Mitglied der Bürgerrechtsunion. Er war strikt gegen die Todesstrafe. Mit Leichen gab er sich nur ab, wenn sie vor Hunderten von Jahren den Würmern als Futter gedient hatten. Außerdem wurde ihm beim Anblick von Blut schlecht. Wie hätte er es schaffen sollen, jemandem Nägel in die Hände zu schlagen?

»Seit dem Überfall auf dich ist es still um ihn geworden. Manche behaupten, er habe aufgehört.«

»Was glaubst du?«, fragte sie.

Seine Hand glitt den Metallrahmen der Tür hoch. »Ich glaube, Aufhören ist unmöglich.«

Luca zog den Kopf ein, um unter der niedrigen Kellertür durchzukommen, und verlagerte das Gewicht des massiven, seltsam geformten Tellers von einer Hand auf die andere. Stimmen hallten von den Betonwänden wider, und auch wenn er nicht verstehen konnte, was gesprochen wurde, klang Hero gleichermaßen genervt und alarmiert.

Er betrat den schwach beleuchteten Keller, wo in einer Ecke hinter einer Wand aus Steinen und Mörtel der Ofen stand.

Der Professor versperrte Hero, die im Ofen stand, den Weg.

Statt seine 45er zu ziehen und »Weg von ihr, du Arschloch« zu schreien, wie es sein erster Impuls war, sagte er: »Soll ich den hierhin stellen?«

Alec fuhr herum. Dass die Schulter dieses Weicheis vor Überraschung zuckte, bereitete Luca mehr Vergnügen, als der Sache angemessen war.

Vielleicht weil diese beiden ganz offensichtlich miteinander geschlafen hatten. Und der Blick des Professors verriet, dass er es gern wieder getan hätte.

Tja, jetzt trinke ich den »Morgen-danach«-Kaffee, du Arschloch.

Sobald Alec sich bewegte, stürzte Hero aus dem Ofen und blieb erst stehen, als sie am Tisch angekommen war. »Ja, stell ihn einfach hier ab. Ich muss erst noch eine Schicht Glasur auftragen, bevor er in den Ofen kann.« Sie strich sich das Haar glatt, klopfte auf den Tisch und grinste ihn an, doch Luca entging nicht, wie blass sie war.

Während er das Stück vorsichtig absetzte, ließ er Alec nicht aus den Augen. Der Typ sah aus wie eins dieser blasierten Tommy-Hilfiger-Models, die immer dreinschauten, als wäre gerade ihre Lieblingsjacht gesunken.

Luca hatte das Gefühl, es wäre gut gewesen, wenn er das Gespräch mitbekommen hätte. Aber er hatte sich einen Moment Zeit für den Lieferwagen in der Garage genommen. Mit nur zwei Fenstern auf Fahrer- und Beifahrerseite passte er genau auf Heros Beschreibung. Die Türen waren alle verschlossen gewesen, und ohne Durchsuchungsbefehl konnte er den Wagen offiziell nicht untersuchen.

Wer schloss schon seinen Wagen ab, wenn er in der Garage stand?

Schuldige. Nun gut, und die meisten Bullen.

»Alles okay?«, fragte er und strich ihr liebevoll über die Schulter. »Brauchst du Hilfe?«

Als Hero sich an ihn lehnte, konnte sich Luca ein triumphierendes Lächeln in Alecs Richtung nicht verkneifen.

»Das hier kann man nur allein machen, aber ich brauche höchstens eine Minute dafür.« Sie tätschelte seine Brust. »Würde es dir gefallen, wenn Alec dir seine Sammlung alter Waffen zeigte?«

Eine Gelegenheit, diesem schmierigen, wertlosen Treuhandfonds-Babygesicht imaginären Sex mit Hero unter die Nase zu reiben? »Das würde mir super gefallen.«

»Gewiss.« Alec versuchte, Heros Blick aufzufangen, aber sie vermied es, ihn anzusehen. »Hier lang.«

Luca folgte ihm durch den lang gezogenen Keller. Seine Finger wollten noch immer nach seiner Waffe greifen, deshalb hielt er die Hände zu Fäusten geballt an den Seiten. Er warf einen Blick über die Schulter zurück auf Hero. Sie hielt kurz inne, und was er in ihren Augen sah, sagte ihm alles, was er wissen musste. Sie verdächtigte diesen Mann, ob sie sich das nun eingestand oder nicht.

Als Luca die Flicken auf den Ellbogen von Alecs Strickjacke betrachtete, während sie zum Erdgeschoss hinaufstiegen, grinste er spöttisch. Dieser Typ war wirklich ein wandelndes Klischee.

Hatte Hero ihm das abgenommen?

»Für welche Fachrichtung sind Sie Professor?« *Komm, Junge, gib mir irgendwas, womit ich dich fertigmachen kann.*

»Ich habe zwei Doktortitel, einen in Ethnologie und einen von Harvard in Westeuropäischer Geschichte mit dem Spezialgebiet religiöse Ikonografie und Theologie.« Er versuchte, bescheiden zu klingen, versagte aber kläglich. »Daher kann ich unendlich viele Themen unterrichten.«

»Beeindruckend.« Auch Luca gelang es nicht, überzeugend zu klingen.

»Danke. Es war eine Menge harter Arbeit.« Alec lotste Luca durch eine weitgehend unbenutzte, prunkvolle Küche und ein seelenloses Esszimmer in einen Flur, der mit – so vermutete Luca zumindest – Imitaten von bekannten Bildern und Skulpturen geschmückt war, die er aus dem Kunstunterricht im College kannte.

Jetzt wünschte er sich, er hätte besser aufgepasst.

»Wieso haben Sie sich bei diesen Voraussetzungen ausgerechnet in Portland niedergelassen? Würde Ihnen die Ostküste nicht bessere Karrieremöglichkeiten bieten?«

Alec öffnete eine mit Eichenholz getäfelte Tür und bedeutete Luca mit einem frostigen Lächeln, einzutreten. »Werde ich verhört, *Agent* Ramirez?«

Luca zuckte mit den Schultern und schob sich seitwärts in das riesige Studierzimmer, um dem anderen nicht den Rücken zuzuwenden. »War nur eine Frage.«

»Nun, sagen wir einfach, die Antwort ist kompliziert, und belassen es dabei, okay?«

»Klar doch.«

Die grünen Wände und die maritime Anmutung des Studierzimmers machten keinen großen Eindruck auf Luca. Aber die Schaukästen, Glasvitrinen und antiken Säulen, die jedes nur denkbare Instrument des Todes feilboten, waren ein kaum zu bewältigender Ansturm auf seine Sinne. Neben den Waffen aus aller Herren Länder quoll der Raum zudem über von römischen Münzen, unterschiedlichen Rüstungen, antiken Pergamentrollen und verschiedenem weiterem antik aussehendem Nippes.

Trotz seines Misstrauens und seiner Abwehrhaltung wäre das Kind in Luca am liebsten der beste Freund dieses Mannes geworden, damit es ihn besuchen und mit all diesen tollen Sachen spielen konnte. Luca stieß einen leisen Pfiff aus und ging zum Fenster, wo ein bronzener, mit Samt ausgeschlagener Kasten an der Wand hing, der ein halb verrostetes Schwert beherbergte.

»Ein römisches Gladius.« Alec trat neben ihn. »Da es sich dabei um eine Stahl- und nicht um eine Eisenkonstruktion handelt und in Anbetracht der Stelle, an der es gefunden wurde, wird allgemein angenommen, dass es von einem von Julius Cäsars Legionären im Gallischen Krieg benutzt wurde, circa 58 vor Christus.«

Luca nickte. »Gilt immer noch als eine der besten Nahkampfwaffen, die je hergestellt wurden.«

Alecs Augenbrauen schossen nach oben. »Sie kennen sich mit antiken Waffen aus?«

»Nur mit dem, was ich im History Channel gesehen habe.«

»Dann dürften Sie dies hier zu schätzen wissen.«

Alec trat zu einem Kasten, der auf der Nachbildung einer griechischen Säule stand, und winkte Luca heran.

Luca folgte ihm. Die Atmosphäre im Raum hatte sich verändert. Hier in seinem Allerheiligsten, umgeben von seinen Schätzen, war der Professor in seinem Element. Das Wissen darum, hier der Herrscher zu sein, machte ihn deutlich lockerer.

Gut. Genau dort wollte Luca ihn haben. Wenn er seine Deckung vernachlässigte, war er reif für einen Überraschungsangriff.

»Dies hier ist einer meiner außergewöhnlichsten Funde. Ich musste dafür kämpfen, dass er nicht in einem Museum landete.« Alec nahm den Deckel des Glaskastens ab und hob das kunstvoll geschwungene Schwert mit beiden Händen heraus, ähnlich wie Hero vorher ihre zerbrechliche Töpferware hochgehoben hatte. »Dieses Katana aus dem feudalen Japan wurde auf das Jahr 1450 datiert. Sein Stahl ist mit der reinste auf der Welt. Unsere moderne Technologie war bisher nicht in der Lage, den hohen Kohlenstoffanteil im Eisensand zu reproduzieren, aus dem man damals ein Schwert gefertigt und handgefaltet hat.«

Angezogen von dem antiken Stück kam Luca näher.

»Heilige Mutter Gottes.«

»Ich weiß«, stimmte Alec mit einem selbstzufriedenen Lächeln zu. »Möchten Sie es mal in die Hand nehmen?«

»Wenn ich darf.« Luca legte ehrfurchtsvoll die Hand um den Griff. Er fühlte sich wie in ein anderes Zeitalter versetzt. Langsam drehte er sich um und hielt das Schwert im Akira-Kurosawa-Stil vor sich. Auf der Suche nach einem Spiegel blieb Lucas Blick an einer breiten Auslage hinter dem Chefschreibtisch hängen.

Wie hatte Rown das noch genannt? Einen Talar?

Ausgebreitet und auf eine Art Auslage geheftet hing die dicke schwarze Robe neben einem weißen Kragen und etwas, das wie farbige Schals aussah. Luca kramte in seinem Gedächtnis. Er erinnerte sich, als Junge in der Kirche solche juwelenfarbigen Schärpen um die Nacken von katholischen Würdenträgern gesehen zu haben.

Treffer.

Um den Mann nicht misstrauisch zu machen, der im Eiltempo zu einem Verdächtigen wurde, tat Luca so, als würde er den Rest des Raums betrachten.

»Ich habe zahllose ähnliche Objekte.« Alec schien ihm sein Interesse abzukaufen. »Einen Kavallerie-Morgenstern aus dem Byzantinischen Reich, einen Säbel, der im 16. Jahrhundert von Atlantikpiraten benutzt wurde, eine französische Glefe und dort drüben …« Alec deutete an einer Stangenwaffe mit einer Klinge an der Spitze vorbei. »… ein Kettenhemd, das einem Tempelritter gehört hat.«

»Faszinierend.« Luca reichte ihm das Katana zurück.

»Die meisten meiner Relikte stammen aus dem mittelalterlichen Europa. Das Mittelalter ist meine Leidenschaft.«

»Verstehe.« Luca sah sich um und deutete dann mit dem Kopf auf den Talar. »Der da ist katholisch, nicht wahr? Haben Sie viele religiöse Artefakte?«

»Man könnte auch sagen, dass alle meine Artefakte religiöser Natur sind.« Alec grinste. »Schließlich wurden die meisten dieser Waffen bei Eroberungen im Namen Gottes, heiligen Kriegen und Ähnlichem eingesetzt. Heiden gegen frühe Christen. Christen gegen Juden und Muslime. Katholiken gegen Protestanten.«

»In welchem heiligen Krieg hätten Sie zur Waffe gegriffen?«, fragte Luca.

Alec verschränkte die Arme vor der Brust und nahm eine nachdenkliche Haltung ein. »Ironischerweise bin ich gegen Krieg. Allerdings ist die Welt, in der wir leben, aus Kriegen entstanden. Ich würde sagen, wir leben in einem fortwährenden Krieg, in dem wir jeden Tag kämpfen müssen. Der Krieg zwischen Erkenntnis und Dummheit. Gut gegen Böse.«

»Ist das Böse nicht subjektiv?«, widersprach Luca. »Nehmen Sie zum Beispiel Johannes den Täufer. In seinen Augen führt er einen Krieg gegen das Böse. Aber für den Rest der Gesellschaft verkörpert er selbst das Böse.«

»Interessante Perspektive.« Der Professor sah ihn interessiert an. »Wenn ich fragen darf: Wie nah sind Sie an einer Festnahme Johannes' des Täufers?«

Lucas Brust zog sich zusammen. Nicht so nah, wie er es sich wünschte, wie er hätte sein müssen. »Ich darf über aktuelle Fälle nicht reden«, erwiderte er ausweichend.

»Aber Sie dürfen eine intime Beziehung mit dem Opfer haben?«

Luca zuckte mit den Schultern. »Dies ist ein freies Land.«

»Nun, das Leben kann nicht immer ein Dan-Brown-Roman sein, nehme ich an.« Der Professor sah ihn auf eine Weise von oben herab an, dass Luca sich am liebsten das Katana geschnappt und ausprobiert hätte, ob es noch so tödlich war, wie es aussah. »Nicht immer schnappen wir unsere Beute.«

Luca, der ihn seine Verbitterung nicht sehen lassen wollte, trat an ihm vorbei und wäre beinahe gegen einen Glaskasten gestoßen, der genau die Art von Bestätigung enthielt, nach der er gesucht hatte.

Er schaute hoch, und sein Blick und der des Professors trafen sich. Lucas Augen funkelten triumphierend.

»Ich schon«, versprach er.

10

Wißt Ihr nicht, daß ich ein Weib bin?
Wenn ich denke, muß ich sprechen.

William Shakespeare, *Wie es euch gefällt*

»Erzählen Sie mir etwas über dies hier.« Luca beobachtete genau die Reaktion des Professors.

Alec kam langsam auf den Glaskasten zu, vor dem Luca stand, und starrte mit verkniffenem Mund hinein. »Das ist nichts Besonderes«, erwiderte er. »Das ist eine Reproduktion, die ich letztes Jahr bei einer Antiquitätenauktion in Antioch ersteigert habe. Kaum den Preis des Ausstellungskastens wert.«

Luca betrachtete die flache, schraubenzieherförmige Eisenspitze, die vermutlich beim Herausziehen mehr Schaden anrichtete als beim Hineinstoßen. Außerdem den langen, rechteckigen Holzstab, vermutlich aus Eschenholz.

Genau so eine Waffe hatte Johannes der Täufer bei seinen Opfern benutzt.

»Warum haben Sie sie dann gekauft?«, hakte Luca nach.

»Ich konnte nicht widerstehen, weil ich von dem Thema einfach besessen bin«, gestand der Professor. »Haben Sie schon mal von dem Speer des Longinus gehört?«

Luca verzog das Gesicht und schüttelte den Kopf. Klang wie eine Zeile aus einem nicht jugendfreien Limerick.

»Er hat viele Namen. Die Heilige Lanze des Antioch,

der Hofburg-Speer, die Vatikanische Lanze, der Schicksalsspeer.«

Der letzte Name kam Luca bekannt vor. »Die römische Lanze, die Christi Seite durchbohrte.«

Alec hob den Blick. »Ich bin beeindruckt. Sie haben in Geschichte wirklich aufgepasst.«

Luca versuchte, freundlich und nicht allzu selbstgefällig zu lächeln. Geschichte! Wolfenstein *Spear of Destiny*, ein Ego-Shooter, den er in der Junior High gespielt hatte. Praktisch das Gleiche. »Wenn das hier eine Reproduktion ist, wo ist dann das Original?«

Alec lehnte sich gegen den Glaskasten. »Darüber gibt es heiße Diskussionen. Die Spekulationen reichen von einer Verschwörung des Vatikans bis hin zu einer Schatztruhe, die zudem den Heiligen Gral und die Dornenkrone beinhalten soll. Die Mythologie lässt sich vom Jerusalem des 5. Jahrhunderts über das Konstantinopel des 8. Jahrhunderts und das Paris des 13. Jahrhunderts bis nach Wien verfolgen. Seit Neuestem kursieren Gerüchte, dass Hitler Europa besetzt hat, weil er hinter dem Speer und seinen angeblichen Kräften her war.«

»Sie nehmen mich auf den Arm.« Luca ließ genug Ehrfurcht in seiner Stimme mitklingen, um Professor Wichtigtuer weiter am Reden zu halten.

»Oh nein. In den frühen Neunzigerjahren wurde ein gesunkenes deutsches U-Boot geborgen, weil es angeblich den Speer an Bord hatte.«

»Und wo, glauben *Sie*, ist der Speer?« Kurz tauchte das Bild von Hero vor Lucas Augen auf, das Blut, das aus ihrer nackten Seite lief und sich mit Regen und Erde vermischte. Ihr Schluchzen, als sie die durchstochenen Hände nach ihm ausstreckte.

Eins … zwei … drei …

»Da könnte ich nur raten. Ich glaube, die Macht des Speers liegt in seiner eigenen Mythologie. Wie bei allen religiösen Relikten sind die mysteriösen Wunder vermutlich eine Erfindung, entstanden aus festen Überzeugungen der Gläubigen und weniger dem unbelebten Objekt selbst zuzuschreiben.« Alec fuhr mit seiner feingliedrigen Hand über die Glasvitrine. Die Flecken, die er hinterließ, standen im krassen Gegensatz zu seiner sonstigen Pingeligkeit. Intensiv starrte er durch das Glas auf den Speer. »Andererseits schreibt das Sakrament vor, dass man symbolisch das Fleisch Christi isst und sein Blut trinkt. Indem man das tut, büßt man für seine Sünden und erhält Seine Vergebung. Das ist in sich schon sehr machtvoll, und sei es auch nur, weil Millionen Menschen weltweit daran glauben und dieses Ritual praktizieren.«

Luca zog die Nase kraus. Kannibalismus, auch wenn er nur in der symbolischen Halbgottvariante stattfand, löste in ihm immer das Bedürfnis aus zu kotzen.

»Stellen Sie sich dann erst ein Relikt vor, das sowohl das heilige Fleisch als auch das heilige Blut berührt hat, und zwar genau in dem Moment, in dem Christus sein größtes Opfer für die Seelen der Menschheit bringen sollte«, fuhr Alec fort, als sei Luca gar nicht mehr da. »Karl der Große hat geglaubt, der Speer würde ihm helfen, die Welt zu erobern. Andere glauben, der Speer würde sie von allen Sünden reinwaschen und in den Himmel zurückkehren lassen. Oder man könne damit Dämonen besiegen. Egal, ob man an die eher mystischen Kräfte des Speers glaubt oder nicht, es wäre einfach großartig, solch ein Objekt zu besitzen.«

»Welche Ihrer Sünden hätten Sie gern erlassen?« Lucas Stimme klang selbst in seinen Ohren viel zu angespannt.

Als käme er aus einer hypnotischen Trance zurück, blinzelte Alec ein paarmal, richtete dann den Blick auf Luca und schenkte ihm ein eisiges Lächeln. »Zu viele, um sie dem FBI zu gestehen, fürchte ich.«

Hero stieg auf das Trittbrett des Lieferwagens und angelte mit ihrem verbogenen Drahtbügel nach dem Türgriff. Als sie im Inneren des Griffs angekommen war, biss sie sich in die Wange, hielt den Atem an und … *Klick*.

Rasch sah sie sich noch einmal um, dann öffnete sie die Fahrertür und beugte sich in den Wagen.

Die Vordersitze und der Boden des Lieferwagens waren übersät mit Landkarten, Wasserflaschen, einem alten Rucksack, einigen Büchern und ein paar zusammengerollten Matchbeuteln mit Ausgrabungswerkzeug. Vermutlich der einzige chaotische Ort in Alecs Leben.

Wenn sich Hero an eins mit äußerster Klarheit erinnerte, dann an den rauen, grau gestreiften Bodenbelag des Lieferwagens, auf dem sie die schrecklichsten Momente ihres Lebens verbracht hatte.

Als sie durch das Gitterwerk aus schwarzem Metall starrte, das die Vordersitze von der Ladefläche trennte, führte ihr Herz einen wilden Stepptanz auf.

Smaragdgrün. Ein hässlicher, wenn auch sauberer smaragdgrüner Teppich lag auf dem Boden. Er erinnerte Hero an einen Teppich aus den Siebzigern, mit Spiralmustern, um ihm ein flippiges Aussehen zu geben. Kein Velours, aber auf jeden Fall zu lang, um praktisch zu sein. Vor allem in einem Wagen, der häufig von erdverkrusteten archäologischen Stücken und/oder von Ethnologiestudenten beansprucht wurde.

Hinter ihr tauchte leise ein Schatten auf. Eine starke Hand erstickte ihren entsetzten Schrei, während sie aus dem Wagen gezerrt und gegen eine warme Steinwand gepresst wurde.

»Was zum Teufel tust du da?«, zischte Luca an ihrem Ohr.

»Nchs«, sagte sie in seine Hand hinein.

Eine Schwiele in seiner Handfläche schabte über ihre Lippen. Das löste einen Schauder aus, der sich direkt zu ihren weiblichen Teilen fortpflanzte.

»Ohne Durchsuchungsbefehl in einen *abgesperrten* Wagen einzubrechen, ist nicht *nichts*.« Während er der Tür mit dem Ellbogen einen Schubs gab und sie dann so leise wie möglich schloss, hielt er sie fest an seinen Körper gepresst. Ihr fiel auf, dass er es sorgfältig vermied, mit der Hand an irgendeinen Teil des Wagens zu kommen.

Hero wunderte sich, dass er das schaffte, obwohl sie sich nach Kräften wehrte. Die Wand aus harten Muskeln, die sich gegen ihren Rücken presste, rief ihr ins Gedächtnis, wie dünn der Stoff ihres Rocks war.

Und sie hatte geglaubt, das Innere eines Brennofens sei heiß!

Bevor sie irgendetwas Verrücktes anstellte, wie sich vorbeugen und ihm wie eine läufige Hündin ihren Hintern hinstrecken, stieß Hero ihm den scharfen Draht in die Seite, den sie noch immer in der Hand hielt.

»Verdammt«, fuhr er sie an.

Ihr inneres Siegesgeschrei brach peinlich rasch ab, als sie auf einmal – statt freigelassen zu werden – durch Lucas gesamtes Körpergewicht gegen den Lieferwagen gedrückt und entwaffnet wurde.

Seine Hand lag noch immer auf ihrem Mund. Mit der anderen drückte er ihr die Ellbogen so fest gegen die Seiten, dass sie sich nicht mehr bewegen konnte.

Noch nie in ihrem Leben hatte sie etwas derart scharf gemacht.

Gedanken wie *Ja, Agent Ramirez, ich war ein böses Mädchen* blendeten alle Vernunft aus.

»Weißt du, in was für Schwierigkeiten du steckst?«, knurrte Luca an ihrem Ohr.

Weißt du es? Sie lächelte, dann streckte sie die Zunge heraus und leckte über seine Handfläche, wie sie das früher als Kind bei ihren Brüdern gemacht hatte.

Der Effekt war ähnlich. Luca zog die Hand weg und wischte sie sich an der Hose ab.

»In solchen, wo du mir Handschellen anlegst?« Sie gab sich wenig Mühe, ihre Hoffnung zu verbergen.

Luca zögerte einen Moment zu lange mit seiner Antwort. Apropos lang ... etwas von der Größe ihres Lockenstabs – des großen – drückte gegen ihren Rücken. »Solche, wo ein möglicher Verdächtiger das FBI verklagt, weil du unerlaubt in seinen Wagen eingebrochen bist, und das im Beisein eines FBI-Agenten.« Er verlagerte das Gewicht, hob den Drahtbügel auf und führte sie unsanft zu ihrem Wagen.

»Ich bin nicht eingebrochen. Und kaputt gemacht habe ich auch nichts. Ich habe mich nur ... umgesehen.« Hero hielt flehentlich die Hände hoch.

Luca knurrte. Knurrte sie regelrecht an, bevor er sich mit der freien Hand das Handy an sein Ohr hielt. »Ich brauche die Genehmigung für eine verdeckte Hausdurchsuchung, und zwar so schnell wie möglich.«

Einen Durchsuchungsbefehl? Was hatte er gefunden? Wonach suchte er?

»Probeentnahme von einer Waffe und gründliche Untersuchung eines Lieferwagens.« Hero hörte ihn das Kennzeichen des Wagens durchgeben sowie den Grundriss des Hauses. »Ich schicke Ihnen ein Bild der Waffe.« Er blickte auf seine Uhr. »Der Verdächtige wird zwischen dreizehn und achtzehn Uhr nicht auf dem Grundstück sein. Ich werde eine Zustellungsverzögerung beantragen müssen. Neunzig Tage, falls der Richter mitspielt. Ich schicke eine E-Mail mit der Begründung für den ausreichenden Tatverdacht.«

Hero schloss stirnrunzelnd den Juke auf und setzte sich auf den Fahrersitz. Der kleine Stepptanz ihres Herzens wurde zu einem wilden Indianertanz. Sie versicherte sich, dass sie nicht aus Versehen den Rückwärtsgang eingelegt hatte, und versuchte, ihre Geschwindigkeit irgendwo zwischen Null und Hundert einzupendeln.

Konnten FBI-Agenten Strafzettel ausstellen?

»Was ist los?«, fragte sie, nachdem Luca das Gespräch beendet hatte.

Er fuchtelte drohend mit dem Draht herum. »Von wem hast du gelernt, wie man einen Wagen aufbricht?«

Hero zuckte mit den Schultern. »Von meinem Bruder Demetri.«

»Der in der schwarzen Lederkluft?«

Sie nickte.

»Logisch.« Er fluchte. »Wieso hast du diesen Professor Weichei nie erwähnt? Ist dir nie in den Sinn gekommen, dass er ganz oben auf der Liste der Verdächtigen stehen könnte?«

»Nein«, erwiderte Hero ehrlich. »Er mag vielleicht ein eingebildeter Perversling sein, aber er ist kein Serienmörder.« Sie klang überzeugter, als sie es war.

In Lucas Augen brannte ein schwarzes Feuer und etwas noch Wilderes. »Wieso hast du dann seinen Wagen aufgebrochen?«

Hero packte das Steuer fester. Die Bäume rasten vorbei, verschwammen zu einem grünen Korridor. »Einfach so«, erwiderte sie ausweichend. »Und zu deiner Information: Das Innere des Wagens sah völlig anders aus. Der Teppich war ganz anders, außerdem waren hinten Sitze. Der Wagen, in dem ich war, hatte keine Sitze.«

Luca schnaubte. »Jeder Kriminelle, der diesen Namen verdient, hätte den Teppich ausgetauscht, und Sitze kann man normalerweise herausnehmen.«

»Ja, aber Alecs Wagen hat sich einfach nicht wie der richtige angefühlt«, beharrte Hero. »Er hatte nicht dieselbe negative Energie.«

Sie brauchte ihn nicht anzuschauen. Sie spürte auch so, wie er die Augen verdrehte.

Was nur bewies, dass sie recht hatte.

»Ja, genau, das wird vor Gericht standhalten«, erwiderte Luca sarkastisch und fuhr dann mit hoher Mädchenstimme fort: »Tut mir leid, Euer Ehren, ich habe keine Beweise gegen den Verdächtigen, aber seine Ausstrahlung ist total gruselig, und meine Geistführer haben bestätigt, dass er schuldig ist.«

Hero überfuhr ein Stoppschild, als sie nach rechts abbiegen musste, nur um ihn zu ärgern.

»Himmel, wer hat dir das Fahren beigebracht?« Luca war das Handy aus der Hand gefallen, und Hero genoss den lächerlichen Anblick, den er bot, während er gleichzeitig den Blick auf die Straße zu richten und sein auf den Boden gefallenes Handy wiederzufinden versuchte.

»Connor, und der hat Panzer und Ähnliches gefahren.«

»Das hier ist aber kein Panzer. Das hier kann man ja kaum ein Auto nennen.« Lucas Blick wanderte missbilligend über das bunt zusammengewürfelte Wageninnere und blieb schließlich an dem Keramikmond hängen, der an ihrem Rückspiegel baumelte.

»Musst du dich wie ein Arschloch aufführen?«

»Musst du so naiv sein?«

»Naiv? *Naiv*?« Verdammt, jetzt hatte sich doch glatt ihre Stimme überschlagen.

»Du willst nicht, dass Johannes der Täufer jemand ist, den

du kennst, vor allem nicht dein Ich-treib's-nur-mit-jungen-Mädchen-Professor«, warf Luca ihr vor.

»Wow, diese Ermittlungsfähigkeiten, die man dir in Quantico beigebracht hat, machen sich wirklich bezahlt.« Okay, das war gemein, aber wenigstens klang sie jetzt nicht mehr wie ein Kind.

Außerdem hatte *er* angefangen.

»Die sind um Klassen besser als deine ›Energie‹-Beurteilungen.« Er malte Anführungszeichen in die Luft, was sie bei ihm genauso auf die Palme brachte wie vorher bei Alec. »Du wirst noch dankbar sein für meinen Instinkt, wenn du in eine brenzlige Situation gerätst.«

Hero wich einem Backenhörnchen aus, das auf der Straße saß, und verfehlte nur knapp einen entgegenkommenden Lastwagen. »*Instinkt*? Wirklich? Und wie unterscheidet sich der von Energie? Das ist doch das Gleiche! Was soll die Wortklauberei?«

»Falsch.« Luca hatte den Haltegriff über dem Fenster gepackt und stützte seine langen Beine gegen das Handschuhfach. »Instinkt basiert auf der Fähigkeit zu logischem Denken und auf gesundem Menschenverstand. Was dir beides fehlt.«

»Ach ja?« Hero gab Gas, bis sie gut fünfzehn Meilen schneller fuhr als erlaubt, und schleuderte durch die Kurven des von Bäumen gesäumten einspurigen Highways.

»Jetzt behaupte bloß noch, du hast nie den römischen Speer in Professor Dummschwatz' Büro gesehen, oder hast du einfach *gespürt*, dass es nicht derjenige ist, mit dem deine Innereien beinahe in den Willamette befördert worden wären?«

Instinktiv presste Hero die Hand gegen die verheilte Wunde, als müsse sie ihre inneren Organe an Ort und Stelle halten. »Er heißt Alec.« Sie überfuhr eine Ampel bei Gelb. Nun gut, als sie dort war, war sie bereits rot.

»Fahr rechts ran«, befahl Luca.

»Leck mich.«

»Fahr sofort rechts ran.« Luca packte das Lenkrad und zwang Hero so, auf die Bremse zu treten, wenn sie nicht gegen einen Baum rasen wollte.

Sie rollten an einer Parkbucht aus, die sie nicht hatte kommen sehen, die ihm aber offensichtlich aufgefallen war.

Verdammter Instinkt.

»Was zum Teufel ist los mit dir?«, kreischte Hero.

»Mit *mir*?« Bevor sie es verhindern konnte, zog er den Schlüssel aus der Zündung und stieß seine Tür auf, wobei sich ein Schwall spanischer Worte aus seinem Mund ergoss, der wie eine vertraute Melodie klang.

Loca. Das zumindest sagte ihr etwas.

Sie stieg ebenfalls aus und stampfte um den Wagen herum zum Kofferraum, auf dem er sich mit beiden Händen abstützte. »Ich bin nicht verrückt, und es ist unhöflich, jemanden in einer fremden Sprache zu verfluchen. Ich muss schließlich wissen, was du mir um die Ohren haust, das ist sonst nicht fair.«

Luca sah sie einen Moment lang verblüfft an. »*Ich* bin nicht … höflich?«, knurrte er. »Mord durch Autounfall ist auch nicht höflich.«

»Jetzt reg dich ab, dir ist doch nichts passiert.«

»Und mir wird auch nichts passieren, weil jetzt ich fahre.« Er wandte sich zur Fahrertür. »Los, ab ins Auto.«

»Du wirst nicht fahren, verdammt.« Sie langte nach ihrem Schlüssel, aber er hielt ihn rasch über den Kopf.

Warum bloß hatte sie die Größe von ihrem Vater geerbt?

»Ich sagte, ab ins Auto.« In seinen Augen blitzte es gefährlich auf.

»Du übertreibst«, sagte sie anklagend. »Und sag mir nicht, was ich tun soll. Das ist *mein* Auto.«

»Verdammt, ich bin vom FBI, ich beschlagnahme es. Was absolut *nicht* übertrieben ist, nachdem ich gerade miterlebt habe, wie du eine Straftat und vier Verkehrsdelikte begangen hast.« Er riss die Fahrertür auf, dann drehte er sich zu ihr um und deutete mit dem Finger auf sie. »Du fährst nicht nur unvernünftig schnell, sondern rast wie wahnsinnig, und das macht mir Angst, weil dich das umbringen wird.«

»Alec war es nicht!«, kreischte sie und sprang hoch, um an ihren Schlüssel zu kommen, den er geschickt außerhalb ihrer Reichweite hielt. »Ich hätte es gewusst, wenn er mich durchbohrt hätte!«

»Wieso?«, fragte Luca spöttisch. »Weil du ihn das schon so oft freiwillig hast tun lassen?«

Das war es also. Ohne zu überlegen, was sie tat, ballte Hero die Hand zur Faust und zielte mit voller Kraft auf seine Magengrube.

Luca fing ihren Schlag locker ab und schlang seine langen Finger um ihre Faust.

»Du bist so ein Blödmann«, fauchte sie, während sie erfolglos versuchte, ihm ihre Hand zu entwinden. »Du glaubst, du weißt alles. Du traust niemandem, nicht einmal dir selbst, und die ganze Zeit lauerst du nur darauf, dass das nächste Monster aus einer dunklen Ecke gesprungen kommt. Aber so klug bist du nicht, Agent Ramirez. Wenn du jeden für einen Kriminellen hältst, dann wirst du gelegentlich recht behalten. Aber dies hier ist *mein* Leben, und wenn du glaubst, ich werde zulassen, dass du alle, die mir etwas bedeuten, zu Verbrechern machst, dann weißt du nicht das Geringste über mich.«

Luca starrte sie volle zehn Sekunden aus seinen funkelnden Augen an. Dann drückte er sie blitzschnell mit seinem Gewicht gegen den Wagen, senkte den Kopf und presste den Mund auf ihren.

Ihre Hände steckten noch immer in seinen fest. Ihr Körper fühlte sich so klein an angesichts seiner Größe und Masse. Hero wagte nicht, sich zu rühren, wollte es auch gar nicht, denn Agent Ramirez küsste, wie er alles andere tat.

Mit ganzer Seele.

Seine Zunge spielte mit ihrer, erkundete, eroberte, ließ keine Stelle unberührt. Aber damit hörte der Kuss nicht auf. Seine Brust rieb gegen ihre, und die Hitze ihrer Haut vermischte sich zwischen der dünnen Baumwolle ihrer Kleidung. Heros Brustwarzen wurden von der intensiven Reibung hart wie Perlen. Seine Erektion drückte gegen ihren Bauch, und Hero musste sich zusammenreißen, um nicht an ihm hochzuklettern wie an einer Stange, damit sie dahin drückte, wo sie hingehörte.

Jeder ihrer Sinne, der nicht von ihm beherrscht wurde, verlor an Bedeutung. Ein Wagen fuhr vorbei, Vögel und Insekten lärmten, aber sie hörte nur ihren Herzschlag und ihrer beider verzweifeltes Atmen. Sie mussten den Kuss nicht unterbrechen, um Luft zu holen, sie teilten sich die Luft. Sie sog Luca in ihre Nase und ihre Lungen – Schokolade und Kaffee und der leichte, männliche Duft seines Aftershaves. Den kalten Nieselregen nahm sie nicht mehr wahr, aber das Kratzen seiner unsichtbaren Stoppeln trieb sie in den Wahnsinn. Sie wollte es überall spüren. An ihrem Hals, ihren Brüsten, an den Innenseiten ihrer Schenkel.

Ein wilder, kehliger Laut brach durch ihre miteinander verschmolzenen Lippen, aber sie hätte nicht sagen können, wer von ihnen ihn ausgestoßen hatte.

Es war auch völlig egal.

Sie schmiegte sich an ihn, versuchte, sie noch näher zusammenzubringen, während sie gleichzeitig versuchte, ihre Arme freizubekommen. Als sie das Bein hob, um es um ihn zu schlingen, rutschte ihr Rock weit hoch. Entsetzt stellte sie fest, dass er ihre Gedanken gelesen haben musste. Er ließ ihre Handgelenke los, legte seine großen Hände um ihren Hintern, hob sie hoch und schob sein Becken gegen ihres, bis das heiße Fleisch hinter seinem Reißverschluss *genau* an der richtigen Stelle war. Mit der einen Hand stützte er sie, mit der anderen fuhr er über die zarte Haut ihres Oberschenkels und schob ihren Rock noch ein Stück höher. Ein bisschen weiter, und seine Jeans und was immer er darunter trug würden so ziemlich das Einzige sein, was sie noch trennte. Denn was sie trug, konnte man kaum als Slip bezeichnen.

Hero vergrub die Hände in seinem Hemd, in seinem Haar, überall dort, wohin sie reichte, während sie von seinem Mund trank und die sexuelle Erregung genoss, die sich in ihm aufbaute.

Allmählich verstand Hero, wieso Luca immer so beherrscht war. Hinter dem Anzug und den selbst auferlegten Einschränkungen verbarg sich ein Dämon, ein Unwesen mit solch unstillbarem Appetit, dass es alles verschlingen würde, was es begehrte.

In etwa so, wie er jetzt sie verschlang.

Es verblüffte und ängstigte sie, wie sehr es sie danach verlangte, diesen Dämon freizusetzen und zu sehen, was passierte. Diesen Hang zur Selbstzerstörung hatte sie schon seit ihrer Kindheit, und zum ersten Mal sah sie deutlich, wie dieser Hang übermächtig werden und sie zum zitternden Opfer seiner Leidenschaft machen konnte.

11

Nicht tausend Küsse kauft mein Herz von mir?
Du zahlst sie wieder, ganz wie dein Verlangen.

William Shakespeare, *Venus und Adonis*

Es war ein Wagen, der sie aus ihrer ekstatischen Stimmung riss. Oder, um genauer zu sein, ein Wagen voller Teenager, die hupten und »Wooooow!« schrien, als sie vorbeifuhren. Vermutlich verhinderte nur das, dass sie gleich dort auf dem Highway zur Sache kamen.

Luca reagierte wie jemand, der seine Hand auf eine heiße Herdplatte gelegt hat. Er machte einen Satz nach hinten, als hätte er sich an ihr verbrannt.

Hero blieb an den Wagen gelehnt stehen, leckte sich seinen Geschmack von den Lippen und beobachtete, wie die vereinzelten Regentropfen auf ihrer Haut verdunsteten. Himmel, das war das erotischste Erlebnis ihres Lebens. Wie konnte ein Kuss sie derart erregen? Sie konnte die Wiederholung kaum erwarten.

»Das darf nie wieder passieren.« Luca packte die offene Fahrertür so fest, dass seine Knöchel knackten. »Hak es einfach als unpassende Reaktion auf eine angespannte Situation ab und lass uns weiterfahren.«

Mal sehen. »Wie du willst«, log sie. »Aber du kannst deinen zusammengekniffenen Hintern darauf verwetten, dass dieses Ablenkungsmanöver nicht noch mal zieht, wenn du wieder in einer Diskussion der Unterlegene bist.« Nicht, dass sie etwas dagegen gehabt hätte, wenn er es versucht hätte, es würde nur nicht funktionieren. Sie war noch immer stocksauer, umso mehr, weil er ein Feuer entfacht hatte, das zu löschen er offensichtlich nicht bereit war.

In ihrem Unterhöschen.

»Du weißt einfach nicht, wann es Zeit ist aufzugeben, nicht wahr?« Luca drehte sich zu ihr um und starrte sie anklagend an. In seinen Augen schwelte noch immer das Feuer, aber es wirkte nicht mehr so vulkanisch, glomm mehr vor sich hin. Wie schafften es die Frauen bloß, in seiner Anwesenheit die Beine zusammenzuhalten?

Dieses Spiel konnte sie auch spielen. Sie schob die Hüfte seitlich heraus, stützte die Hand darauf und ließ den Schlüssel von ihren Fingern herabhängen. Luca war nicht der Einzige, der über besondere Fähigkeiten verfügte. »Aufgeben gibt es im Wortschatz der Katrova-Connors nicht. Ein Kampf ist vorbei, wenn genug Blut geflossen oder jemand auf den Knien ist.« Sie deutete mit dem Kopf auf den Boden vor ihm.

Zu ihrer riesigen Überraschung verzogen sich Lucas feuchte Lippen zu einem Lächeln, das ihren Zorn dahinschmelzen ließ wie Butter in einer heißen Pfanne. Dieses verdammte Grübchen. Es war unfair!

»Ich werde es mir merken.« Mit einem erschöpften Seufzer zog er die Fahrertür ein Stück weiter auf, sodass sie sich wie eine Barriere zwischen ihm und ihr befand. »Aber versprich mir, dass du uns nicht umbringst.«

»Ernsthaft?« Eine Sekunde lang stand sie da wie eine ungläubige Idiotin, dann stieg sie rasch ein. Er hätte ihr den Schlüssel problemlos wieder abnehmen können. Doch das leichte Zittern seiner Hand ließ sie vermuten, dass er direkten Körperkontakt vermeiden wollte.

»Ich glaube, ich kann im Moment nicht fahren«, murmelte er noch, bevor er die Tür zuschlug.

Hero sah zu, wie er – ein wenig hinkend – um das Auto herumging. Erstaunlich, dass er überhaupt gehen konnte, bei all dem, was er zwischen den Beinen hatte.

Er zwängte sich auf den Beifahrersitz und schnallte sich umständlich an. »Sei so lieb und beachte die Verkehrsregeln, okay? Du hast schon drei Straftaten begangen.«

»Drei?« Hero schnallte sich ebenfalls an und prüfte im Rückspiegel den Verkehr auf dem Highway, bevor sie losfuhr. »Eine Wagentür *entriegeln* und Erregung öffentlichen Ärgernisses.« Sie hielt zwei Finger hoch. »Verstöße gegen die Verkehrsordnung zählen nicht, das sind höchstens Ordnungswidrigkeiten.«

Sie hatte oft genug wegen Verkehrsdelikten vor Gericht gestanden – sie kannte sich aus.

Luca hielt ebenfalls zwei Finger und dazu den Daumen hoch. »Straftat drei: Versuchter Angriff auf ein Mitglied der Polizeikräfte.«

Oh ja. Hero verzog das Gesicht. »Das zählt nicht, wenn es gerechtfertigt war, und das war es.«

»Ich streite nur deshalb nicht mit dir, weil mein Gehirn gerade nicht so viel Sauerstoff bekommt, wie es braucht.« Luca fuhr sich mit der Hand über das Gesicht und den Kopf. »Das hätte ordentlich wehgetan, wenn ich den Schlag nicht abgefangen hätte. Wer hat dir so was beigebracht?«

»Knox.«

»Allmählich habe ich den Eindruck, deine Brüder haben einen schlechten Einfluss auf dich.«

Ein Lächeln huschte über ihr Gesicht. Nach und nach entspannte sie sich wieder. »Vermutlich.« Sie holte tief durch die Nase Luft und ließ sie dann durch den Mund entweichen.

Mithilfe von Yoga-Techniken und Biofeedback gelang es ihr stets, ihre Atmung und ihren Herzschlag zu verlangsamen. Es klappte jedoch besser, wenn der Grund ihrer Aufregung mehr als eine Armeslänge entfernt saß.

Sie versuchte es mit einer Ablenkungstaktik. »Schau, ich habe Alec nicht früher erwähnt, weil ich dachte, so vertraut, wie er mir ist, hätte ich ihn selbst im Dunkeln erkannt. Sein Körper, seine Stimme, wie er sich bewegt, das alles ist mir vertraut. Aber ich muss zugeben, als ich ihn heute gesehen habe, wurde mir bewusst, wie wenig ich eigentlich über ihn weiß und wie sehr einen die Erinnerung trügen kann, selbst wenn man die Person erst kürzlich gesehen hat. Dazu kommt, dass ich schon so lange keinen Kontakt mehr mit ihm hatte, dass ich bis heute gar nicht an ihn gedacht habe.«

Hero glaubte, Luca so etwas wie »gut« murmeln zu hören, während er rasch eine E-Mail auf seinem Handy verfasste.

Sie ignorierte das Vergnügen, das dieses »gut« bei ihr auslöste.

»Was hast du in seinem Haus gefunden?«, wiederholte sie ihre Frage. »Von was für einer Waffe hast du geredet, als du wegen des Durchsuchungsbefehls angerufen hast?«

Luca schaute hoch. »Willst du behaupten, du hast nie den römischen Speer in seinem Büro gesehen?«

Hero zuckte mit den Schultern. »Das ist nicht so mein Ding. Ich habe mal reingelinst, aber Folterinstrumente und Waffen haben mich noch nie interessiert.«

»Es könnte sich durchaus um die Waffe handeln, mit der dir die Stichwunde an der Seite beigebracht wurde und mit der die anderen Opfer getötet wurden.« Luca war wieder ganz FBI-Agent. Nicht einen Moment sah er von seinem Handy hoch.

Ein Angstschauder überlief Hero, dennoch konnte sie auch weiterhin nicht glauben, dass Alec zu solchen Gewalttaten fähig war. Ihr war egal, was Luca von ihrer Intuition hielt, sie war damit bis heute immer gut gefahren. Meistens jedenfalls. Und auch wenn sie in ihrem Leben ein paar Fehler gemacht hatte – wenn sie sich nicht selbst trauen konnte, konnte sie auch niemand anderem wirklich trauen.

Und diese Vorstellung ängstigte sie mehr als alles andere.

All die Jahre, die Luca nun schon in der FBI-Außenstelle in Portland arbeitete, hatten ihm die Fahrten zur Arbeit und nach Hause immer als Übung in Selbstbeobachtung und Selbsterkenntnis gedient. Es war so etwas wie ein Ritual, das Gebete und geistigen Beistand ersetzte. Obwohl er selten an einem Stück von neun bis fünf arbeitete, schien diese Gewohnheit ihr eigenes Muster zu entwickeln. Oft ging es bei der Hinfahrt darum, sich zu motivieren, das Gedächtnis zu trainieren und die Erinnerungen zu sortieren. Auf der Heimfahrt lief es andersherum. Seine Konzentration richtete sich darauf, die Risse in dem Damm zu reparieren, der das tiefe Becken voller Dunkelheit in seiner Seele begrenzte. Er stellte sich das immer so vor, als würde er die strukturellen Defizite untersuchen, die zu dem Leck geführt hatten, und dann herausfinden, mit welchem Kleber sich dieses Leck abdichten und die Dunkelheit im Inneren halten ließ.

Auf der Seite des Gesetzes zu arbeiten brachte gewisse unliebsame Wahrheiten über die Natur des Menschen ans Licht. Zu den schwierigsten Aspekten des Berufs gehörte es, sich mit der manchmal recht verschwommenen Grenze zwischen Vertretern des Gesetzes und Kriminellen auseinanderzusetzen. Oder mit der zwischen Menschen und Monstern.

Mehr als Blut, Korruption, Grausamkeit und Betrug, die das tägliche Brot seines Berufs darstellten, waren es die plötzlichen Momente beängstigender Selbsterkenntnis, die einen am meisten aus der Bahn warfen. Sie blieben eine mit Scham behaftete, abstruse Facette dieses Berufs. Nie wurde darüber gesprochen. Nichts wurde offengelegt. Wie zum Beispiel die unerwartete Erektion an einem Tatort oder während eines einschlägigen Verhörs. Oder morbide Neugier, die zum unpassendsten Zeitpunkt jegliches menschliche Mitgefühl erstickte. Gelegentlich ging es sogar darüber hinaus, bis hin zu Verständnis für einen Sadisten oder Neid auf den Boss einer kriminellen Bande.

Aus welchem Grund auch immer, sei es aus Angst, Gläubigkeit oder einfach Rechtschaffenheit, der Mensch konnte seine niederen Instinkte bekämpfen. Der Unterschied zwischen einem guten Polizisten und einem Bösewicht lag letztendlich in den Entscheidungen, die man im Angesicht der angeborenen menschlichen Verderbtheit traf.

Luca verstand dies besser als die meisten. Deshalb tadelte er sich auf der gesamten Fahrt zu Hero für seinen gefährlichen Kontrollverlust des Vortags.

Was zum Teufel hatte er sich bloß dabei gedacht?

Natürlich nichts. Er war zu sehr mit Fühlen beschäftigt gewesen. In den zwei langen Monaten, die er Hero jetzt kannte, hatte sich dieser Kuss zwischen ihnen zusammengebraut wie ein gutes Ale. Die Zutaten – Trauma, Überleben, Dankbarkeit, körperliche Nähe und ein leichter Opfer-Retter-Komplex – hatten lange genug unter Verschluss gegoren, um einen unglaublichen Druck zu erzeugen.

Ihre hitzige Auseinandersetzung hatte den Inhalt der Flasche durchgeschüttelt, und dann war der Kronkorken abgeplatzt. Das war alles. So etwas passierte, und es hatte nichts zu bedeuten. Jetzt, wo der Druck raus war, würden ihre Gefühle schal werden und jenes explosive Moment verlieren.

Sie konnten das schaffen.

Er musste den Kronkorken wieder fest auf die Flasche drücken – sozusagen. Unter Einsatz seiner äußerst hilfreichen Selbstbeherrschungstechniken würde er sorgfältig einen Ort in seinem Kopf schaffen, an dem er alle unpassenden Gedanken an Hero sammeln und ablegen konnte, wie vergessene Akten alter, ungelöster Fälle.

Die Berührung ihrer Lippen, die Wärme ihrer Oberschenkel, ihr unvergleichlicher Geschmack. Diese Erinnerung würde er wegsperren und *niemals* wieder aktivieren oder hinterfragen.

Als er sie gestern Nachmittag Vince übergeben hatte, der in ihrer Wohnung auf ihre Rückkehr vom Haus des Professors gewartet hatte, hatte sein Partner angeboten, die gesamte Nachtschicht zu übernehmen, um seine Abwesenheit am Morgen wiedergutzumachen.

Luca hatte das Angebot sofort angenommen. Er wollte dabei sein, wenn die Hausdurchsuchung beim Professor stattfand.

Außerdem brauchte er Abstand von Hero, um den Kopf freizubekommen und ein paar Stunden zu schlafen. Um sich geistig und gefühlsmäßig zu wappnen, für den unabsehbaren Zeitraum, den er an ihrer Seite würde verbringen müssen. Die Tatsache, dass er letzte Nacht unter einem heftigen Anfall von Schlaflosigkeit gelitten hatte, musste er einfach ignorieren. Die Dinge, die sie vor dem Kuss zueinander gesagt hatten, hallten immer wieder durch seinen Kopf. Hatte sie recht mit dem, was sie über ihn gesagt hatte? Hatte er, statt zu gründlichen, unvoreingenommenen Untersuchungsmethoden zu greifen, paranoid reagiert und unüberlegte Verdachtsäußerungen von sich gegeben? Wie auch immer er an seine Fälle heranging, er löste sie. Er gehörte zu den Erfolgreichsten in seiner Abteilung. Er hatte genügend Auszeichnungen, die sein effektives Arbeiten belegten. Aber vielleicht hatten ihn die zehn Jahre beim FBI doch mehr verändert, als er sich eingestehen mochte. Vielleicht war er aber auch immer schon so gewesen.

Während er sich in seinem Bett hin und her gewälzt hatte, hatte die unangenehme Hitze seiner Dauererektion einfach nicht nachgelassen. Dennoch hatte er sich innerlich kalt und leer gefühlt. Die Wände seiner Wohnung umschlossen einen riesigen, unbelebten Ort, ohne Leben oder Farbe. Seltsam, dass ihm das noch nie zuvor aufgefallen war.

Vielleicht sollte er gelegentlich ein Filmplakat oder irgend so etwas Blödes aufhängen. Ein wenig von seinem Geld statt ins Schuhgeschäft in eine Kunstgalerie tragen. Luca verzog angewidert das Gesicht, als er in die lange Auffahrt der Villa einbog. Was zum Teufel war bloß mit ihm los? Demnächst würde er noch Schirmchendrinks bestellen und mehr als zwanzig Dollar für einen Haarschnitt hinlegen.

Sobald er ausgestiegen war, fing er langsam an zu zählen. So würde er bis zehn kommen, bevor er bei ihrer Wohnung war.

Vince nahm ihn wieder bei der Tür in Empfang und trat dann zur Seite, um ihn vorbeizulassen. Statt seines Anzugs trug er ausgebleichte Jeans, Arbeitsstiefel und eine offene Kapuzenjacke über einem überteuerten, erlesenen T-Shirt. Man hätte ihn fast für einen Kunstakademiestudenten halten können.

»Du siehst entspannt aus«, stellte Luca fest.

»Ja.« Vince ließ die Schultern kreisen. »Es war ruhig.«

Luca ließ den Blick durch die leere Wohnung wandern. »Wo ist Hero?«

»Sie ist in ihrem Zimmer und zieht sich für ihren Yoga-Kurs heute Abend um.« Vince betrachtete Lucas Kluft, bestehend aus weiten, grünen Shorts des Notre-Dame-Basketballteams über engeren Boxershorts, einem schwarzen, gerippten Tanktop und dunklen Adidas-Porsche-Sportschuhen. »*Das* ziehst du an?«

»Wieso?« Luca sah an sich hinunter. »Das ist doch nur ein Yoga-Kurs. Ist das nicht wie bessere Dehnübungen?«

Vince schnaubte. »Lass das bloß nicht deine Freundin hören.«

»Nenn sie nicht meine ›Freundin‹. Sie ist Arbeit.«

»He, Mann, ich bin doch Teil dieser ganzen Inszenierung. Ich spiele nur meine Rolle.« Vince hob die Hände. »Wo steckst du deine Waffe hin?«

Luca grinste. »Rate mal.«

»Ich würde ja sagen, in deinen verkniffenen Hintern, wenn das ginge.« Vince lachte. »Wie lief es beim Professor?«

Lucas Grinsen erlosch. Was hatte Hero Vince erzählt? Hatte sie ihm von dem Kuss berichtet? Vince war keiner, der sich viel aus Vorschriften machte, aber er war auch dafür bekannt, nicht sonderlich diskret zu sein. »Ach, das war nichts«, erwiderte Luca wegwerfend. »Nur eine kleine Fehlleistung, verstehst du? In der Hitze des Gefechts. Wird nicht wieder vorkommen.«

»Ich hatte eigentlich die Hausdurchsuchung gemeint, aber jetzt würde mich diese andere Sache doch auch interessieren.« Vince sah ihn durchdringend an, ohne dass sich sein Lächeln veränderte. Luca hätte sich am liebsten geohrfeigt.

»Die Durchsuchung war ein totaler Reinfall«, versuchte er Vince von seinem Quasi-Geständnis abzulenken.

»Wusste ich es doch.« Hero schoss wie ein Energieblitz durch ihr Loft, nahm eine Tasche von ihrer Couch, holte ihre Matte aus einer Ecke und griff nach den Schlüsseln, die auf dem Tisch lagen. »Alec ist nicht Johannes der Täufer.«

Luca brauchte wahnsinnig viel Zeit, um ihre Antwort zu verarbeiten, weil sich seine gesamte Aufmerksamkeit auf ihren unglaublichen Körper richtete.

Die weißen Leggins, die an ihrer Haut klebten, bekamen einen grünen Schimmer, als das Licht ihres marokkanischen Kronleuchters darauf fiel. Der spandexartige Stoff hypnotisierte beide Männer derart, dass sie fasziniert schwiegen. Derselbe grüne Schimmer lag auf ihrem engen Top mit den Spaghettiträgern und einigen dunkelgrünen indischen Accessoires, die so eng an ihrem perfekt geformten Körper anlagen, dass es auch Tattoos hätten sein können.

Die Erinnerung daran, wie sich ihr kräftiges, sehniges Bein um seine Hüfte schlang, ließ Luca alles andere vergessen.

»Wo war ich?«, fragte Luca leise.

»Wer weiß?« Vince' Blick wanderte bewundernd an Heros Körper hinunter.

Luca stieß ihm kräftig den Ellbogen in die Rippen.

»Du hattest Vince gerade erzählt, dass ich recht hatte, was Alec angeht.« Hero zog sich eine lange, dicke Jacke über und brach so den Zauber. Während sie ihr Haar unter dem Kragen hervorzog und an den riesigen Knöpfen herumfummelte, lächelte sie die Männer strahlend, aber auch ein wenig selbstgefällig an.

»Nicht unbedingt.« Luca stellte seine Sporttasche ab und versuchte, seine Gedanken zu ordnen. »Dein Professor ist nämlich ein betrügerischer Wichtigtuer.«

Vince schnaubte. »Und wie hat unser kluger Elite-Uni-Doktor das rausgefunden?«

»Moment mal.« Hero sah ihn fragend an. »Du hast einen Doktortitel? In was?«

Luca verdrehte die Augen. »Kriminalpsychologie, und dazu einen Abschluss in forensischer Pathologie. Wir haben beide

Doktortitel.« Er deutete auf Vince. »Ohne den kommt man beim FBI nicht auf die Posten, auf denen wir sind.«

»Ernsthaft?« Hero sah ihn verblüfft an. »Und wieso stellst du dich dann nicht als *Doktor* Ramirez vor?«

»Ganz einfach«, erwiderte Vince. »Weil ›Special Agent‹ viel besser ankommt.« Er streckte die Zunge heraus und machte eine anzügliche Geste.

Hero nickte, als wäre das eine überzeugende und akzeptable Begründung.

»Das forensische Team hat die Waffe und den Lieferwagen vor Ort untersucht«, lenkte Luca das Gespräch wieder von sich weg. »Wie sich herausgestellt hat, ist der antike Speer, den *Doktor* Graham angeblich in Antioch erstanden hat, in Wirklichkeit eine billige Kopie, die er vermutlich bei einem schottischen Festival oder auf einem Mittelaltermarkt gekauft hat.«

»Echt?« Vince stieß einen Pfiff aus.

»Weder war Blut daran, noch hätte er damit jemanden erstechen können, das hätte der Kleber, der die Speerspitze zusammenhielt, nicht mitgemacht.«

Hero kniff die Augen zusammen. »Echt – das war die Nachbildung einer Nachbildung? Was für ein Angeber! Es ist mir so peinlich, dass ich damals auf ihn reinge…«

»He!« Vince legte ihr den Arm um die Schultern, und sie lächelte zu ihm hoch. »Wir hatten alle in der Vergangenheit ein paar Bettgeschichten, auf die wir nicht besonders stolz sind. Er ist zwar kein Special Agent, aber immerhin ein Doktor.« Er zwinkerte Luca verschwörerisch zu.

Luca wusste nur noch, dass sein Partner unbedingt aufhören musste, Hero anzufassen, sonst war ihm eine Woche im Koma sicher.

»Fahren wir los«, drängte er.

»Und der Lieferwagen?«, hakte Hero nach.

Luca schüttelte den Kopf. »Sie haben nichts gefunden. Kein Blut, kein Werkzeug, keine Spuren von dir oder den anderen Frauen.« Er hob die Hand, um Heros zu erwartenden Kommentar gleich abzuwürgen. »Was ihn nicht automatisch als Verdächtigen ausschließt. Er ist ein kluger und besonnener Mann. Er könnte eine Menge zu verbergen haben.«

»Wenn du willst, mache ich für dich eine ausführliche Hintergrundrecherche«, bot Vince an.

Ja, und damit fing er am besten *auf der Stelle* an.

»Danke, Kumpel.« Luca griff in seine Tasche, zog seinen Revolver heraus, überprüfte das Magazin und steckte ihn dann in sein Oberschenkelholster.

»So kannst du nicht Yoga machen«, sagte Hero warnend.

»Das wirst du schon sehen.« Luca lächelte sie zuversichtlich an. »So schwierig wird es schon nicht werden.«

12

Der herben Trübsal will ich mich ergeben,
Denn Weise sagen, weise sei's getan.

William Shakespeare, *König Heinrich VI.*

Irgendwo zwischen der Pflugstellung und der Adlerstellung war Luca im siebten Kreis der Hölle angelangt. Während er versuchte, auf einem Fuß balancierend das eine Bein um das andere zu schlingen und seine Arme zu einer Brezel zu verbiegen, verfluchte er ausgiebig den gesamten indischen Subkontinent. Alle seine Götter, dieses unglaublich süchtig machende Essen und sämtliche vergangenen und zukünftigen Inkarnationen all derer, die sich diese Schwachsinnsübungen ausgedacht hatten. Sein Holster rieb die Haut an seinem Oberschenkel auf und behinderte ihn bei jeder Bewegung. Die überwältigenden Gerüche nach Patschuli, Duftölen und blöden Hippies wurden intensiviert durch die Tatsache, dass in dem Raum eine Temperatur von mindestens tausend Grad herrschte. Und um dem Ganzen noch die Krone aufzusetzen, rutschten seine Boxershorts dauernd in die Spalte zwischen seinen Hinterbacken.

Seit wann ging man nicht mehr in einen wohltemperierten Fitnessclub und hob schwere Gewichte oder machte Plyometrie? Wenn man ins Schwitzen kommen wollte, konnte man auch nach draußen gehen und sich einen Football schnappen, damit man einen Vorwand hatte, seine Freunde zu verprügeln.

Luca warf verstohlene Blicke auf die beiden anderen Männer im Raum. Er musste zugeben, dass sie beide in ziemlich guter Form waren. Der eine sah mit seinen Dreadlocks und dem Nasenring aus wie der junge Lenny Kravitz. Er war viel zu stolz auf seine beeindruckenden Bauchmuskeln und trug in einem Raum voller Frauen absichtlich kein T-Shirt.

Der zweite war schlank und trug ein rosafarbenes, bauchfreies T-Shirt mit der Aufschrift »Namaste-Weiber«, dazu gelbe Lounge Pants, die vermutlich aus Thailand stammten. Er passte viel besser in einen Kurs mit dem Titel »Bring dein Asana auf Trab« als Luca oder Kravitz dort drüben. Die grellblauen Spitzen seiner sorgfältig verwuschelten Haare passten zu seinen manikürten Fingernägeln und schlossen ihn weitgehend als Serienmörder-Material aus. Außerdem war Stefano St. James ein enger Freund von Hero, den sie in der Regel nur Stef nannte. Sie waren gemeinsam auf die Kreuzfahrt entlang der Mexikanischen Riviera gegangen, die Luca ihr nicht gestattet hatte. Das hatte er ihr noch nicht verziehen.

»Bewusst atmend geben wir diese Stellung auf, begeben uns in die Halbmondstellung und verharren so sieben Atemzüge lang«, ertönte Heros sanfte Stimme, bevor sie in der Taille abknickte und das gegenüberliegende Bein ausgestreckt anhob. »Ich möchte, dass eure Beine vor Anstrengung zittern, eure Gesichter aber ruhig und entspannt bleiben.«

»Oh, verdammt noch mal«, murmelte Luca leise, was ihm einen durchdringenden Blick von Hero einbrachte. Er sah sie grimmig an. Wer verbog sich denn schon so? Er schaute sich um. Alle, außer ihm. Er schluckte die Flüche hinunter, die ihm auf der Zunge lagen, und stieß einen wütenden Seufzer aus, was ihm in dieser Gruppe nicht die geringste Aufmerksamkeit einbrachte. Er versuchte, der Blondine neben ihm nicht gegen den Kopf zu treten, während er die Stellung ausprobierte. Eigentlich war er viel zu groß, um in der ersten Reihe zu stehen. Außerdem schob die Blondine, wenn er sich nicht irrte, ihre Matte immer näher zu ihm hin und musterte seinen Hintern.

Luca gab es nur ungern zu, aber Vince hatte recht gehabt. Yoga für Fortgeschrittene war schwieriger, als es aussah. Mit einer Waffe und einem Dauerständer war es nahezu unerträglich.

In den letzten fünfundvierzig Minuten hatte er Hero Dinge mit ihrem Körper machen sehen, die dem Menschen eigentlich nicht möglich oder zumindest verboten sein sollten. Verdammt, als er sie das erste Mal in der Stellung »Herabschauender Hund« gesehen hatte, hätte es ihn beinahe umgehauen, und von da ab wurde es immer schlimmer. Die Rundungen ihres Hinterns, die Kurven ihrer Oberschenkel, ihr schlanker, sehniger und doch so weicher Körper, dies alles brachte ihn auf Touren, wie er es noch nie erlebt hatte. Natürlich gab es ein paar Stellungen, die er *ihr* gern beigebracht hätte, und jetzt hatte er auch den unwiderlegbaren Beweis, dass sie zu jeder einzelnen von ihnen fähig war. Und zu ein paar weiteren.

Ein Stöhnen entrang sich seiner Kehle, und von Heros belustigtem Blick las er ab, dass sie dieses Stöhnen völlig falsch interpretierte. Dieser spezielle Klagelaut hatte nichts mit seinen protestierenden Muskeln zu tun, dafür aber alles mit ihrem Geschlecht, das sich unter diesem Hauch von einer Yoga-Hose abzeichnete, wenn sie die Beine so wie jetzt spreizte. Die Hose umschloss es perfekt, und mit dem Mund zu erforschen, was sich darunter abzeichnete, war ihm wichtiger als sein nächster Atemzug.

Es war unabänderlich. Dieser Fall würde sein Ende bedeuten. Wie sollte er für ihre Sicherheit sorgen, wenn er so auf sie fixiert war, dass er all die Gefahren um sie herum nicht mehr wahrnahm? Darüber musste er sich unbedingt ein paar Gedanken machen. Er war ein verdammt guter Agent, mit einer der besten Aufklärungsquoten, die es beim FBI je gegeben hatte. Deshalb ließ man ihm durchgehen, dass er solch ein Arschloch war. Er erzielte Ergebnisse, bekam Geständnisse und schloss Fälle ab, und das alles trotz der »Last« seiner Persönlichkeit. Die Beschwerden gegen ihn hatten nie zu Strafverfahren geführt, und so hatte der Vorwurf, er sei brutal, dank eines guten Chefs und mit ein bisschen Glück nie irgendwelche Konsequenzen gehabt.

Seine Größe, das Verworrene seiner rassischen Herkunft und – das konnte er sich ruhig eingestehen – sein Hang zum Wahnsinn hatten schon oft dazu geführt, dass er bei verdeckten Operationen eingesetzt wurde. Er hatte schon alles gespielt – vom Terrorismussympathisanten aus dem Nahen Osten bis hin zum mexikanischen Mafioso. Er hatte Schießereien überlebt, Explosionen, Bandenkriege und politische Albträume. Wieso fühlte es sich dann jetzt, als quasi-verdeckter Ermittler, der die Rolle des Freundes einer winzigen Yoga-Lehrerin spielte, so an, als wäre das sein bisher gefährlichster Auftrag? Ein besserer Mensch würde … würde was? Sich wegen Befangenheit von der Aufgabe freistellen lassen? Dieses Wort spukte bereits in seinem Kopf, seit Hero aus dem Fluss gefischt worden war.

Ein paar Dinge hielten ihn allerdings davon ab. Er war zwar ein fantastischer Agent, aber nicht unbedingt ein besserer Mensch. Außerdem würde er nicht zulassen, dass die Interessen seines Schwanzes mit seinem Auftrag in Konflikt gerieten.

Wem sonst hätte er diesen Fall anvertrauen sollen? Wem Heros Leben? Nicht ein Einziger fiel ihm ein. Selbst Trojanowski hatte erkannt, dass er der beste Mann für diese Aufgabe war. Also musste er sich einfach zusammenreißen und seinen Blick dorthin richten, wo er hingehörte. Musste versuchen, die nächste Aktion des Serienmörders vorauszuahnen und ihm zuvorzukommen. Zum Beispiel sollte er die Kennzeichen von Wagen überprüfen, die mehr als einmal am *The Crane and Lotus Yoga Studio* vorbeigefahren waren. Teilnehmerlisten mit den Verbrecherdateien abgleichen. Ihre Schüler auf seltsames oder zwanghaftes Verhalten hin abchecken.

Wie er das allerdings bei diesem dämmrigen Licht und mit dem Kopf unten bei den Knien tun sollte, war ihm ein Rätsel. Wobei sein Kopf gar nicht *so* nah bei seinen Knien war.

Die nächste Stellung bestand aus einer Reihe von so etwas wie Ausfallschritten, die ihm die Möglichkeit gaben, sich umzuschauen. Das Yoga-Studio war nicht gerade überfüllt mit Verdächtigen. Die Frauen, einschließlich Stefano, kamen nicht infrage, und so blieb als Einziger Dreadlock zwei Matten weiter übrig, der eventuell von Interesse sein konnte.

Der Mann war tatsächlich mittelgroß, und Luca musste zugeben, dass seine Yoga-Fähigkeiten auf eine Menge Kraft und einen guten Gleichgewichtssinn schließen ließen. Obwohl seine Gesichtszüge eindeutig afroamerikanisch waren, war seine Haut eher karamell- als schokoladenfarben. Offensichtlich hatte er mit Luca eins gemeinsam: Er war scharf auf Hero. Sein Blick wanderte zu denselben intimen Stellen, an denen auch Lucas Blick eben noch geklebt hatte. Wenn Hero in seine Richtung blickte, lächelten sie sich freundlich an. Sie kannten und mochten sich.

Lucas eh schon schlechte Stimmung wurde noch schlechter. Wie vertraut waren die beiden eigentlich miteinander? Hatte der Professor nicht etwas in der Richtung gesagt, Hero habe einen exotischen Geschmack? War dieser affige Typ etwa auch ein Teil ihrer Vergangenheit, den zu erwähnen sie vergessen hatte? Als Hero diesmal ihren Platz vor der Gruppe verließ, um durch die Reihen zu gehen, zu korrigieren und zu ermutigen, beobachtete Luca den Umgang der beiden miteinander mit anderen Augen. Als sie sich Dreadlock näherte, gab dieser seine erstklassige Haltung auf und schob die Hüfte seltsam vor.

Hero, der die Bewegung aufgefallen war, ging zu ihm, legte die Hände auf seine Hüften und korrigierte die Stellung. Die beiden lächelten sich an. Flüsterten ein paar Worte. Hero berührte liebevoll seine Schulter und ging dann weiter zu einer anderen Kursteilnehmerin.

Dieser Typ war verdammt gewieft.

Die geladene Waffe an seinem Oberschenkel machte Luca gleich viel weniger zu schaffen. Sie fühlte sich sogar fast schon angenehm an. Sobald der Kurs vorbei war, würde er herausfinden, in welchem Verhältnis dieser Typ zu Hero stand.

Während sie sich in dem dämmrigen Licht zu Luca vorarbeitete, sagte sie etwas zu den Kursteilnehmern, das Luca nicht mitbekam, weil er sich gegen das intensive Gefühl wappnete, das ihre Berührung bei ihm auslösen würde.

Sie legte die Hände auf seine Schultern und drückte sie sanft nach unten, was einen elektrischen Schlag durch seine Wirbelsäule direkt in seinen Schwanz jagte. »Entspann die Schultern«, sagte sie. »Dann hast du mehr Kraft und Ausdauer in den Beinen.«

Solange er ihre Hände auf sich spürte, war es ihm nicht möglich, sich zu entspannen. Der Blick, den er ihr zuwarf, musste Bände sprechen, denn in ihren Augen blitzte etwas ähnlich Heißes auf, und ihre Finger bohrten sich in seine Schultern.

Das war das Problem, nicht wahr? Diese primitive, explosive Anziehung. Sie war nicht einseitig. Hero reagierte auf jeden seiner heißen Blicke mit einem ebenso heißen Blick. Sie genoss und ermutigte seine Aufmerksamkeit, und wenn es zwischen ihnen nur leicht köchelte, drehte sie den Schalter auf Kochen.

Luca hoffte, die Hitze würde abflauen, wenn er sie warnend genug anschaute. Seine Aufgabe war es, dem Ganzen einen Riegel vorzuschieben. Ihm waren die Hände gebunden, durch Gesetze, Vorschriften, Pflicht, Ehre und was es der Wörter mehr gab, die in Bezug auf sie allesamt »Himmel, bloß nicht!« bedeuteten. Jahre in Therapie, dazu Training, Praxis und Einsätze als verdeckter Ermittler hatten ihn unendlich viel Selbstbeherrschung gelehrt und ihn weitgehend unempfindlich gegenüber Folter gemacht. Während er seine Schultern zwang, sich zu entspannen, schwor er sich, dass sie sich an ihn heranschmeißen konnte, so viel sie wollte, er würde nicht weich werden.

»Ausgezeichnet.« Ihr Lächeln verriet ihm, dass sie die Herausforderung annahm, und Angst und Vorfreude machten sich gleichermaßen in ihm breit.

Da er einen anderen Anblick brauchte als ihre sich entfernende Rückseite, sah er erneut zu Dreadlock hinüber. Was er in dem anziehenden Gesicht des Mannes sah, war so rein, so vertraut und so entflammbar wie Lust.

Es war Gewaltbereitschaft, und sie richtete sich gegen ihn.

13

Birg, falscher Schein, des falschen Herzens Kunde!

William Shakespeare, *Macbeth*

Während Luca sich ein Handtuch vom Empfang schnappte und sich den Schweiß vom Gesicht und vom Hals wischte, blickte er durch die Fensterfront und stellte noch etwas Weiteres fest, was ihm an Hippies missfiel. Sie hatten einen ausgeprägten Hang zu – wie er fand – ungebührlich langen Umarmungen.

Er hielt sich ein wenig im Hintergrund, um Hero in einer ihr vertrauten Umgebung besser beobachten zu können. Sie schien jeden in ihrem Kurs zu kennen und für jeden ein nettes Wort zu haben. Sie kannte ihre Namen, Einzelheiten aus ihrem Leben, sogar ihre körperlichen Gebrechen. Sie machte das wirklich gut, das musste Luca ihr lassen. Während die Leute kamen und gingen, blieben die meisten kurz bei ihr stehen, um von ihr ein herzliches Lächeln und eine liebevolle Umarmung zu bekommen.

Als gerade niemand bei ihr stand, nutzte Dreadlock die Gelegenheit, sich ihr in die Arme zu werfen und sie an seine shirtlose Brust zu drücken.

Luca fand, dies sei der richtige Moment, um sich vorzustellen.

Er ging hinaus zu Hero und legte besitzergreifend den Arm um ihre Taille. Einen Moment lang versteifte sie sich, dann schmiegte sie sich an ihn, als sei es das Natürlichste auf der Welt. Und fühlte es sich nicht auch wirklich so an? Verstörend natürlich.

»Rivers, darf ich dir meinen … Freund vorstellen, Luca Ramirez?« Hero legte ihm die Hand auf die Brust.

Sie mussten ihr unbedingt diesen fragenden Unterton abgewöhnen, den ihre Stimme jedes Mal bekam, wenn sie ihn als ihren »Freund« bezeichnete. Das klang völlig unglaubwürdig.

»Luca, das hier ist mein langjähriger Schüler und guter Freund Two Rivers.« Erst Schüler. Dann Freund. Luca entspannte sich ein wenig.

Der Mann betrachtete Luca einen Moment lang schweigend und mit einem Ausdruck, der sehr unhippiemäßig war. Dieser Typ war garantiert auf der Straße aufgewachsen. Er versuchte den Anschein zu erwecken, Mitte zwanzig zu sein, aber Luca hielt ihn eher für Anfang dreißig. Er hatte genau das Auftreten, den mörderischen Blick und die leicht vorgeschobenen Schultern, die die Merkmale des Ganglebens waren. Seine berechtigte Abneigung verbarg er erfolgreich hinter seiner lockeren Haltung. Problemlos schlüpfte er in die Rolle des Marihuana rauchenden Beatniks, ließ seine Nelkenzigarette von der rechten in die linke Hand wandern und streckte Luca die rechte entgegen. »Freunde nennen mich Rivers.«

Luca ergriff sie und schüttelte sie. »Nett, dich kennenzulernen.« Er nannte ihn nicht »Rivers«. Sie würden nie Freunde sein.

»Freut mich ebenfalls«, log Two Rivers und fuhr dann an Hero gewandt fort: »Ich dachte, du erlaubst Männern nicht, Besitzansprüche an dich zu stellen, die sie aus den unterdrückerischen Strukturen unserer patriarchalen Gesellschaft ableiten. Was hat dich deine Meinung ändern lassen?«

Luca warf Hero einen Blick aus den Augenwinkeln zu. Allmählich wurden ihm die Muster klar, die es zwischen ihr und den Männern in ihrem Umfeld gab. Doch Heros Antwort schockierte ihn genauso wie den Fragesteller.

»Liebe.« Sie schlang den Arm um Luca und setzte das träumerische Lächeln von frisch Verliebten auf. »Liebe verändert jeden, nicht wahr?« Sie hob den Kopf und sah zu Luca hoch, doch sein Herz klopfte so wild, dass er ihren Blick lieber nicht erwiderte. Stattdessen lächelte er Two Rivers schmallippig zu, dem sein lässiges Grinsen allmählich verging.

»Stimmt, Schatz.« Luca ließ seine Stimme möglichst erotisch klingen, aus purer Gemeinheit und weil er nicht wusste, wie Liebe klang.

Rivers' Lächeln erlosch endgültig, und seine Brauen wanderten immer weiter nach oben. »Schatz?«

Hero zuckte zusammen.

»Stimmt was nicht?«, fragte Luca.

Two Rivers zuckte mit den Schultern. »Ich hätte nur nie gedacht, dass ich das erleben würde.«

»Dass Hero jemandes Schatz ist?«

Two Rivers schnippte die Asche weg und zog lange an seiner Zigarette. »Dass Hero jemandem erlauben würde, sie *Schatz* zu nennen.«

»Was ist so schlimm an *Schatz*?« Luca tat so, als wäre er völlig verblüfft.

Two Rivers verschanzte sich hinter der Haltung eines Weisen und lehnte sich mit dem Rücken gegen die Wand. »Ich will dich nicht beleidigen, Mann, aber das ist so ein einfallsloser Begriff, um all das auszudrücken, was deine Freundin darstellt, verstehst du? Er zeugt von einem Mangel an Respekt gegenüber der göttlichen Weiblichkeit.«

Luca musste sein gesamtes langjähriges Training einsetzen, um nicht aus seiner lässigen Pose zu fallen. Wochenlang hatte er mit Prostituiertenhändlern getrunken, ohne dass seine Fassade auch nur einen Riss bekommen hätte. Er hatte sich an Betrüger und Mörder angeschlichen. Aber für selbstgerechte Witzfiguren fehlte ihm die Geduld. Diesem Typen würde er gleich mit der Faust beibringen, was *Respekt* bedeutete.

Hero lachte, um die zunehmende Spannung aufzulösen. Mit einer Mischung aus Faszination und Verblüffung sah sie zwischen den beiden Männern hin und her. »Wenn Luca es sagt, hat es etwas Charmantes.«

Rivers' außergewöhnlich braune Augen verharrten auf der erhöhten Narbe an der Hand, die Hero auf Lucas Oberarm gelegt hatte. Er zog erneut an seiner Nelkenzigarette und verbarg hinter dem Rauch eine gut verschleierte psychotische Wut, wie Luca sie schon lange nicht mehr gesehen hatte. Nicht mehr, seit er vor vielen Jahren das letzte Mal in den Spiegel geschaut hatte.

Dieser Mann war nicht, wer er zu sein schien. Von ihnen dreien war Rivers der Unehrlichste, und Lucas Instinkt schlug an wie ein Geigerzähler in Tschernobyl. Rivers hatte eine Vergangenheit, und Luca musste sie in Erfahrung bringen.

»Na, Two Rivers, du hattest ja echt kreative Eltern.« Luca versuchte, etwas weniger verbissen zu lächeln.

»Wie bitte?«

»Dein Name. Der ist ziemlich ungewöhnlich.«

Das Gesicht des Hippies wurde zu einer Maske völliger Ruhe, die Person, die er erschaffen hatte, kontrollierte seine Gesichtszüge, als sei sie wirklich. »Ich wurde weder mit diesem Namen noch mit dieser Seele noch mit diesem Körper geboren.« Seine Stimme war samtweich geworden. »Meine frühere niedere Existenz war ohne Sinn, bestimmt durch mein persönliches Vergnügen und finanziellen Gewinn.«

Luca unterdrückte ein abfälliges Schnauben und ermunterte Rivers nur mit einem gespielten, vage interessierten Nicken.

»Eines Tages, als das Chaos und das Negative in meinem Leben überhandnahmen, fand ich mich an jenem heiligen Ort wieder, wo die beiden Großen Flüsse zu einem zusammenfließen.«

»Du meinst am Kelly Point Park?«, fragte Luca.

Hero stieß ihm den Ellbogen in die Rippen.

Two Rivers kniff herablassend die Augen zusammen. »In jenem Moment bin ich wirklich geboren. Ich *wurde*. Und nach jenem heiligen Ort bin ich benannt.«

Dieser *heilige* Ort lag genau in der Mitte jener Stellen, an denen die fünf Opfer Johannes' des Täufers gefunden worden waren. Einschließlich Hero.

»Was ist dort geschehen?«, fragte Luca freundlich, als würde er die Geschichte glauben.

»Es war die spirituellste Erfahrung meines Lebens.«

Vielleicht eine, die tote Prostituierte und einen Jesuskomplex mit einschloss?

»Nämlich?«, hakte Luca nach.

»Dort habe ich das Gesicht Gottes gesehen. Ich verschmolz mit dem Universum und verstand meinen Platz darin.«

»Und wie sah Gott aus?« Luca hielt den Atem an. War seine Gottheit an ein Kreuz genagelt? Brachte er ihr »gerettete« Frauen als Opfer dar?

»Darüber kann ich nicht sprechen. So etwas teilt man nicht, verstehst du? Das ist zu persönlich, zu *real*. Perlen vor die Säue und all das.« Rivers drückte seine Zigarette an seinem Stiefel aus und ließ sie dann in der Hand verschwinden.

Luca nickte. »Verstehe.« Was für ein Schmierenkomödiant! »Und, wie hast du vorher geheißen?«, fragte er wie nebenbei.

»Ich rede nicht über die Toten, Kumpel.« Rivers schüttelte den Kopf, als betrauere er noch immer den tragischen Tod eines Freundes. »Diese Inkarnation ist gestorben und wird nie wieder genannt werden.«

Meine Fresse!

»Hört mal, Hatha-Yoga beginnt in fünf Minuten.« Hero packte Lucas Hand und zog ihn Richtung Studioeingang.

»Gut, dann hole ich schon mal meine Junjung-Trommeln.« Rivers ging auf seine Hippiekarre zu.

»Das glaube ich dir sofort«, sagte Luca leise, sobald er sich das Kennzeichen des alten Subaru eingeprägt hatte.

»Benutzt er seine Handschellen?«, flüsterte Stef Hero ins Ohr. »Spielt ihr beide … ich weiß nicht, was ist das FBI-Gegenstück zu unartiger Bulle und noch unartigerer Bösewicht? Drogenboss und gefangener Agent? Terrorist und Ungläubiger?« Er beugte sich über das Waschbecken in der Toilette des Yoga-Studios und wackelte mit dem Hintern. »Bitte, Agent Ramirez, bringen Sie mich nicht nach Guantanamo, ich tue *alles*.«

Hero trocknete sich die Hände unter dem Lufttrockner und gab Stef dann einen Klaps auf den Hintern, den er ihr hinreckte. »Hör auf.«

»Mmmm, ich würde mich von ihm *vernehmen* lassen.«

Hero hielt ihm den mit Lipgloss geschminkten Mund zu. »Hältst du wohl die Klappe! Er steht direkt vor der Tür.«

Stef schob ihre Hand weg. »Na und? Er weiß doch, dass ihm nichts passiert.« Er frischte sein Lipgloss auf und zwinkerte Hero im Spiegel zu. »Jetzt erzähl schon. Wie seid ihr eigentlich zusammengekommen? Wann? Und wo? Und wieso hast du es mir nicht gleich erzählt?«

Hero zögerte. Sie hatte geglaubt, sie sei darauf vorbereitet, eine Beziehung mit Luca vorzuspielen. Aber sie hatte nicht berücksichtigt, dass sie keine sonderlich gute Lügnerin war, und diese beiläufigen Fragen zeigten ihr deutlich die Lücken in ihrer Geschichte. Wie wäre es wohl geschehen? Bei ihren Besuchen in seinem Büro? An den Tatorten? Im Krankenhaus? Sie war erst vor knapp einer Woche mit Stef aus Mexiko zurückgekommen. Für ihn musste diese Entwicklung wirklich sehr überraschend sein.

Glücklicherweise wartete Stef gar nicht erst ihre Antwort ab. »Er sieht aus wie einer, der richtig verbissen vögelt.« Um seine Worte zu unterstreichen, tat er so, als würde er heftig das Waschbecken bumsen. »Du weißt schon, wütender, gewalttätiger Sex, nach dem Motto: Halt dich fest, ich arbeite jetzt meine Probleme an dir ab. Andererseits weiß man ja nie. Manchmal erwartet man so etwas, und auf einmal wird so ein harter Macker ganz weich und fängt an zu weinen.« Er verdrehte die Augen. »Igitt. Das ist das Schlimmste.«

»Wenn du nicht sofort die Klappe hältst, fliegst du aus der Damentoilette.« Hero meinte das nur halb im Scherz. Sie wusste, dass Luca ein gutes Stück von der Toilettentür entfernt stand und Two Rivers und die anderen Kursteilnehmer im Auge behielt, die nach und nach aufbrachen. Allerdings war dieses Gebäude sehr hellhörig. Ein Teil ihrer Sorge galt der Frage, wie Luca zu Schwulen stand. Sie wollte keine Spannung zwischen ihrem guten Freund und ihrem angeblichen Liebhaber. Schließlich konnte sie ihm schlecht den Laufpass geben.

»Einige haben es versucht, viele haben versagt.« Stef lächelte sie strahlend an.

»Das ergibt überhaupt keinen Sinn.«

»Bringst du ihn jetzt jedes Mal zum Kurs mit?« Stef hakte sich bei ihr unter. »Wenn ich seinen hübschen Hintern jedes Mal vor mir sehen darf, bin ich gleich viel motivierter. Du redest doch immer von positiven Visualisierungen.« Er stieß die Tür zum Flur auf.

Luca, der auf der gegenüberliegenden Seite des Flurs stand, sah aus wie ein Rausschmeißer in Basketballklamotten. Sein Gesicht war vollkommen ausdruckslos.

Oh verdammt, er hatte jedes Wort gehört. Heros Miene verdüsterte sich. *Bitte sei kein Arschloch. Bitte sei kein Arschloch.*

»Ist das da in deinen Shorts eine Waffe, oder bist du so glücklich, mich zu sehen?« Stef lächelte Luca kokett an und zwinkerte ihm zu.

Hero versteifte sich.

Völlig schockiert musste sie mit ansehen, wie Luca aufreizend zurücklächelte, während er tief unter den Bund seiner Basketballshorts griff und die einschüchternde Halbautomatik hervorholte, die er sich vorhin an den Oberschenkel geschnallt hatte. »Leider muss ich dich enttäuschen.« Er zwinkerte zurück.

Stefs Lachen klang heiser und entzückt.

Dieser schwer einschätzbare Agent überraschte und faszinierte Hero immer wieder aufs Neue. Vermutlich mehr, als gut war.

»Nun ja.« Stef imitierte die Kopfbewegung einer Frau, die ihre langen Haare nach hinten wirft. »Ein Mädchen darf ja noch träumen.«

Luca schob das Bein seiner Shorts hoch, um die Waffe wieder ins Holster zu stecken.

»Himmel, er hat Oberschenkel wie ein Schraubstock.« Stef tat, als würde er in Ohnmacht fallen.

»Und – allem Anschein nach – einen geilen, anbetungswürdigen Hintern.« Luca lächelte zwar nicht, allerdings war sein Grübchen zu sehen. »Übrigens ist Guantanamo eine militärische Einrichtung, die nichts mit dem FBI zu tun hat.«

»Wenn du meinst.« Stef sah ihn zweifelnd, aber mit noch immer funkelnden Augen an. »Ich habe gelernt, dass man Männern, die eine Waffe haben, besser nicht widerspricht.« Er warf einen Blick auf Lucas Shorts, aber nicht dorthin, wo die Waffe in ihrem Holster steckte.

Hero lachte und genoss ihre Gesellschaft, während sie das Licht ausmachte, die Heizung ausstellte und das Studio abschloss. Stef nahm sie zum Abschied fest in die Arme und drückte ihr einen feuchten Kuss auf den Mund. »Steht unsere Verabredung noch für die Ausstellung nächstes Wochenende?«

»Natürlich, und für den dazugehörigen Einkaufsbummel ebenfalls.«

»Ich bin ja nicht unbedingt dafür, dass du mehr anziehst, aber ich freue mich schon riesig darauf, dich richtig aufgebrezelt zu sehen.« Stef streckte die Arme nach Luca aus und spitzte den Mund. Offensichtlich war hier für Luca die Grenze. Er entschied sich für einen kräftigen Händedruck.

»Danke, dass du auf mein Mädchen aufpasst«, sagte Stef und strahlte ihn an.

»Immer«, erwiderte Luca ernst.

Er hatte das Handy bereits am Ohr, bevor Hero sich angeschnallt hatte. »Bea, Sie müssen für mich ein Autokennzeichen überprüfen.« Er gab die Daten und eine Beschreibung von Rivers' Wagen durch. »Legen Sie eine Akte für den Besitzer an, einen Mann, der unter dem Alias *Two Rivers* agiert. Alter vermutlich Mitte dreißig, einen Meter fünfundsiebzig, achtzig Kilo, afroamerikanischer Herkunft, vermutlich gemischtrassig. Prüfen Sie, ob er in der Vergangenheit wegen Gewalttätigkeit, Überfällen oder Einbrüchen polizeikundlich geworden ist. Schauen Sie auch nach, ob Haftbefehle in anderen Bundesstaaten gegen ihn vorliegen, und leiten Sie eine komplette Personenüberprüfung ein, inklusive Kreditgeschäfte und Waffenan- oder -verkäufe.«

Stille.

»Ja, eventuell ein Anwärter auf die Liste der Verdächtigen.«

Hero verdrehte die Augen, aber auf ihren Lippen lag ein Lächeln. Hatte das vielleicht etwas mit der Rivalität zwischen den beiden zu tun? Hero kannte Two Rivers seit gut einem Jahr. Lucas Verdacht gegen ihn fand sie völlig absurd.

Sobald er das Telefonat beendet hatte, legte er wieder beide Hände an das Lenkrad und starrte wortlos durch die Windschutzscheibe.

Da ihr das Schweigen zu schaffen machte, sagte Hero möglichst diplomatisch: »Ich will deine Instinkte ja nicht infrage stellen …«

»Dann lass es.«

»Nur – glaubst du wirklich, dass *Rivers* ein überzeugender Kandidat für Johannes den Täufer ist? Das Profil passt doch kaum auf ihn.«

»Er ist ein Mörder«, erwiderte Luca, ohne dass sich sein Tonfall änderte. Abgesehen von den geschickten Bewegungen, mit denen er seinen dunklen Wagen durch die noch dunklere Nacht lenkte, saß er völlig reglos da. Regenwolken bedeckten den Himmel, wie so oft im Nordwesten, aber Luca hielt den Blick darauf gerichtet, als hätte er so etwas noch nie gesehen.

»Wieso bist du dir da so sicher?«

»Hast du mit ihm gevögelt?« Er bewegte kaum die Lippen, aber die Frage hallte wie ein Querschläger durch das Innere des Wagens.

»Wie bitte?«

»Du hast mich verstanden.« Noch immer keine Bewegung. Aber die Knöchel seiner großen Hände, die das Lenkrad gepackt hielten, waren weiß geworden.

Sie seufzte, denn sie vermisste den lockeren Luca, der mit Stef herumgealbert hatte. »Rivers? Nein. Der ist viel zu sehr Freund, als dass das auch nur ansatzweise infrage käme.«

»Wieso?«

»Wieso willst du das wissen?«

»Es ist eindeutig, dass er es zumindest versucht hat. Also beantworte die Frage.«

Hero dachte nach. »Rivers ist für meinen Geschmack ein bisschen *zu* gelassen, verstehst du?«

Luca warf ihr einen fragenden Blick zu.

»Hör mal, ich weiß, das sollte eigentlich keine Rolle spielen, aber ich arbeite wirklich hart. Nicht in dem üblichen Acht-bis-siebzehn-Uhr-Rhythmus, aber meine Arbeit als Künstlerin und Lehrerin ist mir sehr wichtig. Rivers hat irgendwie kein Ziel, keine Verantwortung, und vor allem hat er die meiste Zeit über auch keine Arbeit. Ich hasse Vorurteile, aber so etwas macht mich einfach nicht an. Geld bedeutet mir nicht alles, aber ich finde es bei einem Mann sexy, wenn er sich für das, was er tut und wer er ist, begeistert. Ich bin nicht auf der Suche nach einem Mann, der selbst noch auf der Suche nach sich ist.«

Ihre Worte schienen Luca gleichermaßen Freude und Sorgen zu bereiten. »Auf jeden Fall begeistert er sich für dich.«

Hero zog die Nase kraus. »Das macht ihn nicht gleich zu Johannes dem Täufer. Ich meine, er ist Veganer. Vermutlich würde er wirklich eher eine Prostituierte umbringen als einer Ziege etwas antun und ihren Kopf in meinen Kühlschrank legen.« Lucas unheilvoller Blick ließ sie zusammenzucken. »Okay, ja, schlechter Witz. Aber wieso bist du so sicher, dass er ein Mörder ist?«

Einen Moment lang senkte sich die Stille schwer auf sie herab wie die Wolken am Himmel. Luca konnte solch eine

Atmosphäre schaffen. Die Stürme, die in ihm tobten, beeinflussten das Klima um ihn herum. So stoisch er auch äußerlich wirken konnte, so musste man doch kein Meteorologe sein, um das aufziehende Unwetter vorherzusagen. Und so überraschte es Hero, die auf Donner gefasst war, als seine samtige Stimme nur ein leises, wenn auch unheilvolles Flüstern war.

»Ich habe mich nie darum beworben, Gewaltverbrechen oder Morde zu untersuchen.«

Verblüfft schüttelte Hero den Kopf.

»In meiner Akte steht, dass ich ein ›besonderes Talent zur Erstellung psychologischer Profile von Gewaltverbrechern‹ habe. Ich wurde entgegen der Empfehlung meines Ausbilders und des Psychologen rekrutiert, der meine Kompetenzbewertung erstellt hat. In meiner Akte stehen eine Menge Dinge. Dinge wie Typ Alphatier, Selbstbeherrschungsprobleme, Hang zur Gewalt, unsoziales Verhalten und Risiko. Ich glaube, *Risiko* war mehrfach unterstrichen.«

Das hatte Hero nicht gewusst, aber sie hätte nicht behaupten können, dass es sie überraschte. »Und warum wurdest du dann …?«

Luca schob das Kinn vor. »Als Special Agent Trojanowski mich rekrutiert hat, habe ich ihn das ebenfalls gefragt. Und weißt du, was er geantwortet hat?«

Er schien auf ihre Antwort zu warten, also schüttelte sie erneut den Kopf.

»Er hat gesagt: ›*Simile videt simile*. Gleich und gleich erkennt sich.‹ Und seitdem hat er mir die gefährlichsten und brutalsten Fälle in den westlichen Staaten der USA übertragen.« Sie hielten an einer roten Ampel, und er drehte sich zu ihr um und sah sie durchdringend an. »Also glaub mir, wenn ich dir sage, dass der Mann ein Mörder ist. Wir sind zwei Monster, die sich sofort gegenseitig erkannt haben.«

Hero starrte ihn an. In diesem Moment glaubte sie ihm jedes Wort. Er sah aus wie ein Monster. Das rote Licht der Ampel, das durch die Windschutzscheibe fiel, ließ die linke Hälfte seines Gesichts purpurfarben leuchten. Er erinnerte sie an einen von Bouchardons Satyrn. Seine von unten mit der Farbe des Bluts angestrahlten, zusammengezogenen Augenbrauen verliehen seinem Gesicht etwas Dämonisches. Lag es an ihrer Einbildung oder an seinen Worten, dass sie plötzlich dieses Bild von ihm hatte? Oder war es dieser seltene Einblick in seine Seele? Wenn er der Satyr war, wäre sie dann nicht die Nymphe? Hero zuckte mit den Schultern. Wenn der gespaltene Huf passte …

»Bist du ein … ich meine, hast du schon mal jemanden umgebracht?«

Der Dämon wurde, soweit möglich, noch grimmiger, die Schatten auf seinem Gesicht wirkten intensiver, hatten aber nach wie vor die blutrote Farbe. »Ironischerweise habe ich genauso viele Menschen getötet wie Johannes der Täufer.«

»Sechs?«

Er schüttelte den Kopf. »Fünf.« Er streckte die Hand aus und fuhr mit den Fingern ihre Wange hinab, und das rief Hero wieder ins Gedächtnis, dass sie zwar ein Opfer von Johannes dem Täufer war, aber keine Leiche. »Alle im Rahmen meiner Arbeit. *Gerechtfertigte Tötungen* nennt unsere säkulare Regierung das immer noch.«

»Gibt es so etwas?«, fragte Hero sich laut.

Er lachte freudlos auf. »Das frage ich mich auch manchmal.«

»Aber du hast andere beschützt, nicht wahr?«

Der Satyr hatte ein Grübchen, das diesmal von einem spöttischen Lächeln zum Vorschein gebracht wurde. »Das rede ich mir zumindest ein.« Er ließ ihr keine Zeit, das zu verdauen. »Darf ich dich was fragen?«

Hero nickte. Ihr Denken war so schwerfällig geworden, als würde sie auf Salzwassertoffees herumkauen.

»Willst du, dass Johannes der Täufer stirbt?«

Hero zuckte mit den Schultern. »Ich will, dass man ihn fasst. Das muss, denke ich, nicht unbedingt dasselbe sein«, erwiderte sie vorsichtig.

Luca betrachtete ihr Gesicht genauso aufmerksam wie sie seins.

»An dem Punkt unterscheiden wir uns, Hero. Ich mag zwar auf der richtigen Seite des Gesetzes stehen, aber das macht mich nicht zu einem der Guten. Ich will, dass Johannes der Täufer stirbt für all das, was er dir angetan hat. Und den anderen Frauen. Außerdem wäre ich gern derjenige, der ihm die Kugel durch die Stirn jagt.«

Es schien der unpassendste Moment für das Umspringen der Ampel zu sein, aber sie schaltete auf Grün, und der dämonische Zauber löste sich auf. Luca gab Gas und nahm wieder seine vorherige Haltung ein, die Hände am Lenkrad, den Blick auf die Straße gerichtet.

Hero kaute auf ihrer Lippe herum und fuhr mit den Fingern über die hervortretenden Narben in ihrer Handfläche. An diesem Abend spannten sie besonders, und sie waren hart und juckten. Es fühlte sich an, als hätte sie dort große, weit aufklaffende Risse und nicht kleine, sorgfältig vernähte und vernarbte Wunden. »Und glaubst du, es kommt so weit?«, fragte sie leise, während die Bäume an den Straßenrändern im grellen Licht der Großstadtbeleuchtung vorbeihuschten. »Dass du Gelegenheit bekommst, Johannes den Täufer zu töten, meine ich. Glaubst du, du wirst derjenige sein, der es tut?«

Er zuckte mit den Schultern. »Wie ich schon sagte: Ich bin gut darin, Mörder aufzuspüren.«

Hero runzelte die Stirn. Keine direkte Antwort, was für ihn

typisch zu sein schien. »Hast du nicht Angst, dass du, wenn du dein Leben lang Monster jagst, letztlich in jedem ein Monster siehst?«

Luca schwieg lange. »Nicht in jedem«, murmelte er schließlich und warf ihr einen Blick zu, in dem so viel Offenheit und Ehrlichkeit lagen, dass ihr die Tränen kamen. »Nicht in dir.«

Da Hero nicht wusste, was sie darauf erwidern sollte, betrachtete sie die weißen Linien in der Mitte der Straße, die in regelmäßigen Abständen an der Motorhaube des Wagens vorbeihuschten. Sie ließ sich davon in so etwas wie eine nach innen gerichtete Trance hypnotisieren, in der sie sich von der Intensität des Gesprächs erholen konnte.

Einer der vielen Gründe, weshalb Hero Agent Ramirez zurzeit in ihrem Leben brauchte, war in diesem Gespräch auf verschiedenen Ebenen deutlich zu Tage getreten. Luca suchte unter ihren Freunden und Bekannten nach einem Monster, etwas, das sie nicht über sich brachte, egal, wie sehr ihr diese Einstellung einleuchtete. Gleichzeitig hatte er noch mehr für sie getan. Dieser selbst ernannte »Retter«, Johannes der Täufer, hielt *sie* für das Monster. Wenn Agent Ramirez so etwas wie ein übler Bluthund war, dann war sie froh, dass er nicht sie anbellte, um im Bild zu bleiben. Bis zu diesem Moment war ihr gar nicht bewusst gewesen, wie sehr sie die Bestätigung brauchte, dass er trotz seiner zynischen Sichtweise erkannte, dass sie ein netter und zugewandter Mensch zu sein versuchte. Seine Worte machten sie glücklicher als alle Komplimente, die sie je bekommen hatte.

Nicht in dir.

Manchmal, in ihren stillsten und einsamsten Momenten, fragte sie sich, ob sie es wirklich verdient hatte, verschont geblieben zu sein. Ob ihr Leben all diese Kosten und Mühen wert war. Pater Michael hatte ihr gesagt, es habe einen Sinn, dass sie gerettet worden sei. Gott habe ihr eine zweite Chance gegeben. Eine Chance auf Erlösung. Aber sie fragte sich oft, von welcher Sünde sie erlöst werden musste. Oder ob sie überhaupt an das Konzept von Sünde glaubte.

Deshalb erlaubte sie sich nicht viele stille, einsame Momente. Verdammt, sie erlaubte sich ja kaum noch zu schlafen. Denn wenn sie diesen Gedanken nachhing, war das der Einstieg in den Wahnsinn, und sie hatte nicht die Kraft, sich dagegen zu wehren. Nicht, wenn sie einem Serienmörder ständig einen Schritt voraus sein musste.

Als Luca in ihre Straße einbog, riss Hero nicht nur das Fehlen des hypnotisierenden Mittelstreifens aus ihren Gedanken. Rote und blaue Lichter huschten über die Baumkronen.

Luca fluchte lange und ausgiebig, während er die von Hecken und Bäumen zugewachsene Straße entlangraste.

Heros Kehle zog sich zusammen, und sie musste durch den Mund atmen, um genügend Luft zu bekommen. Sie sollte keine voreiligen Schlüsse ziehen. In der Straße lebten viele ältere, wohlhabende Leute, einschließlich Angora. Die Warnlichter konnten alles Mögliche bedeuten. Ein Feuer. Ein Herzinfarkt. Die Fehlfunktion einer Alarmanlage. Mrs Gardner, die Nachbarin aus dem übernächsten Haus, erwartete Zwillinge, die vielleicht zu früh kamen. War ihr Mann nicht bis Sonntag fort?

Aber noch während sie ihre Panik mit vernünftigen Argumenten zu bekämpfen versuchte, lief ihr ein kalter Schauder über den Rücken. Als sie mit quietschenden Reifen um die Ecke bogen, wurde ihre Intuition bestätigt. Auf der regennassen Straße vor Angoras riesigem Grundstück spiegelten sich die Warnlichter mehrerer Streifenwagen.

»Nein«, krächzte Hero.

Ihr Zuhause hatte sich in einen Tatort verwandelt. Schon wieder.

14

Der Anschlag, nicht die Tat verdirbt uns.

William Shakespeare, *Macbeth*

In der Villa waren sämtliche Lichter an, und Schatten bewegten sich von Fenster zu Fenster, während sich der Großteil der Polizisten auf der Veranda versammelt zu haben schien. Irgendjemand hatte Angoras heißgeliebte Azaleen hinuntergeworfen. Sie würde total sauer sein, jedenfalls, wenn sie nicht … um Himmels willen!

Hero befreite sich aus dem Sicherheitsgurt und sprang aus dem Wagen, bevor er richtig zum Stehen gekommen war. Lucas lautstarken Protest ignorierte sie einfach. Sie bahnte sich einen Weg durch eine Gruppe von Nachbarn, die sich vor dem Haus versammelt hatten, und war eigentlich darauf gefasst, unter gelbem Absperrband hindurchkriechen zu müssen, wie im Fernsehen, aber es war keins da. Ungehindert rannte sie auf Vincent Di Petro zu, der mit dem Handy am Ohr am Rand der Veranda etwas entfernt von etwa sechs Polizisten stand. Sobald er sie sah, nahm er es herunter und steckte es gerade noch rechtzeitig ein, um sie an den Schultern zu packen.

»Angora?«, fragte Hero panisch.

»Die ist drinnen«, erwiderte Vince. »Niemandem ist etwas passiert.« Er richtete den Blick auf einen Punkt über ihrem Kopf. »Ich habe vorhin schon versucht, dich anzurufen. Bea sagte, du hättest dein Handy ausgeschaltet.«

Hero erinnerte sich, Luca gebeten zu haben, es während des Kurses auszuschalten.

»Was ist passiert?«, hörte sie Luca hinter sich fragen.

Einer der uniformierten Polizisten löste sich aus der Gruppe und wandte sich den FBI-Leuten zu. Er war deutlich unter ein Meter achtzig, und so musste er zu jedem außer zu Hero hochschauen. »Mein Partner, Crandall, und ich sind routinemäßig jede Stunde hier vorbeigefahren, und Crandall hat jemanden gesehen, der vom Garten in den Wald lief.« Der Name auf dem Namensschild des Polizisten lautete *R. Daniels*. Daniels und Crandall, keine Namen für ein Ermittlerduo zur besten Sendezeit. »Wir haben Verstärkung gerufen und zu Fuß die Verfolgung aufgenommen, aber der Verdächtige war bereits im Wald verschwunden.«

Hero konnte das nicht verstehen. »All dieser Aufwand wegen einer Gestalt, die im Wald verschwunden ist?« Sie deutete auf die unzähligen Streifenwagen.

Daniels kratzte sich den Schädel unter dem frühzeitig dünn gewordenen Haar, das so gar nicht zu seinem runden, aber hübschen Gesicht passte. »Nein, Ms Connor, er hat eine Botschaft hinterlassen.«

Hero musste ein paarmal schlucken, denn sie hatte das Gefühl, ihr Herz sei bis in ihre Speiseröhre hinaufgesprungen. Nur gut, dass ihre Kehle noch immer von ihrem ersten Panikanfall wie zugeschnürt war. »Eine Botschaft?«, flüsterte sie. Nicht schon wieder ein Tierkopf. Nicht schon wieder Blut. Noch mehr Blut könnte sie nicht ertragen.

Daniels wandte die Augen nicht von ihr ab, während er dem Polizisten hinter sich Zeichen gab, ihm etwas zu bringen. In seinen in Latexhandschuhen steckenden Händen hielt dieser einen Strauß welkender lilafarbener Rhododendren. Das Plastik rund um die Blüten knisterte laut. »Nicht die, die Karte!«

Daniels machte eine ungeduldige Geste. Eine Grußkarte erschien, die bereits geschützt in einem durchsichtigen Beweisbeutel steckte.

»Die Karte kam mit den Blumen?«, fragte Luca.

»Entschuldigung, aber Sie sind …?« Daniels sah Luca nicht an, als er ihn das fragte. Hero fand ihn trotzdem mutig.

»Ich bin Special Agent Luca Ramirez, leitender Ermittler im Fall Johannes der Täufer.« Luca musste näher hinter ihr stehen, als sie gedacht hatte. Sie nahm an, dass er seinen Ausweis hervorholte, konnte sich allerdings nicht vorstellen, von wo. Er klang genervt, aber beherrscht. Ihr wurde bewusst, dass sie sich nur zurücklehnen musste, und sein kräftiger, warmer Körper würde sie stützen.

Sie verdrängte den schier überwältigenden Impuls und griff stattdessen nach der Karte.

Daniels warf Vince einen Blick zu, und als dieser nickte, überließ er sie Hero.

Die einfache weiße Karte hatte keinen Aufdruck eines Blumengeschäfts, nur eine schmale, geprägte, wellige Umrandung. In eiligen, eckigen, handgeschriebenen Großbuchstaben stand dort:

ICH BEOBACHTE DICH DIE GANZE ZEIT.
ICH VERSPRECHE DICH ERNEUT ZU RETTEN.

Unter die beiden Zeilen war ein lächelndes Mondgesicht gemalt, das für Hero das Gruseligste an der Botschaft war. Sie starrte die Blumen an. So eine schöne, glänzende lila Farbe, abgesehen von den bräunlichen, verwelkten Stellen an den Blütenblättern.

»In welche Richtung ist er gelaufen?«, fragte Luca.

Daniel deutete nach Nordosten auf den Garten hinter dem

Haus. »Wir haben den Wald bis hinunter zum Ufer durchkämmt. Aber es gibt einfach zu viele Verstecke.«

Luca sagte etwas wohl sehr Eindeutiges auf Spanisch. Ein Latinopolizist, der dabei half, auf der Veranda Fingerabdrücke zu nehmen, versteckte sein Lachen hinter einem gespielten Hustenanfall.

Hero ließ den Blick an dem schnurgeraden Waldrand entlangwandern. Vielleicht war er dort draußen in der Dunkelheit. Beobachtete sie.

»Die Handschrift ist eine andere als auf dem Zettel, den er bei dem Ziegenkopf hinterlassen hat«, sagte Vince zu Luca. »Was hältst du davon?«

»Könnte es zwei Johannes der Täufer geben?«, spekulierte Daniels.

»Davon geht das FBI nicht aus«, erwiderte Vince zurückhaltend. »Serienmörder arbeiten in der Regel allein.«

»Und Dean Corll?«, schaltete sich jetzt Crandall in das Gespräch ein. Neben seinem Partner mit dem kindlichen Gesicht wirkte er eher hart und militärisch. »Hatte der nicht mehrere Komplizen? Genau wie der Autobahnmörder in Kalifornien, hatte der nicht Jungen rekrutiert, die ihm geholfen haben?« Er sah über Heros Kopf hinweg und zuckte unwillkürlich zusammen. »Ich … ähm … ich habe viel über solche Sachen gelesen«, hielt er offensichtlich für nötig hinzuzufügen.

Hero drehte sich um. Was hatte Luca an sich, dass er solch negative Reaktionen provozierte? Sein ausdrucksloses Gesicht wirkte nicht sonderlich bedrohlich. Jedenfalls nicht mehr als sonst. Seine schwarzen Augen funkelten zwar kalt, aber das taten sie in gewisser Weise immer. Vielleicht waren Vince und sie einfach daran gewöhnt? Sie zuckte innerlich mit den Schultern und reichte Luca die Karte.

»Wehe, ich höre morgen in den Medien irgendwas von

einem Komplizen«, warnte er die Polizisten, bevor er sich in den Anblick der Karte vertiefte.

»Natürlich nicht«, beeilte sich Daniels zu versichern.

Crandall nickte energisch, obwohl Luca ihn gar nicht anschaute.

Vince zog Latexhandschuhe an und griff nach dem Strauß, den Daniels noch immer in der Hand hielt. »Den nehme ich mit ins Labor. Die sollen ihn auf mehr als nur auf Fingerabdrücke untersuchen.«

Daniels händigte ihm beflissen die Blumen aus. »Rhododendron. Die Blumen bedeuten *Pass auf.*« Er nickte vielsagend. Als alle ihn verdutzt anstarrten, fügte er unbeholfen hinzu: »Meine Verlobte hat in Laurelhurst einen Blumenladen.«

Luca grunzte als Antwort, trat aber zur Seite und starrte die Karte an, als wären in ihr die Antworten zu finden, nach denen er gesucht hatte.

Vince übernahm die weitere Befragung. »Haben Sie den Eindringling gut sehen können?«

Verlegen schüttelten beide Polizisten den Kopf.

»Es ist heute Abend sehr dunkel, und ich habe ihn nur ganz kurz gesehen«, erwiderte Crandall entschuldigend. »Er wirkte kräftig, aber nicht *so* kräftig.« Er zeigte auf Agent Ramirez. »Und groß, aber nicht *so* groß.« Wieder deutete er mit dem Kopf auf Luca.

Vince schenkte ihm sein typisches Ostküstengrinsen, das etwas gleichermaßen Entwaffnendes wie Bedrohliches hatte. »Würden Sie sagen, er war mittelgroß und durchschnittlich kräftig?«

»Nein.« Crandall klang nicht sonderlich sicher. »Er war auf jeden Fall größer als der Durchschnitt und kräftig, als ob er einen dicken Mantel oder irgend so was tragen würde. Deshalb war seine Größe auch schwer zu erkennen.«

»Himmel!«, murmelte Luca verärgert, was Hero überraschte, denn er hatte nicht den Eindruck vermittelt, als ob er zuhören würde. Netter Trick. Den musste sie sich merken.

»Also entschuldigen Sie, Agent Superaufmerksam, aber hier draußen, wo kaum Straßenlaternen stehen, ist es verdammt dunkel. Ich bin gefahren, und Crandall hat gesagt, dass es nichts gab, womit er die ungefähre Größe hätte vergleichen können.«

Hero versuchte zu entscheiden, ob Daniels mutig oder einfach nur dumm war. Wenn sie jemanden als mutig eingeschätzt hätte, dann eher Crandall, aber der Mann mit dem harten Gesicht starrte Luca nur beklommen und erwartungsvoll zugleich an.

Sie wusste genau, wie er sich fühlte.

Luca hob den Blick sehr langsam von der Karte, und Daniels' empörtes und zugleich missmutiges Gesicht zuckte ein wenig, aber er nahm nichts zurück.

»Sie hatten die Bäume«, sagte Luca nach ganzen zehn Sekunden. Sein freundliches Lächeln zeigte zu viele Zähne und stand in krassem Gegensatz zu der kalten Wut in seinen Augen. »Zeigen Sie mir doch mal, wo er verschwunden ist, vielleicht hilft Ihnen das, sich zu erinnern, wo sein Kopf im Verhältnis zum Wald war.«

Die Partner sahen sich an, dann holte Daniels tief Luft und trat von der Veranda hinunter. Hero hätte ihn am liebsten umarmt. Er sah aus, als könne er das brauchen.

Crandall folgte ihm widerwillig. Wäre nicht er derjenige gewesen, der den Eindringling entdeckt hatte, wäre er – so vermutete Hero – wohl kaum mitgegangen, was nur bestätigte, wie falsch erste Eindrücke sein konnten.

Hero ertappte sich bei dem Gedanken, dass Daniels' Verlobte trotz seiner geringen Körpergröße und seines offensichtlichen Mangels an körperlicher Kraft eine beschützte und glückliche Frau war. Sie hoffte, die Blumenhändlerin war sich dessen bewusst.

»Und es heißt Agent *Ramirez*, nur als Hinweis«, fügte Luca mit einem eiskalten Lächeln hinzu, als Daniels neben ihm stand.

Der Polizist nickte kurz, und wie es bei Männern erstaunlicherweise oft lief, war die Sache damit erledigt, und sie machten sich an die Arbeit.

Hero schüttelte den Kopf. Sie fühlte sich ein wenig schwindelig.

Das Blumenpapier knisterte, als Vince neben sie trat. »Wie geht es dir?«, fragte er. »Willst du dich setzen?«

Sie lächelte zu ihm hoch, aber ihr Lächeln fühlte sich spröde an. »Ich muss nach Angora sehen.«

»Ich bin hier, Schatz.« Angora kam auf sie zugestolpert, zehn Zentimeter größer auf ihren Plateausohlen, die eigentlich in die Siebzigerjahre unter eine rehbraune Kaschmir-Schlaghose gehörten. »Ich musste erst mein Gesicht herrichten. Die beiden ersten Polizisten haben mich ja derart *déshabillée* gesehen!« Sie warf die Haare ihrer schulterlangen, platinblonden Perücke nach hinten und enthüllte so eine schon unanständig große Menge an Diamanten, die von ihren Ohren herabbaumelten.

Hero schlang die Arme um Angora, wobei sie peinlichst darauf achtete, ihr kunstvolles Äußeres nicht zu beschädigen. »Alles in Ordnung, Angora? Mir tut das alles so leid!«

Angora gab ein gurrendes Geräusch von sich und klopfte ihr ein paarmal auf den Rücken. »Das muss es nicht. Alles, was Portlands italienischen Hengst an meine Tür bringt …«

Hero nahm das als Stichwort und ließ Angora los, damit Agent Di Petro ihr seine Aufwartung machen konnte. Der Bostoner enttäuschte sie nicht, er trug dick auf, mit zwinkernden grauen Augen und was sonst noch dazugehörte.

»Mrs Steinman, Sie sind ja wieder bildschön!« Er nahm die Hand, die sie ihm hinstreckte, zwischen seine Hände und lächelte sie flirtend an.

»Oh, ich liebe Ihren Dialekt. Er ist so … urwüchsig.« So, wie sie das letzte Wort vor Erotik triefen ließ, konnte es keinesfalls als Beleidigung gemeint sein.

»Trotzdem, Angora, ich glaube, ich sollte ausziehen, bis das alles vorbei ist. Diese Blumen wurden auf *deine* Veranda gestellt, nicht auf meine«, beharrte Hero sanft.

Angora spitzte die roten Lippen und gab einen missbilligenden Laut von sich. »Machst du Witze? So aufregend war mein Leben schon seit ewigen Zeiten nicht mehr. Was glaubst du, was für Augen Angélique de la Croix machen wird! Sie gibt dauernd mit ihrer *Liaison* mit diesem gefährlichen Mafioso in Chicago an. Als ob uns interessieren würde, mit wem sie vor dreißig Jahren geschlafen hat.«

Diesmal war Heros Lächeln nicht gezwungen. »Denk trotzdem darüber nach«, drängte sie. »Ich mache mir Sorgen um deine Sicherheit.«

»Du bist so goldig.« Angora drückte ihre Hand. »Aber wie es so schön heißt: Mein Haus ist dein Haus, egal, was passiert. Da fällt mir ein: Wo ist denn dein großer Latin Lover?«

Vince kicherte und deutete auf die Bäume, wo Luca und die beiden Polizisten Größenberechnungen anstellten. »Vorsicht, Mrs Steinman, vielleicht bin ich der eifersüchtige Typ.«

Mit einem beglückten Lächeln nahm sie ihn am Arm, führte ihn die Stufen von der Veranda hinunter auf die gaffenden Nachbarn zu und ließ Hero einfach stehen. »Alle Männer sind der eifersüchtige Typ, Vince, egal, was sie behaupten. Und jetzt sagen Sie mir mal: wann wird die Presse hier sein?«

Hero sah ihnen den ganzen Weg bis zu Vince' SUV nach, ohne den Blick von den Rhododendren in Vince' behandschuhten Händen abwenden zu können. Er blieb bei seinem SUV stehen und brauchte dann über eine Minute, um sie so zu verstauen, wie es vermutlich für das Labor nötig war.

Die Aktivitäten der Polizisten um sie herum, die den Tatort bearbeiteten, kam bei ihr nur noch wie ein leises Hintergrundgeräusch an. Hero wäre sie am liebsten alle möglichst rasch losgeworden. Sie wollte nicht mit der Presse reden. Wollte jetzt niemanden sehen, konnte sich aber auch nicht überwinden, ohne Luca in ihre Wohnung zu gehen. Also stand sie auf der Veranda und beobachtete ihn. Seine leuchtend grünen Shorts glänzten, wenn das Licht vom Haus auf sie fiel.

Wieder und wieder hallten die beiden Worte durch ihren Kopf, während sie sich an einer Säule festhielt, um nicht umzufallen. Daniels' junge, leicht schrille Stimme machte die Sache auch nicht besser.

Pass auf.

Müde und hungrig ließ Luca Hero mit Vince im Eingang stehen, während er rasch das Loft durchsuchte. Er wusste, es war überflüssig, aber das hielt ihn nicht davon ab.

»Alles okay«, rief er und ließ sich tiefer in den Sitzsack sinken als beabsichtigt. Vermutlich war das ein Fehler, aber zu weiteren Bewegungen konnte er sich einfach nicht aufraffen. Die Presse hatte er Vince und Angora überlassen, da weder Hero noch er dafür richtig angezogen waren oder Lust darauf hatten. Sie waren während der gesamten Untersuchung und einer letzten Überprüfung des Hauses auf der Veranda geblieben, um Gewissheit zu haben, dass Angora in Sicherheit war. Luca hatte keine Ahnung, wie spät es war, aber Mitternacht war schon lange vorbei.

Vince bezog Posten neben dem Küchentisch, ein sicheres Zeichen, dass er ebenfalls hungrig war.

Hero dagegen war wie ein Schmetterling auf Crack. Sie flatterte durch ihre Wohnung, fing hier und dort etwas an, ohne es zu Ende zu bringen, blieb aber auch nie lange genug an einer Stelle, als dass man sie hätte packen können.

»Wisst ihr, was mich an diesem Abend am meisten nervt?«, brach es schließlich aus ihr heraus. Ohne eine Antwort abzuwarten, fuhr sie fort: »Was zum Teufel glaubt er, mir mit diesen Blumen sagen zu müssen? *Pass auf*. Ich tue doch schon nichts anderes mehr als aufzupassen. Sag mir, Agent Ramirez, was meint dieser Typ, wie viel mehr ich noch aufpassen soll? Ich habe zwei FBI-Agenten bei mir einziehen lassen. Ich werde wach und bin in Alarm. Ich gehe ins Bett und bin immer noch in Alarm.«

»In Alarmbereitschaft«, korrigierte Luca automatisch.

Hero hielt in ihrer Tirade inne, und Vince, der ein Stück hinter ihr stand, machte verzweifelte Halsabschneidegesten in Lucas Richtung.

»Was hast du gesagt?«, fragte Hero langsam.

»Nichts. Willst du nicht duschen, bevor du ins Bett gehst? Du weißt schon, den Tag abwaschen.« Er legte den Arm über die müden Augen. Wenn er den Blickkontakt vermied, würde er vielleicht nicht in einen Stein verwandelt werden.

Hero schwieg einen Moment lang. Luca wagte es nicht, sie anzusehen. »Ja, das klingt unglaublich gut.« Luca rührte sich erst, als die Badezimmertür hinter ihr ins Schloss gefallen und das Rauschen des Wassers zu hören war.

Vince seufzte erleichtert auf. »Das war knapp. Ich wollte gerade in Deckung gehen.«

Luca hätte beinahe mit den Schultern gezuckt, aber das war ihm dann doch zu viel Aufwand. »Ich wollte vorhin da draußen nicht so viel Aufmerksamkeit darauf lenken, aber was hältst du von dieser Komplizentheorie?«

Auch die Couch seufzte, als Vince sich setzte. »Verdammt, auf *diesem* Ding musst du schlafen?«

Luca gab als Antwort nur ein Stöhnen von sich.

»Ich glaube, wir haben nur einen Täter, aber ich will andere Möglichkeiten nicht grundsätzlich ausschließen.« Vince war wieder ganz FBI-Agent. »Ein Komplize würde erklären, wie die Frauen in den und aus dem Wagen sowie auf das Kreuz und wieder herunter gehoben wurden. Aber Hero hat nie etwas von einem zweiten Täter erwähnt. Nicht einmal Schritte irgendwo im Hintergrund oder Ähnliches.«

»Ich suche nach einer Erklärung, warum die Handschriften auf den Nachrichten unterschiedlich sind.« Luca setzte sich mühsam auf. »Ich würde nie zulassen, dass Hero das hört, aber es … *fühlt* sich einfach unterschiedlich an. Es könnte natürlich eine ganz einfache Erklärung geben: Die Blumen sind nicht von Johannes dem Täufer.«

»Wenn nicht von ihm, von wem dann? Einem Nachahmer? Irgendeinem Irren, der ihr einfach nur Angst machen will?«

»Vielleicht.« Luca schüttelte den Kopf. »Aber dafür fühlt es sich einfach zu persönlich an. Weißt du, ich habe mich in Quantico lange mit dem Autobahnmörder beschäftigt, und hängen geblieben ist mir vor allem, dass er sich abgestürzte, willensschwache Jungs mit einer ähnlichen Einstellung gesucht hat, damit sie ihm helfen.«

»Klingt logisch.« Vince wartete, dass Luca zum Punkt kam.

»Erinnerst du dich noch daran, wie wir Pater McMurtry und Pater Michael befragt haben? Sie waren die Letzten, die Hero in der Nacht des Überfalls gesehen haben.«

»Klar.«

»Ich erinnere mich daran, dass Pater Michael gesagt hat,

er sei von Pater McMurtry höchstpersönlich ausgewählt und darauf vorbereitet worden, nach dessen Pensionierung seine Stelle zu übernehmen.«

»Nach allem, was wir über Professor Alec in Erfahrung gebracht haben, und trotz der Tatsache, dass der Obdachlose, der vermutlich das Verbrechen gemeldet hat, noch immer verschwunden ist, willst du dies nach wie vor den Priestern anhängen?« Vince klang nicht sonderlich überzeugt.

Als der Name des Professors fiel, verspannte sich Luca unwillkürlich. »Ich bin so müde! Ich weiß nicht mehr, was ich rede, aber vielleicht sollten wir es trotzdem mal aus diesem Blickwinkel betrachten.«

Vince sah auf seine Uhr. »Schaden kann es nicht.«

»Bevor du aufbrichst – hat Bea dir von dem neuen Verdächtigen erzählt?«, fragte Luca.

Noch während er Vince von Two Rivers berichtete, wurde die Dusche abgedreht. Luca redete weiter, war sich aber die ganze Zeit der Geräusche bewusst, die aus Heros Zimmer drangen, während sie sich für die Nacht fertig machte.

»Ich würde deinen Instinkt nie hinterfragen«, sagte Vince. »Der ist seit zwei Jahren kontinuierlich mein Begleiter, und ich habe einen gesunden Respekt vor ihm. Außerdem – mit einem Namen wie *Two Rivers* hat dieser komische Typ garantiert etwas zu verbergen.«

Luca hatte gewusst, dass Vince ihm zustimmen würde.

»Aber für die Blumen hat er ein Alibi. Er war mit uns im Yoga-Kurs«, wandte Hero ein, die in ihrer Nachtwäsche – lockere Baumwollhose, enges Tanktop – aus ihrem Schlafzimmer getreten war. Sie ging zum neuen Kühlschrank und holte Karottensaft, Grünzeug und eine Banane heraus. »Will jemand einen Smoothie?«

»Wir sind nicht sofort vom Yoga-Studio losgefahren«, widersprach Luca. »Als wir hier ankamen, war es gerade erst passiert. Rivers hatte genügend Zeit, um hierherzufahren und von den beiden Polizisten verfolgt zu werden. Und lieber esse ich meine Sportklamotten, aber danke für das Angebot.«

Hero steckte zu viele grüne Sachen in ein Mixgerät, dann gab sie die Banane dazu, etwas Honig und den Karottensaft. »Das wäre total riskant.«

»Die Sportklamotten oder die Blumen?«, witzelte Vince.

Luca war zu müde, um den Drang zu hinterfragen, seinen Partner jedes Mal im flachen Wasser ertränken zu wollen, wenn er Hero zum Lachen brachte.

»Beides, nehme ich an, aber eigentlich meinte ich die Blumen.«

»Riskanter, als Prostituierte zu kreuzigen und sie im Fluss abzuladen?«, fragte Luca.

Hero schwieg. Ihr Lächeln erstarb, und sie sah ihn an, als wolle sie ihn fragen: *Warum?* Stattdessen murmelte sie: »Gutes Argument«, und stellte das laute Mixgerät an. Zwischen ihren Augenbrauen hatte sich eine steile Falte gebildet.

»Super.« Vince verzog den Mund.

»Meine Aufgabe ist es nicht, super zu sein. Meine Aufgabe ist es, dafür zu sorgen, dass sie nicht umgebracht wird.«

Vince schüttelte den Kopf.

»Macht es dir was aus zu bleiben, bis ich geduscht habe?« Luca stand auf.

»Kein Problem. Das ist das Mindeste, was ich tun kann, schließlich hole ich mir auf dem Weg nach Hause einen Hamburger und Pommes frites, und ich weiß, was dich in diesem Kühlschrank erwartet.«

Lucas schmutziges Tanktop flog ihm um die Ohren, als der sich auf den Weg ins Badezimmer machte, das Hero gerade räumte.

Nach einer guten Viertelstunde, als nur noch kaltes Wasser aus der Leitung kam, trat Luca aus der von ihm geschaffenen Sauna. Vince war nirgendwo zu sehen, und in Heros Werkstatt konkurrierte das regelmäßige Surren von ihrer Töpferscheibe mit ihrem Indierock.

Nur mit seiner Tapout-Schlafanzughose bekleidet tappte er an der Küchenzeile vorbei. Hero sah nicht hoch, als er sich an den Türpfosten lehnte. Ihr feuchtes Haar wurde von Mr Huangs Stäbchen hinten am Kopf zusammengehalten, und im frisch gewaschenen Gesicht hatte sie schon wieder rote Tonflecken. Die Sehnen und Muskeln ihrer Arme spannten sich mit den ziehenden und drehenden Bewegungen ihrer Hände. Ihre Oberschenkel lagen um die Maschine herum, die sie mit den Knien festhielt. Während Luca sie betrachtete, wurde ihm klar, dass sie ihr gesamtes Körpergewicht einsetzte, um den sich drehenden Ton zu formen. Ihre Atmung war mit der jeweiligen Handlung synchronisiert. Ihre geschickten Hände zogen an dem Zylinder, zwangen ihn nach oben und brachten ihn dann mit sanftem, gleichmäßigem Druck wieder nach unten. Die Bewegungen waren äußerst erotisch – feucht und stark und rhythmisch, ein bisschen chaotisch und glitschig, und es erforderte viel Begabung und Übung, um sie wirklich zu meistern.

Hero war eine Handwerkerin, und er war erledigt.

Er veränderte seine Haltung, weil es in seiner Hose eng wurde, und zerstörte den magischen Moment auf die einzige Art, die ihm einfiel: Er öffnete den Mund.

»Wo ist Vince?«, fragte er.

Hero sah nicht hoch. »Ich habe ihm gesagt, dass ich schlafen gehe, und ihn nach Hause geschickt.«

»Aber du schläfst nicht«, stellte Luca das Offensichtliche fest.

Als sie unbekümmert mit den Schultern zuckte, hüpften ihre Brüste unter ihrem Tanktop. »Ich schlafe, wenn ich tot bin.« Sie lachte freudlos auf. »Was früher oder später der Fall sein wird. Willst du Kaffee?«

»Ich lasse nicht zu, dass dir etwas passiert.« Darauf konnte sie sich hundertprozentig verlassen. »Und glaub nicht, dass du mich mit deinem tollen Kaffee einwickeln kannst. Allmählich kenne ich deine Ablenkungsmanöver.« Freundlich, aber auch vorwurfsvoll fügte er hinzu: »Hero, es ist zwei Uhr.«

»Nur in dieser Zeitzone.«

»Hero.«

»Was du heute kannst besorgen …«

»Hero!«

»Jemand will mich umbringen«, sagte sie, als wolle sie ihm mitteilen, er habe einen Telefonanruf verpasst. »Und ich möchte jetzt meine Blumenvase fertig machen, okay?«

Er zuckte zusammen. »Blumenvase? Ist das nicht etwas …?«

»Ironisch?«, schlug sie vor.

»Ich wollte sagen, masochistisch, aber was du sagst, passt auch.«

Endlich warf sie ihm einen Blick zu, der zu einem zweiten, längeren führte, als sie sah, dass er kein Shirt trug. »Wie auch immer, ich arbeite jedenfalls. Also geh weg oder nimm dir einen Stuhl. Aber häng nicht mürrisch und ohne Shirt in der Tür rum – apropos unfaire Ablenkungsmanöver.«

Na gut. Luca fasste schneller einen Entschluss als beabsichtigt, während er auf den dreckigen Boden der Werkstatt starrte, die vorher mal ein Abstellraum gewesen war. Es war spät. Seine Denkfähigkeit war nicht mehr die beste, und Hero sah aus wie ein zerzaustes Pin-up-Girl. Er sollte ein braver Agent sein, seinen Hintern auf diese gottverdammte Couch pflanzen und schlafen. »Ich hole meine Schuhe.« Er drehte sich um.

»Lass es«, rief sie ihm leise hinterher.

»Wie bitte?«

»Lass die Schuhe aus. Lass deine Füße die feinkörnige Tonerde spüren, das wird dir helfen, deine Energie zu erden.«

Stirnrunzelnd betrachtete er den Dreck am Boden. »Nur dass du es weißt, meine Energie ist bestens geerdet.«

Ihre anmutige Hand verschwand in der Vase, und auf magische Weise veränderte sich deren gesamte Form. »Du willst doch nicht, dass deine teuren Schuhe Flecken bekommen oder gar ruiniert werden, oder?«

Nein, das wollte er nicht. Er trat in den feuchten, kalten Arbeitsraum. Sie hatte recht, der kühle Dreck fühlte sich gut an seinen Füßen an, die noch warm vom Duschen waren.

Der kellerartige Raum war quadratisch und nicht viel größer als dreißig Quadratmeter. Umgeben von derart vielen zerbrechlichen Dingen fühlte sich Luca wie der sprichwörtliche Elefant im Porzellanladen. An allen Wänden standen silbrig metallene Regale mit Heros *objets d'art*, einladend wie die Frauen in den Rotlichtbezirken von Amsterdam und Kopenhagen. Kurven. Überall Kurven. Schamlos ausgestellt in einer endlosen Reihe verschiedener Größen und Umfänge, versprach jede Tonarbeit die farbenfrohe Erfüllung eines anderen Bedürfnisses. Ihre Krümmungen und Wölbungen ähnelten alle ihrer Schöpferin, waren pulsierend, weiblich, sinnlich und schön auf eine Art, die gleichzeitig komplex und einzigartig war.

Er musste sich unbedingt hinsetzen, bevor er auf einen *Ghost*-Trip ging. Nichts gegen Swayze, mochte er in Frieden ruhen, aber Luca hasste diesen verdammten Film. Er stand mehr auf *Road House*.

Luca griff langsam nach einem Klappstuhl, der zwischen einem Regal und der Wand festgeklemmt war. Er klappte ihn auf, stellte ihn so, dass er ihr an der Töpferscheibe gegenübersaß, setzte sich, legte die Ellbogen auf die gespreizten Knie und ließ die Hände zwischen ihnen nach unten hängen.

Er sollte über den Fall nachdenken. Akten studieren. Blumenläden überprüfen. Seine E-Mails noch einmal durchsehen, bevor die Berichte aus dem Labor eintrafen. Wenn er schon nicht schlief, sollte er wenigstens etwas Nützliches tun.

Momente wie diese machten ihn unruhig. Das rhythmische Surren ihrer Töpferscheibe und der Anblick, wie sie daran arbeitete, lullten ihn immer mehr ein. Es war, als wäre er an einem warmen Ort, wo es sicher war, Sehnsucht zu empfinden, den Kleber zu betrachten, der die Risse zusammenhielt, und Gedanken nachzuhängen, die im Alltag verloren gingen. So wie er lebte, von Fall zu Fall, von Verhaftung zu Verhaftung – von Tötung zu Tötung –, blieb ihm nicht viel Zeit für Innenschau. Was ja auch der Sinn der Sache war. Er vermied Begriffe, die vermieden werden mussten. Begriffe wie Zuhause, Zukunft, Familie. Für einen Mann wie ihn waren solche Begriffe abstrakte Ideale, für die er kämpfte, die er sich aber für sich selbst niemals vorstellen konnte.

Die Dinge, die ihn in diesem Raum umgaben, gehörten in ein Haus, passten zu einer Farbskala, die im *Schöner-Wohnen*-Heft ausgewählt worden war. Kaffeebecher, die aus Versehen über Laptoptastaturen ausgekippt werden würden; Teller in allen Formen, die eine Küche füllen würden und für Gäste da wären. Blumenvasen, die vielleicht von einem rüpelhaften Kind zerbrochen wurden. Das alles waren Bestandteile eines Lebens, das er nicht hatte. Luca versuchte, sich daran zu erinnern, wann er das letzte Mal etwas gegessen hatte, das nicht aus einem durchweichten Karton kam oder in Papier eingewickelt war. Er trank seinen Kaffee immer aus demselben rostfreien Stahlbecher und kaufte an Tankstellen Plastikwasserflaschen, die er wiederverwendete. Für solche Sachen verschwendete er nie Geld. Er wollte nicht, dass sich eine Frau, die er mit in seine Wohnung nahm, dort zu Hause fühlte, denn nur so konnte er sich sicher sein, dass sie auch wieder ging.

»Was soll das übrigens?«, fragte Hero, die nach wie vor in ihre Arbeit vertieft war.

Er brauchte einen Moment, um sich zu vergewissern, dass er keinen von seinen Gedanken laut ausgesprochen hatte. »Ähm … was?«

»Deine Schuhe. Was Schuhe angeht, bist du schlimmer als jede Frau.« Sie warf ihm rasch einen Blick zu, bevor sie sich wieder in ihre Arbeit vertiefte. »Wie kommt das?«

»Ich muss bei meiner Arbeit anständig gekleidet sein«, erwiderte er ausweichend.

»Anständig ist das eine, Siebenhundert-Dollar-Schuhe sind etwas völlig anderes.«

»Wofür soll ich mein Geld sonst ausgeben?«

Sie zog eine Augenbraue nach oben.

»Ich mag es gern schick *und* bequem.« Der defensive Ton in seiner Stimme gefiel ihm überhaupt nicht.

Sie schnaubte.

»Ich habe Probleme mit den Füßen?«

»Ach ja? Und welche?«

Er dachte darüber nach, versuchte, sich eine überzeugende Lüge auszudenken. Hühneraugen? Ballenzehen? Nein. Zu eklig. Fersensporn? Würde er damit humpeln?

»Du spinnst wirklich«, sagte sie lachend. »Komm schon, Agent Ramirez, ich bin schließlich total im Hintertreffen. Du hast aktenweise Informationen über mich. Vermutlich weißt du mehr über mich als meine Eltern.« Ihr Lächeln erlosch, aber sie bearbeitete weiter konzentriert den Ton. »Du hast mich nackt gesehen, halb tot, aufgerissen und blutend. Du warst Zeuge der ... unvergleichlich schrecklichsten Erfahrung meines Lebens, aber von dir weiß ich quasi nichts, außer das, was ich mir aus Beobachtungen zusammengereimt habe.«

Lucas Handflächen begannen zu kribbeln, und ihm wurde bewusst, dass er schon eine Zeit lang den Atem anhielt. Was hatte sie beobachtet? Er presste die Hände zusammen und zwang sich, langsam auszuatmen.

»Ich hatte gerade einen ziemlich üblen Abend«, fuhr Hero fort, »und jetzt ist mir nach Reden zumute. Ich habe dich ja nicht gebeten, mir deine dunkelsten Geheimnisse anzuvertrauen. Ich habe dir nur eine einfache Frage gestellt, und jetzt weiß ich, dass die Antwort nicht so einfach ist. Also spuck sie schon aus. Ich bin in der Stimmung für ein Geständnis.«

Luca sah sie verblüfft an. So hatte er das noch nie betrachtet. Sein Wissen über sie war so intim, wie es nur denkbar war, wenn man es nicht im biblischen Sinn interpretierte. Es würde nicht schaden, ihr einen kleinen Brocken hinzuwerfen. Ein kleines Fitzelchen Wahrheit.

Er räusperte sich und schaute auf seine nackten Füße hinunter, die weich und braun und gut gepflegt waren. Sein großer Zeh grub ein wenig im Belag auf dem Boden herum.

»Ich bin in El Paso, Texas, aufgewachsen, im vom Verbrechen heimgesuchten Viertel East Paisano an der Grenze zu Mexiko. Meine Eltern haben das meiste von ihrem Geld für Alkohol ausgegeben, außerdem war meine Mutter tablettenabhängig, deshalb hatten meine Schwester und ich oft keine Schuhe, vor allem nicht, als wir noch sehr klein waren. Ich erinnere mich daran, dass die Sohlen selbst dann, wenn wir ein Paar hatten, so durchgelaufen waren, dass ich mir im Sommer auf dem Asphalt trotzdem noch Blasen geholt habe.« Er sah von seinen Füßen hoch, nur ganz kurz. Heros Blick war konzentriert auf ihre Hände gerichtet. Ihre Finger waren leicht nach innen gekrümmt, um die Maße der Vase abzustimmen. Ihr Schweigen drängte ihn dazu weiterzureden.

»Als ich zehn war, sah ich im Becherhalter eines Wagens, der in der Nähe meiner Schule parkte, einen Hundert-Dollar-Schein. Ich habe das Geld eine halbe Stunde lang angestarrt, bis ich mir eine Eisenstange gesucht und das Fenster eingeschlagen habe. Von den hundert Dollar habe ich mir mein erstes richtiges Paar Schuhe gekauft.«

»Was waren das für welche?«, fragte Hero, was ihn ein wenig überraschte.

»Schwarz-orangefarbene Reeboks mit Luftkissen in der Lasche.« Bei der Erinnerung daran musste er lächeln. Er war meilenweit mit ihnen gelaufen. Er war zu dem rissigen und mit Unkraut überwachsenen Basketballplatz seines Viertels gegangen, um zu sehen, ob er mit ihnen wirklich höher springen konnte, und er hätte geschworen, dass sie ihm zu fünfzehn Zentimetern mehr verhalfen. »Zwei Tage nachdem ich das Geld geklaut hatte, wurde ich von drei Jungen aus der Junior High überfallen, die mich grün und blau geschlagen und mir die Schuhe weggenommen haben. Aber zwei Tage lang hatten sie mir gehört, und das waren die besten zwei Tage meines Lebens.«

»Hast du noch mehr Geld geklaut, um weitere Schuhe zu kaufen?«

Luca horchte, ob ihre Stimme verurteilend klang, konnte aber nur Besorgnis heraushören. »Später schon«, gab er zu. »Aber erst einmal wurde mir klar, wenn ich Geld oder schöne Sachen stehlen wollte, musste ich vorher kämpfen lernen, um sie zu behalten.«

Hero blickte hoch und sah ihn aus runden Augen an. »Und? Hast du?«

»Als Kind und Jugendlicher hatte ich den Spitznamen *Peleón.* Das lässt sich ungefähr mit ›Schläger‹ oder ›Raufbold‹ übersetzen.« Er grinste breit. »Sagen wir mal so: Eine Woche später habe ich mir mithilfe besagter Eisenstange meine Schuhe zurückgeholt.«

Das schien sie nicht zu überraschen.

»Das Problem war nur, dass mein Vater mich mit ihnen erwischt hat, und …« Luca räusperte sich, weil ihm auf einmal irgendetwas im Hals festsaß. »Jedenfalls haben mir die Schuhe mehr Ärger eingebracht, als sie wert waren. Meine Mutter hat sie schließlich verkauft und mit dem Geld die Arztrechnung für meinen gebrochenen Arm bezahlt.«

Hero gab ein mitfühlendes Geräusch von sich, und ihre Augen waren ein wenig feucht. Rasch senkte sie den Blick wieder auf ihre Töpferscheibe. Mitleid oder irgendwelche nichtssagenden Trostworte ersparte sie ihm. Er hätte sie auch nicht gewollt. Er wusste nicht einmal, warum er ihr das alles erzählte.

»War deine Familie …?« Sie verstummte. Offensichtlich hatte sie es sich mit ihrer Frage anders überlegt. »Aus Mexiko?«

Luca schüttelte den Kopf. »Meine Mutter war aus Puerto Rico und arbeitete, obwohl sie noch minderjährig war, als Stripperin in einem Club nahe der Grenze. Mein Vater kam aus Brasilien und arbeitete in einer Autolackiererei, in der Geld aus dem Drogenhandel gewaschen wurde. Als sie mit mir schwanger wurde, hat er sie geheiratet, um nicht wegen Missbrauchs Minderjähriger angeklagt zu werden.«

Hero blinzelte ein paarmal. »Hast du Familie in Brasilien? Sprichst du Portugiesisch?«

»Ich weiß nichts über meine Familie. Mein Vater hat gesagt, sollte er jemals nach Brasilien zurückkehren, würde man ihn sofort umbringen. Und nein, ich spreche nur Spanisch. Meine Mutter hat nie über ihre Familie geredet.«

»Wo sind deine Eltern jetzt?«, fragte sie sanft.

Luca räusperte sich erneut und sagte dann mit einer wegwerfenden Handbewegung: »Meine Mutter hat vor zehn Jahren einen tödlichen Cocktail aus Tabletten und Tequila geschluckt, und von meinem Vater habe ich zuletzt gehört, dass er nach einer Schießerei mit der Polizei zwei hintereinander abzuleistende Zehn-bis-zwanzig-Jahre-Strafen im Hochsicherheitsgefängnis von New Mexico absitzt.« Es lag lange genug zurück, dass er halbwegs unberührt darüber reden konnte. »Der Hurensohn hat drei Schüsse abbekommen, aber ich vermute, er ist einfach zu bösartig, um zu sterben.«

»Wie alt warst du, als das passiert ist?«, fragte Hero. Ihr Entsetzen klang echt.

Luca hielt den Blick auf seine Füße gerichtet. »Das war kurz bevor meine Mom … Jedenfalls war das ein übles Jahr.«

»Das glaube ich gern«, murmelte sie, während sie die Hände in eine Schüssel mit Wasser tauchte und den Ton vor sich befeuchtete, um ihn – wie er vermutete – geschmeidig zu halten.

»Dann war dein Vater dir gegenüber gewalttätig?«

»Das könnte man so sagen.« Auch die Röntgenassistenten und die Ärzte in der Notaufnahme, die ihn jahrelang zusammengeflickt und seine Knochen gerichtet hatten, hätten das bestätigen können. Tatsächlich meinte er sich erinnern zu können, den Radiologen zu seinem Highschool-Abschluss eingeladen zu haben. »Von meinem Vater habe ich gelernt, gewalttätig zu sein. Es war das Einzige, was er mir je beigebracht hat, und ich war es für eine ganze Weile. Gewalttätig und wütend – das kann ich immer noch sein. Mein Vater hat sich darauf verlassen, dass wir alle Angst vor ihm haben. Dass er hingegen jemanden erschaffen würde, der genauso bösartig ist wie er, hat er nicht geplant. In jenem Sommer, als ich siebzehn wurde, war ich bereits über einen Meter achtzig groß. Ich habe ihn dabei erwischt, wie er meiner vierzehnjährigen schwangeren Schwester wehgetan hat, und ihn durch unsere Schiebeglastür auf das Pflaster im Hinterhof geworfen.«

»Gut.« Heros entschiedene Zustimmung schockierte ihn. »Ich würde von meinen Brüdern das Gleiche erwarten.«

Luca dachte an ihre Alphatier-Geschwister und verzog das Gesicht. »Deine Brüder hätten dich vermutlich nicht dort zurückgelassen. Ich bin abgehauen, bevor mein Alter wieder zu Bewusstsein kam, konnte meine Mutter und meine Schwester allerdings nicht davon überzeugen mitzukommen. Ich habe wirklich alles versucht. Aber ich wusste auch, wenn er wieder zu sich kommt, bin ich ein toter Mann … oder er.«

»Wohin bist du gegangen?«

»Als ich in der zehnten Klasse war, wäre ich wegen einer Schlägerei beinahe von der Schule geflogen. Die Schule, in der ich war, war unterfinanziert, und so war unser Sozialbetreuer auch gleichzeitig unser Footballtrainer. Trainer Peck hat gesagt, wenn ich mit dem Schulteam trainiere, hilft er mir, auf der Schule zu bleiben. Vielleicht etwas aus mir zu machen. Er war der einzige Erwachsene, dem ich vertraut habe, also bin ich an jenem Abend zu ihm gegangen. Ich durfte das gesamte letzte Schuljahr bei ihm wohnen. Er hat mir einen Job besorgt, mich Tag und Nacht trainiert, mir wegen meiner Hausaufgaben die Hölle heiß gemacht und quasi meine College-Bewerbung für mich geschrieben.«

»Er klingt großartig«, sagte Hero voller Wärme.

»Das war er auch.« Luca räusperte sich.

»War?«

»Wir sind in ständigem Kontakt geblieben, bis er vor vier Jahren an einem Herzinfarkt gestorben ist.« Seltsam – von allem, was er ihr bisher erzählt hatte, fiel ihm dies am schwersten. Luca war selbst erstaunt darüber, wie er in seine Kindheit abgetaucht war, was er in Gegenwart anderer selten tat. Noch weniger in Gegenwart eines Opfers extremer Gewalt. Verdammt, er hatte Hero gerade mehr erzählt als dem Psychologen. Vielleicht, weil sie ihn nicht ansah. Oder weil sie nicht versuchte, sein jetziges Ich mit seinem alten zu erklären. Sie hinterfragte seine Motive nicht, sie fragte nicht, wie er sich fühlte, und das war gut, denn die meiste Zeit wusste er das selbst nicht. Sie hörte ihm einfach zu, während das alles aus ihm herausbrach und er sich an den heißen, geschmolzenen schwarzen Teer der Wüstenstraßen erinnerte, auf denen er als Kind gegangen war. Dreckig und klebrig grub sich der Teer in alles ein, womit er in Berührung kam, und füllte jede Oberfläche mit einer fauligen, verrußten Substanz, die man nicht wieder loswurde.

Aber es hatte ihn widerstandsfähig gemacht. Hart. Gefährlich. Und nicht nur für Kriminelle, sondern auch für sich selbst und alle in seiner Nähe.

»Und deine Schwester?«, fragte Hero. »Steht ihr euch nahe?«

Luca schüttelte den Kopf, und altbekannte Schuldgefühle schnürten ihm die Kehle zu. »Sie ist einmal bei Trainer Peck vorbeigekommen, um mir zu sagen, dass sie an jenem Abend das Baby verloren hat. Ich habe sie erst wiedergesehen, als sie im College vor meinem Zimmer stand und Geld von mir wollte. Ich habe es ihr gegeben, und sie ist einfach … verschwunden.« Jahre später hatte Luca ihre Spur bis zur Grenze in Tijuana verfolgt, wo sie sich dann verlor. Vermutlich hatte sie die Staaten verlassen, um den vielen Haftbefehlen zu entgehen – alle im Zusammenhang mit Drogen –, die gegen sie vorlagen.

»Du musst manchmal sehr einsam sein.« Hero nahm die

Hände von der sich drehenden Vase und drückte auf den Knopf, mit dem die Töpferscheibe ausgeschaltet wurde.

»Ich habe viel zu tun«, versicherte er ihr. »Ich habe keine Zeit, einsam zu sein.«

Hero stand auf und ging zu dem Tisch in der Ecke, auf dem ordentlich aufgereiht Stempel, Werkzeuge, Bürsten und andere Gerätschaften lagen. Sie wählte ein Drahtwerkzeug aus, das aussah wie eine äußerst effiziente Garotte, dann ging sie zurück zur Töpferscheibe, schob den Gegenstand unter die Vase und löste sie so von der Scheibe.

»Du magst vielleicht keine Zeit haben, einsam zu sein, aber du verbringst viel Zeit damit, wütend zu sein.«

Um das festzustellen, musste man kein Genie sein. »Im Moment bin ich nicht wütend.«

»Doch, bist du.« Behutsam hob sie ihre Vase hoch und stellte sie auf eine Steinplatte zu anderen Stücken in unterschiedlichen Trocknungsstadien. »Wut ist dein ständiger Begleiter. Du kannst sie nur an manchen Tagen besser verbergen als an anderen. Aber von dir geht ständig ein Vibrieren oder etwas Hitziges aus. Ich glaube, es baut sich in dir auf. Manchmal droht es, dich zu überwältigen.«

Sie hatte nicht unrecht, und das machte ihn richtig wütend. Luca stand abrupt auf. Seine Entspannung war verschwunden, seine Nackenhaare hatten sich aufgerichtet.

»Darf ich dich fragen, was du tust, um den Stress abzubauen? Welches ist dein emotionales Ventil? Abgesehen vom Schuhekaufen, was natürlich außerordentlich effektiv ist.« Sie drehte sich zu ihm um und lächelte ihn erneut entwaffnend an.

Sie war so verdammt schön! Luca stand da und bohrte die Zehen in den Boden, fast als müsse er sie dort einpflanzen. Er überlegte krampfhaft, was er antworten sollte. »Fitnessstudio.

Jede Menge Gelegenheitssex.« In einem Anflug von Selbstanalyse fügte er hinzu: »Ich weiß nicht, vielleicht … indem ich Gewalttäter ihrer gerechten Strafe zuführe, weil ich als Kind keine Chance gegen sie hatte?«

Hero schüttelte den Kopf. »Was du ›gerechte Strafe‹ nennst, beinhaltet eine Zahl an Todesopfern, die mit der eines Serienmörders vergleichbar ist.« Als er sie grimmig ansah, hob sie beschwichtigend die Hand. »Ich verurteile dich nicht, ich sage nur, dass so etwas deine Wut nur noch steigert. Und die Tötungen mögen zwar ›gerechtfertigt‹ sein, aber für dich haben sie sich vermutlich mehr wie Rache als wie Strafe angefühlt, stimmt's?«

Lucas Nasenflügel bebten. Er ballte die Hände zu Fäusten. Sein Herz hämmerte. Er *wollte*, dass sie unrecht hatte. Wie waren sie bei diesem Thema gelandet? Hatten sie nicht eben noch über Schuhe geredet? Er warf einen Blick über die Schulter auf die Tür und überlegte, wie er sich der Situation entziehen könnte, ohne als totales Weichei dazustehen. Nur eins hielt ihn davon ab, seinem ersten Impuls nachzugeben und ihr zu sagen, wohin sie sich verpissen solle.

Sie hatte absolut recht. Und sie sagte ihm in ihrer eigenen Sprache, dass sie hinter seine Fassade des guten Menschen sah. Sie wusste, wie er wirklich war. Und so, wie sie ihn jetzt ansah – die zarten Augenbrauen zusammengezogen, der Blick eher sorgenvoll als mitleidig –, war ihm klar, dass sie ihn in gewisser Weise fürchtete.

Verdammt, er hätte den Mund halten sollen.

»Ich bin gut in dem, was ich tue. Sogar der Beste.« Er ging auf sie zu, aber sie wich nicht zurück. »Ich will nicht, dass du glaubst, ich hätte irgendwie eine Macke oder könnte dir gefährlich werden. Ich habe meinen Kram im Griff, und das heißt, ich sorge dafür, dass dir nichts passiert. Was in meiner

Jugend passiert ist, liegt lange zurück. Ich weigere mich, das Monster zu sein, das mein Vater aus mir machen wollte, deshalb habe ich keine Frau und keine Kinder. Ich habe ein Ziel, und deshalb bin ich der Beste.«

Sie sah ihn mit weit aufgerissenen Augen an, als er direkt vor ihr stehen blieb, viel zu nahe, und sein Atem die wenigen babyzarten Haare an ihrer Schläfe in Bewegung brachte. Er streckte die Hand aus und rieb über den Flecken an ihrer Wange, womit er ihn nur noch mehr verschmierte. »Ich will nicht, dass du Angst vor mir hast«, sagte er. Es reichte, dass er selbst oft genug Angst vor sich hatte.

Hero starrte lange mit leicht geöffnetem Mund zu ihm hoch.

Luca wünschte verzweifelt, sie würde etwas sagen. Sie musste unbedingt ihr Schweigen brechen, bevor er irgendetwas Dummes tat.

»Ich möchte dir etwas zeigen.« Sie trat einen Schritt zurück, und er musste seine gesamte Selbstbeherrschung aufbringen, um sie zu lassen. Sie drehte sich zu dem Regal hinter ihr um und griff nach einer Schüssel mit einer alten orangefarbenen Glasur und einigen komplizierten Gravuren. Behutsam hielt sie sie Luca hin. Er nahm sie und sah Hero fragend an.

»Diese Schüssel hat einige größere Mängel«, erklärte sie. »Und das ist meine Schuld. An einigen Stellen ist der Ton zu dick, außerdem habe ich die falsche Glasur benutzt, was in den Augen der meisten Töpfer Verschwendung und Missbrauch von Ton und Ausrüstung ist.« Ihre Lippen zuckten traurig, dann drehte sie sich erneut um und griff nach einer großen Kiste, die auf dem untersten Regal stand. »Wenn ich sie in den Ofen lege und einem Feuer aussetze, das heiß genug ist, um deine DNS zu schmelzen, wird sie vermutlich zerbrechen oder explodieren, genau wie diese hier.« Sie deutete auf die Scherben bunter Töpferwaren.

»*Aber* …« Ihre Augen funkelten schelmisch, und sie wandte sich leichtfüßig wieder ihren Regalen zu, griff weiter nach hinten und zog etwas heraus, das wie eine kleine Urne aussah. »Bei einem von fünfzig Versuchen übersteht das Stück vielleicht das Feuer und die anschließende Abkühlung, und was dann dabei herauskommt, ist ein Meisterwerk wie dieses.«

Sie hielt die Urne hoch. Die narbenähnlichen Spalten in der kobaltblauen Glasur verliehen ihr ein antikes Aussehen, als wäre sie bei einer Ausgrabung entdeckt und in einem Museum ausgestellt worden. Innerhalb der Risse glitzerte ein kräftiges, erdiges Bronze durch das strahlende Blau, und der Effekt war absolut umwerfend.

»Dieses Stück würde mehr Geld als jedes andere auf diesem Regal bringen, vielleicht sogar mehr als alle zusammen, obwohl es mehr Pflege und einen sorgfältigeren Umgang benötigt.«

Sie setzte die Urne ab, und Luca reichte ihr die Schüssel zurück. Ihm war nicht mehr wohl dabei, sie zu halten, vor allem, wenn er daran dachte, was mit ihr geschehen könnte.

»Meiner Ansicht nach sind Leute, vor allem Kinder, ganz ähnlich wie meine Töpferware. Sie sind geformt und in eine Gestalt gebracht. Manchmal von sanfter Hand, manchmal nicht. Ihre Schwachstellen und Unzulänglichkeiten können zu explosiven und unvorhersehbaren Ergebnissen führen. Sobald sie im Feuer waren, werden diese Unzulänglichkeiten festgeschrieben, so oder so. Aber wer will behaupten, dass sie das nicht manchmal umso … wertvoller macht?«

Luca gefiel die Metapher. Er sah auf die Kiste mit dem Abfall hinunter, dann zu der unbezahlbaren Urne auf dem Regal. »Und was bin ich deiner Meinung nach, die Scherben oder das Meisterwerk?«

»Ich glaube, du bist noch im Ofen. Ich glaube, du gehst jeden Tag durchs Feuer.« Hero berührte ihre Wange an der Stelle, wo sein Finger eben noch gelegen hatte. Ihr Blick glitt über seinen Körper, und als er an seinem nackten Oberkörper hängen blieb, blitzten ihre Augen auf. Mit übler Absicht kam sie auf ihn zu. Sie hakte einen Finger in den Bund seiner Schlafanzughose, hob das Gesicht und bot ihm ihre vollen Lippen dar. »Ich würde sagen, drehen wir doch mal die Temperatur hoch und schauen, was passiert.«

15

Ein andres ist, versucht sein,
Ein andres, fallen.

William Shakespeare, *Maß für Maß*

»Hero!« Lucas Warnung klang eher wie eine Bitte.

»Was würdest du zu ein bisschen gutem altem, stressabbauendem Gelegenheitssex sagen, Agent Ramirez?« Sie zupfte ein wenig an seinem Hosenbund und drängte ihn Richtung Tür. »Ich glaube, das würde uns beiden guttun.«

Bei ihrem Vorschlag erwachte Lucas stets bereiter Körper zum Leben. Seinem Schwanz schien es egal zu sein, dass er seit über zwanzig Stunden nicht geschlafen hatte. Vor seinem geistigen Auge entstanden Bilder, was sie alles mit diesem ihn in den Wahnsinn treibenden Mund machen würde.

»Ich kann nicht«, erwiderte er kurzatmig, griff nach ihrem Handgelenk und drückte auf die Stelle, die ihre Finger zwang, sein Gummiband loszulassen.

»Du kannst nicht oder du willst nicht?«, fragte sie herausfordernd.

Er biss die Zähne zusammen. »Wollen schon. Ich kann nicht. Geh ins Bett.«

»Bist du sicher?« Sie ließ die Zunge langsam über ihre volle Unterlippe gleiten.

»Verdammt noch mal, Hero«, knurrte er.

Sie trat zurück und hob die Hände, als wolle sie sich ergeben. »Okay, Agent Ramirez. Ich werde mich benehmen.« Sie drehte sich um, ging in die Wohnung und wartete auf ihn, bevor sie das Licht ausknipste.

Luca folgte ihr schweigend den Flur entlang. Sein Magen war ein einziger Knoten, sein Schwanz pochte in heftigem Protest.

Hero blieb in der Tür zu ihrem Schlafzimmer stehen und warf ihm einen auffordernden Blick zu. »Dann werde ich meinen Stress wohl selbst … abbauen. Ganz allein …« Sie zog die Augenbrauen hoch und überließ ihn seiner Fantasie. Er wäre beinahe in die Knie gegangen.

»Ich werde auf deiner blöden, unbequemen Couch schlafen«, entgegnete er. »Und du, bleib ja in deinem Schlafzimmer.« Seine Selbstbeherrschung hing an einem seidenen Faden. Er wusste nicht, was sich zuerst Bahn brechen würde, sein Sexualtrieb oder seine Wut.

Als Hero am nächsten Morgen aus ihrem Schlafzimmer kam, versuchte sie gerade, den Verschluss ihres Pfauenfederohrsteckers zu befestigen. »Bist du sicher, dass du nicht mit uns in die Kirche kommen willst, Vince?«, witzelte sie.

Di Petro sah von den Papieren hoch, über denen er mit Luca an ihrem Tisch brütete. Luca hielt den Blick auf einen gelben Block mit einer Art Diagramm gerichtet, und so erlaubte Hero es sich, den bewundernden Blick des Umgänglicheren der beiden Agents zu genießen, bevor er eine Grimasse zog.

Sie liebte dieses Sweaterkleid mit seinem hochgeschlossenen Kragen à la katholisches Schulmädchen und einer Länge, die ein Go-go-Girl schockiert hätte. Sie hatte es mit hautfarbenen Leggins und Winterstiefeln, die bis kurz über ihre Knie reichten, entschärft.

»Heute ist der Sonntag, an dem die unbefleckte Empfängnis gefeiert wird.« Sie tat so, als müsse sie Vince unbedingt motivieren. »Das bedeutet eine besonders seltsame Predigt von Pater Michael, und wenn das nicht reicht, dich in Versuchung zu führen: Hinterher gibt es im Haus meiner Eltern das große Essen zum Festtag der unbefleckten Empfängnis, das gleichzeitig das große Katrova-Connor-Probeweihnachtsessen ist. Das wird nett werden. Dieses Jahr kocht Knox, und wir ziehen Namen für Weihnachtsgeschenke.«

Vince schüttelte den Kopf. »So gern ich mich auch von einem zweimaligen Halbschwergewichtschampion bekochen lassen würde, aber dies hier …«, er deutete auf sein »Künstleroutfit«, bestehend aus weiter Jeans und einem Vintage-T-Shirt, »… ist einfach zu verrucht, um damit eine Kirche zu betreten. Außerdem habe ich ein Problem mit dieser ganzen unbefleckten Empfängnis. Ich meine, ohne … Befleckung, was soll das?«

Hero lachte und zuckte mit den Schultern, dann ging sie schnurstracks zu ihrer Kaffeemaschine. »Du hast mich erwischt. Ich gehe ja auch eigentlich nur, um alle zu treffen und wegen Knox' unglaublichem Festtagskuchen, ein Kartoffelkuchen mit Guinness und Schokolade. Willst du Kaffee, bevor du aufbrichst?«

»Ist der Papst katholisch?«

Als sie sah, dass Luca sie finster anblickte, sagte sie: »Ich mache euch beiden eine Tasse.«

Es war eine Erleichterung gewesen, am Samstag wach zu werden und Vince in ihrem Wohnzimmer vorzufinden. Zum ersten Mal war sie froh darüber gewesen, ihn die nächsten vierundzwanzig Stunden um sich zu haben. Alles, was Freitagnacht passiert war, der Yoga-Kurs, der unheimliche *Pass-auf*-Strauß und Lucas Geständnis in ihrem Töpferstudio, hatte bei ihr ein Gefühl von Überdrehtheit und Verletzlichkeit hinterlassen. Luca und sie brauchten ein bisschen Abstand, und sein lockerer Partner war die beste Ablenkung, die man sich wünschen konnte.

Enthusiastisch hatte sie zu ihrem Skulpturenton gegriffen und in der riesigen Garage, die Angora sie als Studio nutzen ließ, mit einem neuen Projekt begonnen. Vince hatte sie beide unterhalten, indem er mit übertriebenem South-Boston-Dialekt besonders anzügliche Passagen aus ihren historischen romantischen Romanen vorgelesen hatte. Nie wieder würde sie es sich mit einem Roman, der in der Empirezeit spielte, gemütlich machen können, ohne über den »pulsiiierenden Schwaanz« des Helden kichern zu müssen. Sie hatte das Lachen gebraucht, und sie war ihm dankbar dafür.

Vince hatte wie ein Baby auf ihrer Luftmatratze geschlafen, und alle guten Gefühle, die sie für ihn gehabt hatte, waren verschwunden wie Guinness auf Festen ihrer Familie. Er hatte sich nicht ein einziges Mal gerührt, während sie bis vier Uhr morgens durch ihr Loft geschlichen war. Ihre sadistische Ader hätte sie beinahe dazu gebracht, ihn aufzuwecken. Sie schlief nur noch selten, aber in der vergangenen Nacht schien ihre Schlaflosigkeit einen einsamen Höhepunkt erreicht zu haben.

Sie hatte versucht zu lesen, aber keins ihrer Bücher hatte sie fesseln können. Eine frustrierende und ergebnislose Stunde an ihrer Töpferscheibe hatte sie nur wütend gemacht und noch verwirrter. Sie hatte sich Tee gekocht. Beruhigende Kräuter genommen, Yoga gemacht, Duftöle aufgetragen, meditiert und sogar masturbiert. Aber der Name, der ihr bei ihrem Höhepunkt leise über die Lippen kam, war wie ein köstlicher Hauch, der über ihr in der Luft hing, und es war, als hätte sie ihn in ihr Schlafzimmer eingeladen. Er hatte von ihrem Denken Besitz ergriffen, und gleichzeitig war seine Abwesenheit wie ein auffällig negativer Raum, ein großes, dunkles, brütendes Fragezeichen mit kalten schwarzen Augen und herrlich warmer Haut.

Schließlich war sie in einen unruhigen Schlummer gesunken und erst lange nach neun aus ihrem Zimmer gekommen.

Sie hatte gewusst, dass Luca da sein würde. Sonntag war sein Vierundzwanzig-Stunden-Tag. Aber wenn sie daran dachte, auf Vince' Lockerheit verzichten zu müssen, schnürte sich ihr vor Furcht die Kehle zu. Sie hatte Angst davor, mit Luca allein zu sein. Nicht, weil sie ihm nicht traute, sondern weil sie sich selbst nicht traute. Sie wusste, dass hinter Anzug und Krawatte und einer undurchdringlichen Brandmauer, die er zudem verstärkt und mit einem Code gesichert hatte, ein gewalttätiger Dämon lauerte. Es war jener leichtsinnige, neugierige, zutiefst weibliche Teil ihres Wesens, der den Dämon entfesseln wollte. Und das würde ihr auch gelingen, wenn sie ihn weiter reizte. Es war nur eine Frage der Zeit. Dieses Wissen führte dazu, dass sie sich sinnlich fühlte, mächtig, gefährlich. Ganz und gar nicht wie ein Opfer, eher wie ein Zirkusdompteur, der den mächtigen Löwen anstachelt.

Nur dass Luca eher Panther als Löwe war, und seine Klauen würden ihr Herz vermutlich in Fetzen gerissen haben, wenn er mit ihr fertig war.

»Ich habe gestern mit dem Profiler gesprochen.« Luca warf seinen gelben Notizblock auf den Papierstapel und kniff sich in den Nasenrücken.

Heros Aufmerksamkeit richtete sich wieder auf das gegenwärtige Geschehen, aber sie schwieg und konzentrierte sich ganz auf die Kaffeezubereitung. Die beiden Agents sprachen selten in ihrer Anwesenheit über den Fall. Manchmal war sie dankbar dafür, dann wieder wollte sie alles wissen und ihre Schweigsamkeit war frustrierend. An diesem Morgen hungerte sie nach Informationen, einem Fortschritt, irgendetwas, das sie dem Ende dieses Albtraums näher brachte.

Vince machte eine Geste, die ausdrückte, was er von Profilern hielt.

Luca ignorierte ihn, schob ein paar Papiere zur Seite und griff nach einem anderen gelben Block. »Dabei ist mir aufgefallen, welcher Teil des Motivs uns gefehlt hat. Wir wissen, *wen* er als Opfer ausgewählt hat – Rothaarige im Sexgeschäft.« Rasch warf er einen Blick auf Hero. »Überwiegend. Und wir wissen, *wie* er es getan hat. Das ist überdeutlich.«

»Dieser kranke Stigmata-Mist«, stimmte Vince zu, an dem Lucas Versuch, taktvoll zu sein, völlig vorbeigegangen war.

Hero blickte auf die Narben an ihren Händen, und kalter Schweiß bildete sich in ihren Handflächen.

»Wir wissen auch, *wo* er es getan hat.« Luca deutete auf die Karte mit den makabren Kreuzen für die Fundorte der Leichen entlang der Flüsse. »Und gestern ist mir dann ein Muster bei den Zeitpunkten aufgefallen, allerdings erst, nachdem mir klar geworden war, dass das Muster durchbrochen worden war.«

»Ach ja? Wie das?« Vince' lockerer Ton war verschwunden.

»Heilige.«

»Wie bitte?«

»Um genau zu sein: weibliche katholische Heilige.« Luca benetzte seinen Zeigefinger und blätterte ein paar Seiten seines Notizblocks um. »Die Zeitpunkte der bisherigen Morde schienen völlig wahllos – einige erfolgten rasch hintereinander, andere lagen Monate auseinander. Ich glaube, ich habe den Grund dafür entdeckt. Also, Amber Wilcox, die Hure aus Jersey, wurde am 1. Februar getötet.«

»Das Fest der Heiligen Brigida«, murmelte Hero, die ganz vergessen hatte, dass sie einfach nur zuhören wollte.

Beide Agents sahen sie verblüfft an. »Jedes brave irisch-katholische Mädchen kennt Brigida … und die meisten von uns nicht so braven ebenfalls.«

Luca gab ein bestätigendes Krächzen von sich. »Janelle Kennedy wurde am 11. Februar gefunden, was offensichtlich der Tag der Heiligen Abigail ist. Am 29. März, als wir Chayenne West gefunden haben, war der Tag der Heiligen Eithne. April Jensen starb am 15. Mai, dem Tag der Heiligen Dymphna. Jesse Scott, 11. August, Tag der Heiligen Athracht. Himmel, ich glaube, ich spreche das nicht einmal richtig aus.« Missmutig starrte er auf seine handgeschriebenen Notizen.

Hero drückte auf den Knopf der Kaffeemaschine, deren vertrautes Geräusch ihr ein wenig Trost spendete. »Zugegebenermaßen bin ich nicht so eine gläubige Katholikin wie meine Eltern, aber außer von Brigida habe ich noch nie von diesen Heiligen gehört oder von ihren Festtagen.«

»Du weißt ja, wie das ist.« Vince machte eine wegwerfende Handbewegung. »Für jeden Tag des Jahres gibt es bald zwanzig Heilige. Katholiken neigen dazu, nur die wirklich wichtigen zu feiern.«

»Das habe ich in Betracht gezogen.« Luca schien es nichts auszumachen, dass Vince den Advocatus Diaboli spielte, denn für diese Rolle war er der geborene Darsteller. »Aber angesichts des ausgeprägten religiösen Hintergrunds dieser Morde habe ich jede dieser Heiligen gegoogelt, und sie haben alle beunruhigend ähnliche Heiligsprechungsgeschichten.«

»Märtyrerinnen?«, riet Hero.

Luca schüttelte den Kopf. »Das sind nur sehr wenige von ihnen. Aber abgesehen davon, dass sie allesamt mittelalterliche Heilige sind, sind es ausschließlich irische Frauen, die als Bastionen sexueller Reinheit galten, und zwar bis über den Tod hinaus.«

Vince hob skeptisch die Hand. »Ist sexuelle Enthaltsamkeit nicht das, wozu sich jede Nonne verpflichtet fühlt, seit es mit dem Glauben an das kommende Königreich losging?«

»Vermutlich«, musste Luca zugeben. »Aber um jede dieser Frauen rankt sich eine besondere Geschichte, in der sie für ihre Reinheit ein großes Opfer bringt. Zum Beispiel Brigida. Laut der Kirchendokumente war sie so schön, dass sie einem Adeligen versprochen war. Sie betete dafür, dass ihr ihre Schönheit genommen würde, damit sie Gott besser dienen konnte. Die Legende behauptet, es habe funktioniert. Sie weigerte sich zu heiraten, und so wurde sie schließlich eine der Schutzpatroninnen Irlands. Und hier steht, dass die Heilige Eithne eine reiche, schöne irische Prinzessin war, die von St. Patrick bekehrt wurde und darauf bestand, sofort Nonne zu werden. Sobald sie ihre Jungfräulichkeit Jesus versprochen hatte, verfiel sie in solch einen Zustand des Entzückens, dass sie auf der Stelle starb und umgehend heiliggesprochen wurde.«

»Ach du Scheiße«, murmelte Vince.

»Dann haben wir da Dymphna, die lieber den Tod durch die Hand ihres Vaters wählte, als in eine inzestuöse Heirat einzuwilligen. Alle diese Frauen wurden im Mittelalter berühmt und heiliggesprochen wegen ihrer sogenannten sexuellen Tugendhaftigkeit.«

»Dann glaubst du also, er bringt diesen heiliggesprochenen Frauen die Prostituierten als Opfer dar?« Vince klang skeptisch, aber er runzelte die Stirn, als würde ihn die Vorstellung beeindrucken.

»Heiliggesprochenen *irischen* Frauen«, verbesserte Luca.

Etwas, das Luca zuvor gesagt hatte, schälte sich aus Heros rasenden Gedanken. »Du hast erwähnt, dass das Muster durchbrochen wurde. Da ich nicht zu den anderen Frauen passe – zu dem, was sie machten –, wurde das Muster der Heiligen vermutlich bei mir unterbrochen?« Sie weigerte sich, an die, die ihr Martyrium nicht überlebt hatten, als Prostituierte oder als Opfer zu denken. Sie waren Frauen und verdienten, als solche in Erinnerung zu bleiben.

»Ja und nein.« Zum ersten Mal an diesem Tag erwiderte Luca ihren Blick. Seine Augen waren trüb. Kalt. Und doch blitzte Hunger in ihnen auf, den er rasch wieder hinter Verärgerung verbarg. »Der 14. Oktober«, fuhr er fort, »ist der Tag der Heiligen Cyra, eine der berühmtesten irischen Äbtissinnen, auch bekannt als ›die jungfräuliche Heilige‹.«

Vince schnaubte. »Wie ich schon sagte: Sind sie das nicht alle?«

»Vermutlich war sie besonders jungfräulich.« Luca machte eine abschätzige Geste. »Jedenfalls – was das Durchbrechen des Musters angeht, habe ich eine Theorie, warum er das getan hat, aber ich kann sie nicht überprüfen.«

»Wie meinst du das?« Vince sah Hero unangenehm berührt an.

»Im Oktober und November waren mindestens zwei Festtage von weiblichen irischen Heiligen, an denen nichts passiert ist. Ich nehme an, Johannes der Täufer ist mit dem Opfer beschäftigt, mit dem es schiefgelaufen ist.«

Hero spürte, wie sämtliches Blut aus ihrem Gesicht wich, als sich beide Agents zu ihr umdrehten. Sie tat so, als wäre sie mit dem Zusammenstellen von Kaffeebechern und Süßmitteln beschäftigt. Wieso machte ihr das so zu schaffen? Sie wusste doch schon, dass dieses Schwein hinter ihr her war.

»Und wie ließe sich diese Theorie überprüfen?«

Luca sah sie durchdringend an. »Welche Frau wird von

Katholiken weltweit als Inbegriff von Reinheit verehrt? Die Jungfrau Maria. Und welches Wunder wird ihr zugeschrieben?«

»Die unbefleckte Empfängnis«, antwortete Hero, verblüfft darüber, wie einleuchtend Lucas Theorie war.

»Genau, und wenn Johannes der Täufer einen weiteren Mord plant, dann dürfte der Zeitpunkt dafür vermutlich heute Nacht sein. Ich glaube, er hat auf die perfekte Gelegenheit gewartet, an dich heranzukommen. Aber ich frage mich, ob seine Besessenheit es zulässt, der Jungfrau Maria an ihrem besonderen Tag überhaupt kein Opfer darzubringen, falls er dich nicht bekommt.«

»Hast du mit Trojanowski darüber gesprochen?«, fragte Vince. »Da könnte was dran sein.«

»Ich habe ihn heute Morgen angerufen. Er wird die Polizeistreifen an den Flüssen verstärken und an jenen Stellen des Flussufers, an denen Johannes der Täufer möglicherweise seine Opfer ablädt, zusätzlich noch ein paar Agents postieren. Ich weiß nicht, ob das als Abschreckung reicht, aber es ist besser als nichts.«

Hero spürte, wie ihr plötzlich Tränen in die Augen traten. Rasch blinzelte sie sie fort. »Du glaubst … heute Nacht wird er vielleicht … erneut töten? Eine weitere Frau kreuzigen?«

Vince schien sich auf einmal sehr unbehaglich zu fühlen. Er warf Luca einen warnenden Blick zu, den dieser wie üblich ignorierte.

»Kann schon sein«, erwiderte Luca geradeheraus. Als er ihre Angst und das leichte Zittern ihrer Hände bemerkte, wurde sein Blick etwas freundlicher. »Das hängt davon ab, wie sehr er tatsächlich auf dich fixiert ist. Außerdem könnte sich meine Theorie auch einfach als Korrelation zwischen mehreren Zufällen entpuppen. Wissen werden wir das erst, wenn …«

Er führte den Satz nicht zu Ende, und betretenes Schweigen machte sich breit.

»Aber *ich* bin doch der Köder«, beharrte Hero. »Er soll hinter *mir* her sein und hinter keiner anderen. Das muss einfach aufhören. Er muss aufgehalten werden, bevor er einer anderen Frau etwas antut.« Sie hatte das Gefühl, ihr Ausbruch schockierte die beiden, denn sie starrten sie einen Moment lang fassungslos an.

»Hero, wir tun alles, was wir können.« Die Sanftheit in Vince' Stimme milderte seinen Dialekt. »Wir wollen nicht, dass noch jemand das durchmachen muss.«

»Aber unser vorrangiges Ziel ist, dass *dir* nichts passiert«, beharrte Luca und verschränkte die Arme vor der Brust. »Also nimm keine unnötigen Risiken auf dich.«

Die Sorge, die in seiner Stimme mitschwang, wärmte Hero ein wenig das Herz.

Vince lächelte sie zaghaft an. »Versuch nicht, die Heldin zu spielen.«

»Du bist gut«, erwiderte sie ironisch. In ihrem kurzen Lachen mischten sich Sarkasmus und Dankbarkeit. Sie griff nach der Kanne und füllte den Kaffee in drei Becher. Obwohl ihre Hand erbärmlich zitterte, gelang es ihr, nichts von dem kostbaren Getränk zu verschütten.

»Dieser Priester, Pater McMurtry, ist aus Irland, nicht wahr?« Vince deutete auf den Namen, der auf einem von Lucas vielen Notizblöcken stand.

»Ja, und Pater Michael hat dort das Priesterseminar besucht«, erwiderte Luca, in dessen Stimme zum ersten Mal an diesem Morgen gespannte Erwartung durchklang.

»Und mein Vater wurde dort geboren«, rief Hero ihnen in Erinnerung. »Was soll das also?«

Die Agents warfen sich einen langen Blick zu, der eine ganze Unterhaltung zu ersetzen schien. Hero gefielen diese Annahmen und Verdächtigungen nicht, die wie Kugeln zwischen den beiden hin und her flogen.

»Schaut euch gefälligst nicht so vielsagend an.« Sie zeigte anklagend mit dem Finger auf die beiden. »Sagt mir lieber, was wir heute Abend machen wollen.«

Luca stand auf und zog seine Anzugjacke an, dann kam er so raubtierhaft auf sie zugeschlendert, dass sie auf einmal froh war, die halbhohe Mauer zwischen ihm und sich zu haben. Er nahm den Kaffee, den sie ihm reichte, und blies darauf. Ein seltsames, erwartungsvolles Lächeln ließ die Winkel seines vollen, exotischen Munds nach oben wandern, und seine schwarzen Augen funkelten gefährlich. »Wir sollten versuchen, nicht zu spät zur Kirche zu kommen.«

16

Der Teufel kann sich auf die Schrift berufen.

William Shakespeare, *Der Kaufmann von Venedig*

Die Fahrt, die in völligem Schweigen verlief, war die zweitbrutalste Folter, die Hero je erlebt hatte. Sie war nicht zu vergleichen mit einem Pflock in den Handflächen, aber das Geräusch der Scheibenwischer, die gegen den eisigen Regen ankämpften, zerrte an ihren Nerven. In der angespannten Stille klang das Klacken des Blinkers wie Kanonenschüsse. Luca hatte sich all ihren Versuchen entzogen, ein versöhnliches Gespräch anzufangen, und so hatte sie bald aufgegeben. Sie war zu müde und zu verängstigt, um sich mit seinem brütenden Schweigen und seiner Distanziertheit auseinanderzusetzen.

Ach, wem wollte sie etwas vormachen? Wann hatte sie jemals ihren Mund länger als ein paar Minuten halten können?

»Ich weiß, was du denkst«, sagte sie, als sie vor der St. Andrew's Catholic Church vorfuhren.

Lucas Nasenflügel zuckten, aber er tat so, als würde er einen Parkplatz suchen und könne sie nicht anschauen. »Absolut unmöglich«, entgegnete er barsch.

»Du denkst, Pater Michael ist Johannes der Täufer.«

Luca antwortete nicht. Er lenkte den Wagen gerade in eine enge Parklücke, wobei er ihr auf ihrer Seite ausreichend Platz zum Aussteigen ließ, während er sich aus dem Wagen würde winden müssen. Er verhielt sich wie ein Gentleman.

Arschloch.

»Pater McMurtry kannst du schließlich nicht im Ernst verdächtigen. Der ist mindestens … achtzig Millionen Jahre alt und geht am Stock, seit ich ihn kenne.« Sein kryptisches Schulterzucken ließ sie sich fragen, ob sie diesen Karategriff noch hinbekommen würde, den sie im Selbstverteidigungskurs gelernt hatte und mit dem man jemandem die Schulter ausrenken konnte. »Mach endlich den Mund auf«, fuhr sie ihn an, ärgerte sich aber sofort, wie nervig das klang.

Sein Mund zuckte amüsiert. »Die sind beide ganz oben auf meiner Liste.«

Hero sah ihn verblüfft an und wartete darauf, dass er fortfuhr, was er jedoch nicht tat.

»Nun, ich bin sicher, diese Liste steht auf irgendeinem dieser blöden gelben Notizblöcke.« Sie löste ihren Sicherheitsgurt, drehte sich um und griff nach ihrer Aktentasche, die auf dem Rücksitz lag. Ihre Brüste streiften seinen Arm, und das grobe Gewebe seiner Anzugjacke drückte sich durch ihr Kleid und ließ ihre Brustwarzen hart wie Diamanten werden.

»Hero!« Er packte sie am Arm und drückte sie auf ihren Sitz zurück. »Was zum Teufel ist dein Problem?«

»Du!«, explodierte sie. »Du, verdammt noch mal.« Sie verschränkte die Arme über ihrer empfindlichen Brust und schwor sich, dass sie seine Seele bis in den siebten Kreis der Hölle verdammen würde, wenn er sie mit steifen Nippeln in die Kirche schleppen würde.

Er hatte sich zwar zu ihr umgedreht, hielt den Blick jedoch auf die Handbremse gesenkt. »Bist du wütend auf mich, weil ich dich vorletzte Nacht nicht gevögelt habe?«

Heros Augen wurden riesig, und ihr fiel die Kinnlade herunter. Er hatte *vögeln* gesagt. Nicht *Liebe machen* oder *miteinander schlafen* oder *miteinander ins Bett gehen*, sondern *vögeln.* Weil es genau das gewesen wäre, genau das mit ihm sein würde. Vögeln. Schmutzig. Primitiv. Rücksichtslos. Das Vulgäre seiner Frage wurde noch durch seine gleichmäßige, tonlose Stimme unterstrichen. Das hatte er extra gemacht. Noch dazu auf dem Parkplatz vor der Kirche.

»Nein!«, widersprach sie, überlegte es sich dann aber anders. »Eigentlich doch, aber das können wir später besprechen. Mein Problem ist, dass heute Nacht vielleicht jemand stirbt, und wir verschwenden unsere Zeit damit, zwei Priester zu verdächtigen, die ich wahnsinnig gernhabe. Wir sollten dort draußen sein.« Sie deutete in Richtung Stadt. »Wir sollten jeden Straßenzuhälter und jeden Begleitservice beschwören, seine Rothaarigen zu Hause zu lassen. Verdammt, wir sollten eine Pressemitteilung herausgeben. Wir sollten etwas tun, um den Mord zu verhindern, egal, ob wir den Mörder fangen oder nicht.«

Lucas Gesicht blieb ausdruckslos, was sie nur noch wütender machte. »Bist du fertig?«

Ein seltsames, unerträgliches Vibrieren entstand in Heros Brust und schien sich von dort aus im ganzen Körper auszubreiten, als hätte jemand eine Batterie in ihre Knochen eingepflanzt. Sie schlang die Arme fest um ihren Körper. »Nein, ich bin *nicht fertig*. Was ich bin, ist total sauer. Und möchtest du wissen, wieso? Weil ein Serienmörder hinter mir her ist, und keiner scheint herausfinden zu können, weshalb. Nicht nur passe ich nicht in das Schema, ich bin außerdem auch noch ein netter Mensch. Ich liebe meine Familie. Ich helfe in der Kirche mit. Ich spende für gute Zwecke. Ich leiste Freiwilligenarbeit. Ich achte auf mein Karma. Ich koche für kranke Menschen. Ich recycle alles brav. Aber wenn du in der Nähe bist, kann ich nur noch eins tun: mir einen überzeugenden Grund überlegen, warum mich jeder Mann unter einem Meter achtzig eventuell umbringen möchte. Kannst du auch nur ansatzweise begreifen, was das mit mir macht? Weißt du, in was du mich verwandelst?« Hero rechnete jeden Moment damit, dass ihr die Tränen kamen, aber erstaunlicherweise blieben ihre Augen trocken. Vorwurfsvoll starrte sie den schweigenden Mann vor sich an. »In das hier!« Als er nicht antwortete, deutete sie auf sich. »In diese durchgeknallte Irre!«

Ihr Atem ging stoßweise, und das Vibrieren in ihrer Brust verwandelte sich in ein Trommeln, das durch ihre Adern hallte und dann seltsamerweise erstarb.

»Geht es dir jetzt besser?«, fragte Luca und sah sie spöttisch an.

Sie überlegte einen Moment, bevor sie ehrlich antwortete: »Ein bisschen.« Auf einmal schämte sie sich für ihren Ausbruch. Sie atmete langsam aus, doch ihre Angst wurde eher noch größer. »Normalerweise gehe ich mit negativen Situationen produktiver um.«

»Du hast alles Recht der Welt, wütend zu sein«, sagte er leise. »Ich habe gelernt, dass Wut ein Folgegefühl ist, normalerweise eine Antwort auf ursprüngliche Gefühle wie Schmerz oder Angst. Nach allem, was du durchgemacht hast, musst du beides ziemlich heftig spüren.«

»Wie? Willst du damit sagen, dass ich wütend bin, weil Johannes der Täufer meine Gefühle verletzt hat?«

»Genau das meine ich.« Sein Ton blieb völlig vernünftig, was Hero unglaublich faszinierte. »Du hast das Gefühl, du hast es nicht verdient, zum Opfer gemacht zu werden.«

»Ich sage nicht, dass die anderen Frauen es verdient hatten«, wandte sie verzweifelt ein.

»Natürlich nicht.«

»Ich sage nur … oh verdammt … ich weiß nicht mal, was ich sagen will.« Sie schloss die Augen, fuhr sich mit der Hand durchs Haar und zupfte an den seidigen Strähnen herum. »Schließ mich nur nicht dauernd aus. Ich muss wissen, was du denkst, planst. Himmel, du sollst doch mein Freund sein.«

Wieder senkte sich die spannungsgeladene Stille über den Wagen, und Hero verfluchte sich, dass sie überhaupt den Mund aufgemacht hatte.

»Ich bin nicht dein Freund, Hero.« Lucas Stimme klang jetzt sehr tief, als würde er mit einem traumatisierten Kind reden. »Wir tun nur so.«

»Das weiß ich«, fuhr sie ihn an.

»Wirklich?« Luca sah hoch, und als er ihr in die Augen schaute, verstand sie vollkommen, wieso er bis jetzt jeglichen Blickkontakt vermieden hatte. Die unglaubliche Mischung aus zynischer Wut und angestauter Hitze, die sich in seinen schwarzen Augen spiegelte, hätte sie verängstigt schweigen lassen. Sein Gesichtsausdruck ließ die Kälte in seiner Stimme noch eisiger und unnatürlicher klingen. Er hatte sie zu Ende reden lassen, damit sie nicht davonrannte, wenn sie sein grimmiges Gesicht sah.

»Ja«, presste sie hervor, obwohl ihr Atem kaum noch dafür ausreichte.

»Dann hör mir jetzt gut zu.« Seine Selbstbeherrschung, Ergebnis vermutlich unzähliger Jahre an Therapie und Training, begann vor ihren Augen zu bröckeln. Seine Lippen waren nur noch ein schmaler Strich, und an seinem Hals pulsierte eine Ader. Seine Stimme blieb allerdings tödlich sanft, und er formulierte seine Sätze mit der Präzision eines Scharfschützen. »Das FBI und die örtliche Polizei tun alles in ihrer Macht Stehende, um heute Abend zu verhindern, dass ein weiterer Mord geschieht. Aber wenn du meine persönliche Meinung wissen möchtest, werde ich sie dir sagen.« Er beugte sich so nah zu ihr, dass sie den Kaffee in seinem Atem riechen konnte.

»Mir ist scheißegal, was irgendjemand anderem passiert. Dieser Schwanzlutscher ist hinter *dir* her, Hero. Möchte ich, dass noch jemand stirbt? Verdammt, natürlich nicht. Aber meine erste, meine einzige Priorität ist, dass du das hier überlebst. Wenn das bedeutet, deine Priester, deine Freunde, deinen Vater oder den gottverdammten Papst höchstpersönlich zu verdächtigen, dann tue ich das, weil das mein Job ist.«

Überwältigt von seinem harten Gesichtsausdruck und seinen Blitze schießenden Augen konnte Hero nur nicken. Ihr Herz hämmerte, ihre Lungen zogen sich zusammen, und sie spürte, wie ihr trotz des auf den Wagen trommelnden eisigen Regens der Schweiß ausbrach.

Luca riss die Tür auf und wand sich steif und ungelenk heraus. Er warf sie mit mehr Kraft zu, als nötig gewesen wäre, und kam dann auf Heros Seite des Wagens.

Nachdem er ihre Tür geöffnet hatte, beugte er sich zu ihr in den Wagen hinunter. Der Regen glänzte in seinem kurzen Haar, auch in seinen Wimpern hatten sich ein paar Tropfen verfangen, und das war der erotischste Anblick, der sich Hero je geboten hatte.

»Und jetzt zu dem anderen Grund, weshalb du sauer bist.« Der Strich, den seine Lippen bildeten, wurde noch schmaler, sodass sie an den Rändern bereits weiß wurden. »Ich schwöre auf diesem heiligen Boden, dass ich dich, wenn dies alles vorbei ist, gnadenlos durchnehmen werde. Verstanden?«

Hero starrte ihn verblüfft an. Die wollüstigen Worte passten so gar nicht zu seiner gefühllosen Stimme, und so war sie sich nicht sicher, ob sie wirklich richtig gehört hatte. Hatte er gerade …?

»Moment mal. W… was?«, stammelte sie.

»Du hast mich verstanden. Und jetzt steig aus, wir gehen in die Kirche.«

Hero stieg aus dem Wagen, blieb dann aber stehen und schalt sich, weil sie ihm automatisch gehorcht hatte. Sie gehorchte niemandem. Ihre Beine waren wackelig, und zwischen ihnen spürte sie eine hartnäckige, feuchte Hitze.

Was zum Teufel glaubte Agent Ramirez, wer er war? Er konnte nicht einfach entscheiden, wann und wie sie es tun würden. Glaubte er tatsächlich, sie würde warten, bis dies hier vorbei war? Und wenn sie nun nicht so lange warten konnte? Oder wenn Johannes der Täufer sie doch irgendwie erwischte? Sie hatte nichts außer dem Hier und Jetzt. Und bei Gott, sie war reif und fällig.

Ihr Blick wanderte über den vollen Parkplatz, auf dem auch der zweckmäßige Subaru ihrer Eltern, Demetris Motorrad und Connors Pick-up standen, und über die steinernen Turmspitzen der Kathedrale, die für eine Kirche in einem Wohnviertel riesig war. Nun … vielleicht doch nicht hier und jetzt. Aber wenn Luca glaubte, er könne sie ewig schmoren lassen, dann hatte er sich geschnitten.

Luca nahm nicht aktiv an dem Gottesdienst teil, sondern saß respektvoll am Rand einer Kirchenbank, die außer ihm von den meisten Mitgliedern des Katrova-Connor-Clans besetzt war. Hero saß rechts von ihm, auf ihrer anderen Seite saß Rown. Selbst in der relativen Sicherheit der Menge war Luca froh, dass sie zwischen ihm und Rown saß, in dessen Jacke eine leichte Ausbuchtung sichtbar war. Wenn jemand sich nicht mit Schulterholstern auskannte, würde es ihm gar nicht auffallen, aber auch Lucas Waffe saß an dieser Stelle.

Neben Rown saßen händchenhaltend Eoghan und Izolda Katrova-Connor. Connor und Demetri bildeten das Ende der Reihe. Timandra und Knox waren offensichtlich zu Hause geblieben, um das Essen vorzubereiten.

Luca starrte nach vorne und brannte mit seinem Blick allmählich ein Loch in den Kopf irgendeiner älteren Dame. Er fühlte sich elend. Heros Körper berührte seinen. Die Worte, die sie sich im Wagen um die Ohren gehauen hatten, hingen zwischen ihnen dort auf der Kirchenbank und warteten darauf, in die Tat umgesetzt zu werden. Er war zu verstrickt, und nicht nur in diesen Fall. Er war einfach zu nah dran. Zu nah, um zu brauchbaren Ergebnissen zu kommen und den Mörder von weiteren Taten abzuhalten. Zu nah an Hero, um die Fassung zu bewahren. Er war der Beste für diese Aufgabe und doch in Gefahr, die schlimmsten Fehler zu machen. Was hieß das nun für ihn? Er seufzte und versuchte, den Blick weiter auf die Lockenwickler-Frisur der älteren Frau zu richten, statt auf Heros straffen Hintern zu starren, als sie von der Bank glitt und sich für ein weiteres Gebet niederkniete.

Luca war nicht der Einzige in der Reihe, der sich weigerte, sich hinzuknien. Als die Familie pflichtschuldig der Gemeinde in ihrem Ritual folgte, erhaschte Luca einen Blick auf Connor, der unnatürlich still dort am Ende der Reihe saß und auf seine Handflächen in seinem Schoß starrte. Er sah nicht zu Luca herüber. Achtete nicht darauf, dass seine Mutter sanft sein Knie tätschelte, nachdem sie wieder auf der Bank saß. Sein braunes Haar erinnerte an einen ungekämmten Hütehund. Es bildete einen auffälligen Kontrast zu seinem eher rötlichbraunen, wilden Bart. Für einen Mann, der nur still dasaß, schien sein Atem erstaunlich schnell zu gehen, aber davon abgesehen zuckte bei Heros ältestem Bruder seit einer Stunde nicht einmal ein Muskel.

Hero dagegen rutschte dauernd unruhig hin und her. Verstohlen warf sie Blicke auf ihr Handy und beantwortete eine SMS. Schlug ihre Beine übereinander und löste sie wieder. Überprüfte diverse soziale Netzwerke. Fuhr nervös mit den

Fingern durch ihr feuchtes, glänzendes Haar, flocht eine Strähne und entflocht sie wieder. Kaute sieben Fingernägel ab und war gerade beim achten, als Rown ihre Hand packte und sie fest in seiner viel größeren hielt.

Ihr Bruder musste den Kopf weit hinunterbeugen, um ihr etwas ins Ohr zu flüstern, das sie zum Grinsen brachte. Als Antwort kniff sie ihn unter der Achsel in die Rippen, und er zuckte zusammen und ließ schlagartig ihre Hand los. Gleich darauf legte sie jedoch den Kopf an seine Schulter, um ihren Übergriff wiedergutzumachen. Beide lächelten.

Luca war von dem Austausch seltsam fasziniert. Eigentlich hätte er die Menge beobachten und herausfinden sollen, ob irgendjemand nicht dazu passte. Hätte herausfinden sollen, ob die beiden Priester auf dem Podium Anzeichen manischer Besessenheit in Bezug auf Hero zeigten. Hätte für ihre Familie den besorgten, aber entspannten Freund spielen sollen. Aber das hatte er jetzt bereits eine Stunde lang gemacht, und allmählich hatte er es satt, in dem muffigen Raum zu sitzen und zu versuchen, nicht auf Heros Saum zu starren.

Rown warf ihm über Heros Kopf hinweg einen Blick aus seinen undurchdringlichen grünen Augen zu, und Luca fand es schwierig, diesem Blick standzuhalten. Aber er schaffte es und reckte als Erwiderung trotzig das Kinn vor. Der Kollege war der Einzige, der über die Täuschung Bescheid wusste, und er hatte deutlich gemacht, dass ihm das Ganze überhaupt nicht gefiel. Am Ende hatte er sich damit abgefunden, dass eine konstante Vierundzwanzig-Stunden-Bewachung die einzige Möglichkeit war, für Heros Sicherheit zu garantieren. Natürlich hatte er Vince' Rolle übernehmen wollen, was ihm aus naheliegenden Gründen verweigert worden war. Daraufhin hatte er sowohl Luca als auch Vince eindringlich geraten, ja die Finger von seiner Schwester zu lassen.

Offensichtlich hatte er jedoch versäumt, diese Gardinenpredigt auch seiner nicht so heiligen Schwester zu halten. Oder sie hatte sie ignoriert, was das Wahrscheinlichere war.

Einen Moment lang empfand Luca Schuldgefühle. Gut, sie hatten sich geküsst – na und? Das und noch mehr würden sie sowieso in der Öffentlichkeit tun müssen, wenn irgendjemand glauben sollte, dass sie eine Beziehung miteinander hatten. Aber abgesehen von diesem kleinen Fehler – welche fleischlichen Sünden hatten sie schon begangen? Keine. Worte. Nur Worte. Fantasien, Anspielungen und schlüpfrige Versprechungen machten aus ihm noch keinen schleimigen Hurensohn.

Er richtete die Aufmerksamkeit wieder auf jene Stelle, an der ihr Kleid den Oberschenkel hinaufgerutscht war.

Ja, rede dir das nur ein, Junge. Mal sehen, wie weit du damit kommst.

Der Stress nagte an ihr. Auch wenn sie es hinter Fröhlichkeit und positiven Aussagen zu verbergen versuchte, war ihr die Anspannung allmählich anzumerken. Ihr kleiner Wutausbruch im Wagen hatte ihm das bestätigt.

Ihr Wunsch nach Verleugnung war frustrierend, aber Luca konnte ihr das nicht zum Vorwurf machen. Sie hatte eine Menge zu verlieren. Neben ihrem Leben und ihrer Würde versuchte sie auch verzweifelt, sich ihren Optimismus und ihre Illusionen zu bewahren. Für sie war die Welt ein Ort voller Versprechungen und Möglichkeiten, voller Farben, die sie einfangen, und voller Objekte, die sie mit Ton formen konnte. Sie war in der schützenden Blase einer fürsorglichen Familie aufgewachsen. Das verwöhnte und über alles geliebte Baby, das seine Eltern und seine älteren Brüder mit einem Lächeln problemlos zu allem bringen konnte, wobei sie versucht hatte, ihre Manipulationsfähigkeiten nie für etwas Schlechtes einzusetzen.

Bis zu jenem entsetzlichen Tag im Oktober hatte sie mit einem völlig reinen Gewissen gelebt. Vielleicht ein paar Notlügen oder eine unschön verlaufene Beziehung, deren schlechtes Karma sie mit freiwilligen Helferdiensten und selbstlosen guten Taten wieder ausgeglichen hatte.

Ein Platz im Himmel war ihr sicher, allerdings machte sie sich keine Gedanken darüber, wie dieser aussehen würde: Himmelstor oder Wiedergeburt? Was für eine Rolle spielte das schon? Für jemanden, der so jung war, war der Tod immer etwas Abstraktes und weit Entferntes. Etwas, das den Älteren und den Unachtsamen zustieß.

Jetzt drohte ihr ein gewaltsamer Tod, ein unvollendetes Leben. Und nicht nur das – ihre sorglose Welt, in die sie hineingeboren und die voller lebenslanger Beziehungen und liebevoller, vertrauenswürdiger Menschen war, wurde plötzlich von einer andauernden, nicht fassbaren Bedrohung überschattet.

Luca hatte sich nicht klargemacht, wie sehr ihr dieser Aspekt zu schaffen machte. Natürlich musste für jeden die Vorstellung schrecklich sein, dass jemand, den man kannte und dem man vertraute, einen umbringen wollte. Aber für jemanden wie sie war es vernichtend. Eine undenkbare Erschütterung. Nicht zum ersten Mal wünschte er, dies wäre einem anderen Menschen zugestoßen.

Himmel, er steckte in Schwierigkeiten!

Zu seiner großen Erleichterung begann nun die Segnung, und er konnte seine Gedanken wieder dorthin lenken, wo sie hingehörten. Auf den Fall. Heute Nachmittag musste er mit den furchtlosen Priestern von St. Andrew's sprechen. Am Abend würde er Heros Familie den anhänglichen und respektvollen Freund vorspielen, während er die ganze Zeit Augen und Ohren offen hielt, falls der Mörder beschloss zuzuschlagen.

Nachdem die Segnung vorbei war, sprang Connor auf und erschreckte alle in den Reihen um sie herum, indem er mit einem langen Schritt über Demetris Knie hinwegkletterte. Sein hastiger Aufbruch ging im allgemeinen Aufbruch der Kirchengemeinde unter. Luca betrachtete seinen breiten, sich entfernenden Rücken, während sich der Rest der Familie besorgte Blicke zuwarf. So wie seine Schultern und das zottelige Haar aus dem Meer der Menschen herausragten, sah er aus wie ein Riese, der vor Zwergen davonrennt. Irgendetwas stimmte da nicht, und Luca fragte sich, ob er sich Sorgen machen müsse.

Hero stand auf, drehte sich um und lächelte ihn so fröhlich und einladend an, dass ihm fast das Herz stehen blieb. »Lass uns gehen. Ich bin am Verhungern.«

Luca erhob sich ebenfalls, nahm ihre Hand und zog sie zur Seite, damit sie den anderen in der Reihe beim Hinausgehen nicht im Weg stand.

Während sie sich im Schneckentempo den Mittelgang entlangschoben, wurde beschlossen, es sei am zweckmäßigsten, wenn sich alle im Haus von Heros Eltern versammelten. Luca beugte sich hinunter, um Hero etwas ins Ohr zu flüstern, und genoss es, wie sich ihre kleine Hand in seiner anfühlte. »Bleib einen Moment bei deinen Brüdern. Ich muss kurz ein paar Fragen stellen, solange ich hier bin.«

Sie lächelte ihn an. »Gut. Ich bleibe bei Rown.«

In der Tür, der sich der Katrova-Connor-Clan allmählich näherte, warteten die Priester, die Hände schüttelten, segneten und gute Wünsche äußerten. Sie repräsentierten jeweils ein Zeitalter der modernen katholischen Kirche: das traditionelle und das progressive.

Pater Michael nahm gelassen und würdevoll die Komplimente für seine charismatische Predigt über den Glauben an Wunder und die Kraft im Angesicht des Unglücks entgegen. Als er Heros Eltern begrüßte, strahlten seine braunen Augen vor ehrlicher Freude. Seine fröhliche Stimme übertönte problemlos den allgemeinen Lärmpegel. Die weiße Kleidung mit der lila Schärpe bildete einen seltsamen Kontrast zu seinen sonnengebleichten Haaren und seinem gut aussehenden Gesicht, das noch zwei Jahrzehnte brauchen würde, bis es Reife ausstrahlte.

Pater McMurtry dagegen war ein gebeugter, leise sprechender alter Mann. Zwar lächelte er selten, doch in seinen faszinierenden blauen Augen, deren jugendliches Funkeln die tiefen Falten seiner Haut Lügen strafte, spiegelte sich Herzlichkeit und Mitgefühl.

Luca fiel auf, wie unterschiedlich sie reagierten, als sie Hero entdeckten – beziehungsweise ihre bloßen Oberschenkel, die zumindest in einer Kirche Anlass zum Stirnrunzeln boten. Pater McMurtry versuchte, seinen leicht missbilligenden Blick zu kaschieren, als Hero ihn liebevoll umarmte, während Pater Michael sein männliches Interesse schwerlich verbergen konnte. Dieses Interesse erlosch jedoch schlagartig, als er Lucas durchdringenden Blick auffing.

»Wie ich sehe, hast du deinen neuen Freund mitgebracht.« Pater McMurtrys Dialekt hatte große Ähnlichkeit mit dem von Heros Vater. »Nett, Sie wiederzusehen, Agent Ramirez.«

»Padre«, erwiderte Luca respektvoll.

Der alte Mann hielt Heros Hand fest in seiner und stützte sich mit der anderen schwer auf seinen Stock, während er sich vorbeugte und verschwörerisch flüsterte: »Izolda hat mir erzählt, dein junger Agent ist zudem noch Doktor. Ich glaube, den solltest du unbedingt behalten.«

Hero lächelte fröhlich, was alle um sie herum mit Freude zur Kenntnis nahmen.

»Es ist doch nur ein Doktortitel«, murmelte Luca, der sich fragte, wieso ihm das so peinlich war, obwohl er den Freund ja bloß spielte.

»Jedenfalls …« Ein Lächeln huschte über McMurtrys dünne, faltige Lippen. »Agent Ramirez … ich habe viele Lateinamerikaner in meiner Gemeinde. An jedem zweiten und vierten Sonntag halten wir sogar eine spanischsprachige Messe ab. Einer von Pater Michaels vielen visionären Vorschlägen.« Er sah Hero und Luca gütig an. »Ich hoffe, ich sehe euch beide in Zukunft häufiger. Ich habe das Gefühl, Hero ist ein kleines verlorenes Lamm meiner Gemeinde.«

»Ach.« Hero lächelte ihn herzlich an. »Nicht verloren, Pater, nur herumstromernd. Und an Weihnachten kommen wir zur Mitternachtsmesse.«

Kleines verlorenes Lamm? Himmel, sie war ein Sukkubus in Gestalt einer Heiligen. »Ich würde Sie gern privat sprechen«, sagte Luca zu dem Priester.

»Wie wäre es mit morgen Nachmittag?«, erwiderte Pater McMurtry zögerlich. »Ich muss jeden verabschieden, und dann habe ich ein paar …«

»Ich kann warten.« Luca wusste, dass der ausgebuffte Priester ihn sehr wohl verstanden hatte. Sie würden hier reden. Heute. So oder so.

Pater McMurtry blickte ihn mit seinen funkelnden blauen Augen herausfordernd an. Herzlichkeit und Mitgefühl waren verschwunden, ersetzt durch fromme Verdammung. »Na gut«, gab der Priester schließlich nach, doch in seiner sanften Stimme schwang ein drohender Unterton mit. »Na gut, mein Junge, dann folgen Sie mir zu meinem Büro. Wir werden uns dort unterhalten. Pater Michael, wenn Sie mich bitte entschuldigen würden.«

Luca warf Rown einen Blick zu, und dieser nickte und stellte sich schützend hinter seine Schwester. »Ich bin gleich wieder da«, sagte Luca zu beiden, ohne ihr Stirnrunzeln zu beachten.

Der alte Priester humpelte entnervend langsam von der üppigen, schönen grauen Steinkapelle in den einfachen, aber eleganten, mit dunklem Holz verkleideten Flur. St. Andrew's war mehr als eine Kathedrale aus Buntglas und Stein. Während der Woche gab es hier eine Tagesstätte für Kinder von berufstätigen Müttern mit geringem Einkommen. Dazu kamen eine Sonntagsschule, ein Beichtstuhl und ein Gemeinschaftsraum, in dem alles Mögliche stattfand, von Basketballsommertreffen bis hin zu abendlichen Treffen der Anonymen Alkoholiker.

Pater McMurtrys Büro war noch genau so, wie Luca es in Erinnerung hatte. Er konnte nicht sagen, wer älter war, der Mann oder der Schreibtisch. Beide sahen sie aus, als seien sie einst groß, kräftig und gut gebaut gewesen, nun aber durch Zeit und Abnutzung mitgenommen und lädiert. Die dunklen, holzvertäfelten Wände waren leer, abgesehen von einem kunstvollen keltischen Kruzifix über dem großen Chefsessel, der ordentlich an seinem Platz stand.

Pater McMurtry zog ihn hervor und deutete auf einen der beiden mit Nieten besetzten Stühle auf Lucas Seite des Schreibtisches.

Luca blieb stehen.

In den Augen des alten Mannes lag wieder der herausfordernde Blick, gemildert durch ein leicht spöttisches Grinsen. »Ich nehme an, Sie möchten darüber sprechen, wie Sie Hero zu einer ehrbaren Frau machen?«

»Ich bin hier, um Sie zu fragen, wo Sie am Freitagabend waren.« Luca achtete darauf, zwar ernst, aber nicht bedrohlich zu klingen. Er holte einen gelben Notizblock aus seinem Aktenkoffer und drückte bei der Gelegenheit auf den Knopf des darin verborgenen Aufnahmegeräts.

»Oh?« Pater McMurtry hielt beim Ausziehen seines Talars inne und seine buschigen Augenbrauen wanderten fast bis zu seinem Haaransatz hinauf. »In dem Fall brauchen wir, denke ich, einen Drink.« Nachdem er seinen Stock gegen den Schreibtisch gelehnt und seinen Talar auf einen speziellen Bügel an der Wand gehängt hatte, ging er langsam auf den alten Schrank zu. Sein Hinken war jetzt ausgeprägter. »Eoghan, Heros Vater, schenkt mir jedes Jahr zu Weihnachten eine Flasche Midleton. Es wird Zeit, dass ich diesen alten Veteranen seiner letzten Ruhe zuführe, finden Sie nicht auch?« Er schwenkte die fast leere Flasche in Lucas Richtung und griff mit der freien Hand nach zwei Whiskeygläsern, bevor er quälend langsam zum Schreibtisch zurückkehrte.

»Na gut«, sagte er, als er seine brüchigen Knochen auf den Stuhl sinken ließ. Eins der Gläser stellte er vor sich, das andere auf Lucas Seite des Tisches, dann entkorkte er die Flasche und teilte den Rest des Whiskeys gerecht zwischen ihnen auf. »Dann ist das also ein Besuch wie jener, den Sie mir nach der Tragödie am Fluss abgestattet haben?«

»Ich fürchte, ja.« Luca trat vor den linken der beiden Besucherstühle und machte nun doch das Zugeständnis, sich hinzusetzen.

»Wie schade, ich hätte so gern gesehen, dass das Mädchen in den Stand der Ehe tritt. Lassen Sie mich mal überlegen … Freitag.« Der Priester trank einen Schluck, und Luca tat es ihm nach und genoss den weichen, samtigen Geschmack des guten Whiskeys. »In der Kirche war an dem Abend keine Veranstaltung, also haben Pater Michael und ich einen ruhigen Abend in unserer Wohnung hinten im Pfarrhaus verbracht.«

»Bibel lesend? Betend? Predigten schreibend?«, hakte Luca nach.

McMurtry kicherte und trank einen weiteren Schluck. »Tatsächlich, Agent Ramirez, hat Manchester United die irische Mannschaft gnadenlos niedergemacht, und ich habe gegessen und gotteslästerlich geflucht.«

»Fußball?«

»Hier werden nicht nur Predigten geschrieben und gute Werke getan. Wissen Sie, ab und zu lassen wir es uns auch einfach nur gut gehen. Ich schaue mir sogar jeden Kampf des jungen Lennox an. Ehrfürchtig, könnte man fast schon sagen. In meiner Jugend war ich selbst ein ganz passabler Boxkämpfer.«

Luca konnte sich das Grinsen nicht verkneifen. Der alte Ire hatte wirklich Charisma. Ruhig, nach innen gerichtet und zweifellos liebenswert. Dennoch schrieb Luca auf seinen Notizblock, dass Pater McMurtry früher Boxer gewesen war. »Dann waren Sie den ganzen Abend zusammen hier?«

Der Priester beugte sich vor. Seine Augen funkelten wie irisches Kristall. »Nicht den ganzen Abend. Pater Michael bekam noch ziemlich spät einen Anruf mit der Bitte, er möge bei einer häuslichen Auseinandersetzung schlichten.«

»Wie spät?«

»Nun, so gegen halb neun.«

Vielleicht war halb neun für jemanden wie Pater Michael spät, jedenfalls ließ das beiden Priestern genügend Zeit, den Rhododendron vor Heros Tür zu stellen. Als Luca seine nächste Frage stellte, beobachtete er Pater McMurtrys Gesichtsausdruck sehr genau. »Waren Pater Michael oder Sie in letzter Zeit mal in einem Blumenladen?«

»Mit Sicherheit nicht. Kein Bedarf.«

Nichts. Kein kurzes Aufblitzen von Angst oder Schuld. Entweder war Pater McMurtry wirklich gut, oder er sagte die Wahrheit. »Wie lautet der Name der Familie, zu der Pater Michael gerufen wurde?«

Pater McMurtry zuckte mit den Schultern, und die Flüssigkeit in seinem Glas schwappte gefährlich hin und her. Um nichts zu verschütten, hob er es an seine Lippen. »Ich weiß es nicht. Da müssten Sie Pater Michael fragen.«

»Finden Sie nicht, Sie sollten die Leute ermuntern, bei einer häuslichen Auseinandersetzung eher die Polizei als einen Priester zu rufen?« Okay, das gehörte jetzt nicht zum Thema, aber so etwas brachte ihn wirklich auf die Palme.

Pater McMurtry ließ Lucas offensichtliche Missbilligung kalt. »Wir glauben, dass Gott Konflikte manchmal besser lösen kann als Waffen«, erwiderte er freundlich.

»Meiner Erfahrung nach nicht.«

»Nun …« Der alte Mann verfiel in beredtes Schweigen, denn es war klar, dass keiner von ihnen beiden seine Meinung ändern würde.

»Was haben Sie heute Abend vor?«, fragte Luca schließlich.

»Ich bin bei den O'Rourkes zum Essen eingeladen. Und bevor Sie fragen, Pater Michael hat vor, bei den Mendez zu Abend zu essen, oder waren es die Murphys?«

»Und danach?« Würde es ein paar Stigmata und ein bisschen Taufe zum »Nachtisch« geben?

»Nun, da wir die Sünde der Völlerei begehen werden, werden Pater Michael und ich uns anschließend die Absolution erteilen und dann vermutlich ins Bett gehen und schlafen. Wissen Sie, auch wir haben unsere Schwächen. Ich muss gestehen, dass ich Sie ein bisschen beneide, weil es mich nicht gerade wenig nach Lennox' Kartoffelkuchen mit Guinness und Schokolade gelüstet. Das bedeutet für mich gleich drei größere Sünden an einem Abend.«

Würde Mord die vierte sein?

»Pater McMurtry.« Luca beugte sich vor und nahm das Glas in beide Hände. »Glauben Sie, Pater Michael könnte Johannes der Täufer sein?«

»Auf keinen Fall.« Die Antwort kam wie aus der Pistole geschossen und klang sehr überzeugt.

»Und Sie?«

Zu Lucas Überraschung verzog sich das Gesicht des alten Priesters zu einem mutlosen, leicht wehmütigen Lächeln. »Für einen Mann meines Alters und meiner … Einschränkungen wäre es schwierig, sechs erwachsene Frauen zu kreuzigen, meinen Sie nicht auch?«

Luca beließ es dabei. Laut seiner Akte war Pater Alistair Patrick McMurtry vor ungefähr dreißig Jahren nach Amerika eingewandert. Er war früh, aber gut gealtert, wie Patrick Stewart oder Anthony Hopkins, und hatte seinem Äußeren in dieser Zeit kaum mehr als zehn Jahre hinzugefügt. Laut seinem Führerschein war er Mitte siebzig, aber vom Aussehen her hätte er sowohl älter als auch jünger sein können.

»Wenn Sie nicht glauben, dass es Pater Michael war, wieso geben Sie ihm dann für Freitagabend kein Alibi? Wieso beschützen Sie ihn nicht?«

»Mein Junge, die Wahrheit hat die Angewohnheit, irgendwann herauszukommen. Wieso sollte ich den Verdacht auf ihn oder mich lenken, indem ich Sie anlüge? Forschen Sie nach, wo wir Freitagabend waren. Ich habe vollstes Vertrauen in Pater Michael, und deshalb muss ich auch Ihnen gegenüber kein falsches Zeugnis ablegen.«

Luca nickte nachdenklich, und beide tranken sie einen Schluck.

»Darf ich fragen, was am Freitag passiert ist? Und wieso Sie mich nach Blumen fragen?«

Luca sah ihn forschend an. Der alte Priester schien ernsthaft besorgt zu sein. »Hero wurde am Freitag bedroht, mehr kann ich Ihnen nicht sagen.«

»Was für eine Schande. Ich bete jeden Tag und jede Nacht für sie. Sie ist so ein liebes Mädchen. Sie hat das nicht verdient.« McMurtry veränderte seine Sitzposition, zuckte zusammen und fasste sich an die Hüfte.

»Darf ich fragen, wie es zu Ihrer Hüftverletzung gekommen ist?«

Der Priester betrachtete ihn lange über sein Glas hinweg, während er die bernsteinfarbene Flüssigkeit kreisen ließ und das intensive, herbe Aroma einsog. Schließlich schien er zu einem Entschluss gekommen zu sein. Er stellte sein Glas ab und sagte: »Ich werde Ihnen etwas erzählen, das ich sonst niemandem erzähle. Jedenfalls nicht, seit ich es gebeichtet und dem Herrn gegenüber wieder gutgemacht habe. Sie werden der Einzige auf diesem Kontinent sein, der darum weiß.«

Luca beugte sich gespannt vor. Dies hier würde entweder ein Mordgeständnis werden oder irgendeine dieser Geschichten, die alte Leute gern erzählten und die nichts mit der ursprünglichen Frage zu tun hatten und mit nichts im Zusammenhang standen.

»Ich bin in Belfast, Irland, geboren, zu einer Zeit, als die Stadt durch Krieg geteilt war. Als ich ein Junge war, wurde mein Vater wegen Gewaltverbrechen gehängt, die er während der *Troubles* begangen hatte. Der Verlust hat meine Mutter zerbrochen, und sie hat Trost im Alkohol gesucht.« Pater McMurtry starrte mit einem gleichzeitig traurigen wie ironischen Lächeln auf sein Glas. »Außerdem suchte sie Trost bei jedem Mann, der bereit war, ihr den nächsten Drink zu spendieren. Überflüssig zu erwähnen, dass das Leben ein einziger Kampf war und ich ein wütender und gewalttätiger Jugendlicher wurde, der die Straßen unsicher machte. Als ich alt genug war, verließ ich die verkommene Wohnung, in die meine Mutter mit uns gezogen war, und sicherte meine Existenz als zwielichtiger, spielsüchtiger Boxer.« Erstaunlicherweise funkelten seine Augen spöttisch.

»Ich hatte viele Götter, bevor ich diesen fand, Agent Ramirez. Geld, Gewalt, Frauen, Nervenkitzel und Schmerz. Ich huldigte ihnen allen. Meine Hüfte und ein Teil meiner Wirbelsäule wurden zerschmettert, als mich mein Buchmacher wegen einer Fünfhundert-Pfund-Schuld mit dem Wagen überfahren hat. Man sagte mir, ich würde nie wieder laufen können. Und stellen Sie sich vor, dann hat man mich zur Genesung in das St. Andrew's Hospital geschickt. Dort habe ich meine wahre Berufung gefunden – und meine Rettung. In jenem Krankenhaus habe ich mich durch Schmerz und Verlust, Gebete und Wunder von meinen Dämonen befreit und die Beweglichkeit meiner Beine zurückerlangt. Sobald ich wieder stehen konnte, wurde ich Geistlicher. Nachdem ihr Dämon meiner Mutter das Leben genommen hatte, bin ich nach Amerika gegangen, um die Vergangenheit hinter mir zu lassen. Der Rest ist Geschichte, wie man so schön sagt.«

Während sie beide an ihrem Drink nippten, herrschte angenehmes Schweigen. Luca versuchte in den Augen des Priesters jenen Mann zu entdecken, den McMurtry gerade beschrieben hatte, fand dort aber nur wissendes Mitgefühl und Achtung.

»Es gibt zwei Gründe, weshalb ich Ihnen von meiner Vergangenheit erzählt habe. Sie sind ein kluger und entschlossener junger Mann. Ich glaube, dass Gott Sie ausgewählt hat, um dem Bösen, das diese Frauen bedroht, ein Ende zu setzen. Ich möchte, dass Sie in der richtigen Richtung nach diesem Bösen suchen und sich nicht auf eine falsche Spur locken lassen, weder von persönlichen Motiven noch von Versuchungen. Ich glaube, Sie sind stark. Sie werden damit fertigwerden.«

Luca wurde auf einmal von einer Hitzewelle durchflutet, die nichts mit dem wärmenden Whiskey zu tun hatte. Er fühlte sich unwohl und wusste nicht, was er sagen sollte. Genau solch ein Gefühl hatte ihm auch Trainer Peck von Zeit zu Zeit vermittelt, das ungewohnte Gefühl, das Lob und das Vertrauen eines respektierten Älteren verdient zu haben. Nicht, dass Luca den alten Priester respektiert hätte, nein, er verdächtigte ihn, und das sollte er auch besser nicht aus den Augen verlieren. Er sah nach unten und betrachtete die Spitzen seiner knöchelhohen Berluti-Brunico-Boots.

McMurtry fuhr fort, als würde er Lucas Unbehagen nicht bemerken. »Außerdem habe ich Ihnen das erzählt, weil ich den Verdacht habe, dass Sie und ich mehr gemeinsam haben, als Sie vielleicht glauben. Eine ähnliche Kindheit vielleicht? Vielleicht haben wir sogar ähnliche Entscheidungen getroffen, wenn es um die Richtung geht, die unsere Leben genommen haben?« Er zog die Augenbrauen hoch und sah Luca an, als wolle er ihn auffordern, die Parallelen zu bestätigen.

Luca kippte den Rest seines Whiskeys hinunter und stellte das Glas dann mit mehr Schwung auf dem Tisch ab, als er vermutlich gewollt hatte. »Glauben Sie mir, *Padre*, ich bin *kein* Priester.«

Das brachte McMurtry zum Lachen. »Daran habe ich keinen Zweifel, aber vielleicht haben wir beide unser Leben demselben Ziel verschrieben. Den Geknechteten Hoffnung bringen. So etwas wie ein Gefühl von Ausgleich und Gerechtigkeit vermitteln. Die Dunkelheit bekämpfen, die die Seelen dieser Stadt bedroht, jeder von uns auf seine Art.«

Bei dem letzten Beispiel kniff Luca die Augen zusammen. Sein Misstrauen lag im Widerstreit mit seiner wachsenden Bewunderung für den Mann. »Vielleicht kämpfen wir beide auf der falschen Seite eines aussichtslosen Kampfes.« Und vielleicht hatte Hero recht gehabt. Suchte er in den Augen eines Heiligen nach einem Mörder? Oder erkannte er einen Mörder mit einer Seele, ähnlich seiner eigenen? Die Geschworenen berieten noch.

»Sie sagen das wie ein Mann, der seinen Glauben verloren hat«, sagte Pater McMurtry leise.

Luca gab ein glucksendes Geräusch von sich. »Man muss erst einmal einen Glauben haben, um ihn zu verlieren.«

Der alte Mann seufzte und betrachtete Luca mit etwas, das diesem wie aus langem Leiden geborenes Mitleid vorkam. »Glaube ist kein Besitz, mein Sohn, er ist eine Handlung. Sie können nicht einfach an der Klippe stehen und erwarten, dass er Sie ereilt. Sie müssen schon springen. Sie müssen fallen. Erst im Stürzen werden Sie Ihre Seele finden.«

Luca stand auf, denn er fand, dass es reichte. »Da komme ich nicht mehr mit, *Padre*. Danke für den Drink. Und … danke für Ihr Vertrauen.«

Pater McMurtry stand ebenfalls auf, wobei er sich auf dem Tisch abstützte.

»Ich finde allein raus.« Luca wollte ihm den schmerzvollen Gang zur Tür ersparen.

»Agent Ramirez.« Der alte Mann hob die Hand, als wolle er ihn aufhalten. »Ich erkenne die Dämonen in Ihren Augen als die gleichen, die früher in meinen lebten. Wut, Gewalttätigkeit, Zorn, Hass, auf Sie und auf andere. Wenn Sie nicht aufpassen, werden diese Dämonen Sie auffressen.«

Luca spürte, wie er wütend wurde, drängte diese Wut jedoch energisch zurück, weil er dem scheinheiligen, erschreckend gut beobachtenden Priester nicht die Genugtuung geben wollte, recht zu haben. »Ich weiß nicht, ob ich an Dämonen glaube. Ich will Sie nicht beleidigen, aber ich glaube, dass der Mensch Herr über seine Aktionen und Gefühle ist. Er trifft seine Wahl, allein, und entscheidet sich damit auch für die Konsequenzen.«

»Ich widerspreche Ihnen nicht. Dämonen gibt es im übertragenen wie auch im wörtlichen Sinn, mein Junge. Wir alle haben vermutlich von beiden ein paar.«

Luca, der dieses Gespräch unbedingt beenden wollte, ging zur Tür und öffnete sie. Vom Flur drang kühle Luft herein, wirbelte wie ein Geist durch den Raum und kühlte die vom guten Whiskey und gestiegenen Blutdruck gewärmte Haut. Etwas ließ ihn innehalten, bevor er sich endgültig davonstehlen konnte, und so wandte er sich noch einmal zu dem Priester um.

»Wie kann ich es schaffen, *Padre*?«, fragte er leise. »Wie kann ich diese Dämonen loswerden?«

Das Lächeln des alten Mannes war von schier göttlicher Güte. »Es gibt viele Methoden, Dämonen auszutreiben, Agent Ramirez. Wobei ich das Gefühl habe, Ihre könnten schon mit ein bisschen Hoffnung vertrieben werden, oder sollte ich sagen, Glauben? An Sie selbst, an andere, an die göttliche Vergebung.«

Luca brach in ein sarkastisches Lachen aus, das ein wenig unecht klang. »Einfach so?«

»Wenn Sie das für zu schwierig halten, können wir auch gern über einige unserer traditionelleren Exorzismusmethoden nachdenken.« McMurtry grinste ihn spitzbübisch an.

»Nein danke. Ich habe den Film gesehen.« Luca schwieg einen Moment. »Danke noch mal für den … für den Drink.«

»Sie können mich gern jederzeit wieder besuchen.«

Luca nickte, trat in den Flur und schloss energisch die Tür hinter sich. Er war so durcheinander, dass er erst einmal ein paar Sekunden auf der Schwelle stehen bleiben musste. Er wurde das Gefühl nicht los, dass er nicht der einzige Prüfer in diesem Raum gewesen war. Die Geschichte, die der Priester ihm erzählt hatte, faszinierte ihn. Seine Verletzung und sein Alter machten ihn eher unverdächtig. Was Luca nicht davon abhalten würde, Einblick in die medizinischen Unterlagen zu nehmen und vielleicht sogar die irische Botschaft anzurufen und um Bestätigung einiger Punkte zu bitten. McMurtry war Boxer gewesen. Hero war von einem Mann im Talar ins Gesicht geboxt worden. Das waren zu viele Parallelen, um sie zu ignorieren.

»Dämonen«, murmelte er und kam sich dabei ein wenig dumm vor. »Was für ein …«

In seiner Jackentasche vibrierte sein Handy, und Luca trat rasch ein paar Schritte von dem Büro weg, bevor er den Anruf entgegennahm und dann weiter Richtung Ausgang ging, um Hero von ihrem Bruder abzuholen.

»Warum hast du mir vorhin nicht die Neuigkeiten über unseren biegsamen Freund Two Rivers erzählt?«, witzelte Vince an seinem Ohr.

»Welche Neuigkeiten?«

»Hast du die E-Mail nicht bekommen? Die ist gestern rausgegangen.«

»Ich habe zwanzig Millionen E-Mails in meinem Postfach. Ich habe mir nur die wichtigsten angeschaut.« Den Tag zuvor hatte er mit Recherchen über Heilige, mit Fitnesstraining und ein paar aufgezeichneten HBO-Serien verbracht, schließlich war es sein freier Tag gewesen.

Die Korrespondenz überließ Luca normalerweise Vince. Der machte so etwas gern. Ein weiterer Grund, warum ihre Partnerschaft so gut funktionierte.

»Diese E-Mail ist nicht als dringend gekennzeichnet, sprang mir aber trotzdem ins Auge.«

»Und?«

»Sein Name lautet Reese Donovan. Er steht in Kalifornien und Arizona auf der Fahndungsliste, wegen Gewaltverbrechen, die acht Jahre zurückliegen, inklusive dreier sexueller Übergriffe auf Frauen. Es liegt bereits ein Überstellungsbefehl vor, unterschrieben vom Richter eines Bundesbezirksgerichts, weil es in einem der Fälle in Arizona auch um einen verdächtigen Todesfall geht. Halt dich fest: Die Todesursache ist Ertrinken.«

»Wusste ich es doch!« Triumphierend schlug Luca gegen eine der offenen Türen des Gemeinschaftsraums. »Wusste ich es doch, dass dieser scheiß Bäume umarmende Hippie ...«

»Bist du noch in der Kirche?«, fiel Vince ihm ins Wort.

»Oh. Mist. Ich wollte sagen ... klasse.« Luca blickte sich um und stellte zu seiner Erleichterung fest, dass er allein im Flur stand.

Er konnte Vince durch das Telefon lachen hören. »Jedenfalls halten die Agents und die Polizei die Augen nach Donovan offen, aber ich wollte dir schon mal Bescheid sagen, nur für den Fall, dass er es auf unser Mädchen abgesehen hat.«

Lucas Bedürfnis, Hero wieder unter seiner Aufsicht zu haben, wurde mit dieser Neuigkeit nur noch größer, und so beeilte er sich, durch das Labyrinth der Flure zur Kapelle zurückzukommen.

»Trotzdem ... ich weiß nicht, ob ich ihm das hier zutraue«, fuhr Vince fort. »Er hat keinen erkennbaren religiösen Hintergrund, und seine anderen Verbrechen sind eher Kleinkram, verstehst du, was ich meine? Spontane Gewalt, weil meine Mami mich nicht lieb genug hatte, solcher Schwachsinn. Johannes der Täufer hingegen geht methodisch vor, präzise, und die Verbrechen beinhalten keinerlei sexuelle Übergriffe.«

»Das habe ich mir auch schon überlegt«, stimmte Luca ihm

zu. Er war inzwischen in der Kapelle angekommen, die fast leer war, und eilte rasch den Mittelgang entlang. Nur wenige Gottesdienstbesucher waren noch geblieben und unterhielten sich. »Aber dieser Donovan bewegt sich in Heros Kreisen, und egal, was mit ihm ist, ich will, dass er dort nicht mehr auftaucht.«

»Andererseits … wenn er nun doch Johannes der Täufer ist?« Aha, Vince spielte mal wieder den Advocatus Diaboli. »Was, wenn dieses *Two Rivers* die Fassade für einen Serienmörder ist, und wir überstellen ihn, damit sich ein anderer Staat mit ihm rumschlagen kann? Was, wenn er freigelassen wird und sich erneut selbst erfindet? Dann ist er uns durch die Lappen gegangen.«

»Lass ihn uns zunächst mal verhaften. Entscheiden müssen wir erst dann.«

»Okay«, entgegnete Vince. »Guter Plan. Wie war es in der Kirche?«

»Seltsam«, erwiderte Luca.

»Inwiefern?«

»Es hatte etwas von: Demonstrieren Sie an der Puppe, wo der Priester Ihre Dämonen entblößt hat.«

»Das ist ja abartig.« Vince lachte. »Was sollten wir deiner Meinung nach heute Nacht mit den furchtlosen Priestern machen?«

Luca dachte nach. »Wir sollten auf beide jemanden ansetzen, und wenn möglich auch auf den Professor. Außerdem möchte ich, dass jemand bei Heros Wohnung ist, auch wenn wir nicht dort sein werden. Trojanowski hat das zur Chefsache gemacht, also sollte er auch in der Lage sein, genügend Leute zur Verfügung zu stellen, meinst du nicht auch?«

»Ja, das sollte kein Problem sein.«

Als Luca an der Tür anlangte, fand er Rown im Gespräch

mit der grauhaarigen Frau, die in der Reihe vor ihnen gesessen hatte. Diesen Hinterkopf würde Luca überall wiedererkennen. Der Regen hatte aufgehört, aber die Wolken hingen noch immer tief am Himmel. Hero war nirgendwo zu sehen. Luca machte eine fragende Geste.

»Sie ist bei Demetri«, sagte Rown über den Kopf der Matrone hinweg. »Die beiden mussten zur Toilette.«

Das beruhigte Luca, denn Demetri arbeitete unter anderem für einen privaten Sicherheitsdienst und war Lucas Meinung nach ein brauchbarer Aufpasser für Hero. Wobei Luca getötet hätte, um zu sehen, was in dem gelöschten Strafregister ihres Bruders gestanden hatte.

»Okay dann. Ich muss jetzt zum Essen bei den Eltern«, sagte Luca zu seinem Partner.

Vince lachte erneut. »Du hattest schon schlechtere Rollen, nicht wahr?«

»Im Moment fällt mir keine ein«, knurrte Luca. Mit Eltern rumhängen entsprach nicht unbedingt seinen Vorstellungen.

»Schenk ihnen einfach dein nettestes Ich-schlafe-nicht-mit-Ihrer-Tochter-Lächeln, und schon wird alles prima laufen.«

»Ich schlafe *nicht* mit ihrer Tochter.«

Vince kicherte. »Ja, aber das wissen ihre Eltern nicht.«

Luca hatte sich gerade auf den Weg zu den Toiletten gemacht, als das unverkennbare Heulen einer Harley auf dem Parkplatz seine Aufmerksamkeit erregte. Demetri, der eine kurz vor dem Platzen stehende Lederjacke und eine locker sitzende schwarze Hose trug, strich sich das schulterlange schwarze Haar nach hinten und setzte den Helm auf.

Wo war Hero?

»Ich muss los.« Luca wartete Vince' Antwort gar nicht erst ab. Mit hämmerndem Herzen rannte er über den Rasen und gab Demetri Zeichen zu warten.

Das Visier ging auf und enthüllte Demetris dunkle, tiefliegende Augen.

»Wo ist Hero?«, fragte Luca.

»Ich habe sie bei Rown gelassen, oben auf der Treppe …« Er blickte zu seinem Bruder. »Vor einer Minute war sie noch da.«

Rown hatte sie entdeckt und Heros Abwesenheit ebenfalls bemerkt. Er verabschiedete sich rasch von der Matrone und kam auf das Motorrad zugeeilt.

»Sie überprüfen die Kapelle und die Büros«, rief Luca Rown über den Rasen hinweg zu. Eine ihm unbekannte eiskalte Panik drohte ihn zu übermannen. »Ich sehe in den Nebengebäuden nach.«

Demetri stieg vom Motorrad.

»Lassen Sie niemanden gehen«, befahl Luca und griff in seine Tasche nach seiner beruhigenden Waffe. »Und beten Sie, dass wir sie finden.«

17

Nein, lehr' nicht deine Lippen solchen Hohn:
Zum Kuß geschaffen, Herrin, sind sie ja.
William Shakespeare, *Richard III.*

Hero nahm das Glas Wein von Pater Michael und legte beide Hände um den Kelch. Sie lehnte mit der Hüfte an der Spüle der Pfarrhausküche und starrte in das Glas. Sie fühlte sich nicht in der Lage, Pater Michaels durchdringendem Blick standzuhalten. Das war der letzte Raum, in dem sie gewesen war, bevor Johannes der Täufer sie entführt hatte. Auch damals hatte sie ein Glas Wein in der Hand gehalten. Hatte eine ähnliche Diskussion mit ihm geführt. Das schien eine Ewigkeit her zu sein. Als wäre es eine andere Frau gewesen, die in dieser Küche gestanden und Wein getrunken hatte.

»Zunächst einmal: Wie geht es *Ihnen*?« Pater Michael lehnte ebenfalls am Küchentresen, rückte etwas näher an sie heran und nahm die gleiche Haltung ein wie sie. Er roch leicht nach Kerzenwachs, Sandelholz und sauberem Leinen.

Hero betrachtete den schwarzen Talar, den er trug, und ein leichter Schauder lief ihr über den Rücken. »Ich dachte, Sie wollten über Connor reden.« Sie hoffte, dass ihm das plötzliche Misstrauen in ihrer Stimme nicht auffiel.

»Will ich auch«, murmelte er. »Das heißt nicht, dass ich mir um Sie keine Sorgen mache.«

Sie sah zu ihm hoch. Seine hellbraunen Augen, die immer so offen und gütig gewirkt hatten, schienen jetzt Geheimnisse zu verbergen. Oder Reue? Sie setzte ihr Glas an die Lippen, hielt dann aber inne, bevor sie trank. Konnte der Wein vergiftet sein? Drogen enthalten? Hatte sie einen Fehler gemacht, als sie mit Pater Michael hierhergegangen war? Nein. *Nein*, sie vertraute ihm. Oder? Sie war hier, um zu beweisen, dass er fälschlicherweise verdächtigt wurde.

Dennoch stellte sie das Glas auf dem Küchentresen ab. Der Wein roch plötzlich sauer.

»Mir geht es bestens.« Sie betonte das letzte Wort und setzte ein fröhliches Lächeln auf, um es glaubhafter wirken zu lassen. »Um mich brauchen Sie sich keine Sorgen zu machen.«

»Unmöglich«, sagte er freundlich. »Nach allem, was Sie durchgemacht haben? Noch immer durchmachen? Und dann auch noch eine neue Beziehung. Halten Sie das für klug?«

»Glauben Sie wirklich, das ginge Sie etwas an?« Als Pater Michael zusammenzuckte, als hätte sie ihn geschlagen, schloss sie die Augen und seufzte. Das war völlig falsch herausgekommen. *Meine Güte*, war ihr zuwider, in wen sie sich verwandelt hatte! Wenn sie sich selbst schon nicht mehr erkannte, wie sollte sie dann ihren Mörder erkennen?

»Ich hatte gedacht … wir wären in den letzten Jahren mehr als Priester und Gemeindemitglied geworden«, sagte er vorsichtig. »Ich dachte, wir wären Freunde. Entschuldigung, wenn ich Ihnen zu nahe getreten bin.«

»Nein«, widersprach Hero und rieb sich die Stirn, hinter der sich ein unangenehmer Druck aufbaute. »Nein, Pater Michael, es ist meine Schuld. Ich habe das Gefühl, mich nur noch verteidigen zu müssen. Ich stelle alles und jeden infrage.« *Sogar Sie*, fügte sie innerlich hinzu.

»Ich frage, weil Sie mir wichtig sind, Hero.« Er nahm ihre Hand in seine und fuhr mit dem Finger über die hervorstehende Narbe. Seine feuchtkalte Hand fühlte sich unangenehm an, genau wie der Druck auf ihre beschädigten Nerven, der bis in den Arm hinauf ein brennendes Gefühl auslöste. War es seine Stimme gewesen? Konnte die helle, weiche Tonlage zu diesem tiefen lateinischen Singsang herabsinken, den sie in jener Nacht gehört hatte? »Sie sind mir wichtig … vermutlich mehr, als ich …«

»Was zum Teufel geht hier vor sich?«

Hero entriss Pater Michael die Hand, bereute es aber sofort, weil es so schuldig wirkte. Luca hatte die Waffe gezogen und zielte auf den Priester. Für den Bruchteil einer Sekunde fürchtete Hero tatsächlich, er würde schießen.

Luca senkte die Waffe und sicherte sie, steckte sie aber nicht in das Holster. Stattdessen richtete er seinen eiskalten Blick auf ihre Kehle und ballte die linke Hand zur Faust.

»Verdammte Scheiße, Hero«, brachte er mühsam hervor. Als Pater Michael entsetzt nach Luft schnappte, gab Luca ein genervtes Stöhnen von sich und murmelte: »Entschuldigung, Pater«, klang dabei aber ganz und gar nicht so, als tue es ihm leid.

»Schon in Ordnung«, sagte der Priester leise.

»Du kannst nicht einfach verschwinden, ohne jemandem zu sagen, wo zur Hölle du steckst! Entschuldigung, Pater.«

»Kein Problem.«

»Hast du nicht gehört, dass ich gesagt habe, du sollst bei deinem Bruder bleiben? Verflucht, du hast uns alle zu Tode erschreckt! Entschuldigung, Pater.«

»Ich verstehe.«

»Du bist wütend«, versuchte Hero ihn zu beschwichtigen. »Ich bin …«

»Du hast mich noch nicht erlebt, wenn ich wütend bin, verdammt noch mal!«, brüllte Luca. Dann murmelte er erneut: »Entschuldigung, Pater.«

»Ich fürchte, es ist meine Schuld, Agent Ramirez.« Pater Michael lächelte Luca amüsiert und beschwichtigend an. »Ich habe Hero gebeten, mich hierherzubegleiten.«

Luca richtete seine zornig funkelnden Augen wieder auf den Priester. Um ihn vor Lucas Zorn zu retten, fügte Hero erklärend hinzu: »Er wollte mit mir über Connor reden. Wir machen uns alle solche Sorgen um ihn.«

»Ach, und wenn dir ein Fremder erzählen würde, er hätte Süßigkeiten in seinem Lieferwagen, würdest du einfach einsteigen?«, fragte Luca gereizt. Zumindest schrie er jetzt nicht mehr und steckte seine Waffe weg.

»Ich glaube, dieser Vergleich hinkt.« Pater Michael klang ernsthaft beleidigt.

Rown kam um die Ecke zur Pfarrhausküche gestürmt, blieb neben Luca stehen und sah Hero mit dem gleichen missbilligenden Gesichtsausdruck an wie Luca.

Ob man ihnen diesen Gesichtsausdruck wohl in Quantico beibrachte?

»Tut mir leid, Pater Michael, aber Hero soll ohne uns nirgendwohin gehen, und das weiß sie auch.« Rown war ein wenig außer Atem, aber lange nicht so wie Luca, der schnaufte, als hätte er einen Marathonlauf hinter sich.

»Ich verstehe Ihrer beider Sorge um Heros Wohlergehen.« Pater Michael stellte mit zitternder Hand sein Glas ab. »Aber ich versichere Ihnen, von mir droht ihr keine Gefahr.«

Beide Agents ignorierten ihn.

»Ich dachte, du hättest gesehen, wie ich dir Zeichen gegeben habe, dass ich hierhergehe«, sagte Hero zu ihrem Bruder. »Die Tür war offen, und du warst in Rufweite.« Sie deutete auf die Tür des Pfarrhauses, die man zwar vom Fuß des Hügels, auf dem die Kathedrale stand, sehen konnte, nicht jedoch von der Treppe, auf der Rown gestanden hatte.

»Du hättest dich vergewissern sollen«, knurrte Rown.

»Du hättest bleiben sollen, wo du warst«, zischte Luca, während er den Blick mit kaum verhohlener Feindseligkeit wieder auf den Priester richtete.

»Entschuldigung, bin ich etwa ein Verdächtiger?« Pater Michael hob die Hände, als wolle er sich ergeben. »Mir geht es nämlich nur um das, was mit Connor los ist, das ist alles.«

Heros und Rowns Blicke trafen sich, und in seinen Augen sah sie die gleiche Sorge, die sie hierher hatte kommen lassen. Irgendetwas musste mit Connor geschehen. Ihr ältester Bruder brach vor ihren Augen zusammen, was sie alle irgendwie übersehen hatten, weil sie so sehr mit der aktuellen Gefahr beschäftigt waren, in der Hero schwebte. Die Schuldgefühle schnürten ihr die Kehle zu, weshalb sie Pater Michael gefolgt war, als er sie angesprochen hatte, um mit ihr über eine Lösung zu reden. Sie war froh gewesen, sich zur Abwechslung auf die Probleme von jemand anderem konzentrieren zu können. Sich nicht so hilflos und ausgeliefert fühlen zu müssen. Dass es eine dumme Entscheidung gewesen war, wurde ihr jetzt erst klar.

Rown erwies sich als ihr Retter. »Ramirez, wollen Sie mit Hero zu unseren Eltern fahren? Schicken Sie Demetri rein, dann können er und ich mit Pater Michael über Connor reden. Sag Mom und Dad, dass wir pünktlich zum Essen da sind.«

Es dauerte eine Sekunde, bis Luca sich zu seinem Kollegen umdrehte. Hero hielt den Atem an. Rown war außer ihr der Einzige mit Sommersprossen in der Familie, normalerweise waren sie aber kaum zu sehen. In dem grellen fluoreszierenden Licht der Küchenlampe traten sie jedoch deutlich hervor, und Luca starrte auf eine besonders deutliche neben Rowns Mund, als halte er sie für ein gutes Ziel für seine Faust.

»Alles in Ordnung, Ramirez?«, fragte Rown und runzelte die Stirn.

»Alles in Ordnung.« Luca klang eher, als wäre nichts in Ordnung.

»Dann sehen wir uns bei meinen Eltern?«

Luca nickte, drehte sich um und packte Hero am Ellbogen. Sie ließ sich von ihm Richtung Tür dirigieren, wagte es nicht, sich darüber zu beschweren, wie diese beiden Agents gerade mit ihr umgesprungen waren.

Luca wandte sich noch einmal um und deutete mit dem Finger auf Pater Michael, der unwillkürlich zusammenzuckte. »Ich komme wieder, und dann reden wir.« *Reden* klang wie ein Euphemismus für etwas deutlich Unangenehmeres.

Pater Michael griff nach seinem Glas und machte sich mit einem großen Schluck Mut. »Ich bin hier.«

Das muss man dem Priester lassen, dachte Hero, als sie wortlos über den Rasen gingen, *Mut hat er.* Aber vielleicht fürchtete man den Tod nicht, wenn man sein Leben Gott geweiht hatte.

Demetri unterhielt sich gerade mit jemandem in einem Pick-up, hinter dem sich einige Wagen gestaut hatten, die den Parkplatz verlassen wollten. Niemand hupte. Dafür waren die Leute in Portland zu höflich. Demetri, der sie gesehen hatte, klopfte zum Abschied zweimal auf die Wagentür und kam dann mit langen, lässigen Schritten auf sie zu. Hero wusste, dass die entspannte Haltung ihres Bruders täuschte, denn sie sah, wie verkrampft er den Helm in der linken Hand hielt.

»Was zum Teufel sollte das, Mädchen?« Sein ruhiger Ton passte so gar nicht zu seiner Frage, aber Demetri hob nie die Stimme. »Du hast mir Angst gemacht. Und du hast mich vor deinem Freund blamiert.« Er stupste Lucas Schulter freundschaftlich mit dem Helm an und schenkte ihm sein entwaffnendstes Lächeln. »Als ob ich noch einen Bullen bräuchte, der mich auf dem Kieker hat.«

Lucas Mundwinkel verzogen sich ein wenig, aber den Griff an ihrem Ellbogen lockerte er nicht eine Sekunde lang.

»Wir haben bereits festgestellt, dass ich mich falsch verhalten habe.« Hero war in die Rolle der defensiven kleinen Schwester geschlüpft. Dieses Spiel kannte sie gut, abfälschen und umlenken. »Rown und Pater Michael sind in der Küche und wollen mit dir reden. Wegen Connor.«

»Okay.« Demetri holte so tief Luft, dass seine Lederjacke knarzte. »Sag Mom und Pop, dass wir nachkommen.«

Hero nickte.

»Und wehe, ihr fangt ohne uns zu essen an«, rief er noch über die Schulter.

Luca nahm seinen schweigenden Gang zum Auto wieder auf. Er eilte mit seinen langen Beinen so unglaublich schnell über den Rasen, dass Hero kaum mitkam. Sie gab sich alle Mühe, Schritt zu halten, denn sie fürchtete, er könne sie sonst einfach am Arm hochheben wie ein widerspenstiges Kind.

»Könntest du mich bitte loslassen?«, fragte sie schließlich und versuchte vergeblich, sich seinem gnadenlosen Griff zu entziehen.

Er wirbelte herum, zog sie zu sich heran und starrte auf sie hinunter wie ein tollwütiger Schrottplatzdobermann am Ende seiner Kette.

Hero öffnete den Mund, um etwas Beschwichtigendes zu sagen, doch bevor sie auch nur einen Ton herausgebracht hatte, hatte er schon seine Zunge an ihren Lippen vorbeigeschoben und Reden unmöglich gemacht. Er umschlang sie mit seinen Armen, die sich wie erhitzter Stahl anfühlten, und presste ihre Ellbogen gegen ihre Rippen. Er knurrte eine Warnung in ihren Mund, wobei seine Lippen ihre gegen ihre Zähne drückten.

Heros erster Impuls war, sich gegen ihn zu wehren. Was war er eigentlich? Ein Höhlenmensch? Wie konnte er es wagen, sie so zu dominieren? Sie konnte die Hände nicht sehr hoch heben, eingeklemmt, wie ihre Arme waren, aber als sie sie gegen seine Taille presste, um ihn wegzuschieben, spürte sie dort heftige Zuckungen. Tatsächlich bebte sein gesamter Rücken, und diese Vibrationen schienen von seinem Nacken auszugehen und seine Wirbelsäule hinunterzuschießen. In den drohenden Lauten, die aus seiner Kehle drangen, klang Verzweiflung mit, und plötzlich verstand Hero, was geschah.

Sie gab jeglichen Gedanken an Gegenwehr auf, schmiegte sich an seinen harten Körper und öffnete ihm ihren Mund mit einem leisen, Unterwerfung signalisierenden Stöhnen.

Das war es, was er gebraucht hatte. Seine Arme fühlten sich nun nicht mehr so an, als wollten sie sie zerquetschen, sondern als wollten sie sie behüten. Mit seinen kräftigen Fingern knetete er ihre Schultern, ihren Rücken und noch ein Stück tiefer, als könne er sich nur so vergewissern, dass sie noch da war. Er schmeckte süß und scharf, wie teurer Whiskey und kostspieliger Sex. So heftig der Kuss auch war, seine Lippen waren einfach zu voll, um fest zu sein. Sie federten ihren Mund ab, während der exotische Geschmack seiner Leidenschaft in sie hineinströmte.

Hero versuchte es, konnte in seinen Armen aber nicht lange passiv bleiben. Sie schmiegte sich noch enger an ihn und nutzte den Raum, den er ihren Armen jetzt ließ, um die Hände unter seine Jacke zu schieben und seinen harten Körper zu spüren, der sie unter seinem dünnen Hemd lockte. Sie stieß auf das weiche Leder seines Schulterholsters und den kalten

Stahl seiner Waffe. Die Lustwelle, die dieser Entdeckung folgte, lähmte sie beinahe.

Sie wollte von ihm genommen werden, während er diese Waffe trug. Sie wollte ihn genau *so*. Am Rande seiner Selbstbeherrschung, wild und wütend und ängstlich. Sie wollte, dass er seinen Schwanz herausholte, der an ihrem Bauch pulsierte, und ihn in sie hineinschob, ohne seine Hose auszuziehen. Sie wollte spüren, wie sich sein Gürtel in ihre Haut bohrte, während sie zusah, wie seine breiten Schultern gegen das Leder seines Holsters drückten.

Mit einem verzweifelten Laut riss Luca die Lippen von ihren, als müsse er gegen einen zähen Klebstoff ankämpfen. Er hob den Kopf, bis sein Kinn direkt über ihrem Kopf war, und schnappte ein paarmal nach Luft. Hero sah, wie sein Adamsapfel dabei auf und ab hüpfte. Schließlich ließ sein Zittern nach, und auch sein Herzschlag beruhigte sich allmählich. Als er sich erneut zu ihr hinunterbeugte, hatte sich seine ganze Wut wieder in seinem Blick gesammelt. Sie erwartete, dass er sie anbrüllen, sie beschimpfen und heftig fluchen würde. Was sie ja irgendwie auch verdient hatte.

»Du darfst mir so etwas nicht antun.« Seine sanfte Stimme schockierte sie, ließ sie dann aber auch gleich dahinschmelzen. Es klang mehr wie eine Bitte als wie ein Befehl. »Ich drehe durch, Hero. Verstehst du das?«

»Es tut mir leid.« Sie schlang ihm die Hände um den Nacken und zog seinen Kopf herunter, bis seine Stirn an ihrer ruhte. »Entschuldige, dass ich so gedankenlos war. Du hast recht, du hattest die ganze Zeit recht. Ich muss vorsichtiger sein. Es tut mir leid.«

Luca stieß noch einmal zitternd einen Seufzer aus. »Wenn er dich erwischt …«

»Das wird er nicht.«

Luca packte sie an den Armen und schob sie sanft von sich weg. »Du hast verdammt recht, das wird er nicht. Denn ab jetzt werde ich hinter dir her sein wie ein fettes Kind hinter Kuchen, verstanden?«

Hero lächelte ihn provozierend an. »Versprochen?«

»Lass das«, warnte er sie und packte ihre Schultern fester.

»He, wer hat hier wen geküsst? Ich empfange sich widersprechende Botschaften.«

Sein Blick richtete sich erneut auf ihre Lippen, und sie hob einladend den Kopf. Doch anstatt ihre Einladung anzunehmen, ließ er sie los und ging ein paar Schritte weg, die eine Hand in die Seite gestemmt, während er sich mit der anderen durch das kurz geschnittene Haar fuhr. Sobald er weit genug weg war, drehte er sich wieder zu ihr um. »Du weißt, das war kein … Ich wollte nicht … Meine Güte, Hero, du bringst mich in eine unmögliche Position.«

»Noch einmal: Ich entschuldige mich.« Sie sah ihn aus funkelnden Augen an. »Weißt du was, du kannst dich revanchieren, wann immer du willst, obwohl ich mich noch nie in einer Position befunden habe, mit der ich nicht klargekommen wäre.«

Der Blick, mit dem er sie von oben bis unten betrachtete, war so heiß, dass er ihre Stiefel hätte in Brand setzen können. Er wandte sich wieder von ihr ab und gestikulierte wie wild in Richtung der Kathedrale, als hätte sie ihm ein Unrecht zugefügt. *»Dios, no me lo puedo merecer esta mierda …«*

Das reicht, beschloss Hero, während sie zuhörte, wie er in seiner schnellen, gutturalen Muttersprache vor sich hin fluchte. Sie würde so schnell wie möglich Spanisch lernen.

»Lass uns zum Essen fahren. Ich habe Hunger.« Sie ging an ihm vorbei auf das Auto zu und ballte die Hände zu Fäusten, um sie nicht nach ihm auszustrecken.

Er hörte auf, vor sich hin zu fluchen, und folgte ihr. Hero konnte seinen Blick durch ihr Kleid hindurch spüren. Ihre Beine waren noch ein bisschen wackelig, und ihre Erregung ließ ihr Blut noch immer etwas schneller fließen. Sie hatte geglaubt, sie hätte die Sache unter Kontrolle. Dass sie ihn zermürben würde, bis er ihr gab, was sie wollte. Was sie beide wollten. Aber als sie sich auf den Beifahrersitz setzte, machte ihr das sehnsüchtige Verlangen zwischen ihren Beinen ein wenig Angst. In anderen Beziehungen, oder besser gesagt bei jedem anderen Mann, mit dem sie ins Bett gegangen war, war sie die Tonangebende gewesen. Immer hatte sie über das Wo, Wann, Wie und Wie lange bestimmt. Selbst bei Alec hatte sie nie wirklich Treue erwartet oder eingefordert und sich ohne allzu großen Schmerz von ihm getrennt, nachdem sie festgestellt hatte, dass er sie betrog. Der Professor war der erste und einzige Mann gewesen, bei dem sie sich überhaupt erlaubt hatte, über eine gemeinsame Zukunft nachzudenken. Als sich herausgestellt hatte, dass er ihr Vertrauen nicht wert war, war sie zwar verletzt gewesen, konnte sich aber nicht erinnern, sonderlich viele Tränen vergossen zu haben.

Diese *Sache*, diese vorgespielte Beziehung mit Luca – das war anders. Sie lief Gefahr, wirklicher zu werden als alles Bisherige in ihrem Leben.

Während Luca den Wagen ein wenig zu schnell vom Parkplatz manövrierte, betrachtete Hero ihn genauer. Männer fuhren immer zu schnell, wenn sie erregt waren. Sie mochte ihn so, am Rande seiner Selbstbeherrschung. Es gab ihr ein Gefühl von Macht, und gleichzeitig fühlte sie sich begehrt. Der weibliche Thrill, auf diese Art gejagt zu werden, würde ihren Sex unbeschreiblich machen. Das wusste sie einfach. Aber sein Kuss hatte etwas mit ihr gemacht. So wie er sie dominiert hatte, war bei ihr eine dicke Kontrollschicht freigelegt worden, wodurch etwas enthüllt worden war, dessen Existenz sie nicht gern zugab. Schwäche. Vielleicht sogar Unterwerfung? Die Gefahr bestand darin, dass sie zum ersten Mal in ihrem Leben nicht vorhersagen konnte, wie es zwischen ihnen enden würde. Wenn er sein Versprechen eingelöst haben würde, sie gnadenlos durchzunehmen, würde er dann seinen Anzug anziehen und gehen? Und wenn die Sache diese ersten fleischlichen Begierden überstand und sich zu einer Beziehung entwickelte?

Ihr Herz fing an, wie wild gegen ihre Rippen zu klopfen, als ihr bewusst wurde, dass sie seinen Verlust vielleicht nicht so leicht überwinden würde. Ein Leben ohne ihn kam ihr leer vor. Beängstigend. Luca war nicht der Typ, der sich niederließ. Er war wie sie. Frei. Single. Unabhängig. So war sie immer gewesen, aber irgendetwas begann sich zu verändern. Wenn diese ganze schreckliche Erfahrung sie nun verändert hatte? Wenn sie ihn nicht nur wollte, sondern anfing, ihn zu brauchen? Und wenn er sie dann nicht brauchte?

18

Es ist so gewiß als ihr Rodrigo seyd; … wenn mein Gesicht, und meine äusserlichen Handlungen die wahre innerliche Gestalt meines Herzens zeigten, so würde mein Herz in kurzem den Krähen zum Futter dienen – Mein guter Freund, ich bin nicht, was ich scheine.

William Shakespeare, *Othello*

Portlands vornehmes und altehrwürdiges Viertel Laurelhurst war bekannt für seine schmalen Straßen und großen Gärten. Das Haus von Eoghan und Izolda Katrova-Connor bildete da keine Ausnahme. Als Hommage an die Stadt säumten den Weg zum Haus auf beiden Seiten gut gepflegte Rosenbüsche, die jetzt im Dezember zu einer sauberen Hecke heruntergestutzt waren. Das im viktorianischen Stil errichtete Haus sah von außen sehr viel kleiner aus, als es war. Es war nicht sehr breit, dafür aber tief, und verfügte über fünf Schlafzimmer, ein großes Wohnzimmer, einen Unterhaltungsraum, eine riesige Küche und ein Esszimmer, in dem bequem fünfzehn Erwachsene Platz fanden. Izolda war offensichtlich Optimistin.

Luca erinnerte sich an seinen ersten Besuch hier. Es hatte sich angefühlt, als sei er in einen Katalog getreten, der für häusliches Idyll warb. Mrs Katrova-Connor, die trotz ihres Alters auffallend schöne Dame des Hauses, hatte ihn mit einer Schürze um die Taille empfangen, deren Umfang viel zu schmal schien für ihre sechs dynamischen Kinder. Er war von einer großen überdachten Veranda, die nach den Erikas und Fuchsien roch, die aus den Blumenkästen in den Fenstern hingen, in ein Zuhause getreten, das nach gebackenen Kostbarkeiten und Glück roch.

An jenem Tag im Oktober hatte er auf ihrer bequemen Ledercouch gesessen und ihnen erklärt, dass ihr jüngstes Kind wahrhaftig das Opfer eines Serienmörders geworden war. Zu dem Zeitpunkt hatte sich Hero noch im Krankenhaus von ihrer Operation erholt. Sie hatten es aufgenommen wie Menschen, die an solche Tragödien gewöhnt waren. Statt zusammenzubrechen und mit Schuldzuweisungen oder Anklagen zu reagieren, hatten sie sachdienliche, lösungsorientierte Fragen gestellt. Tränen waren Eoghans ledrige Wangen hinabgeflossen, aber seine kräftige Stimme hatte er im Griff gehabt.

Luca hatte die beiden sofort gemocht und respektiert. Und die freundliche Neugier, mit der Heros Eltern die Beziehung zwischen ihm und ihrer Tochter akzeptiert hatten, machte dieses ganze Täuschungsmanöver deutlich einfacher. Dennoch flatterten seine Nerven bei der Vorstellung, einen ganzen Abend mit den Eltern seiner angeblichen Freundin zu verbringen.

Er folgte Vince' Rat und setzte sein nettestes Ich-schlafe-nicht-mit-Ihrer-Tochter-Lächeln auf, als er Hero zur Haustür folgte. Serienmörder, Drogenbarone und Terroristen – damit konnte er umgehen. Eltern? Die jagten ihm Angstschauder über den Rücken. Vielleicht, weil er Hero schon wieder geküsst hatte. Verdammt, konnten Väter so etwas nicht riechen? Noch dazu hatte er versprochen … Nun, darüber wollte er jetzt lieber nicht nachdenken.

Eins. Zwei. Drei. Vier …

Die schwere Bogentür wurde aufgerissen, aber mit diesem Katrova-Connor, der noch dazu eine Rüschenschürze trug, hatte Luca am wenigsten gerechnet.

Hero verschwand in der Umarmung des knapp einen Meter neunzig großen, neunzig Kilo schweren lachenden Halbschwergewichtlers. »Da seid ihr ja!«

»Knox, du erinnerst dich sicher an Luca, meinen Freund.« Hero deutete in Lucas Richtung.

Knox presste seiner kleinen Schwester einen feuchten Kuss auf die Stirn, bevor er Luca über ihren Kopf hinweg die Faust entgegenstreckte. »Klar doch.« Knox' Lächeln wurde noch breiter. »Schön, dich zu sehen, Mann, und unter viel angenehmeren Umständen.«

»Gleichfalls.« Luca schlug mit der Faust gegen die vermutlich kostbarsten Knöchel des Landes. Statt in Tapout-Fäustlingen steckten sie in spitzenbesetzten Backofenhandschuhen mit Mustern aus Trauben und Weinflaschen. Sie passten zu der Schürze, die vom Oberkörper des professionellen Boxers bis an die Grenze ihrer Dehnbarkeit gebracht wurde.

Lennox Goodfellow Katrova-Connor trug eine graue Hose und ein burgunderrotes Hemd mit offenem Kragen und hochgerollten Ärmeln. Er hätte fast schon respektabel ausgesehen, wären da nicht die rotbraune Fauxhawk-Frisur mit den schwarzen Spitzen und die zahllosen keltischen Tattoos gewesen, die unter seinen Ärmeln und aus dem Ausschnitt seines Hemds hervorlugten. Wer ließ sich schon Tattoos am Hals stechen? Ringkämpfer, Rocker und Tattookünstler. Das war eine ziemlich kurze Liste.

Hätte Luca ein Foto von ihm gemacht, wie er da in seiner Schürze stand und breit grinste, hätte er es für einen Millionenbetrag verkaufen können. Um nicht zu zeigen, wie beeindruckt er war, mit jenem Mann zu essen, dessen Karriere er seit fünf Jahren verfolgte, beschloss Luca, nicht zu erwähnen, dass er ein Riesenfan war.

»Du musst in die Küche kommen, Hero«, sagte Knox bestimmt. »Ich habe eine Überraschung für dich.« Er trat zur Seite und fuchtelte mit seinen Handschuhen herum, um sie ins Haus zu scheuchen. »Wo sind Rown und Demetri?«, fragte er, als er hinter ihnen niemanden mehr entdeckte.

»Die reden noch mit Pater Michael. Sie kommen in ein paar Minuten nach«, erwiderte Hero ausweichend.

»Gut.« Kaum hatte er die Tür hinter ihnen geschlossen, wurde Lucas Nase mit Gerüchen bombardiert, die ihm das Wasser im Mund zusammenlaufen ließen. Der mit Teppichen bedeckte Holzboden knarrte unter ihren Stiefeln, als sie am Wohnzimmer vorbeigingen, das rechts vom Flur lag. Das Esszimmer lag auf der linken Seite und schloss direkt an die riesige, umgebaute Küche an, die auch in einer französischen Zeitschrift über ländliche Innenarchitektur hätte abgebildet sein können.

»Ich habe Mom endlich zu zwei Herden überredet, damit einer als Heißluftherd dienen kann«, sagte Knox verschwörerisch, bevor sie die Küche erreichten. »Sag ihr, dass sie dir gefallen.«

»Das habe ich gehört, Knox.« Der erotische russische Akzent wurde unterstrichen von dem scharfen Klacken eines sehr großen Messers auf einem Schneidebrett.

»Wirklich, Ma?«, erwiderte Knox. »Hast du auch gehört, wie ich gesagt habe, dass du nicht beim Kochen helfen sollst? Ich bin mir nämlich ziemlich sicher, dass ich das laut genug gesagt habe.«

Luca trat gerade noch rechtzeitig hinter Knox und Hero in die Küche, um mitzubekommen, wie Izolda ihrem Sohn auf die Hand schlug, als er versuchte, ihr das Messer wegzunehmen. »Mit einem Messer bin ich eine gefährliche Frau, Sohn.« Sie lächelte ihn herausfordernd an, während sie mit dem Messer vor seinem Gesicht herumfuchtelte. »Wag es ja nicht, mir noch einmal zu verbieten, in meiner eigenen Küche zu kochen.«

Sie klang wie ein Bösewicht aus einem alten James-Bond-Film, sah aber eher aus wie ein ehemaliges Bond-Girl. Ihr schwarzes, von silbernen Strähnen durchzogenes Haar war zu einem schicken, wenn auch unordentlichen Zopf geflochten, der ihr bis auf die Rückseite ihrer perlweißen Seidenbluse hinunterfiel. Die Pumps hatte sie ausgezogen, aber sie trug noch den Bleistiftrock und die Strumpfhose, in denen Luca sie in der Kirche gesehen hatte. Sie war groß, vermutlich fast einen Meter achtzig, und mit den Schuhen überragte sie ihren Ehemann um einige Zentimeter. Eoghan schien das weder bemerkt zu haben, noch schien es ihm etwas auszumachen.

»Agent Ramirez!« Ihre katzenartigen braunen Augen strahlten, als sie ihn entdeckte. Das Messer noch immer in der Hand trat sie auf ihn zu, packte ihn an den Schultern und gab ihm auf jede Wange einen Kuss. »Ab jetzt nenne ich dich Luca, schließlich bist du Heros *krasavchik*. Und du nennst mich Izolda, bis du dich mit dem Gedanken vertraut gemacht hast, mich Mama zu nennen.«

Krasavchik? Luca schluckte. *Mama*? »Gut, Mrs … ähm … Izolda. Danke für die Einladung zum Essen.« Musste er ihr noch die Hand schütteln, nachdem sie ihn geküsst hatte? Wie lautete die Etikette? Noch nie schien sich jemand so gefreut zu haben, ihn zu sehen. Wirklich noch nie. Und von jemandem über fünfzig war er nicht mehr geküsst worden, solange er zurückdenken konnte. Himmel, auf einmal war es viel zu heiß in der Küche.

»Natürlich isst du mit uns! Hero bringt sonst nie einen Mann mit, dem ich etwas kochen kann. Es wird höchste Zeit, finde ich.«

»Was für eine Überraschung hast du denn nun für mich?«, fragte Hero etwas übereifrig.

Knox eilte um die breite Kücheninsel herum, öffnete den oberen der beiden Backöfen und ließ die erste Hitzewelle entweichen. Dann griff er hinein, holte eine zugedeckte Bratpfanne heraus und stellte sie auf einem Korkuntersetzer ab.

Mit seinem Handschuh packte er den Griff des Deckels, hielt inne, um einen größeren dramatischen Effekt zu erzeugen, und sah seine Schwester verschmitzt an. *»Et voilà.«* Dampf stieg auf, und darunter kam ein rundes, nicht identifizierbares Stück Fleisch zum Vorschein, das tatsächlich unglaublich gut roch.

»Was ist das?« Luca, der in die Pfanne starrte, konnte sich die Frage nicht verkneifen.

»Tofurky nach Hausmacherart«, erwiderte Knox und strahlte ihn stolz an. »Mit Salbei, Zwiebeln und Wildreispilav, gefüllt mit geräuchertem Schinken.«

»Ahhh!«, quiekte Hero. »Knox! Ich bin begeistert!«

Knox nickte übertrieben großspurig und klopfte gegen seine Wange. Hero gab ihm einen Kuss und beugte sich dann schnüffelnd über die Pfanne.

Luca runzelte verwirrt die Stirn. »Ich denke, du bist Vegetarierin.«

»Bin ich auch.« Hero schloss die Augen und sog genießerisch den Geruch ein. »Deshalb Tofurky.«

»Aber da ist Schinken drin.«

Sie zuckte mit den Schultern. »Ja, schon, aber das ist Schinken.«

Knox nickte zustimmend.

»Schinken ist Fleisch«, sagte Luca. »Er stammt vom Schwein.«

»Er zählt nicht als Fleisch, weil er Schinken ist.« Sie sah ihn an, als sei er derjenige, der den Verstand verloren hatte.

»Das ergibt doch keinen Sinn.«

»Das muss es auch nicht, Kumpel«, erwiderte Knox weise. »Es ist Schinken.«

Luca wusste nichts weiter dagegen einzuwenden, also nickte er einfach, als hätte ihn die unfehlbare Logik überzeugt. Zumindest ließ das eine Chance erkennen, dass Hero und er beim Frühstück doch noch zusammenfanden.

Heros Schwester kam mit dem Handy am Ohr in die Küche. »Ich habe Ihnen doch gesagt, dass die Aussage für Dienstag anberaumt ist. Also müssen Sie die eidesstattliche Erklärung *morgen* unterschrieben bekommen, sonst sind wir geliefert.« Mit ihrer Breitrandbrille und dem dunkelroten Haar, das zu einem losen Knoten geschlungen war, in dem ein Bleistift steckte, sah sie eher wie eine Bibliothekarin als eine hochrangige stellvertretende Bezirksstaatsanwältin aus.

»Timandra, das Essen ist gleich fertig«, sagte Izolda tadelnd. »Hör auf zu arbeiten. Es ist Sonntag.«

Andra ignorierte ihre Mutter, schlenderte zum Kühlschrank, nahm zwei Flaschen Bier heraus und öffnete sie, indem sie die Kronkorken gegen den Küchentresen hielt und wie ein Profi dagegenschlug.

Luca sah verblüfft zu. Er war beeindruckt.

»Ich dachte, ihr Staatsangestellten habt am Wochenende frei«, fügte Knox hinzu. »So wie Luca hier.«

Glücklicherweise blieb Luca davon verschont, seinen schuldbewussten Gesichtsausdruck verbergen zu müssen, da Andra eine abwehrende Handbewegung machte im Sinne von »Halt die Klappe, ich bin am Telefon«. Sie packte die beiden

Flaschen mit einer Hand und hatte wundersamerweise noch immer einen Finger frei, um damit ihr freies Ohr abzudecken. »Wie bitte? Was soll das heißen, falsches Formular? Ich schwöre bei Gott, ich werde diese neue Assistentin mit ihrer eigenen Telefonschnur erdrosseln. Wenn ihr Hirn wenigstens halb so groß wäre wie ihre Brüste, hätten wir die Sache längst unter Dach und Fach.« Den Rest des Gesprächs bekam Luca nicht mehr mit, weil sie sich mit einem lautlos geflüsterten »Hallo« an ihm vorbeizwängte und durch die gegenüberliegende Tür verschwand.

Die beiden Katrova-Connor-Mädchen waren zwar völlig unterschiedlich, aber beide auf ihre Art Naturgewalten. Luca sah Hero über die Kücheninsel hinweg an. Sie grinste ihn sarkastisch an, als wolle sie sagen: *Freust du dich nicht, dass du hier bist?*

Sein amüsiertes Lächeln bedeutete: *Doch … tatsächlich.* Machten sie da gerade dieses Paar-Ding, wo man sich mit Blicken verständigte? Das wäre verdammtes Neuland. Luca konnte dem Drang, nach ihrer Hand zu fassen, kaum widerstehen. Er musste sie einfach … berühren. Dass er das in seiner Rolle als ihr Freund wahrhaftig durfte, fiel ihm einen Moment zu spät ein.

Kurz bevor bei Luca der Groschen fiel, kam Eoghan in die Küche geschlendert. Von ihm gingen eine solche Energie und Dynamik aus, dass man sie vermutlich auf der Richterskala hätte messen können. »Bist du das, Kätzchen?«, fragte er in seinem irischen Dialekt, bevor er sein Bier abstellte – das er vermutlich von Andra hatte – und Hero einen Kuss auf die Wange gab. »Hast du deinen südamerikanischen Freund mitgebracht? Ich habe gerade ein Tischgedeck für ihn … oh, da ist er ja!« Der rotbraune Bart des Iren verzog sich zu einem breiten Grinsen, als er Luca an der Wand lehnen sah. »Willkommen, Sohn«, sagte er, packte Lucas Hand mit seinen riesigen Pranken und schüttelte sie enthusiastisch. »Hat mich gefreut, dass du mein Mädchen mit in die Kirche gebracht hast.«

Bei dem Wort »Sohn« bekam Luca plötzlich einen ganz trockenen Mund. Für wie ernsthaft hielt der Mann die Beziehung zwischen Luca und Hero? »Ich muss zugeben, sie war diejenige, die mich mitgebracht hat.«

Eoghans Grinsen wurde noch breiter. »Wie auch immer, ich hoffe, ihr habt beide ordentlich Appetit mitgebracht, hier gibt es genug, um eine kleine Armee durchzufüttern.«

»Danke, Sir.« Luca betrachtete misstrauisch die Pfanne mit dem Pseudofleisch.

»Nenn mich Eoghan.« Er schlug Luca auf die Schulter und wandte sich dann wieder an seine Tochter. »Wieso seid ihr erst so spät gekommen? Wo sind die anderen? Und was in drei Gottes Namen ist das?«

Daraus, dass sich niemand von Eoghans Schnellfeuergewehrfragen irritieren ließ, schloss Luca, dass das vermutlich seine normale Redeweise war. »Das ist Tofurky«, erklärte Hero.

»Wenigstens riecht es gut.« Eoghan schaute in die Bratpfanne, um die inzwischen alle herumstanden. Luca musste zugeben, es sah sehr viel essbarer aus als jeder Fleischersatz, der ihm bisher untergekommen war – wobei die Messlatte nicht gerade hoch lag.

»Ich weiß, warum ihr so lange gebraucht habt.« Knox stieß Hero den Ellbogen in die Rippen. »Ihr zwei habt wie Teenager im Auto rumgeknutscht. Das Auto stand schon da, lange bevor ihr reingekommen seid.«

Luca spürte, wie er blass wurde. Er wusste, dass er so blass wurde, wie das bei seiner braunen Haut möglich war. Während sie draußen im Auto gesessen hatten, hatte er mit Vince telefoniert und mit ihm Statusberichte und Einzelheiten der nächtlichen Überwachung besprochen. Aber auf dem Rasen vor der Kathedrale hatte er Hero wahrhaftig beinahe verschlungen, vor den Augen Gottes und vor jedem, der Zeuge sein wollte. »Wir haben da nicht … wir waren nicht … ich habe da nur …« Jetzt half nur noch das Ich-schlafe-nicht-mit-Ihrer-Tochter-Lächeln. Funktionierte es? Hielt Izolda noch immer das große Messer in der Hand?

Heros Vater lachte und schlug ihm erneut auf den Arm. »Mach dir keine Gedanken, Sohn. Ich bin nicht dein Priester, und ehrlich gesagt will ich es auch gar nicht wissen.«

Lucas erleichterter Seufzer erfreute alle, und das Gelächter übertönte fast das Geräusch, mit dem die Haustür geschlossen wurde. Rown, der aussah wie ein Wikinger im Maßanzug, kam in die Küche geschlendert, gefolgt von dem in schwarzes Leder gekleideten Demetri. Als Erstes traten sie zu ihrer Mutter und küssten sie auf die Wange, als würden sie einer mittelalterlichen Königin ihre Aufwartung machen.

»Was habe ich verpasst?«, fragte Rown und nickte Hero bedeutungsvoll zu. Über Connor würden sie ein anderes Mal reden.

»Was riecht hier so gut?« Demetri drängte sich zwischen Hero und Knox und starrte stirnrunzelnd in die Pfanne. »Das sieht aus wie aufgewärmte …«

»Das ist Tofurky«, erklärte Hero zum wiederholten Mal. »Knox hat ihn für mich gemacht.«

»Und zwar komplett selbst«, fügte Knox hinzu, griff nach einem Holzlöffel und gab Demetri, der gerade das verdächtig aussehende Stück Tofu betastete, einen Klaps auf die Hand. »Fass das ja nicht an! Himmel! Du hast dir nicht mal die Hände gewaschen.«

»Und was isst der Rest von uns?«, fragte Rown angeekelt.

»Jede Menge hiervon.« Knox zog seinen linken Handschuh aus und zeigte ihnen den Mittelfinger.

»Sei nicht so vulgär in der Küche, Lennox«, tadelte Eoghan ihn lächelnd. »Deine Mutter mag das nicht.« Er drehte sich um und schob sich zwischen Hero, Knox und den zwei Herden hindurch. Zu Lucas Überraschung streckte er sich zu seinen beiden Söhnen hinauf und gab ihnen Willkommensküsse auf die Wangen. »Demetrius« ... Schmatz ... »Berowne« ... Schmatz. »Wo wart ihr so lange?«

Luca trat unangenehm berührt von einem Fuß auf den anderen. Ihm kam die Sitte, dass sich zwei miteinander verwandte Männer küssten, sehr seltsam und sehr unamerikanisch vor. Aber falls irgendjemand deshalb an der Männlichkeit der Männer der Katrova-Connor-Familie zweifeln sollte, gab es wahrlich genügend Gegenbeweise.

»Tut mir leid, dass wir zu spät sind. Wir haben noch mit Pater Michael gesprochen.« Dabei beließ Rown es.

»Jetzt aber mal ernsthaft. Was gibt es zum Abendessen?« Demetri ging zu den Herden, um nachzuforschen.

»Für euch Idioten habe ich Lammschenkel geschmort, die sind noch im Ofen. Dazu gibt es meine Knoblauch-Rosmarin-Kartoffeln, blanchierten Spargel und selbst gemachtes Siebenkornbrot.« Knox breitete die Arme aus, als nähme er dankbar den Applaus entgegen.

Luca lief das Wasser im Mund zusammen. Wer hätte gedacht, dass der zurzeit gefährlichste Ringboxer auch ein Meisterkoch war?

»Geschmort?«, fragte Rown.

»Man brät sie an, reibt sie mit Kräutern der Provence ein und lässt sie dann in meiner Spezialsoße vor sich hin köcheln.«

»Ja, ich habe schon gehört, dass du sie gern mit deiner Spezialsoße einschmierst.« Demetri kicherte.

Hero und Eoghan kicherten ebenfalls, und so hielt Luca es für ungefährlich, es ihnen gleichzutun. Das gefiel ihm, eine Familie, in der man dreckige Witze machen durfte.

»Demetrius«, sagte Izolda tadelnd, doch ihre Mundwinkel zuckten, auch wenn ihre dunklen Augen Blitze schleuderten.

Luca riss sich sofort zusammen.

»Ich sagte doch, *nicht* in der Küche.« Eoghan, der noch immer kicherte, warf einen Blick zu seiner Frau, wurde sofort ernst und gab Demetri einen Schlag auf den Hinterkopf.

Sofort versteifte sich alles in Luca, und er ballte die Hände zu Fäusten. Eoghans Handlung machte ihn instinktiv wütend und versetzte ihn in Alarmbereitschaft. Ein Vater sollte seinen Sohn nicht bloßstellen. Sollte ihn nicht schlagen. Vor allem nicht auf den Kopf. Automatisch machte Luca einen Schritt auf Eoghan zu, hielt dann aber inne. Moment. Das hier war nicht seine Familie. Nicht sein Problem. Vermutlich war es gar nicht so eine große Sache.

Luca zwang sich, tief durchzuatmen, und beobachtete, wie der immer noch lachende Demetri die Hand seines Vaters packte, kurz »Tut mir leid, Ma« über die Schulter hinweg zu Izolda sagte und dann Eoghans breiter Brust einen kräftigen Hieb versetzte.

»Das wird dir noch leidtun«, versprach Eoghan drohend. »Du gehörst mal wieder richtig über die Knie gelegt.«

»Es heißt: über *das* Knie gelegt, Dad«, verbesserte ihn Knox.

Alle fingen an zu lachen und stachelten das ebenfalls lachende, sich boxende Paar weiter an oder wichen ihm geschickt aus. Luca zwang seine Schultern, sich zu entspannen. Es war alles nur ein Spiel. Er verlangsamte seine Atemzüge. Sie alberten nur herum.

Sie liebten sich.

»Alles in Ordnung?« Hero war an ihn herangetreten und schob jetzt ihre Hand in seine.

Luca schluckte. »Ja.« Er klang sogar so, als stimme es.

Izolda hatte ihr Messer gegen Knox' Holzlöffel eingetauscht und schwang ihn drohend wie Excalibur. »Raus aus meiner Küche, oder ich verprügle euch beide.« Vater und Sohn verwandelten sich von Gegnern in Flüchtlinge, tauchten unter dem Löffel hindurch und entkamen ins Esszimmer.

Kurz darauf kehrte Eoghan wieder zurück, um seine Frau mit einem Kuss abzulenken, während er gleichzeitig nach seinem stehen gelassenen Bier griff. Dann verzog er sich erneut und zwinkerte Luca im Vorbeigehen zu.

»Manchmal geht es hier ziemlich chaotisch zu«, sagte Hero entschuldigend.

Die Zeitschaltuhr am Herd bewahrte Luca davor, antworten zu müssen.

Knox führte seine berühmten Reflexe vor, indem er sich blitzartig zum unteren Herd umdrehte und einen riesigen Topf herausholte. »Schauen wir uns diese Schönheiten doch mal an.«

Ein Zischen und eine Dampfwolke gingen dem leckersten Duft voraus, der Luca je in die Nase gestiegen war. »Ich glaube, ich habe unter den Katrova-Connor-Geschwistern nicht die richtige Wahl getroffen«, witzelte er. »Du glaubst gar nicht, wie weit ich mich für solch ein Essen erniedrigen würde.«

Knox grinste sie beide an. »Du musst nur meine kleine Schwester glücklich machen.«

Und am Leben erhalten, fügte Luca innerlich hinzu.

Izolda öffnete zwei Flaschen roten Zinfandel und goss sie in unterschiedliche Karaffen.

»Ich stelle die beiden auf den Tisch und sage Romeo Bescheid, dass das Essen fertig ist.«

»Ach, ist Connor hier?«, fragte Hero. »Ich habe ihn gar nicht gesehen.«

»Er ist in seinem Zimmer«, antwortete Knox mit einem vielsagenden Blick, während er das Lamm kunstvoll auf einem Teller anrichtete und den Bratensaft über das Fleisch goss.

»In *seinem* Zimmer?«

Knox nickte ernst. »Shanna hat ihn vor zwei Tagen verlassen. Sie haben sich gestritten, weil sie nicht wollte, dass er seinen Dienst quittiert, aber ich glaube, nach zwanzig Jahren hat er dem Militär nicht mehr viel zu geben. Das haben wir alle gesehen. Er ist … nicht mehr derselbe.«

»Ich weiß«, flüsterte Hero, deren Kinn leicht zitterte. »Aber sie hat ihn einfach … verlassen?«

»Sie hat ihn im Stich gelassen«, sagte Luca, ohne zu überlegen, und zuckte im nächsten Moment zusammen. Das ging ihn wirklich nichts an.

Knox jedoch sah ihn zustimmend an. »Das kann man wohl sagen!«, bestätigte er. »Vierzehn Jahre einfach so weggeworfen. Sie hat die Scheidung schon eingereicht, aber er tut so, als wäre das alles unwichtig. Er hat ihr sogar das Haus überlassen und ist hierhergezogen, um sich darüber klar zu werden, wie er weitermachen will. Wie es aussieht, will sie sich alles unter den Nagel reißen.«

»Sogar seine Pension?«, fragte Hero entsetzt.

Knox zuckte mit den Schultern, wirkte allerdings nicht sehr optimistisch. »Er will nicht darüber reden, aber du weißt ja, wie sie ist.«

»Vermutlich hat sie damit gewartet, bis ihr kleiner ›Eingriff‹ bezahlt war«, sagte Hero empört.

»An denen ist nichts klein.« Knox deutete mit den Händen riesige Brüste an.

Luca kicherte.

»Wenn ich es mir recht überlege, hat mich dieses Miststück nicht ein einziges Mal angerufen«, schimpfte Hero. »In den letzten zwei Monaten habe ich von meiner Schwägerin nichts gehört. Diese doppelzüngige Schlange! Wisst ihr was? Ich werde …«

»Romeo! Essen!«, ertönte Izoldas lauter Ruf. Sie war inzwischen über den Flur zur hinteren Treppe gegangen, die zu den Schlafzimmern im ersten Stock hinaufführte.

Knox legte den Zeigefinger an den Mund und bedeutete ihnen zu schweigen, dann griff er nach dem Teller mit dem Lammfleisch.

»O Romeo, Romeo – warum bist du Romeo?«, rief Izolda lockend.

Keine Antwort.

Die Matriarchin änderte ihre Strategie. »Willst du, dass ich raufkomme, *mal'chik moy*? Wir wissen schließlich beide, dass ich das tun werde.«

Das Haus schien fast eine Minute lang den Atem anzuhalten. Endlich wurde eine Tür geöffnet und wieder geschlossen, und in der Küche war eine gedämpfte Stimme zu vernehmen.

»Achtunddreißig Jahre alt und hat noch immer Angst vor Mom.« Knox deutete mit dem Kopf erst auf Luca, dann auf die riesige Pfanne, die auf dem Herd stand. »Bringst du die Kartoffeln mit?«

Luca nickte und griff nach der Pfanne, die noch heiß war, wenn auch nicht so heiß, dass er Topflappen gebraucht hätte. »Ich habe auch ein bisschen Angst vor eurer Mutter.« Das war nur zum Teil ein Witz.

»Lass dir von Knox nichts vormachen«, sagte Hero lachend, griff nach dem Spargel und folgte ihnen ins Esszimmer. »Das haben wir alle. Sogar Pop.«

»Sprich gefälligst nur von dir.« Eoghan machte auf dem großen runden Tisch Platz für das Essen und trat dann zur Seite, damit sie Teller und Pfanne abstellen konnten. »Ich habe im Laufe der Jahre gelernt, wie man deine Mutter entwaffnet. Es ist nicht einfach, aber es kann Spaß machen.« Er zuckte mit den Augenbrauen und grinste sie verschwörerisch an.

Ein Chor angewiderter Stöhnlaute und ein oder zwei weibliche »Igitt!« wurden rund um den Tisch laut. Eoghan duckte sich fröhlich kichernd, als eine Serviette auf ihn zugesegelt kam.

»Was ist hier los?«, fragte Izolda von der Tür her.

Eoghan wirbelte herum. »Nichts, mein Schatz.« Er zog einen Stuhl für sie vom Tisch weg, und sie setzte sich, behielt ihren Mann aber misstrauisch im Auge.

»Habe ich es dir nicht gesagt?«, flüsterte Hero. Luca, der die Pfanne inzwischen abgestellt hatte, blieb abwartend neben dem runden Tisch stehen und fragte sich, was er als Nächstes tun sollte. Ihm war auf einmal sehr bewusst, dass er noch nie in solch einer Situation gewesen war.

Familienessen.

Natürlich hatte er schon mit Leuten gegessen, normalerweise in Restaurants. Aber in seiner Kindheit hatte es nur selten warme Mahlzeiten gegeben, und schon gar nicht hatte die Familie gemeinsam an einem Tisch gesessen. Trainer Peck und er hatten vor dem Fernseher gegessen, wie sich das für Junggesellen gehörte. Diese Tradition hatte er mit in sein Erwachsenenleben genommen. Nicht nur, dass er sein Abendbrot vor dem Fernseher zu sich nahm – manchmal aß er auch im Auto. An seinem Schreibtisch. Mittags mit Kollegen in einem Pub. In einem netten Restaurant mit Freunden oder mit einer Frau, aber bis sie bei einem von ihnen zu Hause angekommen waren, hatten sie auf etwas ganz anderes Hunger. Etwas, das niemals zu einem Essen mit den Eltern geführt hätte. Soweit es ihn betraf, gab es solch einen Schwachsinn nur in Filmen. Oder damals in den Fünfzigern.

Nachdem Connor hereingekommen war und sich auf den leeren Stuhl links neben seinen Vater gesetzt hatte, wurde Luca allmählich die Sitzordnung klar. Es ging dem Alter nach. Erst Connor, dann Rown, gefolgt von Andra, Demetri, Knox und schließlich Hero, die grinsend auf den Stuhl zwischen ihr und Izolda klopfte.

Heros Mutter lud ihm bereits eine großzügige Portion Kartoffeln auf den Teller, und Hero griff nach der Karaffe und schenkte ihm Wein ein.

Luca sah fasziniert zu, wie sich sein Teller mit Essen füllte. Das unaufdringliche Licht des Kronleuchters tauchte den Tisch in goldene Farben und ließ eine entspannte Atmosphäre entstehen. Auf einmal war es Luca nicht mehr möglich zu schlucken. Zu atmen. Zwei Monate lang hatte er sich gefragt, wie es Hero gelungen war, jene schreckliche Nacht zu überleben. Alle hielten das für ein Wunder. Es hatte eines übermenschlichen Willens bedurft, um Schmerz, Blutverlust, Unterkühlung, Operation und die kräftezehrende Genesungszeit zu überstehen. Ganz abgesehen von der emotionalen Belastung.

Aber sie hatte nicht anders gekonnt, das verstand Luca jetzt. Sie hatte hierher zurückgemusst. Zu diesem Essen. Zu dieser Familie. Auch Luca hätte mit aller Macht gegen den Tod gekämpft, wenn er so viel gehabt hätte, für das es sich zu leben lohnte. Sie hatte ein Zuhause. Nicht einfach irgendein Zuhause, sondern ein Zuhause voller Lachen, Chaos und beschützender Akzeptanz. Vielleicht gab es einen Himmel, vielleicht auch nicht. Aber wenn ihm jemand erzählte, das Paradies sei besser als dies hier, würde er sich eigenhändig die Kehle durchschneiden, um dorthin zu gelangen.

»Luca«, sprach Izolda ihn freundlich an.

Verblüfft wandte er ihr das Gesicht zu. Er kam sich vor wie ein sentimentaler Trottel.

»Jacketts sind an meinem Tisch nicht erlaubt.« Ihr Lächeln hatte etwas Weises, aber auch etwas Trauriges, als habe sie gerade seine Gedanken gelesen.

»Oh. Ja. Tut mir leid.« Er sah auf seine Anzugjacke hinunter, als habe er sie noch nie gesehen. Dann knöpfte er sie auf, doch im nächsten Moment fiel ihm etwas ein. »Und welche Regel gilt für Waffen?«

Ihr Blick sprach Bände, und so ging er in den Flur, um Jacke und Holster an einen Haken neben Rowns zu hängen. Anschließend kehrte er zum Tisch zurück, setzte sich und legte sich die Serviette auf den Schoß.

»Lasst uns beten.« Izolda nahm Lucas eine Hand, Hero seine andere.

Sie hoben die Köpfe, statt sie zu senken. Luca starrte auf seine Hände, die in den Händen zweier Frauen lagen, und fragte sich, wie viel schlimmer es noch werden konnte.

Eoghan betete. »Oh Maria, empfangen ohne Sünde, Mutter der Gnade und der Hoffnung, hilf jedem menschlichen Wesen gleich welcher Rasse und Kultur, an diesem deinem Festtag Frieden zu finden. Amen.«

Sogar Luca murmelte »Amen«, denn selbst ein Ungläubiger wie er konnte solch einem Wunsch kaum widersprechen.

Izolda drückte sanft seine Hand, bevor sie sie losließ. Rühren konnte er sich allerdings erst wieder, als ihm der Teller mit dem Lammfleisch gereicht wurde.

»Die noch etwas blutigen Stücke liegen links, die anderen rechts«, erklärte Knox.

Luca nahm sich eins von den blutigen Stücken, reichte den Teller weiter und machte sich sofort über sein Essen her.

»Luca, erzähl uns ein wenig von deiner Familie«, sagte Eoghan. »Lebt sie in der Nähe?«

Luca hätte sich beinahe an dem Lamm verschluckt, das ihm auf der Zunge zerging. Er spürte, wie sich Hero versteifte. Das waren Fragen, die er beantworten musste, oder? Solche Fragen stellten Eltern typischerweise den Freunden ihrer Kinder.

»Meine Mutter ist in El Paso begraben, und mein Vater … lebt in New Mexico.« Mehr als das brauchten sie nicht zu wissen.

»Oh, das tut mir sehr leid.« Eoghan bekreuzigte sich, als er hörte, dass Lucas Mutter tot war, und stellte gleich eine weitere brisante Frage. »Und was arbeitet dein Vater?«

Dies war nicht der richtige Ort für Geschichten über Sträflingskolonnen in New Mexico oder Kurierdienste für das örtliche Drogenkartell. »Er hatte seine eigene Autowerkstatt.« Luca biss in eine der leckeren Kartoffeln, konnte sie aber nicht schmecken.

Eoghan strahlte. »Hero hat sicher erwähnt, dass ich eine Importfirma für europäische Wagen habe?«

»Ja, das hat sie. Die würde ich mir bei Gelegenheit gern mal ansehen.«

Heros Vater schien sich zu freuen. »An was für Autos hat dein Vater gearbeitet?«

An gestohlenen.

Luca beschloss, das Gespräch in eine andere Richtung zu lenken, und setzte ein Lächeln auf. »Wisst ihr, was mir aufgefallen ist? Hero ist so ziemlich die einzige weiße Person, die ich kenne, deren Name so lang ist wie meiner. Habt ihr alle außer dem Doppelnachnamen zwei Vornamen?«

Connor stöhnte, was ihm einen tadelnden Blick seiner Mutter einbrachte.

»*Romeos* zweiter Name ist Valentine«, sagte Izolda und brachte damit zum Ausdruck, was sie von Connors Unsitte hielt, einen Teil seines Nachnamens zum Vornamen zu machen.

Natürlich hatte Luca gewusst, dass Connor eigentlich Romeo hieß. Im Büro hatte er Akten über alle Familienmitglieder. Aber er musste irgendeinen Gesprächsstoff finden, bei dem es nicht um ihn ging. Dennoch musste er sein gesamtes nicht unerhebliches Training aufbringen, um seine Belustigung über Connors doch recht ironischen Namen zu verbergen.

Izolda deutete auf Rown. »Als Nächstes: Berowne Fortinbras.«

Rown warf Luca einen Blick zu, der ihm schrecklichste Rache versprach, sollte Luca dies im Büro verbreiten.

»Timandra Perdita.«

Andra zuckte mit den Schultern und lächelte.

»Demetrius Balthazar.«

Demetri schien sich mehr für das Essen auf seinem Teller zu interessieren als für das Gespräch.

»Lennox Goodfellow.«

Knox salutierte grinsend.

»Unsere Hero Viola kennst du ja bereits.«

Luca lächelte Hero an. »Shakespeare-Fans, wie?«

»Das könnte man so sagen.« Eoghan lachte.

Hero tippte mit der Gabel gegen ihre Zähne und sah Luca nachdenklich an. »Habe ich dich eben sagen hören, du hättest einen langen Namen? Du heißt nicht nur Luca Ramirez? Wieso habe ich das nicht gewusst?«

»Natürlich nicht.« Luca wischte sich den Mund mit seiner Serviette ab.

»Na, dann raus damit, Sohn«, forderte Eoghan.

»Ich heiße Luca Rodrigo Ramirez-Dimas.«

Heros Eltern blickten sich an, und ihre Augen funkelten vor Begeisterung. Izolda grinste, und Eoghan warf ausgelassen die Arme in die Höhe. »Rodrigo!«, riefen sie wie aus einem Mund und gaben sich dann einen geräuschvollen Kuss.

Nicht zum ersten Mal an diesem Abend war Luca sprachlos und verwirrt.

Hero beugte sich zu ihm und flüsterte ihm ins Ohr: »Shakespeare.«

»Shakespeare?«, fragte Luca verblüfft.

»Rodrigo ist eine Gestalt aus *Othello*«, klärte Izolda ihn auf, bevor sie einem Spargel den Kopf abbiss.

Luca schluckte. Die zarten Falten in Izoldas noch immer schönem Gesicht gefielen ihm, und gleichzeitig waren sie ihm zuwider. Er wusste, welche Erwartungen sich in diesem Lächeln verbargen. Sie war eine Frau, die an Omen und an ihre Welt glaubte, und sein vorschnell verratener zweiter Name war für sie ein riesiges Omen.

»Das muss an mir vorbeigegangen sein«, erwiderte Luca, biss ein Stück von seinem Lamm ab und kaute wütend.

Als er einen Blick nach rechts warf, sah er, dass Hero sich genüsslich ihrem Tofurky widmete. Während sie kaute, lächelte sie ihn strahlend an, und Luca wusste, auch wenn dieser ganze Abend nur Lug und Trug war, würde ein Teil seines Herzens an diesem Tisch bleiben.

Das Gespräch drehte sich um alles Mögliche und wurde im Wesentlichen von Rown, Andra, Knox, Hero und ihren Eltern bestritten. Luca warf ebenfalls ab und zu etwas ein, genoss aber vor allem das unglaublich leckere Essen. Es ging unter anderem um Knox' bevorstehenden Pay-per-View-Boxkampf in Kanada, ein italienisches Auto für eine Million Dollar, das Eoghan in seinem Laden stehen hatte, und tausend andere unverfängliche Themen. Niemand redete über den Fall. Niemand erwähnte die bevorstehende Scheidung. Alle Gespräche, die Zündstoff enthielten, waren auf ein anderes Mal verschoben. Das Familienessen zu verderben schien eine Todsünde zu sein. Serienmörder, Traumata und gescheiterte Beziehungen mussten hinter Kartoffelkuchen mit Guinness und Schokolade zurückstehen. Gut so, beschloss Luca und nahm sich ein zweites Stück, während ihm Hero eine winzige, dampfende Tasse Espresso reichte.

Tief in Lucas Hosentasche begann unaufdringlich sein Handy zu vibrieren, doch der Ton wurde vom Holz des Stuhls verstärkt, und das Gespräch erstarb. Rasch griff Luca nach dem Handy. Aus Izoldas Blick schloss er, dass Technologie am Tisch ebenfalls zu den Todsünden gehörte.

»Klar doch«, sagte Andra ironisch. »Der Neue kommt damit durch.«

Es war Vince. »Entschuldigung, die Arbeit ruft.« Luca stand auf, ohne Rowns durchdringendem Blick Beachtung zu schenken. Er ging in den Flur und nahm das Gespräch entgegen.

»Komm so schnell wie möglich her, vielleicht haben wir den Dreckskerl erwischt.« Vince' aufgeregte Worte gingen fast in irgendeinem Chaos rund um ihn herum unter. »Und er ist dabei, den Verstand zu verlieren, also beeil dich.«

Luca warf beunruhigt einen Blick zurück in das Esszimmer. Sie konnten nichts gehört haben, aber dennoch. Er presste das Handy fester gegen sein Ohr. »Was hast du gesagt?«, fragte er.

»Bist du taub? Ich habe gesagt, wir haben vielleicht Johannes den Täufer geschnappt!«

19

Und so bekleid' ich meine nackte Bosheit
Mit alten Fetzen, aus der Schrift gestohlen,
Und schein' ein Heil'ger, wo ich Teufel bin.

William Shakespeare, *Richard III.*

Hero kam sich vor wie in einem Krimi. Ein dunkler Raum. Betonwände. Ein Einwegspiegel tief in der Wand vor ihr, silbern umrahmt. Rechts davon Gegensprechanlage und Lautsprecher, links zwei Agents in Anzügen. Sie fuhr über die Narben an ihren Handflächen und versuchte den Blick auf die Szene gerichtet zu halten, die sich im Vernehmungszimmer abspielte.

Sie sah zu Rown und Vince hinüber und biss sich so fest auf die Lippe, dass sie Blut schmeckte. »Was stimmt nicht mit ihm?«

Rowns Mund war zu einem schmalen Strich geworden, während er auf den dreckigen, bärtigen Mann starrte, der verzweifelt brüllte und die Handschellen abzustreifen versuchte, mit denen seine Hände am Rücken gefesselt waren. »Bei dem stimmt gar nichts.« Er warf Vince einen Blick zu. »Wer ist das?«

Vince schüttelte den Kopf. »Eine Polizeistreife hat ihn aufgegriffen, weil er im Wald hinter Heros Haus herumlungerte. Er will uns nicht sagen, wie er heißt, und es war verdammt schwierig, ihm Fingerabdrücke abzunehmen. Sobald Ramirez sie im Computer überprüft hat, geht er rein und knöpft ihn sich vor.«

»Gehst du auch mit rein?«, fragte Hero besorgt. Die Vorstellung, dass Luca da drin allein mit jemandem war, der offensichtlich nicht alle Tassen im Schrank hatte, behagte ihr ganz und gar nicht.

»Nein, das kann Ramirez am besten. Da drinnen ist er ein Meister. Das ist quasi eine gottgegebene Begabung.«

»Leute zu verhören?«

»Leute zu brechen.« Die Augen des Bostoners funkelten dämonisch. »Ich sehe einfach gern zu.«

Hero trat näher an den Spiegel heran und flüsterte: »Ich glaube, der ist schon gebrochen.«

Rown legte ihr den Arm um die Schultern. »Erkennst du ihn wieder?«

Hero betrachtete das Gesicht des Mannes, das unter der Schmutzschicht kaum zu erkennen war. Sein braunes, mit grauen Strähnen und Dreckklumpen durchsetztes Haar und sein ebensolcher Bart hingen ihm bis zur Mitte der Brust hinunter. Während er schrie und sich wand, verfingen sich Speicheltröpfchen in seinem ungepflegten Bart. Da er saß und – wie bei Obdachlosen im Winter üblich – mehrere Schichten Kleidung trug, konnte Hero seine Größe und Figur nur schätzen. »Ich … nein, ich glaube nicht.« Als der Mann mit voller Kraft an den Handschellen zog, zuckte Hero zurück, aber die Kette hielt.

»Lasst mich hier raus! Ich halte es hier nicht aus! Ich muss nach draußen!« Der Stuhl, auf dem der Mann saß, stand vor einem Metalltisch, auf dessen anderer Seite ein identischer Stuhl stand, allerdings ohne Ketten. Das Fenster, durch das sie gerade schauten, war so eingebaut, dass die Zuschauer Befragten und Befragenden im Profil sahen.

»Was ist mit seiner Stimme?«, hakte Rown nach. »Kommt sie dir bekannt vor?«

Hero schüttelte den Kopf. »Johannes der Täufer hat in jener Nacht nicht geschrien. Nicht ein einziges Mal. Er hat nur diesen Singsang von sich gegeben. Oder geflüstert.« Sie hob abwehrend die Hände. Es war, als könne sie einfach nicht aufhören, den Kopf zu schütteln, um die Erinnerungen abzuwehren, den Anblick des Mannes vor ihr, die Schreie, das Flüstern.

Der Mann wandte das Gesicht Richtung Spiegel, und einen Moment lang sah Hero die nackte Verzweiflung in seinen Augen. »Lasst mich raus!«

Rown trat vor und stellte die Gegensprechanlage auf stumm. »Das musst du dir nicht anhören«, sagte er.

Die Tür zum Vernehmungszimmer ging auf, gerade so weit, dass Luca sich hindurchquetschen konnte. Er hatte nur einen Aktenordner dabei, außerdem hatte er einen drohenden Gesichtsausdruck aufgesetzt, der teils feindlich, teils erwartungsvoll wirkte. *Wehe, du versuchst irgendwas*, sagte dieser Gesichtsausdruck. *Wag es ja nicht*. Selbst dort auf der anderen Seite des Einwegspiegels war Hero bereit, alles zu gestehen. Er hätte sie gebrochen, ohne ein einziges Wort sagen zu müssen. Sie griff an ihrem Bruder vorbei und drückte die Stumm-Taste, um mithören zu können. »Ich will das mitkriegen.« Eigentlich stimmte das nicht. Aber sie konnte auch nicht widerstehen.

»Lassen Sie mich hier raus, Mann.« Der Gefangene versuchte, sich auf Luca zu stürzen, wurde aber von den Handschellen zurückgehalten. »Ich habe das nicht verdient. Holen Sie Agent Orange. Ich muss hier raus.«

Luca sah ganz anders aus als vorher im Haus ihrer Eltern. Von dem unsicheren, überwältigten Freund der Tochter war keine Spur mehr zu entdecken. Auch nicht von dem später dann lockeren, charmanten Mann, der seinen Platz am Tisch mit erstaunlicher Anpassungsfähigkeit eingenommen hatte. So, als hätte er schon immer an den Essen teilgenommen. Als würde er dort hingehören.

Jener Luca, der jetzt im Vernehmungszimmer stand, war ein völlig anderer Mensch. Die Anzugjacke hatte er ausgezogen, die Ärmel seines Hemds hochgerollt. Waffe und Marke waren nicht zu sehen.

»Sergeant First Class James Mazure«, las Luca leise von seinem Ordner ab. Selbst durch die Gegensprechanlage klang seine Stimme wie aufgeraute Seide.

Bei Lucas Worten wurde der Sergeant ruhiger, auch wenn er – soweit Hero das beurteilen konnte – weiter an seinen Handschellen zerrte.

Luca las weiter. »United States Marine, zweite Division, Veteran der Operationen *Desert Storm* und *Desert Shield*. Ausgezeichnet mit dem *Purple Heart* für Verletzungen in der Schlacht um Chafdschi und dann noch einmal, zusammen mit der Tapferkeitsmedaille, 1991 für den Einsatz im Gefecht am Flughafen Kuwait.« Luca klappte den Aktenordner zu und knallte ihn vor Mazure auf den Tisch. Dann nahm er sich Zeit, um völlig unbeeindruckt die Kleidung des Mannes zu betrachten. Schließlich fügte er tonlos hinzu: »Ihr Land dankt Ihnen für Ihren Einsatz.«

Rown sog zischend die Luft ein, und Hero griff nach seiner Hand.

»Arschloch«, knurrte Mazure.

»Nein, Sie sind hier das Arschloch.« Luca brachte sein Gesicht nah an das von Mazure, was in Heros Augen sehr gewagt war. Dass der Mann sich nicht schämte zu spucken, hatte er bereits unter Beweis gestellt. »Sie sind das Arschloch, das diese Mädchen umgebracht hat.«

»Ich habe diese Mädchen nicht umgebracht!« Jetzt schrie er wieder, als könne er bereits hören, wie die Stahltüren für immer hinter ihm ins Schloss fielen.

»Wirklich?« Luca lächelte. Es war ein teuflisches Lächeln. »Und Sie haben auch keinen Blumenstrauß hingelegt, um eins Ihrer Opfer zu bedrohen? Das, das davongekommen ist?«

Der Bart zuckte ein paarmal. Hero hätte nicht sagen können, was sich dahinter für ein Gesichtsausdruck verbarg, sie sah nur, dass sich seine sonnengebräunte Stirn in Falten zog. »Das habe ich gemacht. Ich habe die Blumen hingelegt. Aber ich habe niemandem wehgetan.« Obwohl sich ihr bei diesem Geständnis beinahe die Kehle zuschnürte, ging Hero die zitternde Stimme des Mannes nah. Sie erinnerte sie daran, wie ihre Stimme gezittert hatte, als sie um ihr Leben gebettelt hatte. Sie staunte, dass Luca angesichts eines solchen aller Würde beraubten Menschen so kalt bleiben konnte.

»Das weiß ich. Wir haben einen Teilfingerabdruck auf der Plastikumhüllung gefunden. Schlampige Arbeit. Wir waren uns erst sicher, dass es Ihrer war, nachdem wir Sie hierhergebracht und Ihnen die Fingerabdrücke noch einmal abgenommen hatten. Sie waren durchs Raster gefallen.« Luca lehnte sich an den Tisch und betrachtete zufrieden seine glänzenden teuren Schuhe. »Ich habe das Gefühl, Sie halten sich nicht gern in engen Räumen auf, Sergeant. Wollen Sie irgendwann in den nächsten achtundvierzig Stunden was anderes sehen als dieses Zimmer? Dann erzählen Sie mir etwas, das ich noch nicht weiß.«

»Ich habe Hero nicht bedroht.« James Mazures Stimme klang jetzt fester, und er sprach voller Überzeugung.

Luca knallte die Handfläche mit der Geschwindigkeit einer zubeißenden Kobra auf den Tisch, was nicht nur Mazure, sondern auch die beiden Agents und Hero zusammenschrecken ließ. »Wagen Sie es ja nicht, ihren Namen auszusprechen!«

Heros Herz fing an zu rasen. Nicht nur wegen des Schrecks, sondern weil ein Fremder ihren Namen kannte. Derjenige, der ihr den Blumenstrauß mit der Warnung gebracht hatte. Derjenige, der sie beinahe umgebracht hatte?

»Wirklich nicht.« Mazures Augen wirkten wieder verzweifelt. »Ich habe sie gewarnt. Er ist noch immer hinter ihr her. Ich wollte sie vor ihm beschützen. Genau wie Sie, Mann.«

»Vor wem?«

»Das wissen Sie doch. Vor Johannes dem Täufer.«

Luca beugte sich erneut nah zu ihm hinunter, die Augen nachdenklich zusammengekniffen. »Hockt da oben noch jemand, Mazure?« Er klopfte dem Mann gegen die dreckige Stirn. »Wollen Sie das damit sagen?«

»Sie haben keinen blassen Schimmer. Sie unverschämtes Kind. Sie Zivilist!« Die blauen Augen des Sergeants waren auf einmal klar wie ein Sommerhimmel und sprachen von einer erstaunlichen Intelligenz.

»Ich weiß, dass Sie zu jung sind, um in Vietnam gekämpft zu haben. Wer also ist Agent Orange? Ist er derjenige, der Ihnen befiehlt, diese Mädchen zu töten?«

»Nein! Nein, ich habe nie eine Frau umgebracht. Würde nie einer wehtun.«

Lucas schwarze Augen funkelten, wie immer, kurz bevor er etwas Gefährliches tat. »Nie?«, wiederholte er mit samtweicher Stimme. »Sie haben nie eine Frau umgebracht? Nicht mal in Übersee?«

Mazure warf den Kopf in den Nacken, dann versuchte er sich erneut auf Luca zu werfen, der gerade außerhalb seiner Reichweite saß. Wieder schrie er wie ein Wahnsinniger.

Rown schüttelte den Kopf. »Ich hatte schon gehört, dass Ramirez brutal ist, aber das … verdammt.«

»Warten Sie ab, bis er richtig loslegt«, erwiderte Vince. »Oh, Mist!«

Mazure hatte sich so lange hin- und hergeworfen, dass der Stuhl, der eigentlich fest im Boden hätte verankert sein sollen, umfiel. Er wand sich heraus und schoss auf den Spiegel zu. Als sein Körper dagegenkrachte, machte Hero einen Satz nach hinten. Seine Hände wurden noch immer von den Handschellen am Rücken festgehalten. »Sagen Sie ihnen, dass ich es nicht war.« Sein irrer Blick glitt suchend über den Spiegel. »Ich habe Sie aus dem Fluss gezogen! Ich konnte Sie nicht darin sterben lassen. Sagen Sie ihnen, sie sollen mich gehen lassen!«

Luca hatte sich schnell von seiner Überraschung erholt. Er zwang Mazure, sich über den Tisch zu beugen und das Gesicht auf die kalte Oberfläche zu pressen, indem er ihm mit einer einzigen geschmeidigen Bewegung den Arm verdrehte.

Entsetzt riss Hero die Augen auf, als der Gefangene ein paar rassistische Bemerkungen über Lucas Herkunft vom Stapel ließ, die selbst dem rassistischen Moderator von Fox News die Schamesröte ins Gesicht getrieben hätten.

Lucas Grübchen wurden sichtbar, obwohl er nicht lachte.

Der Mann wehrte sich verzweifelt gegen den harten Griff, obwohl ihm das heftige Schmerzen bereiten musste. »Lassen Sie mich los! Sagen Sie denen, sie sollen mich gehen lassen! Ich halte es hier nicht aus. Die Wände! Die Wände werden brennen! Ich muss hier raus!«

»Er war es nicht«, flüsterte Hero.

Rown packte sie am Ellbogen. »Komm. Gehen wir einen Kaffee trinken. Das musst du dir nicht länger ansehen.«

»Er war es nicht«, wiederholte Hero atemlos. Sie riss

sich los, stürzte zur Gegensprechanlage und drückte auf die Sprechtaste. »Lass ihn gehen, Luca. Er hat es nicht getan. Er war es nicht.«

»Schaff sie aus dem Zimmer, Di Petro«, befahl Luca wütend über die Schreie des Mannes und das Echo von Heros Stimme hinweg.

»Er hält es da drin nicht länger aus«, beharrte sie. »Er hat Angst. Meine Güte, er hat einfach nur Angst.«

Vince kam in das Vernehmungszimmer gestürmt, stellte den Stuhl auf und half seinem Partner, den sich windenden Mann wieder hinzusetzen. Hero hatte gar nicht mitbekommen, dass Vince den Beobachtungsraum verlassen und weitere Agents mit Tasern und sonstigen furchterregenden Geräten zur Überwältigung des Mannes alarmiert hatte.

Rown zog ihre Hand von der Gegensprechanlage weg. »Hero, so was kannst du nicht machen, nicht hier!«

Director Trojanowski riss die Tür auf. »Was zum Teufel sollte das?« Hero nahm an, dass er das Ganze über eine der vielen Kameras mitbekommen hatte, die unter der Decke im Vernehmungszimmer angebracht waren.

»Er war es nicht. Da bin ich mir ganz sicher. Lassen Sie nicht zu, dass man ihn einsperrt. Er ist nicht Johannes der Täufer.«

Trojanowski musste angesichts ihres bizarren Verhaltens sichtlich gegen einen Wutanfall ankämpfen, was ihm eindeutig besser gelang als Luca. Er gehörte allerdings zu jenen Menschen, die rot oder sogar lila anliefen, wenn sie sich aufregten. »Woher wollen Sie das wissen?«, fragte er barsch.

»Er ist zu groß. Ich habe es erst gesehen, als er aufgestanden ist, aber seine Beine sind viel zu lang. Bitte holen Sie ihn da raus, er ist so verängstigt.« Hero war den Tränen nahe.

»Hero, ihm passiert schon nichts.« Rown stand so, dass

er ihr die Sicht auf das Chaos im Vernehmungszimmer versperrte.

»Er wurde dabei erwischt, wie er unerlaubt Ihr Grundstück betreten hat«, erklärte Trojanowski. »Und wir wissen nicht, ob er nicht doch irgendwie in die Sache verwickelt ist.« Er wirkte wie ein Mann, dem soeben alle Antworten auf seine Fragen durch die Finger geglitten waren.

»Ich will ihn nicht anzeigen«, erwiderte Hero. »Bitte lassen Sie ihn gehen. Sehen Sie denn nicht, dass er traumatisiert ist?«

Selbst im trüben Licht des Beobachtungsraums war zu erkennen, dass Trojanowskis Halbglatze vor Schweiß glänzte. »Sind Sie sich hundertprozentig sicher, dass er es nicht ist?«

Hero nickte. »Er ist mindestens dreißig Zentimeter zu groß. Er ist fast so groß wie Luca, Agent Ramirez. Johannes der Täufer war nicht so groß. Wenn ich eins weiß, dann das. Wie es klingt, hat er mich aus dem Fluss gezogen, nicht wahr? Mich nur beobachtet, oder?«

»Bringen Sie sie irgendwohin, wo sie sich beruhigen kann«, befahl der Director Rown, während er sie noch immer anstarrte, als hätte sie ihm seinen Geburtstagskuchen weggenommen. »Ich kümmere mich um die Sache.«

»Ja, Sir.« Rown packte sie erneut am Ellbogen. »Komm mit, Hero.«

»Was werden sie mit ihm machen?«, fragte sie, während sie sich von ihrem Bruder fortziehen ließ. Sie versuchte, über seine breiten Schultern hinweg noch einen Blick auf das Vernehmungszimmer zu erhaschen.

»Sie werden ihm nicht wehtun, Hero. Sie werden aufpassen, dass er sich nicht selbst wehtut.«

Sie traten aus dem Beobachtungsraum in einen Flur mit einer Glaswand. Der große, offene Raum auf der anderen Seite der Glaswand nahm fast das gesamte Stockwerk des FBI-Gebäudes ein. Entlang der Außenwände befanden sich Büros, Schränke, Vernehmungsräume und ein sehr großes Konferenzzimmer mit Blick auf den Flughafen. Der Rest des offenen Raums bestand aus Büroabteilen mit schulterhohen grauen Zwischenwänden. Einige Abteile waren mit Familienfotos, Kalendern und Comicstrips tapeziert, wahrscheinlich um sie angenehmer und persönlicher erscheinen zu lassen. Während sich Hero von ihrem Bruder zum Konferenzzimmer führen ließ, überkam sie ein Gefühl, nicht unähnlich dem, das Sergeant Mazure im Vernehmungszimmer ergriffen hatte. Wenn sie jeden Tag acht Stunden und mehr in einer dieser grauen Schachteln verbringen müsste, wäre sie in Kürze genauso durch den Wind wie er.

»Was passiert jetzt, Rown?« Sie sah zu ihrem Bruder hoch, doch der schüttelte nur den Kopf und richtete den Blick auf die kleine Gruppe von Agents, die an der Tür zum Konferenzzimmer standen. Sie alle sahen Hero an, einige mit dezentem Interesse, andere mit offener Neugier. Hero nahm an, dass sie für eine Mordkommission etwas sehr Unnormales darstellte. Eine Überlebende. Ein Opfer, das am Leben geblieben war. Jemand, der die tödlichen Wunden noch in seinem warmen Fleisch spürte und die Erinnerung an einen Serienmörder im Gehirn abgespeichert hatte.

Sie hielt sich an Rowns unausgesprochenen Rat, still zu sein, und betrachtete ihn einen Moment lang. Er gehörte hierher. Zu den grauen Wänden und den ewig gleichen Anzügen. Er war so strukturiert. Von ihrer gesamten Familie war er derjenige, den die Leute am ehesten als normal bezeichnet hätten. Nicht exotisch gut aussehend wie Luca, sondern groß und breit und von fast schon barbarischer Männlichkeit, die im Kontrast stand zu seiner ausgebufften Art und seinem klinischen Scharfsinn. Das hier war seine Welt, wie es Lucas nie sein würde. Luca stürzte sich auf jeden Fall, als hinge seine Erlösung davon ab. Er brachte jeden Kriminellen zu Fall, als hätte dieser ihn höchstpersönlich beleidigt. Er sah dem Bösen ins Gesicht und erkannte sich selbst.

Rown gefielen Rätsel, Geheimnisse und das Wissen um Dinge, die den Stempel *Vertraulich* trugen. Sie hätte gewettet, dass er die Politik und die Psychospielchen sogar mochte. Die Dienstreisen und die Überstunden. Die Stunden voll monotoner Hingabe, unterbrochen von Momenten außerordentlicher Gefahr.

»Ich wette, du bist gut in deinem Job«, sagte sie, als er sie in einem grauen Schwingstuhl in der Nähe der Tür Platz nehmen ließ. Er setzte sich ihr gegenüber an die Kopfseite des Tisches, als gehöre er dorthin.

Sein grimmiger Gesichtsausdruck wurde weicher. »Wie kommst du darauf?«

»Diese Männer da draußen respektieren dich. Das merke ich. Und du hast offensichtlich schreckliche Angst, dass deine kleine Hippieschwester irgendetwas tun könnte, was dich in Verlegenheit bringt.«

Das entlockte ihm ein Lächeln. »So ist es nicht, Hero. Das hier ist nicht mein Fall. Verdammt, das ist nicht mal mein Stockwerk. Ich muss eine gewisse Professionalität an den Tag legen, wenn ich will, dass sie mich mit dir hier dulden.«

Im Flur waren noch immer die Schreie des gefesselten Mannes zu hören, zusammen mit den Befehlen und dem Schmeicheln der Agents. Rown stand auf und schloss die Tür, dann setzte er sich ihr wieder gegenüber.

»Ich glaube, hier bei der Arbeit muss jeder ein bisschen anders sein, irgendwie nicht ganz er selbst«, murmelte sie und starrte durch das Glas auf die dunklen, leeren Büroabteile. So viel zur Transparenz des FBI. An einem Sonntag war der Ort eine Geisterstadt. Die einzigen Anwesenden waren aufgrund der besonderen Umstände einbestellt worden und hingen vermutlich noch herum, um Überstunden anzusammeln und zur Stelle zu sein, falls sich der Verdächtige wirklich als Mörder erweisen sollte.

»Du meinst Ramirez?«, vermutete Rown ganz richtig.

Hero machte von ihrem Recht der Aussageverweigerung Gebrauch.

Rown betrachtete sie eine Zeit lang nachdenklich. »Was du gerade gesehen hast, ist Ramirez, Hero. So war er immer. Der Mann, der heute Abend an unserem Tisch saß, war nur ein Agent, der seine Arbeit macht. Ich muss zugeben, darin ist er gut.«

»Was willst du damit sagen?«

»Ich will damit sagen, dass er schon an vielen Tischen gesessen hat. Er hat mit mexikanischen Drogendealern gespeist, sich mit dem Vergewaltiger vom Highway 110 betrunken, um ein Geständnis zu bekommen, und zuletzt mit asiatischen Mädchenhändlern eine Party gefeiert. Der Tisch unserer Eltern ist für ihn nichts Besonderes. Das ist sein Job, Hero, mehr nicht.«

»Das weißt du nicht«, flüsterte sie.

Rown seufzte genervt. »Mir macht eher Angst, dass *du* das nicht weißt.« Er beugte sich vor und nahm ihre Hand. Seine grünen Augen waren voller Mitgefühl. Es waren die Augen ihres Vaters, und auch ihre. »Du bist durch die Hölle gegangen, bist noch immer in Gefahr, und vieles an deiner Zukunft ist ungewiss. Du musst zurzeit sehr verletzlich sein.«

»Hör auf, mich von oben herab zu behandeln, Berowne«, warnte ihn Hero und entzog ihm ihre Hand.

»Verlieb dich um Himmels willen nicht in diesen Mann, Hero.«

»Wie kommst du denn darauf?«

»Nun, zum einen streitest du es nicht ab. Außerdem habe ich dich aufwachsen sehen. Ich kenne dich.« Rown griff wieder nach ihrer Hand, fester diesmal. »Erinnerst du dich noch, als du mit acht Jahren von diesem Pitbull in die Hand gebissen wurdest, den du unbedingt streicheln wolltest?«

Hero nickte und schaute auf die Hand hinunter, die in Rowns ruhte. Die alte Narbe von damals wurde jetzt von einer größeren, tieferen Narbe überdeckt.

»Du hast im Tierheim neben dem Käfig des Hundes gesessen, als sie ihn eingeschläfert haben. Ich erinnere mich noch daran, wie Mom und Pop versucht haben, dich wegzuzerren, aber du hast dich mit Händen und Füßen dagegen gewehrt. Du hast geheult und geheult, und der Hund hat aus seinem Metallkäfig heraus nach dir geschnappt, aber du hast dich nicht von der Stelle gerührt, bis die Medikamente wirkten und er tot war. Du hast dich die ganze Zeit bei ihm entschuldigt.«

Bei der Erinnerung daran kamen Hero die Tränen. Sie hatte sich so schuldig gefühlt, weil sie durch den Maschendrahtzaun hindurchgefasst hatte. Der Hund war so offensichtlich vernachlässigt und schlecht behandelt worden, sie hatte ihm einfach ein wenig Freundlichkeit zeigen wollen. Die Besitzer waren nicht einmal aufgetaucht, um um ihren Hund zu kämpfen, als der Tierschutzverein ihn abgeholt hatte. Letztendlich hatte Hero verstanden, weshalb sie gebissen worden war, und so hatte sie die Vorstellung nicht ertragen können, dass das Tier allein sterben sollte.

»Agent Ramirez *ist* dieser Pitbull. Wenn seine Leine einmal reißen sollte, wird er jemandem wehtun. Und ich werde nicht zulassen, dass du diejenige bist.«

Hero nickte. Eigentlich mochte sie es nicht, wenn ihre Familie sie zu bevormunden versuchte. Es missfiel ihr, wie die kleine Schwester behandelt zu werden. Meistens jedenfalls.

Aber Rowns sorgfältig gewählte Worte zeugten von Liebe und Aufrichtigkeit. Normalerweise war er nicht der Offenste in ihrer Familie.

Müde lächelnd lehnte ihr Bruder sich in seinem Stuhl zurück. »Andererseits sind Pitbulls natürlich prima Wachhunde. Für diesen Fall könnte ich mir keinen Besseren wünschen, und er wird garantiert gut auf dich aufpassen. Aber er soll seine Finger von dir lassen.«

Hero warf ihrem Bruder einen tadelnden Blick zu. Luca hatte versucht, sich zu benehmen, obwohl sie schamlos mit ihm geflirtet hatte. Sie hatte ihn sogar direkt zum Sex aufgefordert. Und das nicht nur einmal. War dies die erwachsene Variante jener Situation, in der sie die Hand durch den Maschendraht gestreckt hatte? In der Vergangenheit war es ihr gelungen, zwar die Tür zu ihrem Schlafzimmer zu öffnen, nicht aber die zu ihrem Herzen. Diesmal war es anders gelaufen, aber das hatte nicht an ihr gelegen. Innerhalb weniger Wochen hatte Luca so manches erreicht, was sie noch keinem anderen Mann gewährt hatte. Er hatte mehrfach in ihrer Wohnung übernachtet. Er war mit ihr in die Kirche gegangen. Zum Essen bei ihren Eltern. Alles, ohne Sex mit ihr zu haben oder mal mit ihr ausgegangen zu sein. Hatte sie dem mehr Bedeutung beigemessen, als sie hätte tun sollen? Sie wusste, dass das seine Arbeit war. Aber ging sie nicht davon aus, dass es für ihn mehr war als nur das?

Sie dachte an den besitzergreifenden, verzweifelten Kuss, den er ihr erst vor wenigen Stunden gegeben hatte. An die Hitze und die Spannung, die sich sekundenschnell zwischen ihnen entwickelt hatte. Das war etwas Dunkles, Wildes und sehr Verbotenes gewesen.

Ich bin nicht dein Freund, Hero.

Das weiß ich.

Wirklich?

Wusste sie es wirklich?

»Ich glaube, du machst es dem Mann nicht leicht«, sagte Rown scharfsinnig. »Nicht, wenn du dich so anziehst.«

Hero sah auf ihr Minikleid hinunter. »So habe ich mich immer angezogen.«

Er ließ ihre Hände los und sah seine kleine Schwester mit gespielter Strenge an. »Das weiß ich doch. Du hast deine vier älteren Brüder jahrelang auf Trab gehalten.«

Hero reckte trotzig das Kinn vor, stand aber ebenfalls auf, als Rown sich erhob, und umarmte ihn. »Ich weiß. Und dafür liebe ich euch.«

»Ich liebe dich auch.« Er hielt sie eine Zeit lang fest. »Ich weiß nicht, was wir getan hätten, wenn wir dich verloren hätten.«

»Daran darfst du einfach nicht denken.« Sie schluckte und löste sich dann aus seiner Umarmung. Die Schreie hatten aufgehört, aber wie es schien, war Sergeant Mazures Klaustrophobie irgendwie ansteckend. Hero wollte überall sein, nur nicht in diesem kalten, grauen Bürogebäude. »Kannst du mich hier rausbringen?«

Rown nickte. »Ja, aber lass mich noch schnell fragen, wie der neueste Stand ist.« Er ging hinaus, um kurz mit Trojanowski und ein paar anderen zu reden. Der Director und seine Männer warfen ihr enttäuschte, fast schon feindliche Blicke zu.

Hero konnte nachvollziehen, was sie empfanden. Das hätte das Ende des Falls sein können. Sie hätten Pressekonferenzen einberufen, den Serienmörder ihrer Statistik hinzufügen, sich auf die Schultern klopfen und sich dem nächsten Fall zuwenden können.

Doch jetzt musste die Jagd weitergehen, und Hero war noch immer in Gefahr. Aber es war schließlich nicht ihre Schuld, dass sie den Falschen erwischt hatten.

Rown kehrte zurück. »Gehen wir. Wir können auf dem Parkplatz auf Ramirez warten. Es sollte nicht mehr allzu lange dauern.« Er führte sie zu einer unauffälligen Hintertür, die zu einem Treppenhaus auf der Rückseite des Gebäudes führte. Zur Abwechslung war dieses Treppenhaus beige statt grau, und auf jeder Etage war eine Tür aus dunklem Holz mit einem Scanner für FBI-Marken. Das gesamte Treppenhaus war nur von ein paar schwachen Notlichtern erleuchtet, und Hero war froh, dass Rown seine Waffe dabeihatte. Sie folgte ihm die drei Stockwerke hinunter und dann durch zwei Türen, an denen er seine Marke über den Scanner ziehen musste, um das Gebäude verlassen zu können.

Als sie durch die dicken Glastüren nach draußen traten, war Hero froh, dass sie statt des Pullovers eine warme Jacke mitgenommen hatte. Auf dem Weg zum Parkplatz spürte sie, wie angespannt ihr Bruder war. Wie genau er die Umgebung im Auge behielt. Er vermittelte ihr ein Gefühl von Sicherheit.

»Was geschieht jetzt mit Mazure?«, fragte sie.

»Sie werden ihm noch mal Fingerabdrücke abnehmen, damit er auch sicher im System ist. Sie werden seinen Namen mit allen nationalen und internationalen Datenbanken abgleichen und vermutlich mit jemandem im Marine Corps reden und sich vergewissern, dass er nirgendwo wegen irgendwas gesucht wird.«

»Und dann?«

»Da du keine Anzeige wegen Hausfriedensbruch erstatten willst, werden sie ihn freilassen müssen. Wobei sie ihn wahrscheinlich im Auge behalten werden, bis all dies vorbei ist.«

Sie blieben bei Lucas schwarzem Charger stehen, und Hero, die plötzlich sehr erschöpft war, lehnte sich an die Tür. »Luca war so … gemein.«

»Das darfst du ihm nicht übel nehmen«, erwiderte Rown

zögernd. »Zu dem Zeitpunkt hat Ramirez wirklich geglaubt, der Mann sei ein Serienmörder.«

»Ich weiß.« Hero zog ihre Jacke fester um sich. Ihre Schultern und ihre Augenlider fühlten sich unglaublich schwer an. »Sehen zu müssen, wie dieser Mann zusammenbricht, hat mich an Connor denken lassen. Meinst du, bei ihm könnte es auch so weit kommen?«

Rown seufzte. Beide beobachteten sie ein startendes Flugzeug, das in Richtung Süden abdrehte und dessen Lichter am Himmel schließlich zu einem der vielen beweglichen Leuchtpunkte wurden. Rowns Schultern sackten herab, als würde das gleiche Gewicht auf ihnen lasten, das auch sie spürte.

»Ich habe Mazures Akte gelesen. In dem letzten Gefecht, das Ramirez erwähnt hat, saß er in einem Panzer fest, der Feuer gefangen hatte. Das muss sich angefühlt haben, als würde er zu Tode gebraten.«

Hero schnappte nach Luft.

»Er ist noch rausgekommen, wie wir wissen, aber er hatte schreckliche Verbrennungen am unteren Körper und wurde danach aus gesundheitlichen Gründen ausgemustert. Ich nehme an, dass er es deshalb drinnen nirgends aushält. Er hat nicht nur Angst vor engen Räumen, sondern auch davor, dass das Gebäude Feuer fängt. Connors Trauma, egal, wie schlimm es sein mag, ist damit nicht zu vergleichen.«

»Was hat Pater Michael gesagt?« Hero sehnte sich verzweifelt danach, sich auf irgendetwas oder irgendjemand anderes zu konzentrieren, Hauptsache, nicht auf ihre eigenen Probleme.

Rown zögerte. »Nicht viel, ehrlich gesagt. Er hat sich hinter dem Beichtgeheimnis verschanzt.«

»Das war alles?« Das war weniger als nichts. Vielleicht hatte Pater Michael tatsächlich nur behauptet, mit ihr über Connor reden zu wollen, um mit ihr allein sein zu können. Vielleicht war es doch gut gewesen, dass Luca auf einmal hereingestürmt war.

»Nun, im Grunde hat er nur gesagt, dass Connor ihm etwas gebeichtet hat, das ihn beunruhigt, aber er wollte keine Einzelheiten preisgeben, solange Connor für sich und andere keine Gefahr darstellt.«

»Wie schön, dass er so vage geblieben ist«, murmelte Hero ironisch.

Rown lachte, und es klang sarkastisch und wütend zugleich. »Keiner von uns weiß, was er tun soll. Mom nicht. Dad nicht, nicht einmal ich.«

»Er will nicht mit dir reden?«

»Ich habe es versucht, aber …« Rown starrte lange in die Dunkelheit.

Rown war wie Connor direkt nach der Highschool zum Militär gegangen. Während Connor bei erster Gelegenheit zu den Rangern übergewechselt war und dort seine Karriere weiterverfolgt hatte, war Rown fast zehn Jahre lang Scharfschütze gewesen, hatte in der Zeit seinen Hochschulabschluss gemacht und sich dann für eine Karriere beim FBI entschieden. Beide waren sie im Nahen Osten und in Afrika stationiert gewesen sowie an Orten, über die sie nicht reden durften. Sie waren die beiden ältesten Brüder, und die Verbindung zwischen ihnen war während ihrer Zeit beim Militär noch enger geworden. Rown war Trauzeuge bei Connors Hochzeit gewesen. Gemeinsam waren sie zu Begräbnissen von befreundeten Soldaten gegangen, selbst wenn das einen langen Flug bedeutet hatte. Jeder in der Familie Katrova-Connor war froh, dass sie sich gegenseitig hatten, denn egal, wie wohlmeinend und mitfühlend der Rest von ihnen war, sie konnten letztlich nie wirklich nachempfinden, was die Soldaten durchmachten.

Hero beugte sich vor und legte die Stirn an Rowns Kragen. »Weißt du, was ich mehr als alles andere auf der Welt hasse?«

»Was denn?«

»Mich hilflos zu fühlen. Das muss die schlimmste aller Foltern sein. Unfähig, den Hass eines Menschen zu stoppen. Unfähig, jemandem den Schmerz abzunehmen. Oder vor dem eigenen davonzukriechen. Das ist einfach zum Kotzen.«

Rown drückte ihre Schultern. »Gewöhn dich dran, kleine Schwester. Meiner Erfahrung nach bleibt man die meiste Zeit seines Lebens ziemlich hilflos, in beiderlei Hinsicht.«

Sie gab ihm einen Stoß in die Rippen, vor allem deshalb, weil sie gerade so zugänglich waren, dann löste sie sich von ihm. »Nur gut, dass du nie vorhattest, Psychotherapeut zu werden. Du hättest völlig versagt.«

Er lachte, aber die Traurigkeit in seinen Augen blieb.

»Außerdem bin ich nicht deine kleine Schwester. Ich bin sechsundzwanzig.«

»Du bist fünfundzwanzig.«

»Ich werde in drei Monaten sechsundzwanzig.«

»Ich glaube, du bist erst dann nicht mehr meine kleine Schwester, wenn du alt genug bist, dein Alter nicht mehr aufzurunden.« Rown zwinkerte ihr zu.

Hero hörte, wie die Tür des Vordereingangs geöffnet wurde, und drehte sich um. Als sie Luca und Vince aus dem Gebäude treten sah, zwischen sich Sergeant Mazure, der noch immer Handschellen trug, wurde ihr flau im Magen. Luca sagte etwas zu dem Mann, gab ihm mit seiner ernsten, leicht drohenden Stimme Befehle.

Mazure stolperte ins Freie hinaus und atmete tief die frische Luft ein, als wäre die Luft im Gebäude irgendwie vergiftet gewesen.

Hero bekam nur noch am Rand mit, dass Rown sie festzuhalten versuchte, doch da trugen ihre Füße sie bereits über den dunklen Asphalt. Tränen waren ihr in die Augen getreten, und das goldene Licht der Laternen verschwamm vor ihren Augen. Mazure stolperte unsicher und schwerfällig auf sie zu, als wären seine Schuhe auf einmal mit Beton eingefasst.

»Bleib, wo du bist, Hero.« Sie musste Luca nicht ansehen, um zu wissen, wie missbilligend er sie gerade anschaute.

Doch sie lief weiter, bis sie direkt vor Sergeant James Mazure stand und in sein zerklüftetes, bärtiges Gesicht hochblickte. Die roten Ränder rund um seine Augen betonten deren Farbe noch. Das Weiße war rosa vom Weinen, und die dunklen Säcke darunter ließen seine Falten noch tiefer wirken. Unter dem Schmutz und den von der Sonne verursachten Hautschäden war er blass, als hätte er soeben einen Geist gesehen. Er starrte auf sie hinunter mit einem Gesichtsausdruck, als sei er gerade Zeuge eines Wunders geworden.

Einen schier unendlichen Moment lang standen sie einfach so da, Parkplatz und Anwesende ausgeblendet von der intensiven Beziehung, die zwischen ihnen existierte. Retter und Opfer. Ohne ihn hätte sie nicht überlebt.

Sein Gesicht verzerrte sich, und ein frischer Schwall Tränen begann in seinen Bart zu fließen.

Hero schlang die Arme um ihn und stützte ihn, während er sein bärtiges Gesicht an ihrem Hals vergrub und schluchzte. Sie spürte, wie er zitterte und immer wieder nach Luft schnappte. Außerdem wurde er von Schluckauf gequält. Hero hielt ihn an seiner übergroßen Jacke fest, als würde er fallen, wenn sie ihn losließe. Ihrer Kehle, die vom Aufruhr der Gefühle wie zugeschwollen war, entrangen sich leise, tröstende Laute. Es waren Laute, wie man sie mitten in der Nacht bei einem weinenden Baby macht oder bei einem überreizten Kind nach einem traumatischen Sturz.

Sie weigerte sich, irgendjemanden anzusehen, wollte von der Missbilligung der anderen nichts mitbekommen. Für sie war dieser Mann ein Held.

»Danke«, flüsterte sie. »Ich danke Ihnen!« Noch immer nahmen Tränen ihr die Sicht, und sie ließ ihnen einfach freien Lauf.

Sie hörte es ein paarmal metallisch klicken und blinzelte die Tränen fort, um Lucas Gesicht erkennen zu können. Er wirkte nicht gerade glücklich, aber er nahm Mazure behutsam die Handschellen ab. Dann wandte er den Blick ab und trat neben Di Petro, der ein verdächtiges Schnauben von sich gab.

Der Mann, der an ihrer Schulter weinte, machte keine Anstalten, sie zu halten, er stand einfach nur da.

»Es tut mir leid«, flüsterte er schließlich. »Das mit jener Nacht tut mir leid.«

»Was sollte Ihnen denn da leidtun?« Hero löste sich von ihm und legte die Hände an seine Wangen. »Sie haben mir das Leben gerettet.«

»Ich habe Sie dort *liegen lassen*.« Seine Stimme klang rau, und seine Worte wurden von dem dichten Bart gedämpft. »Ich habe versucht zu bleiben, aber sie … sie haben mich in den Streifenwagen geworfen, und ich … ich habe Panik bekommen.« Seine Schultern spannten sich an, als ihn erneut sein Schluckauf quälte, während er gleichzeitig schluchzte. »Dann habe ich Ihnen Angst eingejagt, mit den Blumen.« Er richtete sich auf und schaute wie ein gescholtener Junge auf seine großen, vernarbten Hände hinunter. »Normalerweise gehe ich im Winter nach Kalifornien. Aber ich wusste, dass dieses Schwein noch immer hinter Ihnen her ist, und da konnte ich einfach nicht weg. Ich wollte Sie wissen lassen, dass ich noch da bin. Ich habe mir nicht überlegt, wie das wirken muss.«

»Warum sind Sie nicht einfach auf mich zugegangen?«, fragte sie leise. »Schon seit jener Nacht wollte ich mich unbedingt bei Ihnen bedanken.«

Er seufzte tief. »In den Nachrichten klang es so, als könnte ich der Täter sein, und ich wusste nicht, ob sie mich verhaften wollen, weil ich die Scheibe des Streifenwagens eingeschlagen hatte. Außerdem ... nun ja, ich gehe einfach nicht auf Damen zu, verstehen Sie?«

Hero warf Luca und Vince einen fragenden Blick zu.

»Kann sein oder auch nicht sein, dass aus jener Nacht ein Haftbefehl vorliegt wegen Zerstörung von Polizeieigentum und Haftentziehung«, murmelte Luca.

»Ihr Name steht nicht drauf, weil er bis jetzt nicht bekannt war«, sagte Vince zu Mazure und warf Rown einen warnenden Blick zu. »Wir haben es Trojanowski gegenüber absichtlich nicht erwähnt.«

»Nicht meine Abteilung.« Rown zuckte mit den Schultern.

Mazure nickte hektisch, wandte den Blick aber nicht von Hero ab. Sein Stand war unsicher, seine traurigen Augen schwammen in Tränen. »Ich wollte mich eigentlich gar nicht mehr um Sie kümmern«, sagte er mit zitternder Stimme. »Aber immer wieder habe ich Sie als dieses kleine Bündel gesehen, voller Blut, ganz blass und so winzig ... Ich wollte nicht, dass Sie das noch einmal durchmachen müssen.«

Der Blumenstrauß hatte ihr wirklich Angst gemacht. Außerdem hatte er die Vermittler verwirrt, die sich gefragt hatten, ob Johannes der Täufer einen Komplizen hatte. Aber Hero konnte es dem Mann, der da vor ihr stand, einfach nicht übel nehmen, dass er unabsichtlich für so viel Aufregung gesorgt hatte.

»Die Agents haben mir gesagt, dass ich nicht mehr auf Sie aufpassen darf.« Verstohlen deutete er mit dem Kopf auf die Agents hinter ihm.

Hero lächelte. »Dies ist ein freies Land.«

Das brachte Mazures Augen zum Glänzen. Was sein Mund tat, konnte sie auch diesmal nicht erkennen.

»Können wir Sie irgendwohin mitnehmen? Halten Sie es in einem Auto aus, wenn wir die Fenster offen lassen?«

Er wischte sich mit dem Ärmel seiner Jacke übers Gesicht, verschmierte damit aber nur die Tränen, die ihm über die wettergegerbten Wangen liefen. »Vielleicht zurück zum Fluss, hinter Ihrem Haus. Ich habe Agent Orange dort zurückgelassen.«

Ohne Lucas mordlüsternen Blick zu beachten, fragte Hero freundlich: »Wer ist Agent Orange?«

Mazures Augen leuchteten auf, und er schniefte erneut. »Meine Katze.«

Luca gab leise irgendeinen gemeinen Kommentar von sich.

»Natürlich bringen wir Sie zu Ihrer Katze.« Hero starrte die drei Agents durchdringend an, ohne auf das restliche FBI-Personal zu achten, das nach und nach aus dem Gebäude strömte und ihnen Abschiedsgrüße oder neugierige Blicke zuwarf. Wenn Luca sich weigerte, würde sie ihr Auto holen und den Mann selbst fahren. Das war das Mindeste, was sie tun konnte, immerhin hatte er ihr das Leben gerettet.

Mazures Kopf zuckte, und wieder bildeten sich Lachfältchen um seine Augen. »Könnten Sie noch etwas für mich tun, mein Kind?«

»Was denn?«

»Bleiben Sie immer in der Nähe von Ihrem Freund, dem Agent.« Er hatte sich zu ihr herabgebeugt, machte sich allerdings nicht die Mühe, leise zu sprechen. »Er ist ein Kommisskopfarschloch, aber er ist gefährlich und wild entschlossen zu verhindern, dass Ihnen etwas zustößt.«

Das entlockte Vince ein Lachen, das er nur mühsam verbergen konnte.

Hero salutierte. »Jawohl, Sir.«

Mazures Lächeln erlosch. Seine blauen Augen bekamen etwas Eisiges, das ihm damals beim Militär sicher gute Dienste geleistet hatte. »Ich meine es ernst, Hero. Er ist Ihre einzige Chance gegen das Böse, das hinter Ihnen her ist.«

20

... ist es am besten,
Den Feind für mächt'ger halten, als er scheint.

William Shakespeare, *König Heinrich V.*

Hero konnte kaum verstehen, was Luca vor sich hin murmelte, als er die Waffe zog und ihren Schlüssel in das Schloss ihrer Wohnungstür steckte. »Agent Orange. Seine verdammte Katze. So was Lächerliches!« Es war das erste Mal, dass Luca etwas sagte, seit sie das FBI-Hauptquartier verlassen hatten. Überflüssig zu erwähnen, dass die Heimfahrt schweigend und ungemütlich verlaufen war. Was andererseits vermutlich auch nicht geschadet hatte. Sie hatten alle über so manches nachdenken müssen. Nachdem sie die Katze wiedergefunden hatten, hatte Hero Mazure mit einem kurzen Brief zu Pater Michael geschickt. Die Kirche hatte Nebengebäude und Garagen, die vielleicht übergangsweise als Asyl dienen konnten, und Mazure schien außerordentlich dankbar für eine Zuflucht vor der Winterkälte zu sein.

»Ich fand den Namen nicht schlecht«, sagte Vince, der hinter Hero stand. Er war ihnen in seinem Camaro gefolgt, weil Lucas Charger kein offizielles Beförderungsmittel mit Sicherheitskäfig war und niemandem die Vorstellung gefiel, den unausgeglichenen Sergeant Mazure hinter sich sitzen zu haben. »Dieses kleine, orangefarbene Mistvieh war irgendwie goldig.«

»Es hat versucht, dich zu beißen«, sagte Luca trocken.

»Ja, aber so sind Kätzchen nun mal«, erwiderte Vince mit einem hinterhältigen Grinsen.

Hero drehte sich lachend zu Vince um. »Mein Vater würde dich einen ›Schlingel‹ nennen.«

Vince schenkte ihr sein gewinnendstes Lächeln. »Dein Vater würde mich etwas noch viel Schlimmeres nennen, bevor ich mit dir durch wäre.«

»Danke für die Warnung.«

Luca zog den Schlitten seiner Waffe zurück und ließ die Kugel etwas fester und lauter in die Kammer springen als unbedingt nötig. »Durchsuchen wir die Wohnung, damit ich endlich ein bisschen Schlaf bekomme«, sagte er gereizt, als er die Tür öffnete und zur Alarmanlage trat, um den Code einzugeben. »Das war ein langer Tag.«

Hero trat zur Seite, damit Vince Luca in ihre Wohnung folgen konnte. Als er sich an ihr vorbeischob, zwinkerte er ihr verschwörerisch zu. Allmählich hatten sie Luca genug zugemutet. Hero ging den beiden hinterher, während die ihre Wohnung in Augenschein nahmen. Alles wirkte normal. Warm, einladend, bunt und vertraut. Heros Blick wanderte zum Kühlschrank. Sie blieb stehen und wartete, bis Luca ihn öffnete.

Er gab ein angeekeltes Geräusch von sich.

»Was ist los?« Die ihr mittlerweile schon vertraute Angst ließ Heros Hände und Füße kribbeln. »Sag schon.«

»Ich versuche nur zu verstehen, wie ein Kühlschrank so voller nicht essbarer Sachen sein kann.«

Hero seufzte erleichtert auf und lachte dann. Allerdings klang das Lachen so hoch, dass sie es kaum als ihres erkannte. Keine toten Tiere in ihrem Kühlschrank, weder vom Metzger noch vom Feinkostladen noch vom Serienmörder. Was für ein Glück.

Mit einem angespannten Lächeln verschwand Luca in ihrem Töpferstudio.

Aus ihrem Schlafzimmer ertönte Di Petros Stimme. »Dieses verdammte Psycho-Arschloch!«

Luca kam aus dem Studio gerannt. »Rühr dich nicht von der Stelle!«, befahl er, während er mit gezogener Waffe in ihr Schlafzimmer stürmte.

Hero schluckte. Nicht, dass sie ihm gehorchte, aber sie konnte keinen Schritt machen, weil sie ihre Füße nicht mehr spürte. Eine seltsame Taubheit, die irgendwo in ihrem Inneren entstand, ließ sie völlig erstarren. Johannes der Täufer war in ihrem Schlafzimmer gewesen. Dessen war sie sich sicher. Die Stimmen, die von dort an ihr Ohr drangen, klangen weit entfernt oder als befände sie sich unter Wasser.

»Ich weiß nicht mal, unter welchem Code das läuft«, sagte Vince angeekelt. »Das ist doch bestimmt eine Tonne Blut.«

»Ich glaube, dafür gibt es keinen Code.« Luca schien jetzt näher an der Tür zu stehen. Seine Stimme klang eher grimmig als wütend, aber Hero kannte Special Agent Luca Ramirez gut genug, um zu wissen, dass die Wut immer unter der Oberfläche lauerte.

»Meine Güte!«, rief Vince. »Dieser Johannes der Täufer hat echt Nerven!«

»Wo zum Teufel steckt eigentlich das Überwachungsteam? Sollten die nicht das Haus im Auge behalten?« Lucas Stimme wurde immer lauter und tiefer.

»Vermutlich sind sie Mazure und allen anderen ins Hauptquartier hinterhergefahren, nachdem Mazure verhaftet worden war.«

Eine angespannte Stille entstand. Nur das Geräusch von Schritten war zu hören. Vince stieß einen weiteren angewiderten Laut aus.

»Wo zum Teufel stecken Sie?«, fragte Luca. Erneute Stille. Offensichtlich war er am Telefon. »Ich hatte Befehl gegeben, das Grundstück zu bewachen.« Stille, kürzer diesmal. »Wer hat Ihnen erlaubt, die Überwachung nach der Verhaftung zu beenden?« Pause. »Sie haben die Situation *analysiert*? Dann trommeln Sie mal schleunigst die Leute von der Spurensicherung zusammen, damit die Ihren Riesenbockmist *analysieren* können.«

Na bitte, dachte Hero leicht amüsiert. Wut. Genau zum richtigen Zeitpunkt. Noch immer fühlte sich ihr Körper taub an, aber ihre Beine gehorchten ihr wieder. Froh, dass die Lähmung nur vorübergehend gewesen war, ging sie auf die Schlafzimmertür zu. Sie sah mehr, als dass sie fühlte, wie ihre Hand nach dem Türknauf griff, was in gewisser Weise unsinnig war, da die Tür bereits mindestens fünf Zentimeter offen stand. Sie hätte sie einfach aufstoßen können, aber ihre Hand musste sich an etwas festhalten, das solide, kalt und aus Metall war, damit Hero sich wieder in ihrem Körper verankern konnte.

»Habe ich mich etwa nicht klar ausgedrückt?« Es klang, als stünde Luca direkt hinter der Tür. Wenn sie sie öffnete, würde sie vermutlich genau in ihn hineinlaufen. »Wie bitte? Feindliches Arbeitsumfeld? Sie dürfen gern eine Beschwerde über mich einreichen, Sie Knallkopf, aber vergessen Sie nicht, Ihre unglaubliche Inkompetenz, Ihre Befehlsverweigerung gegenüber dem leitenden Agent und Ihre idiotische Analyse zu erwähnen, die zu einer Straftat in einem Fall geführt hat, der in den Medien große Beachtung findet. Und jetzt hören Sie gefälligst auf, meine Zeit zu verschwenden, und machen sich an die Arbeit, verdammt noch mal!«

»Was für eine Schweinerei«, murmelte Vince. Hero wusste nicht, ob er sich auf das bezog, was in ihrem Schlafzimmer passiert war, oder auf Lucas Gespräch. Sie packte den Türknauf fester und holte ein paarmal tief Luft.

»Ich muss es Hero sagen.« Luca klang, als würde er lieber einem Erschießungskommando gegenübertreten.

Das war ihr Stichwort. Sie öffnete die Tür, bis sie blockierte, vermutlich weil sie an Lucas teuren Schuh stieß. Rasch schob sie sich durch den Spalt, der für sie gerade groß genug war, und schon wurde sie von der Farbe Rot überschwemmt. Sofort verstellte Luca ihr den Blick.

»Hero, nicht. Ich habe doch gesagt, bleib, wo du bist.«

»Ich bin keiner deiner Agents«, erwiderte sie spöttisch, obwohl sie atemloser klang, als ihr lieb war. Wie schwer ihr das Atmen fiel, wurde ihr erst jetzt bewusst, da sie für das Sprechen mehr Sauerstoff brauchte. »Ich will es sehen.« Sie versuchte ihn wegzuschieben. Unter ihren blutleeren, zitternden Händen fühlte sich die Haut unter seinem Hemd heiß und fest an.

Lucas Nasenflügel bebten, und seine Augen sprühten Funken. Er ballte die Hände zu Fäusten, als überlege er ernsthaft, sie an den Schultern zu packen und in das andere Zimmer zurückzuschleifen.

Aus irgendeinem Grund steigerte das noch ihre Entschlossenheit. »Ich *muss* es sehen. Es ist *für mich* bestimmt.«

Er rührte sich nicht von der Stelle. Dann fluchte er plötzlich und sagte barsch: »Rühr ja nichts an«, riss die Tür auf, rannte aus dem Zimmer und überließ sie dem Horrorszenario, in das sich ihr Schlafzimmer verwandelt hatte.

Hero wurde Vince' Anwesenheit erst bewusst, als er sich in seiner typischen lockeren Pose neben sie stellte. »Irgendeine Vorstellung, was es bedeutet?«, fragte er leise.

Hero konnte nur den Kopf schütteln, während sie sich atemlos und mit weit aufgerissenen Augen umsah. Sie hatte gewusst, dass sie Blut vorfinden würde. Die beiden Agents hatten schließlich von Blut geredet, nicht wahr? Und sie hatte erwartet ... nun, eigentlich hätte sie nicht recht sagen können, was sie erwartet hatte. Vielleicht eine Leiche? Eine weitere gekreuzigte Prostituierte? Heute war der Feiertag der unbefleckten Empfängnis, sie hatten damit gerechnet, dass er jemanden töten würde, und offensichtlich hatte er das auch getan.

Aber wen? Es gab keine Leiche. Es sah aus, als wäre Jackson Pollock in ihr Schlafzimmer eingebrochen und hätte Blut als Farbe für sein nächstes Werk benutzt. Der metallische Geruch hing in der Luft, nicht so intensiv wie Farbe oder so durchdringend wie Verwesungsgeruch, eher unaufdringlich und mit einer eklig süßlichen Note. Der makabre Künstler musste an der Stelle gestanden haben, wo auch sie jetzt standen, denn die Wand in ihrem Rücken war die einzig unversehrte.

Nein, das stimmte nicht. Der weiße Raum direkt über ihrem Bett war von dem rücksichtslosen Blutbad verschont geblieben. Dort hatte der Künstler sein eigentliches Werk vollbracht. Ein einfarbiges Meisterwerk, und sie betrachteten es, als hinge es in einer Galerie und lade sie dazu ein, es zu interpretieren. *Was hat der Künstler damit wohl ausdrücken wollen?*, würden sie sich fragen, sich das Kinn reiben, kriecherische Antworten geben und sich dabei unheimlich wichtig vorkommen.

Zwei Kreise, einer in den anderen gemalt, in dicken blutigen Linien. Ihre Symmetrie war von erstaunlicher Perfektion. Zwischen dem inneren und dem äußeren Kreis befanden sich sieben Großbuchstaben, die Abstände zwischen ihnen sorgfältig abgemessen wie zwischen den Zahlen auf einem Zifferblatt. Vince packte Hero am Ellbogen und hielt sie zurück. Er deutete auf die bereits trocknenden Blutstropfen am Fuß ihres Bettes. Gemeinsam starrten sie auf die Wand. »YASMODA?«, sagte er fragend. »Vielleicht ist das so etwas wie eine Abkürzung? Kannst du irgendwas damit anfangen?«

Hero war sich ziemlich sicher, dass sie den Kopf schüttelte, jedenfalls wiederholte Vince seine Frage nicht. Sie konnte den Blick nicht von der komplizierten, verwirrenden Darstellung im inneren Kreis abwenden. Eine senkrechte Linie teilte ihn in zwei Hälften. Die linke Hälfte war auffallend leer, bis auf etwas, das offensichtlich den gegabelten Schwanz eines Teufels darstellen sollte. In der rechten Hälfte dagegen befanden sich mehrere ineinander übergehende Wirbel ohne erkennbaren Sinn und Zweck.

Hero dachte sich, dass sie aufpassen musste, weil ihr kalt war und sich alles taub anfühlte. Es war, als habe sie einen Parcours absolviert, von Begreifen über Furcht zu Entsetzen und schließlich Hysterie und wieder zurück zu so etwas wie analytischer Distanziertheit.

Das hier war Johannes der Täufer gewesen. Es fühlte sich nach ihm an. Und egal, was Luca über Gefühle und Energien dachte, Hero war sich dessen so sicher, als hätte Johannes der Täufer seine Unterschrift in die untere rechte Ecke seines Gemäldes gesetzt. Was er natürlich nicht getan hatte.

Hero wurde klar, dass sie Johannes dem Täufer die perfekte Leinwand geliefert hatte. Obwohl sie sonst kräftige Farben bevorzugte, egal, ob bei Kleidung oder ihrer Inneneinrichtung, war ihr Schlafzimmer genau das Gegenteil. Sie hatte die Wände in verschiedenen Weißschattierungen gestrichen, und bis zu diesem Zeitpunkt hatte es ihr immer gefallen, jeden Morgen in einem einfachen, weißen Zimmer aufzuwachen. Es erinnerte sie daran, dass ihr Tag einem leeren Gemälde glich. Er war eine leere Leinwand, die sie mit allen erdenklichen Schattierungen des Lebens bemalen konnte. Es war eine Erholung von dem dauernden Chaos der Welt draußen gewesen. Chaos, das sie in ihr Leben einlud und akzeptierte, nicht aber in ihr Schlafzimmer. Wenn sie nachts einschlief, stellte sie sich manchmal vor, sie liege in einer Wolke. Diese Vorstellung half ihr dabei, ihr Bewusstsein von der Welt zu lösen, und so schlief sie problemlos ein.

Jetzt war ihr flauschiges, eierschalenfarbenes Daunenbett zu einer Schüssel für eine obszöne Menge an Blut zusammengesackt und verwandelte sich gerade in eine schleimige Mischung aus Flüssigkeit und … irgendetwas. Bis zu diesem Tag hatte Hero nicht gewusst, dass Blut auch dann noch gerann, wenn es von seinem Wirt getrennt war. Sie schluckte ein paarmal, um den Tatort nicht mit Knox' Tofurky zu verunreinigen.

Ihr war auf einmal deutlich bewusst, wie ihr Körper auf das reagierte, was sie sah, obwohl ihr Gehirn noch immer seltsam losgelöst von ihm wirkte. Ihr war kalt bis ins Mark, gleichzeitig fühlte sich ihre Haut an, als stünde sie in Flammen. Ein tiefer, zitternder Laut vibrierte durch sie hindurch, aber die Hand, die sie ausgestreckt vor sich hielt, war völlig ruhig. Ihr Mund war trocken, aber ihre Handflächen waren nass. Ihr Atem ging stoßweise, und ihr Herz klopfte überall, nur nicht in ihrer Brust. Ihr Trommelfell schien den Schall nicht mehr richtig zu übertragen, und wenn sie es sich richtig überlegte, konnte sie ihrer Wahrnehmung auch nicht mehr ganz trauen.

Luca kam aus dem anderen Zimmer zurück. »Trojanowski trommelt die Spurensicherung zusammen, damit sie mit der Untersuchung von was auch immer der Scheiß da darstellen soll anfangen können.« Er deutete auf das makabre Siegel an der Wand.

»Was will er mir damit sagen?«, fragte Hero sich laut. Ihre Stimme klang nicht wie ihre, sondern als gehöre sie jemand viel Jüngerem, oder vielleicht jemandem, der in einem anderen Zimmer stand. »Wenn er mich bedrohen wollte, ist ihm das mit Sicherheit gelungen, aber ... was soll dieses ... dieses Ding bedeuten?«

Luca streckte die Hand nach ihr aus. »Geh rüber und setz dich hin«, sagte er sanft. »Du solltest wirklich nicht hier drin sein.«

Hero wehrte ihn ab. »Ich meine es ernst! Hätte er nicht einfach ›Ich kriege dich‹ schreiben können, wie jeder normale Serienmörder? Ich meine ... also ehrlich!«

Vince räusperte sich betreten. »Die meisten Serienmörder schreiben eigentlich keine ...«

Luca warf ihm einen Blick zu, und er schwieg.

»Hat er vor, jedes Zimmer in meiner Wohnung zu dekorieren? Wessen Blut ist das? Und wie zum Teufel kommt er hier immer wieder rein? Die Alarmanlage war doch eingeschaltet!« Allmählich gewann ihre Hysterie die Oberhand. Sie zitterte jetzt sichtbar, ihre Haut kribbelte, und sie versuchte, sich die Gänsehaut von den Armen zu rubbeln. Die Luft roch und schmeckte nach Pennys und Erde. Ihr Mund war voll davon, und sie konnte durch den Gestank nicht mehr hindurchatmen, der mit jeder Sekunde stärker zu werden schien. Schatten schoben sich in ihr Sichtfeld, aber sie waren purpurrot statt schwarz.

»Hero.« Lucas besorgte Stimme schien von weit weg zu kommen. »Hero, atme.« Starke Arme fingen sie auf und zogen sie hoch, bevor ihr überhaupt klar wurde, dass sie zusammengesackt war. Sie versuchte, Luft zu holen, aber ihr Körper schien nicht mitarbeiten zu wollen. Panik überwältigte sie. Wieder bekam sie keine Luft mehr, versank in einer Pfütze aus Blut und Dreck, verfolgt von einem lächerlichen Talisman an ihrer Wand, der ihr nichts sagte.

Als sie von den Füßen gehoben wurde, die sie nicht mehr spürte, kippte ihre Welt zur Seite. Der feste Griff, mit dem Luca sie gepackt hielt, ließ sie allmählich wieder zu sich kommen.

Noch immer zitterte sie, ihr war schlecht, aber immerhin hatte sie nicht mehr das Gefühl, sich übergeben zu müssen. Sie hielt sich an Luca fest, legte den Kopf an seine Schulter und atmete seinen salzigen Geruch und den Hauch von Aftershave ein. Er war warm – immer so warm – und stark. Mit ein paar Schritten war er an der Couch und legte sie dort viel zu rasch ab. Hero wollte nicht ohne ihn sein, und zu ihrer Freude kehrte er nicht ins Schlafzimmer zurück, sondern setzte sich neben sie und hüllte sie in eine ihrer Überwurfdecken ein.

»Das ist unsere Schuld«, murmelte er und rieb mit seinen großen Händen über ihre Arme, als würde sie nur vor Kälte zittern. Seltsamerweise half es dennoch. »Das Überwachungsteam hätte beim Haus bleiben sollen, bis der Verdächtige als Täter bestätigt worden wäre. Da werden ein paar Köpfe rollen.«

»Sei nicht böse auf sie.« Hero legte den Kopf an seine Brust, wobei ein Teil ihrer Wange auf dem ledernen Schulterholster zu liegen kam. »Sie dachten, es wäre vorbei, genau wie wir alle das kurzzeitig gedacht haben.«

Luca legte den Arm um sie und zog sie an sich. Sie konnte hören, wie sein Herz gegen seine Rippen schlug. Er atmete tief, kurz ein, lang aus. Das Konzept war ihr vertraut, und so passte sie ihren Atemrhythmus seinem an. Sofort fühlte sie sich ein wenig kräftiger.

Vince kam aus ihrem Schlafzimmer. Er blieb kurz stehen, als er sah, wie sie dort saßen, doch wenn es ihm missfiel, ließ er es sich nicht anmerken. »Wenn das Zimmer fotografiert ist und wir es untersuchen können, werden wir nachsehen, ob irgendein Fenster offen steht, und dann werden wir die Zeit zwischen Betreten und Verlassen eingrenzen.«

Hero versteifte sich. »Glaubst du, er hat einen Schlüssel?«

»Unwahrscheinlich, aber nicht unmöglich«, erwiderte Luca. Seine Stimme drang tief und voll, aber auch ein wenig gedämpft durch seine Brust an ihr Ohr. »Deine Vermieterin schwört Stein und Bein, dass sie niemandem einen Schlüssel zu ihrem Haus und deiner Wohnung gegeben hat, außer ihrem Rechtsanwalt und ihrem Dienstmädchen. Sie hat mir die Unterlagen gezeigt, laut denen sie vorsichtshalber nach jedem Mieterwechsel die Schlösser hat austauschen lassen.«

Hero setzte sich abrupt auf. Erneut fing ihr Herz an zu rasen. »Angora!«, rief sie atemlos. »Hat irgendjemand nach ihr gesehen?« Wenn das nun ihr Blut war? Wenn ihre liebenswerte Freundin nun wegen ihr getötet worden war?

Vince war sofort in Alarmbereitschaft. »Als wir Mazure verhaftet haben, erfreute sie sich noch bester Gesundheit«, sagte er, schon auf dem Weg zur Tür. »Ich kontrolliere das Haupthaus. Die Verstärkung dürfte jeden Moment eintreffen.«

»Ich komme mit.« Hero stand auf, aber sofort wurde ihr schwindelig. Luca musste nicht sonderlich fest ziehen, damit sie sich wieder auf die Couch setzte.

»Den Teufel wirst du tun. Du bleibst hier. Vince wartet auf Verstärkung, bevor er das Haus betritt.« Er warf seinem Partner einen Blick zu.

»Aber wenn er nun Angora hat? Wenn er dort bei ihr ist?« Hero spürte, wie die Hysterie sich wieder Bahn brach. »Und wenn wir zu spät kommen?«

Luca holte sein Handy heraus und wählte.

Es klingelte nur ein Mal.

»Um diese Zeit in der Nacht gehe ich nur für einen großen,

dunklen, gefährlichen Mann ans Telefon«, gurrte Angora zur Begrüßung.

Hero sackte erleichtert zusammen.

»Mrs Steinman, wo sind Sie gerade?«, fragte Luca.

»Angora«, beharrte sie. »Und ich bin, wo Hero auch sein sollte: unter Ihnen im Schlafzimmer.« Sie lachte über ihren kleinen schmutzigen Witz.

Luca nickte. Offensichtlich konnte er sich das Lachen kaum verkneifen. »Ist jemand bei Ihnen? Oder hat Sie irgendjemand vor oder nach dem Vorfall heute Abend belästigt?«

»Ich hatte Josiah Winthrop für halb neun eingeladen, damit er mir Gesellschaft leistet und meine Nerven mit einem kleinen Tête-à-Tête beruhigt, und er ist gegen Mitternacht gegangen.«

Hero musste lächeln. Angora war solch eine lebendige Frau. Sie hoffte, in Angoras Alter wenigstens noch halb so viel Feuer zu haben. Falls sie überhaupt so alt wurde … Falls sie ihren nächsten Geburtstag noch erlebte.

»Muss ich mir Sorgen machen, Agent Ramirez?« Angora klang nicht im Geringsten besorgt. »War das der Mörder, den Sie vorhin hinter meinem Haus festgenommen haben?«

»Leider nein.« Luca fuhr sich mit der Hand übers Gesicht und seufzte. »Mrs Steinman …«

»Angora«, wiederholte sie, etwas schärfer diesmal. »Ich muss wirklich darauf bestehen.«

»Angora.« Hero spürte, dass Luca sich Mühe gab, seine Ungeduld zu verbergen. Lautlos klatschte sie ihm Beifall. »Hatten Sie die Alarmanlage ausgeschaltet, während Mr Winthrop bei Ihnen war?«

Angora überlegte einen Moment. »Nur, bis ich ihn reingelassen hatte. Sie schaltet sich automatisch wieder ein. Aber heute Nacht habe ich sie extra noch einmal überprüft.«

»Wie lange, denken Sie, war sie ausgeschaltet?«

»Dreißig Sekunden.«

»Das reicht, um hier einzubrechen«, warf Vince ein.

In der Ferne waren Sirenen zu hören, und Vince bedeutete ihm, dass er sich jetzt im Haupthaus umsehen würde.

Luca nickte. »Wir schicken Di Petro runter, damit er noch mal überprüft, ob Ihr Haus wirklich sicher ist. Können Sie an die Haustür kommen?«

»Wieso? Mein Haus wurde doch erst vor ein paar Stunden überprüft.«

Luca holte tief Luft, aber Angora war schneller.

»Ist noch etwas passiert? Ist mit Hero alles in Ordnung?«

»Ich bin hier, Angora«, machte sich Hero bemerkbar. »Er ist in mein Schlafzimmer gekommen und hat mir ein … eine Botschaft hinterlassen, während ich weg war.«

»Wie kann das möglich sein?«, flüsterte Angora.

»Sind Sie sich hundertprozentig sicher, dass niemand sonst den Code für die Alarmanlage kennt?«, hakte Luca nach.

»Ja. Er wurde geändert, nachdem Hero aus Mexiko zurück war, und die Einzigen, die ihn außer Hero kennen, sind Agent Di Petro und Sie.«

Luca runzelte die Stirn, und Hero hätte nur zu gern gewusst, was er dachte. Di Petro konnte es nicht gewesen sein, das Haus war nach Mazures Verhaftung von mehreren Agents überprüft worden, und außerdem war Vince die ganze Nacht mit ihnen im FBI-Hauptquartier gewesen.

»Niemand hat einen Schlüssel?«, fragte Luca. »Auch nicht Mr Winthrop? Haben Hero oder Sie einen unter der Fußmatte oder im Auto liegen?«

Hero schüttelte den Kopf. »Früher lag einer im Glasblumentopf, aber nach der Sache mit dem Ziegenkopf in meinem Kühlschrank wolltest du, dass ich ihn rausnehme. Ich habe dir doch gesagt, dass ich ihn meinen Eltern gegeben habe, falls etwas passiert.«

Luca gab ein zustimmendes Geräusch von sich.

»Und ich habe sogar meinen Schlüssel von der Dienstmädchenagentur zurückgefordert, nachdem all das passiert war«, sagte Angora. Es klang, als würde sie auf ihren hochhackigen Pantoffeln durch das Haus laufen. »Ich glaube, Agent Di Petro ist an der Tür.«

Hero atmete erleichtert auf. Wenigstens war ihre Vermieterin und Freundin jetzt in Sicherheit.

»Angora«, sagte sie und verhinderte so, dass Angora mit Di Petro zur Begrüßung flirtete.

»Ja, Liebes?«

»Ich sollte … vermutlich ausziehen. Ich habe das Gefühl, du bist nicht mehr sicher, und das alles wegen mir. Das wird allmählich … Da ist so viel …« Blut. Bedrohung. Tod.

»Bist du wohl still! Davon will ich nichts hören. Ich vergöttere dich, und ehrlich gesagt habe ich seit dem Kalten Krieg und der Kommunistenangst in Hollywood nichts derart Aufregendes mehr erlebt.« Sie schwieg für einen Moment. »Aber vielleicht … bleibe ich eine Zeit lang bei Josiah. Bis es sicherer ist. Er versucht mich schon die ganze Zeit dazu zu überreden, die Ferien mit ihm zu verbringen, und vielleicht gebe ich nach. Nur dieses eine Mal.«

»Keine schlechte Idee«, stimmte Luca ihr zu. »Bleiben Sie in der Nähe von Agent Di Petro, bis Ihr Haus überprüft ist. Di Petro bleibt bei Ihnen, während Sie packen, und fährt Sie auch zu Mr Winthrop, wenn Sie möchten.«

»Das wäre perfekt.« Angora seufzte. »Es ist immer gut, wenn der Mann, mit dem man zusammen ist, sieht, dass man von einem jüngeren mit einem sportlicheren Wagen herumkutschiert wird.«

Luca grinste, als sie das Gespräch beendet hatten, aber als er sich zu Hero umwandte und ihren Gesichtsausdruck sah, wurde er sofort wieder ernst. Die Sirenen waren jetzt lauter, einige ertönten bereits vom Grundstück her. Einen Moment lang blieben sie beide einfach erschöpft auf der Couch sitzen und hielten sich an den Händen. Hero wusste, was jetzt kam. Wusste, dass es Stunden dauern würde. Sie würden alles aus ihrem Schlafzimmer ins Labor bringen. Sie fühlte sich wie vergewaltigt. Sie würden mit ihren gepuderten Latexhandschuhen alle ihre Sachen durchwühlen und überall würde Fingerabdruckpulver sein. Sie würden ihr tausend freundliche, aber dennoch anstrengende Fragen stellen. Sie fing an, die Narben an ihrer freien Hand zu betasten.

»Er hat gerade einen fatalen Fehler gemacht, Hero.« Lucas Stimme riss sie aus ihren Gedanken, und sie konzentrierte sich auf seine dunklen, brutalen Gesichtszüge. »Er glaubt, er hat uns eine Drohung hinterlassen, dabei hat er uns einen Hinweis geliefert, und zwar einen verdammt genauen. Ich werde rausfinden, was zum Teufel das bedeutet, und sobald ich es weiß, schnappe ich mir denjenigen, der das dahin gepinselt hat.«

21

O! was für Unrath kan in einem Menschen verborgen seyn,
wenn er von aussen gleich ein Engel scheint!

William Shakespeare, *Maß für Maß*

»Würden Sie mir bitte erklären, was das ist?« Luca knallte den Aktenordner vor Pater Michael auf den Schreibtisch und setzte sich dann auf die Schreibtischkante, bewusst zu nah an Pater Michael. Der junge Priester wäre beinahe aus seinem IKEA-Stuhl gesprungen, erholte sich aber – das musste man ihm lassen – schnell wieder von seinem Schreck.

Vince lehnte an der offenen Tür zu Pater Michaels spärlich eingerichtetem Büro und kaute laut auf seinem Kaugummi herum. Luca hatte ihn gebeten, Hero bei Rown zu lassen, damit sie diese Vernehmung gemeinsam durchführen konnten. Er hatte das Gefühl, er würde einen Zeugen brauchen.

»Als Sie mir sagten, Sie wollten mit mir sprechen, hatte ich nicht mit Blut gerechnet.« Pater Michaels dünne Lippen waren an den Rändern ganz weiß geworden.

Tja nun, Hero hatte letzte Nacht auch nicht damit gerechnet, aber wenn sie es sich ansehen musste, sollte das auch der Mann, der soeben auf Platz eins von Lucas Verdächtigenliste vorgerückt war.

»Sagen Sie mir, was das bedeutet«, wiederholte Luca. Natürlich wusste er, wofür das Symbol stand. Eine Internet-Bildsuche und ein paar weitere Dokumente hatten die Recherche relativ einfach gemacht, aber er wollte es quasi direkt aus dem Mund Gottes hören.

Pater Michael nahm das Foto mit dem Symbol, das über Heros Bett an die Wand gemalt worden war, und betrachtete es, als könnte ein Monster daraus hervorspringen. »Wo haben Sie das gesehen?«

»Ist es Ihnen vertraut?«

»Ja. Es ist … also ›vertraut‹ ist der falsche Ausdruck. Ich würde eher sagen, ich erkenne es wieder. Ist das echtes Blut? Das sind ja Unmengen!« Seine Hände fingen an zu zittern. »Ist mit Hero alles in Ordnung?«

Luca beugte sich vor, die Arme vor der Brust verschränkt. In akzeptabler Lautstärke sagte er: »Ich weiß nicht, ob Sie begreifen, wie Vernehmungen ablaufen – jedenfalls ist die zugrunde liegende Idee die, dass ich verdammt noch mal die Fragen stelle und Sie sie beantworten.«

Eins musste er dem Priester hoch anrechnen: Er hielt seinem Blick stand wie ein Unschuldiger.

Oder wie ein Soziopath.

»Ist es Ihnen als staatlichem Angestellten erlaubt, bei Vernehmungen derart zu fluchen und so übergriffig zu werden?«

Luca grinste. »Nein, aber ich sage Ihnen eins: Ich rede hier nicht mit einem Zeugen. Ich rede hier mit jemandem, der des Mordes in mehreren Fällen verdächtigt wird. Wenn Sie bei meinem Vorgesetzten Beschwerde gegen mich vorbringen wollen – nur zu.« Er beugte sich noch näher zu Pater Michael. »Da liegt schon ein ganzer Stapel.«

Pater Michael sah Vince Hilfe suchend an, der aber zuckte nur mit den Schultern. »Er spielt immer den bösen Bullen. Ich sehe einfach zu gut aus.«

Der Priester starrte erneut auf das Foto, das vor ihm lag.

Luca fiel auf, dass sein Talar zwar locker herabhing, der Priester ihn aber besser ausfüllte als in den vergangenen Monaten. Pater Michael hatte Fitnesstraining gemacht. Um kräftiger zu werden?

»Ich werde das Gefühl nicht los, Agent Ramirez, dass Sie mich nicht nur aus beruflichen, sondern auch aus persönlichen Gründen so behandeln. Habe ich Ihnen irgendetwas getan?«

Luca kniff die Augen zusammen. »Persönlich? Ich glaube, Sie sind schlimmer als ein Wolf im Schafspelz. Ich glaube, Sie sind eine Schlange.«

Pater Michael rollte von seinem Schreibtisch zurück, um Abstand zwischen Luca und sich zu bringen. Luca folgte ihm Zentimeter für Zentimeter.

»Ich hätte gern, dass Sie … dass Sie ein bisschen Abstand halten.« Pater Michael deutete auf die Tür, in der Vince noch immer reglos und unbeteiligt stand.

»Wieso, Pater? Ich werde Ihnen nichts tun. Die Tür steht offen. Es gibt einen Zeugen.«

Die Worte waren nicht als Trost gemeint, und Luca genoss den Triumph beim Anblick der Furcht in den Augen des Priesters, der sich mit dem Stuhl bis ans andere Ende des modernen, schwarz lackierten Tisches wegrollte. Vielleicht sollte er sich ein bisschen mäßigen, er genoss dies einfach zu sehr. Aber Pater Michael war der Typ, den man erst in die Ecke treiben musste, bevor er mit der Wahrheit herausrückte.

»Wollen Sie wissen, was ich übergriffig finde?« Luca machte einen weiteren Schritt auf ihn zu. »Die Art, wie Sie Hero anschauen.«

»Ich … ich weiß nicht, was Sie damit sagen wollen.« Pater Michael war rückwärts in den Plastikficus in der Ecke seines kleinen Büros hineingerollt, und Staub wirbelte auf. Die

Staubkörnchen tanzten durch den Lichtstrahl, der durch das winzige Fenster hereinfiel, als wären sie die lebendig gewordenen Gedanken des Priesters.

»Schwachsinn«, erwiderte Luca ungehalten. »Glauben Sie, ich sehe nicht, wie Sie sie anschauen? Ich habe auch gesehen, wie Sie in der Küche ihre Hand gehalten haben. Wie Ihr Blick sie in einem überfüllten Raum sucht.«

»Nein! Ich habe sie nicht …«

»Sie sollten eigentlich ein Mann Gottes sein, aber Sie sind eine Mogelpackung, nicht wahr? Haben Sie eine Vorliebe für Rothaarige, Pater Michael? Treiben Ihre Schuldgefühle Sie dazu, Ritualmorde an denen zu begehen, die Sie gegen Geld vö…«

»Stopp! Bitte! Sagen Sie es nicht!« Pater Michael hob die Hände, als müsse er einen Schlag abwehren. »Ja, ich schaue Hero an. Ich mag ein Mann Gottes sein, aber ich bin immer noch ein Mann. Diese Frau würde einen Heiligen in Versuchung führen. Ich bin doch nur ein Priester! Aber ich habe der Versuchung nie nachgegeben, und ich habe auch in Zukunft nicht vor, das zu tun. Dafür bin ich zu stark.«

Fragte sich nur, wie stark er wirklich war. Stark genug, um ein Kreuz mit einer Frau daran zu tragen? Luca richtete sich auf, dann lehnte er sich wieder an den Schreibtisch.

Pater Michael beruhigte sich ein wenig, als Luca ihm mehr Raum ließ. Er nahm die Hände herunter und sah Luca bittend an. »Ich habe genügend Sünden begangen, Agent Ramirez, aber ich würde niemals einer Frau etwas antun. Ich verstehe, dass das Symbol den Verdacht auf diejenigen lenkt, die der katholischen Kirche nahestehen, aber warum verdächtigen Sie in erster Linie mich?«

»Wir wissen alles über Ihre Sünden, Michael Sullivan«, erwiderte Vince leise.

Der Mann erstarrte, und das Weiße seiner Augen stach deutlich hervor.

»Sie fingen klein an, nicht wahr?« Vince kam näher, immer noch täuschend entspannt. »Privatschulpartys, Pillen, ein bisschen Kokain, ein paar Verhaftungen wegen Trunkenheit am Steuer, eine Belastung zu viel auf Daddys Kreditkarte, um für Sie Kaution stellen zu können. Sie waren reich, der typische Privatschulplayboy, unberührbar für uns ›staatliche Angestellte‹.«

Luca nahm den Faden auf. »Diese Frauen jetzt sind nicht die ersten Prostituierten, die im Zusammenhang mit Ihnen ertrunken sind.«

Pater Michael ließ sich langsam gegen die Rückenlehne seines Stuhls sinken. Er erinnerte Luca an einen Reifen, aus dem die Luft entwichen war. Sein ausgeprägtes Kinn zitterte, als er sichtlich gegen eine heftige Gefühlsaufwallung ankämpfte. »Das war … vor mehr als einem Jahrzehnt. Ich war … ein Kind … ein Jugendlicher. Ich dachte, dieses Vorstrafenregister wäre versiegelt.«

»Wir können es nicht vor Gericht verwenden, aber das hindert uns nicht daran, Informationen über Ihre Vergangenheit bei unseren Ermittlungen zu benutzen.« Luca stieß sich so heftig vom Tisch ab, dass die Heftklammern in ihrer Schale klapperten. »Außerdem hat die Presse in den Hamptons ausführlich darüber berichtet, das Jugendstrafregister war da gar nicht mehr so wichtig. Die Darstellungen in der Presse sind immer interessanter als die offiziellen Berichte.«

Pater Michael rollte seinen Stuhl wortlos hinter den Schreibtisch zurück und starrte, ohne zu blinzeln, auf das blutige Symbol. »Jener Vorfall war völlig anders als das hier. Es gab kein Blut. Keine Religion. Keinen … Vorsatz. Nur ein paar Jungs, die mit der Jacht meines Dads zu einem mitternächtlichen Ausflug in die Bucht aufgebrochen sind, mit Alkohol, Drogen, gekauften Frauen und ohne das geringste Gespür für die Konsequenzen.« Seine Stimme klang düster und tonlos. Er sah nicht hoch von dem grauenhaften Bild, das vor ihm auf seinem Schreibtisch lag. »Niemand hat die beiden Frauen über die Reling gestoßen. Sie haben getrunken und getanzt. Dann sind sie losgerannt. Und plötzlich waren sie ... verschwunden. Das war kein Mord, das war ein Unfall. Ein schrecklicher, dummer, saublöder Unfall, und ich habe die Schuld dafür auf mich genommen.« Pater Michael sah Luca aus tränenverschleierten Augen an. »Deswegen bin ich der Kirche beigetreten. Ich widme mein Leben der Reue, der Buße.«

Luca betrachtete Pater Michael einen Moment lang schweigend. Wie würde Pater McMurtry die Erscheinungen von Trauer, Schmerz, Verzweiflung und Schuld nennen, die den lebendigen jungen Mann vor ihm sichtbar altern ließen?

Dämonen. Wie der in dem Symbol an Heros Wand.

»Erzählen Sie mir etwas über das Symbol, Pater Michael«, murmelte Luca. »Erzählen Sie mir, was es für Sie bedeutet.«

Pater McMurtrys raue Stimme durchschnitt die angespannte Atmosphäre. »Ist das alles wirklich nötig?«

Luca warf einen Blick über die Schulter auf den alten Mann, der gerade das Büro betrat, in einem Talar, der genau wie Pater Michaels aussah. Er stützte sich schwer auf seinen Stock, als er neben Vince an der Tür stehen blieb. Das Zittern der Hand, die auf dem Stock ruhte, war der einzige Hinweis auf seine Gefühle. Luca sah nicht nur Pater Michael als Verdächtigen. Er war wegen beider Priester gekommen.

»Mit Ihnen hätte ich als Nächstes gesprochen.« Luca deutete auf den Stuhl auf der anderen Seite von Pater Michaels Schreibtisch. »Vielleicht können Sie uns ein paar Fragen beantworten, wenn Sie schon mal hier sind.«

Vince zog fragend die Augenbrauen nach oben. Der Plan war gewesen, sie getrennt zu befragen und ihre Geschichten und Reaktion auf das Symbol miteinander zu vergleichen.

Luca zuckte mit den Schultern. Er hatte das Gefühl, dass McMurtry nicht zufällig aufgetaucht war. Er wollte sehen, wohin sie das führte.

McMurtry betrachtete den Stuhl mit einer Mischung aus Missbilligung und Abscheu. Pater Michaels Büro war – was nicht überraschte – das genaue Gegenteil des Büros seines älteren Kollegen. Statt mit warmem Holz und schweren alten Möbeln war es nur spärlich mit Aktenschränken, einem billigen Sperrholztisch und Korbdrehstühlen möbliert.

»Was haben Sie da?« McMurtry deutete auf den Aktenordner, der offen vor Pater Michael auf dem Tisch lag.

»Asmodeus«, murmelte Pater Michael kaum hörbar.

»Wie bitte?« Der alte Mann humpelte um den Tisch herum, gab Luca einen väterlichen Klaps auf die Schulter und starrte dann auf das Foto hinunter. »Ach der. Ein gerissener Teufel, aber ich verstehe nicht, was er mit der Vergangenheit zu tun haben sollte. In Gottes Augen hat Pater Michael für jene Nacht gebüßt.« Er warf Luca einen vielsagenden Blick zu. »Und auch in den Augen des Gesetzes.«

»Die Vergangenheit wiederholt sich, *padre*«, erklärte Luca. »Es wäre dumm von uns, das zu übersehen.«

Pater McMurtry stützte sich mit beiden Händen auf seinen Stock und schien sich Lucas Worte durch den Kopf gehen zu lassen. Schließlich nickte er. »Dem kann ich nicht widersprechen, Agent Ramirez, aber ich bin davon überzeugt, dass Pater Michael nicht dieser sogenannte Johannes der Täufer ist.« Er verzog das Gesicht und griff nach dem Foto. »Aber er hier, er könnte die Plage sein, der Auslöser für diese ganze tragische Geschichte.«

»Wie haben Sie ihn genannt?«, hakte Vince nach. »Asmodeus?«

»Was wissen Sie über ihn, *padre*?«, fragte Luca.

Pater Michael war derjenige, der antwortete. Sein Blick war noch immer auf den Schreibtisch gerichtet. »Wir haben im Priesterseminar von Asmodeus gehört«, sagte er leise. »Er ist einer der sieben Prinzen unter Luzifer, dem Herrscher. Er hat zweiundsiebzig Dämonenlegionen unter seinem Kommando und ist verantwortlich für all die Spielhöllen in der Unterwelt.«

Vince schnaubte. »Hat Hero einen Hang zum Glücksspiel, von dem wir nichts wissen?«

»Nein«, entgegnete Luca. Sie hatten Unterlagen von sämtlichen ihrer Konten. Ihr saß zwar das Geld ein bisschen locker, sie zeigte aber nicht den geringsten Hang zum Glücksspiel.

»Und wieso ist dann sein Symbol mit Blut auf ihre Wand gemalt?«

»Mir fällt kein einziger Grund ein.« Pater Michael stützte deprimiert die Stirn auf die Hände.

»Wirklich, Pater Michael?« McMurtry legte ihm die Hand auf die Schultern. »Nicht ein einziger?«

Pater Michael warf seinem Vorgesetzten einen verwirrten Blick über die Schulter zu.

Luca hielt den Atem an. Jetzt kamen sie der Sache näher. Asmodeus war nicht einfach nur ein Höllenprinz. Er war einer von sieben, und Lucas Nachforschungen hatten ergeben, dass jeder Höllenprinz für eine Todsünde stand. *Das* hatte er von den Priestern hören wollen.

»Lust«, flüsterte Pater Michael, als spreche er ein Gebet. »Asmodeus ist der Dämon der Lust.«

McMurtry nickte. »Ja, das, denke ich, ist die Antwort, nach der die Agents suchen.«

Pater Michael schien eine Idee zu haben. »Wissen Sie, was der *Malleus Maleficarum* ist?«

Luca kramte in seiner Erinnerung. »Ein Buch mit Anleitungen zur Verfolgung von Hexen aus früherer Zeit.«

»Aus dem 15. Jahrhundert. Asmodeus oder Asmoday, wie ihn einige nennen und wie er hier in dem Symbol genannt wird, wird im *Malleus Maleficarum* als der Teufel der Lust beschrieben. Er ist ein Erzfeind von St. Johannes.«

»Von Johannes dem Täufer?«

Pater Michael schüttelte den Kopf. »Nein. Von Johannes dem Apostel, dem jüngeren Bruder von Jakobus dem Älteren.«

Luca ließ sich das durch den Kopf gehen. Die Namen waren zu ähnlich, um purer Zufall zu sein.

»Außerdem wird er in den Lehren des Salomon genannt, und laut Papst Gregor I. war Asmodeus einst ein Seraph, bevor er in Ungnade fiel.«

»Diese Lehren sind sehr zweifelhaft, Pater Michael, und gehören nicht unbedingt zur Kanonisierten Tradition der Kirche.« Pater McMurtry streckte die Hand aus. »Ich habe anderes Material zu diesen Dämonen, wenn Sie mir in mein Büro folgen wollen.«

Luca richtete den Blick auf Vince. Vince nickte.

»Kommen Sie mit, Pater Michael.« McMurtry humpelte auf die Tür zu. »Vielleicht lernen Sie etwas Neues.«

22

Wahnwitzige, Poeten und Verliebte
Bestehn aus Einbildung. Der eine sieht
Mehr Teufel, als die weite Hölle faßt.

William Shakespeare, *Ein Sommernachtstraum*

»Bist du dir sicher, dass du nach all dem noch Lust hast, mit dem Ex deiner Freundin zu reden?«, fragte Vince.

Luca, der gerade auf die I-5 in Richtung der Universität von Portland einbog, erwiderte genervt: »Hero ist nicht meine Freundin.« War er der Einzige, der sich daran erinnerte?

»Ach ja?« Vince schnaubte.

»Willst du mir was sagen?«

»Ja, eigentlich schon. Warum zum Teufel auch nicht?« Sein Partner schien zu einem Entschluss gekommen zu sein. »Ihr beide seid irgendwie perfekt füreinander.«

Luca warf ihm einen Blick zu. »Hast du den Verstand verloren?«

»Hör mir doch erst mal zu. Nur weil es sich offiziell nicht gut macht, heißt das nicht, dass es nicht das Richtige ist. Wartet einfach, bis dieser Fall abgeschlossen ist, damit es keine Konsequenzen für deine Karriere hat. Was sollte daran verkehrt sein?«

»Das kann ich dir genau sagen.«

»Zumindest könntest du sie dazu bringen, dich, sagen wir mal, ein paarmal drüber zu lassen. Sie will es ganz offensichtlich, und dann würde man mit dir sehr viel besser auskommen.«

»Garantiert nicht, glaub es mir.« Ein paar Meilen hielt Luca den Blick starr nach vorn gerichtet. So sah der Plan aus, nicht wahr? Sobald die Gefahr vorbei war, würden sie sich die Sachen vom Leib reißen und sich gegenseitig die Anspannung nehmen.

Und dann?

So unbekümmert, wie sowohl er als auch Hero mit Beziehungen umgingen, wussten sie doch beide, dass dies zwischen ihnen etwas anderes war. Wenn er mit ihr ins Bett ging, würde er sich vielleicht am nächsten Morgen nicht verabschieden. Er würde das ganze Wochenende bleiben. Sie würde ihm Kaffee kochen. Er würde zur Arbeit gehen. Sie würden Pläne für eine Wiederholung schmieden. Plötzlich würde er eine Schublade haben, dann einen Platz im Schrank. Eine Zahnbürste. Sie würden sich mit den Freunden des jeweils anderen treffen. Bei dem Gedanken daran musste er lächeln, aber das Lächeln erstarb rasch, als er an die langfristige Perspektive dachte, die ihm so einengend und bedrohlich vorkam wie die Fahrt auf dem Highway.

In ihrer Zukunft würde es keine Rosenhecken und keine Doppelherde geben. Keine Palisadenzäune und kein gemeinsames Konto. Sie würde von ihm wollen, was er ihr nicht geben konnte. Er würde versuchen, sie zu dominieren und zu kontrollieren. Sie würde sich zurückziehen – oder schlimmer: ihn belügen. Er würde die Beherrschung verlieren und etwas tun, was er für den Rest seines Lebens bereuen würde. Diesen Kreislauf hatte er wieder und wieder erlebt, und nicht nur in seinem eigenen Leben. Das … das durfte einfach nicht passieren. Nicht mit ihr. Nicht mit ihnen.

»Darf ich sie dann anbaggern?«, fragte Vince lässig. »Ich

habe das Gefühl, ich habe hier den verkehrten Job abbekommen.«

»Wag es, und ich reiße dir die Gedärme aus dem Arsch und mache ein Springseil draus.«

Vince lachte nur. »Hatte ich es mir doch gedacht.« Er zog den Reißverschluss des Lederetuis auf, das auf seinem Schoß lag, nahm den Speicherchip aus dem Aufnahmegerät und befestigte ihn an der Akte der Priester von St. Andrew's. Dann legte er für das bevorstehende Gespräch mit Professor Graham einen neuen ein. »Priester ... oh Mann!« Vince wandte sich lieber rasch einem nicht so heiklen Thema zu. »Geht das nur mir so, oder meinst du nicht auch, dass die alle schuldig wirken, weil sie in den Filmen immer die gruseligen Typen sind?«

Luca war froh über den Themenwechsel. »Ich weiß nicht, was ich davon halten soll. Auf jeden Fall wussten sie verdammt viel über das Dämonensymbol. Nichts sonderlich Hilfreiches oder Relevantes, aber ich kenne nicht viele religiöse Fachleute, die sich derart gut mit diesen historischen Einzelheiten auskennen. Mir kommt das alles wie völliger Schwachsinn vor.« Sie hatten fast eine Stunde damit verbracht, von der katholischen Kirche kanonisierte Texte zu studieren – Texte über die sehr kreativen historischen Details bezüglich ihrer Haltung zu den Bewohnern der Hölle. Sie hatten von niederen Dämonen in den Legionen des Asmodeus erfahren, von berühmten überlieferten Austreibungen bei Menschen, die von diesem Dämon besessen waren – Männer wie Frauen –, sowie von vielen anekdotischen Erzählungen über Begegnungen mit ihm, alle mit wenigen oder gar keinen Beweisen. Luca hatte nicht das Gefühl, jetzt besser zu verstehen, warum es ausgerechnet zwischen diesem Dämon und Hero einen Zusammenhang geben sollte. War der Grund, dass sie Lust erweckte? War das die Verbindung zu den Prostituierten? Das kam ihm weit hergeholt vor, war aber dennoch wert, näher untersucht zu werden.

Vince zuckte mit den Schultern. »Ich kenne keine religiösen Fachleute. Aber so ziemlich alles, was die machen, kommt mir irgendwie verdächtig vor. Jeder, der sich freiwillig dem Zölibat verschreibt, macht mir echt Angst. Das ist doch unnatürlich.« Er schauderte, als wäre gerade jemand über sein Grab gelaufen. »Hast du die medizinischen Unterlagen über Pater McMurtry aus seiner Zeit in Irland bekommen?«

Luca schüttelte den Kopf. »Das könnte Wochen dauern. Es ist so lange her, dass er dort gelebt hat, und hier in den Staaten war er nie wegen Hüftproblemen bei einem Arzt.«

»Nun, zwischen den beiden gibt es definitiv Spannungen. Ich weiß nicht, ob Pater Michael den alten Mann deckt oder ob McMurtry sich von dem jüngeren und moderneren Priester ins Abseits gedrängt fühlt, aber irgendetwas stimmt da nicht.« Vince' scharfsinnige Beobachtungen entsprachen genau Lucas Gedanken.

»Wenn man sich das so überlegt, müsste Pater McMurtry sein Hinken dreißig Jahre lang vorgetäuscht haben, um diese Sache durchzuziehen. Ich meine, das ist doch … verdammt übertrieben. Und wieso hätte er bis jetzt warten sollen, um diese Morde zu begehen? Warum hätte er es nicht tun sollen, als er noch jünger und fitter war? Er ist doch schon über siebzig.«

»Willst du dir jetzt ausreden, dass du ihn verdächtigst, Ramirez? Hast du eine Schwäche für den *padre*?«

Luca dachte an das Gespräch, das er mit dem alten Mann in seinem Büro geführt hatte.

Es gibt viele Methoden, Dämonen auszutreiben, Agent Ramirez.

Hatte er ihm damit etwas sagen wollen? War das ein Geständnis gewesen? Hatte er mit dem Finger auf sich selbst gedeutet? Auf Pater Michael? Oder hatte er nur seine Arbeit als Seelsorger gemacht und tröstende Worte für jemanden gefunden, der nach Antworten suchte?

»Die Einzige, für die ich eine Schwäche habe, ist deine Mom«, witzelte Luca, während er auf die Lombard Street abbog und weiter Richtung Universität fuhr. »Sie hat mich letzte Nacht so gut behandelt.«

»Ja, sie hat irgendwas davon erzählt, dass sie dich behandeln musste, weil du da unten eine Schwachstelle hast.« Sein Partner machte eine obszöne Geste und kicherte, dann widmete er sich wieder dem Aufnahmegerät.

Luca lächelte. Er war zu abgelenkt, um sich eine Entgegnung zu überlegen. Er dachte gerade darüber nach, dass er in der Nacht, in der Hero aus dem Fluss gefischt worden war, ebenfalls diese Straße entlanggefahren war. Er musste zugeben, dass ihm ein perverses Arschloch wie Professor Alec als Schuldiger viel besser in den Kram passte. Er hatte all die typischen Eigenschaften: Narzissmus, Lüsternheit, eine Menge Charme und die pathologische Fähigkeit, hemmungslos zu lügen.

Hatte sich Professor Alec in jener Nacht in das College geflüchtet, nachdem er Hero in den Fluss geworfen hatte? War Luca jeden Abend auf dem Weg von der Arbeit nach Hause an Johannes dem Täufer vorbeigefahren?

Bei der Vorstellung lief ihm ein eisiger Schauder über den Rücken. Die Burlington Bridge überspannte den Willamette River ziemlich genau auf halbem Weg zwischen der University of Portland und dem Cathedral Park. Es wäre das Einfachste von der Welt gewesen, die sterbende Hero im Fluss abzuladen und sich dann im College zu verstecken.

Vince' ursprüngliche Frage war nicht völlig aus der Luft gegriffen. War er in der Lage, mit dem Professor zu reden? Auf Lucas Liste rangierte der Typ irgendwo zwischen Arschloch und Vollidiot, und das bezog sich nur auf seine Persönlichkeit. Wenn man noch hinzuzählte, dass er mit Hero geschlafen und sie mehrfach betrogen hatte, musste Luca sich zwingen, dem Typen nicht gleich eine zu knallen, wenn er ihn sah. Vor seinem geistigen Auge tauchte das Bild auf, wie Hero in diesen blutigen Gewändern dalag, und er hätte beinahe eine rote Ampel überfahren. Manchmal, in ruhigen Momenten, sah er sie vor sich, wie sie die durchlöcherten Hände nach ihm ausstreckte. Sah ihr verfärbtes und geschwollenes Gesicht, wie sie im Krankenhaus um ihr Leben kämpfte, und wieder verabschiedete sich ein Teil seiner Menschlichkeit.

Falls Professor Alec für diese Nacht verantwortlich war – nun, dann würde Lucas sechstes Tötungsdelikt nicht so gerechtfertigt, legal oder sonderlich schnell sein. Vielleicht würde er sich eher an das Alte Testament halten und den Professor an die Wand nageln müssen. Oder an eine Bahnschwelle. Was immer gerade zur Verfügung stand. Der Gedanke hatte etwas zutiefst Befriedigendes. Auge um Auge, Arschloch.

»Setz ja nicht diesen Blick auf«, sagte Vince warnend. »Ich kenne diesen Blick. Wenn du so schaust, hast du was vor, womit du mir jede Menge Schreibkram einbrockst. Reiß dich zusammen, Ramirez, ich warne dich.«

»Falls ich tue, was ich gern tun würde, gibt es keinen Schreibkram«, versprach Luca. »Sie werden die Leiche nie finden.«

»Dafür solltest du dann aber auch wirklich sorgen«, sagte Vince in einem Ton, dass Luca sich fragte, ob er das wirklich scherzhaft meinte. »Ich habe keine Lust, einen neuen Partner einzuarbeiten, und vor allen Dingen habe ich keine Lust, leitender Ermittler in diesem Fall zu werden. Nein danke. Ich nehme den nächsten Serienmörder. Vielleicht habe ich Glück, und es ist der durchschnittlich durchgeknallte Typ, der Stimmen hört, die ihm die Morde befehlen. Keine Dämonen, keine Priester, keine Prostituierten und keine Professoren. Das ist mir alles zu viel *Da Vinci Code*, ganz abgesehen von der Alliteration.«

»Wem sagst du das?«, murmelte Luca, als er auf den Willamette Boulevard abbog. Gelegentlich kam zwischen dichtem Grün und in den Vierzigerjahren entstandenen Wohnvierteln der Fluss in Sicht. Ein großer Teil der älteren Häuser war in Mietwohnungen unterteilt worden, wie auch Luca eine bewohnte. Sie waren vor allem auf die Bedürfnisse studentischen Lebens zugeschnitten und nicht auf Langzeitmieter ausgerichtet. Luca wohnte ein Stück nordwestlich des Colleges in einem netteren Viertel, in dem vor allem Studenten mit Familie und gelegentlich auch mal ein Professor wohnten.

Luca fuhr auf einen der vielen Parkplätze und stellte den Wagen ab, wartete aber mit dem Aussteigen, bis Vince das nicht richtig funktionierende digitale Aufnahmegerät wieder zum Laufen gebracht hatte.

Das Gelände der University of Portland ähnelte dem Campus jedes anderen Colleges, das vor mehr als hundert Jahren gebaut worden war, bis hin zu den unvermeidlichen majestätischen Ziegelgebäuden, der Turmglocke, die die Stunden schlug, und dem landschaftsgärtnerisch gestalteten akademischen Block im Zentrum, durchzogen von Wegen voller Studenten. Je weiter man sich vom Zentrum entfernte, desto moderner und weniger elegant wurden die Gebäude. Luca hatte das immer enttäuscht. Als er aufs College gegangen war, hatte er vor allem die der akademischen Welt geweihten, schwerfälligen Monumente geschätzt, die von den Gründungsvätern erbaut worden waren. Sie hatten einem ein Gefühl für den Ort vermittelt, eine Verbundenheit mit Bildung und Wissen.

Die Gebäude weiter außerhalb machten dagegen eher den Eindruck, als habe ein Architekt mit einer unseligen Vorliebe für die Fünfziger das bauliche Pendant zu einem selbst zu faltenden Karton entworfen, mit Neonlicht, verwirrenden Fluren und schlechter studentischer »Kunst«, die niemand sonderlich mochte oder verstand. Als katholische Institution stand die University of Portland in diesem Punkt etwas besser da als staatliche Colleges, aber nur unwesentlich.

Luca und Vince machten sich auf den kurzen Weg zum Buckley Center. In Anzug und Krawatte fielen sie unter den wenigen, aber sehr unterschiedlich gekleideten Studierenden auf dem Campus ein bisschen aus dem Rahmen.

Vince' Blick folgte einer Blondine, die in einem Gebäude auf der anderen Seite des Weges verschwand. »Meine Güte, wie ich das College vermisse!«, sagte er und biss sich in die Fingerknöchel.

Luca öffnete die Tür zum Buckley-Gebäude und studierte den hilfreichen Lageplan, der am schwarzen Brett hing und beinahe unter den Anzeigen für die Suche nach Mitbewohnern oder Bandmitgliedern und dem Angebot eines Amateurakupunkteurs verschwand. Nachdem sie Professor Grahams Zimmernummer gefunden hatten, gingen sie schweigend den fast leeren Gang entlang.

Einige der fest angestellten Fakultätsmitglieder trugen, was die übliche Lehrkörperkluft zu sein schien: zerknitterte Hosen und helle Blazer, manche mit Flicken an den Ellbogen, oder langweilige Pullover mit Zopfmuster. Und offenbar vertrug sich Intellektualität nicht so ganz mit Haarbürsten und regelmäßigen Rasuren.

Luca fuhr sich mit der Hand durch das schwarze Haar, das so kurz geschnitten war, dass seine Tendenz zu Locken nicht auffiel, und warf einen Blick auf Vince, dessen hellbraune

Haare sauber geschnitten und mit Kamm und ein wenig Gel gebändigt waren.

Himmel. Auffällig war gar kein Ausdruck. Sie stachen heraus wie Mormonenmissionare in einem Swingerclub.

Den gesamten Weg lang folgten ihnen erstaunte Blicke. Einige Frauen zeigten unverhülltes Interesse, die Männer schauten eher neugierig, manche auch misstrauisch.

Sie bogen in den Gang ein, in dem Professor Grahams Büro zwischen denen seiner Kollegen von der Historischen Fakultät lag. Um diese Uhrzeit hielt er die Sprechstunde ab für seine Theologiestudenten der Abschlusssemester, die kommen konnten, um ihre Prüfungsergebnisse zu besprechen.

Sie würden sich einen neuen Termin geben lassen müssen.

Die Empfangssekretärin, die das Double von Bea Arthur aus den *Golden Girls* hätte sein können, polierte gerade ihre Gleitsichtbrille, die von einer Halskette herabhing. »Kann ich Ihnen helfen?«

Vince zog seine Marke aus der Anzugjackentasche und lächelte sie besonders charmant an. »Wir möchten zu Professor Alexander Graham.«

»Sie sind keine Studenten«, erwiderte sie.

»Nein, Ma'am«, sagte Luca. »Wir sind vom Federal Bureau of …«

»Ich kann Ihren Ausweis lesen, Sir«, unterbrach sie ihn. Ihr Blick besagte unmissverständlich, dass sie bereits beschlossen hatte, ihn nicht zu mögen. »Haben Sie einen Termin?«

»Haben wir nicht«, gab Luca zu.

»Dann haben Sie sicher eine gerichtliche Verfügung.«

Luca zuckte zusammen. Sie hatte gerade den Ausdruck gebraucht, bei dem sich jedem Mitglied der Polizeikräfte die Nackenhaare aufstellten. Eine gerichtliche Verfügung nur für ein Gespräch bedeutete, man hatte nicht genügend Beweise, um zu verhaften, zu vernehmen oder zu durchsuchen, und der Verdächtige brauchte nicht mit einem zu reden, einen in seine Wohnung oder an seinen Arbeitsplatz zu lassen. Auch in diesem Fall traf das zu, und es war verdammt ärgerlich.

Luca konnte fast schon sehen, wie Vince sich auf die Herausforderung einstellte, dieses Schlachtschiff vor ihm aufs Korn zu nehmen. Vince konnte alle Frauen mit seinem Charme betören. Sein Partner las ihr Namensschild und setzte sein verführerischstes Lächeln auf. »Mary-Louise St. Clair. Mrs oder Miss?«

»Miss«, erwiderte sie säuerlich.

»Okay. Wir arbeiten an einem sehr wichtigen Fall, und wir hoffen, dass uns Professor Graham mit seinem Expertenwissen helfen kann, ein Symbol zu enträtseln. Ich habe gehört, diese Fakultät sei landesweit die beste für Ikonografie.«

Das verhärmte Gesicht der Frau entspannte sich ein wenig, und sie wirkte jetzt ein bisschen interessierter; allerdings hätte Luca nicht sagen können, ob an Vince oder an dem Fall. »Wir haben tatsächlich einen erstklassigen Ruf. Ist dieses Symbol religiöser Natur?«

»Ich darf in diesem Fall keine Einzelheiten verraten, Ms St. Clair. Ich muss meine Geheimnisse wahren.« Er schenkte ihr ein teuflisches Grinsen. »Aber mein Vorschlag wäre: Sagen Sie seine Termine für die nächste halbe Stunde ab, und dann können Sie ihn anschließend ausfragen, was wir besprochen haben. Ich wette, Sie können *sehr* überzeugend sein.«

Sie schien nun regelrecht stolz darauf, dass Vince ihr so viel Aufmerksamkeit schenkte, und Luca verdrehte die Augen. Es war, als verfüge der Bostoner über irgendeinen Voodoozauber, mit dem er Gehirne kontrollieren konnte.

»Kommen Sie, Mary-Louise, wir wissen doch alle, wer hier der Boss ist. Sie können garantiert alles deichseln.«

Sie widmete sich wieder dem Putzen ihrer Brille. Offensichtlich bereitete ihr die Vorstellung Unbehagen. »Und welcher … Natur ist dieser Fall? Ist es sehr schlimm?«

Vince stützte sich auf ihren Schreibtisch und beugte sich vor. »Das Schlimmste, was Sie sich vorstellen können«, erwiderte er verschwörerisch. »Die Einzelheiten würden Sie total schockieren.«

Sie setzte die Brille zurück auf ihre Hakennase und sah Vince einen Moment lang grübelnd an. »Sie können fünfzehn Minuten haben.«

»Das betrachte ich als großen Gefallen.« Vince lächelte Luca triumphierend an. Luca schüttelte nur ungläubig den Kopf.

»Sie finden Professor Graham, wenn Sie den kurzen Flur entlanggehen. Es ist die vorletzte Tür links.« Sie deutete an einer Gruppe von Empfangsschreibtischen vorbei auf einen Flur, in dem an beiden Seiten planlos Regale standen, die teilweise sogar oberhalb der hohen Holztüren angebracht waren.

»Sie sind ein Juwel, Mary-Louise.« Vince klopfte im Vorbeigehen leicht mit den Knöcheln auf ihren Schreibtisch.

Luca nickte ihr zu, aber als sie sein Nicken erwiderte, war bereits alle Wärme aus ihrem Blick verschwunden.

Professor Grahams Tür stand leicht offen, als warte er auf Besucher. Luca genoss es, wie der Mann reagierte, als er ihn plötzlich in der Tür stehen sah. Seinen anfänglichen Schock und sein Unbehagen verbarg er rasch hinter einem abweisenden Gesichtsausdruck. Er versuchte, höflich herablassend zu wirken, war dafür aber zu aufgewühlt und zu ungeduldig.

»Agent Ramirez.« Er tippte auf ein paar Tasten seines Laptops und schloss den Deckel, bevor er aufstand und Luca über den Tisch hinweg die Hand entgegenstreckte. »Was führt Sie zu mir?«

Luca schüttelte ihm so kurz wie möglich die Hand, die der Professor anschließend verstohlen an seiner braunen Hose abwischte.

Das Gefühl beruht auf Gegenseitigkeit, du Schlappschwanz.

»Das ist mein Partner, Agent Di Petro.«

»Professor.« Vince' Begrüßung war ein bisschen freundlicher.

»Nennen Sie mich doch bitte Alec.« Er legte wie nebenbei einige Papiere und Akten auf seinen zugeklappten Laptop. »Ich muss zugeben, dass ich ziemlich überrascht bin, Sie hier zu sehen. Stimmt etwas nicht?«

Luca und Vince warfen sich einen Blick zu. Ob etwas nicht stimmte? War das sein Ernst?

»Wir sind in offizieller Funktion hier.« Luca streckte Vince die Hand entgegen, der ihm die Akte mit dem Foto des makabren Bilds reichte. »Wir brauchen Hilfe beim Entziffern eines Symbols.«

Alec betrachtete den ungeöffneten Aktenordner mit unverhohlener Skepsis. »Haben Sie für so etwas keine Leute? Ich dachte immer, das FBI verfüge über eine Rechercheabteilung?« Er deutete auf das organisierte Chaos auf seinem Tisch. »Wie Sie sehen, bin ich sehr beschäftigt. Ich muss noch Noten vergeben, bevor die Ferien anfangen, und ich habe heute feste Termine mit meinen Studenten.«

Luca war kurz davor, den großkotzigen Widerling an seinem bescheuerten Pullover zu packen und ihm das Gesicht in den Schreibtisch zu drücken. Er atmete tief durch die Nase ein, zählte und setzte ein Lächeln auf.

Professor Alec erbleichte.

War wohl nicht die richtige Art Lächeln gewesen.

Luca schlug den Aktenordner auf und hielt dem Professor das Foto über den Tisch hinweg hin. »Unsere Quellen haben sich erschöpft.« Er ließ etwas Wahrheit in seine Lüge einfließen. »Wir haben uns sogar mit der katholischen Geistlichkeit beraten und sind zu dem Ergebnis gekommen, dass wir die Meinung eines Experten brauchen. Da Sie der einzige Ikonografie-Experte sind, der mir bekannt ist, dachte ich, wenden wir uns doch an Sie. Aber wenn Sie dazu nicht in der Lage sind, werde ich …«

»Das ist Heros Schlafzimmer.« Alec riss Luca das Foto aus der Hand und hielt es sich näher vor die Augen. »Himmel, ist ihr was passiert?«

Bei der Erinnerung daran, dass der Professor mit Heros Schlafzimmer vertraut war, wäre Luca beinahe über den Tisch gesprungen. »Sie ist in Sicherheit«, presste er mühsam hervor. *Mehr als du im Moment, Arschloch.*

»Das war er, nicht wahr? Johannes der Täufer?« Alecs Augen nahmen jedes Detail des Fotos in sich auf. Ob er es nur betrachtete oder den Anblick genoss, war schwer zu sagen.

»Das nehmen wir an«, bestätigte Luca, wobei er den Gesichtsausdruck des Professors genau beobachtete. »Es ist das Symbol von Asmodeus, einem Dämonen …«

»Lust.« Alec sah zu Luca hoch, mit einem Blick, der sowohl vielsagend als auch verschwörerisch war. »Das wollten Sie doch sagen, oder?«

Lucas Nasenflügel bebten. Er stellte sich vor, wie er Professor Alecs Gesicht, diese Mischung aus Gelehrtem und Ken-Puppe, in Brand setzte und diesen Brand dann löschte.

Mit einem Hammer.

Vince rettete dem Professor das Leben, indem er Luca daran erinnerte, dass es einen Zeugen gab. »Wir kennen also den Namen des Dämons. Wir wissen, dass er angeblich einer der sieben Prinzen der Hölle ist, dem die Sünde der Lust zugeschrieben wird. So viel konnten uns die katholischen Priester mitteilen. Allerdings wussten sie kaum etwas über den Ursprung des Symbols, und sie wussten auch nicht recht, wieso es an der Wand eines Opfers auftauchen sollte.«

»Das liegt daran, dass man sie in ihrer Ausbildung nur die katholische Perspektive gelehrt hat.« Alec trat hinter seinem Schreibtisch hervor, machte einen größeren Bogen um Luca als nötig und fuhr mit den Fingern über eine Reihe in Leder gebundener Nachschlagewerke, die auf dem vom Boden bis zur Decke reichenden Regal an der gegenüberliegenden Wand standen. Vermutlich war ihm dieses Material auch in digitaler Form zugänglich, aber Professor Alec war der Typ, der gern mit einem alten Buch in der Hand posierte.

»Asmodeus oder Asmoday, wie er in dem Symbol auf dem Foto genannt wird, ist viel älteren Ursprungs als die katholische Kirche. Älter als Christus, wenn mich die Erinnerung nicht trügt.« Er wählte ein Buch aus und setzte sich wieder hinter seinen Schreibtisch, was Luca unglaublich amüsierte. Wollte er mit seinem Platz hinter dem Schreibtisch seine Autorität demonstrieren? Oder brauchte er einfach eine Barriere zwischen ihnen und sich? Wie auch immer, es war ein guter strategischer Schachzug.

Luca fielen die weichen, femininen Finger auf, mit denen der Professor das Buch durchblätterte, und er verzog angewidert das Gesicht. Diese Hände hatten Hero berührt. Vermutlich überall. Hatten sie ihr Vergnügen bereitet? Waren sie den Morgen-danach-Kaffee wert gewesen?

Ihm wurde auf einmal übel, und er musste schlucken. Eifersucht war nie zuvor sein Problem gewesen. Nein, das stimmte nicht. Er war nur immer so klug gewesen, seine Besitzansprüche in Kombination mit seiner Verlustangst als explosive Mischung zu betrachten. Er mied sie wie den roten Knopf an einem Raketenwerfer. Wenn dazu noch seine Ungeduld kam und die Tatsache, dass er ständig bewaffnet war, wurde die Situation brandgefährlich.

Während er in dem stillen, von der Sonne erhellten Büro des Mannes stand, der einmal Heros Liebhaber gewesen war, spürte er, wie sein Blut langsam zu kochen anfing. Luca zwang sich, sich auf das eine zu konzentrieren, was ihn vom Abgrund zurückreißen konnte: das mit Blut gemalte Symbol.

Professor Alec blätterte aufgeregt das Nachschlagewerk durch. Ihn schien weniger das Blut als das Symbol an sich zu verstören. Konnte es daran liegen, dass er es dorthin gemalt hatte? »Da haben wir es ja.« Er strich eine Seite mit einer fast identischen Version des Symbols glatt. Sie war mit dicker, dunkler Tinte auf chlorfreies Papier gedruckt und hatte die Größe eines kleinen Daumennagels.

»Bevor Asmodeus ein katholischer Dämon wurde, hieß er Asmoday. Laut den apokryphen und gnostischen Evangelien war er ein gefallener Erzengel, der Satan während des großen Kriegs im Himmel folgte. Davor war er ein talmudischer jüdischer Dämon namens Ashmedai, Abkömmling einer ehebrecherischen Beziehung zwischen dem Teufel und Lilith, Adams erster Frau vor Eva. Aber in jeder Inkarnation war sein eigentlicher Existenzgrund, exzessive Lust in all ihren Varianten anzupreisen.«

»Als da wären?«, hakte Vince sofort nach.

Alec zuckte mit den Schultern, sah aber nicht von der Seite auf. »Ach, das Übliche, Perversion, Vergewaltigung, Inzucht, Homosexualität, Ehebruch.«

»Prostitution?«, schlug Luca vor.

»Selbstverständlich.« Alecs Finger fuhr über die Seite, als würde er eine Geliebte streicheln, und wieder schauderte Luca vor Abscheu.

»Hier steht, dass seine Ursprünge in Persien liegen und der

Name von den Wörtern *ashma daeva* herstammt, was wörtlich übersetzt ›rasender Teufel‹ heißt. Also wird er auch in Zusammenhang mit Gewalt gesehen.« Er richtete den Blick wieder auf Luca und zitierte den nächsten Textabschnitt, ohne auch nur einmal auf das Buch hinunterzuschauen. »Laut alten persischen Texten sind die, die von *ashma daeva* heimgesucht werden, lebenslänglich Sklaven ihrer Lust, und zwar nicht unbedingt sexueller Lust, sondern vor allem ihrer Gier nach Rache und Blutvergießen. Diejenigen, die von diesem speziellen Dämon besessen sind, neigen zu Raubzügen und Eroberungen sowie zu Plünderung und Diebstahl.«

Lucas Blickfeld verengte sich, und er nahm nur noch den sardonischen Gesichtsausdruck des Professors wahr und die sich unausgesprochen darin ausdrückende Andeutung. War Lust eine Komponente dieses Falls? Mit Sicherheit. Prostituierte waren die für Geld erhältliche Erfüllung sexueller Wünsche. Dass Luca Hero begehrte, mochte der Mörder berücksichtigt haben oder auch nicht. Was sie tat, um Lust zu erwecken, verblieb eindeutig in einer Grauzone. Aber hier zeigte sich ein noch unerforschter Aspekt, der ihnen allen bis zu diesem Zeitpunkt noch nicht in den Sinn gekommen war. Was, wenn die Botschaft gar nicht an Hero gerichtet war?

»Darf ich das mal sehen?«, fragte Luca und griff nach dem Buch. Seine Stimme klang jetzt deutlich weniger bedrohlich.

»Selbstverständlich.« Alec hob das Buch hoch und reichte es ihm. »Passen Sie auf, dass Sie den Rücken nicht brechen.«

Luca biss die Zähne aufeinander und nickte. Es fühlte sich an, als hätte ihm gerade jemand sein Neugeborenes anvertraut. Sein Herz klopfte nicht einfach nur, es hämmerte gegen sein Brustbein, als müsse es sich einen Weg aus seinem Gefängnis bahnen. Die Worte schienen ineinanderzufließen, als er sie rasch überflog. Offensichtlich gab es keine Heilung, wenn man mit *ashma daeva* geschlagen war. Es war Karma, ein Geburtsmakel. Das Opfer oder der zu Recht gestrafte Täter – je nachdem, wie man das sehen wollte – war dazu verdammt, sein Leben lang ständig gegen die Gier nach Macht, Rache und Tod anzukämpfen, bis seine Seele schließlich so befleckt war, dass es keine Hoffnung auf Erlösung mehr gab. Weder in diesem Leben noch im nächsten.

Vince, der über Lucas Schulter hinweg mitgelesen hatte, sagte nachdenklich: »Da kann man den Alten nur Respekt zollen. Die waren echt hart drauf.«

»Ja«, stimmte Alec zu. »Bei solch einer Perspektive ist es nicht verwunderlich, dass die eher akzeptierenden und vergebenden Traditionen des Christentums, des Islams, des Judaismus und des Buddhismus bei den Massen Anklang fanden.«

»Ich denke, es gibt mehrere Millionen Leichen, die eher die Meinung vertreten, dass weder das Christentum noch der Judaismus oder der Islam viel an Vergebung und Akzeptanz zu bieten haben.« Vince' Stimme troff vor Sarkasmus.

»Vielleicht nicht für den sterblichen Körper«, räumte der Professor ein. »Aber in allen Abraham'schen Schriften, sei es die Bibel, seien es apokryphe Texte, die Thora oder der Koran, gibt es ziemlich genaue und ausführliche und häufig austauschbare Gebote, um die Sicherheit und die Erlösung der unsterblichen Seele zu gewährleisten.«

Alec wandte sich erneut an Luca. »Sehen Sie, unser Es mag sich vielleicht Sorgen über das Überleben unseres Körpers machen, aber unser Ich und unser Über-Ich können nicht mit der Vorstellung leben, dass unser Bewusstsein nach dem Tod zu existieren aufhört. Deshalb suchen wir ständig nach Wegen, einen Universellen Schöpfer zu beeindrucken, damit Er uns erlaubt, weiter zu existieren wie bisher oder sogar kosmisch irgendwie voranzuschreiten. Aufgrund unserer gierigen Natur verwandelt sich diese Suche manchmal in das Bedürfnis, ganz oben auf den Berg der Märtyrer zu klettern, um nach Gott zu greifen. Das Über-Ich überzeugt das Ich, dass jeder Mord gerechtfertigt ist. Dass jede Seele, sei sie auch von Gott – oder von ihrem jeweiligen eigenen Gott – erschaffen, weiterlebt. Also raubt man jemandem nicht das Leben, sondern vereinfacht nur das unvermeidliche Treffen der Seele mit dem Göttlichen, was auch immer das jeweils sein mag.

Das ist wirklich eine geistreiche Art, unsere eher … barbarischen Tendenzen wegzuerklären, finden Sie nicht auch? Wenn vor Gott gerechtfertigt, werden alle Hassverbrechen, wird Sektierertum, Folter, Mord, sogar Völkermord …« – Alec spreizte die Finger, als wolle er all diese Dinge umfassen – »… annehmbar.«

Luca runzelte die Stirn. »Ja, aber die Gesellschaft als Ganzes hat entschieden, dass all diese Dinge *nicht* annehmbar sind.«

»Erst vor sehr kurzer Zeit«, widersprach Alec. »Wer kann schon sagen, ob diese Tendenzen böse oder einfach nur tierisch sind? Menschen sind die einzigen mit Gefühlen ausgestatteten Wesen, die tatsächlich Mitleid empfinden können.« Er verzog amüsiert den Mund. »Zumindest würde die zivilisierte Gesellschaft das gern glauben. Wir sind die Einzigen auf diesem Planeten, die dazu neigen, den Mord an einem anderen Menschen zu bereuen. Folgt daraus nicht logischerweise, dass wir alles tun würden, um diese Reue einzudämmen, indem wir für unseren zwangsläufig unmenschlichen Umgang miteinander Entschuldigungen erfinden? Wieso sollte man Verantwortung für sein brutales Vorgehen einem Mitmenschen gegenüber übernehmen, wenn man es dem Einfluss des Teufels zuschreiben kann? Und vor allem, wieso sollte man in der Ewigkeit die

Konsequenzen tragen, wenn ein Halbgott das für einen übernimmt?«

»Sie meinen Jesus?«

»Jesus, ja, und die Myriaden von anderen gleichnishaften, jungfraugeborenen Halb-Mensch-Halb-Gott-Gestalten, Verkünder des Lichts und der Erlösung, Retter der Menschheit – von denen übrigens viele vom Tod wiederauferstanden sind –, einschließlich Krishna, Horus, Apollo, Mithras, Baal, Osiris, Adonis …«

»Schon kapiert.« Vince hob die Hand. »Wollen Sie damit sagen, dass das alles mit Johannes dem Täufer zu tun hat?«

Der Professor verzog den Mund zu einem triumphierenden Lächeln, wie seine Studenten es vermutlich nie zu sehen bekamen.

Luca beschloss, ihm in die Parade zu fahren, einfach weil er es satt hatte, wie gern der Professor sich reden hörte. »Serienmörder werden in unserer Gesellschaft als besondere Ausgeburt des Bösen betrachtet, weil sie in der Regel keine Reue für ihre Taten empfinden.« Er durchbohrte den Professor mit einem bedeutungsvollen Blick.

»Ganz meine Meinung, Agent Ramirez.«

Luca nickte. Das FBI bezeichnete Serienmörder aufgrund der treibenden Kraft oder der Grauenhaftigkeit der Taten als Psychopathen oder als Soziopathen. Aber bei Johannes dem Täufer war seit dem Mordversuch an Hero klar, dass es sich um eine andere Art von Mörder handelte. Hero hatte beschrieben, wie seine Tränen auf ihre Haut getropft waren. Das war ein eindeutiges Zeichen, dass er seine Taten bereute, und dadurch hatte sich alles verändert. Genau wie durch das Symbol, das vor ihm lag.

Vince' Blick wanderte zwischen Luca und dem Professor hin und her. »Bin ich der Einzige, der nicht versteht, worum es hier geht? Erklären Sie das doch mal mit einfachen Worten.«

»Die Sache ist die, Agent Di Petro, dass derjenige, der dieses Symbol an Heros Wand gemalt hat, eine machtvolle Botschaft zu überbringen hatte. Vielleicht haben die Priester recht und sie bezieht sich direkt darauf, dass Asmodeus mit Lust und Hölle und Hedonismus assoziiert wird.« Alec hob das Foto hoch und betrachtete es mit einem seltsamen, angedeuteten Lächeln. »Vielleicht hat das Ganze aber auch nichts mit Sex zu tun, sondern der Mörder tötet nur, um Gewaltfantasien, Rachegelüste und Besessenheit auszuleben.« Er legte das Foto des blutigen Symbols auf die aufgeschlagenen Seiten des Buchs, direkt unter Lucas Nase. »Oder er versucht, mit jemandem zu kommunizieren, der im Zusammenhang mit dem Fall steht und diese Aspekte des *ashma daeva* darstellt. Lassen Sie mich Ihnen folgende Frage stellen, Agent Ramirez: Was ist das politisch korrekte Wort für Rache und Vergeltung? Wie kann ein Mensch sozial sanktionierte Gewalt ausüben, ohne selbige fürchten zu müssen?«

Ihre Blicke trafen sich. Einen atemlosen Moment lang schienen alle undenkbaren Impulse möglich. Gewalt, Rache und Besessenheit. All diese Dinge lagen zwischen ihnen in der Luft, und allein das Zucken eines Muskels hätte sie in der primitivsten Form freigesetzt. Böse oder tierisch? Luca spürte, wie beide Seiten seines Wesens an ihm zerrten. Das Tier würde einer Gefahr begegnen, indem es seine Beute erlegte und seine Vorherrschaft im Sinne von Überleben und Fortpflanzung festigte. Das Böse würde sich an dem Sieg weiden und den Mord genießen.

Mit einem kalten Lächeln nahm Luca zur Kenntnis, dass sich sein Wissen in den Augen des Professors spiegelte, der rasch den Blick abwandte. Aber Luca hätte sowieso jeden

Wettbewerb zwischen ihnen für sich entschieden. Das wussten sie beide.

»Zeigen Sie mal her.« Vince löste die Spannung auf, indem er nach dem Buch griff und das Foto auf den Schreibtisch gleiten ließ. Er betrachtete die Seite und schlug sie dann um. Er hatte eine Begabung dafür, ein Dokument zu betrachten und sich die wichtigsten Einzelheiten einzuprägen.

»Nun ja.« Professor Alec schob ein paar Papiere hin und her, das universelle Zeichen dafür, dass man entlassen ist. »Ich hoffe, ich konnte ein wenig zur Erhellung des Falls beitragen.«

»Ramirez, schau dir das mal an.« Vince drehte das Buch zu Luca herum und deutete auf ein Bild auf der nächsten Seite. »Da ist eine Abbildung von unserem Dämon.«

Luca beugte sich vor und starrte fasziniert auf die Abbildung. Asmodeus war mit drei Köpfen dargestellt, der mittlere der eines Mannes, der linke der einer Ziege oder eines Widders, der rechte ein wütend blickender Stier.

Verdammt, ein weiteres Puzzlestück hatte seinen Platz gefunden.

»Darf ich fragen, wer noch getötet wurde?«, erkundigte sich Professor Alec.

»Wie bitte?« Luca drehte sich wieder zu ihm um, griff nach dem Foto und legte es zurück in den Ordner.

»All dieses Blut – wessen Blut war das, wenn es nicht Heros war?« Alecs Blick folgte dem Foto voll morbider Neugier zu seinem Aufbewahrungsort. Luca kniff aufgrund der offensichtlichen Sorglosigkeit des Professors die Augen zusammen. Er war überzeugter denn je, dass dieser Typ nicht weit entfernt von einem voll ausgewachsenen Psychopathen war. »Oder waren Sie nicht in der Lage, das einwandfrei zu klären?« Da war sie wieder, diese Herablassung.

Widerling.

»Ich bin nicht ermächtigt, das der Öffentlichkeit mitzuteilen.« Luca genoss es, den aufgeblasenen Schwätzer in die allgemeine Bevölkerung einzuordnen. »Danke noch mal, dass Sie sich für uns Zeit genommen haben.«

»Ich nehme an, das ist nicht das letzte Blut, das vergossen wurde, bevor das alles vorbei ist.«

Luca blieb an der Tür stehen. War das eine Drohung oder eine Mutmaßung?

»Sagen Sie Hero einen schönen Gruß von mir.«

Das kannst du dir abschminken, du Psychopath. »Mache ich.«

Beim Hinausgehen klopfte Vince auf den Schreibtisch der Empfangssekretärin. »Bis demnächst, Mary-Louise. Sie sind wirklich ein Schatz.«

Sie musste sich anstrengen, ihr Stirnrunzeln beizubehalten. »Ich dachte, ich sei ein Juwel.«

»Das auch.«

Luca hörte den beiden nicht zu, sondern bog, den Kopf voller anderer Dinge, in den Flur ein. Seine Gedanken rasten. Vermutlich war er auf der richtigen Spur.

»Also … der Typ ist echt ein Widerling«, sagte Vince, nachdem er Luca eingeholt hatte.

»Da gäbe es noch mehr treffende Bezeichnungen.«

»Jetzt ergibt das Stierblut gleich viel mehr Sinn. Ich meine, ich war ja froh, dass es kein menschliches Blut war, aber dieser ganze Tierbezug hatte mich doch etwas verwirrt.«

Luca nickte. Dem Professor hatten sie verschwiegen, dass die Unmengen an Blut in Heros Schlafzimmer sich als reines Stierblut entpuppt hatten, ohne die geringste Spur menschlicher DNA.

In westlichen Religionen spielten Stiere eher eine untergeordnete Rolle, aber dies warf einen zusätzlichen Schatten auf einen verzwickten Fall, der einen auch so schon in den Wahnsinn trieb. Und jetzt kam Luca eine ungeheuer beängstigende Möglichkeit in den Sinn. Ein Ziegenkopf. Stierblut. Fehlte nur noch die Leiche eines Mannes. Bisher waren alle ihnen bekannten Opfer weiblich gewesen. Was ihm jetzt durch den Kopf ging, mochte weit hergeholt sein, aber so, wie sich ihm der Magen zusammenzog, schien es nicht ratsam, diesen Gedanken zu ignorieren. Wenn sich das mit Stierblut gemalte Symbol nun gar nicht auf Hero bezog? Zumindest nicht direkt? Vielleicht war das Dämonensymbol für ihn bestimmt gewesen. Professor Alec war überaus hilfreich gewesen. Falls er ihr Täter war, hatte er dann auf diesen Besuch gehofft, um sie endlich auf die richtige Fährte zu lenken? War ihm so verzweifelt daran gelegen, dass seine eigentliche Botschaft gehört wurde?

Die Fragen des Professors schienen durch die fast leeren Gänge des Colleges zu hallen. *Was ist das politisch korrekte Wort für Rache und Vergeltung?*

Die Antwort war: Gerechtigkeit. Dessen war Luca sich sicher.

Wie kann ein Mensch sozial sanktionierte Gewalt ausüben, ohne selbige fürchten zu müssen?

Das war einfach. Er konnte Soldat werden …

Oder Polizist.

23

ich sehe auch, daß die Mode
mehr Kleider aufträgt als der Mensch.

William Shakespeare, *Viel Lärm um Nichts*

»Das kann ich unmöglich anziehen! Wo hatte ich bloß meine Augen? Wer hat erlaubt, dass ich so was kaufe?« Heros Stimme drang aus dem Schlafzimmer bis zur Couch, auf der sich Vince und Luca fläzten. Den beiden war nicht recht wohl in ihrer Haut. Angora hatte, kurz nachdem sie sich mit Josiah Winthrop in ein langes Wochenende verabschiedet hatte, auf eigene Kosten einen Bioreinigungsservice beauftragt, sich Heros Schlafzimmer vorzunehmen. Ein vorgezogenes Weihnachtsgeschenk. Darin inbegriffen war ein brandneues Bett, das im Moment komplett unter Heros Garderobe begraben war. Am Abend war die Ausstellung in der Kunstgalerie, und gerade fiel ein Kandidat nach dem anderen durch die Prüfung.

»Du siehst hübsch darin aus«, rief Stef. »Sehr … äh … professionell. Sehr … sehr …«

Luca wand sich innerlich. Unabhängig von den sexuellen Neigungen dieses Mannes wusste Luca nicht so recht, was er davon halten sollte, dass ein anderer Kerl in dem Zimmer war, in dem Hero sich anzog … und auszog.

»Ich sehe aus wie diese unmögliche Hillary Clinton.«

»Ach was«, widersprach Stef. »Die sieht nach Macht aus.

Außerdem hat sie sich viel zu viele Strähnen blondieren lassen.«

»Soll das heißen, ich sehe hilflos aus?«

»Nein! Neineinein«, verteidigte sich Stef umgehend. »Ich meine nur, sie strahlt so was aus wie: ›Wenn du frech wirst, rotte ich deine ganze Familie aus.‹ Du weißt schon, Whitewatergate-mäßig. Und du siehst wirklich … hübsch aus.«

Eine Sekunde Stille, dann: »Hilf mir raus, ohne mir die Frisur zu versauen.«

»Jawohl, Ma'am. Zum Glück haben wir fünf verschiedene Modelle gekauft. Eins passt bestimmt.«

Luca sah auf seine Armbanduhr. Wenn sie jetzt gleich losdüsten, müsste er nur ein paar Tempolimits ignorieren, um pünktlich bei ihrer Ausstellungseröffnung zu sein. Wenn sie dagegen später losfuhren, müsste er auf Blaulicht und Sirene zurückgreifen. Er setzte sich gerade hin, weil er allmählich seinen Rücken spürte. Scheißcouch.

Die anstrengende Freitagnacht saß ihm stärker in den Knochen, als er erwartet hatte. Nach der Sache mit Sergeant Mazure war im Büro eine unglaubliche Hektik ausgebrochen. Er hatte sich durch Berichte, Zeugenaussagen und sonstigen Papierkram gekämpft sowie einen Agent aufgetrieben, der Heros Yoga-Kurs übernommen hatte, in der vagen Hoffnung, Reese »Two Rivers« Donovan würde auftauchen. Er hatte Pressemitteilungen veranlasst und abgenickt und bei der irischen Botschaft nachgehakt, wann die ärztlichen Unterlagen endlich einträfen. Als er dann zu Beginn seiner Spätschicht bei Hero erschienen war, war diese höflich, aber zerstreut gewesen und hatte sich die meiste Zeit in ihrem Studio eingeschlossen und die Musik aufgedreht.

Luca gestand es sich nur widerwillig ein, aber er sehnte sich nach ihr. Seit fast einer Woche, genauer gesagt: seit Sonntag, hatte sie nicht mehr mit ihm schlafen wollen. Vielleicht war sie dabei, ihn abzuservieren. Und obwohl Luca wusste, dass es so am besten war, fehlte sie ihm. Insgeheim freute er sich, dass sie zu einer öffentlichen Veranstaltung mussten, weil sie dort wieder als Pärchen auftraten. Da konnte er sie berühren, und sie wäre gezwungen, ihm in die Augen zu schauen, was sie seit Tagen vermied.

»Sie hat auf der Couch geschlafen«, sagte Vince so leise, dass es in dem anderen Zimmer nicht zu hören war. Er saß links neben Luca und trug genau wie er eine locker sitzende Designer-Jeans, ein enges T-Shirt und ein Jackett. »Kaum warst du heute früh weg, hat sie sich drauffallen lassen und bis Mittag gepennt.«

Luca war schon froh, dass sie überhaupt hatte schlafen können. »Viel ist das nicht.«

»Nein …« Vince deutete zu der Reihe neuer zylinderförmiger Farbdosen, die an der Wand entlang aufgereiht waren. »Sie sagt, sie könne drüben erst wieder schlafen, wenn sie die Wände neu gestrichen hat. Das viele Weiß ertrage sie nicht.«

»Wenigstens redet sie mit einem von uns«, knurrte Luca.

Vince warf ihm einen neugierigen Blick zu. »Was ist Sonntagabend eigentlich zwischen euch vorgefallen? Irgendetwas ist seither anders. Hast du was zu ihr … gesagt?«

»Ich habe gar nichts gesagt.« Luca durchforstete sein Gedächtnis. »Keine Ahnung, was sie hat.« Ihr Verhalten frustrierte ihn maßlos, aber er hatte nicht die geringste Lust, darüber zu sprechen, schon gar nicht so kurz vor dem Abend, den sie zusammen in der Öffentlichkeit verbringen würden.

Vince winkte zur Schlafzimmertür hinüber. »Typisch Frau. Die brauchen alle eine Ewigkeit, bis sie fertig sind.«

»Normalerweise verplempert sie mit so was nicht viel Zeit«, erwiderte Luca.

»Hmmm.« Vince dachte nach. »Warte mal kurz. He, Hero«, rief er so laut, dass es drüben zu verstehen war. »Erwartest du heute Abend irgendwelche Konkurrenz?«

»Talia Malone«, rief Hero zurück. »Sie macht in Bronze, und sie hasst mich. Die Schlampe hat mir eine meiner Ideen geklaut und dafür fünftausend Dollar kassiert. Daraufhin habe ich ihren Skulpturen in der Galerie Ausstellungsverbot erteilen lassen.«

»Auweia!« Vince lachte.

»Schon klar.« Hero klang enttäuscht. »Das ist schlecht für mein Karma, aber es hat sich so gut angefühlt.«

Lächelnd drehte sich Vince wieder zu Luca. »Siehst du, mein Freund? Regel *numero uno* der modernen weiblichen Kriegsführung: Du sollst besser und appetitlicher aussehen als dein Widersacher.«

»Kein Mensch sagt heute noch *appetitlich*.«

Vince zuckte die Achseln. »Ich meine ja nur.«

»Die Regel ist völlig sinnlos … und erklärt doch so viel. Wieso kennst *du* dich damit aus?«

»Vergiss nicht, dass ich so circa … zweieinhalb Mal verheiratet war.«

Hero tauchte in der Tür auf. »Was haltet ihr davon?« Sie breitete die Arme aus und drehte sich um die eigene Achse.

Luca war plötzlich heilfroh, dass er schon saß. Ihm fiel auf die Schnelle keine passende Antwort ein. Sie trug einen buttergelben, knielangen Rock, dazu ein cremefarbenes Seidentop, verziert mit goldenen Perlen. Ihr Haar war nach hinten gekämmt und oben am Kopf zu einer Art Zopf geflochten, der vermutlich von Gel, Nadeln und einem Zauberspruch zusammengehalten wurde.

Sie war ein feuchter Traum mit Zitronengeschmack, und Luca hätte nichts lieber getan, als ihr den dünnen Stoff vom

Leib zu reißen, ihn auf den Boden zu werfen und sie von Kopf bis Fuß abzulecken. Mit einem Wort: Sie sah köstlich aus.

»Puh.« Vince war weniger begeistert. »Das grüne Kleid, das du letztens angeschleppt hast, hat deinen Hintern besser zur Geltung gebracht, außerdem wäre es geeigneter für eine vorweihnachtliche Veranstaltung. Das da gefällt mir auch, keine Frage, aber es lässt mich eher an Sommer denken, weißt du?«

»Was habe ich dir gesagt?«, säuselte Stef aus dem Schlafzimmer.

Hero blickte nachdenklich drein, dann lächelte sie. »Kapiert. Das grüne also. Danke.« Luca warf sie einen abschätzigen Blick zu, dann verschwand sie wieder im Schlafzimmer.

Als der Bann gebrochen war, schüttelte Luca den Kopf und fuhr Vince an. »Was erzählst du da für einen Scheiß, Mann? Sie sah umwerfend darin aus. Außerdem ist es höchste Zeit, dass wir uns auf die Socken machen.«

»Weiß ich selbst, aber wenn du einer Frau immer nur sagst, dass sie gut aussieht, egal, was sie anhat, glaubt sie am Ende, du interessierst dich in Wahrheit gar nicht dafür«, gab Vince eine seiner Weisheiten zum Besten.

Luca knurrte wütend. »Wieso hat sich von dir überhaupt eine scheiden lassen? Du bist doch der Frauenversteher schlechthin.«

»Je nachdem, welche du fragst, bin ich sexuell ein Egoist, verdiene ich nicht genug Geld und arbeite zu viel.« Vince zählte die Gründe an den Fingern ab. »Ach, und ich bin ein Arschloch. Das habe ich mehrmals gehört.«

»Ja und? Du bist doch auch ein Arschloch.«

»Das ist der einzige Punkt, den ich akzeptiere.« Sein Partner lächelte ihn trübselig an. »Überstunden mache ich, damit ich mehr Geld verdiene, und im Bett bin ich ein Ass. Eine einzige Offenbarung. Jedenfalls schreien sie das immer, bevor sie wütend auf mich werden.«

»Wenn du es sagst …« Luca schmunzelte kopfschüttelnd. »Ach, und Vince?«

»Ja?«

»Noch ein Kommentar über Heros Hintern …«

Lauthals lachend unterbrach ihn Vince. »Ich weiß, ich weiß, dann knallst du mir eine, dass ich eine Woche lang meine eigenen Zähne scheiße. Alles klar.«

»Was ist klar?«, fragte Hero.

»Ach nichts. Ich bin ein Arschloch. Aber jetzt nichts wie raus hier.« Vince wuchtete sich von der Couch hoch und ging zur Tür.

Luca blieb wie angewurzelt darauf sitzen, die Augen starr auf Hero gerichtet.

Das grüne Kleid umhüllte Heros geschmeidigen Körper wie eine Liebkosung. Es war jene Art von Kleid, das entweder eine makellose Figur zu höchster Geltung brachte oder aber jede Unförmigkeit und Unvollkommenheit zur Schau stellte. Aus glänzendem Material gefertigt, das geradezu flehte, berührt zu werden, schmiegte es sich über ihre blassen Schenkel, dass man sich gleichzeitig angelockt und verspottet fühlte.

»Was hältst du davon?« Ein wissendes Lächeln zeigte sich auf ihren glänzenden Lippen.

Lucas Hände verkrampften sich. *Ach du grüne Neune.* Er war sprachlos. Was hielt er davon? Er dachte, in dem Kleid würde sie Probleme bekommen. Probleme, die am liebsten er ihr bereiten würde. Probleme, derentwegen man am nächsten Tag etwas komisch gehen würde.

»Ich glaube, du siehst zu gut aus, um damit aus dem Haus zu gehen«, versuchte er, einen lässigen Ton anzuschlagen, und wenn man von seiner heiseren Stimme absah, hatte er damit wohl ins Schwarze getroffen.

Stef hüpfte um Hero herum und posierte in seiner sorgfältig aufgeschlitzten, hautengen Nietenjeans, einem ärmellosen Babydoll-T-Shirt und einer herzförmigen Sonnenbrille, die er sich über die inzwischen kirschroten Haarspitzen geschoben hatte. »Danke«, säuselte er. »Aber niemand wird diese Königin heute Abend daran hindern, sich ihren Untertanen zu präsentieren.« Er legte auf unverwechselbare Weise den Kopf zur Seite – quasi seine Erkennungsmarke – und tänzelte zur Tür. »Und damit das klar ist: Ich sitze vorne.«

Grinsend machte ihm Vince die Tür auf. »Meinetwegen, aber ich fahre.«

»Mir recht.« Stef musterte ihn von Kopf bis Fuß. »Du machst den Eindruck, als könntest du mit einem Knüppel umgehen.«

Vince' Lächeln gefror ihm auf den Lippen, und Stef kicherte und schnalzte mit den Fingern, deren Nägel lackiert waren. »War doch nur Spaß, Süßer, nun mach dir mal nicht gleich in die Hose. Dass du ausschließlich auf Muschis stehst, ist nicht zu übersehen, und ich bin momentan zu beschäftigt, um dich zu bekehren. Aber jetzt sollten wir zusehen, dass dieser Tuntenexpress endlich aus den Startlöchern kommt.«

Luca stand auf, rückte verstohlen seine Jeans zurecht und hielt dann Hero die Hand hin. Nur um Stef zufriedenzustellen. Da spielte es auch keine Rolle, dass der Typ mittlerweile schon halb beim Auto war. »Bist du so weit?«

Heros Lächeln verdüsterte sich, als sie eine kleine, funkelnde Handtasche samt Goldkettchen über die bloße Schulter schlang. Sie schaute seine Hand an, als wüsste sie nicht recht, was sie damit anfangen sollte. »Ich hole nur noch schnell meinen Mantel«, sagte sie leise und ging ins Schlafzimmer zurück.

Mit finsterer Miene blickte Luca ihr hinterher. Nach wie vor vermied Hero jeden körperlichen Kontakt mit ihm. Dafür sollte er eigentlich dankbar sein. Er sollte ihre Haltung unterstützen. Er sollte dankbar sein für die Erleichterung, die diese Distanzierung mit sich brachte, und dies nutzen, um sich mehr auf den Fall zu konzentrieren. Aber er stand da und fühlte sich, als habe man ihm sein Lieblingsspielzeug weggenommen.

Was hatte sie vor? Nahm sie sich seine zahlreichen Ablehnungen nun etwa zu Herzen? Spielte sie jetzt die große Unnahbare? War das so eine Art paradoxe Intervention? Vielleicht glaubte sie, wenn sie kein Interesse mehr zeigte, würde er umso mehr auf sie abfahren? Das Problem war: Es funktionierte.

Heros Lieblingsteil dieser Ausstellungen war die Party danach. Sie brauchte dringend etwas zu trinken. Am liebsten etwas Süßes, Tropisches und Teures mit so viel hochprozentigem Alkohol, dass der Drink als Beruhigungsmittel für Elefanten hätte dienen können. Sie konnte es sich leisten. Heute Abend hatte sie groß abkassiert.

Die *Terpsichore Galerie D'Art* lag im Alberta Arts District von Portland, einer noblen Gegend nordöstlich von Downtown. Der renovierte Backsteinbau, der früher, als hier noch vorwiegend Arbeiter wohnten, eine Autowerkstatt gewesen sein mochte, war von außen ebenso beeindruckend wie im Inneren. Die Mauern wurden permanent mit neuen, riesigen Wandgemälden ausgestattet. Da Hero ausschließlich Skulpturen und Töpferwaren anfertigte, hatte die Galerie ihre Ausstellung mit Werken der Künstlerin Chloe Whysper, die auf Landschaftsmalerei und Meeresbilder spezialisiert war, kombiniert. Hero bezweifelte stark, dass das ihr richtiger Name war, aber wer wusste das schon? Was seltsame Namen anbelangte, konnte sie nicht mit dem Finger auf andere zeigen.

Chloe war Mitte dreißig, aber gekleidet wie eine Einundzwanzigjährige. An diesem Abend trug sie eine Netztunika mit schwarzen Leggins. Aus Gründen der Schicklichkeit bedeckten unter dem Netz zwei hellrote Pasties ihre Brustwarzen. Um der Menge für eine Weile zu entkommen, kam sie auf Hero zugeschossen, die an der Rückwand der Galerie lehnte. »Club Françoise veranstaltet ein Mardi-Gras-Übungswochenende.« Chloe strich ihr schwarzes, von roten und platinfarbenen Strähnen durchzogenes Haar nach hinten. Sie sah damit aus wie eine Comic-Figur, aber auf sympathische Weise. »Ich wollte erst mal abwarten, ob du Interesse hast, bevor ich es den anderen unter die Nase reibe, da dies ja dein großer Abend ist.«

Das erklärte die Pasties. Hätte sie angeben wollen, hätte sich Chloe Mardi-Gras-Perlen besorgt. Hero gönnte ihr ein Lächeln und gab sich alle Mühe, freundlich zu wirken. »Es ist *unser* großer Abend. Und ich bin dabei, egal, was beschlossen wird.« Beschlussfähig in diesem Fall waren ihr gemeinsamer Freund Stef, Summer Dawn, der eine glutenfreie Bäckerei in Laurelhurst gehörte, und ein paar Künstler aus ihrem Bekanntenkreis. Darunter leider auch Talia Malone.

»Das ist ja großartig«, rief Chloe begeistert. »Unser Erfolg heute muss gefeiert werden. Seit Beginn der Rezession habe ich nicht mehr so viel Geld verdient.« Sie zwinkerte Hero zu und tauchte dann wieder in der Menge unter, um ihre Pläne für den späteren Abend unter die Leute zu bringen. Was sie nicht erwähnt hatte, war, dass Heros kürzlich erlittenes Martyrium ihr und ihrer Arbeit zu einem gewissen Ruhm verholfen hatte. Mehr als nur ein paar potenzielle Käufer und Journalisten waren gekommen, um einen Blick auf das Opfer zu werfen, das Johannes den Täufer überlebt hatte. Einige, die ihr die Hand geschüttelt hatten, hatten ungeniert ihre Narben betrachtet, manche hatten sie sogar darauf angesprochen.

Hero hatte geglaubt, das würde ihr nichts weiter ausmachen. Aber die Vorstellung, ihre Objekte würden eher ihres Opferstatus als des künstlerischen Werts wegen gekauft, nahm sie mehr mit als erwartet. Sie versuchte, es so gut es ging wegzuschieben. Verkauft war verkauft, und dank dieses Abends würde sie bis zum Beginn der Sommersaison und darüber hinaus ihr Auskommen haben. Wie viele Künstler konnten schon von sich behaupten, sie verdienten sich mit dem, was ihnen Spaß machte, ihren Lebensunterhalt? Sie wollte nicht, dass alle Welt sie für undankbar hielt.

Heros Gedanken wanderten wieder zu den Leuten zurück. Wie üblich blieb ihr Blick an der beeindruckendsten, auffälligsten Person hängen.

Luca.

Von ihrer Familie, die als Unterstützung komplett erschienen war, hatte sie sich bereits verabschiedet. Ihre Eltern waren vor Kurzem gegangen, und ihre Brüder und Andra standen gemeinsam mit Luca und Vince an der Tür, wo sie sich prächtig über ein Video auf Knox' Tablet amüsierten, in dem offenbar irgendein Kampf nachgestellt wurde. Da Luca und die Katrova-Connor-Söhne alle anderen um mindestens einen Kopf überragten, zogen sie ebenso viel Aufmerksamkeit auf sich wie die ausgestellten Kunstwerke. Im Wesentlichen die der Frauen. Hero musste zugeben, dass es, obwohl sie mit dem Großteil verwandt war, schwierig war, auf so engem Raum so viele hübsche, gut gebaute Kerle auf einmal vorzufinden.

Luca stand mit dem Gesicht zu ihr, und als hätte er ihren Blick gespürt, schaute er vom Tablet hoch und sah sie durchdringend an. Den ganzen Abend über hatte er diese alles registrierenden Augen nicht einmal von ihr genommen. Er hatte auch die Hände kaum von ihr gelassen, was sie sowohl erregend als auch verstörend gefunden hatte. Er war ihr wie ein

Schatten gefolgt, egal, ob sie sich mit Freunden, Fremden oder Kunden unterhalten hatte, seine Finger besitzergreifend ständig auf ihrem Kreuz, ihrem Ellbogen oder an Stellen, die einem Liebhaber vorbehalten waren. Er hatte freundlich gelächelt und höflich gegrüßt, seine dunklen Augen jedoch hatten nicht aufgehört, die Menge nach einer möglichen Gefahr abzusuchen.

Hero lächelte ihm zaghaft zu. Er nickte in ihre Richtung, dann senkte er den Blick wieder auf das, was ihre Brüder und Andra offenbar so amüsant fanden. In seinem Gesicht war kurz etwas aufgeblitzt, ehe er es hatte vor ihr verbergen können. Bei einer weniger maskulinen Erscheinung hätte sie es »Verletzlichkeit« genannt. Aber das konnte ja nicht stimmen, oder? Was hätte sie schon tun können, um seine Gefühle zu verletzen? Die ganze Woche über hatte sie sich am Riemen gerissen. Sie hatte gearbeitet und ihn seine Arbeit tun lassen. Sie hatte alles vermieden, was ihn hätte erregen können, hatte ihn nirgends angefasst, wo es sich nicht gehörte, und auch sonst alles unterlassen, was ihn in Schwierigkeiten hätte bringen können. Das hatte er doch so gewollt, oder? War er immer noch sauer, weil sie am Sonntag mit Pater Michael geredet hatte? Weil sie sich geküsst hatten? Wegen Mazure? Verflucht, was wollte er eigentlich von ihr?

Genervt stieß sie den Atem aus. Zumindest wusste sie, was er *nicht* von ihr wollte, wenigstens nicht so sehr, dass er etwas dafür tat. Und wenn sie an die Unterhaltung mit Rown dachte, war es wohl auch besser so. Zum tausendsten Mal erforschte Hero ihr Gewissen, welcher Art ihre Gefühle nun tatsächlich für ihn waren. Hatte ihr Bruder möglicherweise recht? Fühlte sie sich nur deshalb zu Luca hingezogen, weil sie verletzlich war und er Sicherheit verkörperte? Und wenn sie ihren Gefühlen nachgab, würde Luca ihr irgendwann das Herz brechen? Oder Schlimmeres? Dass so etwas passieren konnte, hatte ihr früher nie Angst gemacht, aber zwischen früher und jetzt lagen auch schreckliche Erfahrungen. Jetzt musste sie vor allem Angst haben. Das half ihr, am Leben zu bleiben.

Plötzlich fühlte sie sich emotional ausgelaugt, als hätte sie Blei in den Knochen. Sie ließ den Blick über den Rest der Anwesenden schweifen. Sie entdeckte die beiden anderen FBI-Agenten, die zur Ausstellung gekommen waren. Sie sahen aus wie Wachmänner, die von der Galerie engagiert worden waren, und die Besucher schienen ihre präventive Funktion auch problemlos zu akzeptieren.

Niemand wäre auf die Idee gekommen, dass die beiden nach einem Serienmörder Ausschau hielten, der jeden Moment aus dem Hinterhalt springen und sich Hero schnappen könnte. Sie schlang den Arm um ihren Unterleib. Ihre Finger strichen über die verheilte Speerwunde an der Seite. Sie neigte momentan offenbar zum Melodram. Allerdings wirbelten in ihrem Kopf unangenehme Fragen herum, die sie an Sterne oder Vögel erinnerten, die nach entsprechenden Verletzungen über Comicfiguren auftauchten. War Johannes der Täufer heute Abend hergekommen? Hatte sie ihm die Hand geschüttelt oder ihn angelächelt? Hatte er eins ihrer Objekte gekauft?

Beobachtete er sie gerade?

»Du siehst aus, als bräuchtest du was zu trinken.« In ihrer Hand tauchte ein Weinglas auf. Eine Gänsehaut lief ihr über den Rücken.

»Alec.« Sie ließ die andere Hand sinken und drehte sich zu ihm um. »Was machst du denn hier?«

Sein gekränkter Gesichtsausdruck war viel besser einstudiert als Lucas und strotzte nur so vor Unaufrichtigkeit. »Ich bin zur Unterstützung einer lieben Freundin gekommen. Ich wollte sehen, ob die herrlichen Werke, die meinen Brennofen verlassen haben, auch würdige Käufer finden. Und ich habe gedacht, ich sei hier willkommen. War das falsch gedacht?«

Hero schüttelte den Kopf. »Nein, nein. Ich habe dich ja eingeladen.« Das war zwar vor Johannes dem Täufer, Luca und dem Dämonensymbol gewesen, aber trotzdem. »Ich war nur gerade ganz woanders. Das ist alles.«

»Sieht aus, als hättest du nicht schlecht abgeschnitten heute Abend.« Er deutete auf die vielen leeren Säulen und Podeste, auf denen ihre Objekte präsentiert worden waren.

Sie nickte. Wie gern hätte sie den Stolz und die Freude empfunden, die der Situation entsprochen hätten, aber davon war nichts zu spüren. Ihr einst unerschöpflicher Quell optimistischer Gedanken schien wie ausgetrocknet, und ihrem früher so sonnigen Gemüt trauerte sie mehr nach als allem anderen. »Es war ein … lukrativer Abend.«

Alec hob das Glas auf ihr Wohl. Sie stießen an, aber danach starrte Hero nur auf die dicke rote Flüssigkeit. Wieso erinnerte sie nur alles an Blut?

»Es bringt Pech, wenn man nach dem Anstoßen nicht trinkt«, sagte Alec.

Sie blinzelte ihn an. Na, das Risiko musste sie eingehen.

Ein Ausdruck, sowohl nachdenklich als auch unzufrieden, legte sich über Alecs hübsches Gesicht. Hero fiel auf, wie sehr sein cremefarbener Pulli die goldenen Strähnen in seinem Haar hervorhob. Früher war sie von ihm völlig fasziniert gewesen. Er war älter und geheimnisumwittert und hatte etwas von einer verbotenen Frucht. War das etwa ein neuer Trend, um den sie sich Sorgen machen sollte?

Schnell warf sie einen Blick über die Schulter zu Luca. Er hatte ihren Gesprächspartner gerade eben erst bemerkt, und ein finsteres Stirnrunzeln verdüsterte sein ohnehin schon missmutiges Gesicht. Er sagte etwas zu Rown und Demetri, wahrscheinlich verabschiedete er sich. Jedenfalls kam er auf Alec und sie zugeschlendert.

»Hast du Hunger?« Alec deutete auf einen der Kellner, der mit einem Tablett voller Horsd'œuvres herumlief. »Es gibt diese köstlichen Ziegenkäse-Brochettes. Ich glaube, die würden dir schmecken.«

Hero kniff die Augen zusammen. Hatte er das Wort *Ziege* gerade besonders betont?

»Nein, danke.« Beim bloßen Gedanken daran, irgendetwas von Ziegen Stammendes zu essen, wurde ihr schon schlecht.

»Ich nehme eins, wenn es recht ist.« Pater McMurtry hielt den Kellner auf und bediente sich. Als er abbiss, drehte er sich zu Hero.

Wo war er auf einmal hergekommen? Sie hatte ihn noch gar nicht bemerkt. Hero rang sich ein weiteres freundliches Lächeln ab, auch wenn ihr Vorrat an Freundlichkeit spürbar zur Neige ging. »Pater, schön, dass Sie gekommen sind.« Von einer Umarmung sah sie ab, da er noch kaute und sich Brösel von der Soutane wischte. »Haben Sie Pater Michael auch mitgebracht?«

Pater McMurtrys blaue Augen lächelten nun ebenfalls. Mit der noch existenten Hälfte seines Ziegenkäse-Horsd'œuvres zeigte er zum Tisch der Konservatorin am Eingang. »Er bezahlt gerade unsere Neuerwerbung, meine Liebe. Glückwunsch zum Erfolg der Ausstellung.«

Solange sie die schwarze Soutane nicht anschaute, behielt ihr Puls den gewohnten Rhythmus. Im Großen und Ganzen. »Danke. Aber Sie hätten sich nicht verpflichtet fühlen müssen, etwas zu kaufen.«

»Ja, also, Pater Michael war ganz hingerissen von dem ziemlich … kreativen Stück, das du von der Jungfrau Maria angefertigt hast.«

Heros Augen weiteten sich. Wenn er dasselbe Objekt meinte, an das sie jetzt dachte, dann ging er mit einer Mischung aus eher traditionelleren Darstellungen der Heiligen Jungfrau und einer alten irischen Gestalt namens *Sheela na gig* nach Hause. Letztere war praktisch die Mutter Gottes, allerdings mit gespreizten Beinen. Außerdem zog sie die Schamlippen weit auseinander, um so eine möglichst genaue Betrachtung zu ermöglichen.

Hero hatte das Ganze irgendwie ironisch gemeint. Viele alte Kirchen in Irland hatten dieses Motiv über den Eingangstüren oder in die Wände gemeißelt. Aber jetzt, wo sie dem Mann gegenüberstand, der sie getauft hatte, schoss ihr die Röte ins Gesicht.

»Oh … das ist … äh …«

»Luca, mein Junge, schön, Sie zu sehen.« Pater McMurtry schob sich den Rest des Happens in den Mund, wischte sich die Finger an seiner Serviette ab und schüttelte danach Luca die Hand.

Verwirrt schaute Hero die beiden an. *Mein Junge?* Sie wusste von den Vernehmungen, die Luca und Vince durchgeführt hatten, nachdem dieses Symbol an ihrer Wand zurückgelassen worden war, und ihrer Kenntnis nach stand Pater McMurtry noch immer auf der Liste der Verdächtigen. Aber Lucas Lächeln schien ehrlich, als er dem Priester die Hand schüttelte.

»Padre.«

Ein leichter Lustschauder kroch ungebeten durch ihre Knochen. Obwohl Luca normalerweise akzentfreies Englisch sprach, rollte er die eher vibrierenden Konsonanten, wenn er spanische Wörter benutzte. Dies hatte immer die gleiche Wirkung auf ihren Körper: Er wurde lebendig und reagierte prompt.

»Hat man schon herausgefunden, wer für dieses unselige Symbol verantwortlich ist, meine liebe Hero?«, fragte Pater McMurtry einfühlsam.

Hero schaute zu Luca. Sie wusste nicht recht, was sie antworten sollte.

»Ja«, mischte sich Alec ein. »Das ist mir die ganze Woche nicht mehr aus dem Kopf gegangen, Agent Ramirez. Seit Sie mich deswegen zurate gezogen haben.«

Wie eine Eule schwenkte Pater McMurtry den Kopf zu dem Professor hin. »Und wer sind Sie, dass er Sie wegen einer solchen Sache zurate ziehen würde?«

Der herablassende Tonfall in seiner Stimme überraschte Hero. Pater McMurtry war ansonsten ein freundlicher, unbeschwerter Mann. »Pater McMurtry, darf ich vorstellen: Professor Alec Graham. Er ist Experte für Geschichte, Theologie und Ikonografie.«

»Sie sind wohl der Religionsexperte, den Luca erwähnt hat.« Alec hielt ihm die Hand hin.

Pater McMurtry schüttelte sie, allerdings nur kurz und sehr viel weniger freundlich als zuvor Lucas. »Hmmm«, murmelte er in Heros Richtung. »Mir kommt er wie ein Atheist vor.«

Alec nickte und zuckte gleichzeitig mit den Schultern.

Verwirrt von den komplexen Zwischentönen in dieser seltsamen Unterhaltung stellte Hero erleichtert fest, dass Pater Michael mit ausgreifenden Schritten auf ihre kleine Gruppe zueilte.

Luca, der neben ihr stand, spannte alle Muskeln an, und seine Hand glitt wieder an ihr Kreuz.

»Hero, sehen Sie mal, was ich gekauft habe.« Er griff in die Werbetasche der Galerie und holte die Jungfrau Maria/*Sheela na gig* hervor. Der verschleierte Kopf der Skulptur wirkte fromm und nachdenklich, die niedergeschlagenen Wimpern sprachen für ein beschauliches Gebet, während die gespreizten Schenkel und die Position ihrer Hände etwas ganz anderes nahelegten. »Das wird in der Kirche für Aufregung sorgen, meinen Sie nicht?« Er lächelte Hero an, seine Miene verdüsterte sich allerdings, als sein Blick auf Luca fiel.

»Ganz zweifellos.« Hero lächelte nun auch, allerdings gezwungen und unruhig, als ihr aufging, dass sie nun von Lucas drei Topkandidaten für Johannes den Täufer umgeben war. Ihr verkrampftes Lächeln wanderte von einem Mann zum nächsten, und bei jedem fragte sie sich, ob er wohl ihren Tod wünschte.

Gott, wie entsetzlich.

Ausgerechnet Chloe erwies sich als Retterin in der Not. »Na los, Mädchen. Komm mit. Club Françoise ist beschlossene Sache. Nach dem heutigen Abend will ich die Puppen tanzen lassen.« Sie stieß mit der Hüfte gegen Heros, bevor sie die spezielle Zusammensetzung dieser Gruppe bemerkte. Beim Anblick der Priester riss sie die schokoladenbraunen Augen weit auf, vor allem da Pater Michael dastand wie ein Ölgötze, die leicht vulgäre Statue in der Hand. »Ja leck mich doch am Arsch. Sagen Sie bloß, Sie haben das da gekauft?«

Pater Michael tat das Ganze mit einem Achselzucken ab. »Wieso nicht? In der irischen Kirche sind beide Symbole bedeutungsgleich. Meines Erachtens ist die Statue ein Sinnbild für … Mannigfaltigkeit und Geschichte, meinen Sie nicht auch?«

Mit unverhohlen weiblichem Interesse musterte Chloe Pater Michael, während Pater McMurtrys Lippen angesichts ihres Kleidungsstils angewidert zuckten.

Pater Michael fiel das offenbar nicht auf, da er, obwohl er mit Chloe sprach, den Blick nicht von Hero abwandte. Die offene Bewunderung, mit der er sie anschaute, berührte sie ebenso unangenehm wie das leichte Zittern seiner Hand, als er die Statue wieder in die schützende Plüschtasche steckte. Das war ihr bisher noch nie aufgefallen.

Chloe, die nichts von alldem mitbekam, winkte Alec zu und hauchte ihm ein »Hallo« entgegen, dann wandte sie sich Hero und Luca zu. »Bringst du diesen sexy Typ da auch mit?«, fragte sie taktlos und beäugte ihn vom Scheitel bis zur Sohle. »Er sieht aus, als könnte er auf der Tanzfläche allerhand Unheil anrichten.«

Unwillkürlich musste Hero kichern. Sie schaute Luca an, der halb gequält, halb geschmeichelt dreinschaute.

»Unheil wäre übertrieben.« Sein Grübchen wurde sichtbar. »Aber dass ich ein wenig Unordnung anrichten kann, ist allgemein bekannt.«

»Na, Kinder, dann wünsche ich euch viel Spaß.« Pater McMurtry gab Hero einen Kuss auf die Wange. Sie spürte seine Lippen und die trockene Haut.

Sie atmete seinen vertrauten Geruch ein, und zum ersten Mal an diesem Abend lächelte sie ihn aus vollem Herzen an. Er klopfte Luca freundschaftlich auf den Rücken, dann bahnte er sich mit seinem Stock einen Weg zwischen ihnen hindurch. »Tut nichts, was ich nicht auch tun würde.«

Keiner wusste so recht, was er darauf sagen sollte. Alle schauten ratlos drein.

Pater McMurtrys silbergraues Haar glänzte im Schein der schmeichelhaften Deckenbeleuchtung. Er drehte sich noch einmal um und schaute sie an, als säße ihm der Schalk im Nacken. Er gluckste drauflos, als würde er sich prächtig amüsieren. »Kleiner Scherz unter Priestern.«

Hero stieß den Atem aus und fiel in das Gelächter der anderen ein.

Pater Michael drückte sanft ihren Arm. Seine Hand fühlte

sich auf ihrer überhitzten Haut kalt und feucht an, und wieder bekam sie eine Gänsehaut. »Herzlichen Glückwunsch noch mal«, sagte er leise.

Sie nickte zum Dank und blickte den beiden Geistlichen dann besorgt hinterher.

Luca beugte sich von hinten zu ihr vor. Sein Atem kitzelte ihren Nacken. »Lass das Grübeln«, flüsterte er ihr ins Ohr. »Ich bin bei dir. Dir kann nichts passieren. Genieß die Nacht.«

Seine Worte lösten den Knoten der Angst, der sich in ihrem Magen festgesetzt hatte. Leise seufzend lehnte sie sich an ihn. Leider, denn sie spürte sofort, wie angespannt seine Muskeln waren, sah die Müdigkeit jedes Mal, wenn sie ihm in die Augen schaute. Der Knoten kam zurück, als sie den Ausdruck auf Alecs Gesicht bemerkte. Er schaute nicht sie an, sondern über ihre Schulter hinweg. Müsste sie raten, würde sie sagen, er starrte Luca an. Er bewegte sich nicht. Er sagte nichts. Er stand einfach nur da, ein paar Sekunden, mit diesem vollkommen unergründlichen Ausdruck in den Augen.

Hero fürchtete schon um das Weinglas, das er mit eisernem Griff festhielt, da spürte sie Lucas Lippen in ihrem Nacken. »Bist du bereit zum Aufbruch?«, fragte er sanft.

»Ich jedenfalls bin bereit«, sagte Chloe.

Stef fiel Chloe um den Hals, und einen ausgelassenen Moment lang hingen die beiden aneinander, jetzt, wo der Abend fast vorbei war.

»Bis demnächst, Professor«, sagte Luca beiläufig.

Alec schien aus seiner Trance zu erwachen und nickte Luca zu.

»Bis später.« Hero winkte.

Als Luca sie aus dem Raum geleitete, glaubte sie noch, Alecs leise Stimme zu hören.

»Auf Wiedersehen, Hero.«

24

tanzest du, so wünsch' ich,
Du seist 'ne Meereswell; und tätest nichts
Als dies …

William Shakespeare, *Das Wintermärchen*

Und sie hatte Angst gehabt, sie würde keinen Spaß haben. Zwei Stunden und drei Irish Car Bombs später schwamm Hero in einem glücklichen Nebel, erzeugt vom besten Beitrag, den die Vorfahren ihres Vaters zur Menschheit geleistet hatten: Guinness, Irish Cream und irischer Whiskey.

»Ist dir schon mal aufgefallen, dass ich umso heterosexueller werde, je mehr ich trinke?«, lallte ihr Stef ins Ohr, als er ihr den nächsten Drink reichte. »Siehst du die bildhübsche Frau da drüben mit den lindgrünen Leggins? Die nehme ich heute Nacht mit nach Hause … Mit der verliere ich meine Jungmännlichkeit. Auf die beiden, denn jetzt sind es schon zwei.« Er hielt drei Finger hoch und zählte seinen Daumen mit.

Hero suchte die Körper ab, die sich im bunten Stroboskoplicht zu einem Musik-Mischmasch wanden, den ihre Freunde und sie gerade erst als »Electro-Techno-Gangsta-Voodoo-Blues« etikettiert hatten. Stefs Eroberung fand sie ohne Probleme. »Ich … glaube nicht, dass das eine Frau ist.«

»Wirklich?« Stef wirbelte auf wackeligen Beinen herum und kniff die Augen zusammen. »Wie kommst du denn darauf?«

Hero lachte. »Na ja, sie hat zwei Ausbuchtungen, die eine Frau nicht haben sollte, und eine davon ist ein Adamsapfel.«

Stef sank ihr in die Arme. »Gott sei Dank. Ich bin zu alt für solche sexuellen Verwirrungen. Mein erstes Mal habe ich schon nur knapp überlebt. Wieso ist mir das nicht aufgefallen?«

Hero zuckte mit den Schultern und schaute die karamellfarbene Flüssigkeit in ihrem Glas an. »Was ist das?«

»Bourbon.« Stef stieß mit ihr an. »Das hier ist eine Mardi-Gras-Imitation, Mädchen, und du trinkst, als hätten wir St. *Practice* Day.«

Hero kippte sich den Drink hinter die Binde und genoss das Brennen im Hals. Normalerweise trank sie keinen Whiskey, der diesseits des Atlantiks hergestellt wurde, aber andere Feste, andere Sitten etc., bla, bla.

Stef packte sie an der Hand. »Wir stehen bloß rum und labern die ganze Zeit. Jetzt wollen wir mal was erleben.« Hero drehte sich zu Vince um, der gerade Chloe ein Ohr abkaute. Noch ein Drink und die Gute würde ihn als ihre persönliche Striptease-Stange benutzen. »Ich gehe mit Stef tanzen«, überschrie sie die Musik. Der Rest der Gruppe war bereits auf der Tanzfläche zugange, bis auf … »Wo ist Luca?«

Vince deutete mit vielsagender Geste zur Bar. »Er holt Chloe und mir noch was zu trinken.«

Lächelnd verdrehte Hero die Augen. Luca war ein großartiger Kuppler. »Wie aufmerksam«, spottete sie und suchte die Bar nach ihm ab.

Als Erstes entdeckte sie Talia Malones blond gefärbte Strähnen. Dann bemerkte sie den großen, breitschultrigen Schatten neben ihr und wusste, Talia missbrauchte die Menschenmasse als Entschuldigung, um ihre Brüste an Luca zu drücken.

»Oh, oh!« Vince fuhr zusammen.

»Ich könnte ihre Implantate mit meinem Plastikolivenstocher anpiksen«, bot Stef an.

Hero setzte ein breites, falsches Lächeln auf, hauptsächlich Chloe zuliebe.

Ich bin nicht dein Freund, Hero.

Sie nahm Stef den Bourbon aus der Hand und leerte das Glas auf einen Zug. »Gehen wir tanzen«, krächzte sie.

»Ich muss wohl nicht extra betonen, dass du dich am Rand der Menschenmassen halten sollst, wo wir dich sehen können und wo du uns sehen kannst.« Vince' Tonfall klang beiläufig, aber bestimmt.

»Schon klar.« Sie winkte ihm zu.

Sie schlängelten sich durch die Menge zu der funkelnden, von Pfeilern umgebenen Tanzfläche und suchten sich einen Platz zwischen den Tischen und den Boxen. Normalerweise tauchte sie gern in der Menge unter. Sie liebte es, wenn Körper aneinanderstießen, die anonymen Bewegungen, den ständigen Tanzpartnertausch – eine Art Parodie von etwas, das sie nie wagen würde. Aber auch mit der Randlösung war sie zufrieden. Irgendwer sagte zu ihr, sie solle mal »so richtig aus sich rausgehen«, was sie nur zu gerne tat.

Hero hatte fast keinerlei Performance-Talent. Sie konnte nicht schauspielern, und bei Singversuchen traf sie nicht einen richtigen Ton. Aber eins konnte sie: tanzen. Und so überließ sie sich dem dröhnenden Beat, und es war, als bewegten sich ihre Muskeln und Sehnen wie von selbst. Sie gehörten dem Rhythmus. Sie schaute weder zur Bar noch zum Tisch noch sonst wohin, nur zum DJ, wo eine ausgeklügelte Lightshow im Einklang mit der Musik für eine äußerst coole Stimmung sorgte. Die Songs wechselten übergangslos von R&B-Remixtiteln zu einer Mischung aus Bayou- und lateinamerikanischen Klängen.

Stef gab ihr einen Klaps auf den Hintern, dann spazierte er zu seiner »Lady« mit den grünen Beinen. Hero machte das nichts aus. Sie ging jetzt ganz in ihrer Mardi-Gras-Stimmung auf, sie war Teil der sich windenden, sich aneinander reibenden, verschwitzten Masse von Körpern. Ein vertikaler Ausdruck horizontaler Begierden.

Wie oft sie angerempelt wurde, wie oft Hände sie betatschten, sie hätte es nicht sagen können. Und sie spürte auch nicht mehr, wie das sich ständig steigernde Dröhnen ihre Fähigkeit betäubte, irgendetwas davon noch richtig wahrzunehmen.

Bis ein warmer Körper sich von hinten an sie drängte.

Sofort war sie wieder hellwach. Die Niedergeschlagenheit, durch die sie sich in den letzten Tagen hatte treiben lassen, legte sich nicht einfach, sie war wie weggefegt von der reinen Energie, die sich zwischen ihnen beiden entlud. Hero öffnete den Mund und schloss die Augen, als der Geruch, der sie einhüllte, ihr verriet, wessen starke Hände ihren Hintern sanft an sich zogen.

»Dich kann man auch keine Sekunde aus den Augen lassen. Aber das wird mir eine Lehre sein«, schnurrte ihr Luca ins Ohr. »Du solltest dich nicht allein hier tummeln.«

»Ich war mir nicht sicher, ob du mithalten kannst«, frotzelte sie keuchend.

Sein Schnurren verwandelte sich in ein Knurren, als er ihr die Hand auf den Bauch legte, sie eng an sich zog, seine Hüften lasziv kreisen ließ und sie auf eine sinnliche Reise durch die Musik mitnahm.

»Darüber brauchst du dir keine Sorgen zu machen, *me encanta*.« Sein Körper bestimmte ihre Bewegungen. Seine Knie schoben ihre Schenkel auseinander, seine Hüften stießen gegen ihre in ständigem Wechsel zwischen schnell und langsam, sodass ihr ganz schummrig wurde. Seine Hände waren überall.

Sie spürte seine Ausstrahlung, und ihre Körper bewegten sich, als seien sie eins geworden.

Da wirst du vor Neid ganz blass, Talia Malone, was?

Luca hatte untertrieben, als er sagte, er könne auf der Tanzfläche allerhand Unordnung anrichten, aber von Unheil könne ganz bestimmt keine Rede sein. Beide Ausdrücke trafen nicht den Kern der Sache.

Er dominierte die Tanzfläche.

Besser noch: Er dominierte *sie*. Er stieß sie von sich, packte sie am Arm und zog sie wieder an sich, alles in einer einzigen fließenden Bewegung. Sie kam sich wie ein echter Profi vor. Seine Augen brannten wie zwei rabenschwarze Flammen, als sich sein Schenkel zwischen ihre Beine schob.

Hero saß schon fast auf ihm drauf. Die Menge verschluckte sie. Sie waren nicht die Einzigen in dieser Position, aber Hero war sich ziemlich sicher, dass sie als Einzige hier kurz vor einem Orgasmus stand. Jedes Wort, das ungesagt blieb, drückten sie mit Blicken aus. Seine Hand strich über ihre Hüfte. Er packte sie und zog sie höher, damit sie sich an etwas anderem reiben konnte, etwas Hartem, sehr Dickem.

Genau so würde ihr Sex sein, dachte sie. Luca würde die Richtung vorgeben. Er würde dominieren. Er würde sie nehmen, bis sie so von Sinnen war, dass sie alles überall tun würde, nur um diese Lust zu stillen, die er in ihr entfachte. Eine so starke Lust, dass sie fast an Strafe grenzte. Und wenn er ihr diese Lust verschaffte, nur um sie ihr irgendwann wieder zu entziehen? *Scheiß drauf!*, flüsterte ihr ihre irische Stimme zu. Sie würde nicht allein stöhnen und jammern, bevor sie miteinander fertig waren. Vielleicht lag es am Alkohol, vielleicht am Wissen, dass sie morgen sterben konnte oder dass ein Tanz mit Luca besser war als jeder Sex, den sie bisher erlebt hatte.

Hero presste die Lippen auf seine. Wie erwartet behielt sie nicht lange die Kontrolle über den Kuss. Er stieß ihr die Zunge in den Mund, ahmte den Rhythmus ihrer kreisenden Hüften nach. Feucht und heiß. Sie konnte nur an eins denken: Sie wünschte, jeden seiner willigen Körperteile in sich zu spüren, seine Finger, seine Zunge, seinen Schwanz.

Jetzt sofort.

»Fahren wir irgendwohin«, forderte sie leise.

Er lehnte sich zurück und schaute sie an. Und diese Grübchen schon wieder! »Ich habe kein Auto dabei, schon vergessen?« Dass er ebenso außer Atem war wie sie, tröstete sie.

Sie warf ihm einen bösen Blick zu und biss ihn dann in die Lippe, genoss, wie scharf er die Luft einsog und wie der Schaft seiner Wollust gegen sie drückte. »Lass dir was einfallen«, sagte sie.

Er legte den Kopf an ihren Nacken und stieß ein Lachen aus, in das sich Verzweiflung und Frust mischten. Hero lächelte siegesgewiss. Jetzt hatte sie ihn an der Angel. Sie vergrub die Finger in seinen kurzen Nackenhaaren. »Ich brauche …«

Er schob den Schenkel hoch und rieb ihn an der Stelle, die nach Erleichterung verlangte. »Was brauchst du?«

Scheiße auch. Er hatte die Kontrolle zurückerlangt. Was sie brauchte, wusste er nur zu gut. Wollte er es von ihr auch noch hören?

»Dich«, keuchte sie.

»Das reicht noch nicht.«

Sie hasste ihn. Nein, sie liebte ihn. Nein, sie begehrte ihn. Sie brauchte ihn für … »Mach's mir«, keuchte sie und knabberte an seinem Ohr, einfach, weil er es verdient hatte.

Luca hob den Kopf und warf ihr einen Blick zu, der fast ihr Höschen in Brand gesetzt hätte. Schnell schaute sie sich um. Das Gedränge wurde immer stärker, da ständig neue Nachtschwärmer eintrafen. Das Tanzen war Ausdruck puren Hedonismus. Vince, Chloe und Stef waren Gott weiß wo. Kein Mensch achtete auf sie. Oder jeder. Hero war das egal. Sie bestand nur noch aus feuchtem Bedürfnis und rücksichtsloser Begierde.

Luca küsste sie. Intensiver als zuvor. Plötzlich waren seine Hände überall, auf Schultern, Brust, Taille, Hintern.

Dann tat er das Undenkbare. Das Unmögliche. Etwas, das sich Hero auch in ihren wildesten Fantasien nicht hätte vorstellen können. Er drückte mit seinem starken Arm ihren Unterleib gegen seinen Schenkel, jene Stelle, die sich so sehr nach ihm sehnte. Er flüsterte ihr etwas auf Spanisch ins Ohr. Wegen der lauten Musik verstand sie nicht, was er sagte, hörte nur eine Lawine aus rollenden Rs und überschwänglichen Lauten. Ihre Libido reagierte sofort, und die Bewegungen wurden intensiver.

Luca besaß außergewöhnliche Fähigkeiten und war zudem sehr diskret. Er zog ihr Kleid nicht hoch, berührte sie kaum, schob nur sein sehniges Bein vor und zurück, nahm dabei Kleid und Höschen mit und rieb so ihre Klitoris.

Zwei weitere Schwünge ihrer vereinigten Leiber reichten, und Heros Widerstand war gebrochen. Sie legte ihm die Arme um den Hals und hielt sich fest, während die Orgasmen sie erschütterten. Die angespannten Muskeln ihrer Oberschenkel zitterten, ein süßer Schmerz glitt durch ihren Unterleib. Das Pulsieren der Ekstase vermischte sich mit dem Dröhnen der Musik, bis Hero glaubte, die Vibrationen des Bodens würden ihren Höhepunkt verlängern.

Langsam bekam sie Angst, sie würde zusammenklappen, da zog er sich zurück, prüfte den ordentlichen Sitz ihres Kleides, legte ihr den Arm auf den Rücken und zog sie zärtlich, dennoch unverfänglich an sich.

»Wahnsinn«, keuchte er.

»Allerdings«, stimmte sie zu.

Seine Erektion drückte sich an sie, drängte hartnäckig gegen den Reißverschluss seiner Jeans. »Du bringst mich noch um«, stöhnte er.

Hero hatte gedacht, der Orgasmus würde die aufgestaute Spannung abbauen und ihre Wollust lindern, die sie fast in den Irrsinn trieb, aber das Gegenteil war der Fall. Es wurde, soweit möglich, noch unerträglicher. Sie war feucht und aufnahmebereit und wollte diesen heißen, vibrierenden Schwanz in sich spüren.

»Lass uns irgendwohin fahren«, schlug sie erneut vor. »Wir können doch ein Taxi nehmen.«

»Hero.« Luca stöhnte ihren Namen, als würde ein Verdammter an der Himmelspforte um Einlass betteln. »Ich kann nicht. Du bist betrunken. Das wäre nicht richtig.«

»Ich scheiß drauf, was richtig ist.« Sie strich mit den Fingernägeln über seinen Rücken. »So betrunken bin ich nicht, dass ich nicht mehr wüsste, was ich tue. Wenn du willst, kannst du das auch schriftlich haben.«

Zischend stieß er den Atem aus, dann schwieg er zehn Sekunden lang. »Frag mich morgen, wenn du wieder gerade stehen kannst. Ich will nicht, dass du mich danach hasst.«

Es war nicht mehr zu leugnen, dass sich der Bourbon, den sie vor dem Tanzen getrunken hatte, mit all dem irischen Alkohol, den sie sich zuvor gegönnt hatte, verbündete. Ohne fremde Hilfe zu gehen, schien ihr im Moment ein riskantes Unterfangen.

»Aber morgen werde ich nicht fragen«, jammerte sie. Sie wusste immerhin noch sehr gut, was es bedeutete, wenn sie erst wieder bei klarem Verstand war.

»Warum nicht?«, fragte er.

»Weil du ein Pitbull bist.«

»Was?«

»Du wirst mich beißen. Rown ist derselben Meinung.« Ihr wurde richtig schummrig, alles drehte sich. »Das kann ich nicht zulassen, Luca … Ich kann nicht … Nicht jetzt, wo ich mich fühle wie …«

»Hero, das ergibt keinen Sinn. Ich kann dich kaum verstehen.«

»Schon gut.« Sie legte sich die Hand an die Schläfe und wünschte, dieser Moment würde noch etwas länger dauern. »Nichts ergibt mehr einen Sinn.«

Die Musik verklang, und der DJ, ein schnell sprechender, gut aussehender Polynesier, animierte das Publikum zu Reaktionen. Die Menge brach in begeisterten Jubel aus.

»Heute ist für jemanden eine besondere Nacht«, fuhr der DJ fort. »Normalerweise mache ich so etwas nicht, aber der nächste Song ist wirklich cool.«

Die Besucher drehten schon durch, obwohl noch gar nicht bekannt war, was kommen würde.

»Hier ist Broken Social Scene. Die sind für dich, Hero, von deinem Liebsten JdT.«

»Luca!« Hero packte seine Hand. Jede Lust war wie weggeblasen. Sie erbleichte. Adrenalin schoss ihr durch die Adern. »Er ist hier!«

Als der pulsierende Beat einer Remix-Version aus den Boxen donnerte, fingen alle wieder an zu tanzen.

Dann begann der Songtext.

Thought you were the sweetest kill … Did you even know?

»Puta madre!«, fluchte Luca. Sein Blick flog vom DJ zu den Ausgängen, dann weiter zu den euphorischen Gesichtern der Menge. »Komm mit«, befahl er und legte schützend den Arm um sie. Mit seinen breiten Schultern bahnte Luca ihnen in

Rekordzeit einen Weg durch die Partybesucher. Vince erwartete sie bereits am Rand der Tanzfläche, wütend und ein Glas mit einem roten Cocktail in der Hand. Er trug bereits einen Latexhandschuh.

»Das wurde an den Tisch gebracht, als der Song anfing«, erklärte er.

Hero starrte den Drink verständnislos an. Luca zog sie eng an sich. Die zweite Strophe setzte ein.

Sie presste die Hände aneinander, um die Narben zu verbergen. »Was ist das?«, fragte sie mit zitternder Stimme.

Vince schaute sie mit Unbehagen an.

»Der Drink, wie heißt er?«

»Ich habe den Kellner gefragt …« Er machte eine Pause, während Stef, Chloe und ein paar andere einen schützenden Kreis um Hero bildeten. »Es ist im Grunde genommen eine Bloody Mary mit Rinderbrühe.«

»Der Name!«

Vince stieß den Atem aus. »Bloody Bull.«

»Großer Gott! Lass das Team anrücken, Di Petro«, befahl er. »Wir müssen den Club filzen. Besorg dir einen Beschlagnahmebeschluss für die Überwachungskameras und vernehmt jeden einzelnen Gast.« Dann wandte er sich an Hero. »Ich bringe dich hier raus. Oder besser noch: Du kommst in Sicherheitsverwahrung, bis wir das Schwein geschnappt haben.«

»Ich habe bereits ein Team herbeordert«, sagte Vince. »Gleich als der Song begann.«

Hero schüttelte den Kopf, den Blick starr auf die dicke rote Flüssigkeit gerichtet.

Thought you were the sweetest kill …

»Nein«, widersprach sie leise. Die Musik übertönte ihren Einwand.

»Was hast du gesagt?«

»Das ist doch genau das, was wir wollten, oder?« Sie klang wieder gefasster, wahrscheinlich bedingt durch den immer noch steigenden Blutalkoholspiegel. »Wir wollten ihn aus dem Versteck locken. Ich war einverstanden, den Lockvogel zu spielen. Das war doch so geplant.« Sie meinte es nicht so. Nichts von alledem war so geplant gewesen, aber seit sich dieser Irre auf sie eingeschossen hatte, war niemand anders mehr gestorben. Dieser Gedanke half ihr zu schlafen. Das hieß, niemand außer der Ziege und dem Stier … Mochten sie in Frieden ruhen.

Vince legte Luca die Hand auf die Schulter. »Da hat sie nicht unrecht, Mann. Er wird leichtsinnig. Er rückt ihr auf die Pelle.«

Luca ließ ein paar Sprüche vom Stapel, dass selbst Stef die Augen aus dem Kopf traten. Dann machte er sich an die Arbeit.

»Sorg dafür, dass das Sicherheitspersonal die Ausgänge bewacht. Keiner darf ohne meine Erlaubnis raus. Stell die Scheißmusik ab und pack den DJ in einen Raum. Allein. Gleiches gilt für den Club-Manager und die Barkeeper.«

Hero blickte zu Vince, der nicht sonderlich begeistert schien. »Die Chancen, dass er noch hier ist, sind verdammt gering.«

»Sehe ich aus, als würde mich das interessieren?«

Obwohl die Frage an Vince gerichtet war, schüttelten alle unisono den Kopf.

»Wir sollten auf das Team warten«, wandte Vince ein. »Allein können wir so ein großes Gebäude nicht abriegeln.«

Hero zuckte vor dem mörderischen Aufblitzen in Lucas Augen zurück.

»So? Na dann pass mal auf.«

25

auch mein Argwohn oft
Aus Nichts die Sünde schafft …

William Shakespeare, *Othello*

Luca holte seinen Matchbeutel aus dem Kofferraum und stapfte den Weg zu Heros Haus hoch. Er war mit seinen Kräften ziemlich am Ende. Den Club hatte er so spät verlassen, dass er gerade noch essen, duschen und sich umziehen konnte, ehe er schon hierher zur Spätschicht musste.

In den letzten fünfzehn Stunden hatten sie mit Unterstützung des zuständigen Polizeireviers zweihundert Aussagen von Gästen, Türstehern, Barkeepern und einem sehr erzürnten Club-Manager zusammengetragen. Das Labor untersuchte den Zettel mit höchster Priorität, und Luca hatte den Tag damit zugebracht, sich ergebnislos grobkörnige Videoaufnahmen der Überwachungskameras anzusehen, die drei von vier Eingängen abdeckten. *Wer braucht schon Videos vom Kücheneingang?*, hatte der Manager kommentiert.

Blödmann.

Das Ganze hatte er mit einer halben Erektion und denkbar schlechter Laune absolviert.

Vince war bis zur Vernehmung des DJ geblieben, danach hatte man ihn nach Hause geschickt. Dem DJ zufolge hatte ihm »eine rothaarige Schlampe« einen Zettel mit dem gewünschten Song zugesteckt, dazu einen Hundert-Dollar-

Schein. Der Kellner, der den Bloody Bull gebracht hatte, erzählte die gleiche Geschichte.

Luca wollte unbedingt alle Gäste fotografieren lassen, aber es war praktisch unmöglich gewesen, eine so große Gruppe über einen so langen Zeitraum hinweg festzuhalten. Letzten Endes waren nur die geblieben, die sich freiwillig dazu bereit erklärt hatten. Allerdings hatten sie eher ihr voyeuristisches Bedürfnis befriedigt, als dass sie nützliche Zeugenaussagen gemacht hätten.

Die Fotos wurden schließlich dem Kellner, dem DJ und dem Wachpersonal vorgelegt, aber niemand erkannte die geheimnisvolle rothaarige Frau.

Trojanowski hatte Luca schon vor Stunden geraten, nach Hause zu gehen, aber der wollte sichergehen, dass wirklich jeder Winkel des Clubs durchsucht, jede nur mögliche Person vernommen und in alle Richtungen ermittelt worden war.

Frustriert, erschöpft und der vielen Sackgassen überdrüssig fühlte sich Luca jetzt, als könne er überall einschlafen. Sogar auf Heros Couch.

Er schloss die Tür auf, betrat die Wohnung und gab den Sicherheitscode ein. Aus dem Schlafzimmer drangen Heros Lachen und der Beat stimulierender Musik. Vince' leise Worte verstand er durch die Wand hindurch nicht, Heros Entzücken hörte er dafür umso lauter und deutlicher.

Bettfedern. Das Geräusch war nicht falsch zu deuten. Luca erstarrte. Sein Herz schlug ihm wie eine Ramme gegen die Brust. Er legte sich die Hand auf den Brustkorb, als könne es sonst herausspringen.

Nicht Vince. Nicht sein *Partner*.

Darf ich sie dann anbaggern?

Die Worte kratzten an seinem Verstand. Luca sank gegen die Wand. War das der Grund, warum sie sich die Woche über so distanziert verhalten hatte? Waren sie sich näher gekommen während der langen Tage, die sie und Vince miteinander verbrachten? Hatte sie die Nase voll von Lucas Skrupeln und sich dazu entschlossen, ihn abzuschreiben und Ausschau nach leichterer Beute zu halten?

Sein verfluchter *Partner*.

Er sah rot. Buchstäblich. Die Wut packte ihn und hatte ihn so fest im Griff, dass Luca hätte noch so weit zählen können. Sie würde sich nicht dämpfen lassen. In seinem Kopf entstand ein Bild, wie sein Partner die Frau vögelte, die er … Luca griff nach dem Türknauf. Er sollte abhauen. Auf der Stelle. Er sollte kehrtmachen, in sein Auto steigen und so weit wie möglich wegfahren, bis er sich wieder beruhigt hatte. Er sollte das Schulterholster ablegen und die Waffe hier lassen.

»Ja! *Ja*!« Vince' atemlose, angestrengte Stimme brannte wie Lava in Lucas Ohren. »Mehr nach links … Ja … So ist es gut … Klasse!«

»So?« Heros gekrächzte Frage klang ebenso atemlos.

»Genau so. Stütz dich dagegen, den Rest erledige ich.«

Die Zeit schien stillzustehen. Ein sonderbares, aber willkommenes Rauschen pochte durch Lucas Ohren und ließ die Stimmen verblassen. Seine Haut fühlte sich glühend heiß an, doch in seinen Adern schien Eis zu treiben. Er hätte nicht sagen können, wie er vom Eingang zur Schlafzimmertür gekommen war, doch als er sie aufstemmte, hätte er fast den Griff abgerissen.

Vince taumelte ein wenig zurück, als hätte er sich an der Tür festgehalten. Zu Lucas Überraschung war er nicht nur vollständig bekleidet, sondern hatte auch überall Farbflecken.

»Gott sei Dank, dass du endlich da bist!« Vince schlug ihm auf die Schulter. »Mach dich warm, Mann. Das Ding da wiegt so viel wie deine Mutter.«

Luca wandte den Kopf. Heros brandneues hölzernes Bettgestell blockierte den Eingang zum Schlafzimmer.

»Ich weiß, was du denkst. Du denkst: Dieses Ding wurde Hero doch erst vorgestern geliefert. Ganz genau, mein Lieber.« Vince' Stimme klang leicht sarkastisch.

»Wenn ihr euer Kaffeekränzchen beendet habt, würde ich gerne diesen Koloss weiterschieben.« Heros frotzelnde Stimme drang nur gedämpft hinter der Tür hervor.

»Ich gehe hinten herum und drücke. Du ziehst von dieser Seite.« Als Vince Lucas Gesichtsausdruck bemerkte, hielt er verwirrt inne. »Stimmt was nicht?«

Verständnislos starrte Luca ihn eine gefühlte Minute lang an. Er wartete, dass die Wut abflaute, was sie nicht tat, obwohl er mittlerweile die Situation durchaus richtig einschätzte. Bei jedem Herzschlag schwang der Impuls mit zuzuschlagen.

»Ist was passiert?«

»Ich …« Luca blinzelte, schaute erneut auf das Bettgestell, das hochkant stand, damit es überhaupt durch die Tür passte. »Ich habe keine Farbe gerochen.«

»Die ist ungiftig«, rief Hero stolz. »Ich habe welche ohne flüchtige organische Verbindungen gekauft.«

Was sonst?

»Wir hatten das Bett in die Mitte des Zimmers geschoben, um die Wände zu streichen«, informierte ihn Vince, dem immer noch nicht klar war, wie knapp er einer Tracht Prügel entgangen war. »Aber dann wollte *jemand* auch noch die Decke streichen, deshalb müssen wir das Kaliber hier vor uns rausschaffen.«

»So sieht das unmöglich aus.« Hero blieb stur.

»Das höre ich schon die ganze Zeit.« Vince setzte eine verschwörerische Miene auf, verdrehte die Augen und ging dann ins Bad und zur dortigen Verbindungstür zum Schlafzimmer.

»Vorsicht«, rief er. »Die Matratze ist hier im Bad am Wäscheschrank angelehnt.«

Luca hatte noch immer nicht verarbeitet, was hier vor sich ging. Er hatte das Gefühl, er sei in einen Traum getappt und durch den Kaninchenbau in einen zweiten Traum gefallen. Weder erfasste er die Situation, noch brachte er seine Wut unter Kontrolle.

»Bist du so weit?«, fragte Vince von der anderen Seite.

Luca schüttelte den noch immer dröhnenden Kopf, packte aber das Bett. Vielleicht half es ja, wenn er Gewichte stemmte.

»Eins, zwei, *drei*.«

Er hob und zog, während Vince schob, und das Bettgestell rumpelte durch die Tür. Es war wirklich schwer, aber Luca fühlte sich, als könne er dank all der männlichen Chemikalien in seinem Blut sogar Autos heben oder sonst was.

Vince' Handy klingelte, und sie stellten das Bett neben dem Esstisch ab.

Hero tauchte in der Schlafzimmertür auf. Luca bekam Vince' kurze Unterhaltung nicht mit, denn bei ihrem Anblick legte sein Herz von Neuem los. Eine abgeschnittene graue Jogginghose und ein Tanktop enthüllten ihre weißen, straffen Gliedmaßen. Ihr Haar war zu einem wüsten Durcheinander hochgesteckt. Helle Farbspritzer, unterbrochen von blaugrünen, bedeckten ihre Haut. Make-up trug sie nicht, aber ihr Gesicht war von der Anstrengung gerötet.

Sie war die schönste Frau, die Luca je gesehen hatte.

Als sie ihn erblickte, verging Hero das Lächeln, und der leichte Spott in ihren Augen machte einer Distanziertheit Platz, die schon an Misstrauen grenzte.

»Tja, Kinder, ich muss los. Viel Glück mit der Decke.« Vince war schon an der Tür. »Bis morgen, ihr Einfaltspinsel.«

Luca reagierte nicht, als sich die Tür hinter Vince schloss.

Bewegungslos starrte er Hero an und hoffte, seine Augen verrieten nicht allzu viel von seinem Innenleben.

»Hi«, sagte Hero leise. Dann drehte sie sich um und verschwand im Schlafzimmer.

Hi? Was sollte der Scheiß? *Hi?* Luca ging zur Eingangstür, schloss ab und stürmte dann Hero hinterher.

Sie stand mit dem Gesicht zu der Wand, vor der sich das Bett befunden hatte. Zu der Wand, an die jemand mit Blut das Dämonensymbol gemalt hatte. Ein dunkles Blaugrün hob diese nun besonders hervor, während die anderen drei Wände cremefarben gestrichen waren. Luca blieb in der Mitte des Zimmers stehen. Nur mühsam konnte er seine Hände, die sie unbedingt berühren wollten, bei sich behalten.

Die Art, wie sie den Rücken anspannte, verriet, dass sie genau wusste, wo er sich befand.

»Ich überlege, ob ich hier, ans Kopfende des Bettes, einen Pfau hinmalen soll«, sagte sie mit einer Stimme, die zwanghaft fröhlich klang. »Einen mit aufgefächertem Gefieder. Ich könnte dazu ein paar passende Wandlampen besorgen und …«

»Hero.«

Sie zuckte zusammen, drehte sich um und musterte ihn von unten bis oben. Als sie beim Gesicht angelangt war, loderte tief in ihren Augen etwas auf. Furcht? Erregung? Beides? »Du siehst … müde aus«, sagte sie leise. »Hast du durchgearbeitet?«

Luca nickte kurz. Er sah tatsächlich aus wie eine Leiche auf Urlaub. Und fühlte sich noch schlechter. Aber das war nicht der Grund, warum sie sich so unwohl fühlte. Sie sah den dunklen Teil seiner Seele, der bei seinem Eintreten wach geworden war. Sie spürte die Intensität seiner aufgewühlten Emotionen. Vielleicht nahm sie auch die Tatsache wahr, dass sein ganzer Körper vibrierte, so sehr wollte er sie.

»Vielleicht solltest du ein wenig schlafen. Ich hole die Matratze und lege sie dir ins Wohnzimmer.«

Wäre sie nicht leicht zurückgewichen, hätte sie möglicherweise eine Chance gehabt. Aber diese eine Bewegung reichte, dass er sich wie ein hungriges Raubtier auf sie stürzte.

Die Wut und das Adrenalin, die immer noch seinen Körper beherrschten, verwandelten ihn in eine wilde, umso gefährlichere Bestie.

Brutales Verlangen.

»Luca, warte«, flüsterte sie, als er sie packte und hochhob. Doch ihre Abwehrversuche waren zu schwach, und schon küsste er sie.

Hero erbebte, als er sie mit starken Armen an seinen wütenden Körper und seine hungrigen Lippen zog, eine Hand an ihrem Hinterkopf, die andere am Hintern. Sein Kuss war diesmal weder Frage noch Strafe. Er war ein Manifest.

Es war einfach so. Kein Wort mehr. Kein Warten mehr. Keine Versprechen mehr. Ihr beider explosives Begehren gab den Ausschlag und überwand alle übrigen Gefühle. Geduld. Angst. Nicht einmal gesunder Menschenverstand hatte noch Raum zwischen ihren sich vereinigenden Leibern. Es gab nur noch Fleischeslust, primitives, animalisches Bedürfnis.

Sie wusste nicht mehr, warum sie sich ihm gegenüber so reserviert gezeigt hatte. Nichts davon schien jetzt, da er nachgegeben hatte, noch eine Rolle zu spielen. Als sie ihn im Wohnzimmer hatte stehen sehen, da hatte sie gewusst, dass etwas anders war. Sie hatte sich gefragt, was geschehen war, das diese finstere Gewaltbereitschaft in seine Augen getrieben hatte. Aber jetzt küsste er all ihre Fragen beiseite, und Hero war machtlos. Sie konnte nichts tun, als ihren gefügigen Körper seinen fordernden Händen zu überlassen.

Seine Zunge machte ihr feuchte, köstliche Versprechungen. Das Herz in seiner Brust schlug wie ein Vorschlaghammer gegen ihre Handfläche. Die Haut unter seinem Hemd fühlte sich heiß und hart an. Apropos hart: Seine lange, unglaublich dicke Erektion drückte gegen den Reißverschluss und grub sich in ihren Unterleib.

Die verwegene Erregung vom Vorabend meldete sich mit aller Macht zurück, diesmal vom Alkohol weder gesteigert noch eingeschränkt. Außerstande, eins ihrer Glieder zu rühren, überließ sie sich ihm völlig, unterwarf sich seiner Dominanz. Ihre Knie gaben nach, aber ihr Mund blieb stark, und so erwiderte sie seinen Kuss mit gleicher Heftigkeit.

Seine Lippen waren wie geschaffen für Sex.

Heros Kapitulation hatte den gegenteiligen Effekt dessen, was sie erwartet hatte. Anstatt sanfter wurde er nur noch wilder. Luca knurrte, packte ihr Haar und zog ihren Kopf nach hinten. Ihr Hals lag offen vor ihm. Seine Augen leuchteten schwarz wie die eines Dämons und blitzten triumphierend auf, als sein Mund über ihre Wange glitt, ihren Hals mit Küssen bedeckte, sie dabei immer wieder leicht biss, sodass sie kaum noch Luft bekam.

Sie hätten sich viel zu sagen gehabt, aber im Moment war das nebensächlich. Sie ertrank in ihrer Sehnsucht nach dem Mann, dem wilden Tier, das sie an sich gefesselt hielt. Vielleicht war sie von einem Lustdämon besessen. Vielleicht war Luca dieser Dämon, und im Moment würde sie nur zu gern ihre Seele gegen den harten Sex eintauschen, den sie mit ihm gleich erleben würde.

Sie schluchzte leise, flehentlich, und die letzte Bastion seiner Selbstbeherrschung fiel. Begleitet von ein paar spanischen Flüchen ließ er ihr Haar los.

Ihre Shorts verschwanden.

Ihr Höschen löste sich in Wohlgefallen auf.

Dann packte er mit beiden Händen ihren Hintern, küsste sie leidenschaftlich, hob sie an und taumelte ein paar Schritte mit ihr, bis er sie an der frisch gestrichenen Wand hatte. An ihren Schultern und am Hintern fühlte es sich feucht und klebrig an, was sie extrem erotisch fand. Sie umklammerte ihn und knabberte an seinen Lippen herum, bis er sie warnend anfauchte.

Sein Körper rieb sich an ihrem. Mit einem Arm drückte er sie an die Wand, mit der freien Hand griff er zwischen sie und zog den Reißverschluss nach unten. Seine Knöchel strichen dabei über ihre gespreizten Schamlippen. Sie hielt sich an seinen breiten Schultern fest, spürte das Leder seines Schulterholsters. Genau das hatte sie gewollt – zusehen, wie seine kräftigen Muskeln gegen dieses Holster drückten, während er in sie eindrang.

Seine Hand war feucht geworden. Er zog sie weg und ersetzte sie sogleich durch seine heiße Eichel. Sie krümmte sich vor Wollust, immer noch unfähig, sich zu bewegen, wollte ihm jedoch das Eindringen erleichtern. Er rammte seinen Schwanz mit solcher Wucht in sie hinein, dass ihr Körper kurz Widerstand leistete, ihre Vagina sich verengte und die Reibung schier unglaublich wurde.

Leise, fast verzweifelt stöhnte jemand auf, doch Hero hätte nicht sagen können, wer.

Er ließ ihr nicht die Zeit, sich an ein Glied dieser Größe zu gewöhnen, aber bevor er begann, sie gegen die Wand zu stoßen, legte er schützend die Hand um ihren Hinterkopf, damit sie sich nicht wehtat.

Seine Stöße waren heftig und brutal. Er bleckte die Zähne, die in seinem dunklen Gesicht verblüffend weiß strahlten. Seine Augen waren schwarze Löcher, in denen sich blindes Verlangen spiegelte. Unter all dem verschüttet entdeckte Hero etwas, das sie überraschte. Ehrfurchtsvolle Ungläubigkeit. Eine zärtliche Scheu, die sie an jemanden erinnerte, der in einem fantastischen Traum versunken ist und entsetzliche Angst hat, er könnte jede Sekunde erwachen.

Das würde nicht passieren. Hero verschränkte die Beine hinter seinen Hüften. Sie würde ihn nie mehr loslassen. Damit musste er sich abfinden.

Stöhnend stemmte er sie weiter die Wand hinauf, nahm sie, bis ihr Atmen zum Keuchen wurde, Ausdruck köstlichster Qual, dann zum Stöhnen, das eine Explosion des Banalen forderte, und schließlich zu kräftigen, spitzen Schreien unaussprechlichen Genusses, als ihr Körper sich im wildesten, unerbittlichsten Orgasmus aller Zeiten an ihn krallte.

Hero hätte die Wand hochgehen können, als ihre Nerven von seinem Schaft mit solch roher, elektrisch aufgeladener Lust überzogen wurden, dass sie fast schon Schmerzen litt. Sie krümmte und wand sich schon, doch Luca packte sie fester und versenkte sich weiter mit unglaublicher Macht und Anmut in sie.

Als der Sturm abebbte, sank sie zitternd und kraftlos in seine Arme.

Luca ächzte und stöhnte und stieß immer härter in sie hinein. Seine Ausdauer erstaunte und beeindruckte sie in gleicher Weise. Er schien nur ein Ziel zu haben, und für einen kurzen Moment fragte sich Hero, ob er Mühe hatte, selbst zum Höhepunkt zu kommen.

Jetzt, da sie praktisch an ihm hing, nahm er die Hand von ihrem Hinterkopf, schob sie zwischen ihre Körper, fand mit dem Daumen ihre Klitoris und rieb die harte, glatte Knospe, während seine Stöße immer schneller wurden.

Aufs Neue erregt, bäumte sich Hero auf. Sein Schwanz in

ihr wurde noch härter, und ein zweiter Orgasmus erschütterte sie bis ins Mark. Er stieß noch einmal tief in sie hinein. Sein Körper rieb gegen ihre empfindliche Klitoris. Seine Bewegungen wurden zu heftigen Zuckungen, danach zu einem Zittern, das auch sie erbeben ließ. Er biss sie sanft in die Schulter, dann fester, sodass ihr Orgasmus von der Vagina ausstrahlte und zu einer Ganzkörpererfahrung wurde. Während sein Penis in ihr noch vibrierte, versuchte er, ihren Namen auszusprechen, aber vergeblich, da er eine intensive, genussvolle Weile ganz in sinnlichem Vergnügen gefangen war.

Danach schwiegen beide, nur ihr keuchender Atem und die Musik aus dem anderen Zimmer waren zu hören. Die Wand hinter ihr fühlte sich kühl und feucht an. Luca in ihr fühlte sich heiß und feucht an. Hero schloss die Augen und zog ihn eng an sich. Sie spürte große innere Ruhe, und das Gefühl, richtig gehandelt zu haben, breitete sich in ihr aus. Sie fuhr mit den Fingern über seine weichen Nackenhaare und hob den Kopf, um seine stachelige Wange zu küssen.

Endlich hauchte er ihren Namen. Ihre vereinigten Körper strömten tiefe Zufriedenheit und Zusammengehörigkeit aus.

Doch plötzlich: »Scheiße«, fluchte er. Seine Muskeln spannten sich an, und er zog sich zurück und setzte sie am Boden ab.

Schon vermisste sie ihn, aber sie ließ ihm den nötigen Raum, sich zu fassen und den Reißverschluss hochzuziehen. Immer noch von der Hüfte an abwärts nackt und von Farbe besprenkelt runzelte sie die Stirn. »Was ist?«

»Hero, wir haben … Ich habe kein Kondom benutzt. Nimmst du die Pille?« Die Angst in seiner Stimme ließ sie leise lächeln.

»Das Zeug rühre ich nicht an«, antwortete sie. »Aber meine Periode muss jeden Tag anfangen, es gibt also keinen Eisprung.«

Er schüttelte den Kopf und kniff die Augen zusammen. »Das heißt ja nicht automatisch, dass …«

Hero trat auf ihn zu und fuhr den Gurt seines Schulterholsters nach. »Mach dir darüber keine Gedanken, im Bad habe ich Kondome. Aber erst will ich duschen.« Sie warf ihm einen eindeutig zweideutigen Blick zu, um ihn abzulenken, und sah sogleich, dass sie Erfolg damit hatte. »Ich bin sehr schmutzig und brauche jemanden, der mir hilft, den Rücken zu waschen.« Sie drehte sich um und wackelte mit dem Hintern, der inzwischen hauptsächlich blaugrün gefärbt war.

Als sie ihr beschmutztes Tanktop auszog, das letzte Kleidungsstück, das ihr noch geblieben war, kam er aus dem Schlucken kaum noch heraus. »Glaubst du, du schaffst das?«

Luca zeigte seine Grübchen, die Angst war gewichen. »Es könnte mir den Rest geben, aber dann sterbe ich wenigstens lächelnd.«

Er schüttelte das Holster ab und nahm es mit ins Bad.

26

Gib Worte deinem Schmerz. Gram, der nicht spricht,
Preßt das beladne Herz, bis daß es bricht.

William Shakespeare, *Macbeth*

Luca wäre beinahe von der Couch gefallen, als er nach seinem vibrierenden Handy schlug und die Taste suchte, mit der er es ausstellen konnte. Hero, die auf ihm lag, gab im Halbschlaf ein Geräusch von sich und kuschelte sich noch tiefer unter sein Kinn. Ihm tat alles weh, weil er auf der viel zu kleinen Couch eingeschlafen war, ein Bein auf den Boden gestützt, um sie beide vor dem Herunterrutschen zu bewahren. Luca hatte keine Ahnung, wie lange er in dieser verkrampften Haltung geschlafen hatte. Er warf einen Blick zum Fenster. Noch immer fehlte ihm die Orientierung – zu viel Sex und zu wenig Schlaf. Draußen war es noch dunkel, und er hätte nicht sagen können, ob der schwache Lichtschein, der durch die Spalten in den Jalousien fiel, von der Laterne vor dem Nachbarhaus kam oder die Morgendämmerung ankündigte.

Wen interessierte das schon?

Luca starrte auf das Display. Eine kleine Anzeige informierte ihn, dass er eine neue SMS erhalten hatte. Weder Vince noch sein Boss schickten ihm SMS, schon gar nicht, wenn es um einen Fall ging. Das Labor und alles andere konnten warten, bis er seinen Morgen-danach-Kaffee bekommen hatte.

Er ließ das Handy auf den Teppich gleiten und presste die Hüften gegen Heros, damit sich seine erwachende Erektion an ihrem Seidenumhang rieb. *Meine Güte*, roch sie gut! Und wie gut sie sich anfühlte! So … richtig. Der Duft ihres Shampoos erinnerte ihn an die lange heiße Dusche, die sie sich gegönnt hatten. Luca hatte Hero schrubben geholfen, bis sich ihre blasse Haut rosa gefärbt hatte und die meiste Farbe abgewaschen war. Auch ihren Intimbereich hatte er gewaschen, voller Angst, ihre zarten Schleimhäute mit seinem brutalen Vorgehen verletzt zu haben.

Mit einem spitzbübischen Grinsen hatte Hero ihm mitgeteilt, dass sie seinen Kontrollverlust genossen hatte, und dann hatte sie ihm mit ihren Händen – und mit ihrem talentierten Mund – gezeigt, wie sehr. Bis das heiße Wasser aufgebraucht war, hatte er sie bereits gegen die glatte Duschkabinenwand gedrückt und es ihr von hinten besorgt, bis sie beide bebend in einem Orgasmus explodiert waren.

Völlig erschöpft hatten sie schweigend das Essen vom Lieferservice genossen und sich wie Idioten über den Tisch hinweg angelächelt und gelegentlich gestreichelt.

In der letzten Nacht hatten sie irgendeine unsichtbare Schwelle überschritten, und zwischen ihnen herrschte momentan Frieden, das Gefühl echter Entspannung. Vielleicht hatten sie deshalb so wenig geredet. Es gab noch unendlich viel zu sagen, aber vermutlich würden Worte sie an all die Fallgruben erinnern, mit denen sie – gemeinsam oder jeder für sich – konfrontiert sein würden.

Egal, wie Luca das Ganze betrachtete, ein Teil von ihm wusste, dass das vielleicht der größte Fehler war, den er je begangen hatte. So dankbar er war, dass es endlich einen Auslöser für ihren hirnerweichenden Sex gegeben hatte, so sehr beschäftigte ihn noch immer die Frage, wieso er derart die Selbstbeherrschung hatte verlieren können. Wenn er nun Hero und seinen Partner tatsächlich miteinander im Bett erwischt hätte – was wäre dann passiert?

Luca zog sie noch näher an sich und schluckte. Er wusste genau, was dann geschehen wäre.

Das hatte er bereits erlebt.

Eine vertraute Mischung aus Schuld und Ekel ließ seinen Magen schmerzen.

»Was ist?«, fragte Hero und stemmte sich hoch, um mit ihren hellgrünen Augen auf ihn hinunterzusehen. »Was ist los?«

Luca strich ihr eine Strähne ihres wilden rotbraunen Haars hinters Ohr. Sie war mit nassen Haaren eingeschlafen, und dort, wo sie darauf gelegen hatte, war es ganz kraus. Beim Anblick ihres strahlenden Gesichts zog sich alles in ihm zusammen.

Was er sah, war schläfrige Zufriedenheit – das sollte auch so sein –, Hoffnung, Zärtlichkeit, Zuneigung und etwas, das ihn überraschte, weil er es normalerweise für einen männlichen Charakterzug hielt.

Besitzanspruch.

Bei jeder anderen Frau wäre er davongerannt, als stünde sein Hintern in Flammen. Vermutlich sollte er das tatsächlich tun. Einfach weil es das Letzte war, was er tun wollte. Weil er es nicht ertrug, dass der Tag kommen würde, an dem ihr vertrauensvoller Blick Desillusionierung und Angst weichen würde. Es würde ihn umbringen.

»Hör auf, so laut zu denken«, flüsterte sie und strich ihm sanft über die Lippen. Dann beugte sie sich herab und küsste ihn. »Du solltest viel zu befriedigt sein, um so sorgenvoll schauen zu können.«

»Ich habe mich gefragt, wieso du mir keinen Morgen-danach-Kaffee machst.« Luca überspielte seine wachsende Unruhe mit einem verführerischen Lächeln. »Ich finde, den habe ich mir verdient.«

Mit einem wütenden Schnauben richtete sie sich auf und kniff ihn in die Brustwarze. »Nach allem, was ich auf den Knien unter der Dusche für dich getan habe, solltest du *mir* Kaffee machen, verdammt noch mal.«

Sofort flammte seine Wut wieder auf, und er presste seine Hüften nach oben, bis seine Erektion in der Vertiefung zwischen ihren Schenkeln lag, zurückgehalten nur von seinen Boxershorts und ihrem Seidenumhang. »Ich könnte den Gefallen erwidern«, schlug er vor. Er leckte über ihre Unterlippe, dann packte er sie mit den Zähnen und zog sie langsam nach vorne.

Hero seufzte. Ihr Gesichtsausdruck war eine Mischung aus Zurückweisung und Interesse. »Warte, bis ich da unten wieder was spüren kann«, entgegnete sie lächelnd. »Oder zumindest, bis ich wieder normal gehen kann.«

Sein selbstgefälliges Lächeln brachte Hero dazu, von ihm herunterzuklettern. Luca sah ihr genüsslich hinterher, wie sie in ihrem Seidenumhang in die Küche tappte. Ja, sie kochte Kaffee. Er war wirklich ein Glückspilz.

Jetzt, ohne ihre Körperwärme, wurde ihm rasch kühl. Luca rieb sich mit den Händen über das Gesicht, griff nach seiner Waffe und suchte in seiner Tasche nach sauberer Kleidung. Die Hose und das Hemd, die er am Vorabend getragen hatte, waren voller Farbe. Während er sich anzog, konnte er sich ein Lächeln nicht verkneifen, auch wenn er vermutlich wie ein Idiot aussah. Er hatte geglaubt, was Sex anging, hätte er schon alles durch. Manchmal war es gar nicht so übel, sich zu irren.

Er musste den Gürtel aus der Hose vom Vortag ziehen. Glücklicherweise hatte er nicht allzu viel abbekommen. Er stopfte das T-Shirt in die Hose, zog den Reißverschluss hoch, überprüfte seine Waffe, hob sein Handy vom Teppich auf und ging zu der halbhohen Trennwand, um den Fortgang der Kaffeeproduktion zu überprüfen.

Er kam genau im richtigen Moment. Hero stellte ihm eine Tasse Kaffee mit Zucker hin und gähnte laut, bevor sie mit beiden Händen nach ihrer Tasse griff und sie an die Brust presste wie eine Süchtige ihren nächsten Schuss.

Tief in Lucas Hosentasche begann das Handy zu läuten und erinnerte ihn an die SMS, die er ignoriert hatte. Es war erst fünf Uhr, die Uhrzeit, um die Luca normalerweise wach wurde, aber für Hero war es unglaublich früh. In der vergangenen Woche hatten sie beide nicht genügend Schlaf bekommen, und so waren sie schon früh auf der Couch in Tiefschlaf gesunken.

Luca nippte an seinem Kaffee und schnappte zischend nach Luft, als ihm die heiße Köstlichkeit die Zunge verbrannte. Er fischte sein Handy heraus und fuhr über das Display, um es zu entsperren.

»Meine Eltern haben uns für Heiligabend zum Essen eingeladen und anschließend zur Christmette«, sagte sie und gähnte wohlig. »Das ist Tradition bei uns. Sie haben deinen Namen mit in die Geschenkelotterie getan, und Mom sagt, du hast Pop gezogen und Andra dich. Kosten soll das Geschenk nicht mehr als …«

Ihre Worte waren nur noch Hintergrundgeräusch, und der Kaffee schmeckte auf einmal wie Asche. Wieder und wieder las Luca die Worte auf seinem Display, in der verzweifelten Hoffnung, sie würden nicht bedeuten, was sie – wie er nur zu gut wusste – bedeuteten. *Dieses Schwein!*

Er musste etwas unternehmen. Sofort. Aber es war bereits zu spät. Er hatte gewusst, dass er Heros Euphorie an irgendeinem Punkt würde ersticken müssen. Er hatte nur nicht geahnt, dass dieser Moment so bald kommen würde.

Heros Worte erstarben, und ihre Augen wurden riesig. Sie kannte diesen Gesichtsausdruck. Er besagte, dass jemand gestorben war.

»Wer?« Sie klang wie eine geistesgestörte Eule, konnte aber nichts daran ändern. Der Becher wurde schwer in ihrer Hand, die zu zittern begann, und sie stellte ihn so heftig auf dem Küchentresen ab, dass der Kaffee überschwappte. Ihr Magen zog sich vor Angst zusammen, und ihre Brust fühlte sich wie eingeschnürt an. »Sag es mir«, bat sie mit rauer Stimme.

Dort, wo er das Handy umklammert hielt, waren seine Finger ganz weiß geworden. »Hero … vielleicht solltest du dich hinsetzen.«

»Wen hat er diesmal getötet?« Hero hörte selbst, dass ihre Stimme eine ganze Oktave höher gerutscht war. Sie stürmte um die halbhohe Trennwand herum. »Jemanden, den ich kenne. Ich sehe es dir doch an!«

Luca blickte nach unten, kam zu einem Entschluss und reichte ihr das Handy.

Sie ist freigesprochen von der Sünde.

Die einfache kurze Zeile verwandelte Heros Herz in einen Eisblock. Die Botschaft, die vor gar nicht allzu langer Zeit an dem Ziegenkopf in ihrem Kühlschrank gehangen hatte, hatte ähnlich geklungen. *Denn wer gestorben ist, der ist von der Sünde freigesprochen.*

Als Hero den Namen des Absenders der SMS las, musste sie schlucken. Dieser Absender hatte Luca noch nie eine SMS geschickt, nur ein kürzlich erfolgter Anruf war gelistet.

»Angora?« Schockiert starrte sie Luca an, und das Handy glitt ihr aus den Fingern. Lucas Kiefer mahlten, und an seinem Hals pulsierte eine Ader. »Nein«, flüsterte sie atemlos. »Warum? Warum sie? *Warum?*«

Immer wieder stieß sie schluchzend diese Frage aus. Als ihre Knie nachgaben, nahm Luca sie in die Arme und stützte sie.

»Ich muss das melden, Hero«, murmelte er leise in ihr Haar. »Ich muss ein Team dorthin beordern.«

Hero, der gerade ein schrecklicher Gedanke gekommen war, versteifte sich. »Mr Winthrop! Josiah! Glaubst du, er ist unversehrt?«

Lucas Gesichtsausdruck besagte deutlich, dass er sich das kaum vorstellen konnte. Er bückte sich nach seinem Handy, zog sie erneut an sich und gab mit der anderen Hand eine Nummer ein.

»Johannes der Täufer tötet keine Männer«, versuchte Hero sich zu beruhigen. »Vielleicht hat er ihn am Leben gelassen. Vielleicht ist er nur verletzt.«

Luca antwortete nicht. Er wiegte sie sanft, während sie völlig überwältigt von Schmerz und Schuldgefühlen schluchzte. Sie wusste, dass er nicht antwortete, weil er ihr keine falschen Hoffnungen machen wollte.

Er bestellte einen Krankenwagen, ein Spurensicherungsteam und die örtliche Polizei zu Josiah Winthrops Haus. Als er ihnen sagte, sie sollten sich auf eine Leiche einstellen, weinte Hero noch heftiger. Dann rief Luca Trojanowski an, und sie sprachen über die Ortung von Angoras Handy. Sein nächster Anruf galt Vince. Die ganze Zeit hielt er Hero fest und strich ihr mit der freien Hand über den Rücken.

Vince war bereits angezogen und trank gerade Kaffee, weil er sich in Kürze auf den Weg zu Heros Haus hatte machen wollen. Luca und er verabredeten, sich so schnell wie möglich in Winthrops Haus zu treffen.

Hero versuchte, nicht daran zu denken, wie ihre Freundin vermutlich gelitten hatte. Was die ihr vertraute Angst und der

Schmerz mit der zerbrechlichen und doch so lebendigen alten Frau gemacht hatten.

»Ich komme mit«, sagte sie entschlossen.

»Ich kann dich nicht mit zum Tatort nehmen«, widersprach Luca grimmig. »Und ich kann dich nicht allein hier lassen. Ich muss dich im Hauptquartier absetzen und bei Rown lassen.«

»Nimm mich mit«, bettelte sie. »Angora war für mich wie Familie. Sie hat sonst niemanden.«

»Das kann ich nicht, Hero.« Luca umfasste zärtlich ihr Gesicht und wischte ihr eine Träne aus dem Auge. »Zieh dich an. Ich muss los.«

Hero hatte allen Grund, sich rasch anzuziehen, aber sie klammerte sich noch einen Moment länger an Luca, an seinen kräftigen, männlichen, so großartig riechenden Körper, der ihr so viel Vergnügen bereitete und so viel Schutz bot.

»Es tut mir leid.« Er küsste sie zärtlich. »Es tut mir so leid, was mit deiner Freundin passiert ist.«

Hero nickte, aber ihre Kehle war von all den heißen Tränen zu verstopft, als dass sie hätte antworten können.

Luca stützte sie, als sie auf ihr Schlafzimmer zustolperte. Sie durchwühlte ihren Schrank, konnte wegen der Tränen aber nichts richtig erkennen.

Das Klingeln ihres Handys lenkte sie ab. Sie hatte es im Badezimmer liegen lassen, während sie gemalert hatte, weil es dort sicher aufgehoben zu sein schien. Es klingelte nur einmal kurz, nicht mehrmals.

Was bedeutete, dass sie eine SMS bekommen hatte.

Lucas und ihr Blick trafen sich, dann raste sie ins Badezimmer und griff nach dem Handy. Sie krallte die Zehen in die limonengrüne Badematte. Ihre Hände zitterten so heftig, dass es ihr fast nicht gelang, die Nachricht aufzurufen.

Schließlich lehnte sie sich gegen das Waschbecken und reichte Luca, der ihr hinterhergekommen war, das Handy. »Nichts, was wir nicht schon wüssten«, sagte sie erschöpft.

Luca reagierte wie erwartet. Er knallte die Hand gegen die Wand und sagte Dinge, die einem Seemann, einem Lastwagenfahrer und sogar einem Soldaten die Röte ins Gesicht getrieben hätten.

Hero nahm ihm das Handy wieder ab, da sie Angst hatte, er könne es zermalmen, und starrte auf die Worte hinunter, die noch immer auf dem Display leuchteten, gesendet in derselben Minute wie die SMS an Luca.

Sag Agent Ramirez, er kann mich nicht daran hindern, dich zu befreien.

27

Es fordert Blut, sagt man; Blut fordert Blut.

William Shakespeare, *Macbeth*

»Wir haben das Handy gefunden.« Trojanowskis müde Stimme klang blechern durch das Telefon. Luca war gerade auf dem Weg zu Josiah Winthrops Haus, nachdem er Hero bei Rown im FBI-Hauptquartier abgesetzt hatte.

»Lag es bei der Leiche?«

»Nein. Es wurde in Downtown in einen Abfallcontainer geworfen.« Trojanowski seufzte. »Mrs Steinman wurde auf einer Sandbank bei Hayden Island angespült. Ich bin gerade dort. Der Gerichtsmediziner ist soeben eingetroffen, und er meint, der Tod sei etwa vor zwei Stunden eingetreten, allerdings wissen wir noch nicht, wie lange sie im Fluss gelegen hat.«

Mist. Das bedeutete, dass sie irgendwann in der Nacht hineingeworfen worden war. »Dieselbe Vorgehensweise?«

»Weitgehend. Hände, Speer, alles. Nur dass die Wunden aussehen, als wären sie ihr erst nach dem Tod zugefügt worden, Gott sei Dank. Sie muss sich kräftig gewehrt haben.«

»Weitgehend?«, hakte Luca nach.

»Nun, wie es aussieht, war es eine Kugel aus einer .38er, die den Tod verursacht hat. Laut Di Petro haben sie die Waffe noch nicht gefunden, aber Mr Winthrop wurde ebenfalls in die Brust geschossen.«

Luca fragte sich, wie viel von diesen Informationen er Hero

würde verschweigen können. »Soweit ich weiß, war Mrs Steinman nicht rothaarig«, fiel ihm wieder ein.

Trojanowski schwieg einen Moment. »Er hat ihr eine Perücke aufgesetzt.«

Luca gelang es nur schwer, seine Wut vor seinem Chef im Zaum zu halten. *Verdammt*. Er hatte Angora gemocht. Sie war ein lebhaftes, witziges, großzügiges altes Mädchen – gewesen –, und unter dem ganzen Make-up und trotz der ewigen Melodramatik war sie einer der natürlichsten Menschen gewesen, die ihm je über den Weg gelaufen waren.

»Sie hatte etwas am Handgelenk hängen«, fuhr Trojanowski fort. »Es bestätigt Ihre Theorie über die irischen Heiligen.«

Verdammt, sie brauchten mehr als eine Theorie, sie brauchten Beweise. »Und was?«

»Die Medaille irgendeiner Heiligen. Ich mache ein Foto und sende es Ihnen.«

»Ich bin unterwegs.«

»Nein, Sie fahren ins Krankenhaus.«

Lucas Herz setzte einen Moment aus. »Ins Krankenhaus?«

»Winthrops Zustand ist kritisch, aber er hat überlebt. Di Petro ist bereits dort, aber ich will, dass Sie beide mit ihm reden, wenn er aus der Narkose erwacht.«

»Ja, Sir.« Luca schöpfte ein wenig Hoffnung. Ein weiterer Überlebender.

Ein weiterer Zeuge.

Er schaffte die Strecke zum Legacy Emanuel Medical Center, für die man normalerweise zwanzig Minuten brauchte, in weniger als fünfzehn. Der leichte Geruch nach Blut, Sterilisierungsmitteln und Elend begleitete ihn, als er durch die Flure eilte und versuchte, nicht an das letzte Mal zu denken, als er auf der Intensivstation war – als Hero um ihr Leben gekämpft hatte.

Vince wartete vor Josiah Winthrops Zimmer auf ihn, aber keiner von ihnen durfte zu ihm, solange sein Zustand nicht stabiler war.

»Es war grässlich«, sagte Vince nüchtern. »Viel Blut, was keine Überraschung war, aber Johannes der Täufer … er hat … Dinge getan.«

»Zum Beispiel?«

»Zum Beispiel das hier.« Vince schickte ihm eine Datei von seinem Handy. Die Datei hieß: *Winthrop Tatortfotos.* Sogar Luca zuckte zusammen, als er die grauenhaften Fotos sah. Dass das ihnen inzwischen vertraute Symbol in die alte, faltige Haut von Josiah Winthrops Brust eingeritzt war, war nicht einmal der schlimmste Anblick.

»Armer Kerl«, murmelte Luca.

»Wie verkraftet Hero das Ganze?«, fragte Vince.

Luca schüttelte den Kopf, unfähig, Vince in die Augen zu schauen. Die Schuldgefühle fraßen ihn auf, ständig musste er daran denken, wie Hero und er die Nacht verbracht hatten, während die liebenswerte Angora Steinman und der alte Winthrop durch die Hölle gegangen waren.

Sein Handy zeigte eine neue E-Mail von Trojanowski an, und Luca öffnete den Anhang. Auf dem Display erschien eine Heiligenmedaille, die an einer Silberkette hing. Die Medaille schien aus echtem Silber zu sein, wenn auch ein wenig glanzlos. Luca versuchte die Stelle zu ignorieren, an der sie lag, und wie sie über die verwundeten und verstümmelten Hände der Frau drapiert war, die er gekannt und gemocht hatte.

»Was ist das?«, fragte Vince.

»Das wurde an Angoras Leiche gefunden«, erwiderte Luca und wühlte in seiner Aktentasche nach seinem Tablet-PC.

»Noch eine Heilige?«

»Sieht so aus.« Luca lud das Foto auf sein Tablet und startete im Internet eine Bildsuche. Er fand nicht auf Anhieb das richtige und musste sich erst durch eine Menge gälischer Bilder und Werbungen scrollen, bis er einen Treffer landete.

»Da.« Er klickte auf das Bild.

»Die heilige Kentigerna«, las Vince laut. »Habe ich das richtig ausgesprochen?«

»Wer weiß?« Luca zuckte mit den Schultern. Er klickte die Website an und begann die Geschichte der Heiligen zu lesen. »Hier steht, sie war Schottin, nicht Irin.« Seinen wachsenden Frust hinunterschluckend überflog Luca den langen katholischen Text auf der Suche nach irgendetwas Hilfreichem. Vince wippte inzwischen nervös auf den Füßen vor und zurück und sah immer wieder auf seine Uhr.

Schließlich hielt Luca seinem Partner das Tablet hin. »Angeblich war sie mit dem mutmaßlichen Enkel von König Arthur verheiratet. Sie gebar ihm Söhne, die ebenfalls heiliggesprochen wurden, einige von ihnen in Irland. Sie war als gute und treue Ehefrau bekannt, auch wenn ihr Mann weder das eine noch das andere war. Nachdem er gestorben war, widmete sie sich der Bekehrung der Landbevölkerung im Hochland zum Katholizismus.«

Vince kniff die Augen zusammen und spitzte die Lippen. »Zeig mir mal die Parallelen auf, denn mir kommt das ziemlich weit hergeholt vor.«

»Mag sein«, gab Luca ihm recht. »Ich glaube, dies ist mehr eine Erklärung, *warum* Angora getötet wurde, abgesehen davon, dass sie Heros Freundin war. Angora war ein Revuegirl, bevor sie heiratete und sich dann fünfmal scheiden ließ, um ihr Vermögen zu vergrößern. Aus keiner der Ehen sind Kinder hervorgegangen.«

Vince wollte schon nicken, sagte dann aber: »Ich glaube, mir gefällt nicht, worauf das hinausläuft.«

Luca stimmte ihm zu. Ihm war nicht wohl, als er weiterredete. »In den Augen eines Fanatikers wie Johannes der Täufer war Mrs Steinman nicht viel mehr als eine gut bezahlte Prostituierte, die nicht nur ihren Körper, sondern auch ihren Namen für das Geld eines reichen Mannes verkaufte. Außerdem ist Geburtenkontrolle in der katholischen Kirche auch heutzutage noch ein ziemlich rotes Tuch.«

Seufzend griff Vince nach Lucas Tablet und überflog den Artikel. »Ich hatte recht. Es ist weit hergeholt, aber plausibel ist es trotzdem.«

Eine hübsche junge Blondine in rosa Krankenhauskleidung kam mit einem Klemmbrett in der Hand auf sie zu. »Entschuldigen Sie, aber wir haben für Mr Winthrop keine Angehörigen vermerkt. Weiß einer von Ihnen, ob er Familie hat, die man verständigen müsste?« Sie schenkte Luca ein Lächeln, das besagte, dass sie zu mehr bereit war als nur zu einem Gespräch.

Luca rief die Falldateien auf. Josiah Winthrop hatte zu Heros Umfeld gehört, über ihn war garantiert eine eigene Akte angelegt worden. »Er hat eine Tochter, die mit ihrem Mann in der Nähe von Atlanta lebt.« Er gab der Krankenschwester die Telefonnummer, ohne auch nur einmal auf ihr Namensschild zu schauen, und ließ sie dann stehen.

Es dauerte drei weitere Stunden, bis sie zu Mr Winthrop hineindurften. Abgesehen von der Schusswunde und der grauenhaften Ritzerei auf seiner Brust hatte der Dreiundsiebzigjährige eine Kopfwunde davongetragen, als er bewusstlos geschlagen worden war, dazu Fesselwunden an Handgelenken und Fußknöcheln.

In dem gedämpften Licht in Josiah Winthrops Zimmer tauchten die Monitorbildschirme um ihn herum seine große, magere Gestalt in fluoreszierenden Glanz. Kabel und Drähte verschwanden unter den weißen Decken. Seine altersfleckigen, ledrigen Hände zuckten unter dem Sauerstoffsensor an seinen Fingern. An seinen Handgelenken waren kräftige, großflächige Verfärbungen. Blaue Flecken wurden bei alten Leuten besonders hässlich, und Winthrop bildete da keine Ausnahme.

Doktor Karakis stand auf der anderen Seite des Bettes und bestand darauf, den Patienten zu überwachen, während der mit ihnen redete. Luca nickte dem Arzt zu. Er erinnerte sich noch, wie gut er für Hero gesorgt hatte.

»Beschränken wir uns auf das Wichtigste«, sagte Karakis leise. »Er soll sich nicht überanstrengen mit seiner Gehirnerschütterung.«

Luca nickte zustimmend und richtete den Blick dann auf Winthrops verschleierte metallgraue Augen. Der alte Mann fuhr sich mit der trockenen Zunge über die ebenso trockenen Lippen und sagte: »Haben Sie ihre … Leiche gefunden? Sie war bereits … tot, als er sie … als er sie weggeschleppt hat.« Eine Träne lief seine Wange hinab, aber er wandte den Blick nicht eine Sekunde lang ab.

»Wir haben sie gefunden, Mr Winthrop. Unser herzliches Beileid. Und es tut uns schrecklich leid, dass Sie solche Qualen erleiden mussten.« Luca hörte selbst, wie lahm das klang, aber irgendwie musste es nun mal gesagt werden.

Winthrop zuckte mit den Schultern, die vor zwanzig Jahren vermutlich breit und kräftig gewesen waren. »Als Kriegsgefangener in Korea habe ich Schlimmeres erlebt. Diesmal werde ich allerdings länger brauchen, um zu heilen, fürchte ich. Aber das hier … ich bin froh, dass ich ein alter Mann bin, denn Angoras Schreie werde ich bis an mein Lebensende hören.« Er sah Luca durchdringend an. »Ich hoffe, Sie müssen niemals den Todesschreien der Frau lauschen, die Sie lieben.«

Ein Schauder überlief Luca, und sein Magen krampfte sich schmerzhaft zusammen. Er musste sich erst räuspern, bevor er antworten konnte. »Mr Winthrop, wie Sie wissen, kommen wir vom Federal Bureau of Investigation. Mein Name ist Agent Luca Ramirez, und dies ist mein Partner, Agent Vincent Di Petro.« Sie zeigten ihm ihre Marken. Es tat gut, sich in dieses Ritual flüchten zu können. »Es tut mir leid, dass ich Sie bitten muss, den Überfall noch einmal zu durchleben, aber wenn Sie sich an irgendetwas erinnern können, würde uns das vielleicht helfen, den Mann zu ergreifen, der Angora Steinman getötet hat.«

Winthrop hob zitternd die Hand und ließ sie über den weißen Verbänden an seiner Brust schweben, die unter der Krankenhausdecke hervorschauten. »Ich bin mir ziemlich sicher, dass er hinter *Ihnen* her ist, Agent Ramirez.«

Vince gab ein ersticktes Geräusch von sich. »Wie bitte?«, fragte Luca.

»Er hat gesagt, damit das Ritual vollständig sei, müsse man den Mann ausbluten lassen, der von dem Schmutz des Dämons infiziert ist.« Weitere Tränen tauchten in seinen Augen auf und drohten die Falten hinunterzulaufen, die Alter und Traurigkeit in sein Gesicht gegraben hatten. »Er hat gesagt, entweder ich … oder Sie.«

Luca ignorierte den schockierten Blick des Arztes und Vince' Schnappen nach Luft. Er speicherte diese Information für später ab. Winthrop wurde immer schwächer, und ihnen blieb nicht viel Zeit. »Sir, können Sie den Mann beschreiben, der Sie angegriffen hat? Alles, woran Sie sich erinnern, ist hilfreich. Alter. Größe. Typische Merkmale. Vielleicht ein Dialekt?«

Winthrops Hand schwebte noch immer über der Decke, und seine Handgelenke leuchteten blau und lila. »Zu einem Dialekt kann ich nichts sagen, die meiste Zeit hat er mit tiefer Stimme einen lateinischen Singsang von sich gegeben.«

»Verstehen Sie Latein?«

Winthrop schüttelte den Kopf, zuckte aber sogleich zusammen.

»Bitte liegen Sie still, Mr Winthrop.« Dr. Karakis warf Luca einen warnenden Blick zu.

»Italienisch, Französisch und Spanisch«, sagte der alte Mann. »Ich bin als Sohn eines Armeeangehörigen in Europa aufgewachsen. Ich habe versucht, mit dem Mann zu reden … zu bitten.« Tränen flossen in Winthrops silbernes Haar, und sein Atem ging schneller. »Wir haben uns kurz auf Italienisch unterhalten. Es schien ihm zu gefallen, dass ich die Sprache beherrsche. Er sagte, es sei eine der Sprachen Gottes.«

»Konnten Sie sein Gesicht sehen?«, hakte Luca nach, der sich sorgte, weil der alte Mann immer undeutlicher sprach. *Komm schon, Alter, erzähl mir was, womit ich was anfangen kann.*

Diesmal achtete Winthrop darauf, nicht den Kopf zu schütteln. »Nein. Als ich nach Hause kam, hörte ich sofort Angoras Schreie. Sie kamen aus dem Schlafzimmer. Ich hörte die Stimme eines Mannes. Ich dachte, er würde … dass sie sexuell missbraucht wurde. Ich habe nicht nachgedacht. Ich habe die Pistole aus meinem Büro geholt und bin ins Schlafzimmer gestürmt.«

Er ließ die Hände an die Seiten sinken und ballte sie zu Fäusten. »Ich hätte die Polizei verständigen sollen. Ich hätte mir einen Moment Zeit nehmen und nachdenken sollen. Aber ich habe nur noch ihre Schreie gehört.« Ihm versagte die Stimme, und es dauerte einen Moment, bis er weiterreden konnte. »Die Schreie klangen so entsetzlich, mein Verstand hat einfach ausgesetzt. Ich weiß nicht, ob Sie das verstehen können, Agent Ramirez, aber …«

Er schwieg, gefangen in einem Albtraum, der ihn nie mehr loslassen würde.

»Ich glaube schon, Sir«, erwiderte Luca.

Josiah Winthrop war in das Zimmer gestürzt, bereit, für die Frau, die er liebte, zu sterben, und Luca sah an seinen Tränen, wie sehr er bereute, dass das nicht geschehen war.

Das Bedürfnis, nach Hero zu schauen, wurde so riesig, dass Lucas Hand zu zucken begann.

»Er hatte auf mich gewartet.« Winthrops Stimme zitterte. »Sie war bereits auf dem Bett festgebunden, die Arme gespreizt, und sie schrie wie eine Irre. Wie man mir sagte, bekam ich einen Schlag auf den Hinterkopf. Ich weiß noch, dass die Waffe losging ... Als ich zu mir kam, lag *ich* gefesselt und mit verbundenen Augen auf dem Bett. Angora war still, und irgendwie ... wusste ich ... dass sie ...« Der Kummer überwältigte ihn, und er konnte nicht fortfahren.

Luca betrachtete ihn voller Sympathie. Vielleicht hatte Winthrop tragischerweise Angoras Leben beendet, als die Waffe losgegangen war. Luca hoffte, dass Winthrop das niemals herausfinden würde. In Lucas Augen war ihr rascher Tod unter diesen Umständen ein Segen. Er hatte ihr eine schmerzvolle Kreuzigung, eine Stichwunde und qualvolles Ertrinken erspart.

»Dann fing er an, an mir herumzuritzen«, fuhr Winthrop hölzern fort. »Und lateinisch zu singen. Zu beten, glaube ich. Das war der Zeitpunkt, an dem wir geredet haben. Zu meiner Schande muss ich gestehen, dass ich geschrien habe. Und gebettelt. Etwas, das die Koreaner bei mir nie geschafft haben. Er hat gesagt, er würde ... uns voreinander retten. Vor *ihm*.«

»Vor ihm selbst?«, fragte Vince.

»Nein.« Die Stimme des alten Mannes war kaum noch zu hören. »Vor dem Dämon. Dann hat er auf mich geschossen. Mit meiner Waffe.«

Dr. Karakis injizierte etwas in den Venenzugang und berührte Mr Winthrop an der unverletzten Schulter. »Ich glaube, das reicht fürs Erste.« Seine Worte waren an Luca gerichtet, der zustimmend nickte.

»Danke, Mr …« Winthrop war bereits eingeschlafen, und so folgte Luca Vince und dem Arzt auf den Flur.

»Die Kugel hat das Herz nur ganz knapp verfehlt«, sagte Karakis. »Meiner Ansicht nach wollte der Täter ihn umbringen.«

»Danke, Doktor«, erwiderte Luca zustimmend.

»Die Presse ist im Anmarsch«, sagte Vince und seufzte.

Luca stöhnte. »Lieber hier als am Fluss. Die Krankenhausangestellten werden sie schon von Winthrop fernhalten.«

»Wohin als Nächstes? Ich frage mal nach, ob Angoras Leiche bereits in der Gerichtsmedizin ist. Oder sollen wir lieber nach Hero sehen?«

Luca strich seine Jacke glatt und verschloss seine Aktentasche. Draußen versammelten sich die Medienleute in ihren maßgeschneiderten Anzügen mit ihren Mikrofonen und Kameras. »Ich würde sagen, jetzt senden *wir* diesem Schwein mal eine Botschaft.«

28

Wo die Bekümmernis, wird Hilfe sein.
Seid Ihr um meinen Liebesgram bekümmert,
Gebt Liebe mir; mein Gram und Euer Kummer
Sind beide dann vertilgt.

William Shakespeare, *Wie es euch gefällt*

Hero versuchte, die zugeschwollenen Augen aufzublinzeln. Ihre Nase fühlte sich taub an, ihr Gesicht aufgedunsen, und so begrub sie es noch tiefer im Kissen, das noch feucht war von ihren Tränen.

Rown hatte ihr geholfen, das Bett erst einmal mitten im Loft aufzustellen und die Matratze draufzulegen. Sie hatte ihn nicht in ihr Schlafzimmer gelassen, weil die inzwischen trockene Farbe an der blaugrünen Wand noch immer eine pornografische Geschichte erzählte. Sie würde die Wand noch einmal streichen müssen. Vielleicht würde sie sie aber auch als Erinnerung an Lucas ungezähmte Leidenschaft so lassen.

Sie lag mit Kissen und Decke auf der Seite und starrte ihren Bruder an, der es sich auf ihrer Couch bequem gemacht hatte und die Nachrichten auf seinem Tablet verfolgte. »Ramirez steckt dermaßen in Schwierigkeiten«, murmelte er, den Mund zu einer dünnen Linie verzogen. »Diese Pressekonferenz war *nicht* mit dem Bureau abgesprochen.«

Hero hörte kaum, was er sagte. Sie lauschte den Nachrichten und Lucas unverwechselbarer Stimme, die nach einer Mischung aus Seide, hartem Stahl und wütender Entschlossenheit klang. Sie wusste, dass er vor dem Krankenhaus stand, in dem der arme Josiah Winthrop um sein Leben kämpfte. »Meine Botschaft an den Mörder, der sich Johannes der Täufer nennt, ist folgende: Ihre beiden letzten Opfer sind tot, und wir kommen Ihnen immer näher. Während Sie Ihrer gerechten Strafe entgegensehen, möchte ich Sie auf das fünfte Buch Mose, Kapitel 32, Vers 35 hinweisen: *Die Rache ist mein, ich will vergelten zur Zeit, da ihr Fuß gleitet; denn die Zeit ihres Unglücks ist nahe, und was über sie kommen soll, eilt herzu.*«

Hero musste zugeben, dass es seltsam war, Luca die Bibel zitieren zu hören. Aber vermutlich versuchte er, mit Johannes dem Täufer in einer Sprache zu sprechen, die dieser verstand.

Lucas nächste Worte erfüllten sie gleichermaßen mit Angst und Stolz. »Für Sie wird es keine *Buße* geben. In der Bibel erhebt Gott den Anspruch, allein für Rache und Gnade zuständig zu sein. Aber bevor Sie Ihrem Schöpfer gegenübertreten, erhebe erst ich Anspruch auf Rache, stellvertretend für die unschuldigen Opfer, deren Leben Sie zerstört haben, und für die Bevölkerung von Portland. Und ich versichere Ihnen, ich kenne *keine* Gnade.«

Hero hörte Applaus, und die versammelten Reporter verlangten Stellungnahmen und Antworten auf Fragen, was Luca beides zurückwies. Schließlich ertönte die Stimme der Nachrichtensprecherin, die jetzt rau und eine Oktave tiefer klang als vorher. Hero musste lächeln. Diese Wirkung hatte Luca auf jede Frau.

»Oh Mann, hat der sich gerade in die Scheiße geritten«, stöhnte Rown.

»So, wie er klingt, ist ihm das inzwischen egal.« Sie konnte ihn verstehen. Es war Zeit, dass dieser Wahnsinn aufhörte, bevor noch jemand verletzt wurde. Bevor weitere Leichen aus dem Fluss gefischt wurden. Egal wie, das hier musste ein Ende finden.

»Ja, aber solche Drohungen spricht man nun mal nicht öffentlich aus. Außer man ist sich sicher, dass man sie auch wahrmachen kann.« Rown sah sie stirnrunzelnd an. »Wieso, glaubst du, belügt er die Presse und behauptet, Josiah Winthrop sei tot? Wir wissen doch, dass das nicht stimmt.«

Hero war sich sicher, dass Luca fest vorhatte, seine Drohung wahrzumachen. Warum er bezüglich Josiah Winthrops Tod log? Sie hatte keine Ahnung, aber vermutlich hatte er sich etwas dabei gedacht.

Zwanzig Minuten später wurde ein Schlüssel in das Schloss gesteckt, und Rown stand auf, die Hand instinktiv an der Waffe.

Hero fand es faszinierend, dass sie Luca am Geräusch seines raubtierhaften Gangs in diesen teuren Schuhen erkannte. Die Alarmanlage piepste, als sie wieder eingeschaltet wurde, und dann war alles still.

Hero hatte nicht die Kraft, sich zu rühren, also blieb sie zusammengerollt auf dem Bett liegen, mit dem Blick Richtung Rown, weg von Luca.

»Das war mutig, Ramirez, das muss ich Ihnen lassen.« Rown suchte seine Sachen zusammen und legte sich die Anzugjacke über den Arm. »Ich möchte nicht in Ihrer Haut stecken, wenn Trojanowski das erfährt.«

»Vince trifft ihn in der Gerichtsmedizin«, erwiderte Luca leise. »Er wird sich in Schadensbegrenzung versuchen.«

»Hoffen wir, dass er so gut ist wie sein Ruf.« Rown lächelte, aber sein Blick blieb wachsam. »Glauben Sie, Sie können ihn auf diesem Weg herausfordern?«

»Ich hoffe es. Ich habe das Gefühl, immer nur mit einem Schatten zu kämpfen.«

Ihr Bruder beugte sich herab und drückte ihr die Schulter,

bevor er um das Bett herumtrat und aus ihrem Gesichtsfeld verschwand. »Ich hoffe, Sie wissen, was Sie tun. Nicht nur um ihretwillen.«

»Ich werde dem hier ein Ende setzen.«

Hero drehte sich nicht um. Sie wollte nicht sehen, welche wortlose Kommunikation zwischen den beiden ablief, bevor Rown ging. Sobald die Tür ins Schloss gefallen und sie allein mit Luca war, fingen ihre Tränen wieder an zu fließen.

»Hast du ihre Leiche gesehen?«, fragte sie und versuchte ihn nicht hören zu lassen, dass sie weinte. Sie spürte, dass er sich von der anderen Seite der Matratze her über sie beugte, still, düster und wütend.

»Nein. Vince nimmt an der Autopsie teil.«

Hero stützte sich auf den Ellbogen und sah ihn über die Schulter hinweg an. »Wieso bist du nicht mitgegangen?«

Er sah abgespannt, aber auch stark und gefährlich aus, wie er sich so über sie beugte. »Nachdem wir mit Winthrop geredet hatten, musste ich …« Sein Kinn zuckte ein paarmal, während er ihr eine Träne von der Wange wischte. »Ich musste einfach nach dir sehen.«

Gerührt rollte Hero sich herum und erhob sich auf die Knie, sodass ihre Gesichter auf gleicher Höhe waren. Mit zitternden Händen rieb sie ihre nassen Wangen, aber wie es schien, war der Damm endgültig gebrochen, und neue Tränen bahnten sich ihren Weg.

Zärtlich sah Luca sie an und nahm ihre Hände in seine. Er versuchte nicht, sie mit irgendwelchen Allgemeinplätzen zu trösten. Er sagte ihr nicht, sie solle aufhören zu weinen oder alles würde wieder gut. Er drehte einfach nur ihre Hände um, bis sie mit den Handflächen nach oben in seinen viel größeren lagen. Im Gegensatz zu seiner wirkte ihre Hand sehr blass, fast schon durchscheinend. Die zarten blauen Venen in ihrem Handgelenk pulsierten unter seinem Griff. Er strich sanft über die Haut rund um ihre Narben, als wisse er, wie unangenehm ihr deren Berührung war, und ihr lief eine Gänsehaut die Arme hinauf.

Sie hatte immer gezögert, jemand anderem ihre Narben zu zeigen. Sich dort berühren zu lassen. Es war zu persönlich. Zu intim. Aber als Luca erst ihre linke und dann ihre rechte Hand hob und die warmen Lippen ehrfürchtig auf die wulstige Haut drückte, ließ sie es geschehen. Es fühlte sich an wie ein Ritual. Wie eine Huldigung. Und bis er ihr wieder in die Augen schaute, flossen Heros Tränen aus ganz anderen Gründen.

»Sie ist gestorben, bevor er ihr irgendetwas von dem hier antun konnte«, murmelte er. »Diesen Schmerz musste sie nicht aushalten.«

Sie sah ihm lange in die Augen, auf der Suche nach der Andeutung einer Lüge. Er erwiderte ihren Blick, ohne zu blinzeln. Heros Brust entrang sich ein Schluchzer, der von so tief drinnen zu kommen schien, dass sie nicht einmal hätte sagen können, von wo. Es war eine Angst, deren Ursprung in der Erinnerung lag. Ein hilfloses Grauen, weil ein Mensch, den sie liebte, genauso gequält und gefoltert worden war wie sie.

»Gott sei Dank«, sagte sie atemlos und kuschelte sich dankbar und schmerzerfüllt in Lucas Arme. Verlust, Wut und Trauer drohten sie auseinanderzureißen, und sie hatte das Gefühl, nur Lucas starke Arme hielten sie noch zusammen. Sein Kinn ruhte auf ihrem Kopf, während er sie ihr Elend und ihren Schmerz hinausweinen ließ. Ihre Verwirrung und ihre Angst und all die anderen Gefühle, die zu untersuchen sie sich in den vergangenen Monaten nicht erlaubt hatte. Sie hatte so sehr versucht, sich von diesem schrecklichen Erlebnis nicht verändern, sich ihre helle Welt nicht verdunkeln zu lassen. Aber mit jedem Tag, der verging, spürte sie, wie die ständige

Bedrohung ihre Hoffnung immer mehr in Angst umschlagen ließ. Ihren Glauben in Zweifel. Ihr offenes Herz in etwas Zerbrochenes, das nicht mehr wiederzuerkennen war.

Es dauerte seine Zeit, bis ihre Tränen versiegten. »Und wenn er nun gewinnt?«, fragte sie an seiner Brust. »Wenn es ihm gelingt, mich zu brechen?«

Luca legte den Finger unter ihr Kinn und hob ihr Gesicht von seinem durchweichten Hemd. Seine schwarzen Augen waren uncharakteristisch zärtlich, als er sich herabbeugte und mit den Lippen über ihre nassen Wangen, ihre Augenlider, ihre Stirn und ihr Kinn fuhr.

»Das werde ich nicht zulassen.« Trotz der wenigen Worte war es ein überzeugendes Versprechen, und Hero spürte sofort die inzwischen schon vertraute Energie zwischen ihnen, die all die Atome in der Luft in Schwingung zu versetzen schien.

Sie spürte, wie seine Muskeln sich anspannten, und einen Moment lang hielt er inne, die Lippen in einer wortlosen Frage ein wenig über ihren schwebend.

Hero schloss die Lücke. Er schmeckte nach ihren Tränen und nach zurückgehaltener Begierde. So hatten sie sich noch kein einziges Mal geküsst. Statt wilder Leidenschaft und feuchten, erobernden Stößen war der Kuss voller Trost und zärtlicher Aufmerksamkeit.

Luca stöhnte und legte die Hände an ihre Wangen. Mit herzerweichender Sorgfalt wischte er ihr die Tränen weg. Seine vollen Lippen glitten sanft wie Schmetterlingsflügel über ihre Lippen, zupften leicht daran und entzündeten ein Feuer in ihrem Mund.

Wo ihre Leidenschaft vorher ein Brüllen gewesen war, war sie jetzt ein Wispern. Sie glitt durch das Zimmer, leicht wie ein Windhauch, blies Schmerz und Trauer fort und umhüllte sie mit Wärme und Lust.

Als Hero seine Erektion spürte, die sich gegen ihre Hüfte presste, wurde sie feucht. Ihrer beider Lippen verschmolzen, und sie griff nach seiner Jacke und zog sie ihm von den Schultern. Er befreite sich von seinem Holster und streifte gleichzeitig seine Schuhe ab, während sie sich über seine Hemdknöpfe hermachte.

Sie atmeten jetzt schneller, nährten die zwischen ihnen entflammte Leidenschaft, atmeten den Atem des anderen, weil keiner sich lange genug lösen wollte, um Luft zu holen. Hero trug ein schulterfreies Stretchoberteil, das Luca einfach nach unten statt nach oben schob und ihr mitsamt Leggins und Stringtanga auszog. Seine Zunge glitt in ihren Mund, während er sich seiner Hose und seines Gürtels entledigte, die er einfach auf seine Füße hinunterfallen ließ.

Er ließ sie auf das Bett sinken, hielt sie dabei aber umschlungen und legte sich dann zwischen ihre Beine. Als nackte Haut auf nackte Haut traf, brach ein Inferno zwischen ihnen los. Es war, als passten sie perfekt zusammen, als hätten sie dies schon in früheren Leben wieder und wieder getan.

Hero seufzte erleichtert auf, als er ihr Gefühl von Verlust und Leere mit heißer Haut und Lust vertrieb. Seine Zunge und seine Hände hörten nicht auf, sie zu streicheln, während er in sie eindrang und sich langsam wieder zurückzog, um erneut zuzustoßen. Ihre Münder verschluckten die Stöhnlaute des jeweils anderen. Ihre glühenden Körper rieben aneinander, bis Hero das Gefühl hatte, seine ureigenste Essenz in jedem Teil von sich zu spüren, angefangen dort, wo sich ihre Haut berührte, bis in die feinsten Haarfollikel.

Für einen Mann, der ständig darum kämpfen musste, nicht die Beherrschung zu verlieren, zeigte er im Bett außergewöhnlich viel Beherrschung und Hingabe. Sobald er herausgefunden hatte, was sie aufstöhnen ließ, blieb er in der Position und presste sich gegen ihre empfindsame Innenhaut, bis sie sich aufbäumte und die Fersen in die Matratze grub und ihre Nerven in einem fast schon schmerzhaften, überwältigenden Orgasmus pulsierten.

Zu ihrer Überraschung zog sich Luca aus ihr zurück, kam auf die Knie und ließ den Mund von ihren Lippen zu ihrem Kinn gleiten und von dort über die zarte Haut an ihrer Kehle weiter zu ihren Brüsten. Dort hielt er inne, leckte und zupfte an den kleinen rosa Erhebungen, bis sie zu prallen Knospen wurden, und stöhnte bei ihren genussvollen Seufzern. Schließlich glitt sein Mund weiter.

Hero hob den Kopf, um zuzusehen, wie sein Mund träge über ihren flachen Bauch glitt, dessen blasse Haut bis auf das verheilte gezackte Loch an der Seite makellos war. Luca ließ es nicht außer Acht, und als er mit seiner rauen Zunge darüberfuhr, zitterten ihre Bauchmuskeln.

Er sprach nicht, und sie ebenfalls nicht. Irgendwie schien es, als könnten Worte diesen Moment nur herabwürdigen, die Empfindungen und Gefühle banalisieren, für die es keine Bezeichnungen gab. Die nicht einmal Shakespeare zutreffend hätte beschreiben können.

Luca, dessen Blick unter seinen schwarzen Wimpern verborgen blieb, küsste sie auf beide Hüften und schob ihre blassen Schenkel so weit auseinander, dass er mit seinen breiten Schultern dazwischenpasste.

Die Luft strich kalt über ihr warmes, feuchtes Geschlecht, als sie es seinem hungrigen Blick zur Schau stellte. Er verlor keine Zeit. Sein Kopf sank herab, und seine rosa Zunge glitt aus seinem verführerischen Mund und fuhr zwischen ihre Schamlippen.

Sie stöhnte so laut, dass es von den Wänden ihres geräumigen Lofts widerhallte.

Ihre Empfindungen wurden dadurch intensiviert, dass er sie, wie bei seinen Küssen, kaum berührte. Er schwebte über ihrer Klitoris, und sein heißer Atem steigerte noch ihre Erregung. Einen Moment lang durchbohrte er sie mit seinem sonst so düsteren Blick, der jetzt strahlend und voller Gefühl war.

Lautlos flüsterte sie seinen Namen. Ihre Kehle war so eng, dass sie keinen Ton von sich geben konnte. Er schob die Arme unter ihren Oberschenkeln durch, um sie gespreizt zu halten, legte die eine Hand auf ihren Bauch, die andere an ihre Klitoris, teilte ihre Schamlippen, öffnete den Mund und sog ihre Haut zärtlich hinein.

Sämtliche Muskeln in Heros Körper spannten sich an. Seine Hände hielten sie gefangen, während er sie meisterhaft mit seiner Zunge bearbeitete und sanft an ihrer Klitoris knabberte.

Sie konnte nicht mehr atmen, und dann ging hinter ihren Augenlidern ein Feuerwerk los, dass sie nur noch seinen Namen schreien konnte. Sie war sich bewusst, wie sehr er seine Bizepse zum Einsatz bringen musste, um ihre zuckenden Oberschenkel zu bändigen, während Welle um Welle schierer Lust sie den Wunsch verspüren ließ, sich ihm zu entziehen, bevor er sie umbrachte. Doch das ließ er nicht zu. Er leckte sie weiter, bis die Lust in Schmerz umschlug, und zog sich genau im richtigen Moment zurück.

Hero atmete stoßweise und zitterte, aber er war noch nicht fertig mit ihr. Er ließ einen ihrer Schenkel los, glitt mit dem Mittelfinger zwischen ihre Schamlippen, fand ihren Eingang und stieß den Finger hinein.

Hero genoss es mit der amüsierten Gelassenheit eines Menschen, der gerade zwei absolut umwerfende Orgasmen gehabt hat. Sie liebte den Kontrast zwischen seinem kräftigen braunen Arm und ihrem blassen Bauch und der Innenseite ihrer Oberschenkel. Er biss sich auf seine volle Unterlippe, die noch feucht war von ihrer Lust, und steckte einen weiteren, dann noch einen Finger in sie hinein und weitete ihre gesättigten Muskeln, während er gleichzeitig mit der Zunge über den geschwollenen Knubbel ihrer Klitoris glitt.

Sie kam erneut. Kräftig und unerwartet schnell, während sie seine Hand durchnässte und seinen Finger zu einem flammenden Abschluss ritt. Er drehte den Kopf und knabberte an der zarten Haut der Innenseite ihres Oberschenkels, wobei er eine feuchte Spur hinterließ.

Luca schob sich über sie. Sein großer Körper bebte vor Anspannung. Er hatte gegeben. Und jetzt würde er nehmen. Die Öffnung zu ihrem Körper fand er ohne Schwierigkeiten, und die letzten Zuckungen ihres Orgasmus sogen ihn tief nach innen. Sein sanfter Blick war verschwunden. Alle Gedanken an Bequemlichkeit und Mattigkeit wurden hinweggefegt, als er den Arm unter ihr angewinkeltes Knie schob und das Bein weit zur Seite dehnte, weit genug, dass ihrer beider Hüftknochen gegeneinandergepresst wurden.

Er fluchte. Sie drückte den Rücken durch, und dann klatschten ihre Schenkel gegeneinander. Die Verbindung reichte weit über ihr gieriges Fleisch und über ihre sich aneinander reibenden Knochen hinaus, sie raste durch alle Fasern ihrer DNS, die kleinsten Moleküle, bis sie jenen Teil ihres Ichs erreichte, dessen Existenz jeder Mensch kennt, für den es aber keinen allgemein anerkannten Begriff gibt. Ihren Geist. Ihre Seele. Jenen Teil der Persönlichkeit, der von unsichtbaren Kräften aufgebaut und zerstört wird. Während er sie zu einem Orgasmus ritt, den sie niemals für möglich gehalten hätte, verlor Hero den Überblick, wie oft sie »Ja« sagte. Sie wusste nur noch, dass sie es sang wie ein Gebet, und sie hoffte, dass er es als Antwort auf all die Fragen verstehen würde, die zu stellen er jemals den Mut aufbringen würde.

Er folgte ihr zu jenem Ort, wo sein Entzücken gar kein Ende mehr nahm, während er sie an seinen bebenden Körper presste und die Zähne aufeinanderbiss, als habe er Angst davor, etwas zu sagen, das er nicht mehr zurücknehmen konnte.

Hero döste warm und wohlig in Lucas Armen. Ihr gingen zu viele Gedanken durch den Kopf, als dass sie hätte einschlafen können. Schuld- und Verlustgefühle gehörten nicht in die Stimmung nach dem Sex. Dies war nicht der richtige Ort oder Zeitpunkt dafür, und so dachte sie statt an Angoras Tod, soweit es ging, an andere Dinge. An bevorstehende Feiertage statt an Begräbnisse. An die Sicherheit ihrer Familie statt an die Grausamkeit der Welt. An ihre Verliebtheit in Luca statt an den Hass eines Irren.

Lucas Finger glitten träge ihren Oberarm hinauf und hinunter. Die Zärtlichkeit eines Liebhabers. Heros Hand erforschte das faszinierende Spiel seiner kräftigen Bauchmuskeln und stieß an Orte vor, die ihn schnurren ließen, und andere, die empfindlich waren und ihn zusammenzucken ließen.

Er gähnte und zog sie näher an sich. Sie lauschte seinem Atem und freute sich über das, was sie ineinander gefunden hatten. Er hatte ihr unglaubliche Lust verschafft. Hatte seine Gefühle mittels seines Mundes auf eine Art ausgedrückt, wie das mit Worten niemals auch nur ansatzweise möglich gewesen wäre. Vermutlich würde es immer so sein zwischen ihnen. Luca würde seine Bedürfnisse und Gefühle nicht in Worten ausdrücken. Dazu war er zu stolz. Vielleicht auch zu verletzt. Aber er war ein Meister darin, all das mit seinem Körper auszudrücken. Seine Fürsorglichkeit zeigte sich darin, dass er sie beschützte. Darin, wie er seine Kraft im Zaum hielt, wenn er sie anfasste. Darin, wie er ihren Bedürfnissen, ihrer Sicherheit, ihrer Bequemlichkeit und ihrer Lust Vorrang vor seinen eigenen Wünschen gab.

In der Vergangenheit hatte Hero sich immer jemanden wie ihren Vater gewünscht. Verlässlich, aber immer offen für die Launen der Frau, die er liebte. Immer ein Lächeln auf den Lippen und nur selten wütend. Vernarrt und leidensfähig und vernünftig. Nun ja, zumindest für einen Iren.

Wer hätte gedacht, dass sie schließlich bei einem willensstarken, aufregenden, leidenschaftlichen Latino mit einem Selbstbeherrschungsproblem landen würde? Hero musste lächeln. Wenn irgendjemand mit Luca Ramirez fertigwerden konnte, dann sie. Wenn ihm irgendjemand die Liebe, Geduld, Unterstützung und das Gefühl von Familienzugehörigkeit geben konnte, das er nie gekannt hatte, dann sie, und sie würde es nur zu gern tun. Sie konnte den Rest ihres Lebens mit dem Versuch verbringen, ihn für seine Vergangenheit zu entschädigen. Sie konnten sich gegenseitig heilen, konnten einen Kokon aus Kraft um ihre Liebe herum spinnen, aus Vertrauen und gemeinsamen Erfahrungen und Jahren jeder Art von Leidenschaft, die sie ersinnen konnten.

Sie war voll dabei. Ganz und gar. Luca Rodrigo Ramirez Dimas war *ihr* Mann. Und sie war seine Frau, zum Teufel mit patriarchalischen Gesellschaftsstrukturen. Verdammt, vermutlich würde sie ihn sogar heiraten.

»Das mit den Namen müssen wir noch klären«, sagte sie.

»Hä?«, fragte er im Halbschlaf.

Sie küsste ihn auf die Rippen. »Na ja, wir können sie ja schlecht aneinanderhängen, oder? Ich meine … Katrova-Connor-Ramirez-Dimas? Mir würde es ja nichts ausmachen, aber es wäre gemein den Kindern gegenüber. Und wenn die dann heiraten? Wo würde der Wahnsinn aufhören?«

Seine entspannten Muskeln wurden mit einem Mal so stocksteif, dass sie beinahe von seiner Brust abgeprallt wäre. »Kinder?«, wiederholte er fassungslos. »Hero, wovon redest du?«

Natürlich hatte Luca Angst vor ihrer gemeinsamen Zukunft. Angst vor den Tiefen ihrer einzigartigen Verbindung. Es würde eine Zeit dauern, bis er sich an die Vorstellung gewöhnte. Sie setzte sich auf und machte sich auf einen Gesichtsausdruck blanken Horrors gefasst. Sie wurde nicht enttäuscht.

Sie beschloss, ein wenig zurückzurudern. »Ich bin dabei, mich in dich zu verlieben«, sagte sie leise.

Er richtete sich abrupt auf, zog sich die Decke über den Schoß und verdrehte die Augen. »Wie … also … schmink dir das ab.«

Sie lächelte ihn von oben herab an. »Kann ich nicht. Ich bin bereits verliebt. Bis über beide Ohren. Ich liebe dich.«

Sein Gesichtsausdruck wurde noch abweisender. »Dann … hör auf damit.«

Hero hätte am liebsten gelacht, aber sie wusste, das war nicht der richtige Zeitpunkt. »Du kannst mir nicht befehlen, dich nicht zu lieben. Ich erwarte nicht, dass du es auch sagst, ich teile dir nur mit, was ich fühle. Wenn du länger brauchst, bis du dir deine Gefühle für mich eingestehen kannst, verstehe und akzeptiere ich das.« Sie fühlte sich so bewusst, so eins mit ihren Empfindungen … zum ersten Mal seit Monaten.

Die Panik in seinen Augen wich düsterem Starren. »Warum zum Teufel tust du das, Hero?«

»Ich kann nicht anders.« Sie zuckte mit den Schultern. »Irgendwie ist das deine Schuld.«

Er rutschte von ihr weg, als hätte sie ihm eine Tarantel vors Gesicht gehalten. »Kommt das daher, dass wir gerade miteinander geschlafen haben?«

»Du hast mich gerade geliebt«, verbesserte sie ihn.

Luca presste die Handflächen gegen die Augen und rieb sich über das Gesicht. »Das war nicht … ich meine … deine Freundin ist gestorben, und ich … wollte dich trösten.«

»Ich weiß, das war auch ein Teil davon. Aber du kannst mir nicht erzählen, dass du nicht gespürt hast, was gerade zwischen uns geschehen ist.« Hero verschränkte die Arme vor der Brust. »Tu nicht so, als wäre das purer Mitleidssex gewesen, nur weil du dir nicht gern deine Gefühle eingestehst. Ich hätte dich für weiterentwickelt gehalten.«

Verblüfft starrte er sie an, und dann verdüsterte die vertraute Wut seine schönen Gesichtszüge. »Dreh mir nicht das Wort im Mund um, Hero, das ist nicht, was ich …«

»Wenn man jemanden trösten will, nimmt man ihn in den Arm, man verschafft ihm nicht mehr Orgasmen, als man an einer Hand abzählen kann«, unterbrach ihn Hero, die sich zu einer dringend nötigen Standpauke warmlief. »Zieh das, was geschehen ist, nicht in den Dreck, indem du behauptest, du hättest mir nur einen Gefallen getan.« Sie nahm seine Hand und drückte sie gegen ihr Herz. »Hör mal, ich will dich im Moment zu nichts drängen. Ich sage dir nur, dass dies zwischen uns etwas Seltenes und Unglaubliches ist. Das ist nicht mehr ›so tun, als ob‹. Das hier ist echt. Statt es zu bekämpfen, weil es dir Angst macht, solltest du lieber die Chance auf etwas wirklich Bedeutsames ergreifen.«

Luca starrte auf seine Hand, die sie mit beiden Händen festhielt, als wäre sie eine Verräterin. Seine Kiefer mahlten. Man hätte den Eindruck bekommen können, er kaue auf einem besonders knorpeligen Problem herum und sei sich noch nicht sicher, ob er es herunterschlucken oder ausspucken solle.

Schließlich kam er zu einer Entscheidung, rollte sich von ihr weg, stand auf, griff nach Unterhose und Hose und zog sie an. »Ich sage es dir nur ein Mal.« Seine Stimme klang tief, und er sprach durch zusammengebissene Zähne. »Ich habe mit Beziehungen nichts am Hut – und mit Liebe schon gar nicht. Wenn das vorbei ist, bin ich weg, Hero. Ich muss.«

Der Schmerz bohrte sich wie ein Pfeil in Heros Herz. »Das wäre der größte Fehler, den du je gemacht hast, und das wissen wir beide.«

»Was weißt du schon über die Fehler, die ich gemacht habe?«, fuhr Luca sie an. »Hör dir doch mal zu! Du weißt ja nicht einmal, wovon du redest.« Er zog den Reißverschluss seiner Hose hoch und bückte sich nach seinem Hemd, das er vor Wut nicht gleich zu packen bekam. »Hör mal«, sagte er und senkte die Stimme. »Verwechsle Dankbarkeit nicht mit Liebe. *Das* ist hier das Problem. Du bist jung und traumatisiert und im Moment mehr als nur ein bisschen konfus …«

»Wieso behandeln mich alle Männer, als könnte ich mich nicht kennen, nur weil ich ein Opfer war? Ich liebe dich, Luca Ramirez. Ich weiß, dass ich das tue.«

»Hör auf, das zu sagen!«

»Nein. Es ist die Wahrheit.«

Lucas Mund nahm einen grausamen Zug an, den sie so noch nie an ihm gesehen hatte. »Werde endlich erwachsen!«, fauchte er sie an. »Dein ganzes Leben lang hast du deine älteren Brüder herumkommandiert und dir alles erschmeichelt, was du wolltest, aber mit mir machst du das nicht.« Er breitete theatralisch die Arme aus. »Ja, ich habe mit dir geschlafen. Das heißt nicht, dass du anfangen sollst, dir Namen für unsere Kinder auszudenken, und ich bin kein Blödmann, nur weil ich keine will. Ich habe nur mit dir geschlafen, weil ich dich für eine Frau gehalten habe, der klar ist, worum es sich hier handelt.«

Hero stand auf, weil sie festen Boden unter den Füßen brauchte, und wickelte sich in die Decke ein. »Nun, Johannes der Täufer hat mich auch für eine andere gehalten, als ich bin.«

»Tu das nicht.« Wütend stopfte Luca das Hemd in die Hose. »Bring ihn nicht mit ins Spiel. Das hier geht nur dich und mich etwas an.«

»Egal, wie viel Angst ich dir mache, ich weiß, dass du Gefühle für mich hast.«

»Willst du wissen, was mit der letzten Frau passiert ist, die ich geliebt habe?«, knurrte er und ging ein paar Schritte von ihr weg.

»Ja.«

»Sie hat mich wegen Körperverletzung angezeigt und eine einstweilige Verfügung erwirkt.«

Schockiert und ungläubig starrte Hero ihn an. Es war, als hätte er einen Eimer eiskaltes Wasser über ihr ausgeschüttet. »Warte mal. Wie bitte?« Sie hätte nicht gedacht, dass jemand gleichzeitig beschämt und wütend schauen konnte, doch bei ihm war es so.

»Im College. Ich kam eines Abends von der Vorlesung zurück und fand sie mit einem drittklassigen Quarterback in *unserem* Bett. Ich habe ihn ins Krankenhaus befördert, Hero. Ich habe ihm mit bloßer Hand die Knochen gebrochen. Habe seine Footballkarriere beendet und bin aus dem Team geflogen. Das Einzige, was mich vor dem Knast bewahrt hat, war, dass er zugegeben hat, mich zuerst angegriffen zu haben. Aber ich habe in jener Nacht noch etwas viel Schlimmeres getan. Ich habe meine Freundin zu Boden gestoßen, als sie sich zwischen uns gestellt hat. Ich habe Hand an sie gelegt, Hero, an die Frau, die ich zu lieben glaubte.«

Sie versuchte, sich den Schock nicht anmerken zu lassen, aber so triumphierend, wie Luca sie ansah, gelang ihr das offensichtlich nicht.

»Du weißt, was man sagt«, fuhr er fort. Er wusste genau, dass er sie zum Schweigen gebracht hatte. »Ein Mann, der so etwas tut, wird es voraussichtlich wieder tun. Solche Verhaltensweisen eskalieren.«

Heros Gedanken rasten. Sie kannte die Statistiken, wusste, dies war ein grelles Warnblinklicht, aber ein Teil von ihr wollte sich die Niederlage einfach nicht eingestehen. »Aber du kannst dich dagegen entscheiden. Menschen können sich ändern.« Sie wünschte, ihre Stimme würde überzeugender klingen und ihre Argumente wären nicht so schwach.

Er lachte spöttisch auf und zog sich das Holster über. »Meiner Erfahrung nach nicht. Schau, durch irgendein Wunder bin ich trotzdem in Quantico aufgenommen worden, und ich habe mich dafür entschieden, diesem Beruf mein Leben zu widmen. Und ganz abgesehen von meiner Vergangenheit lässt sich dieser Beruf mit Frau und Kindern nicht vereinbaren, und ich bin nicht bereit, ihn aufzugeben.«

Hero schnaubte. »So eine feige Ausrede!«

»Wie bitte?«

»Viele FBI-Agents führen gute Ehen.« Sie hob die Hand, um ihn am Widersprechen zu hindern. »Ja, ich weiß um die Scheidungsrate, aber bei uns wäre es anders. Du hast seltsame Arbeitszeiten? Prima! Ich auch. Wenn du es wirklich willst, kriegst du es hin.«

Luca schüttelte den Kopf. Er sah auf einmal eher erschöpft als wütend aus. »Ich will aber nicht.«

Hero sah ihn lange schweigend an. »Du hältst dich für so edel, Luca, aber weißt du, was du bist?«

»Sag es mir.« Seine Stimme war so rau und trocken, man hätte ein Streichholz daran anzünden können.

»Du bist ein Feigling.« Hero ließ die Decke fallen und ging völlig nackt in ihr Schlafzimmer. Ein Teil von ihr wünschte, dass er ihr hinterhergehen würde. Dass er zu Verstand kommen und die Wahrheit begreifen würde. Dass ihm klar würde, was sie ihm anbot.

Er tat es nicht.

29

Ich wünsche mir Eure entferntere Bekanntschaft.

William Shakespeare, *Wie es euch gefällt*

Luca stand kurz vorm Explodieren, während er die verschiedenen Präsentationen und Whiteboards mit *seiner* Arbeit anstarrte, die die Arschgeigen aus DC an sich gerissen hatten.

Agent Corelli und Agent Reinhardt waren das genaue Gegenteil von Luca und Vince. Sie trugen identische schwarze Anzüge, hatten beide den gleichen Haarschnitt und strahlten etwas aus, das einen an *Men in Black* erinnerte. Ihnen fehlten nur noch die identischen Sonnenbrillen. Reinhardt war der Unscheinbarere der beiden, als hätte man ihn ausgedruckt, während dem Fotokopierer allmählich der Toner ausging. Corelli hatte dunkelbraunes Haar, Reinhardt hellbraunes. Corelli hatte dunkelbraune Augen, Reinhardt hellbraune. Corelli war der Ältere der beiden. Er hatte eine sehr große Nase, die sein gutes Aussehen verdarb, dafür hatte Reinhardt nur eine Augenbraue. Nicht wie eine durchgehende Braue, sondern als würde eine fehlen. Unter anderen Umständen hätte Luca die Geschichte, die dahintersteckte, gern gehört. Der größte Unterschied zwischen den beiden bestand allerdings darin, dass Corelli ein Riesenarschloch und Reinhardt nur ein normales Arschloch war.

»Langweilen wir Sie, Ramirez?« Corelli stützte die Arme auf den Tisch im Konferenzzimmer. Sein Ostküstendialekt war nicht wie bei Vince liebenswert, sondern auf eine Art nervtötend, als gehöre er zu einer nie ausgestrahlten Folge von *Jersey Shore*.

»Ich mache mir nur Notizen zu *meinem* Fall.« Luca schenkte ihm ein unaufrichtiges Lächeln. Er hatte sich auf seinem Stuhl zwischen dem noch immer wütenden Trojanowski und Agent Donahue zurückgelehnt, seinem Kollegen mit den ausladendsten Ellbogen in der Geschichte. *Himmel.*

Vince war bei Hero und machte sein übliches Beschützerding. Luca hätte nicht sagen können, wo er gerade am wenigsten gern sein wollte. Hier, wo er sich von solch einem Idioten blöd anreden lassen musste, oder dort, wo er sich von Hero blöd anreden lassen musste.

Dies hier war weniger schmerzhaft, aber nur unwesentlich.

Corelli betrachtete seinen Notizblock und warf dann pikiert einen Blick auf die Laptops und Tablet-PCs der anderen Anwesenden. »Vielleicht hätten Sie sich ein paar Notizen zu FBI-Regeln und Vorgehensweisen machen sollen, Agent Ramirez.«

Luca knirschte mit den Zähnen. Corelli bezog sich natürlich auf seine spontane Pressekonferenz, den letzten Sargnagel, der Trojanowski dazu gebracht hatte, die Jungs vom Büro in DC anzufordern.

Leck mich doch am Arsch, dachte Luca, behielt es aber für sich. *Was weißt du schon? Du denkst doch nur an deine Karriere.*

Corellis Augen blitzten siegesgewiss auf. »Dank einiger unsinniger Entscheidungen Ihrerseits fürchten wir, dass unser unbekanntes Subjekt kurz davorsteht, eine Verzweiflungstat zu begehen, bei der unter Umständen eine größere Zahl von Menschen verletzt wird.«

Er benutzte den korrekten Begriff »Unbekanntes Subjekt«,

statt sich an den Namen zu halten, den die Medien dem Mörder gegeben hatten. Agent Corelli war überkorrekt.

»Wie kommen Sie darauf?«, fragte Luca. »Das entspricht überhaupt nicht seiner Vorgehensweise.«

»Er hat seine Vorgehensweise bereits geändert, als er Ms Connor angegriffen hat«, erwiderte Reinhardt und zog seine nicht vorhandene Augenbraue hoch. »Und seitdem ist sein sprunghaftes Verhalten ständig eskaliert. Aus der Geschichte wissen wir, dass der nächste Schritt häufig Massenmord, Mord, gefolgt von Selbstmord oder terroristische Aktivität ist.«

Luca zwang sich, nicht die Augen zu verdrehen. Wann würden ihm die Jungs etwas erzählen, was er nicht bereits wusste? »Hören Sie, er wurde aus dem Konzept gebracht, weil Ms *Katrova*-Connor noch am Leben ist, trotz aller Versuche seinerseits. *Deshalb* hat er seine Strategie geändert, nicht wegen irgendetwas, das das Bureau oder ich getan haben.«

»Klingt, als wäre er nicht der Einzige, der allmählich verzweifelt.« Corelli grinste.

»Wir sollten ihn *alle* verzweifelt davon abhalten, dass er sein Ziel erreicht«, ließ Luca nicht locker. »Ich bin hinter diesem Arschloch jetzt seit einem Jahr her. Er ist intelligent, fanatisch und völlig auf ein Ziel fixiert: Hero zu töten.« Er deutete auf das Foto des Asmodeus-Symbols, das an einer der Pinnwände hing. »Er wartet nur auf den richtigen Moment, um zuzuschlagen.«

»Ich höre sehr wohl, was Sie sagen, Agent Ramirez«, versuchte Reinhardt ihn zu beschwichtigen. »Und wir würden Ihnen auch zustimmen, wären da nicht die letzten Vorfälle mit Mrs Steinman und Mr Winthrop. Eine Schusswaffe wurde benutzt, ein Mann gefoltert, und die Frau *post mortem* rituell entstellt. Das ist schlampig, das ist verzweifelt, und wegen des Gebrauchs der Schusswaffe sind sämtliche Profiler davon überzeugt, dass Johannes der Täufer seine bisherige Vorgehensweise aufgeben wird.«

»Nun, die Profiler irren sich.« Luca knallte seinen Notizblock auf den Konferenztisch. »Sie kennen die Botschaften, die er gesandt hat. Sie wissen, dass laut Josiah Winthrops Aussage vermutlich er derjenige war, der Angora Steinman erschossen hat. Ich glaube, dass die Schusswaffe nur benutzt wurde, weil sie sich zufällig am Tatort befand. Das hat nichts mit eskalierendem Verhalten zu tun. Johannes der Täufer glaubt, dass Mr Winthrop und ich irgendwie von diesem Dämon beschmutzt sind, hinter dem er her ist. Bei uns beiden glaubt er, wir hätten etwas mit den Opfern. Meiner Meinung nach passen seine Taten durchaus in sein übliches Schema, sie sind nur ein weiteres Puzzleteil. Wenn wir …«

»Ihre Meinung haben wir zur Kenntnis genommen«, schnitt Corelli ihm das Wort ab. »Aber wir können die von Mr Winthrop unter Medikamenteneinfluss gemachte Aussage nicht als Tatsache bewerten. Er hat gesagt, aus der Waffe habe sich ein Schuss gelöst. Wir wissen nicht mit Sicherheit, ob er derjenige war, der Mrs Steinman erschossen hat, als er angegriffen wurde. Wir können nicht mit Sicherheit sagen, dass ihm die .38er gehört, da unter seinem Namen keine Schusswaffe registriert ist. Wir können ihn nicht lange genug wach halten, um ihn *richtig* zu befragen. Himmel, wir können nicht einmal ausschließen, dass er mit dem Mörder unter einer Decke steckt.«

»Reden Sie doch nicht so einen Schwachsinn daher!« Luca war aufgesprungen. »Er steht nicht mal auf der Verdächtigenliste!«

»Vielleicht, weil die Verdächtigenliste kurz und unvollständig ist«, fauchte Corelli zurück.

Corelli stand inzwischen fast genauso weit über den Tisch

gebeugt wie Luca, sodass sich ihre Nasen fast berührten. Reinhardt legte seinem Partner die Hand auf die Schulter und zog ihn zurück. Vielleicht war ihre Beziehung der von Vince und Luca doch ähnlicher, als Luca zunächst gedacht hatte.

»Sie haben wirklich erstklassige Arbeit geleistet, Agent Ramirez«, sagte Reinhardt in dem Versuch, mit Wassereimern ein bereits außer Kontrolle geratenes Feuer zu löschen. »Aber in Anbetracht der gesamten Umstände halten wir es für besser, einen Schritt zurückzutreten und das Netz weiter auszuwerfen.«

»Scheiß auf die Umstände«, knurrte Luca.

»Setzen Sie sich, Ramirez«, befahl Trojanowski.

Luca ignorierte ihn und starrte Corelli wütend an. »Johannes der Täufer ist einer der Leute auf meiner Liste. Es ist einer der Priester oder der Professor. *Vielleicht* Reese Donovan. Werfen Sie das Netz weiter aus, und Sie werden nur noch mehr Leichen bekommen. Und die erste wird Hero sein!«

Trojanowski stand nun ebenfalls auf. Wie wütend er war, zeigte sich an seiner Gesichtsfarbe. »Ramirez! In mein Büro. *Sofort*!« Er drehte sich auf dem Absatz um und ging durch die Glastür hinaus, die offen stand, damit die Luft besser zirkulieren konnte. Die wenigen anderen Agents am Tisch blieben stocksteif sitzen und sahen dem Drama zu, das sich vor ihren Augen entwickelte, unwillig, Partei zu ergreifen oder Öl ins Feuer zu gießen. Auch auf dem gesamten Flur rührte sich nichts mehr, aber über den Bürotrennwänden tauchten immer mehr Köpfe auf. Jeder wollte wissen, wie Luca reagieren würde.

Luca starrte Corelli noch eine Minute länger an. Tapfer kämpfte er gegen das Bedürfnis an, dem Typen seinen riesigen Zinken zu brechen, mit einem Faustschlag ins Gesicht, der zwar seine Karriere beenden, aber auch äußerst befriedigend sein würde. Stattdessen stieß er sich mit beiden Händen vom Tisch ab und ging in Richtung Trojanowskis Büro.

»Verdammt, wie konnten Sie mir das antun?« Luca ging sofort zum Angriff über, sobald die Tür hinter ihm ins Schloss gefallen war. »Wie konnten Sie diesen albernen DC-Affen *meinen* Fall übertragen? Wir waren schon so nah dran, Hank. Merken Sie sich meine Worte, die werden das Ding voll gegen die Wand fahren.« Frustriert schlug er gegen den Metallrahmen der Tür. »Verdammt, ich war so nah dran!«

»Sie waren zu nah dran«, erwiderte Trojanowski leise. »Sie *sind* zu nah dran.«

Luca zögerte. Sein Herz machte einen Satz, während er Trojanowski mit prüfendem Blick durchbohrte. Was wusste er? Hatte er herausgefunden, was zwischen Hero und ihm passiert war?

Trojanowski stieß einen tiefen Seufzer aus, strich sich über die Stirn und beugte sich dann vor, um sich mit einer Hand auf dem Schreibtisch abzustützen. »Ich weiß nicht, ob das zwischen Ihnen und Johannes dem Täufer zu persönlich geworden ist, ob es die Tatsache ist, dass er Sie im Visier hat, oder ob es irgendwas mit Ms Connor zu tun hat, jedenfalls haben Sie sich diesen Fall zu sehr an die Nieren gehen lassen.«

Luca stand einen Moment reglos da und kämpfte darum, nicht die Beherrschung zu verlieren. »Das hatte keinen Einfluss darauf, wie gut ich meine Arbeit gemacht habe.« Er sprach leise und wählte seine Worte sorgfältig.

»Darüber lässt sich streiten.« Trojanowski betrachtete ihn einen Moment lang, dann wurde sein Gesichtsausdruck weicher. »Ich wäre nicht dort, wo ich bin, wenn ich nicht die vielen Gefahren unserer Arbeit erkannt und bewältigt hätte. Sie sind ein guter Agent, Luca. Einer meiner besten. Ich habe mich entschieden, Ihr Temperament und Ihren Mut zum Risiko als Stärken zu sehen, die ich einsetzen kann, und nicht als Schwächen, und in neun von zehn Fällen hatte ich damit recht. Aber verdammt, Sie sind nicht mehr mit dem Kopf bei der Sache, sondern mit dem Herzen.«

Luca ließ sich auf den Stuhl sinken, der vor dem Schreibtisch seines Chefs stand, in erster Linie weil er nicht wusste, was er sonst hätte tun sollen.

»Ich will nicht, dass dieser Fall Ihnen völlig den Verstand raubt, Ramirez. So etwas passiert jedem Agent an irgendeinem Punkt seiner Karriere. Wir alle kennen diesen einen Fall, der uns beinahe vernichtet. Ich musste etwas unternehmen, bevor Sie mir noch völlig unter die Räder gekommen wären.«

Luca war beleidigt, konnte sich aber nicht überwinden, irgendetwas zu leugnen.

»Ist es die Frau?«, fragte Trojanowski. »Hero?«

Lucas Kopf schoss hoch, und Trojanowski kicherte.

»Ja.« Trojanowski fuhr sich erneut mit der Hand über seine hohe Stirn und stieß einen weiteren Seufzer aus. »In der Regel ist es die Frau.«

Luca sah ihn verblüfft an. »Sir?«

»Wie? Glauben Sie, Sie sind das erste Waffen tragende und die Gefahr liebende Alphatier, das sich Hals über Kopf in die bedrängte Maid verliebt?« Trojanowski lachte laut auf. »Bilden Sie sich nur nichts ein.«

Lucas Schultern versteiften sich, als würde ihm ein elektrisch geladener Stab durch die Wirbelsäule gerammt. »Da läuft kein Hals-über-Kopf-Irgendwas«, widersprach er vehement. »Und Liebe schon gar nicht.«

»Schwachsinn.«

Lucas Handflächen wurden feucht. »So ist es nicht, Hank. Das Rollenspiel wurde nur irgendwie ein bisschen zu intensiv … es war zu …«

»Echt?«, schlug Trojanowski vor.

Luca war nicht willens, mit dem Mann darüber zu reden, der seine Karriere ruinieren konnte, obwohl er wahnsinnig gern mit irgendjemandem darüber geredet hätte. In den paar Tagen, seit Hero ihm gesagt hatte, dass sie ihn liebe – und er sie zurückgewiesen hatte –, hatte sich dort, wo sein Herz sein sollte, ein Loch von biblischer Größe aufgetan und gedroht ihn zu verschlingen. Die gähnende Leere war zunächst nur seltsam gewesen, dann aber immer schmerzhafter geworden. Zwanzigmal pro Nacht stand er kurz davor, in ihr Schlafzimmer zu gehen und alles zurückzunehmen, damit sie ihn wieder in die Arme schloss … in ihr Bett ließ. Natürlich ging es ihm ums Bett. Denn das war das Einzige zwischen ihnen, zumindest von seiner Seite: eine superseltene, intensive Chemie, wie er sie vermutlich in seinem beschissenen Leben nie wieder erleben würde. Von ihrer Seite war es vielleicht ein ernster Fall von Übertragung. Wie auch immer, beides würde irgendwann enden, und was bliebe dann übrig? Ein lächerlich gegensätzliches Paar, das sich gegenseitig das Leben zur Hölle machen würde.

Außerdem vermutlich ein arbeitsloser FBI-Agent.

Luca konnte noch immer nicht glauben, dass sie ihm ihr Herz hatte schenken wollen. *Ich will es nicht*, hatte er gesagt.

Er war ein verdammter Lügner.

Luca richtete den Blick wieder auf Trojanowski. Er war noch immer schockiert darüber, dass sein Chef wegen des Ganzen nicht ausflippte.

»Dass da was laufen könnte, hatte ich durchaus in Betracht gezogen, allerdings hatte ich fälschlicherweise an Vince gedacht. Das Mädchen ist eine große Versuchung. Sie ist nett, tapfer, hat eine tolle Figur und einen Hintern, bei dem man …«

»Himmel, Hank!«

Luca kniff sich in den Nasenrücken. Hinter seinen Augen braute sich ein Kopfschmerz zusammen. »Schauen Sie, ich gebe ja zu, dass es bei diesem Fall in letzter Zeit mehr darum ging, dass ihr nichts passiert, als darum, den Mörder zu erwischen. Aber, und ich sage das jetzt nur noch ein einziges Mal: Ich bin *nicht* in Hero verliebt.«

Trojanowski sah ihn ungläubig und amüsiert zugleich an. »Ich glaube, Shakespeare hatte einen passenden Spruch für solche Situationen: ›Die Dame, wie mich dünkt, gelobt zu viel.‹ Oder in diesem Fall der Agent.« Er kicherte. Offensichtlich kam er sich sehr witzig vor.

Luca sprang auf und stieß einige derbe spanische Flüche aus, die Trojanowskis Heiterkeit nur noch verstärkten.

»Es ist Heiligabend und niemand will arbeiten«, sagte sein Chef schließlich und zupfte auf eine Art an seiner Anzugjacke herum, die besagte, dass es jetzt wieder um berufliche Dinge ging. »Aber Corelli und Reinhardt glauben, dass Johannes der Täufer vielleicht während der Christmette in St. Andrew's zuschlagen wird. Sie wollen dort mehrere Agents postieren und ihm eine Falle stellen. Ms Katrova-Connor ist bereits informiert und hat zugestimmt.«

Die Tatsache, dass man ihn bei dieser Entscheidung außen vor gelassen hatte, ließ Luca erneut explodieren. »Sie wollen die gesamte Gemeinde einer solchen Gefahr aussetzen?«

Trojanowski schüttelte den Kopf. »Mit der Zielscheibe auf ihrem Rücken verwandelt Hero jeden Kmart, jeden McDonald's und jeden Starbucks, den sie aufsucht, in einen potenziellen Tatort. In diesem Fall sind wir gerüstet.«

Luca beschloss, seinem Chef nicht zu sagen, dass man Hero an diesen drei Orten garantiert nicht tot auffinden würde.

»Die Kirche wird vorher nach Sprengstoff durchsucht, dann werden die FBI-Agents strategisch postiert.«

Luca fluchte. »Sie können die Kirche nicht nach Sprengstoff durchsuchen. Damit verraten Sie den Priestern doch alles. Wenn es einer von ihnen ist, kennt er dann den Plan.«

Trojanowski stand ebenfalls auf. Zum ersten Mal schien ihm nicht recht wohl in seiner Haut zu sein. »Corelli und Reinhardt glauben …«

»Ich bezweifle das«, knurrte Luca.

»Sie haben die Priester von St. Andrew's quasi von der Verdächtigenliste gestrichen.«

»*Was* haben sie gemacht?«

Trojanowski zuckte mit den Schultern. »Auf dem Gelände gibt es keinen Lieferwagen, und es ist auch keiner unter dem Namen von einem von ihnen angemeldet. In der Nacht, in der das Stierblut in Heros Schlafzimmer verschmiert wurde, haben die Überwachungsteams beide im Auge behalten. Ihnen zufolge hat in jener Nacht niemand St. Andrew's verlassen.«

Luca wusste das alles. »Tja, wir wissen aber auch nur zu gut, welchen Bockmist das Überwachungsteam gebaut hat. Das heißt noch nicht, dass …«

»Luca.« Trojanowskis Ton war schärfer geworden, der freundliche Vertraute war verschwunden. »Schlafen Sie eine Runde, essen Sie was, gehen Sie in den Fitnessraum, tun Sie, was immer Sie brauchen, um Ihren Kopf wieder an die richtige Stelle zu rücken, und dann finden Sie sich im Haus der Katrova-Connors ein. Wenn ich das richtig verstanden habe, sind Vince und Sie zum Festtagsessen eingeladen. Vergessen Sie nicht, dass Sie nicht nur für Heros Sicherheit, sondern für die ihrer gesamten Familie zuständig sind. Und wenn Sie sie dann zur Christmette nach St. Andrew's begleiten, können Sie dem Allmächtigen danken, dass Sie noch einen Job haben.«

»Wo Dick und Doof das Sagen haben werden?«, fragte Luca bitter.

»Genau.« Trojanowski ging zur Tür und öffnete sie. »Haben wir uns verstanden?«

Luca starrte seinen Chef volle zehn Sekunden lang an, dann machte er auf dem Absatz kehrt und eilte auf den Aufzug zu.

30

Wir hassen bald, was oft uns Furcht erregt.

William Shakespeare, *Antonius und Cleopatra*

Zu dem Zeitpunkt, als das Familienessen vorbei war, fühlte Hero sich so zerbrechlich wie Pappmaschee. Zu Lucas und ihrem Glück hatte Vince ihnen irgendwie die Schau gestohlen und ihre Eltern und Geschwister mit seinem üblichen lässigen Charme um den Finger gewickelt. Luca hatte sich ebenfalls bewundernswert gehalten, hatte an allen entsprechenden Stellen gelächelt und seine Grübchen sehen lassen. Ihrem Vater hatte er ein Jahresabonnement für seine Lieblingszeitschrift geschenkt sowie Tickets für die Portland International Auto Show im Februar. Hero versuchte, nicht zu sauer darüber zu sein, dass Luca nicht mit der Wimper gezuckt hatte, als ihr *Vater* verlangte, sie sollten einen Termin für die Hochzeit festlegen. Luca hatte geglaubt, ihr Pop würde einen Witz machen. Hero wusste es besser.

Ihre Familie liebte ihn bereits.

Sie liebten eine Lüge. Und das Blöde war, sie tat das ebenfalls. Selbst jetzt noch. Während sie zugesehen hatte, wie Luca vorsichtig ihr Geschenk für ihn öffnete, war ihr ihr Lieblingszitat von Shakespeare durch den Kopf gegangen. *Vernunft und Liebe halten heutzutage nicht viel Gemeinschaft*.

Er hatte den ganzen Abend vermieden, sie zu berühren, aber als er den großen, schweren Karton öffnete, den sie für ihn hereingeschleppt hatte, wirkten seine Hände weniger koordiniert als sonst. Zwar hatte sie nicht seinen Namen gezogen, aber in Heros Familie beschenkten sich Paare ebenfalls, und sie hatte ihm einen für ein ganzes Leben reichenden Vorrat an gelben Notizblöcken gekauft. Er hatte sie angestarrt und dann mit schwer durchschaubarem Gesichtsausdruck über die glatten Außenblätter gestrichen.

Dann war ihm seine Rolle wieder eingefallen, und er hatte sie geküsst, allerdings nur auf die Wange, was ihre Brüder lustig, ihre Eltern und ihre Schwester dagegen passend und respektvoll gefunden hatten. Seine Reaktion auf Andras Geschenk war sehr viel lebhafter ausgefallen, aber das hatte daran gelegen, dass sie für ihn eine Einladung zu einer exklusiven vorsaisonalen Verkaufsausstellung der Salvatore-Ferragamo-Frühjahrsschuhkollektion bei Saks an der Fifth Avenue ergattert hatte.

Er hatte ihre Schwester mit einer Glückseligkeit umarmt, die bei ihrer Familie riesige Heiterkeit ausgelöst hatte. Hero verstand jetzt besser, warum ihre Liebe und ihr Verständnis für ihn noch immer größer waren als die Enttäuschung, die er in ihr ausgelöst hatte. Er wirkte verloren und überwältigt, als wären ihm Weihnachtsgeschenke und Gelächter völlig fremd. Wenn sie den einsamen und gefährlichen Mann ansah, der sich inzwischen völlig vor ihr verschloss, konnte sie sich das wilde Straßenkind und seine Sehnsucht nach einem Zuhause vorstellen. Sie fragte sich, in wen von beiden sie sich wohl zuerst verliebt hatte.

Es war jetzt dreiundzwanzig Uhr dreißig, und alle machten sich auf den Weg zu ihren jeweiligen Wagen, um nach St. Andrew's zu fahren. Nur Connor, der einen Migräneanfall vorgeschoben hatte, blieb zu Hause.

Während sie mit ihren hohen Absätzen die Auffahrt entlangstolzierte, legte Knox auf einmal den Arm um sie und zog sie an sich.

»Alles okay?«, murmelte er und warf Luca, der hinter ihnen ging und mit ihrem Vater über Oldtimer – was sonst? – redete, einen besorgten Blick zu. Hero hörte, wie ihr Pop Luca einlud, mit ihm die Auto-Show zu besuchen, und ihr traten Tränen in die Augen. Luca gab ihm eine unverbindliche Zusage, und in dem Moment wurde ihr bewusst, wie gut er dieses Spiel beherrschte. Rown hatte sie gewarnt, nicht wahr? Warum hatte sie nicht auf ihn gehört? Warum musste sie alles immer auf die harte Tour lernen?

»Alles bestens«, log sie. »Ich fühle mich nur so … überwältigt.« Sie hoffte, er nahm ihr das ab. Knox spürte alles immer sehr schnell, was ihm im Ring sehr zugutekam.

Er gab ihr einen Kuss auf die Schläfe. »Denk nicht an all die schrecklichen Sachen. Es ist Weihnachten.«

Hero schmiegte sich an ihn. Sie war dankbar für sein sonniges Gemüt und ließ sich davon noch immer mitreißen. »Was machst du morgen früh?«, fragte sie.

Knox grinste breit. Mit seiner einmal zu oft gebrochenen Nase sah er bedrohlich und gewinnend zugleich aus. »Ich habe mir zu Weihnachten eine Villa geschenkt. Willst du kommen und dir die Küche anschauen?«

Hero schnappte nach Luft. »Du hast eine *Villa* gekauft?«

Er zuckte mit den Schultern, als wäre das nichts Besonderes. »Tja, mit diesem letzten Kampf habe ich eine siebenstellige Summe verdient … und der Scheck von der Müsliwerbung ist auch unterwegs, also schien es mir das Richtige zu sein.« Er schob sich einen Zahnstocher zwischen die Zähne und kaute ein wenig darauf herum, was interessante Dinge mit dem keltischen Knoten-Tattoo an seinem Hals machte. »Außerdem hat sie einen eingebauten Holzofen. Ich kann richtige Pizza backen.« Er strahlte sie an, als wäre ihm gerade eine großartige Idee gekommen. »Ich kann richtiges Naan machen! Wie wäre es an Weihnachten mit indischem Essen?«

»Was muss ein Bruder tun, um eingeladen zu werden?«, fragte Vince schamlos.

»Seinen Appetit mitbringen.« Knox stieß ihm den Ellbogen in die Seite. »Und versuchen, den Koch nicht zu küssen.«

»Versprechen kann ich nichts«, witzelte Vince und öffnete Hero die Tür zu Lucas Charger. »Wir sehen uns in der Kirche.«

Hero setzte sich auf den Beifahrersitz und Vince nach hinten. Luca beendete sein Gespräch mit ihrem Pop und stieg auf der Fahrerseite ein. Während der Fahrt war die Spannung mit Händen zu greifen, und es herrschte ein verlegenes Schweigen. Die nächtliche Stadt mit ihrer bunten Weihnachtsbeleuchtung flog an ihnen vorbei, und die künstlerische Atmosphäre, die durch die Dekorationen geschaffen wurde, lud jeden dazu ein, die Weihnachtsfeiertage zu genießen. Hero versuchte, ein wenig Frieden und Freude und Liebe zu ihren Mitmenschen zu empfinden, aber ihre Gedanken kehrten immer wieder zu dem Damoklesschwert zurück, das über ihrem Kopf hing. Ihrer Familie nichts von den mitternächtlichen Plänen zu erzählen war eine wahre Tortur gewesen, aber selbst Rown hatte es für das Beste gehalten.

»Glaubst du, es wird ablaufen, wie sie es vorhergesagt haben? Dass er heute Nacht irgendeinen Anschlag verübt?« Sie hatte sich an Luca gewandt, der beide Hände am Lenkrad und den Blick stur auf die Straße gerichtet hielt.

»Ich glaube, diese Idee ist reine Zeit- und Ressourcenverschwendung«, erwiderte er grimmig.

Hero nickte. Er hatte ihre Frage zwar nicht direkt beantwortet, aber er schien dazu im Moment auch keine Lust zu haben.

»Ich kann es immer noch nicht glauben, dass Trojanowski dir den Fall entzogen hat«, kam Vince' Stimme vom Rücksitz. »Das ist echt der Hammer, Mann.«

»Vielleicht war es aber auch richtig«, glaubte Hero ihn noch murmeln zu hören, als die vertrauten Türme von St. Andrew's in Sicht kamen. Die Kirche glänzte von den Lichterketten, die durch die kahlen Bäume geschlungen waren, von den Kerzen, die in jedem Fenster standen, und von der Wärme, die aus den offenen Türen strömte. Ihnen war ein Parkplatz in der Nähe der Eingangstür reserviert worden, und so parkte Luca neben dem schwarzen SUV, in dem Corelli und Reinhardt saßen.

Luca und Vince nutzten die Dunkelheit des Parkplatzes, um ihre Waffen zu überprüfen.

»Und wenn …« Hero zuckte zusammen, als die Magazine wieder einrasteten und die Waffen wieder in ihrem jeweiligen Holster verschwanden. »Und wenn heute Nacht nun nichts passiert? Wenn er nicht auftaucht?«

»Dann fangen wir wieder von vorne an.« Vince seufzte. »Der einzige Punkt, in dem ich mit DC übereinstimme, ist, dass er bald zuschlagen wird. Allerdings halte ich es für unwahrscheinlich, dass das heute Nacht sein wird.«

Luca schwieg und behielt seine Meinung für sich.

Corelli stieg aus und öffnete Hero die Tür, bevor Luca Gelegenheit hatte, um den Wagen herumzugehen.

»Sie sehen großartig aus«, sagte er bewundernd und musterte Hero mit eindeutig männlichem Interesse. Hero bedankte sich. Sie hatte sich für einen langen, eng anliegenden, burgunderroten Samtrock entschieden, zu dem sie eine weit geschnittene, goldfarbene Bluse trug, durch die der kalte Wind ungehindert hindurchblies. Sie zitterte trotz ihres Mantels und wollte so schnell wie möglich nach drinnen.

Vince war inzwischen ebenfalls ausgestiegen, und Corellis

hasserfüllter Blick verriet ihr, dass Luca hinter sie getreten sein musste.

»Was machen Ihre Nerven, Ms Connor?«, fragte Corelli, ergriff ihre Hand mit beiden Händen und schüttelte sie. Er besaß die Frechheit, durch ihre Fausthandschuhe hindurch nach ihren Narben zu tasten, und Hero entzog ihm rasch die Hand.

»Ich heiße Katrova-Connor«, verbesserte sie ihn. »Aber Sie können mich Hero nennen.« Sie schenkte ihm ein falsches Lächeln – schließlich war es nicht sinnvoll, es sich mit Leuten zu verderben, die dazu da waren, einem das Leben zu retten.

Corelli lächelte ebenso unaufrichtig zurück. Ihm war anzusehen, dass der Ärger seine Bewunderung erstickt hatte. Seine Augen waren nicht gefährlich schwarz wie Lucas, sondern schlammfarben, leer und uninteressant. Offensichtlich ließ er sich nicht gern verbessern, schon gar nicht vor anderen Leuten.

Reinhardt war inzwischen um den SUV herumgekommen. Seine Rehaugen und sein junges Gesicht ließen vermuten, dass er der Umgänglichere der beiden war. »Kurz noch mal zur Lage, bevor wir reingehen. Am Rand der beiden vorderen Kirchenbänke sitzt jeweils ein Agent. Corelli und ich sichern den hinteren Teil der Kirche. Sie sitzen zwischen Ramirez und Di Petro, und Ihr Bruder ist heute Nacht ebenfalls im Dienst, wobei seine Hauptaufgabe das Beschützen Ihrer Familie ist.«

Corelli deutete auf einen dunklen Lieferwagen, der unter einem großen Baum ganz in der Nähe der Kirche stand. »Überwachungs- und Eingreifteams sitzen dort drüben, zusammen mit Verstärkung.«

Hero nickte. Plötzlich war sie sich nicht mehr sicher. »Glauben Sie, dass jemand verletzt wird?«, fragte sie. Sie hatte Angst um ihre Familie und um die anderen Kirchenbesucher.

»Nicht, wenn wir es verhindern können.«

Hero gefiel Corellis Schulterzucken nicht, genauso wenig wie seine Einstellung, und so wandte sie sich von ihm ab und hakte sich bei Luca unter. »Ich bin so weit.«

Luca verkrampfte sich, was Hero erst schmerzte, dann aber unglaublich wütend machte. »Himmel, entspann dich«, zischte sie. »Wir tun doch nur so als ob, schon vergessen?«

Einen Moment lang stand er wie erstarrt da, dann ging er über das gefrorene Gras auf den Weg zu. Vince folgte ihnen, während die beiden anderen Agents zurückblieben, vermutlich, um die Kirche unauffälliger betreten zu können.

»Hero …«, setzte Luca zögerlich an.

»Sei still«, schnitt sie ihm das Wort ab. »Steh mir einfach nur zur Seite. Irgendwie muss ich diese Nacht überstehen.«

Luca atmete langsam durch die Nase aus. Sein in der Luft kondensierender Atem erinnerte sie an einen Drachen. Schließlich legte er seine andere Hand auf ihre. »Egal, was passiert, ich passe auf dich auf«, sagte er mit rauer Stimme.

Als Hero zu ihm hochsah, wusste sie mit absoluter Sicherheit, dass er die Wahrheit sprach. Ihre Angst ließ ein wenig nach, und sie hielt sich an seinem Arm fest und schmiegte sich an ihn, während sie die Treppe zur Kathedrale hinaufgingen.

Ein großer, kräftig gebauter, ergrauter Mann mit zurückgekämmtem Haar und einem schlecht sitzenden Anzug stand am Eingang und verteilte Programme. Er sah eher wie ein Rausschmeißer als wie ein Gemeindemitglied aus, und Hero dankte ihm geistesabwesend, als sie eins der dünnen, roten Programme entgegennahm.

»Psst, Hero«, murmelte er unauffällig. »Ich muss Sie um einen Gefallen bitten.«

Sie erstarrte, und Lucas Arm spannte sich unter ihren Fingern an. Verblüfft starrte sie in die vertrauten eisblauen Augen hinauf, dann verzog sich ihr Mund zu einem breiten, ehrlichen Lächeln. »Jimmy Mazure! Sehen Sie aber gut aus!«

Die Haut unter seinem frisch geschnittenen Bart lief rot an, und er heftete den Blick auf die Programme in seiner Hand.

Hero drückte ihm kameradschaftlich die Schulter. Luca gab einen angewiderten Ton von sich, woraufhin Mazure angeekelt das Gesicht verzog. Die beiden konnten sich immer noch nicht leiden.

»Wo ist Agent Orange?«, fragte Hero und sah sich nach seinem Kater um.

Die Frage entlockte Mazure ein Lächeln. »Er schläft gern hinten in der Gärtnerei, wo es warm ist und er in der Erde rumwühlen kann.«

»Das ist großartig, Jimmy, ich bin so froh, Sie hier zu sehen. Was für einen Gefallen kann ich Ihnen denn tun?«

Luca schnaubte erneut angewidert, und Hero rammte ihm den Ellbogen in die Seite.

Mazure starrte Luca missmutig an, und seine Hände zitterten ein wenig, aber als er den Blick wieder auf Hero richtete, wurde sein Gesichtsausdruck weicher. »Ich würde heute Nacht gern an der Kommunion teilnehmen«, sagte er.

Hero drückte seine Schulter fester. »Aber dafür müssten Sie nach drinnen gehen«, erwiderte sie sanft.

Sein Zittern wurde heftiger, aber er schluckte und nickte. »Ich glaube, ich schaffe es. Ich muss ja nur einmal den breiten Mittelgang entlanggehen und wieder zurück.« Er deutete auf ihre Familie, die sich auf ihre gewohnten Plätze in einer der mittleren Reihen gesetzt hatte. Am Rand waren drei Plätze frei geblieben für Luca, Vince und sie. »Wenn ich es bis zu Ihnen schaffe, könnten Sie dann … mit mir mitgehen?«

»Oh Jimmy.« Sie versuchte, ihre Rührung zu verbergen. »Es wäre mir eine Ehre. Ich werde auf Sie warten.«

»Sie werden mit uns nach vorne gehen müssen.« Luca deutete auf Vince und sich. Vince sah ihn an, als hätte er erst jetzt begriffen, dass die Kommunion auch zu seinen Aufgaben gehörte.

»Werde ich vom Blitz getroffen, wenn ich die Kommunion empfange?«, fragte er.

Alle drei ignorierten ihn.

»Ich dachte, nur Sie würden sich in der Nähe aufhalten«, sagte Mazure zu Luca, und es klang, als würde ihm das größere Sicherheitsaufgebot missfallen. Das verblüffte Hero, denn genau das hatte er doch unbedingt gewollt. Vermutlich war er noch sauer darüber, wie er im Vernehmungszimmer behandelt worden war.

»Sie sehen gut aus, Jimmy.« Sie drückte ein letztes Mal seine Schulter und ließ die Hand dann sinken. »Wir sehen uns drinnen?« Er nickte, wobei er gleichzeitig erleichtert und beunruhigt wirkte.

Armer Mann, dachte Hero, während sie den Gang entlang zu der inoffiziellen Kirchenbank ihrer Familie schritt. Er musste schreckliche Angst vor dem haben, was er vorhatte. Es war ein riesiger Schritt für ihn, und Hero war dankbar, daran teilhaben zu dürfen. Endlich verspürte sie ein wenig weihnachtliche Stimmung. Sie trat einen Schritt zurück, um Vince neben Rown auf die Bank rutschen zu lassen, dann setzte sie sich, und Luca nahm ganz außen am Rand Platz.

Die anderen Agents erkannte sie sofort daran, wie sie die hereinströmenden Besucher beobachteten. Der eine war ein kleiner, aber kräftig gebauter blonder Mann, der auch bei ihrer Kunstausstellung gewesen war, die andere eine Frau, die Hero noch nie gesehen hatte. Wie es aussah, trug sie unter ihrem Dienstblazer einen Rock, der nicht richtig dazu passte. Die beiden saßen jeweils am äußeren Rand der ersten Reihe, zu beiden Seiten des Podiums, wo Pater Michael, bekleidet mit schwarzem Talar und weißer Robe, gerade dem Kirchenchor noch ein paar aufmunternde Worte sagte. Pater McMurtry stieß ungeduldig mit dem Stock gegen die Stufen, die zum Podium hinaufführten, und stellte ihn dann an der richtigen Stelle ab, bevor er zu dem Organisten hinüberhumpelte und ihn bat, die rote Schärpe über seiner prachtvollen goldenen Robe zurechtzurücken.

Ein etwa zehnjähriges Mädchen verschandelte »Heilige Nacht« auf der Harfe, und Hero fragte sich, wieso seine Eltern so grausam waren, ihm das in aller Öffentlichkeit anzutun. Und der Gemeinde. Sogleich hatte sie wegen dieser gefühllosen Gedanken ein schlechtes Gewissen, und sie versuchte, über die Schulter an den hereinströmenden Leuten vorbei einen Blick auf Mazure zu erhaschen. Sie sah, wie er gerade Programme an Corelli und Reinhardt verteilte. Er schien die Säume ihrer Anzugjacken und ihre Hüften zu betrachten, als könne er durch ihre Kleidung hindurch die Waffen erkennen. Jimmy war ein Ex-Militär. Vermutlich hatte er einen Blick dafür. Ungläubig schaute er in ihre Richtung, und Hero lächelte und winkte ihm ermutigend zu.

»Kam er dir irgendwie seltsam vor?«, flüsterte Luca ihr ins Ohr. Sein heißer Atem rief die Erinnerung daran wach, wie er ihr unter der Dusche ins Ohrläppchen gebissen hatte, und setzte ihr Unterhöschen in Brand. »Ich meine, mehr als sonst.«

Sie hätte nur den Kopf ein wenig drehen müssen, damit ihre Münder sich berührten, und jede Zelle in ihr schrie, sie solle es tun. »Fang damit gar nicht erst an«, erwiderte sie und drehte den Kopf nach vorn. Klasse. Jetzt war sie erregt und wütend. Wenn sie Luca nicht so sehr lieben würde, würde sie ihn hassen.

Vielleicht war es das, was er wollte.

Stirnrunzelnd fing Hero Pater Michaels Blick auf, der Pater McMurtry gerade auf das Podium hinaufhalf. Statt sie wie sonst mit funkelnden Augen anzulächeln, wandte er schuldbewusst den Blick ab. Sie spürte, wie ihr Gesicht einen missmutigen Ausdruck annahm, was sich unangenehm und fremd anfühlte. Als würde er nicht dorthin gehören. Seufzend lehnte sie sich zurück und konzentrierte sich auf Pater McMurtrys vertraute und beruhigende Stimme.

»Danke, Jenny Bower, für das wunderbare Präludium«, sagte Pater McMurtry, bevor er seine blumige Weihnachtsbotschaft verkündigte.

»Wow. Und das bringt er heraus, ohne das Gesicht zu verziehen«, murmelte Hero fasziniert vor sich hin, und Luca musste sein Lachen hinter einem Hüsteln verbergen.

Hero empfand einen Anflug von Triumph, weil sie sein »versteinertes Gesicht«, wie sie es inzwischen nannte, aufgebrochen hatte. Die erste halbe Stunde des Gottesdienstes verbrachte sie damit, entweder die Menge nach jemandem mit Serienmörderblick abzusuchen oder auf Lucas unter seiner Hose sichtbare muskulöse Beine zu starren.

Meine Güte, war sie schwach! Vielleicht war an dieser Geschichte doch etwas dran, dass man von einem Lustdämon besessen sein konnte. Sie warf einen Blick auf Vince, ebenfalls ein heißer Typ und vom Charakter her sehr viel unkomplizierter.

Nichts. Offensichtlich war es einfach nur diese lästige Verliebtheit.

Verdammt.

Nach der Aufforderung, zur Kommunion nach vorne zu treten, begann die Orgel zu spielen, und Hero stand auf, genau wie ihre Familie, blieb aber im Gang stehen und wartete auf Mazure. Sie versuchte, ihn so gut wie möglich mit Blicken zu ermuntern, während er durch den breiten, aber mit Menschen gefüllten Mittelgang schlurfte. Ihm wäre es mit Sicherheit lieber gewesen, wenn der Gang frei gewesen wäre, damit er rasch wieder nach draußen kommen konnte. Zumindest war die Menge höflich, und solange er Blickkontakt mit Hero hielt, schien er seinen Entschluss nicht ändern zu wollen.

Sobald er bei ihr war, streckte sie ihm die Hand hin, und er ergriff sie, was Luca überhaupt nicht gefiel. Aber Hero fand nichts Unpassendes daran, die zitternde und verschwitzte Hand des Mannes zu halten, während sie sich langsam auf Pater Michael zubewegten.

Luca ging vor ihr und Vince hinter ihnen. Langsam rückte sie in der Reihe vor, die das Heilige Abendmahl empfangen wollte. Wie so oft in letzter Zeit fragte sich Hero auch diesmal, ob Johannes der Täufer sich wohl in der Nähe aufhielt. Ob er sie genau in diesem Moment beobachtete und ihr einen gewaltsamen Tod wünschte.

Hero beugte sich zu Mazure hinüber, um sich abzulenken. »Sie machen das prima«, flüsterte sie. »Wir sind fast da.«

Er nickte einmal kurz, während er den Blick nervös von einem Ausgang zum nächsten schweifen ließ, und packte ihre Hand noch fester. Zuerst erreichten sie Pater Michael, der die Oblaten verteilte. Hero versuchte, ihn ebenfalls ermutigend anzulächeln, denn er sah aus, als könne er es gebrauchen.

»Der L...leib Christi.«

»Amen«, antwortete sie.

Seine Hand schien zu zittern, als sie den Mund öffnete und die Zunge hinausstreckte. Er ließ eine Oblate auf den Teppich fallen, was gelegentlich vorkam, aber diesmal schien es ewig zu dauern, bis er die nächste herausgefischt hatte und ihr auf die Zunge legte. Hero wartete, bis auch Mazure seine Oblate bekommen hatte, bevor sie weiterging zu Pater McMurtry, der Luca durchdringend anstarrte, als dieser vom Wein trank.

McMurtry sah sie freundlich an, als sie vortrat und den Kopf beugte. »Das Blut Christi.« Er gab ihr aus der Karaffe zu trinken, dann deutete er mit dem Kopf auf Mazure, formte mit den Lippen das Wort »Danke« und blinzelte ihr zu, bevor sie weiterging.

Hero strahlte, als Mazure gleich nach ihr von dem Wein trank. Pater McMurtry und sie wechselten einen verschwörerischen Blick, bevor Mazure vom Podium herunterschlurfte.

»Na also.« Sie nahm seinen Arm und drückte ihn leicht. »Sie haben es fast geschafft.« Es verwirrte sie, dass er jetzt noch steifer und unsicherer als vorher wirkte, und sie fürchtete, dass ihn allmählich der Mut verließ. Während sie Luca den Mittelgang entlang folgte, an den Gemeindemitgliedern vorbei, die noch zur Kommunion anstanden, versuchte sie abzuschätzen, wie weit es bis zur Tür war.

Auf halbem Weg bahnte ihnen Luca einen Weg durch die Reihe der Wartenden, damit sie in die Kirchenbank ihrer Eltern treten konnten. Hero wollte ihm gerade folgen, als sich Mazures Ellbogen in ihren Rücken bohrte und sie ihn leise »Gehen Sie weiter« flüstern hörte. Sofort schloss sich der Durchlass in der Reihe der Wartenden wieder.

Sie überlegte, wie sie Mazure die Situation erklären sollte. Sie konnte die Agents nicht einfach stehen lassen, andererseits würde Luca sicher merken, dass sie weiterging, und ihnen beiden folgen. Sie wollte Jimmy Mazure jetzt nicht im Stich lassen. Außerdem standen Corelli und Reinhardt hinten in der Kirche und behielten sie im Blick. Sie konnte sie nicht sehen – hätte sie doch bloß Schuhe mit hohen Absätzen angezogen –, aber sie hatte beobachtet, wie die beiden hereingekommen waren.

»Es ist mir ernst, Hero. Gehen Sie weiter.« Er presste etwas gegen ihren Rücken, fester diesmal, und Hero wurde schlagartig klar, dass das, was sie an ihrer Wirbelsäule spürte, nicht sein Ellbogen war.

Es fühlte sich kalt durch ihre dünne Bluse an. Hart und unverkennbar.

Eine Schusswaffe.

Die Gesichter der Leute, die Hero schon ein Leben lang kannte, verschwammen, als die panische Leere, die sie zunächst empfand, umschlug in Angst, ein Unschuldiger könne zu Schaden kommen. Wegen ihr. Weil sie sich hierfür diesen Ort ausgesucht hatten. Warum bloß hatte sie dem zugestimmt?

»Ich bringe dich weg von *ihm*«, erklärte Mazure, während Hero zögerlich ein paar Schritte vorwärts machte. Auf einmal war ihr Kopf vor Angst vollkommen leer. »Ich rette dich. Nur noch ein paar Schritte, und wir sind frei.«

Das Wort »frei« versetzte sie dermaßen in Furcht und Schrecken, dass ihr nichts Besseres einfiel als weiterzugehen. Wenn sie Mazure von der Menge fortlotsen konnte, waren zumindest die anderen in Sicherheit.

War Vince noch hinter ihnen? Offensichtlich konnte er die Waffe nicht sehen. Wo waren die anderen Agents?

»Hero?«, ertönte Lucas Stimme über die Orgelmusik und das Füßescharren der Leute hinweg und zog die Aufmerksamkeit der gesamten schweigsamen Gemeinde auf sich.

Sie warf einen Blick über die Schulter und sah, dass er nur zwei oder drei Schritte von ihr entfernt war und sich gerade mit genervtem Gesichtsausdruck von der Bank in den Gang zurückkämpfte. Vince war irgendwie oben beim Podium aufgehalten worden und war jetzt hinter Rown, der den Rest ihrer Familie begleitete.

»Luca!«, rief sie mit erstickter Stimme. Sie wusste, er konnte sie nicht hören, hoffte aber, er würde die Panik in ihrem Blick erkennen.

Das tat er auch, aber erst als die alte Mrs Werner in der Kirchenbank neben Hero rief: »Eine Waffe! Er hat eine Waffe!«

Die drei Sekunden, die Luca brauchte, bis er bei ihr war, fühlten sich wie dreißig Minuten an. Es war, als hätte irgendjemand den Pausenknopf gedrückt, denn alle blieben wie gelähmt stehen. Hero schritt weiter durch die Menge, vorwärtsgetrieben von dem Stahl in ihrem Rücken, vorbei an Menschen, die ihnen jetzt rasch den Weg frei machten.

»Sieh dich nicht nach ihm um«, fuhr Mazure sie an, wobei seine Augen noch immer den Ausdruck eines verängstigten, gehetzten Tieres hatten. »Wir sind fast frei«, wiederholte er.

»Tun Sie das nicht, Jimmy«, bettelte Hero. »Hier sind doch Kinder.«

»Hero!« Sie glaubte die Stimme ihres Vaters zu hören, und ihr traten Tränen in die Augen. Sie betete, dass er nichts Dummes tun würde.

»Stehen bleiben«, befahl Luca. Als Hero erneut den Kopf wandte, sah sie, dass Luca Mazure von hinten seine Waffe gegen die Schläfe drückte. Sie wusste nicht, ob sie erleichtert oder noch verängstigter sein sollte.

Ihr Körper entschied sich für Angst und begann zu zittern. Außerdem verspürte sie einen unerträglichen Druck auf der Blase.

»Runter mit der Waffe!« Lucas Stimme klang hart und kalt.

»Lieber erschieße ich sie, als dass ich sie Ihnen zurückgebe«, brüllte Mazure, dessen Blick immer unsteter wurde und mehr auf die Tür als auf Hero gerichtet war.

»Ich gebe Ihnen drei Sekunden.« Lucas Augen waren schwarze Löcher, deren Blick sich so durchdringend in Mazure bohrte, wie seine Kugel das tun würde.

Ein paar verzweifelte Seelen im hinteren Teil der Kirche stürzten auf die Tür zu.

Hero schaute wieder nach vorn und sah, dass Corelli und Reinhardt so vielen wie möglich nach draußen verhalfen, sich dabei aber gleichzeitig in ihre Richtung vorarbeiteten. Vielleicht sollte sie versuchen, Mazure die Waffe zu entreißen, wenn er gerade nicht zu ihr hinschaute. Als sie über die Schulter hinunter auf seine Waffe sah, wurde ihr klar, was er vorhatte – und was Luca, der hinter ihm stand, nicht sehen konnte.

»Luca! Er …«

Es schien fast, als würde Luca nach hinten geschleudert, bevor der Schuss von den Steinwänden widerhallte. Hero schrie auf, stürzte auf Luca zu und klammerte sich an ihm fest, doch Mazure packte sie und begann, sie aus der Kirche zu zerren.

Chaos brach aus, wie Hero es bisher nur aus Filmen kannte. Die Leute rannten in alle Richtungen, einige auf den Eingang neben dem Podium zu, andere auf die großen Türen der Kathedrale, obwohl sie dabei Mazures Weg kreuzten. Sie schubsten und traten langjährige Freunde und Nachbarn, um so rasch wie möglich die vermeintliche Sicherheit der dunklen Nacht zu erreichen.

Hero spürte, wie sie in dem ganzen Irrsinn von allen Seiten gestoßen und angerempelt wurde, aber sie konnte nur immer wieder Lucas Namen rufen und versuchen, zwischen den Beinen des Mobs einen Blick auf seinen Körper zu erhaschen.

Sie konnte ihn nicht sehen. Oh Gott! War er tot?

Die anderen Agents – wo waren die? Konnten sie zu ihm gelangen? Corelli und Reinhardt standen nicht weit von ihr entfernt und brüllten Mazure Kommandos zu. Hero verstand sofort, wieso sie nichts unternehmen konnten.

Sie konnten nicht in die Menge hineinschießen.

Mazure brüllte zurück und richtete die Waffe mal auf den einen, mal auf den anderen Agent. »Lassen Sie mich raus! Ich muss hier raus!«

Hero wusste genau, wenn es ihm gelang, sie nach draußen zu schleifen, bedeutete das ihr Ende. Sie erinnerte sich an etwas, was Knox ihr vor langer Zeit beigebracht hatte, und entspannte schlagartig alle Muskeln. Wie ein schwerer Weizensack glitt sie aus Mazures nicht sehr sicherem Griff.

Zu ihrer größten Überraschung ließ er es einfach geschehen. Sobald er nicht mehr ihr Gewicht schleppen musste, sprang er auf die Tür zu und bahnte sich auf die einzige Art und Weise, die er kannte, einen Weg durch die Menge.

Donner hallte durch die Kathedrale. Der Schuss, den Mazure auf Corelli abgab, traf diesen mitten in die Brust. Noch bevor Corelli zu Boden ging, hatte Mazure bereits den nächsten Schuss abgefeuert, diesmal auf Reinhardt. Die Schüsse gingen im Geschrei der zum Ausgang drängenden Menge völlig unter. Reinhardt wurde nach hinten gerissen und fiel zwischen die Beine der Fliehenden.

Bei den entsetzten Schreien der Gemeinde entstand der Eindruck, es seien noch viel mehr als zwei Schüsse abgegeben worden. »Es tut mir leid«, brüllte Mazure ihr über den Aufruhr hinweg zu. »Ich habe versucht, dich zu retten. Es tut mir leid.« Mit ungelenken Bewegungen schloss er sich den auf die Rundbogentür zueilenden Menschen an.

Jemand trat Hero auf die Hand, ein anderer stolperte und trat sie in die Rippen. Sie schrie auf, dann packten sie kräftige Hände unter den Achseln und zogen sie aus der Menge und an eine kalte, breite Brust.

Dunkle Hände tasteten rasch jeden Zentimeter ihres Körpers ab, und als Hero hochsah, blickte sie in Lucas harte schwarze Augen. Im nächsten Moment schob er sie zurück in den Mittelgang.

»Du lebst!«, konnte sie noch krächzen, bevor andere Arme sie an eine ähnlich kalte, unnachgiebige Brust zogen.

Was zum Teufel …?

»Ich habe sie. Los, los, los!« Rown hielt sie fest an seine eine Seite gepresst und ihre Mutter an die andere. Hinter sich hörte sie, wie ihr Vater Andra befahl, unten zu bleiben. Hero hatte keine Ahnung, wo Demetri und Knox waren.

Sie sah sich nach Luca um, aber er war verschwunden. Rown zog sie in die Mitte einer Kirchenbank, und erneut versuchte Hero, über die Menge hinweg den Kopf von Luca zu entdecken.

»Hier sind wir sicherer, jetzt, wo der Schütze draußen ist«, brüllte Rown und winkte seine Familie zu ihnen in die Kirchenbank, damit sie die panischen Leute vorbeilassen konnten. »Bleibt zusammen, und vor allem, bleibt unten.«

Die Agentin, die vorne in der Kathedrale gesessen hatte, lief mit gezogener Waffe an ihnen vorbei, dicht gefolgt von dem stämmigen blonden Mann. Geschickt bahnten sie sich einen Weg durch die Menge und aus der Tür heraus, um Mazure zu verfolgen. Hero konnte weder Luca noch Mazure sehen, und auf einmal packte sie eine verzweifelte Angst. Luca hatte einen Schuss abbekommen. Sie hatte es mit eigenen Augen gesehen.

Doch dann wurde ihr klar, wieso Rowns Brust so unnatürlich hart gewesen war. Er trug eine Kevlarweste, und das hieß, Luca tat das ebenfalls. Wenn sie ihn an diesem Abend auch nur einmal berührt hätte, hätte sie es gewusst.

»Gott sei Dank«, flüsterte sie. Vielleicht hatten die beiden anderen Agents, auf die Mazure geschossen hatte, ebenfalls überlebt. Wortlos sprach sie ein Gebet für sie. Wie konnte das alles sein? Wie konnte Mazure die ganze Zeit Johannes der Täufer gewesen sein? Er war so verletzt gewesen, so verloren. Er war in Untersuchungshaft gewesen, als …

»Rown!« Demetris tiefe Stimme übertönte die Schreie. Sie

drehten die Köpfe in Richtung des Podiums, auf das Demetri und Knox deuteten.

»Ein Agent ist verletzt! Es ist Vince!«

»Vince!«, brüllte Hero. »Lebt er?«

»Ich sehe sehr viel Blut«, erwiderte Knox.

»Mist!«, fluchte Rown. Sein Blick irrte unentschlossen zwischen Hero, seinem am Boden liegenden Kollegen und seiner Familie hin und her.

»Geh.« Hero gab ihm einen Schubs. »Hilf ihm.«

»Ich lasse euch nicht ohne Schutz«, widersprach Rown.

»Ich passe schon auf sie auf, Sohn. Wie du schon sagtest, Johannes der Täufer ist draußen.« Ihr Vater drückte Rowns Schulter. »Hilf Vincent.«

Allmählich leerte sich die Kathedrale, und Rown sprang geschickt über mehrere Bänke, bevor er sich in den Mittelgang stürzte.

Ihr Vater wandte sich ihrer Mutter zu und betastete behutsam eine wachsende Schwellung an ihrer Wange, die aussah, als hätte man sie geschlagen oder ihr den Ellbogen ins Gesicht gerammt. Von ihrer Lippe tropfte Blut.

»Mama, alles in Ordnung?«, rief Hero.

»Alles bestens.« Izolda versuchte vergeblich, die Hand ihres Mannes wegzuschieben. »Ich habe schon Schlimmeres überlebt.«

Hatte sie das?

»Lass mich das sofort ansehen, Izolda, oder ich schwöre an diesem Tag der Geburt unseres Herrn, dass ich dich übers Knie lege!«, zeterte ihr Vater.

Andra hatte bereits ihr Handy am Ohr und schrie hinein, während sie sich das andere Ohr zuhielt.

Hero hörte, wie jemand mit leiser, verzweifelter Stimme ihren Namen rief, und sie drehte sich um, um zu sehen, woher die Stimme kam. Niemand von den noch in der Kathedrale Anwesenden schien ihr Aufmerksamkeit zu schenken. Es waren nur noch wenige Leute da, und dennoch konnte sie nicht sagen, woher die leisen Rufe kamen. Dann blickte sie nach unten und entdeckte eine zitternde Hand, die sich ihr von der anderen Seite des Mittelgangs entgegenstreckte, und dahinter einen blutgetränkten Ärmel. »Hilf mir, Hero.«

»Meine Güte!«, rief sie und kroch von ihrer Familie weg, um zu helfen. Wie viele Leute waren angeschossen worden? Wie waren die Kugeln bis nach vorn zu Vince gelangt? Sie konnte sich nicht daran erinnern, dass irgendjemand in seine Richtung geschossen hätte, aber bei dem Echo, das die Schüsse in der Kathedrale ausgelöst hatten, hätten sie von überallher gekommen sein können. Außerdem war sie zu Boden gestürzt. Hatte Mazure danach in die Menge geschossen?

Hero kniete sich hin und griff nach der Hand, die sich ihr entgegenstreckte, um demjenigen aufzuhelfen. »Meine Güte, alles in Ordnung mit Ihnen?« Die Hand, deren Griff jetzt fest war, packte ihre mit überraschender Kraft, und als sie die Waffe sah, war es bereits zu spät.

31

Einige steigen durch Sünde,
andre fallen durch Tugend.

William Shakespeare, *Maß für Maß*

Luca rannte in die Nacht hinaus. Sein Atem ging in kurzen, schmerzhaften Stößen. Er war sich ziemlich sicher, dass ihm die aus nächster Nähe abgefeuerte Kugel ein oder zwei Rippen gebrochen hatte, aber egal, ob er Luft bekam oder nicht, er würde dieses Arschloch kriegen.

In dem Moment, als er Heros panisches Gesicht gesehen hatte, war ein Adrenalinstoß durch seinen Körper gerast, und die Wut hatte ein Übriges getan. Luca fühlte sich, als könne er es mit einer Herde aufgeschreckter Gnus aufnehmen. Er folgte Mazure den Hügel hinunter, die Waffe auf den Rücken des fliehenden Mannes gerichtet, ohne jedoch für einen Schuss genau genug zielen zu können.

Mazure war groß und schnell, aber jemandem hinterherzurennen und ihn zu Boden zu rammen war etwas, das Luca schon seit seinen Highschool-Zeiten beherrschte. Er hob die Waffe, sobald er an dem letzten verängstigten Gemeindemitglied vorbei war. Seine langen Beine flogen nur so über das rutschige Gras, und als sie auf festen Boden gelangten und er Mazure über einen gepflasterten Platz Richtung Kirchengarten jagen konnte, wurde der Abstand zwischen ihnen allmählich geringer.

»Stehen bleiben!«, brüllte er. »Ich schieße.« Die verdammte Weste wurde ihm immer enger.

Ein Nebengebäude kam in Sicht, dann das Kunststoffdach der Gemeindegärtnerei, das den halben Garten überragte, der jetzt kahl und mit Raureif überzogen dalag. Getrennt nur durch einen Bretterzaun, grenzte ein Viertel mit vornehmen Reihenhäusern an das Kirchengelände. Luca wollte nicht riskieren, dass eine verirrte Kugel eins der Fenster durchschlug, aber er wollte auch nicht stehen bleiben, um genauer zu zielen, weil Mazure dann vermutlich wieder einen größeren Vorsprung bekommen hätte.

Wem machte er hier eigentlich etwas vor? Er wollte Jimmy Mazure nicht erschießen.

Er wollte den Mann mit bloßen Händen in Fetzen reißen.

Luca war noch etwa fünf Meter entfernt und kam Mazure rasch näher. Er steckte die Waffe in das Holster und legte einen Sprint hin, der sich aus mörderischer Wut speiste. Drei Meter. Zwei. Jetzt waren sie wieder auf Grasboden. Er musste den anderen erwischen, bevor dieser den Zaun erreichte. Wenn Mazure das gelang, würde er viel schneller über den Zaun kommen als Luca mit seiner schweren Weste und den anderen an seinem Körper verborgenen Dingen, ganz abgesehen von seinen gebrochenen Rippen. Und in dicht bebauten Vierteln konnte man leicht verschwinden. Wenn Luca ihn jetzt verlor, war Mazure nur noch ein Geist.

Luca berechnete den Abstand, schaffte einen Absprung, der ein Football-Stadion zum Toben gebracht hätte, und rammte Mazure seine kräftige Schulter in die Nieren. Mazure ging mit dem Gesicht voran zu Boden.

Die Neun-Millimeter in seiner Hand flog davon, aber der Mann erholte sich überraschend schnell und stieß Luca den Ellbogen gegen das Kinn.

Lucas Sichtfeld verengte sich, und Sterne explodierten am Nachthimmel. Mazure schlängelte sich unter ihm hervor und stürzte davon. Luca kämpfte gegen die aus nicht genügend Sauerstoff erwachsene Dunkelheit an, sprang auf die Füße und packte Mazure so fest an den Schultern, dass es ihn herumwirbelte.

Luca sah den Schwinger, der auf seine Schläfe zielte, gerade noch rechtzeitig genug, um ihn abzublocken. Sofort versetzte er Mazure einen Schlag gegen die Kehle. Als Mazure verzweifelt nach Luft schnappte, nutzte Luca die Gelegenheit, ihm das Knie wegzutreten. Der verrückte Kerl ging schreiend zu Boden, und Luca konnte selbst einen Schwinger anbringen. Mazures Nase brechen zu hören war besser als jedes Weihnachtsgeschenk, das Luca sich hätte vorstellen können. Er stand über Mazure, der sich am Boden wand, und langte hinten an seinen Gürtel, um die Handschellen hervorzuholen. Auf halbem Weg, in der Nähe des Griffs seiner Waffe, hielt er inne.

»Steh auf, du Dreckskerl.« Lucas Stimme klang jetzt wieder kräftiger. Der Erfolg hatte ihm zu etwas mehr Atem verholfen. »Versuch irgendwas, damit ich dich erledigen kann.«

Mazure stöhnte und spuckte Blut, blieb aber am Boden liegen. »Mir ist egal, was Sie mit mir machen«, ertönte seine Stimme gedämpft unter der Hand hervor, mit der er das aus seiner Nase fließende Blut aufzufangen versuchte. »Ich weiß, dass Hero in Sicherheit ist, und inzwischen weiß sie auch genau, wer Sie sind.«

Luca drückte Mazure zu Boden, schlang ihm eine Handschelle um das Handgelenk und griff dann rasch nach seiner anderen Hand, die inzwischen ganz blutig war. »Ich habe dir doch gesagt, du sollst ihren Namen nicht aussprechen«, brüllte er dem Psychopathen ins Ohr.

»Sie kriegen sie jetzt nicht mehr, Johannes der Täufer!«, schrie Mazure. »Er wird ihr erzählen, wer Sie sind!«

Luca erstarrte einen Moment lang. »Was hast du gesagt?« Er rollte Mazure auf den Rücken, um ihm ins Gesicht sehen zu können.

Der Irre lächelte, wodurch die Lücken in seinen Zahnreihen sichtbar wurden. »Ich weiß *alles* über Sie.« Seine Brust hob und senkte sich hektisch vor Anstrengung und Schmerz. »Sie haben diese ganzen Mädchen umgebracht. Wer würde schon den Agent verdächtigen, der für den Fall zuständig ist?«

Ein schrecklicher Verdacht keimte in Luca auf und jagte ihm einen kalten Schauder über den Rücken. »Wer?« Er packte Mazure an seinem blutbefleckten Hemd und schüttelte ihn. »Wer hat das gesagt?«

»Wie konnten Sie das tun, Sie blödes Arschloch?« Mazures Blick wirkte so krank, wie Luca sich fühlte. »So zu tun, als ob Sie sie beschützen, dabei versetzen Sie sie die ganze Zeit nur in Angst und Schrecken! Wann wollten Sie sie töten, heute Nacht?«

Luca konnte nicht glauben, was er hörte. Mazure war benutzt worden, und nur einer von zwei Leuten konnte die ganze Zeit die Fäden gezogen haben. In einem Anfall von Verzweiflung zog Luca seine Waffe und presste den Lauf gegen Mazures Stirn. »Welcher von den beiden Priestern hat dir das erzählt?«

»Bringen Sie mich einfach um«, zischte Mazure. »Dann bin ich ein weiterer Fleck auf Ihrer schwarzen Seele.«

»Vielleicht tue ich das wirklich. Aber erst, nachdem du mir seinen Namen genannt hast.«

Mazures Gesicht war eine Maske aus Hass und Blut, erhellt vom Lichtermeer der städtischen Festbeleuchtung. »Er hat mir gesagt, es sei nicht Ihr Fehler«, erwiderte Mazure verächtlich. »Sie seien von Dämonen geplagt, aber ich glaube ihm nicht. Ich glaube, *Sie* sind ein Dämon, und Sie werden im Höllenfeuer brennen.«

Verdammt.

Luca blickte sich verzweifelt nach Verstärkung um. Die Kirche leuchtete noch immer wie ein Signalfeuer auf einem Hügel, Schatten glitten durch die Nacht, Rufe tönten durch die Dunkelheit, in der Ferne jaulten Sirenen, aber noch kam ihm niemand zu Hilfe gerannt. Vince und er hatten auf Kopfhörer verzichtet, und so war ihm keine Kommunikation mit seinem Team möglich.

Luca tat das Einzige, was ihm einfiel. Er zog Mazure die Pistole über den Schädel, woraufhin dieser das Bewusstsein verlor. Rasch eilte Luca von seinem schlaffen, in Handschellen gefangenen Körper fort. Der Schmerz in seinen Rippen war so heftig, dass sich vor seinen Augen alles drehte, aber er versuchte, so gut wie möglich auszuatmen und das Gleichgewicht nicht zu verlieren.

Er musste zu Hero. Sie war noch immer in Gefahr, und jetzt wusste er, wer ihren Tod wollte.

Sein Herz raste, als er den Hügel hinauf Richtung Kathedrale stürzte. Er riss sein Handy heraus und drückte den Knopf, der ihn drahtlos mit den Kopfhörern der anderen verbinden würde. »Schütze in der Nähe des Gartens gesichert«, rief er in das Mikrofon, was ja auch weitgehend der Wahrheit entsprach. »Schnappt euch die Priester und legt ihnen Handschellen an!« Die Antwort konnte er nicht hören, als er – immer zwei oder drei Stufen auf einmal nehmend – die Treppe zur Kirche hinaufhastete. Die meisten Leute hatten sich zerstreut oder sich auf dem Parkplatz gesammelt, zusammengepfercht vom FBI und der örtlichen Polizei, die soeben eingetroffen war. Ein Krankenwagen fuhr gerade vor, als Luca in die Kirche hineinstürzte und die schockierende Szene vor sich sah.

Andra telefonierte und blaffte offensichtlich jemanden vom Notruf an. Reinhardt wurde von Trojanowski untersucht, schien allerdings weitgehend in Ordnung zu sein. Der blonde Agent, Drexler, kniete neben Corelli und versuchte, ihm die ramponierte Weste auszuziehen. Rown und der Rest seiner Familie standen um eine auf dem Bauch liegende Gestalt im Mittelgang herum.

»Nein!« Das Band um seine Brust herum wurde immer enger. War es zu spät? Er rannte über den plüschigen Teppich und bahnte sich einen Weg zwischen Demetri und der Agentin, Brighton, hindurch. Die Angst hatte ihn zu sehr im Griff, als dass er sich Gedanken um die machen konnte, die ihm im Weg standen.

Brighton hatte einen Finger an ihren Kopfhörer gelegt, den sie jetzt wegnahm, um den Umstehenden mitzuteilen, dass der Krankenwagen da war.

Luca war jetzt nah genug, um zu erkennen, dass Knox Druck auf eine blutende Wunde an Vince' Oberschenkel gab. »Verdammt!«, fluchte Luca, der nicht glauben konnte, dass auf seinen Partner geschossen worden war.

Heros Vater bekreuzigte sich und verwandelte Lucas Fluch in ein Gebet.

Luca ließ sich auf die Knie sinken und suchte seinen engsten Freund nach weiteren Wunden ab. »Wie hat er dich erwischt?« Vince war doch hinter ihm gewesen, oder etwa nicht? Er lag zu weit oben im Mittelgang, als dass Mazure ihn hätte treffen können. Das war unlogisch.

Obwohl Vince' Haut ganz wächsern war, er stark schwitzte und offensichtlich schlimme Schmerzen hatte, war er noch bei Bewusstsein. »Das … war nicht Mazure«, flüsterte er. »Der

Schuss kam von hinten.« Wie es aussah, hatte die Kugel sein Bein durchschlagen, ohne eine Arterie zu erwischen.

»Wo sind die Priester?«, fragte Luca wütend und wandte sich zu Agent Brighton um. »Wo ist Hero?«

Vince' Gesicht wurde noch blasser. »Sie ist nicht bei dir?«

»Ich habe sie bei Pop gelassen«, sagte Rown.

Brighton war eher in Verteidigungshaltung, als dass sie sich Sorgen machte. »Drexler und ich sind Ihnen nach draußen gefolgt, aber bis wir uns einen Weg durch die Menge gebahnt hatten, waren Sie verschwunden. Als wir zurückkamen, war Hero fort, und Di Petro, Corelli und Reinhardt waren am Boden …«

»Mit ihr dürfte alles in Ordnung sein«, sagte Andra, die gerade mit den Sanitätern durch den Mittelgang auf sie zugeeilt kam. »Wir haben gesehen, wie sie Pater McMurtry draußen zu den Krankenwagen gebracht hat. Irgendein Idiot hat ihm seinen Stock weggetreten, und er wäre beinahe totgetrampelt worden.« Angeekelt schüttelte sie den Kopf, während sich die Sanitäter an die Arbeit machten.

Luca stand auf und gab ein paar Dinge von sich, die Gott ihm niemals verzeihen würde. Eine Wut, wie er sie noch nie gekannt hatte, zerriss ihn förmlich.

»Was ist los?«, fragte Rown. Er konnte es nicht wissen. Auch er trug keinen Kopfhörer.

»Er hat sie!« Seine entsetzten Worte verblüfften die Familie. Zum zweiten Mal in dieser Nacht bekam Luca kaum noch Luft. Er zog seine Waffe. »McMurtry ist Johannes der Täufer!«

Er überließ die anderen ihrem Schock und stürmte zur Tür. Draußen suchte er die aufgeregte Menge verzweifelt nach Hero ab. Ihre glänzende goldene Bluse hätte eigentlich in dem hellen Licht aufblitzen müssen. Dort, wo er Mazure zurückgelassen hatte, waren die kräftigen Strahlen polizeitypischer Taschenlampen zu erkennen, aber von McMurtry und Hero fehlte jede Spur. Luca fühlte sich wie ein Vulkan kurz vor dem Ausbruch. »Verdammt, verdammt, verdammt!«

»Agent Ramirez?« Eine zitternde männliche Stimme rief vom Seiteneingang her nach ihm.

Luca wirbelte herum und sah Pater Michael auf einer Trage liegen, seine weiße Robe auf Höhe seines Magens blutgetränkt.

»Ich wusste, dass Sie es sind«, sagte der Priester. »Ich … ich glaube, er hat sie sich geschnappt … Er hat auf mich geschossen … Ich kann nicht glauben …« Ihm versagte die Stimme.

Luca lief auf ihn zu. »Ich schwöre bei Gott, wenn Sie irgendetwas mit dem hier zu tun haben … dann werde ich …«

»Sir, bitte.« Die große afroamerikanische Sanitäterin hob die Hand, als könne sie Luca so aufhalten.

»Ich habe damit nichts zu tun!« Pater Michael hielt Luca die Hand hin und versuchte sich aufzusetzen, aber die Sanitäter ließen es nicht zu. »Da ist … ein Lieferwagen. Wir leihen ihn uns manchmal vom jüdischen Seniorenzentrum aus.« Er versuchte mühsam und unter Schmerzen, Luft in seine Lungen zu saugen.

»Wo?«, fragte Luca.

Pater Michael schüttelte den Kopf und hob die Hand, als wolle er irgendwohin deuten. »Er stand … heute auf der gegenüberliegenden Straßenseite … Ich habe nicht darüber nachgedacht …«

Luca versuchte zu entdecken, wohin der verwundete Mann deutete. Zwischen den Wagen, die entlang der Straße parkten, war eine Lücke frei, die groß genug war für einen Lieferwagen.

»Haben Sie ihn wegfahren sehen? Wohin hat er sie gebracht?«

Pater Michael schüttelte nur den Kopf. Ihm fielen die Augen zu.

»Wir müssen los mit ihm«, sagte die Sanitäterin. »Auf der Stelle.«

Luca drängte sich an ihr vorbei und rüttelte Pater Michael an der Schulter. »Wohin hat er sie gebracht?«, brüllte er, und der Priester riss die Augen auf und blickte um sich, als wisse er nicht, wo er war.

»Ich wusste nicht …« Eine Träne lief ihm die Wange hinab, und er schüttelte immer weiter den Kopf, als könne er nicht glauben, was geschehen war. »Ich habe … nicht gesehen …« Allmählich waren seine Worte nur noch ein Lallen.

Luca gab noch mehr Obszönitäten von sich, während er den Hügel hinunter auf seinen Wagen zulief. Er hatte so ein Gefühl, wohin Pater McMurtry Hero gebracht haben könnte.

Dorthin, wo alles angefangen hatte.

Luca riss die Wagentür auf, griff nach seinem Handy und drückte die Kurzwahltaste für seinen Boss. »Komm schon, komm schon, komm schon«, rief er.

»Wo zum Teufel stecken Sie?«, brüllte ihm Trojanowski ins Ohr. »Sie haben den Schützen gerade halb totgeschlagen und verschnürt wie einen Truthahn am Boden liegen lassen. Drei meiner Agents und ein Priester sind verletzt, und was habe ich da gehört, der verkrüppelte Priester soll sich Hero geschnappt haben? Was zum Teufel ist da los?«

Lucas Wagen war von dem altersschwachen Crown Vic eines Polizisten zugeparkt, und er tat dem Mann einen Gefallen, indem er ihm hineinfuhr und den Wagen aus dem Weg schob. Beide Einfahrten zum Parkplatz waren gleichermaßen blockiert, also stellte Luca Lichtbalken und Sirene an und trat das Gaspedal durch, woraufhin auf Gehweg, Rasen und Bordstein schlagartig genug Platz war.

»Er ist mit Hero in einem Lieferwagen vom jüdischen Seniorenzentrum unterwegs.« Luca ignorierte die Fragen seines Chefs. »Ich will, dass sämtliche Polizeistreifen in der Stadt das Kennzeichen wissen.«

»Ramirez, tun Sie nichts Unüberlegtes.« Trojanowski klang panisch, und Luca konnte das Quietschen seiner Reifen durch sein Handy hören, als Trojanowski nach draußen stürmte, um Luca davonbrausen zu sehen. »Wohin zum Teufel wollen Sie?«, fragte er wütend.

»Ich glaube, er wird versuchen, sie im Cathedral Park zu töten«, erwiderte Luca, dann warf er das Handy auf den Beifahrersitz und konzentrierte sich aufs Fahren.

Straßenmarkierungen und Verkehrsampeln verschwammen vor seinen zusammengekniffenen Augen. Er raste wie der Fahrer eines Fluchtwagens durch den spärlichen nächtlichen Verkehr, und zum ersten Mal in seinem Leben betete er. Er betete wie ein sterbender Mann, dass seine Vermutung, wo sie zu finden sei, stimmte. Dass er bei Hero sein würde, bevor es zu spät war. Denn weder Gott noch der Teufel noch das Heilige Römische Reich würde irgendjemanden vor dem schützen können, was er tun würde, falls ihr etwas zustieß.

32

wenn die Leiden kommen,
So kommen sie wie einzelne Späher nicht,
Nein, in Geschwadern.

William Shakespeare, *Hamlet*

Zum zweiten Mal in ihrem Leben kam Hero in einem Lieferwagen ohne Fenster wieder zu Bewusstsein. Grau gestreifter Bodenbelag kratzte an ihrer Wange, und sie wusste ohne den geringsten Zweifel, dass sie schon einmal hier gewesen war.

Diesmal waren ihre Hände im Rücken zusammengebunden und nicht an ein Kreuz gefesselt, und ihre Fußknöchel waren frei. Sie gab sich alle Mühe, die erste Panikwelle, die sie überrollte, mit tiefem Atmen zu bekämpfen. Sie musste unbedingt einen klaren Verstand bewahren.

Sie fuhren. Sehr schnell, soweit sie das beurteilen konnte, und ein paarmal bogen sie fast schon mit quietschenden Reifen ab, also konnten sie nicht auf dem Highway sein. Sirenen waren nicht hinter ihnen zu hören. Das bedeutete: keine Polizei.

Verdammt.

Vor Angst verkrampften sich ihre Muskeln, doch sie versuchte, völlig reglos liegen zu bleiben, damit Pater McMurtry glaubte, sie sei noch bewusstlos.

Der Feigling in ihr wünschte sich, sie wäre tatsächlich noch immer bewusstlos. So sehr sie auch leben wollte. Kämpfen würde. Sie wusste, was als Nächstes kam. Nägel und Hammer und Speer. Zerrissenes Fleisch. Ertrinken.

Diesmal würde Pater McMurtry sichergehen, dass sie nicht überlebte. Vielleicht würde er sie sogar als Erstes erschießen.

Mühsam unterdrückte sie einen Schluchzer, indem sie die Zähne so fest aufeinanderpresste, dass ihre Kiefer schmerzten. Wie konnte es bloß die ganze Zeit Pater McMurtry gewesen sein? Sie kannte ihn schon ihr ganzes Leben lang. Wie gern hatte sie seine freundlichen, funkelnden Augen gehabt und sein hinreißendes Lächeln. Er war so nett und sanft und fromm gewesen. Ein Teil von ihr konnte es noch immer nicht glauben.

Mit vorgehaltener Waffe hatte er ihr befohlen, mit ihm nach draußen zu gehen. Als sie sich geweigert hatte, hatte er auf den Hinterkopf ihrer Mutter gezielt. Er hatte ihr gedroht, er könne den Großteil ihrer Familie töten, die um Vince herumstand, bevor Rown in der Lage wäre zu reagieren. Seine Stimme hatte geklungen, als würde er es bedauern, wenn es dazu käme, aber seine Augen hatten eine andere Geschichte erzählt.

Wie hätte sie sich weigern sollen, mit ihm die Kirche zu verlassen? Selbstverständlich hätte sie ihr Leben für jeden aus ihrer Familie gegeben.

Niemand hatte ihnen auch nur die geringste Beachtung geschenkt, als sie den Steeple Hill hinuntergegangen waren und die Straße überquert hatten, auf der es von panischen Opfern nur so wimmelte. Verzweifelt hatte Hero gehofft, irgendjemand würde aufmerksam werden und sie könne demjenigen mit Blicken signalisieren, dass sie Hilfe brauchte. Oder Luca würde aus der Dunkelheit auftauchen und sie retten.

Von den Leuten, die sie eigentlich beschützen sollten, waren die meisten niedergeschossen worden, und der Rest hatte alle Hände voll damit zu tun, das daraus resultierende Chaos in den Griff zu bekommen. Luca jagte zweifellos hinter Mazure her, und nur Gott wusste, wo die beiden steckten. Oder ob es Luca gut ging.

Das Letzte, woran sie sich erinnerte, bevor McMurtry sie bewusstlos geschlagen hatte, war, wie er – auf einmal ohne zu hinken – rasch mit ihr auf den Lieferwagen zugeeilt war.

Bei dem Gedanken an Luca und auch an Vince wurde ihr das Herz schwer. Wenn nun einer von beiden tot war? Oh Gott, das wäre … undenkbar. Die Tragödie des Verlusts würde ihre Familie so in Atem halten, dass sie McMurtry erst verdächtigen würde, wenn es zu spät war.

Hero spürte, wie die Hoffnungslosigkeit sie überwältigte, aber sie wollte sich nicht unterkriegen lassen. Sie war zwar nicht gerade religiös, aber wenn der Glaube ihrer Eltern sie eins gelehrt hatte, dann das: die Hoffnung niemals aufzugeben. Gleichzeitig hatte ihre pragmatische Art sie gelehrt, in einer verzweifelten Situation die Nerven zu bewahren und die verbleibenden Möglichkeiten durchzuspielen.

Verzweifelter konnte die Lage kaum werden.

Sie musste mehr von ihrer Umgebung sehen. Sie lag zusammengekrümmt auf der linken Seite, mit dem Kopf in Richtung Fahrer, mit den Füßen in Richtung der beiden hinteren Türen. In der Hoffnung, dass McMurtry sie dort am Boden nicht sehen konnte, drehte sie den Kopf nach ihm. Ein schwarzes Metallgitter, wie die Gitter in Streifenwagen. Es endete auf halbem Weg nach unten und war an die Verkleidung des hinteren Wagenteils angeschraubt.

Oh Mist. Keine Möglichkeit, den Unhold von hinten anzugreifen, während er fuhr. So etwas geschah häufig in Filmen, war aber, wenn sie es sich recht überlegte, keine so gute Idee. Wenn sich der Lieferwagen überschlug, würde sie herumgeschleudert werden wie Wäsche in einer Trommel.

Der Rest des Inneren wirkte wie Standardausrüstung und war unerträglich sauber. Es gab drei Reihen mit Haken, in die Sitze eingeklickt werden konnten. Der Teppich am Boden war erst vor Kurzem mit einem Staubsauger bearbeitet worden. Während Hero den Blick über ihre Umgebung schweifen ließ, bemühte sie sich, nicht die Fassung zu verlieren.

Dann sah sie es. Eine Schlaufe im Teppich in der rechten Ecke, nahe bei ihrem Kopf. Es war schon praktisch, einen Vater zu haben, der Mechaniker war, und noch praktischer, wenn dieser einem beigebracht hatte, im Kofferraum immer nach Werkzeug und Wagenheber zu schauen.

Sie musste sich auf die andere Seite drehen und sich irgendwie in diese Ecke schieben, damit ihre Hände den Teppich hochheben konnten. Wenn sie direkt hinter der Trennwand blieb, sollte es ihr eigentlich gelingen. Hero hielt den Atem an und wartete, bis McMurtry erneut schnell um eine Ecke bog. Sie rollte sich herum und hoffte, dass ihr Entführer glaubte, ihr Körper sei nur der Bewegung des Wagens gefolgt. Danach blieb sie wieder still liegen und lauschte, ob irgendetwas darauf hindeutete, dass sie seine Aufmerksamkeit auf sich gezogen hatte. Schließlich begann sie vorsichtig, sich in Richtung der Ecke hinter dem Fahrersitz zu schieben.

»Bist du wach, Hero, Liebes?«

Sofort erstarrte sie und kniff die Augen fest zusammen. Was einst ein singender und lyrischer Dialekt gewesen war, klang auf einmal bedrohlich und wie ein Singsang, den sie noch nie bei ihm wahrgenommen hatte. »Verstörend« war das Wort, das ihr dazu einfiel.

»Natürlich bist du wach. Ich höre doch, wie du dich da hinten bewegst.«

Sie brauchte irgendetwas, das die Geräusche ihrer Bewegungen übertönte. Was war besser als ihre Stimme?

»Warum tun Sie das?«, fragte sie laut, wobei es ihr nicht schwerfiel, ihre Stimme ängstlich und verwirrt klingen zu lassen. »Ich dachte … ich dachte, wir seien Freunde. Dass ich Ihnen … etwas bedeute.« Ihre Stimme klang so angespannt, weil sie sich zusammenkrümmte, um mit dem Rücken in die Ecke zu passen und mit den Fingerspitzen in die Schlaufe fassen zu können. Hero hoffte, dass McMurtry die Anspannung Angst und Tränen zuschrieb.

»Du bedeutest mir sogar eine Menge, liebes Mädchen. Du darfst dich glücklich schätzen, dass du deinem himmlischen Vater mit einer von allen Dämonen gereinigten Seele gegenübertreten wirst. Rein und unbefleckt. Wo der dunkle Fürst keinen Anspruch auf dich erheben kann.«

Der dunkle Fürst? Was war das denn? Harry Potter? Hero konnte sich gerade noch ein hysterisches Kichern verkneifen, während sie hinter sich die Schlaufe im Boden ertastete.

Der Teppich ließ sich anheben, machte aber ein leises kratzendes Geräusch, als er an der Trennwand entlangschabte. »Das verstehe ich nicht. Ich habe keinen Dämon, Pater!«, erwiderte sie rasch. »Ich bin keine Prostituierte wie die anderen. Ich bin Hero, Sie kennen mich schon mein ganzes Leben lang.« Während sie blind in dem Hohlraum unter dem Teppich herumtastete, war ihr ein wenig mulmig. Wenn da unten nun Spinnen waren? Oder Leichenteile?

Sie musste sich zusammenreißen. Vielleicht lagen da unten ja auch Waffen. Waffen, die ihr das Leben retten konnten. Was war schon eine Spinne im Vergleich zu einem Loch in der Hand? Sie unterdrückte einen Schauder, stützte den zurückgeklappten Teppich mit dem Ellbogen hoch und lehnte sich nach hinten, um mit den gefesselten Händen nach etwas Hartem, Metallenem zu suchen.

»Komm schon, Mädchen«, sagte McMurtry freundlich. »Du

magst ja vielleicht stark genug sein, um dich dem Willen des Dämons nicht zu unterwerfen und deinen Körper nicht zu verkaufen, aber ich habe Asmodeus wieder und wieder in deinem Gesicht gesehen, und er spiegelt sich auch in deinen Handlungen und in denen der Menschen um dich herum wider.«

Hero wurde stocksauer. Sie hatte ein Bild des Dämons im Internet gesehen und fühlte sich auf eine Art gekränkt, wie sie es nie für möglich gehalten hätte.

In ihrer Eitelkeit.

Asmodeus war ein hässlicher, dreiköpfiger Kretin. »Vielen Dank«, murmelte sie, als ihr wieder einfiel, dass sie eine Aufgabe zu erledigen hatte. »Wann haben Sie sein Gesicht gesehen?«, fragte sie, lauter diesmal. »Was habe ich getan, womit habe ich das verdient?« Das Gefühl, das in ihrer Stimme mitschwang, war echt, denn diese Fragen hatten sie beschäftigt, seit sie das erste Mal überfallen worden war. »Ich helfe freiwillig in der Kirche mit. Ich weiß, ich komme nicht zu jedem Gottesdienst, aber das kann doch wohl kaum ein Grund sein.«

Ihre Finger hatten das kalte Metall eines Wagenhebers ertastet, und sie vergaß, was sie hatte sagen wollen. Der ersten Aufregung folgte prompt die Ernüchterung. Sie hatte ein Problem. *Verdammt.* Das Werkzeug war zu groß, um es zu verstecken, und es hatte auch keine scharfen Kanten, an denen sie die Fesseln an ihren Handgelenken – die vermutlich aus Leder waren – hätte durchreiben können.

Mit doppelter Energie suchte sie weiter.

»Selbstverständlich warst du ein braves Mädchen!« McMurtry klang wie ein Elternteil, der versucht, einem Kind Mut zu machen, und das hörte sich total gruselig an. »Aber, mein Kind, wenn sich ein Dämon einmal deiner Seele bemächtigt hat, bist du quasi machtlos. Deshalb muss ich dich retten. Deine Taten waren es, die ihm Zutritt gewährt haben, das schon, aber sie sind nicht so schlimm, dass es keine Erlösung für dich gibt.«

»Was für Taten?«, fragte sie.

»Du spekulierst auf die Schwäche des männlichen Fleisches.« Jetzt klang seine Stimme ernst und abwertend. »Du weckst vorsätzlich ihre animalischen Bedürfnisse und ermutigst sie zur Sünde.«

Hero zuckte zusammen. Ja. In gewisser Weise tat sie das wirklich. Sogar häufig. Aber ihr Glaube unterschied sich sehr von seinem. Sie sah Sinnlichkeit, Sex, Lust und Liebe nicht als Sünden. Aber das würde sie mit ihm nicht diskutieren.

Ihre Finger tasteten unter dem Wagenheber herum, aber sie schien ihn nicht bewegen zu können, ohne dass er ein Geräusch von sich gab, und so machte sie sich daran, den Teppich noch weiter hochzuziehen.

Zu ihrer Erleichterung redete Pater McMurtry weiter. Ihr wäre auch nichts mehr eingefallen, was sie noch hätte sagen können. »Ich dachte, Asmodeus lebe nur in gefallenen Mädchen, in Prostituierten, bis ich dich in jener Nacht in der Kirche mit dem armen Pater Michael gesehen habe.«

»Wie bitte?« Hero versuchte, sich jene Nacht ins Gedächtnis zu rufen, während sie gleichzeitig verzweifelt versuchte, eine Brechstange herauszuziehen, die tief unten verkeilt war. Noch konnte sie sie nicht als Waffe benutzen, aber wenn es ihr gelang, mit der scharfen Seite ihre Fesseln durchzutrennen, hatte sie eine Chance. »Zwischen Pater Michael und mir war nie etwas! So etwas würde ich nie tun!«

»In jener Nacht habe ich den Dämon in deinem Lächeln entdeckt. Habe bemerkt, dass du die roten Haare seiner Priesterinnen hast. Die Lust in Pater Michaels Augen, als ihr zusammen Wein getrunken habt, kannst du gar nicht übersehen haben.«

»Ich …« Hero war nicht in der Lage, es abzustreiten. Sie hatte Pater Michaels anerkennende Blicke an jenem Abend genossen. Zu jenem Zeitpunkt waren sie ihr ziemlich harmlos vorgekommen.

»Ich wusste, dass Asmodeus das Undenkbare getan hatte.« McMurtry gab einen Knurrlaut von sich. »Er hatte meine Gemeinde infiziert. Er hatte sich einer der Seelen bemächtigt, die mir am liebsten waren.«

»Und wenn Sie sich nun irren?«, versuchte es Hero mit einer neuen Strategie. »Ich habe die Kreuzigung überlebt und den Speerstich ebenfalls. Wenn das nun Gottes Wille war? Wenn er will, dass ich lebe, weil ich gar nicht besessen bin?« Allmählich klang sie viel zu verzweifelt. Oberhalb ihrer Lippen hatte sich inzwischen ein Schweißfilm gebildet.

»Das ist nicht allein deine Schuld.« In seiner Stimme schwang Reue mit, aber ihre Logik ignorierte er völlig. »Asmodeus hat mich jeden Tag meines Lebens geplagt. Ich glaube, er hat immer gewusst, dass ich von Gott auserwählt war, ihn zu zerstören. Ich hatte gedacht, das sei mir schon damals in Irland gelungen, als ich die erste Frau, meine Mutter, gerettet habe. Die anderen, die ihr folgten, wurden zu den Opfern der *Troubles* gezählt.«

Hero schnappte nach Luft. Er hatte seine eigene Mutter getötet?

Von ihrem Vater hatte sie alles über die *Troubles* gehört, was der irische Name für den jahrhundertealten Krieg zwischen Katholiken und Protestanten war. In den letzten fünfzig Jahren waren viele Menschen gewaltsam zu Tode gekommen. Es wäre ein Leichtes gewesen, den Frauen aufzulauern, die in den Straßen von Belfast anschaffen gingen.

»Aber der Dämon ist mir bis hierhergefolgt«, fuhr McMurtry erschöpft fort. »Und ich bin stolz und traurig zugleich, dass ich derjenige bin, dem die Aufgabe zufällt, ihn in die Hölle zurückzuschicken. Wobei ich nicht geplant hatte, es heute Nacht zu tun. Diese neuen FBI-Agents haben mich zur Eile getrieben, und so musste ich den armen James Mazure bitten, ein Soldat Christi zu werden.«

Hero wurde übel. Armer Jimmy! Er hatte wirklich geglaubt, er würde sie retten.

McMurtry bog ein letztes Mal ab, dann brachte er den Wagen zum Stehen. Jetzt bekam Hero richtig Panik. Sie hatte unter dem Boden des Lieferwagens nichts Brauchbares gefunden, und jetzt blieb ihr keine Zeit mehr.

»Warten Sie!«, rief sie, als McMurtry die Tür öffnete und ausstieg.

Mit festem Schritt bewegte er sich auf die Rückseite des Wagens zu.

Heros Finger berührten etwas, und erneut erwachte die Hoffnung in ihr, erstarb allerdings, bevor sie wirklich erblühen konnte. Was sie da erwischt hatte, war nur ein metallener Reifendruckmesser. Weitgehend harmlos.

Als sie hörte, wie McMurtry den Schlüssel in die hintere Tür steckte, griff sie trotzdem danach und ließ ihn zwischen den Lederbändern verschwinden, mit denen ihre Hände gefesselt waren. Die Reibungshitze verbrannte ihre Beine, als sie über den Teppich wieder Richtung Tür rutschte und sich bereit machte, einen letzten verzweifelten Versuch zu wagen.

In dem Moment, als die Waffe in McMurtrys Hand auftauchte, trat Hero mit der ganzen beeindruckenden Kraft ihrer Beine danach.

McMurtry brüllte überrascht auf, und die Waffe flog davon. Hero trat erneut nach ihm, und diesmal traf sie ihn an der Brust.

Er stolperte nach hinten und ruderte in seiner flatternden

Robe verzweifelt mit den Armen, um nicht zu stürzen. Hero sprang in die kalte Nacht und rannte um ihr Leben.

Sie hatte sich noch nie Gedanken darüber gemacht, wie wichtig ihre Arme für ihr Gleichgewicht waren. Wie seltsam es sich anfühlen würde, wenn man das Gesicht nicht mit den Händen schützen konnte, sollte man fallen. Sie verfluchte ihren schweren Samtrock, während sie durch die Nacht lief. Sie hatte keine Ahnung, wo sie war, lief aber auf die Lichter zu und nicht in die Dunkelheit hinein, in der Hoffnung auf ein Wunder.

Ein Teil von ihr war davon überzeugt gewesen, dass McMurtry seine Waffe suchen und ihr in den Rücken schießen würde, aber *alles* war besser, als noch einmal gekreuzigt zu werden. Daher traf es sie völlig unvorbereitet, als er sie mit seinem schweren Körper zu Boden stieß. Einen Moment lang stand sie unter Schock und bekam keine Luft mehr. Sie erholte sich jedoch rasch und trat um sich und schrie und kämpfte wie eine Wildkatze.

»Ja«, zischte er ihr ins Ohr und legte sich mit seinem ganzen Gewicht auf ihre Beine, um sie kampfunfähig zu machen. »Dein Dämon fängt an sich zu zeigen.« Er war so unglaublich kräftig. So schwer. Wie hatte er das so viele Jahre lang hinter dem fließenden Talar und dem vorgetäuschten Hinken verbergen können?

Seine Hüften pressten sich gegen ihre Rückseite, und mit Entsetzen stellte sie fest, dass er eine Erektion hatte. Beinahe hätte sie sich übergeben müssen.

»Selbst jetzt, im Moment der Abrechnung, führt Asmodeus mich in Versuchung, eine fleischliche Sünde zu begehen.« McMurtry klang so angeekelt, wie sie sich fühlte.

»Bitte.« Sie hasste sich dafür, dass sie bettelte. »Tun Sie's nicht.«

Er riss sie am Haar nach oben und drückte ihr die Waffe in den Nacken. Mit einem verzweifelten Schluchzer kam Hero auf die Beine. »Ich würde mich niemals so weit erniedrigen, eine wie dich anzurühren.« Von dem gramerfüllten Retter war nichts mehr übrig geblieben, er war nur noch ein wutschnaubender Größenwahnsinniger. Hero war viel zu erleichtert, als dass seine Worte sie hätten verletzen können.

Erst jetzt, als sie die von Pariser Straßenlaternen beleuchtete Steinbrücke sah, erkannte sie, in welchem Park sie sich befanden. Der Willamette River mäanderte in seinem langsamen Wintertempo vor sich hin Richtung Osten.

Cathedral Park.

Jetzt gab Hero endgültig die Hoffnung auf, zitternd machte sie sich auf das Schlimmste gefasst.

»Müssen … müssen Sie wieder meine Hände festnageln?«, wimmerte sie.

»Nein«, erwiderte er zu ihrer Erleichterung, und auch ihn schien das zu erleichtern. »Dieser Teil des Rituals wurde bereits durchgeführt. Sämtliche vorgeschriebenen Rituale sind vollbracht. Du bist die letzte Aufgabe, die noch erledigt werden muss, und nach deiner Rückkehr zum Herrn dürfte Asmodeus für immer von dieser Welt verbannt sein.«

»Nach dem Mord an mir, meinen Sie wohl.«

»Nenn es, wie du willst.« McMurtry schob sie vor sich her Richtung Fluss und hielt sie dabei gnadenlos an den Haaren gepackt. Östlich der Brücke führte ein Landungssteg zu einem Bootsanlegeplatz, an dem nicht ein einziges Boot lag. In diese Richtung steuerte er sie, und Hero war klar, dass das Wasser dort sehr tief sein musste.

Sie wollte nicht weinen. Wollte nicht in der Stunde ihres Todes schwach sein. Aber ihr Kopf dröhnte schmerzhaft, und der ganze Körper tat ihr weh, seit McMurtry sie auf den gefrorenen Boden geworfen hatte. Ihr Herz schmerzte, als sie daran dachte, wie schuldig sich ihre Familie an ihrem Tod fühlen würde, und auch, als sie an die Opfer dieses Tages dachte, von denen sie nicht wusste, wer überlebt hatte und wer nicht, und an die Freunde und Fremden, die Johannes der Täufer bereits erwischt hatte.

An den Mann, den sie liebte und der nun nie die Chance bekommen würde, ihre Liebe zu erwidern.

»Ist … ist Luca tot?«, flüsterte sie mit erstickter Stimme.

»Vielleicht hat Mazure ihn getötet, aber wahrscheinlich ist es nicht. Es war nicht nötig, dass er stirbt. Nicht mehr.«

Seine Antwort verblüffte sie. »Nicht mehr?«

»Ich habe das Abschlussritual ohne ihn beendet, das ich *deinetwegen* splitten musste.« Während er sie den Landungssteg entlangschubste, hatte seine Stimme fast schon wieder den normalen Gesprächston angenommen. »Gott verlangt immer ein Opfer, und in einem so ernsten Fall wie Asmodeus hat er sogar drei verlangt, eine Ziege, einen Stier …«

»Und einen Mann«, flüsterte Hero voller Entsetzen. Ihr Absatz blieb zwischen zwei Holzplanken stecken, und sie stolperte. Nur McMurtrys fester Griff an ihren Haaren hinderte sie am Fallen, und sie schrie laut auf, als sie sich dabei fast den Hals verrenkte.

»Nicht einfach irgendeinen Mann«, fuhr er fort, als wäre nichts passiert. »Sondern einen, der in Versuchung geführt wurde und am Fleisch des Dämons teilgehabt hatte.«

Wieder wurde Hero von Schuld und Schmerz überwältigt, und sie schloss die Augen. Ihre Tränen fühlten sich auf ihren kühlen Wangen heiß an, wurden aber rasch eiskalt, sobald sie auf ihre Brust tropften. »Sie hätten Angora nicht umbringen müssen.«

»Das hatte ich auch nicht vor, aber Gott hat mir gezeigt,

dass sie sterben musste.« Der Stolz in seiner Stimme ärgerte sie über alle Maßen. Er glaubte, er rede mit Gott und seine Taten seien vom Himmel abgesegnet, und das war die schrecklichste Form des Bösen.

»Der Herr hat mir in jener Nacht geholfen, mich am FBI vorbeizustehlen«, sagte er angeberisch. »Ich bin direkt an ihnen vorbeigefahren. Diese Dirne, die deine Vermieterin war, hatte ihn dazu eingeladen, mit ihr Unzucht zu treiben. Ich konnte in Winthrops Haus schlüpfen und das Ritual zu Ende führen. Siehst du? Gott bereitet seinen Dienern den Weg.«

»Gott hat damit nicht das Geringste zu tun«, fuhr Hero ihn an. Wut und Abscheu wurden allmählich größer als ihre Angst und ihre Schmerzen.

»Das wirst du anders sehen, wenn du erst vor Ihm stehst.«

»Sie haben Josiah Winthrop nicht umgebracht«, rieb sie ihm genüsslich unter die Nase, in der Hoffnung, ihm so die Suppe versalzen zu können.

»Lüg mich nicht an, Dämon!« Wieder riss er an ihrem Haar. »Das, was ich mit ihm gemacht habe, kann er nicht überlebt haben.«

Sie hatten das Ende des Stegs erreicht, wo das schwarze Wasser gegen die Bootsliegeplätze schwappte. Er schubste sie vorwärts und hielt sie so über das Wasser, dass sie nur noch mit den Schuhspitzen Bodenkontakt hatte. Die Lichter der St. Johns Bridge ließen das Wasser nur umso schwärzer und tiefer erscheinen. Hero wusste, wie kalt es sein würde. Selbst in den letzten Tagen hatte sie manchmal noch die durchdringende Kälte des über ihr zusammenschlagenden Wassers gespürt und war nach Luft schnappend aus dem Schlaf geschreckt.

Ihr Überlebensinstinkt erwachte, und sie wehrte sich gegen die Hand in ihrem Haar. Aber ihre Knie waren vor Angst und

Kälte und Erschöpfung ganz zittrig, und ihr Kopf schmerzte so sehr, dass ihr erneut die Tränen in Strömen herabliefen und sie nicht aufhören konnte zu schluchzen.

McMurtry begann lateinisch zu singen, mit jener grässlichen Stimme, die sie in dem gesamten Vierteljahrhundert, das sie nun schon in der Kirche seinen Gebeten lauschte, nie gehört hatte.

Außer ein Mal – beim letzten Mal, als er versucht hatte, sie zu töten.

Als er das vorbereitende Gebet für die Sterbesakramente anstimmte, verzweifelte sie endgültig. Sie wollte nach ihm treten, aber er hielt sie zu weit hinaus über den Fluss, und sobald er ihr Haar losließ, würde sie fallen, und das wäre ihr Ende. Sie war nie eine gute Schwimmerin gewesen, und selbst wenn sie es an die Oberfläche zurückschaffte, würde sie mit den auf dem Rücken festgebundenen Händen über kurz oder lang ertrinken. Als sie den Luftdruckmesser von seinem Versteck hinter den Fesseln in ihre Finger gleiten ließ, wünschte sie verzweifelt, es wäre etwas – *irgendetwas* – anderes. Etwas Schärferes und Tödlicheres.

Die Stille der Nacht wurde zerrissen vom Motorengeräusch eines heranrasenden Wagens, und Hero hätte beinahe triumphierend aufgeschrien, fürchtete aber, der Priester würde sie dann sofort fallen lassen. Sie konnte den Kopf nicht Richtung Straße drehen, aber das Motorengeräusch kannte sie. In dem schlanken, schwarzen Dodge Charger röhrte unverkennbar ein Hemi-Motor.

»Luca!«, brüllte sie. Dass er lebte, bedeutete ihr mehr als ihr eigenes Leben.

Pater McMurtry gab etwas Blasphemisches von sich, aber sein Griff in ihrem Haar wurde eher noch fester, während er im Eiltempo die Sterbesakramente herunterbetete.

Was für ein Fanatiker!

Luca rief ihren Namen, und nichts auf der Welt hatte sich je so lieblich angehört. Der Bootsliegeplatz begann zu schwanken, als seine schweren Stiefel den Steg entlangdröhnten.

McMurtry wirbelte auf einmal herum, riss sie mit und hielt sie als Schutzschild vor sich. Ihr Schmerzensschrei ließ Luca abrupt stehen bleiben.

Vielleicht war es aber auch die Waffe, die der Priester ihr an den Kopf hielt.

33

… nämlich ich … bringe dich vom Leben zum Tode, von der Freiheit zur Knechtschaft … ich will dich auf hundertundfünfzig Arten umbringen: darum zittre …

William Shakespeare, *Wie es euch gefällt*

Luca versuchte, so genau wie möglich zu zielen, aber die Dunkelheit, das Zittern seiner Hände und das Schwanken des Anlegeplatzes machten es unmöglich, einen tödlichen Schuss auf McMurtry abzugeben, ohne Hero zu gefährden. Normalerweise blieb er in solch einer Situation völlig ruhig, aber diesmal waren seine Arme merkwürdig schwach, was zu einem seltsamen und beunruhigenden Zittern führte. Was zum Teufel war bloß mit ihm los?

Heros Schmerzensschrei erschütterte ihn zutiefst, und seine Erleichterung, sie lebend anzutreffen, wurde von der altbekannten Wut verdrängt.

McMurtry würde sterben. Heute Nacht. Und zwar langsam, wenn es nach Luca ging.

»Ich tue Ihnen einen Gefallen, Agent Ramirez«, rief McMurtry. »Ich erlöse Sie von diesem Sukkubus. Sie werden nicht länger gegen ihre Verführungskräfte ankämpfen müssen.«

»Lassen Sie die Waffe fallen«, befahl Luca und machte drohend einen Schritt auf McMurtry zu.

»Noch ein Schritt, und sie stirbt.« McMurtry rammte ihr die Waffe fest gegen die Schläfe.

Heros Wimmern hallte von der steinernen Brücke und dem Wasser wider und wurde dadurch noch verstärkt. Luca sog ihren Anblick in sich auf. Sie lebte, und doch war sie unerreichbar, und trotz ihrer Nähe war er hilflos. Die Vorderseite ihrer goldfarbenen Bluse, die ihm früher am Abend eine trockene Kehle beschert hatte, war jetzt voller Dreck, außerdem nass, als wäre sie vornüber ins Gras gestürzt.

Hatte McMurtry ihr Verletzungen zugefügt? Blut war nicht zu sehen, aber wenn er nun …?

Lucas Wut war normalerweise wie ein loderndes Feuer, das in seiner Brust wütete. Doch diesmal fühlte sie sich anders an. Kalt. Düster. Halb Feuer, halb Eis, entstanden in den tiefsten Tiefen der Hölle.

»Egal, was heute Nacht passiert, ich werde Sie umbringen«, sagte Luca.

»Glauben Sie, das interessiert mich?« McMurtry sah jetzt, wo er seine vornübergebeugte Haltung aufgegeben hatte, deutlich größer aus. Seine Schultern, von Alter und Schmerz befreit, waren breiter, sein Körper war kräftig und gut gebaut. »Ich werde vor unseren Herrn als sein Diener treten. Als sein Soldat auf Erden. Sie würden mir einen Gefallen tun.«

»Nein, würde ich nicht«, erwiderte Luca kalt und spielte die Information aus, die er aus dem verzweifelten Anruf gewonnen hatte, den er während seiner Fahrt zum Cathedral Park getätigt hatte. Nie hätte er geglaubt, dass er einmal so froh sein würde, Professor Alecs Stimme zu hören. Oder so dankbar, eine Information von dem Mann zu bekommen. »Ihr Ritual ist unvollendet.«

»Was verstehen Sie schon davon?«, fuhr McMurtry ihn an.

»Sie müssen einen Mann opfern, der mit Ihrem Dämon Unzucht getrieben hat.«

Auf McMurtrys Gesicht machte sich ein selbstgefälliges Lächeln breit, das Luca mehr zu schaffen machte als alles Schreckliche, was er bisher gesehen hatte, zusammengenommen.

»Schon geschehen. Der Herr sagt mir, dass er Mr Winthrop als Opfer akzeptiert.«

»Mr Winthrop ist nicht tot«, erwiderte Luca. »Ich habe den Medien gegenüber gelogen, um Sie aus der Reserve zu locken.«

Komm schon, lass sie los, dachte er. *Stürz dich auf mich.*

»Lügen!«, brüllte McMurtry, was Hero zusammenzucken und nach Luft schnappen ließ.

»Er ist in Zimmer 1403, isst seinen Nachtisch und freut sich über den Besuch seiner Tochter.«

McMurtry schien sich das durch den Kopf gehen zu lassen. Seine Waffe schwebte jetzt ein paar Millimeter von Heros Schläfe entfernt in der Luft.

Weiter so. Richte sie auf mich.

Im ungünstigsten Moment erklang das vertraute Heulen von Sirenen, Streifenwagen bogen mit quietschenden Reifen in den Park ein, und die Entschlossenheit des Priesters kehrte zurück.

Die Kälte schränkte Lucas Sicht ein, und er musste ein paarmal blinzeln. Der Steg fühlte sich an, als würde er unter ihm hin- und herschwanken, aber das konnte nicht sein. Nur die Bootsliegeplätze waren nicht fest im Boden verankert. Er schüttelte den Kopf, um ihn freizubekommen, und spürte einen überwältigenden Druck auf seine Lungen. So etwas hatte Angst noch nie mit ihm gemacht. Aber er fühlte jetzt auch anders. Hero war seine Welt, und vielleicht würde er gezwungen sein zuzuschauen, wie ihm alles genommen wurde.

»Es stimmt«, sagte Hero. Ihr Gesicht war angstverzerrt. Mit

weit aufgerissenen Augen starrte sie an Luca vorbei auf die heranrückende Armee aus FBI, Polizei und Sanitätern.

»Halt den Mund, Dämon!«

Autotüren wurden zugeschlagen. In der Ferne gellten Stimmen.

»Zurückbleiben!«, befahl Luca über die Schulter hinweg, aber niemand schien auf ihn zu hören.

Als er den Blick wieder auf McMurtry richtete, dessen Finger am Abzug zuckte, konnte Luca sich nicht mehr beherrschen und stürzte, eine Hand nach vorn gestreckt, auf McMurtry zu.

»Nicht!« Das klang mehr nach einer Bitte als nach einem Befehl. »Können Sie denn nicht sehen, dass sie kein Dämon ist? Sie ist ein Engel. Lassen Sie sie frei, Sie können stattdessen mich haben. Ich werde Ihr Ritual vervollständigen.«

»Nein!«, rief Hero verzweifelt.

McMurtrys Hand glitt von ihren Haaren hinunter zu ihrer Kehle, würgte ihren Protest ab und raubte ihr die kostbare Atemluft.

»Ich liebe sie«, schrie Luca, was mehr als nur sie drei verblüffte. »Gott helfe mir, ich liebe sie. Sie … Sie werden sie mir nicht wegnehmen.« Er richtete die Waffe erneut auf McMurtry und schaffte es unter Einsatz seiner ganzen Willenskraft, wieder eine klare Sicht zu bekommen.

McMurtrys Lippen bewegten sich wie im Gebet, und Heros Augen weiteten sich noch mehr, als ihr die Bedeutung seiner Worte bewusst wurde. Sie sah ihn voller Liebe und Hoffnung an, und dann war da noch etwas in ihrem Blick, das er nicht identifizieren konnte.

McMurtrys Waffe schwang in Lucas Richtung. Im selben Moment zuckten Heros Schultern nach hinten, und etwas Metallenes blitzte auf. Hatte sie ein Messer?

Der Priester stieß einen Schmerzensschrei aus, und aus seiner Waffe löste sich ein Schuss.

Hero ließ sich zu Boden fallen, damit Luca seinen tödlichen Schuss abfeuern konnte.

Als das Echo vom Stahl und Stein der St. Johns Bridge widerhallte, befand sich McMurtry bereits im freien Fall Richtung Wasser. Im letzten Moment packte er Hero und zog sie mit sich.

Ohne auf die Rufe seiner Kollegen zu hören, rannte Luca auf die Brücke und machte einen Kopfsprung, dort, wo er Heros goldfarbene Bluse unter Wasser schimmern sah. Das Gewicht seiner Weste und seiner Ausrüstung half ihm, tief genug einzutauchen, um sie packen zu können. Sobald er den Arm um ihre Taille gelegt hatte, hörte sie auf zu kämpfen, aber ihm fiel es mit all dem Gewicht nicht leicht, nach oben zu kommen. Seine Glieder fühlten sich ungewöhnlich schwer an, dennoch hielt er sie fest und trat so kräftig, wie er konnte, ohne auf seine protestierenden Lungen und die mörderische Kälte des Wassers zu achten.

Irgendetwas stimmte mit ihm nicht. Vor seinen Augen wurde es immer dunkler, und er konnte die Wasseroberfläche kaum noch erkennen. Der Druck auf seine Lungen wurde auf merkwürdige Art immer schmerzhafter. Er ließ den Atem entweichen, was Dutzende von Luftblasen aufsteigen ließ, aber das machte die Sache nicht besser. Auch Hero trat kräftig, aber sie schienen nicht schnell genug nach oben zu kommen.

Luca kämpfte gegen die Dunkelheit an. Vielleicht war dies seine Strafe. Vielleicht waren es seine Dämonen, die so schwer auf ihnen lasteten, wie er das die ganze Zeit befürchtet hatte. Aber bevor sie ihn verschlangen, würde er Hero noch ihr Leben zurückgeben.

Trotz Schmerz und Angst und der seltsamen Verwirrung

seiner Gedanken trat er ein letztes Mal mit aller Kraft, und gemeinsam durchbrachen sie die Wasseroberfläche und schnappten verzweifelt nach Luft.

Nur dass er nicht sonderlich tief einatmen konnte. Die Luft kam einfach nicht durch den Druck hindurch, der zentnerschwer auf seiner Brust lag.

Egal. Hände streckten sich Hero entgegen und er schob sie auf diese Hände zu. Zuzusehen, wie sie aus dem Wasser gezogen wurde, war eine riesige Erleichterung. Er spürte nicht einmal mehr die Kälte. Ihm war fast schon egal, ob er atmete. Hero war gerettet. Der Druck auf seine Lungen nahm noch weiter zu, wurde nur gemildert durch das Wissen, dass die Frau, die er liebte – die sich irgendwie seines schwarzen Herzens bemächtigt hatte – endlich in Sicherheit war.

Der Irre, der sie bedroht und terrorisiert hatte, trieb mit dem Gesicht nach unten direkt neben Luca, das Flusswasser um ihn herum rot von seinem Blut.

Wir sehen uns in der Hölle, dachte Luca triumphierend, als ihn die schwarzen Tiefen schließlich hinabzogen.

34

»Zweifle an der Sonne Klarheit,
Zweifle an der Sterne Licht,
Zweifl', ob lügen kann die Wahrheit,
Nur an meiner Liebe nicht!«

William Shakespeare, *Hamlet*

Das Paradies war genau, wie Luca es sich vorgestellt hatte: grelles weißes Licht, ein Engelschor und Hero, die von oben auf ihn hinunterlächelte.

»Was tust du denn hier?«, fragte Luca und wunderte sich, wieso er nur einen Teil der Konsonanten hören konnte, die in dieser Frage vorkamen.

Hero sah ihn verblüfft an, und Traurigkeit trat nach und nach an die Stelle des Lächelns, bis es gänzlich verschwunden war.

Der Anblick wühlte Luca seltsam auf. »Ich habe dich gerettet«, presste er mühsam durch seine brennende Kehle hervor. »Geh zurück. Du lebst noch.«

Ihr Lächeln kehrte zurück, und ihre sanfte Stimme drang in sein Herz und vertrieb einen Teil seiner Angst. Ihre Worte kamen bei ihm nicht an, zumindest am Anfang nicht, aber er genoss den Anblick ihres perfekten Gesichts, fest davon überzeugt, dass sie ein Engel war.

Außer …

… dass sie aussah, als wäre sie durch die Hölle gegangen.

Ihre Unterlippe war auf einer Seite geschwollen, ihre blutunterlaufenen Augen waren verquollen, und ein übler Kratzer zog sich von ihrer Schläfe bis in ihr feuchtes Haar. Sie trug ein unförmiges weißes Gewand und roch nach antiseptischer Seife.

Sie war der strahlendste, umwerfendste, willkommenste Anblick, auf den Luca je hatte hoffen können.

Er versuchte, die Hand nach ihr auszustrecken, doch der Schmerz, der dadurch irgendwo unterhalb seiner Brust explodierte, ließ ihn schlagartig alles mit brutaler Klarheit sehen und seine Sinne wieder ihre Dienste aufnehmen.

Kräftige, aber sanfte Hände hielten ihn zurück, und eine feste männliche Stimme befahl ihm, sich nicht zu bewegen. Luca war nicht der Typ, der Befehle befolgte, aber diesmal würde er nachgeben. Er fühlte sich heiß und trocken an, ein wenig wie Kebab auf einem Drehspieß.

Er brauchte Wasser.

Er erinnerte sich, so viel Druck in sich gespürt zu haben, dass er befürchtet hatte zu explodieren. Dieses Gefühl war inzwischen verschwunden, aber jetzt fühlte er sich wie eins der Opfer in den *Alien*-Filmen, dessen Bauch aufgerissen worden war.

»Hier«, sagte Hero zärtlich. Er schloss die Augen und entspannte sich. Die Hände, die ihn zurückgehalten hatten, verschwanden, und dann spürte er beglückt, wie ein Eisstückchen zwischen seine Lippen geschoben wurde, und dann noch eins und noch eins, bis er den Kopf schüttelte.

Sie war wirklich ein Engel.

»Agent Ramirez, wissen Sie, wo Sie sind?«, fragte eine männliche Stimme.

Luca öffnete die Augenlider gerade so weit, dass er etwas sehen konnte. Die grellen weißen Lichter waren für öffentliche Gebäude typische Neonlampen. Der Engelschor war

Weihnachtsmusik, die vom Flur hereinschallte. »Ich bin in der Hölle«, stöhnte er.

»So ähnlich.« Dr. Karakis notierte etwas auf seinem Klemmbrett und klopfte Hero auf die Schulter. »Ich glaube, er wird wieder.«

Lebte dieser Typ im Krankenhaus? Luca blickte an sich hinunter, aber die Verbände und eine Decke behinderten seine Sicht.

»Was zum T…?«

»Ich würde sagen, Sie sind das diesjährige Weihnachtswunder.« Dr. Karakis lächelte auf seine typisch lockere Art. »Wenn aus nächster Nähe auf einen geschossen wird, ist das verdammt gefährlich, selbst wenn man eine kugelsichere Weste trägt. Sie haben ein paar gebrochene Rippen und als Folge davon eine ziemlich schwere innere Blutung. Sie hätten es beinahe nicht geschafft.« Er schüttelte den dunklen Lockenkopf, als könne er es nicht glauben.

Luca riss die Augen weit auf. »Vince! Ist er …?«

Hero gab einen beruhigenden Laut von sich und fuhr ihm mit der kühlen Hand über die Stirn. »Ihm geht es gut. Die Kugel hat das Bein glatt durchschlagen, und er braucht jetzt ein bisschen Zeit zum Heilen.«

Luca entspannte sich wieder.

»Die Verletzungen der anderen Agents waren nicht so schlimm, und Pater Michael erholt sich ganz in der Nähe«, fuhr Hero fort.

So viele Schüsse und keine Toten. Das war das eigentliche Wunder.

Dr. Karakis räusperte sich. »Ich werde jetzt erst mal eine Anweisung schreiben und ein Schmerzmittel für Ihre Infusion besorgen, und dann sehe ich wieder nach Ihnen.« Leise ging er aus dem Zimmer und ließ sie allein.

Luca versenkte sich in Heros Anblick, nicht eine Nuance ihres besorgten Gesichtsausdrucks entging ihm. Wenn irgendjemand ein Wunder war, dann sie, und er musste sichergehen, dass sie das auch wusste.

»Es war mir ernst«, sagte er.

»Oh, Gott sei Dank.« Große Tränen kullerten ihre Wangen hinab, und sie ließ seine Hand los, um sie wegzuwischen.

Sie wusste, wovon er sprach, aber er fühlte sich genötigt, es ihr noch einmal zu bestätigen. Es machte ihm eine abartige Angst, die Worte auszusprechen, aber er hielt es nicht aus, noch länger in ihren Augen als Feigling dazustehen. »Du hattest recht. Ich liebe dich. Und ich hatte Angst davor.«

Heros liebevolles Lächeln hätte ihm beinahe den Rest gegeben. »Angst ist keine Schande. Ich habe schon mutigere Männer als dich in die Flucht gejagt.«

Das bezweifelte Luca nicht. »Es lag nicht an dir.« Luca wollte unbedingt, dass sie das wusste. »Es lag an mir. Ich kannte dich kaum zwei Monate, und schon habe ich mir Dinge gewünscht, die ich mir sonst nicht einmal zu denken erlaubt habe.«

»Was denn zum Beispiel?«, flüsterte sie.

Der Teil seines Gehirns, der von seinem Selbsterhaltungstrieb dominiert wurde, schrie, er solle ja den Mund halten. Aber die Macht seiner Gefühle – unterstützt vermutlich von starken Medikamenten – trug den Sieg davon. »Eine Zukunft, Liebe, einen Immobilienkredit, einen Garten, Verbindlichkeit, Stabilität …«

»Lass es uns nicht übertreiben.« Sie lachte nervös. »Wir reden hier von *mir*.«

»Babys«, murmelte er.

Ihre Augen wurden groß, und ihr Lächeln erlosch, weil sie jetzt ernsthaft zu weinen anfing.

»Als du mir all das angeboten hast, was ich mir gewünscht habe … all das, was ich mich nicht zu wünschen getraut habe, da bin ich ausgeflippt. Ich hätte gebraucht, dass dich die Vorstellung genauso in Angst und Schrecken versetzt wie mich.«

»Als du es am Fluss gesagt hast, hat mir das schon Angst gemacht«, gab sie zu. »Ich dachte, vielleicht … weil eine Waffe auf meinen Kopf gerichtet war …« Sie zuckte mit den Schultern und schloss die Augen.

»Es ist schwieriger, wenn einem etwas weggenommen wird, als wenn man es freiwillig hergibt«, erwiderte er. »Aber mir ist klar geworden, dass ich vor einem Leben ohne dich mehr Angst habe als vor irgendeiner Gefahr, in der ich je geschwebt habe.«

Sie beugte sich vor und küsste ihn zärtlich. »Sag es noch einmal«, bat sie.

»Ich liebe dich.«

»Nein, den Teil, dass ich recht hatte.«

Das brachte ihn zum Lachen, doch sofort schoss ein stechender Schmerz durch seinen Oberkörper und raubte ihm den Atem. Dr. Karakis trat mit der willkommenen Infusion in der Hand ins Zimmer und spritzte den Inhalt in Lucas Venenzugang.

Lucas Muskeln entspannten sich, seine Glieder wurden schwer, es fühlte sich großartig an. Noch ein Weihnachtswunder.

»Bevor Sie einschlafen, möchte Ihre Familie Sie noch sehen.« Karakis deutete zur Tür.

Verwirrt schüttelte Luca den Kopf. »Ich habe keine Familie.«

»Danke, du Arschloch«, sagte Vince, als Rown ihn im Rollstuhl ins Zimmer schob, Heros Eltern, Andra, Knox, Demetri und sogar Connor im Schlepptau. »Ich bin eh schon sauer auf dich, weil du länger krankgeschrieben wirst und bessere Drogen bekommst als ich.«

»Ist das erlaubt?«, fragte Hero.

»Eigentlich nicht«, erwiderte Dr. Karakis achselzuckend. »Aber es ist Weihnachten. Außerdem habe ich Angst vor Ihrer Mom.«

»Willkommen im Club«, sagte Vince spöttisch.

Luca versuchte zu sprechen, aber seine Zunge fühlte sich schwer an, und seine Kehle war wie zugeschnürt. Vermutlich die Wirkung der Medikamente. Ja, das mussten die Medikamente sein. Die Feuchtigkeit in seinen Augen, die ihm die Sicht nahm, musste ebenfalls von ihnen herrühren.

Luca spürte, wie ihn die Dunkelheit erneut bedrohte und ihn in einen breiigen Nebel hinabzog. Ihm eine Zuflucht vor Dankbarkeit und Hoffnung bot.

»Ich habe gehört, was Sie getan haben«, sagte Dr. Karakis. »Sie sind auf den Mann losgegangen, obwohl er eine Waffe hatte, haben Johannes den Täufer zu Fall gebracht und dann diese Dame aus dem Fluss gefischt, bevor sie ertrunken ist, und das alles mit Ihren inneren Verletzungen. Sie sind ein Held, Agent Ramirez.« Der Blick des Arztes wanderte zu der besagten Dame, und er lachte, als hätte er einen Witz gemacht.

»Mein Held«, seufzte sie dramatisch, nahm seine Hand in ihre beiden Hände und hob sie an ihre Lippen.

Meine Hero, dachte Luca. Selbst als der Schlaf ihn übermannte, weigerte er sich, ihre Hand loszulassen. Sie würde da sein, wenn er wieder erwachte, bereit, den Rest ihres Lebens mit ihm zu verbringen.

Er konnte es kaum erwarten.

Epilog

Mehrere Monate später

»Wenn du das nächste Mal umziehst, bin ich an dem Tag krank.« Vince schnaufte, als er den letzten Karton mit der Aufschrift *Schlafzimmer* auf dem Boden abstellte. »Allmählich habe ich den Eindruck, dass Pizza und Bier das nicht aufwiegen können.«

Luca gestattete sich ein heimliches Grinsen, als er sich vorstellte, wie sauer sein Partner erst sein würde, wenn er sah, was für eine Art von Pizza Hero bestellte. Allerdings war er sich ziemlich sicher, dass ihre Brüder hinter ihrem Rücken irgendetwas mit einer doppelten Portion Fleisch bestellen würden. Ein Mann konnte nur eine begrenzte Menge grüner Dinge auf seiner Pizza dulden, sonst war er einfach kein Mann mehr.

Das Chaos am Boden von Heros Wandschrank ließ Luca innehalten. »Houston, wir haben ein Problem«, murmelte er.

»Was zum Teufel ist eigentlich in diesen Kartons?«, nervte Vince weiter. »Die sind alle krumm und schief.«

»Schau nach, wenn du willst«, erwiderte Luca abwesend. Ein Karton wurde aufgerissen, aber Luca ignorierte das Geräusch. Er versuchte, eine Schrankstrategie zu entwickeln. Wie eroberte man sich Platz im Schrank einer Frau? Ging das überhaupt? Wenn er dafür eine Lösung fand, würde er zu den großen Problemlösern der Menschheit gehören. Newton. Fleming. Einstein … *Ramirez*.

Ihm gefiel, wie das klang.

»Himmel, Ramirez, sind das alles deine?«, drang Vince' ungläubige Stimme an sein Ohr.

»Die und die in den drei anderen Kartons.«

»Okay.« Vince kam zu ihm ins Zimmer. »Das war's.«

»Das war was?«, fragte Luca, der noch immer das Schrankinnere betrachtete.

»Das war's mit deiner Männlichkeit. Kein Mann sollte so viele Schuhe besitzen. Keiner außer, du weißt schon … Stef.«

»Das habe ich gehört«, rief Stef aus dem anderen Zimmer.

Luca lachte. »Witzig, dass du das sagst. Ich habe gerade über meine Männlichkeit nachgedacht.«

»Du meinst die, die du nicht mehr hast?«

Aufgeregte männliche Stimmen lenkten sie ab, und sie gingen ins Wohnzimmer, um nachzuschauen, was los war.

Knox und Rown setzten gerade Lucas neuen Flachbildfernseher behutsam auf die Fernsehbank und traten dann einen Schritt zurück, um ihn gemeinsam mit Connor, Demetri, Stef und Vince zu bewundern.

»Ist der schön«, sagte Demetri ehrfürchtig.

»Sechzig Zoll purer Sex«, stimmte Knox zu.

»Du kannst deine Männlichkeit zurückhaben«, murmelte Vince, während er auf den Fernseher zusteuerte wie die Motte auf das Licht.

»LCD? LED? Plasma?«, fragte Connor.

»Laser«, prahlte Luca. »Dieses Modell ist die neueste Erfindung in der Unterhaltungsindustrie.«

»Laser«, stimmten die anderen zu.

»Tja, ab sofort werden Boxkämpfe bei euch angeschaut«, sagte Demetri.

»Nichts da«, erwiderte Hero, die gerade hereinkam und eine Lampe abstellte. »In diesem Haus gibt es viel zu viele zerbrechliche Gegenstände, da könnt ihr nicht alle herkommen, nur weil Boxkämpfe übertragen werden.« Sie lächelte, und Luca wurde warm ums Herz.

»Aber … du hast eine Villa geerbt«, widersprach Demetri. »Ich glaube, damit sind auch gewisse Pflichten als Gastgeberin verbunden. Außerdem … Laser!« Er deutete auf den Fernseher.

»Der Großteil von Angoras Haus wird in eine Akademie für Kunst, Töpferarbeiten und Skulpturen umgewandelt«, rief Hero ihm ins Gedächtnis, während sie in Lucas Arme glitt und ihn so zärtlich küsste, dass ihm ganz anders wurde.

Lucas Lippen verzogen sich zu einem Lächeln, noch während er sie küsste. Das taten sie gelegentlich, ganz von selbst. Vermutlich löste Glück so etwas aus. Lächeln zum unpassendsten Zeitpunkt. Er konnte es einfach nicht abstellen.

»Ich habe auch eine Villa«, bot Knox an, dem es noch immer nicht gelang, den Blick von Lucas Fernseher abzuwenden. »Und da könnt ihr drauf wetten, dass ich mir auch so ein Ding besorge.«

»Problem gelöst.« Hero entzog sich Lucas Mund, blieb aber in seinen Armen. »Ich kann es gar nicht erwarten, mein Bett offiziell zu unserem zu machen«, sagte sie so leise, dass ihre Brüder es nicht hören konnten.

Luca konnte es ebenfalls kaum erwarten. Das Bett. Den Küchentisch. Den Tresen. Den Schreibtisch. Den Teppich. Verdammt, sogar die Couch. Nicht, dass sie es dort nicht schon überall getrieben hätten. Aber das war kein offizieller Sex gewesen, und das war ein guter Grund, wieder von vorn anzufangen. Und wieder.

Okay. Allmählich wurde es Zeit, dass Heros Brüder aufbrachen.

»Als ob wir uns Boxkämpfe in der Slayer Street anschauen würden«, unterbrach Stef Lucas Gedanken. Mit seinen manikürten Nägeln fuhr Stef sich durch die kunstvoll arrangierten blauen Haarspitzen. Erst dann fiel ihm auf, dass alle ihn ansahen, als hätte er eine Freundin angeschleppt. »Was ist los? Ich habe vor ein paar Monaten mein Abo beim Pornokanal verloren und bin über Ultimate Fighting gestolpert. Dominante, muskulöse Männer in superkurzen Hosen, die drei Runden lang schwitzen, sich anspannen und sich gegenseitig niederringen … Wie kann man das nicht mögen?« Er warf Knox einen bewundernden Blick zu.

»Wiederhol das mit der Slayer Street«, befahl Connor und sah Stef aus zusammengekniffenen Augen an.

»Das ist nichts, Leute, vergesst es.« Knox riss sich vom Fernseher los und rieb die Hände an seiner zerrissenen, staubigen Jeans ab. »Wer hat die Pizza bestellt?«

»Ich«, erwiderte Hero.

»Und wer hat die Pizza bestellt, die wir dann tatsächlich essen?«, wagte er einen neuen Anlauf.

»Spuck's schon aus, Lennox.« Eins musste man Connor lassen, dachte Luca. Er war der einzige Mann, auf den die Katrova-Connor-Brüder hörten. Nicht nur, weil er älter und respekteinflößend war, er war auch größer und gemeiner und konnte sie vermutlich alle mit seinem kleinen Finger und einer Teetasse ins Jenseits befördern. Außerdem hatte er sie schon als Kinder geliebt und beschützt, und das bedeutete ihnen allen eine Menge.

Knox fuhr sich mit der Hand über seinen Fauxhawk. Das Thema schien ihm außerordentlich unangenehm zu sein. »Also … in meinem Viertel hat es mehrere Tote gegeben.«

»Drei«, verbesserte Stef ihn selbstgefällig. »Sie haben in den Nachrichten ein Interview mit einer Frau gebracht, die sagte, sie lebe in der Slayer Street, und der Name sei wirklich zutreffend.«

»Ja, aber nur einer der Toten wurde tatsächlich ermordet.« Knox machte eine abwiegelnde Geste. »Das ist quasi heute Morgen passiert.« Sie waren den ganzen Morgen mit Lucas Sachen in Heros Loft umgezogen, aber Stef war erst vor zwei Stunden dazugestoßen, und so hatte er Zeit gehabt, die Nachrichten zu schauen.

»Knox«, protestierte Hero. »Wieso hast du uns das nicht erzählt?«

Alle zuckten zusammen, und Luca zog Hero näher an sich.

»Weil ich nicht wollte, dass sich jemand Sorgen macht.« Knox zuckte mit den Schultern. »Ich wette, das ist nur so eine Mischung aus *Real Housewifes* und *Law and Order*. Außerdem ist es vermutlich Zufall. Ich lebe in der Nähe von reichen alten Leuten. Da stirbt doch dauernd jemand.«

Luca sah Knox aus zusammengekniffenen Augen an. Irgendetwas verschwieg er, aber Luca wollte Hero nicht weiter beunruhigen. Nicht jetzt, wo bei der Arbeit und zu Hause allmählich alles wieder normal lief. »Wo bleibt eigentlich die Pizza?«, fragte er und sah die Männer um ihn herum vielsagend an.

»Darüber reden wir später noch«, versprach Connor leise.

»Da gibt es nichts zu reden«, widersprach Knox. »Schließlich bin *ich* ja nicht in Gefahr.«

Danksagung

Zuerst und stets meinem kleinen »Hexenzirkel«: Cynthia St. Aubin, Cindy Stark und der *USA-Today*-Bestsellerautorin Tiffinie Helmer. (Kapiert, was ich sagen will?) Ihr seid mein Resonanzboden, meine Inspiration, der Garant für mein geistiges Wohlergehen und die Quelle so vielen Lächelns. Ich bin so begeistert von den magischen Dingen, die wir gemeinsam hervorbringen!

Leseprobe

SHELLEY CORIELL
Stiller Schrei

Dienstag, 9. Juni, 01:48 Uhr
Mancos, Colorado

Der Schrei klang gepresst und qualvoll, ausgestoßen von einem Mann, der den Weg zur Hölle hinter sich hatte.

Kate Johnson schob ihre Decke weg und griff nach dem Päckchen Büroklammern auf ihrem Nachttisch. »Ich komme, Smokey Joe«, rief sie, obwohl der alte Mann sie nicht hören konnte. Er war zu weit weg, gefangen in einer Welt, die nur seine gequälte Seele kannte. Sie rannte die Stufen der Hütte hinunter und in Smokeys Schlafzimmer.

»Sicherheitsnadeln! Wo zum Henker sind meine Sicherheitsnadeln?« Smokeys Hände umklammerten die Decke, in die sie ihn erst vor vier Stunden gewickelt hatte. »Verfluchte Hölle! Ich brauche diese Nadeln.«

Kate nahm eine seiner Hände in ihre und ließ eine Handvoll Büroklammern hineinfallen. »Bitte.«

Seine knorrigen Hände umklammerten die Metallstückchen, und bewegte sie zwischen den Fingern, rasend, aber routiniert. Irgendwann ließen seine Schreie nach und wichen Wehklagen. Dann folgten die Schluchzer. Sie waren das Schlimmste.

Wie sie es in den vergangenen sechs Monaten Dutzende Male getan hatte, sank sie neben seinem Bett auf die Knie und umschlang ihn mit den Armen. Pergamentene Haut über alten Knochen. Der süßsaure Geruch von kaltem Schweiß. Ihre Wangen rieben sich an seinen grauen Haarsträhnen. Als die Schluchzer schwächer wurden und sein Zittern nachließ, sah sie sich ihre Arme an und schüttelte den Kopf. Wie konnte eine Umarmung, nicht mehr als zwei Arme, *ihre beiden* Arme, einen Krieg beenden?

Als der Atem des alten Mannes sich wieder beruhigt hatte, öffnete er seine blicklosen Augen. »Bist du das, Katy-Kind?«

Sie drückte sein knochiges Knie. »Ja.«

Die Falten, mit denen das Grauen sein Gesicht verzerrt hatte, glätteten sich vor Erleichterung.

Sie verließ seine Seite des Betts und öffnete die oberste Schublade der Kommode. »Wer war es?«

Er zwang sich in eine aufrechte Haltung. »Ich wusste nie seinen Namen. Als die Infanterie ihn in den Hubschrauber verfrachtet hat, hat er schon nicht mehr gesprochen. Ein Granatwerfer hatte ihm den halben Kopf weggepustet.«

»An was kannst du dich erinnern, hatte er etwas Besonderes an sich?« Das war noch etwas, das sie nicht verstand – Smokeys Bedürfnis, die Schmerzen der Vergangenheit immer wieder aufleben zu lassen. Die Schrecken von gestern sollten gebündelt und für immer versteckt werden. Sie hatten in dieser Welt nichts zu suchen. Sie nahm ein frisches Nachthemd aus der Schublade.

»Er hatte rote Haare, wie ein Knallbonbon, und er hielt ein Foto seiner Momma in der Hand. Wir haben ihn verloren, bevor wir nach Da Nang kamen, aber ich habe dafür gesorgt, dass die Leute vom Krankenhaus das Bild bekamen, und ich habe ihnen gesagt, dass sie der Momma von dem Knaben sagen sollten, dass sie bei ihrem Sohn gewesen war, genau als er sie gebraucht hat. Um ihm den Trost zu spenden, den nur eine Momma spenden kann.«

Mommas spenden keinen Trost. Der Gedanke traf sie wie ein harter Aufwärtshaken.

»Katy-Kind, bist du okay?«

Laut stieß sie die Kommodenschublade zu. »Alles in Ordnung.«

Sie reichte Smokey das frische Nachthemd und setzte sich ans Fußende des Betts. Da bemerkte sie die leisen Stimmen, die aus dem Radio auf dem Nachttisch drangen. Der Gastgeber einer Late-Night-Talkshow sprach mit einem William aus Michigan über einen Amokläufer in New Jersey, dem zwei elfjährige Schüler zum Opfer gefallen waren. »Das hier!« Sie stieß mit der Hand gegen das Radio. »Was soll *das* hier?«

»Keine Ahnung.« Smokey drehte die Augen zur Decke. »Ich sehe nichts.«

Sie schaltete das Radio aus und brachte die Stimmen zum Schweigen. »Du hast schon wieder vor dem Schlafen die Nachrichten gehört, stimmt's?«

»Willst du auf mir rumhacken? Ich bezahle dich nicht dafür, dass du mich piesackst.«

»Nein, du bezahlst mich dafür, dass ich mich um dich kümmere, und wenn du keine neue Zeitungsanzeige wegen einer Hilfe aufgeben willst, hör mir jetzt gut zu. Dein Arzt hat gesagt, keine Nachrichten vor dem Schlafengehen. Diese Geschichten aus dem Nahen Osten bringen zu viele Kriegserinnerungen hoch.« Und lösten Albträume aus einer Zeit aus, als er verzweifelt versucht hatte, blutende und verletzte Körper zu retten, nur mithilfe von ein paar Sicherheitsnadeln und einem Herzen voller Hoffnung.

Seine knotigen Finger nestelten ungeschickt an den Knöpfen seines schweißgetränkten Nachthemds. Sie streckte eine Hand aus, um ihm zu helfen.

»Ich hab doch gar keine Kriegsnachrichten angehört. Es gab wieder einen dieser Barbie-Morde. Dieses Mal genau hier in Colorado. Alle Sender sind voll davon.«

Barbie-Morde? Was für eine geistesgestörte Welt voller gewissenloser Krimineller, und eine Öffentlichkeit, die von allem Blutrünstigen und Grausigen fasziniert war. Dazu die Medien, nur allzu bereit, beides zugunsten der Einschaltquoten zusammenzubringen. Sie vermisste die verrückte Welt der Fernsehnachrichten nicht und bereute ebenso wenig, dass sie seit nahezu drei Jahren keine Nachrichtensendung mehr gesehen hatte, nicht, seit *sie* in den Nachrichten gewesen war.

Sie knöpfte die nächsten zwei Knöpfe für Smokey auf. »Also eine *Barbie* wurde umgebracht?«

»Jep. Nur dass die Bullen sie nicht Barbies nennen. Das ist nur *mein* Name, aber ich glaube, es sind inzwischen sechs, alles TV-Mädchen, alle bei sich zu Hause abgestochen.«

Sie hielt inne. »Fernsehjournalistinnen? Erstochen?«

»Ja, und nicht gerade auf die nette Tour. Jedes der Mädchen hatte mehr als fünfzig Stichwunden. Jetzt sag mir, warum zum Henker jemand fünfzigmal auf einen Körper einstechen muss?«

Ihre Hand tastete nach der Narbe zwischen ihrem rechten Auge und der Schläfe. *Weil fünfundzwanzigmal nicht reicht, um jemanden umzubringen?*

«Ich sag dir, warum.« Smokey stieß mit einem verkrümmten Zeigefinger gegen seine Schläfe. »Er hat einen Kopfschuss.«

Kate streifte das Hemd von Smokeys knochiger Schulter, ihre eigenen Schultern entspannten sich. Als Enthüllungsjournalistin hatte sie kriminelles Denken und Handeln aus nächster Nähe kennengelernt. Schlechte Menschen gab es in dieser Welt zuhauf, reichlich messerschwingende Verrückte, und die fünfundzwanzig Narben kreuz und quer auf ihrem Körper hatten mit Smokeys *Barbies* nichts zu tun. »Waren wir beide uns nicht einig, dass die ganze Welt einen Kopfschuss hat?«

»Aber dieser Kerl ist krank, unheimlich krank. Er macht diese gruselige Sache mit den Spiegeln.«

Die Vorhänge an Smokeys Fenstern wogten in der Nachtbrise, und ihr stellten sich die Nackenhaare auf.

»Spiegel?«

»Nachdem er die Barbies erledigt hat, geht dieser Spinner hin und zerbricht jeden Spiegel im Haus. Schlägt jeden einzeln in Stücke. Hast du schon jemals so was Krankes gehört?«

Geräusche hallten in ihrem Kopf wider. Das Schwingen eines Hammers. Glas, das zersplittert. Der abartig fröhliche Klang von fallenden Spiegelbruchstücken.

Smokeys Nachthemd, getränkt von Schweiß und Schrecken, fiel ihr aus der Hand.

Dienstag, 9. Juni, 02:20 Uhr
Colorado Springs, Colorado

Hayden Reeds starrte auf die Scherben des riesigen Spiegels, der einstmals eine ganze Wand in Shayna Thomas' Eingang bedeckt hatte. Das größte Stück war kaum größer als fünf Quadratzentimeter.

Dieser Wahnsinnige war eine höllische Abrissbirne.

Er hockte sich hin, um die Zerstörung näher zu betrachten, und suchte nach Spuren – Blut, Fußabdrücken, Haaren, Fasern, nach allem, was ihn zu dem Killer führen könnte, den er seit Monaten verfolgte. Alles, was er in dem zerschmetterten

Spiegel sah, waren verzerrte Bruchteile seines Gesichts, das makabre Abbild eines Mannes, der von seiner eigenen Abrissbirne zerschlagen worden war.

Wieder geisterte ihm Parker Lords Stimme durch den Kopf. »Halten Sie sich von dem Colorado-Mord fern«, hatte sein Boss gesagt. »Hatch kann für Sie einspringen und Sie dann auf den neuesten Stand bringen, wenn Sie da in Tucson alles mit Ihrer Familie eingetütet haben.«

Hayden stand auf. Mit seiner Familie war alles in Ordnung.

Höchste Zeit, den Schlächter zu jagen. Aber als Erstes musste er hier Sergeant Lottie King ausfindig machen.

Ein Uniformierter wies Hayden den Weg durch das Wohnzimmer und den Flur entlang, wo er einer kleinen, rundlichen Farbigen gegenüberstand. Ihr krauses graues Haar war zu einem festen Knoten gebunden, und sie trug einen einfachen dunkelblauen Hosenanzug und eine Glock Kaliber 22 in einem Halfter unter ihrem linken Arm. An den Füßen trug sie die höchsten knallroten Schuhe, die er je abseits eines Straßenstrichs gesehen hatte.

»Der Boss hat mich gewarnt, dass so eine FBI-Kanone kommen würde, und Ihnen steht das Wort Kanone auf den ganzen Leib geschrieben.« Der Sergeant verschränkte die Arme vor der Brust. »Meine Jungs sagen, Sie sind einer von Parker Lords Männern, ein Scheißapostel. Ist da was dran?«

Hayden bemerkte den Unterton. Er erklang oft bei der Erwähnung von Parkers Special Criminal Investigative Unit, einer kleinen Mannschaft von FBI-Spezialisten, die bekannt dafür waren, außerhalb der Truppe zu arbeiten, und, wie manche behaupteten, sogar außerhalb des Gesetzes. Irgendein Medienpapst hatte ihnen mal den Spitznamen Apostel verpasst. Genau wie Parker waren Hayden Spitznamen egal. Ihm ging es nur um Gerechtigkeit. »Ja.«

»Ich höre, ihr Jungs spielt nach anderen Regeln.«

Er verschränkte die Hände hinter dem Rücken. »Wir spielen nicht.«

Ihr Kiefer straffte sich herausfordernd, während sie das Kinn zu dem zerschmetterten Spiegel im Eingang vorstreckte. »Also, sagen Sie mir, Agent Wir-spielen-nicht, was halten Sie von der Sache?«

Shayna Thomas war vor vier Stunden in ihrem Schlafzimmer tot aufgefunden worden. Zahlreiche Stichwunden. Keine Anzeichen von sexueller Gewalt. Zerschmetterte Spiegel. Alle Merkmale eines weiteren Journalistinnen-Mords durch den Schlächter. Hayden wies auf eine Stelle einen Meter weiter den Flur entlang. »Der Unbekannte stand dort. Ein Stoß. Er benutzte ein langstieliges stumpfes Instrument, das er mitgebracht haben muss. Er hat sich sorgfältig außerhalb der Glasflugbahn positioniert. Sie werden keinen Tropfen Blut finden, weder bei diesem noch bei einem der anderen zerbrochenen Spiegel. Sie werden auch keine Fußabdrücke finden, keine Fingerabdrücke, keine Spuren, keine Zeugen.« Die anderen Tatorte des Schlächters waren ebenso verblüffend frei von Hinweisen gewesen.

Der Sergeant fasste ihn fest ins Auge. Genau betrachtete er den ausladenden, festen Stand dieser Highheels, sah sie entrüstet die Luft ausstoßen, und die einzelne Korkenzieherlocke, die sich über ihrem rechten Ohr gelöst hatte.

»Und Sie, was ist Ihre Ansicht, Sergeant King?«

Sergeant Kings Nüstern blähten sich. »Ich glaube, wir haben es hier mit einem beschissenen Hurensohn zu tun, und ich kann es kaum erwarten, seinen Arsch auf einem zersplitterten Stuhl einer kalten, finsteren Zelle festzunageln, damit er bloß nie wieder das Tageslicht zu sehen bekommt.«

Schon zu Beginn seiner Karriere im Polizeidienst hatte er

bemerkt, dass es zwei Arten von Menschen hinter einer Polizeimarke gab: diejenigen, die sich persönlichen Erfolg versprachen – ihren Gehaltsscheck, Streicheleinheiten fürs Ego, Macht – und diejenigen, die wirklich auf der Suche nach Gerechtigkeit waren. Wie er gehörte diese Frau mit den roten Schuhen zu Letzteren. Er ließ die Hände sinken. »Und ich kann es nicht erwarten, Ihnen den Hammer zu reichen.«

Ein Lächeln umspielte ihre Augenwinkel, und er fand, was er gesucht hatte: Respekt.

»Verdammt froh, dass Sie hier sind, Agent Reed.«

»Nur damit das klar ist, Sergeant King, soviel ich höre, sind Sie auch nicht ganz ohne.«

»Ah, ein hübsches Gesicht *und* ein Charmeur. Ich glaube, mit Ihnen könnte ich arbeiten.« Das Lächeln in ihren Augen verblasste, als sie ihm ein Zeichen gab, ihr den Flur entlang zu folgen.

»Zeitschiene?«, fragte Hayden.

»Ein Mann, der draußen mit seinem Hund spazieren geht, hört zerbrechendes Glas, als er am Haus von Miss Thomas vorbeikommt. Er ruft die Polizei um 22:32 Uhr. Ein Streifenpolizist kommt um 22:37 Uhr an. Er ruft mehrfach, bekommt aber keine Antwort. Er blickt durch das Vorderfenster, sieht den zerbrochenen Spiegel, ruft Verstärkung. Als der zweite Uniformierte da ist, gehen sie hinein und finden das Opfer im Schlafzimmer.«

»Identifizierung positiv?«

»Gesichert. Shayna Thomas. Die Besitzerin des Hauses.«

»Gegenwärtiger Stand?«

»Die Crime Scene Division arbeitet noch.« Sergeant Kings rote Schuhe blieben stehen. »Das ist ein verdammt schlimmer Tatort!«

»Blut.« Hayden formulierte es nicht als Frage. Sie hatten

übermäßige Mengen Blut an allen Schlächter-Tatorten gefunden, fünf seit Januar.

»Hier drin ist es das verdammte Rote Meer. Sie passen besser auf Ihre polierten Schuhe auf.« Lottie zeigte auf die Tür vor ihnen. »Ich warne Sie. Das ist kein schöner Anblick, das sag ich Ihnen.«

Das war gewaltsamer Tod nie.

Im Schlafzimmer hatte das Blut alle vier Wände bespritzt, die weiße Daunendecke mit Streifen verziert, und es klebte auch an dem Ventilator, der an der Deckenmitte befestigt war. Das Opfer lag am Boden vor einem Schminktisch. Das Blut hatte ihr T-Shirt und ihre Joggingshorts durchweicht und ihre Haare stumpf gemacht. Sie war brünett, schlank, anscheinend attraktiv. Schwer zu sagen. Schnittwunden kreuzten sich auf Gesicht, Armen, Hals und Bauch, aber wie er erwartet hatte, war das V zwischen ihren Beinen blut- und verletzungsfrei.

Er sparte sich die Hände bis zum Schluss auf. Wie immer. Es war schwierig, klar zu denken, wenn man sie erst einmal gesehen hatte, schwierig, noch der unvoreingenommene, leidenschaftslose Begutachter zu sein. Er sog tief Luft ein, seine Lunge wurde eng, dann wandte er sich Shayna Thomas' blutigen Händen zu. Sie lagen auf ihren Brüsten, die Finger waren wie zum Gebet ineinander verschlungen, eine Geste des Friedens im Chaos des Mords.

Einen Moment lang senkte er die Augenlider und versuchte die Wut zu unterdrücken, die in seinem Inneren brodelte, an einem Ort, von dem er lieber nie etwas erfahren hätte.

Diese blutigen Hände gaben ihm Zeichen, zogen ihn hinein und ließen ihn nicht wieder los. Sein Boss, Parker Lord, war im Unrecht. Hayden *musste* hier sein.

Dienstag, 9. Juni, 02:23 Uhr
Mancos, Colorado

Flieh. Schnell und weit.

Kates Hände zitterten schlimmer als Smokeys, als sie die Motorradtaschen aus dem Wandschrank zerrte und sie auf ihr Bett knallte. Aus der Kommode beförderte sie einige Dinge hervor, die sie als die ihren bezeichnete: Unterwäsche, Schals, T-Shirts, Chambray-Hemden, Jeans und ihre Lederkombi. Alles außer der Lederkombi zwängte sie in die Taschen und warf noch ihre braunen Kontaktlinsen und ihr Haarfärbemittel hinterher. Spartanische Habseligkeiten im Vergleich zu ihren Tagen beim Sender, zu einer Zeit, als sie noch ein anderes Gesicht zur Schau getragen hatte. Ein Gesicht, das noch nicht von einem Verrückten zerhackt worden war. Einem Verrückten, der sie nach dieser Schlachterei nie wieder in Ruhe gelassen hatte.

Der Holzboden knarrte hinter ihr. Sie ließ ihre Lederkombi fallen und wirbelte herum. Irgendetwas bewegte sich im Schatten des Eingangs. Sie griff nach der Keramiklampe auf dem Nachttisch und ließ sie dann wieder sinken, als Smokey aus der Dunkelheit auftauchte.

Er räusperte sich mit einem rauen Husten. »Verpisst du dich?«

Ihre Hand fiel an der Seite herab, und sie versuchte, nicht in seine blicklosen Augen zu sehen, Augen voller Verwirrung und noch etwas anderem. *Oh Gott, lass ihn mich doch nicht so ansehen.* »Ja.« Was sollte sie sonst noch sagen? *Es tut mir leid, dass ich dich enttäuschen muss? Es tut mir leid, dass ich wegmuss, weil in diesem Land ein Verrückter frei rumläuft, der geschworen hat, mich umzubringen, und der seitdem sechs andere Frauen getötet hat?*

Sie riss den Reißverschluss der Satteltaschen zu. Wie dumm von ihr zu denken, sie bräuchte nicht mehr fortzulaufen, dumm, sich so lange an ein und derselben Stelle aufzuhalten, und vor allem dumm, einen alten, blinden Mann wie Smokey Joe in Gefahr zu bringen. Sie nahm die Lederhose und quetschte sich hinein. Der Angriff auf Shayna Thomas hatte sich in Colorado Springs zugetragen, nur dreihundert Meilen von Smokey Joes Hütte im Südwesten von Colorado.

Smokey kratzte die Bartstoppeln an seinem Kinn. »Dieser große Auftrag? Alles erledigt?«

»Auftrag?« Sie griff nach dem Helm auf dem obersten Brett des Wandschranks.

»Die Kleine aus San Diego, die all die Engel will. Hast du's erledigt?«

Kate konnte jetzt nicht an ihr Online-Schmuckgeschäft denken und nicht an Turmalinengel. Alles, woran sie dachte, war, hier wegzukommen. »Auftrag erledigt. Alles in Kisten auf dem Tisch.«

»Ich verschicke es.« Einer von Smokeys Hausschuhen, in der Farbe und Struktur wie Trockenfleisch, flog über den Boden. »Wo soll ich dir deinen Anteil hinschicken?«

»Behalt ihn.« Sie konnte sich keine Verbindung zu Smokey Joe leisten, keine Spur, die ihn zum Ziel eines messerschwingenden Verrückten machen konnte.

Smokey nickte und schlurfte davon. Der Klang seiner schäbigen Pantoffeln, die sie jede Woche sauber machte, hämmerte in ihrem Kopf und zerriss ihr das Herz.

Die vergangenen sechs Monate mit Smokey Joe waren friedlich gewesen, und nachdem sie mehr als zwei Jahre auf der Flucht gewesen war, hatte sie die Ruhe und das Auftanken dringend gebraucht. Während ihrer Zeit hier in den buschigen Canyons und Pinienwäldern im südwestlichen Colorado hatte sie nicht an die Vergangenheit und nicht an die Zukunft gedacht. Sie hatte einfach nur gelebt, ein einfaches Leben geführt.

Sie warf sich die Satteltaschen über die Schulter – verblüffend, wie wenig ein Mensch zum Leben brauchte – und lief die Stufen zum Erdgeschoss hinunter. Sie schoss durch die Küche, hielt aber an der Hintertür inne.

Schnell drehte sie sich um, stellte den Timer für Smokeys Morgenkaffee, hinterließ ihm eine dringende Nachricht auf dem Tonband. Erst dann schlüpfte sie aus dem Haus, entriegelte das Schloss und floh in den Schutz der Dunkelheit.

Dienstag, 9. Juni, 05:07 Uhr
Colorado Springs, Colorado

»Stimmt was nicht, mein Süßer?« Sergeant Lottie King saß am Fußende des Betts, neben dem er stand.

Hayden deutete auf den abgeschrägten Spiegel an der Wand von Shayna Thomas' Gästezimmer. »Er ist nicht zerbrochen.« Die Tatsache, dass er unangetastet geblieben war, traf ihn wie ein Tritt in den Magen und warf ihn kurzzeitig aus der Bahn.

»Vielleicht dachte unser Killer, 84 Jahre Unglück sind genug«, fügte Lottie hinzu. »Dieser Hurensohn hat immerhin zwölf andere komplett in Splitter zerlegt.«

Hayden schüttelte den Kopf. »Das ist nicht vereinbar mit seinem *modus operandi*. Er zerschmettert jeden Spiegel im Haus. Bei dem Mord von Santa Fe hat er sogar die Spiegel in einem Puppenhaus zerbrochen. Dieser Spiegel hier sollte kaputt sein.«

»*Wenn* es Ihr Kerl ist.« Lottie kickte ihren rechten Schuh weg und rieb sich den Spann. »Denken Sie an einen Trittbrettfahrer?«

»Nein, er ist es.« Seit genau fünf Monaten hatte sich Hayden in den Schlächter hineinversetzt und dem Monströsen Zutritt zu seinen Gedanken gewährt. Er wusste, wie dieser Angreifer vorging. »Zu viele Übereinstimmungen. Der Beruf der Opfer, ihr Äußeres, die Todesart, das komplette Fehlen zurückverfolgbarer Beweise und« – Hayden blinzelte, um nicht all das Rot sehen zu müssen – »und die gefalteten Hände machen die Sache komplett.«

Lottie stieß einen leisen Pfiff aus. »Verdammt. Da haben wir uns hier in Colorado Springs ja ein nettes Monster angelacht.«

Monster. Das war Marissas Begriff für die brutalen Verbrecher gewesen, die er zeit seines Berufslebens gejagt hatte. *Immer muss ich dich mit diesen Monstern teilen!*, hatte Marissa geschrien. *Du kannst nicht loslassen. Diese Killer, die du jagst, leben bei uns zu Hause, an unserem Esstisch, in unserem Bett.*

Der Flashback ließ ihn zusammenzucken. Das hing alles mit Tucson zusammen.

Lottie steckte ihren Fuß wieder in den Schuh. »Okay, Mr Profiler, dann holen Sie mal Ihre Kristallkugel hervor. Wie zum Teufel machen wir jetzt weiter?«

So, wie er seine Arbeit verstand, gab es eine zweckgerichtete Reihenfolge, einen klaren Verlauf von Beobachtung, Analyse und Einsatz. Die gewohnte Herangehensweise stärkte ihm den Rücken und verschaffte ihm Abstand von dem Grab in Tucson. Hayden machte ein Zeichen Richtung Tür. »Am Anfang.«

Im Foyer stießen sie auf Detective Scott Traynor. Wenn Sergeant King der Kopf der Operation war, dann verkörperte Traynor Hände und Füße. Der Chefermittler war groß und schlaksig, seine Haare strohfarben, und er hatte Sommersprossen auf der Nase. Hayden hätte ihn sich gut auf einem Traktor inmitten der Heufelder von East Colorado vorstellen können, trotzdem ließ er sich von dem lässigen Bauernjungen-Image nicht täuschen. Lotties rechte Hand trug ein Handy in der Hemdtasche, ein Walkie-Talkie an seinem Gürtel und einen kleinen Schreibblock in der Hand. Sein Kragen war schweißgetränkt und seine Slipper staubig. Scott Traynor trug Kopfhörer und war voll bei der Sache.

»Eingangsart des Angreifers?«, fragte Hayden.

»Keine Zeichen von Gewalt«, erwiderte der Detective. »Im Augenblick vermuten wir, dass er durch die Vordertür gekommen ist.«

Vermutungen lösten keine Mordermittlungen, die nur so vor Blut trieften. Deshalb war er hier. Zeit, seinen Job zu machen. Zeit, sich in das Monster hineinzuversetzen.

Hayden ging zur Veranda an der Vorderseite des Hauses, wo kühle Luft die kohlschwarze Nacht auflockerte. »Ich bin Thomas' Angreifer.« Hayden stellte sich vor die Vordertür. »Es ist nach zehn und dunkel, aber die Eingangslichter beleuchten mich. Thomas hatte einen Türspion. Was mache ich?«

»Ist die Tür verschlossen?«, fragte Detective Traynor.

Kriminalermittlungen begannen mit der Analyse der Opfer und ihres Verhaltens, und in den vergangenen fünf Monaten hatte er Hunderte Stunden damit verbracht, sich mit den fünf ermordeten Fernsehjournalistinnen zu befassen. »Intelligente, erfolgreiche Frauen wie Shayna Thomas gehen kein Sicherheitsrisiko ein. Die Tür ist verschlossen. Wie komme ich also rein?«

»Sie haben einen Schlüssel«, sagte der Detective.

Hayden griff in seine Tasche und nahm seinen eigenen Schlüsselbund hervor, der in der Stille vor der Morgendämmerung klimperte. »Wie bin ich an den Schlüssel gekommen?«

»Sie haben ihn gestohlen.«

Lottie machte den Detective auf sich aufmerksam. »Finden Sie heraus, ob es bei Thomas in letzter Zeit ein Problem mit verlorenen oder gestohlenen Schlüsseln gab, und finden Sie außerdem heraus, wer Zugang zu ihrer Handtasche hatte, egal, ob im Büro oder zu Hause.«

»Gut.« Hayden stopfte seine Schlüssel wieder in die Hosentasche. Jetzt aus einem anderen Blickwinkel, immer auch aus einem anderen Blickwinkel, manchmal sogar aus einem dritten, manchmal einem vierten, fünften oder sechsten. »Ich habe keinen Schlüssel. Wie komme ich dann hinein?«

Der Detective runzelte die Stirn. »Sie klopfen an der Tür, und sie lässt Sie herein?«

»Warum sollte sie sich so hirnverblödet anstellen?«, fragte Lottie.

Genau diese Frage hatte sich Hayden bei den anderen fünf Tatorten gestellt, und hier wie dort stand er vor derselben erschreckenden möglichen Antwort. »Sie kennt mich oder hat einen Grund, mir zu vertrauen.«

Sergeant King öffnete den Mund, aber bevor sie etwas sagen konnte, quäkte das Funkgerät an ihrer Hüfte. »Hey, Sarge, wir brauchen Sie hier hinter dem Haus. Sie werden nicht glauben, was wir an Thomas' Schlafzimmerfenster gefunden haben.«

Dienstag, 9. Juni, 05:43 Uhr
Mancos, Colorado

Ein Paar schäbige alte Hausschuhe tappten in die Küche.

»Der Kaffee läuft«, sagte Kate, und ihre Stimme war so sanft wie das Licht des jungen Morgens, das durch die Musselinvorhänge am Fenster über der Spüle drang.

Smokey Joe schlurfte zum Tisch und schnupperte. »Dienstag.«

Ja, es war Dienstag, ihr Backtag, und sie war in Smokeys Küche, die durchdrungen war vom Duft nach Zimt und Hefebrot. Ein goldbrauner Laib, gesprenkelt mit Rosinen, lag auf der Küchentheke.

Sie goss einen Becher Kaffee aus der dampfenden Kanne ein und stellte ihn auf Smokeys Platzset genau auf die drei-Uhr-Position, genauso, wie er es am liebsten hatte. Sie nahm ein Brotmesser aus der Schublade. Als sich die Sonne in der schartigen Klinge spiegelte, verkrampfte sich ihre Hand um das Heft. Das silbrige Aufblitzen blendete sie, aber sie blinzelte, schnitt zwei dicke Brotscheiben ab und steckte sie in den Toaster. »Du hast heute Morgen um neun einen Arzttermin, wir müssen also gegen acht hier los.«

Wenn Smokey überrascht war, dass sie immer noch in der Hütte war, zeigte er es nicht. Er setzte sich auf und grummelte: «Doktor Collins?«

»Ja.«

Er nahm einen großen Schluck Kaffee. »Kann ihn nicht leiden. Geht mir auf den Sack.«

Ganz gegen ihren Willen musste sie lächeln. »Trotzdem wirst du hingehen.«

»Scheißtag«, nuschelte Smokey gegen seinen Becherrand. »Du gibst mir einen Tritt in den Arsch, und er stößt hinterher.«

Aus ihrem Lächeln wurde ein Lachen.

Smokey Joe nahm noch einen Schluck. »Willst du drüber reden?«

Das Brot sprang aus dem Toaster. Er wollte also nicht so tun, als hätte es die letzte Nacht nicht gegeben. Sie legte den Toast auf zwei Teller. Das hätte sie auch nicht gekonnt.

Als sie versucht hatte abzufahren, war ihr Motorrad nicht angesprungen. Zur Bewegungslosigkeit verdammt, bis die Ersatzteilgeschäfte am Morgen wieder öffneten, hatte sie versucht, vor ihrem Motorradtrip wenigstens ein wenig Ruhe zu finden, aber der Ärger, der durch ihre Adern raste, verhinderte das. Sie lag da, vollkommen aufgedreht und mit weit aufgerissenen Augen. Schließlich setzte sie sich an Smokeys Computer, ging online und informierte sich über die Fernsehschlächtermorde. Sie hatte entdeckt, dass jeder von ihnen den Angriff auf sie selbst widerspiegelte – mit einer Ausnahme: Sie hatte überlebt.

»Müssen wir die Bullen rufen?«, fuhr Smokey mit seiner ausgeleierten, kratzigen Stimme fort.

»Nein.« Diesen Kurs hatte sie anfangs verfolgt, und wohin hatte es sie gebracht? »Nein, noch nicht.« Aber irgendwann würde sie. Sie musste. Sie holte die Butter aus dem Kühlschrank, schnitt ein Stück ab und ließ es auf Smokeys Toast fallen. Aber wen sollte sie ansprechen? Die nächstliegende Möglichkeit wäre die Colorado Springs Police, aber auf die örtliche Polizei hatte sie sich schon einmal verlassen. Nicht nur hatten sie ihren Angreifer nicht gefasst, sie hatten ihre Geschichte auch nicht ernst genommen. Es hätte nicht viel gefehlt, und sie hätten sie eine Lügnerin genannt. Und was noch schwerer wog: Sie hatten es nicht geschafft, sie zu beschützen, als sie es am dringendsten nötig gehabt hatte.

»Warum bist du letzte Nacht nicht abgehauen?«, fragte Smokey, als sie seinen Teller auf sieben Uhr stellte.

Es war nie ihre Stärke gewesen, ihre Gefühle zu verbergen, und gerade jetzt hätte Smokey, wenn er nicht blind gewesen wäre, ein Riesenmaß dessen erkannt, was unter ihrem Ärger loderte: Angst, vermischt mit Schuld und Scham. »Ehrlich?«

»Schieß los oder schmeiß das Gewehr weg.«

»Mein Motorrad muss repariert werden. Die Zündung ist hinüber.« Wie beschämend zu denken, sie wäre wieder abgehauen, wenn sich die Götter der Elektrik nicht gegen sie verschworen hätten. Sie war vor ihrer Vergangenheit davongelaufen, vor ihrer Verantwortung Smokey gegenüber und vor der

Tatsache, dass der Angriff auf sie keinesfalls ein individueller Albtraum gewesen war, wie sie drei Jahre lang geglaubt hatte.

Sechs Frauen waren tot. Ihr drehte sich der Magen um.

Smokey Joe schob den Toast hin und her, aß aber nichts. Grummelnd griff er nach dem kleinen Glasteller, der mitten auf dem Tisch stand. Den kleinen Teller zierte eine Zeichnung von einem Esel und der Text *Lost my ass in Las Vegas*.

Er nahm den Schlüsselbund, der immer dort lag. »Hier«, sagte er, seine Stimme war schroffer als sonst.

»Ich kann dein Auto nicht nehmen, Smokey.« Und ich kann dich nicht noch mehr in meine Sache mit reinziehen als sowieso schon.

»Ich plane diese Woche keine größere Reise.«

Dieses Mal konnte sie nicht schmunzeln.

»Du musst es ja nicht behalten«, sagte er. »Nur fahr in die Stadt, kauf im Ersatzteillager, was du brauchst, und dann los.«

Sie begann, auf und ab zu gehen. Wenn es doch nur so einfach wäre. Sie war in Mancos hängen geblieben, weil ihr das Geld ausgegangen war, aber auch die Kraft. Und selbst mit einem Bündel Geld in ihren Satteltaschen und sechs Monaten Zeit, um die Beine hochzulegen, gab es Dinge, um die sie sich kümmern musste, Dinge, die sich nicht vom Sattel eines Motorrads aus auf irgendeiner Panoramastraße erledigen ließen.

Smokey nahm seinen Toast. »Du bleibst also?«

Sie blieb hinter seinem Stuhl stehen. Seine Hand zitterte. »Eine Zeit lang.« Wenigstens bis sie Smokey eine neue Hilfe besorgt hatte und sich klar geworden war, mit wem sie über den Überfall auf sie sprechen konnte.

Smokey schob seinen Teller mit dem unberührten Toast beiseite. »Dann habe ich was für dich.« Mit einem Mal agil, flitzte er zu dem verbeulten Aktenschrank in der Ecke der Küche und zog eine kleine Plastikkiste hervor. Innen befand sich ein schimmernder Brocken Metall.

»Hast du schon mal geschossen?«

»Nein.«

»Willst du's lernen?«

Kate starrte die Waffe in der Hand des alten Kämpfers an. Nach dem Angriff auf sie hatte sie schon einmal überlegt, sich eine Waffe anzuschaffen, aber das hätte Leumundsprüfungen bedeutet, Formalitäten, Unterrichtsstunden, alles Spuren, die zu ihr geführt hätten. Außerdem hätte es bedeutet zu kämpfen, etwas, das sie ohnehin schon ihr ganzes Leben hatte tun müssen. Wenigstens einmal hatte sie sich entschieden davonzulaufen, aber letzten Endes hatte diese fatale Entscheidung zum entsetzlichen Tod von sechs Journalistinnen geführt.

»Ja, ich muss wissen, wie man mit einer Waffe umgeht.«

Smokeys Finger, auf einmal fest und stark, griffen nach der Schachtel Munition in der Kiste. »Gut. Ich zeige dir, wie man lädt, und dann gehen wir nach draußen zum Übungsschießen.« Er nahm fünf Patronen und legte sie in einer geraden Linie neben seinen Kaffeebecher. »Und dann bereiten wir diesen Ort vor.«

»Auf was?«

»Auf Krieg.«

Dienstag, 9. Juni, 05:35 Uhr
Colorado Springs, Colorado

Die Crime Scene Division drückte einen krausen Busch beiseite und ermöglichte Hayden damit einen freien Blick auf den verschlammten Boden unter Shayna Thomas' Schlafzimmerfenster.

»Der Größe und Form nach würde ich sagen, der Fußabdruck stammt von einem männlichen Laufschuh«, sagte der Kriminaltechniker. »Frisch. Noch nicht von Insekten oder Wind zerstört.«

»Lassen Sie einen Gipsabdruck machen.« Hayden hob beide Augenbrauen. »Da ist noch mehr, sagten Sie?«

Der Kriminaltechniker richtete den Blick auf die Fensterscheibe oberhalb des Fußabdrucks. »Ich habe hier ein paar gute Fingerabdrücke gefunden. Sieht so aus, als ob er den Dreck von der Scheibe abreiben wollte, um einen besseren Blick zu haben.«

Lottie presste die Lippen zusammen. »Hat sich wohl noch als Spanner betätigt, bevor er eingedrungen ist und sie kurz und klein gehackt hat.«

Hayden hatte diese Typen in Aktion gesehen, wusste, was in ihren Köpfen vorging. Er schob ein paar Äste beiseite, spähte durch Zweige und prüfte die Unterseite einiger Blätter. Schließlich fand er, wonach er gesucht hat. »Er hat mehr als nur gespannt.« Hayden deutete auf eine dicke, weiße Substanz auf einem Busch rechts des Fensterbretts. »Sperma.«

»Perversling«, stieß Lottie brummend hervor.

Hayden steckte die Hand in seine Tasche. »Aber einer, der nicht allzu helle ist.«

Lottie nickte. »Nennen wir ihn also Mister Blöd. Er hinterlässt einen echten Hattrick an Beweisen. Schuhabdruck, als er am Fenster steht. Fingerabdrücke, als er den Staub wegwischt, um besser sehen zu können. Und Sperma, als er sich beim Blick auf Shayna Thomas in ihrem Schlafzimmer einen runterholt … Warum hat er uns nicht gleich seine Visitenkarte hinterlassen?«

Hayden ballte eine Faust. »Irgendetwas stimmt nicht.«

»Stimmt nicht?« Lottie zielte mit der Hand wie mit einer Pistole auf das Fenster. »Süßer, wir sind gerade einen verdammten Schritt näher daran, diesen Schlächter zu finden.«